Herbert Dutzler

Letzter Knödel

Ein Altaussee-Krimi

Herbert Dutzler

Letzter Knödel

1

Schön langsam machte Gasperlmaier der Wirbel nervös. Eigentlich war ihm das alles schon seit Tagen zu viel. Er hatte nicht einmal mehr einen Sessel auf seinem Posten. Dort, wo er normalerweise saß, hatte sich irgendein Major von einer fremden Dienststelle breitgemacht. Gasperlmaier hatte sowohl dessen Namen vergessen als auch, woher er kam. Wahrscheinlich aus Wien, wie die meisten Beamten, die hier herumwuselten, ihm keinen Platz ließen und ihn in ihrer Geschäftigkeit meist völlig übersahen.

Seinen Computer hatten sie weggeräumt, und auf dem Boden schlängelten sich überall Kabel, sodass er aufpassen musste, nicht darüber zu stolpern. Er war hier offenbar überflüssig. Und die Manuela hatte gerade jetzt auf eine Fortbildung fahren müssen. Datenforensik wollte sie lernen. Wahrscheinlich, so dachte er bei sich, war sie auf eine Beförderung aus und wollte ihn hier in Altaussee im Stich lassen, was letzten Endes noch dazu führen würde, dass sie ihm seinen Posten schlossen.

„Sie, Gasperlmaier?“ Er zuckte zusammen. Der Major hatte ihn angesprochen. „Ja?“ Er drehte sich um. „Können S’ sich nicht ein bisserl um den Verkehr kümmern? Absperrungen überwachen, Parkverbote kontrollieren und so weiter. Sie sehen ja, hier haben wir momentan keine ...“ Er beendete seinen Satz nicht, zuckte mit den Schultern und lächelte verlegen. Gasperlmaier verstand schon. Er sollte hier weg, man konnte ihn nicht brauchen. Er nahm seine Dienstmütze vom Haken und sah noch kurz aus dem Fenster. Der Wind trieb haufenweise Blätter vor sich her, und wenn ihn nicht alles täuschte, mischten sich auch ein paar Regentropfen darunter. Die ersten klatschten schon ans Fenster. Wenn das so weiterging, würden morgen die Bäume alle kahl sein. Dabei hatte es in der letzten Woche doch noch einen wunderschönen Herbsttag nach dem anderen gegeben. Er überlegte, ob es schon Zeit war, die warme Mehrzweckjacke aus dem Spind zu holen, entschied sich dann aber doch für die normale Einsatzjacke, die am Kleiderhaken hing. Er würde es schon überleben. So kalt war es auch wieder nicht.

Im Stiegenhaus begegnete ihm die Frau Haselbrunner, die sich wahrscheinlich wie jeden Tag über die Schulkinder beschweren wollte, die auf dem Heimweg eine Abkürzung über ihr Grundstück genommen hatten. „Heute in der Früh hab ich erst das Laub zusammengerecht!", keifte sie. „Und dann kommen diese Rotzpippen, rennen durch meine Haufen und hüpfen darin herum! Wann tust denn endlich einmal was, Gasperlmaier?" Gasperlmaier lächelte und legte der Frau Haselbrunner beruhigend die Hand auf die Schulter. „Heut hab ich für dich Zeit, Haselbrunnerin! Heute komm ich mit dir! Machen wir eine Tatortbegehung!" Die Frau Haselbrunner stutzte und zog ein überraschtes Gesicht.

Gasperlmaier grinste. „Gell, das hättest du dir nicht gedacht, dass ich mir dein Grundstück wirklich einmal anschaue?" Bis jetzt war die Routine gewesen, die Frau Haselbrunner zu beschwichtigen und ihre Aussage auf einen Zettel zu schreiben, der entsorgt wurde, sobald sie den Posten verlassen hatte. Daneben hatte man ihr noch stets versprochen, die Volksschule auf das Problem aufmerksam zu machen, was Gasperlmaier auch pflichtschuldigst getan hatte, denn die Leiterin der Volksschule war ja seine Frau, die Christine. Aber die Volksschulkinder, kam ihm vor, die machten sowieso, was sie wollten. Was man ihnen auftrug, ging beim einen Ohr hinein und beim anderen gleich wieder hinaus.

„Das Gipfeltreffen!", erklärte er der Haselbrunnerin, während sie sich auf den Weg machten. Er deutete nach oben. „Der Posten ist voll mit Polizei, aber ich kenn keinen Einzigen von denen. Und gschaftig sind sie alle! Da bleibt für mich keine Arbeit mehr übrig!" Er seufzte.

„Ja, das Gipfeltreffen!" Die Haselbrunnerin streckte einen knochigen Zeigefinger gegen den grauen Himmel. „Ich hätt's nicht gebraucht. Aber es ist halt schon auch eine große Ehre, dass sich die Herren Präsidenten gerade bei uns treffen wollen. Mir haben's ja auch die Zufahrt gesperrt! Stell dir vor! Nur wegen den depperten Russen!" Gasperlmaier legte den Zeigefinger an die Lippen. „Haselbrunnerin, das hören die Russen sicher gar nicht gerne, wie du über sie redest! Da wär ich ein wenig vorsichtiger!"

Die Haselbrunnerin tat seine Warnung mit einer wegwerfenden Handbewegung ab. „Ich fürcht mich nicht vor denen. Aber wegen meiner Einfahrt! Sag, kannst du nicht was tun?" Gasperlmaier schüttelte den Kopf. „Ich hab da nichts mitzureden, Haselbrunnerin. Und du hast ja kein Auto, also ist es eh wurst!" „Ja, aber wenn ich eins hätte!", keifte sie und stieß ihren Stock gegen den Boden. Der war nun schon nass, nicht mehr nur feucht. Gasperlmaier schloss den Knopf am Kragen seiner Einsatzjacke.

Inzwischen waren sie am Haus der Frau Haselbrunner angekommen und begutachteten die Wiese, über die die Schulkinder immer wieder spazierten, weil kein Zaun sie daran hinderte. Gasperlmaier kratzte sich am Kopf. „Also, ich seh da keine Laubhaufen. Wo wären denn die Kinder da hineingesprungen?" „Ja, wegen dem Wind, nicht! Der hat alles wieder hinter dem Haus zusammengeblasen! Was soll ich denn da machen?" Gasperlmaier zuckte mit den Schultern. „Einen guten Tag hast dir da nicht ausgesucht, für das Laub, Haselbrunnerin. Da wäre ein windstiller Tag, so wie gestern, viel besser gewesen!" „Gestern hab ich keine Zeit gehabt!", schimpfte die Frau Haselbrunner. „Da hab ich Schwammerl suchen müssen. Bevor mir die Schnecken alles auffressen!" „Und? Hast welche gefunden?" Die Frau Haselbrunner lächelte verschmitzt. „Willst leicht was von meinem Schwammerlgulasch, ha? Das hab ich schon eingefroren, was übergeblieben ist!" „Kann man nichts machen!" Gasperlmaier lächelte. „Aber zurück zum Fall: Täterbeschreibung? Namen?" Ungehalten fuchtelte die Haselbrunnerin mit ihrem Stock durch die Luft. „Du willst mich wohl zum Narren halten!", schimpfte sie. „Woher soll ich denn das wissen?" Gasperlmaier seufzte. „Ich weiß nicht recht, was ich da machen soll", meinte er und rieb sich den Nasenrücken mit zwei Fingern. „Weißt was, Haselbrunnerin?", sagte er dann. „Wie wär's, wenn ich dir ein paar von den Kindern herüberschick? Damit die dein Laub zusammenrechen. Wenn's wieder weniger Wind gibt, natürlich." Die Frau Haselbrunner warf ihm einen mürrischen Blick zu. „Ich fürcht", sagte sie, „die bringen mir ja mehr durcheinander, als dass sie mir helfen." Gasperlmaier zuckte mit den Schultern, hatte aber dann doch noch eine Idee. „Wenn du ihnen einen Saft und ein Stück Kuchen anbietest, was glaubst du, wie flink die dann arbeiten!" „Kuchen soll ich ihnen auch noch backen?" Die Haselbrunnerin winkte ab. „Mehr fällt mir jetzt auch nicht ein", entgegnete Gasperlmaier. „Wenn du willst, dann sag ich's meiner Frau, du weißt ja, die ist die Direktorin von der Volksschule.

Die schickt dir zwei, drei Laubrecher." Langsam verging Gasperlmaier die Lust an der Schlichtung dieses Streits, doch zu seiner Überraschung nickte die Haselbrunnerin jetzt. „Alsdann, probieren wir's!", sagte sie und reichte Gasperlmaier die Hand. Einen überraschend kräftigen Händedruck hatte sie. Musste von der Gartenarbeit kommen. „Pfüat di, Haselbrunnerin!"

Gasperlmaier lüpfte kurz seine Kappe, um sie gleich darauf fester auf den Kopf zu drücken, weil der Wind kräftig um die Hausecken fegte. Das Fahrverbotsschild an der Zufahrtsstraße zum Loser schepperte, und die Absperrbänder knatterten laut in den heftigen Böen. Bald würden sie in Fetzen hängen, mutmaßte Gasperlmaier. Die Straße zum Loser hatte man sperren müssen, weil dort hinten in den Ferienhäusern der russische Präsident samt seinem Tross logierte, und niemand, der nicht ausdrücklich geladen war, durfte das Gelände betreten.

Auf dem Heimweg kam er noch an der Villa Kirnberger vorbei, dem Haus, das sich der österreichische Bundespräsident für seinen Aufenthalt in Altaussee reserviert hatte. Er hatte darauf bestanden, in einem Traditionsbetrieb unterzukommen, denn es gelte, das eingesessene Gewerbe auch bei einem Staatsbesuch zu würdigen und zu unterstützen. So hatte es zumindest in der diesbezüglichen Presseaussendung geheißen.

Gasperlmaier konnte sich noch gut daran erinnern, wie der Bundespräsident beim Altausseer Kirtag zu Gast gewesen war. Er hatte ihm sogar die Hand schütteln dürfen. Um für den Präsidenten im Bierzelt Platz zu schaffen, hatte man zu einem Trick greifen müssen. Reservierungen gab es nämlich nicht und Ausnahmen davon schon gar nicht. Nicht einmal für den Kaiser von China, hatte der Werner, der Bierzeltchef, gemeint. Und so hatte man vor dem Bundespräsidenten einfach einen zusätzlichen Tisch samt Bänken hereingetragen, an dem die Ehrengäste dann Platz genommen hatten.

Ob der Bundespräsident wohl gerade in der Villa war? Gasperlmaier nahm einen kleinen, unauffälligen Umweg, der ihn am Parkplatz der Villa Kirnberger vorbeiführte. Tatsächlich stand dort eine schwarze Limousine mit dem Kennzeichen „A1". Das konnte wohl nur der Dienstwagen des Präsidenten sein. Gerade auffällig groß war er ja nicht. Im Vorbeigehen erkannte Gasperlmaier, dass es sich um ein Hybridmodell handelte. Der Präsident wollte also Umweltbewusstsein demonstrieren. Gasperlmaier zuckte zusammen, als sich jemand räusperte. Vor dem Hintereingang der Villa Kirnberger stand ein schwer bewaffneter Polizist in schwarzer Einsatzkleidung, der Gasperlmaier skeptisch musterte. „Servus, Kollege!", grüßte Gasperlmaier. Der Polizist verzog keine Miene, Gasperlmaier zuckte mit den Schultern und setzte seinen Nachhauseweg fort.

Der Regen war heftiger geworden, und Gasperlmaier fror. Er hätte doch die Mehrzweckjacke nehmen sollen. Ab morgen, schwor er sich, würde er endgültig auf Winterkleidung umstellen. Der sonnige, milde Herbst schien vorüber zu sein.

„Grüß dich, Papa!" Die Katharina, seine Tochter, empfing ihn an der Haustür. „Ja, so eine Überraschung! Was machst denn du hier?" Er nahm sie in die Arme und drückte ihr einen Kuss auf die Wange. „Ja, ich bin ... mit einer Freundin gekommen. Wegen dem Gipfeltreffen. Auch." Ein wenig Zögern schien in der Stimme der Katharina mitzuschwingen, aber er hatte keine Zeit, darüber nachzudenken, denn eine große, dunkelhaarige Frau war hinter der Katharina aufgetaucht. Sie streckte Gasperlmaier die Hand hin. „Stefanie. Frisch", sagte sie. „Ich bin die Freundin von der Katharina." Gasperlmaier schlug ein. Die Stefanie schien nicht nur groß, sondern auch durchtrainiert zu sein. Und ein wenig älter als die Katharina. Irgendwie, kam ihm vor, war der Katharina das Auftauchen der Stefanie peinlich, sie drückte sich an ihr vorbei und verschwand im Vorhaus.

Seine Tochter sah Gasperlmaier mittlerweile nur noch selten, denn sie war im Marketing eines großen Hotels in einem populären steirischen Skigebiet tätig und hatte nur mehr wenig Zeit für ihre Familie. Sie verdiente zwar gut, hatte aber viel zu wenig Zeit, um das Geld auch wieder auszugeben. Sogar bei Telefongesprächen mit ihm oder der Christine klang sie in der letzten Zeit immer gehetzt und war meist kurz angebunden.

„Grüß dich!" Gasperlmaier trat an die Christine heran, die in der Küche beschäftigt war. „Grüß dich! Spaghetti mit Tomatensauce gibt's! Und Zucchinischnitzel dazu, mit Parmesanpanier! Die beiden sind ja Vegetarierinnen!" „Nicht mehr vegan?", fragte Gasperlmaier, denn seinen Informationen zufolge hatte sich die Katharina in den letzten Jahren vegan ernährt. Die Christine schüttelte den Kopf.

Vor einem Jahr noch hätte Gasperlmaier jetzt die Arme um seine Christine geschlungen und sie in den Nacken geküsst, aber es hatte einen Zwischenfall gegeben, den ihre Beziehung noch nicht ganz verdaut hatte und der zu ein wenig Zurückhaltung seinerseits geführt hatte. Seitens der Christine übrigens auch.

Seine Frau hatte ein Sabbatical, ein Freijahr genommen, um ihren Sohn in Kanada zu besuchen und daran eine Weltreise anzuschließen. Wie es sich traf, hatte sich die Maresi, seine Nachbarin, die praktisch eine Sandkistenfreundschaft war, gerade in dieser Zeit unglücklich von ihrem Mann getrennt, und so war dem einsamen Gasperlmaier beim Versuch, die Maresi zu trösten, ein Lapsus passiert, der dazu geführt hatte, dass er in deren Bett aufgewacht war. Sein Gewissen hatte ihn daraufhin so gequält, dass er sich vom Friedrich, seinem alten Freund und ehemaligen Kommandanten, dazu überreden hatte lassen, der Christine nach Australien nachzufliegen und ihr seinen Fehltritt zu gestehen. Drei Tage hatte sie nicht mit ihm gesprochen, und er war ihr durch die wildfremde Stadt unten in Australien nachgetrottet, ohne dass er außer grauenhaftem Essen und schrecklichem, eiskaltem Bier viel davon mitbekommen hatte. Am vierten Tag war die Christine in Tränen ausgebrochen, hatte erklärt, dass sie an dieser Entwicklung wohl Mitschuld trage, aber er müsse ihr versprechen, so etwas nie wieder zu tun, sonst sei ihre Ehe zu Ende. Er hatte ebenfalls geweint und alles versprochen, was sie hören wollte. Und das auch ernst gemeint. Nie wieder würde er einer anderen Frau auch nur nachschauen. Und dann hatte er, als Buße sozusagen, mit der Christine über einen Brückenbogen der Hafenbrücke in Sydney klettern müssen. Obwohl er angeseilt gewesen war, hatte er – seiner Höhenangst wegen – Höllenqualen gelitten. Seither war das Thema nicht mehr zwischen ihnen erwähnt worden, die alte Ungezwungenheit hatte sich allerdings noch nicht wieder eingestellt. Und die Christine gab sich häufig abweisend, wenn er zu ihr ins Bett schlüpfte.

„Übrigens, die Haselbrunnerin war heute wieder da. Sie hat sich beschwert, dass deine Schüler in ihre Laubhaufen gehüpft sind. Ich hab ihr versprochen, dass du ihr ein paar von den Übeltätern zum Laubzusammenrechen schickst." Die Christine seufzte. „Ich weiß schon, wen ich da fragen muss, glaub mir. Aber begeistert werden die nicht sein!" „Ich hab der Haselbrunnerin eingeredet, dass sie ihnen Saft und Kuchen anbietet." „Schlau!", lächelte die Christine. „Magst ein Bier?" Ohne eine Antwort abzuwarten, schenkte sie ihm ein. Fast ungewöhnlich freundlich erschien sie ihm heute, so viel Zuwendung und Lächeln war er gar nicht mehr gewöhnt. „Wirklich gut!", lobte er das Essen, obwohl er sonst unter der Panier schon gern ein Stück Fleisch hatte. „Freut mich!", sagte die Christine, und die Stefanie und die Katharina tauschten Blicke aus, die er nicht zu deuten vermochte. Irgendetwas war da los, das er noch nicht mitbekommen hatte. Was konnte es bloß sein?

Nach dem Essen bekam er sogar ungefragt einen Schnaps, die Christine stellte vier Stamperl auf den Tisch und füllte sie. Wenn es an einem Wochentag einen Verdauungsschnaps gab, dann war wirklich etwas Besonderes. Die Stefanie und die Katharina hatten es eilig, sich zu verabschieden. „Pfüat euch. Wir fahren noch nach Aussee hinunter. Ein bissl fortgehen!" Die Katharina winkte ihnen zu, bevor sie im Vorhaus verschwand. „Dass du aber aufpasst mit dem Trinken!", rief ihr Gasperlmaier nach. Er konnte es sich immer noch nicht verkneifen, seinen Kindern gute Ratschläge mit auf den Weg zu geben.

Als es im Haus ruhig geworden war, schenkte ihm die Christine noch einmal ein. Dann atmete sie tief durch. „Franz", sagte sie, „ich muss mit dir reden." Das war ein schlechtes Zeichen. „Franz" nannte sie ihn nur, wenn sie Vorwürfe gegen ihn zu erheben gedachte oder wenn sonst etwas Unangenehmes vorgefallen war. Hatte sie es sich am Ende doch überlegt und wollte ihn wegen der kurzen Affäre mit der Maresi verlassen? Sein Magen begann zu rumoren, ein sicheres Zeichen, dass ihn Angst gepackt hatte.

„Prost!“, sagte die Christine und nahm einen Schluck aus ihrem Stamperl. Gasperlmaier tat es ihr gleich. „Die Stefanie ist nicht bloß eine Freundin von der Katharina.“ Die Christine atmete hörbar aus. Gasperlmaier verstand nicht. „Sondern was?“, fragte er. „Sie ist ... die beiden sind ein Paar. Sie leben zusammen.“ Gasperlmaier glaubte immer noch, nicht ganz verstanden zu haben. „Ja, was ist denn da dabei, wenn sie sich eine Wohnung teilen? Das ist ja ganz normal“, wandte er ein. Die Christine legte eine Hand auf die seine. „Du hast mir nicht genau zugehört. Sie sind ein Paar. Keine Wohngemeinschaft.“ „Aber ...“, setzte Gasperlmaier an, bis es auch ihm endlich dämmerte. „Ist sie denn ...“ Er wollte das Wort nicht aussprechen, das ihm auf den Lippen gelegen war. Die Christine nickte. „Lesbisch. Ja, das ist sie. Ich weiß es schon lange. Vielleicht schon länger, als sie selbst es weiß.“

„Und warum hast du dann ... warum habe ich ... wieso weiß ich es nicht?“ Jetzt legte die Christine einen Arm um seine Schulter und zog ihn an sich. „Da war nie der richtige Zeitpunkt. Ich habe mich immer gefragt, wie ich dir das beibringen soll. Weil ich ja nicht gewusst habe, wie du reagierst. Ob du am Ende nicht mehr mit ihr redest, dich für sie schämst oder so was.“ Gasperlmaier räusperte sich. Bedeutete das jetzt, dass die Katharina nie einen Mann haben würde? Keine Kinder? Keine Enkel für ihn? Ihm fiel nichts ein, was er hätte sagen können.

„Ich erinnere mich noch, wie sie über manche Freundinnen geredet hat. Und auch über eine Lehrerin. Später einmal über eine Studienkollegin. Da habe ich dieses Leuchten in ihren Augen gesehen, das nie da war, wenn sie über einen Burschen gesprochen hat, mit dem sie fortgehen wollte. Das merkt man als Mutter.“ Als Vater, dachte Gasperlmaier, anscheinend nicht.

„Aber ich hab sie doch einmal ... da hat sie in ihrem Zimmer mit dem Florian ...“ Die Christine lächelte und wischte sich eine Träne aus dem Augenwinkel. „Ja, ja“, nickte sie. „Natürlich hat sie es auch mit Burschen ausprobiert. Aber sie hat halt schnell gemerkt, dass da ihr Herz nicht dabei ist. Es ist ja nicht leicht, sich selber einzugestehen, dass man nicht so ist wie alle anderen. Fast alle anderen.“

Gasperlmaier leerte sein Schnapsstamperl und stellte es auf den Tisch zurück. „Kann man denn da gar nichts machen?“, fragte er. Die Christine schüttelte den Kopf. „Nein. Kann man nicht. Darf man nicht. Es ist, wie es ist, und es ist gut so.“ „Aber“, wandte Gasperlmaier ein, „ich hab mich doch schon so gefreut ... auf Enkel und Hochzeiten und so. Jetzt ist der eine in Kanada, und die andere ...“ „Also, was Hochzeiten betrifft, da brauchst du dir gar keine Sorgen zu machen. Die Katharina darf eine Frau heiraten, Gott sei Dank sind wir jetzt schon so weit, dass da alle die gleichen Rechte haben.“ Gasperlmaier kratzte sich am Kopf. Wie das wohl in Altaussee ankommen würde? Seine Tochter mit der Stefanie? Beide im weißen Kleid? Was würden denn da seine Kameraden bei der Feuerwehr sagen? Er konnte sich mit der Vorstellung noch nicht richtig anfreunden.

„Ich hab befürchtet, dass du dich mehr aufregen wirst.“ Die Christine klang erleichtert. Sie stand auf und räumte die Schnapsstamperl in den Geschirrspüler. So gut, dachte Gasperlmaier bei sich, hätte ihn die Christine schon kennen müssen, dass sie wusste, dass bei ihm nicht alles gleich herausbrach, wenn ihm etwas Sorgen und Kopfzerbrechen bereitete. Aber innerlich, da regte er sich schon auf. Nicht, weil er was gegen Lesbische oder Homosexuelle hatte, sondern weil er seinen Kindern gerne Schwierigkeiten ersparen wollte. Und solche würden auf die Katharina wohl zukommen, stellte er sich vor. Wer war die überhaupt, diese Stefanie? Und was wollten die beiden ausgerechnet jetzt, beim Gipfeltreffen, in Altaussee? Die Christine schien seine Gedanken gelesen zu haben.

„Die Katharina hat sich Zeitausgleich genommen, sie hat ja in der Sommersaison jede Menge Überstunden angesammelt. Und sie ist mit der Stefanie hergefahren, wegen dem Gipfeltreffen. Die ist nämlich Journalistin."

„Journalistin?", wiederholte Gasperlmaier. Auch das noch. Das war ihm gar nicht recht. Mit Journalistinnen hatte er nämlich bisher ausschließlich schlechte Erfahrungen gemacht. Sie waren, so fand er, nur auf Sensationen aus und darauf, die Polizei in ein schlechtes Licht zu rücken. Er erinnerte sich mit Schrecken an den Wirbel, den diese Maggie Schablinger von Schilling-TV jedes Mal aufgeführt hatte, wenn sie eine Sensation im Ausseerland witterte. Nicht nur einmal hatte sie ihn in ihren Sendungen als unfähigen Trottel vorgeführt. Seit es ihm aber einmal gelungen war, die Maggie bei einem Heringsschmaus so abzufüllen, dass die Frau Doktor Kohlross und er sie persönlich ins Bett bringen hatten müssen, war sie nicht mehr aufgetaucht.

Schade, dachte er bei sich, dass man bei dem ganzen Polizeiaufgebot, das sich hier in Altaussee versammelt hatte, nicht auch die Frau Doktor Kohlross hergeholt hatte, die ja über ausgezeichnete Ortskenntnisse verfügte. Schließlich hatte sie schon mehrere schwere Verbrechen im Ausseerland aufgeklärt, und Gasperlmaier hatte ihr beigestanden und sie gut kennen und schätzen gelernt.

„Franz, hörst du mir überhaupt zu?" Er schrak hoch. Ganz in Gedanken versunken, hatte er überhaupt nicht gemerkt, dass die Christine ihm anscheinend mehr über die Stefanie erzählen hatte wollen. „Also, noch einmal von vorn!“ Sie drohte ihm mit dem Finger. „Aber jetzt hör gefälligst zu! Die Stefanie ist für ein Magazin als Lifestyle-Reporterin tätig. Also Reportagen über Promis, hauptsächlich.“ „Na Mahlzeit!“, meinte Gasperlmaier. „Aber das ist doch überhaupt nicht das, wofür sich die Katharina interessiert!“ Die Christine zuckte mit den Schultern. „Wo die Liebe hinfällt ... Kennengelernt haben sie sich während der letzten Skisaison, da hat die Stefanie eine Reportage über den berühmten Nachtslalom geschrieben, weil ja da auch jede Menge Promis dabei sind. Und viele davon waren in dem Hotel, wo die Katharina arbeitet. Und da ist eben auch die Stefanie abgestiegen, und so hat das Ganze seinen Lauf genommen.“ „Ich weiß nicht“, brummte Gasperlmaier. „Jetzt muss ich mich schon mit dem Gedanken anfreunden, dass die Katharina ... also, dass ... und dann kommt uns auch noch so eine Sensationsjournalistin ins Haus!“ „Es war ein Glücksfall!“, sagte die Christine. „Die hätte doch während des Gipfeltreffens niemals eine Unterkunft gekriegt, hier in Altaussee, wo alles voll ist und wir ohnehin nicht so viele Gästebetten haben. Und außerdem war es Zeit für ein Coming-out.“ „Für was?“, fragte Gasperlmaier. „Coming-out. So nennt man das, wenn homosexuelle Menschen ihrer Familie und ihrer ganzen Umgebung endlich die Wahrheit sagen. Bezüglich ihrer sexuellen Orientierung.“ Gasperlmaier wand sich. In Zusammenhang mit seinen Kindern wollte er nichts hören, was auch nur annähernd sexuell klang. Das fand er ganz und gar unpassend. Er stand auf.

„Sollen wir noch ein bisschen fernsehen? Oder gehen wir gleich ins Bett?“, fragte er. „Schauen wir, ob es was Gescheites gibt“, erwiderte die Christine. Als Gasperlmaier aber den Fernseher einschaltete, stürmten gerade zwei junge Frauen auf einer Wiese aufeinander zu. Im Hintergrund schimmerte das Meer, und die beiden Frauen fielen sich in die Arme und küssten sich. „Ich geh lieber doch gleich ins Bett“, sagte er. Die Christine setzte sich aufs Sofa und nahm ihr Strickzeug zur Hand. „Ist schon recht“, sagte sie.

Kaum war Gasperlmaier im oberen Stockwerk angekommen, läutete sein Handy. Verdammt noch einmal, dachte er bei sich, wer konnte denn das um diese Zeit noch sein? Er drehte um, lief zur Garderobe und holte das Telefon aus der Einsatzjacke. Ohne auf dem Display einen Namen erkannt zu haben, hob er ab. „Grüß Sie, Gasperlmaier. Major Teufl am Apparat. Wir haben da hinten beim Quartier der Russen ein paar sinistre Gestalten festgesetzt. Sie behaupten, sie wären aus Altaussee und Sie würden sie kennen. Vielleicht können Sie uns helfen zu entscheiden, ob wir sie festnehmen sollen oder laufen lassen können.“ Gasperlmaier seufzte. „Ich komm schon. Wo find ich euch denn?“, fragte er. „Wir sitzen da in der, wie heißt diese Bumsen schnell noch einmal?“ Ihm schien, als habe der Major das Handy vom Ohr genommen. „Alpentenn. Beim Loser-Sessellift“, hörte Gasperlmaier, noch bevor der Major geantwortet hatte.

„Ich muss noch einmal weg!“, rief er Richtung Wohnzimmer. „Warum denn?“, fragte die Christine. Er öffnete die Tür zum Wohnzimmer einen Spalt. „Sie haben ein paar Leute festgenommen. Anscheinend Altausseer, die in das Sperrgebiet eingedrungen sind.“ Die Christine schüttelte den Kopf. „So ein Theater, wegen den paar Russen. Unser Präsident braucht ja auch keine Sperrzone!“ „Na ja“, antwortete Gasperlmaier und dachte an den Schwerbewaffneten am Hintereingang der Villa Kirnberger. „So einfach kommst du jetzt auch nicht in die Villa Kirnberger hinein!“

Es dauerte eine Zeitlang, bis er bei der Losermaut angekommen war, denn er musste zuerst seinen Dienstwagen aus der Garage holen. Schließlich konnte er nicht im Privatauto aufkreuzen. Schon bei der Abzweigung von der Hauptstraße war ihm ein Uniformierter begegnet, der im Regen Wache hielt. Der hatte ihn aber sofort durchgewunken, als er ein Polizeifahrzeug erkannt hatte. Bei der Kreuzung zum Salzberg standen erneut zwei Posten, ein österreichischer Polizist und ein zweiter, der zwar auch schwarz gekleidet war, aber keine Uniform trug. Beide hatten Kapuzen über ihre Köpfe gezogen. Der Polizist richtete die Waffe durch die Windschutzscheibe direkt auf Gasperlmaier und streckte ihm die Handfläche entgegen, bevor er ans Fenster trat. Der Wind wehte Gasperlmaier eiskalte Gischt ins Gesicht, als er die Scheibe hinunterließ. „Wohin?“, fragte der Uniformierte. „Zur Alpentenn. Der Major Teufl hat mich hinbestellt.“ Wortlos winkte der Polizist ihn weiter.

Vor der Alpentenn stand eine ganze Armada von schwarzen Limousinen und Einsatzfahrzeugen. Gasperlmaier kannte das Lokal. Wenn er Skifahren war, gönnte er sich meist vor dem Nachhausefahren noch ein Weißbier auf der Terrasse, sozusagen als Belohnung für die Anstrengung. Drinnen war er allerdings noch nie gesessen.

Er verfluchte sich dafür, dass er heute Nachmittag nicht die Mehrzweckjacke genommen hatte, denn die hatte eine Kapuze. So tropfte ihm bereits nach wenigen Metern das Wasser in den Nacken. Vor der Alpentenn stand natürlich auch ein schwerbewaffneter Posten, der nickte und ihm gleich die Tür aufstieß, als er sich näherte. Eine ganze Anzahl von Uniformierten, Männer und Frauen, saß an den Tischen, vor sich Kaffee, Tee und andere Getränke. Das Lokal schien so etwas wie eine Einsatzzentrale zu sein. Der Major Teufl stand auf und schüttelte ihm die Hand. Irgendwie, fand Gasperlmaier, sah er jetzt freundlicher aus als heute Nachmittag auf dem Posten. Da war er allerdings auch an Gasperlmaiers Schreibtisch gesessen, was ihn geärgert und somit vielleicht sein Urteilsvermögen getrübt hatte. „Grüß Sie, Herr Kollege", sagte er und deutete in eine Ecke des Raumes. „Da hätten wir die drei Herren. Sie behaupten, sie wären aus Altaussee. Konnten sich aber nicht ausweisen."

„Servus, Gasperlmaier!", rief einer der drei ihm gleich zu, ein Bursche mit kurzen, blond gefärbten Haaren. Gasperlmaier nickte. „Den kenn ich. Das ist der Leitner Johannes, es stimmt, der ist aus Altaussee." Was er für sich behielt, war, dass er den Johannes hauptsächlich dienstlich kannte. Mindestens zweimal hatte er ihm schon den Führerschein abnehmen müssen. Gasperlmaier trat näher an den Tisch heran. „Sie sagen, sie wollten nur ein wenig Russen schauen. Wie sie hierhergekommen sind, wissen wir noch nicht. Erwischt haben wir sie, als sie über die Wiese von der Loserstraße heruntergeschlichen sind. Etwa unter der Trasse des Sessellifts." Gasperlmaier nickte, und hinter dem Johannes erkannte er den Fehringer Simon, der leider auch kein Unbekannter war. Gasperlmaier rieb sich mit zwei Fingern an der Nasenwurzel. Mit dem Fehringer hatte er ein ganz besonderes Problem, der hatte nämlich einmal seinen, Gasperlmaiers, Gartenzaun umgefahren. Betrunken, natürlich. Gasperlmaier überlegte, ob er seinen Kenntnisstand bezüglich der beiden an den Major Teufl weitergeben sollte. Bis ihm einfiel, dass der ja bloß seinen Computer befragen musste, um herauszufinden, ob die beiden amtsbekannt waren, wie man so schön sagte.

„Den Dritten", er zeigte auf einen dunkelhaarigen Burschen in der Ecke, „den kenn ich nicht. Die beiden", er deutete auf den Simon und den Johannes, „die kenn ich. Kleinere Delikte, alkoholisiert gefahren, Führerscheinentzug, Sachbeschädigung, sowas." Er nickte bekräftigend. „So, so!" Der Major Teufl wandte sich den drei Burschen zu. „Also notorische Unruhestifter? Subjekte, die nicht in der Lage sind, sich an Regeln zu halten? Herrschaften, die ein bisschen auf Risiko spielen wollen, sehe ich recht?" Er stützte sich mit den Händen auf dem Tisch ab und sah die drei nacheinander scharf an. Die wagten keinen Muckser. Dann richtete sich der Major Teufl wieder auf. „Nehmen Sie sie mit, Gasperlmaier. Laden Sie sie ein und bringen Sie sie hinunter nach Altaussee. Und lassen Sie sie irgendwo aussteigen, wo sie möglichst weit im Regen nach Hause gehen müssen!", donnerte er so laut, dass nicht nur die drei Burschen zusammenzuckten, sondern auch Gasperlmaier.

„Auf!", rief er also, unterstrichen durch entsprechende Gesten, denn er wollte vor dem Major Teufl, und natürlich auch vor den anderen Kolleginnen und Kollegen, die die Szene teils amüsiert beobachtet hatten, Entschlossenheit demonstrieren. Die drei schienen froh, aus der Stube der Alpentenn hinauszukommen. Der Johannes drehte sich noch einmal um. „Ah, was ist mit unseren Mountainbikes? Die ..." Der Major Teufl ließ ihn nicht ausreden. „Die könnt ihr euch holen, wenn der Staatsbesuch vorbei ist! Wenn sie dann noch da sind!" Der Johannes zuckte mit den Schultern. „Versteh schon", murmelte er noch, „bin ja nicht schwerhörig!" Gasperlmaier zog die Tür auf, und plötzlich knallte nicht weit von ihm ein Schuss. Wenn er sich nicht täuschte, hatte er sogar Mündungsfeuer gesehen. „Tür zu! Boden!", brüllte der Major, und plötzlich brach rund um Gasperlmaier die Hölle los.

Gläser klirrten, Tische stürzten um, jemand schlug Fensterscheiben ein. „Sie bleiben mit den dreien hier!", rief ihm der Major im Hinauslaufen zu. „Verziehen Sie sich am besten in die Ecke!" Gasperlmaier richtete sich ein wenig auf, als es in der Gaststube ruhig geworden war. Er brauchte den Buben nicht zu erklären, was sie zu tun hatten, sie robbten unter den Tisch, an dem sie zuvor gesessen waren. „Ein Terroranschlag? Ein Attentat?", flüsterte der Johannes. Gasperlmaier sah sich um. Die Gaststube war ein Chaos aus umgestürzten Tischen, Glasscherben und Pfützen, die von den Getränken stammen mussten. Draußen hörte man Rufe, Getrappel, aber keine weiteren Schüsse mehr. Langsam wurde es ruhiger, und Gasperlmaier wagte, aufzustehen und einen Blick hinauszuwerfen. Ein Windstoß riss ihm fast die Tür aus der Hand. Der Major Teufl kam auf ihn zu, neben ihm ein glatzköpfiger Mann in schwarzem Anzug, der den Major um fast einen Kopf überragte. Und nebenbei mindestens eineinhalbmal so breit war. Er starrte mit betrübter Miene auf etwas, das er zwischen den Fingerspitzen hielt. Gasperlmaier lief es kalt den Rücken hinunter. Von den Fingern des Mannes tropfte Blut. Es sah aus wie ...

„Machen Sie Platz, Gasperlmaier!" Der Major war sichtlich ungehalten und steckte seine Waffe wieder in ihr Holster. Zusammen mit dem Glatzkopf betrat er die Gaststube. Was der zwischen den Fingern hielt, musste ein Tier sein. Oder der Rest von einem Tier. Hoffentlich. „Wo ist der verdammte Dolmetscher?“, schrie der Major. Er schob zuerst mit dem Fuß, danach mit dem Ärmel Scherben von einer Bank. „Sitzen! Sit down!“, herrschte er den Russen an, denn um einen solchen, mutmaßte Gasperlmaier, musste es sich hier handeln.

Der starrte weiter auf seine Hand und setzte sich tatsächlich hin. „Belka!“, sagte er zu Gasperlmaier und deutete auf den blutigen Rest in seiner Hand. Er schüttelte den Kopf und verzog den Mund, als leide er unter Schmerzen. Gleich darauf schlug er die freie Hand vor die Augen und begann zu schluchzen. „Belka!“, rief er wieder, das blutige Büschel Haare zwischen seinen Fingern hochhaltend.

Eine blonde Polizistin mit Pferdeschwanz betrat die Gaststube. „Guten Abend“, sagte sie. „Niederecker. Die Dolmetscherin.“ Hinter ihr kamen nach und nach immer mehr Polizisten herein, die zunächst Tische und Bänke wieder aufstellten. Unangenehm kalt war es geworden, weil die Tür offenstand und zumindest ein Fenster zerschlagen war. Gasperlmaier setzte sich zu den drei Burschen aus Altaussee, die inzwischen wieder vom Fußboden auf die Bänke gekrochen waren, und wartete schweigend ab, was noch passierte. Offenbar hatte man sie aufgrund des Tumultes völlig vergessen.

Die Dolmetscherin setzte sich neben den Major. „Fragen Sie ihn, was da los war. Warum er geschossen hat.“ Sie sprach den Hünen auf Russisch an, doch die Antwort verstand auch Gasperlmaier. Er wischte sich die feuchten Augen und deutete mit dem Daumen zum Mund an, dass er zuerst etwas trinken wolle. „Wodka!“, sagte er. Der Major rief dem Kellner, der sich hinter der Schank verschanzt hatte, zu: „Bringen Sie ihm Wodka. Aber halten Sie sich nicht mit einem Stamperl auf!“ Der Kellner nickte, und tatsächlich nahm der Russe einen tiefen Zug aus der Flasche, sobald sie vor ihm stand. Danach begann er zu reden. Gasperlmaier konnte der äußerst lebendigen pantomimischen Darstellung des Russen entnehmen, dass er auf seinem Posten ein Geräusch oder eine Bewegung wahrgenommen hatte. Daraufhin hatte er geschossen. Wieder sagte er „Belka" und deutete auf die blutigen Reste, die er, wie Gasperlmaier jetzt erst sah, auf dem Tisch abgelegt hatte. Das konnte ja heiter werden, dachte er bei sich, wenn die Herren Russen jetzt den einheimischen Wildbestand illegal dezimierten. Eigentlich hätte der Major den Russen gleich verhaften sollen.

Die Dolmetscherin übersetzte, was der Russe in jammerndem Tonfall erzählte: „Er hat vor dem Haus, in dem der Präsident schläft, Wache gehalten. Dann hat er etwas gesehen, eine Bewegung. Und er hat geschossen. Und getroffen hat er ein Eichhörnchen, das über die Wiese gelaufen ist." Sie deutete auf das tote Tier. „Es tut ihm furchtbar leid. Zu Hause füttert er immer die Eichhörnchen im Park gegenüber von seinem Haus. Er liebt Eichhörnchen." Der Russe nickte traurig, so, als habe er die Übersetzung verstanden. Jetzt wusste auch Gasperlmaier, was „Belka" bedeutete. Zielen konnte der Mann, das musste man ihm lassen. Im Dunklen ein Eichhörnchen zu treffen, das war eigentlich unmöglich. Der Major stand auf. „Verdammt noch einmal! Die können doch nicht auf alles ballern, was sich bewegt! Das gibt diplomatische Verwicklungen, das sag ich euch! Ich muss jetzt natürlich einen Bericht schreiben!"

Plötzlich fiel sein Blick auf Gasperlmaier. „Was?", schrie er. „Ihr seid immer noch da?" Gasperlmaier zuckte mit den Schultern. „Die letzte Order hat gelautet, dass wir uns auf den Boden legen sollen!" Er deutete auf die drei Burschen hinter sich, die sichtlich erschrocken waren. Der Major nickte. „Schon gut!“, fuhr er wesentlich leiser fort. „Aber jetzt – Abmarsch!“ Gasperlmaier nickte und deutete den dreien, ihm zu folgen. Aus den Augenwinkeln sah er noch, wie der Russe die Flasche neuerlich an die Lippen setzte. Der Schmerz über das getötete Eichhörnchen schien größerer Mengen Trost zu bedürfen.

Draußen regnete es immer noch in Strömen. „Einsteigen! Alle drei hinten!“, kommandierte Gasperlmaier, als sie seinen Dienstwagen erreicht hatten. Bevor er selbst einstieg, warf er noch einen Blick auf die Ferienhäuser, die er von hier aus sehen konnte. Mehrere mobile Scheinwerfer waren jetzt eingeschaltet, die einige Fassaden in grelles Licht tauchten. Und wenn ihn nicht alles täuschte, dann befand sich auf einem Balkon eine Gestalt. Ein Mann. Konnte das der russische Präsident sein? Gasperlmaier stieg ein und startete den Motor.

Vor dem Posten ließ er die drei Burschen laufen und brachte den Dienstwagen noch in die Garage. Immer noch wunderte sich Gasperlmaier über die Szene in der Alpentenn. Ein Bär von einem Mann war untröstlich darüber, dass er versehentlich ein Eichhörnchen erschossen hatte. So viel Gefühl hatte er einem hartgesottenen Sicherheitsbeamten nicht zugetraut.

Der Regen hatte zwar nachgelassen, der Wind jedoch nicht. Gasperlmaier fröstelte auf dem Nachhauseweg unter seiner dünnen Jacke. Ob er gleich nach Hause gehen oder noch irgendwo einkehren sollte? Er war viel zu aufgewühlt, um sich ins Bett zu legen und zu schlafen. Und er würde womöglich nur die Christine stören, oder, wenn die zwei Mädels schon wieder nach Hause gekommen waren ...

In der Villa Kirnberger war noch Licht. Die Wachmannschaft war anscheinend schon schlafen gegangen, zu sehen war jedenfalls niemand. Gasperlmaier trat an ein Fenster und konnte die Mali Kirnberger erkennen, die sich mit einem Gast zu unterhalten schien, der vom Vorhang verdeckt war. Gasperlmaier kannte die Mali, sie war etwa in seinem Alter, und während der Schulzeit hatte er sie sehr verehrt. Er konnte sich noch gut daran erinnern, was für eine fantastische Figur sie früher am Badeplatz in ihrem schwarzen Bikini abgegeben hatte. Nähergekommen war er ihr leider nur einmal, als sich kein anderer gefunden hatte, um sie mit nach Hause zu nehmen. Da hatte sie sich auf den Rücksitz seines Mopeds gesetzt und ihm sogar, um nicht hinunterzufallen, die Arme um die Mitte geschlungen. Er hatte wochenlang von dieser Fahrt geträumt.

Vorsichtig klopfte er ans Fenster. Es konnte nichts schaden, nach den Vorfällen bei der Losermaut hier noch einmal zu kontrollieren, ob im Quartier des österreichischen Bundespräsidenten alles in Ordnung war. Die Mali schreckte auf und blickte zum Fenster. „Ich bin's, Gasperlmaier!", rief er. Nach kurzem Zögern nickte sie, lächelte und deutete zur Eingangstür. „Schau an!", sagte sie, als Gasperlmaier eintrat. „So netter Besuch, so spät? Willst die Sperrstunde überprüfen? Da bist ja sonst nicht so genau!" Sie fasste ihn an den Schultern und drückte ihm zwei Küsse auf die nassen Wangen. Gasperlmaier erschauerte ein wenig, aber nicht der Kälte wegen. „Du bist ja ganz nass! Komm, lass deinen Rock da an der Garderobe und komm mit hinein. Du wirst es nicht glauben, mit wem ich mich gerade unterhalte!" Gasperlmaier war noch gar nicht zu Wort gekommen, als ihn die Mali mit einem sanften Schubs in die Gaststube beförderte.

Der Gast, mit dem sich die Mali unterhalten hatte, war der Bundespräsident.

Gasperlmaier war sich nicht sicher, ob er salutieren sollte, entschied sich schließlich dagegen und sagte einfach: „Grüß Sie Gott, Herr Präsident!“ Er ging zum Tisch und streckte dem Bundespräsidenten die Hand hin. Der erhob sich sogar ein wenig und drückte ihm kurz und nicht allzu fest die Hand. „Schau, schau!“, sagte er und ließ sich wieder auf die Bank sinken. „Die Polizei kümmert sich sogar bei Nacht um mich. Das find ich aber äußerst fürsorglich! Setzen Sie sich doch ein bisserl her zu uns! Die Frau Kirnberger war so freundlich, mir Gesellschaft zu leisten. Sie wissen ja, in meinem Alter schläft man nicht mehr so gut. Braucht man nicht so viel Schlaf. Ja, ja!“ Der Präsident nickte und starrte vor sich hin. Er war, so wusste Gasperlmaier, einer, der sich stets vor dem Reden Zeit ließ, zu überlegen, und durchaus auch Stille ertragen konnte. Das war ihm überaus sympathisch, denn er selbst hatte auch gern Zeit zum Nachdenken, bevor er etwas sagte. „Magst auch ein Glaserl Sauvignon?“, fragte die Mali. Gasperlmaier nickte. Die Mali stellte ein Glas vor ihn hin und setzte sich wieder. „Na, dann Prost!“, sagte der Präsident und hob sein Glas. Gasperlmaier erwiderte, man ließ die Gläser klingen und trank einen Schluck. „Wird denn die Villa nicht bewacht?“, fragte Gasperlmaier und sah sich suchend um. Der Präsident nickte lächelnd. „Natürlich. Vorne und hinten. Die Herren machen das nachts sehr diskret und unauffällig. Aber Ihr Besuch ist ihnen sicher nicht entgangen!“ Gasperlmaier nickte. Dann wurde es wieder still.

„Der Gasperlmaier ist unser Postenkommandant“, erklärte die Mali. „Und jetzt hat er natürlich viel zu tun!“ „Ja, ja“, sagte der Präsident und ließ den Kopf wieder ein wenig sinken. „Sagen Sie, haben wir uns nicht schon einmal getroffen?“, fragte er plötzlich. „Sie sind mir doch gleich so bekannt vorgekommen. War das nicht im Bierzelt?“ Gasperlmaier nickte. „Natürlich. Sie haben mir damals auch schon die Hand geschüttelt!“ „Genau!“, antwortete der Präsident. „Schön war's. Ihr seid ja wunderbare Gastgeber. Jeden Wunsch lest ihr einem von den Augen ab. Aber sehr laut war's schon auch, gell? Ich hab's ja sonst nicht so mit den Bierzelten. Bin ich halt schon ein bissl alt dafür.“ Wieder wurde es still.

„Und Umständ“, sagte der Präsident, „macht's ihr keine. Nicht einmal mit dem Bundespräsidenten. Ich hab, genauso wie alle, mein Grillhendl mit den Fingern essen müssen.“ Gasperlmaier nickte und überlegte, ob er auch etwas zur Konversation beitragen konnte. „Eigentlich komm ich ja direkt von einem Einsatz“, erklärte er, als ihm die Stille ein wenig zu lang dauerte. „So?“, fragte der Präsident. „Ist denn was passiert?“ „Wie man's nimmt“, entgegnete Gasperlmaier und erzählte, warum er zum Quartier der Russen gerufen worden war und was sich dort ereignet hatte. Als er geendet hatte, nahm der Bundespräsident seinen letzten Schluck, und Gasperlmaier war schon drauf und dran, sich zu erheben, weil er dachte, der Präsident wolle sich nun zur Ruhe begeben. „Geh, Frau Kirnberger, bringen S' uns vielleicht noch ein Flascherl? Diesmal einen roten vielleicht? Einen Pinot Noir trink ich ganz gern. Dann können wir noch ein bisserl plaudern!“

Nachdem eingeschenkt und zugeprostet worden war, lächelte der Präsident. „Da war der Mann aber schnell am Drücker! Werden Sie den Vorfall jetzt dem zuständigen Revierjäger melden?“ Gasperlmaier überlegte. Wenn er sich nicht täuschte, dann war der Besitzer des Jagdreviers ein ehemaliger Minister, der sicherlich Verständnis dafür haben würde, dass man wegen eines Eichhörnchens keine diplomatischen Verwicklungen heraufbeschwören wollte. Er schüttelte also den Kopf. „Glaub ich nicht", sagte er. „Sollten wir vielleicht keinen allzu großen Wirbel machen, wegen dem Viecherl!" „Viecherl!", wiederholte der Präsident lächelnd. „Was mich aber interessieren tät, ob der Major dem Innenministerium die Flasche Wodka auf die Rechnung setzt?"

Daraufhin begann der Präsident zu erzählen, wie die Dinge so abliefen, wenn man sich in Russland auf Staatsbesuch befand, und Gasperlmaier merkte jetzt, dass er recht müde war. Als ihm die Mali neuerlich nachschenken wollte, schüttelte er den Kopf. „Ich muss ja morgen wieder ..." Weiter kam er nicht, denn er musste daran denken, dass man ihn morgen Früh wohl gleich wieder zum Überprüfen der Absperrungen und zur Überwachung der Fahrverbote losschicken würde. „Ja, ja!", nickte der Präsident. „Gehen S' nur, und danke, dass Sie mir so spät noch Gesellschaft geleistet haben. Wir wollen ja schließlich nicht an der amtlichen Sperrstunde rütteln, gell?" Er lächelte. „Wobei ich jetzt keinesfalls sagen wollte, dass mir unsere charmante Gastgeberin nicht Gesellschaft genug gewesen wäre, keinesfalls!" Die Mali lächelte geschmeichelt. „Aber Herr Präsident!", entgegnete sie kokett. Wenn sie auch ein wenig gealtert war, diese kokette Art war genau die, die Gasperlmaier vor 30 Jahren so fasziniert hatte. Oder waren es schon bald 40? Er stand auf und schüttelte dem Präsidenten noch einmal die Hand. „Auf Wiederschauen. Und passen S' gut auf mich auf!", sagte der. „Selbstverständlich, Herr Präsident!" Gasperlmaier verneigte sich andeutungsweise und ließ sich dann von der Mali hinausbringen. Die drückte ihn kurz an sich. „Pfüat di, Gasperlmaier. Und gut hast du's gemacht!" Schon stand er wieder draußen im Regen.

Zu seiner Überraschung brannte im Haus noch Licht. Als er durch die Haustür trat, hörte er im Wohnzimmer Stimmen. Die erstarben allerdings, als er sich bemerkbar machte, indem er Schuhe und Jacke auszog. Ob er einen Blick ins Wohnzimmer werfen oder gleich ins Schlafzimmer hinaufgehen sollte? „Papa?", hörte er plötzlich eine Stimme. „Ja, ich bin's!", antwortete er. Im Wohnzimmer saßen die beiden Mädchen auf der Couch. Vielmehr, die beiden jungen Frauen. Er musste sich selbst ständig daran erinnern, dass seine Kinder erwachsen waren. Sie hatten die Füße unter sich gezogen und hockten einander zugewandt auf dem Sofa. Vor sich hatten sie Weingläser, die beinahe geleert waren. „So spät noch unterwegs, Papa? Wo warst du denn?" Er räusperte sich. „Ja, also", begann er. „Ihr werdet es nicht glauben, aber ich habe mit dem Herrn Bundespräsidenten ein paar Gläser Wein getrunken." Die Katharina rümpfte die Nase. „Das glaubst du ja wohl selber nicht!", sagte sie. Erst, nachdem Gasperlmaier die näheren Umstände glaubwürdig dargestellt hatte, blieb den beiden der Mund offen stehen. „Also, nichts gegen den Bundespräsidenten, aber mir ist der Typ doch ein wenig zu behäbig", meinte die Stefanie. „Der kriegt doch manchmal fast den Mund nicht auf!" „Ich hätte mir auch jemand Jüngeren gewünscht", ergänzte die Katharina. „Oder zumindest eine Frau. So wird doch nur das Patriarchat weiter zementiert, indem man einen hinstellt, der an der Oberfläche nett ist, aber doch halt nur ein alter, weißer Mann!" Gasperlmaier gähnte. „Ich geh jetzt ins Bett." Er hatte gar keine Lust auf eine politische Diskussion mit den beiden. „Eigentlich ist das genau die Art von Story, die unsere

Leserschaft so liebt!" Die Augen der Stefanie leuchteten, sie nahm die Beine vom Sofa und beugte sich vor. „Können Sie mir das morgen in allen Details erzählen? Das wär was für unser Magazin!" Gasperlmaier schüttelte den Kopf. „Das war ganz privat. Das wär ja ... ein glatter Vertrauensbruch wäre das. Das dürfen Sie auf keinen Fall tun!" Die Stefanie zog eine Grimasse. „Aber das wäre so eine super Story geworden: Ganz privat – der Präsident mit dem Landpolizisten!" „Geh, hör auf!" Auf Katharinas Stirn erschien eine steile Falte. Wie sie da der Christine ähnelte! „Der Papa hat keine Freude damit, wenn du ihn als einfältigen Landpolizisten abtust! Das ist doch nichts Ehrenrühriges!" „Schade!" Die Stefanie streckte die offenen Handflächen nach oben. Anscheinend, so schien Gasperlmaier, wollte sie auf keinen Fall Streit mit der Katharina riskieren.

„Warum ..." Gasperlmaier überlegte, wie er seine Frage formulieren sollte. „Also ... wenn Sie über Prominente berichten ... so ein Gipfeltreffen, das ist dann doch eher politisch, nicht? Worüber schreiben Sie denn dann?" Die Stefanie zuckte mit den Schultern. „Morgen ist ja das große Staatsbankett. Und da sind auch allerhand Prominente dabei. Abseits von der Politik. Aus der Wirtschaft, zum Beispiel, und auch Kulturschaffende." Ihre Hände wirbelten durch die Luft. „Das vermischt sich dann alles. Promis, Politik, Wirtschaft, Kultur. Ich hoffe schon, dass ich ein paar Fotos und Statements bekomme."

„Na, dann!", sagte Gasperlmaier und erhob sich. Er war jetzt wirklich rechtschaffen müde. Es war auch schon Mitternacht vorbei. Höchste Zeit, ins Bett zu gehen. „Gute Nacht!"

Als er aus dem Wohnzimmer schlich, waren die beiden auf dem Sofa noch näher zusammengerückt.

2

Irgendwas stieß ihn gegen die Rippen. „Franz!", flüsterte die Christine. „Franz, dein Handy!" Es dauerte noch ein paar Augenblicke, bis er wusste, wo er war. Er hatte gerade etwas Angenehmes geträumt, das ihm bereits jetzt, Sekunden später, völlig entglitten war. „Mein Handy?", murmelte er schlaftrunken. „Jetzt? Um diese Zeit?" „Du hast doch gesagt, du hast Bereitschaft! Und den Notruf auf dein Handy umgeleitet!" Plötzlich war er selbst ebenso hellwach wie die Christine. Er polterte etwas ungelenk die Stiegen hinunter, sodass er sicher auch die beiden Mädchen aufweckte. Als er sich der Garderobe näherte, begann das Handy erneut zu klingeln.

„Polizei Altaussee!", meldete er sich, ein wenig außer Atem. „Ja, kommen Sie bitte schnell! Da liegt eine Tote!" Die Stimme war weiblich und atemlos. Hatte am Ende der Russe nach seiner Flasche Wodka noch ein wenig um sich geschossen und dabei etwas Größeres als ein Eichhörnchen getroffen? „Wo denn?", fragte er, denn die Anruferin machte keine Anstalten, eine Adresse zu nennen. „Beim Cateringzelt. Das wir da auf Wiese aufgebaut haben, für Einsatzmannschaft und so!" „Ich bin schon unterwegs!", rief Gasperlmaier in sein Telefon. „Greifen S' nichts an und lassen Sie alles so, wie es ist!" Erst, als er auflegte, sah Gasperlmaier auf dem Handy nach der Uhrzeit. Kurz vor sechs. Draußen war es noch stockfinster, und es regnete. Nur leicht, aber ununterbrochen. Natürlich wusste er, wo sich die Anruferin befand. Auf der Festwiese, da, wo normalerweise während des Kirtags das Bierzelt stand, hatte man ein Cateringzelt aufgebaut, weil ja plötzlich so viele Leute auf einmal zu verköstigen waren. Für die hätten die Wirtshäuser in Altaussee nicht einmal ansatzweise ausgereicht. Und man hatte es gerade dort aufgestellt, weil es alle Anschlüsse schon gab, die man brauchte: Wasser, Strom, Kanal. Das Zelt sah völlig anders aus als das Kirtags-Bierzelt. Es war innerhalb kürzester Zeit aus einem Alugerüst und Kunststoffwänden entstanden, hatte drinnen eine komplette moderne Küche, einen festen Kunststoffboden und eine ordentliche Einrichtung mit Tischen und Stühlen. Es sah eigentlich aus wie ein richtiges Haus. Er hatte selbst gestern sein Mittagessen dort eingenommen.

Damit es schneller ging, nahm er sein Fahrrad, so musste er nicht erst zum Posten laufen, um den Dienstwagen zu holen. Kalt war es, und der Regen prickelte im Gesicht. Er kniff die Augen zusammen und trat in die Pedale. Das war das Letzte, was er jetzt noch gebraucht hatte. Eine Tote beim Gipfeltreffen. Ob er am besten gleich den Major Teufl anrief? Sollte der sich doch um die großen Sachen kümmern, er hatte Gasperlmaier ja auch gestern nur für einfache Dienste geeignet gefunden. Aber jetzt musste er sich erst einmal die Tote anschauen, es half ja nichts. Als er sein Fahrrad an einen Holzzaun neben dem Cateringzelt anlehnte, war weder von der Anruferin noch von einer Toten etwas zu sehen. Aber drinnen war Licht. Er trat näher und warf einen Blick durch die Scheibe in der Tür. Niemand zu sehen. Aber, so ergab ein Versuch, es war nicht abgesperrt. Als er eintrat, hörte er jemanden schluchzen. „Hallo? Polizei?“, machte er sich bemerkbar. Daraufhin ein lautes Kreischen, das ihn selbst zurückschrecken ließ. „Herrschaftszeiten!“, polterte er. „Was schreien S’ denn so?“ Hinter der Schank tauchte ein verheultes Gesicht auf. „Ich hab mich so erschrocken! Hätte ja sein kennen, dass Merder ist zurick!“ Die junge Frau trug ein weißes Kopftuch und eine weiße Schürze über ihrer dunkelgrauen Kochjacke. Sie tupfte sich mit einem Taschentuch die Wangen. Ihren Akzent konnte Gasperlmaier im Moment nicht einordnen. Aber er bereute augenblicklich, laut geworden zu sein. Er trat näher an die Schank heran. „Wie heißen S' denn?“, fragte er. „Kadlecová. Martina“, flüsterte die Frau. Er schätzte sie auf vielleicht 25. Ein paar dunkle Haarsträhnen lugten unter ihrem Kopftuch hervor, das die Aufschrift der Cateringfirma trug, die das Zelt betrieb. „Und warum sind S' jetzt schon da?“ „Frihstick!“, sagte sie. „Machen wir Frihstick fir 200 Personen. Polizei, Presse, Security. Sie kennen auch kommen fir Frihstick, denke ich.“ Sie lächelte scheu. Gasperlmaier räusperte sich. „Und wo ist jetzt die Leiche?“, fragte er.

Die Martina deutete zum Küchenbereich. „Haben wir noch Eingang direkt zu Kiche von Wiese. Liegt dort.“ „Herinnen oder draußen?“, fragte Gasperlmaier. „In Kiche. Ich nicht gehe noch einmal hinein!“ Sie schüttelte den Kopf und begann erneut zu schluchzen. Gasperlmaier legte einen Arm um ihre Schultern. „Jetzt brauchen Sie keine Angst mehr zu haben. Ich bin ja da. Und gleich werden noch viel mehr Polizisten kommen. Allerdings nicht zum Frühstück!“

Als er sich gerade in die Küche begeben wollte, öffnete sich die Tür erneut. Zwei, drei Leute, ebenfalls mit Schürzen und Kopftüchern, wollten herein. Er eilte ihnen mit ausgestreckten Armen entgegen. „Tut mir leid, Tatort!“, erklärte er. „Sie können jetzt nicht herein, am besten rufen Sie gleich Ihren Chef an, momentan ist das Zelt gesperrt!“ Die Leute starrten ihn verblüfft an. „Tatort? Ja, was? Wieso?“ Alle redeten durcheinander. Sanft schob Gasperlmaier sie zur Tür hinaus. „Und was ist mit der Martina?", protestierte einer. „Zeugin! Wird sich alles aufklären! Nur ein wenig Geduld!"

„Haben Sie einen Schlüssel?" Er deutete auf die Tür. Die Martina nickte. „Dann sperren wir zu!" Er streckte die Hand nach dem Schlüsselbund aus, den die Martina ihm reichte. Gott sei Dank sperrte gleich der erste der drei Schlüssel, die dranhingen.

„Kennen Sie die Tote?", fragte Gasperlmaier. Die Martina nickte. „Ist Laura. Laura Lederer. Hilfskechin." Jetzt musste es sein, er konnte die Tatortbegehung nicht länger hinausschieben. Die Küche war geräumig, alles blitzte nur so vor Edelstahl, es war sauber aufgeräumt. Die Martina hatte offenbar noch nicht mit den Vorbereitungen für das Frühstück begonnen. Gasperlmaier umrundete den Küchenblock, um zum Hinterausgang zu gelangen. Direkt davor lag zusammengesunken eine weibliche Leiche. Diesmal, so schwor Gasperlmaier sich, würde er alles richtig machen. Zuerst zog er sich ein Paar Einweghandschuhe über und prüfte, ob die Hintertür verschlossen war. Das war sie, Gott sei Dank. So konnte niemand Unbeteiligter herein und den Tatort kontaminieren.

Gasperlmaier nahm die Tote unter die Lupe. Sie lag mit dem Gesicht auf dem Boden, die dunklen Haare waren zu einem Knoten aufgesteckt. Den Kopf umgab eine Blutlache, die aber bereits eingetrocknet und überdies nicht allzu groß war. Gasperlmaier beugte sich über sie, griff an ihren Hals und hielt inne, um festzustellen, ob noch Herzschlag vorhanden war. Doch sie fühlte sich kalt und reglos an. Er musste einen Würgreflex unterdrücken. Der Hinterkopf der Toten war rechts eindeutig eingedrückt, so sah kein normaler Schädel aus. An der flachen Stelle gab es auch Blutverkrustungen. Die Tote trug Arbeitskleidung, identisch mit der der Martina draußen bei der Schank. Schwarze Sneakers, eine schwarze Hose, eine weiße Schürze und darüber eine graue Jacke. Auf dem Rücken der Jacke war das Logo der Firma aufgestickt. „Fanny's Food" stand da. In einem Bogen, darunter eine stilisierte Palme und etwas, das wie ein Cocktailglas aussah. Gasperlmaier musterte die gesamte Küche, ging um die Leiche herum, sah aber nichts, was eine Mordwaffe hätte sein können. An der Wand hingen an mehreren Stellen Magnetschienen mit Messern, doch das Opfer war nicht erstochen worden, so viel schien ihm sicher. Er holte sein Handy aus der Brusttasche und machte ein paar Fotos, ohne in der näheren Umgebung der Toten allzu viel herumzutrampeln. Sonst, stellte er fest, konnte er hier nicht viel tun.

Er begab sich zurück zur Schank und zog einen Hocker heran, um sich gegenüber der Martina hinsetzen zu können. „Sie haben aufgesperrt? Als Erste?" Die Martina nickte. „Und dann?" „Dann ich bin zu Hintertiere, wollte ich aufsperren, wegen frische Luft. Da ich sehe ..." Ihr Mund verzog sich erneut zu einem Schluchzen. „Was können Sie mir denn über die Laura sagen?", fragte Gasperlmaier. „Hat gearbeitet hier als Kichenhilfe. Ist neu in Firma. Erste Mal." „Und Sie selber?" „Bin ich Kechin. Dritte Jahr in Firma. Arbeite ich schon oft in diese Zelt." Sie schüttelte den Kopf. Ihr Gesicht war tränennass. „Kennen Sie sie näher?", fragte Gasperlmaier. Die Martina schüttelte den Kopf. „Hab ich mich nur gewundert, dass Esterreicherin arbeitet als Kichenhilfe. Normalerweise das sind Leite aus Bulgarien, Kosovo, Nigeria. Ist schlecht bezahlt." Gasperlmaier nickte. „Und dann haben Sie den Polizeinotruf gewählt?" Diesmal nickte die Martina. „Es war sicher abgesperrt, als Sie gekommen sind?", fragte er noch. „Ja! Ganz sicher!"

„Dann“, folgerte Gasperlmaier, „hat jemand nach dem Mord noch das Zelt abgesperrt!“

Er überlegte, wen er jetzt zuerst anrufen sollte. Aber es blieb ihm ohnehin keine Wahl. Er musste den Einsatzleiter, den Major Teufl, verständigen. Der meldete sich gleich nach dem ersten Läuten mit einem etwas ungehaltenen „Ja?“. Gasperlmaier setzte ihn ins Bild. „Himmelherrgott Donnerwetter!“, fluchte Teufl, als er von der Toten erfahren hatte. „Ich kann selber nicht, wir müssen die Präsidenten begleiten. Am besten, Sie rufen gleich jemanden von der Tötung an, ja, nehmen Sie das in die Hand!“ Das war Gasperlmaier nur recht. Er würde die Frau Doktor Kohlross vom Bezirkspolizeikommando in Liezen anrufen, denn die hatte er schon bei mehreren schwierigen Fällen im Ausseerland begleitet und schätzen gelernt.

Gasperlmaier atmete auf, als er nach längerer Wartezeit die Stimme der Frau Doktor Kohlross hörte. „Ja, Franz! Was verschafft mir denn die Ehre – und die Freude?“ „Freude wirst du keine haben“, erklärte er. „Wir haben da eine Tote. Im Cateringzelt. Wegen dem Gipfeltreffen.“ „Wo ist dieses Zelt? Bei euch in Altaussee? Die Tote hat mit dem Gipfeltreffen zu tun?“ Gasperlmaier konnte am Scharren eines Stuhles hören, dass die Frau Doktor aufgesprungen war. „Ja, hier. Da, wo sonst das Bierzelt ist. Und indirekt hat sie schon mit dem Gipfeltreffen zu tun. Sie hat als Köchin gearbeitet. Da, im Cateringzelt.“ „Und was sagt der dortige Einsatzleiter?“ „Dass ich dich anrufen soll!“, schlug Gasperlmaier einen kleinen Bogen um die Wahrheit. „Ja, ich muss noch schnell ... nein, für die Schule ist es noch zu früh, ich muss die Sophie aufwecken, fertig machen und zur Oma bringen. Wird ein wenig dauern. Aber wir kommen! Schau, dass niemand den Tatort betritt!“ „Ist gut!“ Die Frau Doktor hatte eine kleine Tochter, aber dass die schon alt genug für die Schule war, hätte Gasperlmaier nicht gedacht. Wie schnell doch die Zeit verging!

Als Gasperlmaier aufgelegt hatte, merkte er, dass die Martina zitterte. „Ich glaub“, sagte er, „Sie brauchen einen Schnaps. Da gibt’s doch sicher welchen?“ „Ich weiß nicht“, flüsterte die Martina. „Vielleicht dann ich falle gleich tot um!“ „Ach was!“ Gasperlmaier machte sich hinter der Bar auf die Suche nach etwas, das er kannte. Da. Ein Marillenbrand. Der würde helfen. Schnapsgläser fand er gleich im Regal unter den Flaschen. Er schenkte sich und der Martina großzügig ein. „Prost!“ Zuerst nippte er vorsichtig. Sakra, das war ein guter Schnaps. „Hinunter damit!“, ermunterte er die Martina, die folgsam ihr Glas hochhob und in einem Zug leerte. „Gleich wird’s besser!“, tröstete er sie. „Das ich hoffe!“, gab sie zurück.

Es klopfte, in der Morgendämmerung erkannte Gasperlmaier draußen eine Polizeiuniform. Den Schlüssel der Martina, so merkte er, hatte er ganz in Gedanken in seine eigene Hosentasche gesteckt. Er eilte zur Tür und sperrte auf. „Guten Morgen!“, grüßte die Beamtin, die eintrat. Sobald Gasperlmaier wahrnahm, dass sie Leutnant war, salutierte er. „Gasperlmaier“, stellte er sich vor. „Postenkommandant in Altaussee. Und das“, er deutete auf die Martina, die zwar nicht mehr zitterte, aber einen etwas glasigen Blick hatte, „das ist die Frau Martina ... wie noch?“ „Kadlecová“, sprang sie ein. Gasperlmaier nickte. „Sie hat die Leiche gefunden.“ „Distler“, stellte sich die Beamtin vor. Sie hatte kurze, schwarze Haare und sah, fand Gasperlmaier, ein wenig männlich aus. „Leutnant Distler. Ich bin nur hier, um dem Herrn Major Bericht zu erstatten.“ Gasperlmaier erzählte, was er wusste, und dachte sich, dass er das dem Herrn Major auch selber hätte berichten können. Die Frau Leutnant Distler zog ein Handy aus ihrer Brusttasche, begab sich ans andere Ende des Zeltes und begann ein von vielen Gesten untermaltes Telefongespräch. Wahrscheinlich mit dem Major.

„Noch einen?", fragte Gasperlmaier. Die Martina schüttelte den Kopf. Sie war jetzt, fand er, schon viel ruhiger geworden. Leutnant Distler trat wieder zu ihnen. „Sie haben die Zuständigen benachrichtigt?" Gasperlmaier nickte. „Bitte über den aktuellen Stand der Ermittlungen dem Herrn Major Bericht zu erstatten. Wiedersehen!" Die Frau Leutnant Distler hob kurz zum Gruß den Arm und verließ das Zelt, ohne sich die Leiche angesehen zu haben. Die, so dachte Gasperlmaier bei sich, hätte er nicht gebraucht.

Es war schon hell, als eine ganze Kolonne von Einsatzwagen vor dem Zelt auffuhr. Ob das eine gute Idee war, dessen war sich Gasperlmaier nicht sicher. Der Regen der letzten Tage hatte den Boden ordentlich aufgeweicht, sodass man schon gestern den Zugang zum Zelt mit einer Ladung Rindenmulch hatte ermöglichen müssen. Und auch jetzt klatschten wieder dicke Tropfen gegen die Scheiben. Er sperrte auf, und noch vor der Frau Doktor strömten die Mitglieder der Tatortgruppe herein. „Wo?", fragte einer. „Küche!" Gasperlmaier wies mit einer Handbewegung den Weg. Nahe der Tür hielt er nach der Frau Doktor Ausschau. Als sie eintrat, umarmte sie ihn, wie Gasperlmaier fand, fast stürmisch. Er spürte ihr nasses Gesicht an seiner Wange. „Ich freu mich so, Franz, dass ich dich wiederseh." Gasperlmaier räusperte sich. „Der Anlass ist halt ..." „Na ja", sagte sie. „Ist eben unser Geschäft. Meines, vielmehr." Sie legte den Regenmantel ab und warf ihn über eine Stuhllehne.

„Wer hat denn die Leiche gefunden?“ „Die Frau Kadlecová!“ Er war froh, dass er sich den Namen gemerkt hatte, und zeigte auf die Martina, die immer noch auf ihrem Hocker hinter der Schank saß. Die Frau Doktor stellte ihr die Fragen, die die Martina ihm schon beantwortet hatte. Sie trug heute Jeans und einen Kapuzensweater, dazu Turnschuhe mit kräftigen Sohlen und gutem Profil. Was Tatorte im Ausseerland betraf, fand Gasperlmaier, hatte sie dazugelernt.

„Eine Identität hätten wir schon einmal“, sagte die Frau Doktor und holte ihr Handy heraus. „Laura Lederer, sagen Sie, heißt die Tote?“ Die Martina nickte. Die Frau Doktor hielt ihr Handy ans Ohr und beauftragte jemanden in Liezen, die Daten zu überprüfen. „Wir warten jetzt, bis die da drinnen fertig sind. Und auf die Frau Doktor Wurm, unsere Gerichtsmedizinerin. Dann gehen Sie auch mit uns hinein. Stehen Sie das durch?“, fragte die Frau Doktor die Martina. Die nickte mit etwas ausdruckslosem Gesicht.

„Komm einmal mit, Franz!“, forderte ihn die Frau Doktor auf. Sie zog ihn ein paar Meter von der Schank weg. „Meinst du, die hat schon etwas getrunken? So früh am Morgen? Sie wirkt so ... sediert?“ „Äh ... ich ...“, zögerte Gasperlmaier. „Du hast ihr einen Schnaps gegeben?“ Sie lächelte. „Ja, ich hab gedacht ... sie hat so gezittert, und da ...“ Die Frau Doktor nickte. „Schon gut. Ich wollte nur wissen ...“

„Guten Morgen!“ Die Frau Doktor Wurm trat ins Zelt. Ihr Gruß klang nicht mehr so euphorisch wie beim letzten Mordfall, als sie, so erinnerte Gasperlmaier sich, ganz begeistert erzählt hatte, dass sie endlich ihre Bandscheibenprobleme losgeworden war. Aber immerhin begann sie nicht gleich wieder zu klagen wie früher. „Eine Köchin, hör ich, haben s’ umgebracht?“, fragte sie. „Wo man doch heute eh so schwer Personal für die Küche bekommt! Ein Jammer! In meinem Lieblingslokal hat gerade der Koch gekündigt, eine Katastrophe, sag ich euch!" „Wär's Ihnen lieber, wenn man ein paar Psychologen abschlachtet? Von denen gibt's nämlich mehr als genug!" Die Frau Doktor lächelte. „Gott bewahre! Ich wollte niemandem zu nahe treten!" Die Frau Doktor Wurm hob in einer entschuldigenden Geste ihre Hände. Ob die wusste, fragte Gasperlmaier sich, dass die Frau Doktor Kohlross Psychologie studiert hatte?

„Wir wären fertig!" Der Leiter der Tatortgruppe kam aus der Küche und schälte sich aus seinem Overall. „Viele Spuren gibt's da wohl nicht. Da ist blitzblank geputzt worden gestern Abend." Die Frau Doktor nickte. „Habt ihr in ihrer Kleidung was gefunden?" Der Mann nickte und hielt der Frau Doktor einen Plastikbeutel entgegen. „Ein Papiertaschentuch, einen Beleg von einem Supermarkt in Bad Aussee und ein paar Tabakbrösel." Die Frau Doktor nahm den Beutel stirnrunzelnd in Empfang. „Also wohl Raucherin, die ihre Zigaretten selbst gedreht hat. Die Ausrüstung dafür fehlt aber. Keine Papiere, kein Handy, keine Bankomatkarte, keine Schlüssel?" Der Mann schüttelte den Kopf. „Da war jemand gründlich!" „Habt ihr die Bratpfannen alle durch? Und die Kochtöpfe? Irgendwas dabei, das als Mordwaffe in Frage kommt?" Der Mann zuckte mit den Schultern. „Haben wir alles mitgenommen. Muss ins Labor. Auf den ersten Blick – alles sauber!" „Na, was soll's!", sagte die Frau Doktor. „Gehen wir Leiche schauen!"

„Kein Handy", wiederholte die Frau Doktor. „Jeder hat ein Handy. Vor allem in diesem Alter, vor allem, wenn sie nicht zu Hause ist." „Ob der Täter es hat?", fragte Gasperlmaier. „Wahrscheinlich", antwortete die

Frau Doktor. „Wahrscheinlicher noch: weggeschmissen. Müssen wir suchen lassen." Gasperlmaier wandte sich ab, als die Frau Doktor Wurm begann, zunächst die Kopfwunde zu untersuchen. „Os parietale!", sagte sie. „Wenig äußerliche Blutung. Wahrscheinlich mit einem flachen Gegenstand, aber schwer." „Bratpfanne?", fragte die Frau Doktor Kohlross. „Gut möglich. Bruch des Scheitelbeins, Hirnblutung, Exitus. Kann ganz schnell gehen. Davor jedenfalls Bewusstlosigkeit." Gasperlmaier warf einen Blick auf die Leiche, an der die Frau Doktor Wurm gerade die Kleidung öffnete. Schade um die junge Frau, dachte er bei sich. Wie alt sie gewesen sein mochte? „Die Leichenflecken sagen mir, dass sie nach dem Tod nicht bewegt worden ist." Gasperlmaier musste daran denken, wie er vor Jahren, fast genau an dieser Stelle, den Fehler begangen hatte, eine Leiche zu bewegen. Er wandte den Blick wieder ab. „Hach Gott, meine Knie!", jammerte die Frau Doktor Wurm und richtete sich wieder auf. „In Zukunft muss ich mir einen Polster mitnehmen, oder so ein Ding, wie man's im Garten hat, zum Draufknien!" Sie stöhnte. „Also: Die Totenstarre ist noch nicht voll ausgeprägt, aber das sagt uns gar nichts, das kann alles von fünf bis zwölf Stunden sein."

„Holen wir einmal die Frau Kadlecová herein!" Die Frau Doktor sah Gasperlmaier auffordernd an. Der nickte. Die Martina seufzte tief, als sie ihn auftauchen sah. „Ist so weit, jetzt?", fragte sie. Gasperlmaier nickte. „Geht's?" „Ja, ja!" „Sie müssen nur sagen, ob sie es ist, sonst nichts!" Die Martina folgte ihm in die Küche. Die Frau Doktor Wurm hatte die Tote auf den Rücken gelegt, sodass ihr Gesicht deutlich zu sehen war. Die Augenlider trugen braunen Lidschatten, die Lippen leuchteten blutrot. „Ist das Laura Lederer?", fragte die

Frau Doktor. Die Martina nickte mit zusammengepressten Lippen, schon sammelten sich wieder Tränen in ihren Augenwinkeln, und sie stürzte schluchzend davon. Gasperlmaier folgte ihr, obwohl das Trösten weinender Frauen nicht sein Spezialgebiet war. Draußen an der Schank tätschelte er ihr beruhigend den Unterarm. „Ist ja schon vorbei!", sagte er. Plötzlich fiel ihm etwas Wichtiges ein, das er die Martina noch nicht gefragt hatte. Und die Frau Doktor auch nicht.

„Wann haben Sie sie denn zuletzt gesehen, die Laura?" Die Martina sah mit großen, erstaunten Augen zu ihm auf. „Nein, ich meine lebend, natürlich!", präzisierte er. „Mein Dienst ist von sechs Uhr frih bis um 16 Uhr. So ich bin fier Abendessen nicht da. Laura ist gewesen hier um 16 Uhr, wie ich habe gemacht Schluss. Sie war in Kiche und hat gemacht Mise en place fier Abendessen." „Was hat sie gemacht?" „Mise en place. Ist franzesisch und heißt, stelle auf Platz. Das ist, du schneidest Gemiese, alles schen in genaue Wirfel, oder Streifen, wie Koch sagt. Damit ist alles fertig, wenn Kochen beginnt." „Ah, so!" Gasperlmaier hatte verstanden. „Also um 16 Uhr haben Sie die Laura zuletzt gesehen. Aber wer ist am Abend noch da, ich meine, wer könnte sie später noch gesehen haben?" „Gute Frage, Gasperlmaier. Genau die wollte ich auch stellen." Die Frau Doktor war hinter ihn getreten. „Ganze Brigade. Glaube ich, sechs Personen. Drei Keche, zwei Kichenhilfen, ein Abwascher. Sie sehen auf Plan!" Die Martina zeigte in Richtung Küche. „Gleich neben Tiere, rechts!" Die Frau Doktor nickte, und Gasperlmaier hörte, wie sie etwas von der Wand riss. „Das da?", fragte sie. Die Martina nickte. „Tatsächlich. Sechs Personen." Die Frau Doktor reichte Gasperlmaier die Liste. „Die werden wir natürlich alle befragen. Und zwar pronto."

„Ich geh dann mal!“ Die Frau Doktor Wurm trat aus der Küche. „Ich hab noch Temperatur gemessen. Ich würde sagen, sechs bis zehn Stunden tot. Schaut, dass ich sie bald auf dem Tisch habe!“ Sie verabschiedete sich.

„Sagen Sie mir noch, wer hier der Chef ist? Oder die Chefin?“ Die Frau Doktor umfasste das ganze Zelt mit einer raumgreifenden Geste. Die Martina nickte. „Ist Chefin. Frau Santorelli sie heißt. Inge Santorelli.“ „Italienerin?“, fragte die Frau Doktor. Die Martina schüttelte den Kopf. „Ich glaube nicht. Spricht ganz normal wie alle anderen Leite in Esterreich!“ Sie lächelte. Anscheinend hatte sie sich vom Schock schon ein wenig erholt. Der Schnaps hatte dabei sicher geholfen. „Sie haben ihre Nummer?“ „Sicher. Muss ich aber schauen nach meine Handtasche, wo ist Handy.“ Sie rutschte von ihrem Hocker und lief zu einem Garderobenständer, wo einsam ein hellblauer Mantel und eine geräumige graue Handtasche hingen. „Wo ist verdammte Ding?“ Es dauerte eine Weile, bis das Kramen in der Handtasche Erfolg zeitigte und die Frau Doktor die Nummer eintippen konnte, die ihr die Martina ansagte. „Danke!“, sagte sie. „Sie dürfen jetzt gehen. Das Zelt ist gesperrt. Wir lassen noch einmal die Spurensicherung herein, die prüfen alles, nicht nur die Küche. Den Rest bespreche ich mit Ihrer Chefin.“ Die Martina nickte.

„Wo bekommen wir jetzt ein vernünftiges Frühstück her, Gasperlmaier?“ Die Frau Doktor hängte sich ihre Handtasche über die Schulter und nahm ihren Regenmantel von der Stuhllehne. Gasperlmaier überlegte. Ein überragendes Frühstück hätten sie sicher bei der Mali in der Villa Kirnberger bekommen. Aber da saß wahrscheinlich gerade der Herr Bundespräsident bei seinem Großen Braunen und wurde von finster dreinblickenden Mitgliedern der Sondereinheit bewacht. „Vielleicht gehen wir in die Bäckerei Maislinger?", schlug er vor. „Gut", sagte die Frau Doktor. „Und dann werden wir uns die Chefin vornehmen, und die ganze Mannschaft, die gestern Abend am Werk war."

Mit skeptischen Blicken betrachtete Gasperlmaier den Audi der Frau Doktor, dessen Vorderräder tief in den Rindenmulch vor dem Zelt eingesunken waren. „Da wird man viel Gefühl brauchen, dass man da herauskommt!", meinte er. „Hm!", machte die Frau Doktor. „Möchtest du es probieren?" Gasperlmaier winkte ab. „Mit Automatik? Lieber nicht!" Stattdessen bot er an, ein wenig anzuschieben, damit sich die Vorderräder nicht noch tiefer in den Matsch eingruben. Die Frau Doktor gab Gas, als er den Daumen hochhielt. Kräftig schob er am Scheinwerfer an, und tatsächlich machte das Auto einen Satz aus der Vertiefung. Leider nicht, ohne Gasperlmaiers Hose mit Dreck vollzuspritzen. „Sakra!", schimpfte er, während er versuchte, mit den Händen den ärgsten Schmutz abzustreifen. Allerdings musste er sich beeilen, denn die Frau Doktor war nicht stehen geblieben, um nicht noch einmal steckenzubleiben.

Wenig später saßen sie in Gasperlmaiers Küche, wo er selbst bereits dafür gesorgt hatte, dass die Kaffeemaschine zischte. In der Bäckerei war nicht ein einziger Stuhl frei gewesen, weil die ganze Mannschaft, die nicht im Cateringzelt hatte frühstücken können, wie ein Heuschreckenschwarm darüber hergefallen war. Alles voller Polizeiuniformen. Gasperlmaier stellte einen schwarzen Kaffee vor die Frau Doktor hin und öffnete den Kühlschrank. „Butter, Marmelade, Wurst?" „Alles!", sagte die Frau Doktor. „Es ist mir zwar ein wenig peinlich, dass ich so über eure Vorräte herfalle, aber ich habe Hunger!" „Passt schon!" Gasperlmaier freute sich, dass die Frau Doktor einmal zugab, hungrig zu sein, und dass er Abhilfe schaffen konnte. „Ich muss mal schnell ..." Er deutete auf seine Hose. Als er die Stiege hinaufschlich, wunderte er sich, dass man von oben nichts hörte. Die Christine war natürlich schon in der Schule, aber ob die Katharina und ihre Freundin noch schliefen oder auch schon aus dem Haus waren? Er entschloss sich, der Frau Doktor vorläufig einmal nichts von der Anwesenheit seiner Tochter und ihrer Freundin zu erzählen. Gott sei Dank fand sich im Schrank noch eine frisch gebügelte Uniformhose.

„Sag, Gasperlmaier", fragte die Frau Doktor mit vollem Mund, „wie ist denn das jetzt mit unserem Hauptquartier? Von wo aus ermitteln wir? Und wo ist die Manuela?" Gasperlmaier seufzte und erklärte. „Der Polizeiposten kommt also nicht in Frage?" Er schüttelte den Kopf. „Na, dann bleibt uns nichts anderes übrig, dann fangen wir von hier aus an." Sie wischte sich die Hände an ihrer Serviette ab. „Ich ruf jetzt einmal den Major Teufl an, den muss ich ja schließlich auch informieren." „Glaubst du denn, dass der Mord etwas mit dem Gipfeltreffen zu tun hat?", fragte Gasperlmaier. Die Frau Doktor zuckte mit den Schultern. „Vom Bauchgefühl her nicht. Aber was weiß man schon?" Sie stand auf und zog sich ins Wohnzimmer zurück, sodass er wenig von dem verstand, worüber sie sich mit dem Major Teufl unterhielt. „Er ist damit einverstanden, dass wir dieses Tötungsdelikt untersuchen. Also ich." Sie lächelte Gasperlmaier zu. Gasperlmaier fühlte einen Stein in seinen Magen sinken. Bedeutete das, dass er weiterhin Verkehrskontrollen durchführen musste, während die Frau Doktor ohne ihn ermittelte? „Aber du bist selbstverständlich zu meiner Unterstützung von anderen Pflichten freigestellt!“ Sie hatte gemerkt, wie enttäuscht er gewesen war, denn jetzt lächelte sie spitzbübisch.

„Also, zunächst diese Frau Santorelli.“ Sie hielt ihr Handy ans Ohr. „Ja, guten Morgen! Kohlross, Chefinspektorin. Wir müssten Sie ... Sie haben schon gehört? Sehr gut. Dann wird es Sie nicht wundern, dass wir Sie sprechen müssen ... ja ... gut ... Villa Kirnberger. Gut. Übrigens, wir mussten die Töpfe und Bratpfannen beschlagnahmen. Mögliche Tatwaffen ... ja, da kann ich auch nichts machen ... nein, das ist nicht möglich.“ Gasperlmaier zog erstaunt die Brauen hoch. „Da wohnt der Bundespräsident, in der Villa Kirnberger!“ „Anscheinend auch die gute Frau Santorelli. Wir brechen sofort auf. Begeistert war sie nicht, dass wir ihre Küche ausgeräumt haben.“

Die Frau Doktor musste nur ihre Kokarde vorweisen, und schon trat der Schwerbewaffnete vor dem Eingang der Villa Kirnberger zur Seite. Die Mali empfing sie im Foyer. „Grüß dich, Mali. Du kennst ja die Frau Doktor Kohlross.“ Die Mali lächelte und schüttelte ihnen die Hand. „Ich hab mich gewundert“, sagte Gasperlmaier, „dass du auch noch andere Gäste ...?“ „Die Frau Santorelli, meinst du? Die gehört ja praktisch mit zum Gipfeltreffen, nicht? Sie ist im Frühstücksraum. Wollt ihr auch ein Frühstück? Bedient euch nur, geht aufs Haus!“ Gasperlmaier kratzte sich am Kopf. Wenn sie diese Frau Santorelli nur ein wenig früher angerufen hätten, dann ...

„Hol dir ruhig einen Teller“, flüsterte ihm die Frau Doktor zu. „Ich such derweil unsere Gesprächspartnerin.“ Sie verschwand in der Gaststube. „Ist denn der Präsident ... ist der auch ... frühstückt der hier herunten, mit den anderen?“, fragte Gasperlmaier. Die Mali schüttelte den Kopf. „Er wollte schon. Aber der Sicherheitsdienst hat darauf bestanden, dass er in seinem Zimmer isst. In seiner Suite, genauer gesagt. Mit seiner Frau." „Ja, klar!", sagte Gasperlmaier. „Die war gestern Abend gar nicht dabei. Ich hab nicht gewusst, dass sie auch da ist." Die Mali zwinkerte ihm zu. „Der Abend, gestern, der war ein bisschen außerhalb Protokoll. Stillschweigen!" Sie legte einen Finger vor den Mund. Gasperlmaier nickte und begab sich ans Buffet. Mit der Frau Doktor konnte es bei einer Ermittlung leicht passieren, dass das Mittagessen ausfiel. Da konnte er hier gleich vorsorgen.

Mit vollbeladenem Teller hielt er nach ihr Ausschau. Sie saß zusammen mit einer dunkelhaarigen Frau an einem Tisch am Fenster. Im ersten Moment dachte Gasperlmaier, er kenne die Frau. Das war ja gar keine ... das war ja eine Schauspielerin, die in einer Krimiserie die Kommissarin spielte! Beim Näherkommen allerdings erkannte er, dass ihm seine Fantasie einen Streich gespielt hatte. Die Frau Santorelli sah der Kommissarin zwar sehr ähnlich, trug die gleiche Frisur und hatte die gleichen Lachfältchen um den Mund, aber es gab doch Unterschiede zu der Schauspielerin. Die Gasperlmaier im Übrigen sehr verehrte, er ließ keine Folge aus, in der sie zu sehen war.

Die Frau Doktor stellte ihn vor, und plötzlich stand er wie ein Vielfraß da, denn die beiden schlanken Damen an seinem Tisch hatten jeweils nur einen Kaffee vor sich stehen. Trotzdem konnte er seine Eierspeise nicht kalt werden lassen. „Frau Santorelli", begann die Frau Doktor. „Laura Lederer, eine Hilfsköchin in Ihrem Unternehmen, ist vermutlich irgendwann gestern Abend in der Küche getötet worden. Was können Sie mir über Frau Lederer sagen?" „Nicht viel", antwortete die Frau Santorelli und blickte dabei amüsiert auf Gasperlmaiers Teller. „Ich habe sie für den Auftrag hier das erste Mal engagiert, sie hat mir ein paar Zeugnisse und einen Ausweis gezeigt, und ich habe sie sofort genommen. Es ist unheimlich schwer, Personal für so ein Event aufzutreiben. Und sie hat sympathisch ausgesehen, war freundlich, hat sich gut ausgedrückt – ich hätte sie auch im Service verwenden können." „Warum dann in der Küche?" Die Frau Santorelli zuckte mit den Schultern. „Hat sich halt so ergeben. Da habe ich dann keinen direkten Einfluss mehr drauf, das macht der Küchenchef im Zelt." Die Frau Doktor warf Gasperlmaier einen Blick zu. „Mit dem müssen wir dann auch noch reden."

Die Mali trat an ihren Tisch. „Noch einen Kaffee?" Die Frau Doktor nickte. „Ja, bitte!" „Du auch, Gasperlmaier? Frau Santorelli?" Beide nickten ebenfalls. Gasperlmaier musste wegen seines vollen Mundes auf das „Ja, bitte" verzichten.

„Können Sie sich erinnern, welcher Wohnort auf dem Ausweis angegeben war?" „Sicher", antwortete die Frau Santorelli. „Wien. Ich hab sie ja auch in Wien engagiert. Wir haben alles aus Wien hergekarrt, auch den Großteil des Personals." „Können Sie mir die Zeugnisse von der Frau Lederer zeigen?", fragte die Frau Doktor. Die Frau Santorelli schüttelte den Kopf. „Ich hab sie nur kurz durchgesehen und sie ihr dann zurückgegeben. Kein Grund, das Zeug zu archivieren. Sonst ersticke ich noch in Papier. Ach nein, warten Sie!" Sie schnippte mit den Fingern. „Sie hat sich ja per Mail beworben. Da hat sie das Zeugs mitgeschickt. Ich mail's Ihnen, wenn ich's noch finde." „Danke!" Die Frau Doktor reichte ihr eine Karte. „Meine Mailadresse. Und jetzt hätte ich gerne noch gewusst, ob während des

Gipfeltreffens irgendwas Ungewöhnliches in Ihrem Zelt vorgefallen ist. Irgendwas, das nicht dem normalen Ablauf entspricht."

Gasperlmaier wischte sich den Mund. Wahrscheinlich hatte er zu hastig geschlungen, weil es ihm peinlich gewesen war, als Einziger am Tisch zu essen. „Das kann man wohl sagen", antwortete die Frau Santorelli. „Es sind Lebensmittel weggekommen", flüsterte sie, über den Tisch gebeugt. „Getränke, genauer gesagt. Weißwein, Sekt und Edelbrände. Die teuersten Sachen, die wir mithatten. Ich hab schon mit dem Personal gesprochen und erklärt, dass ich mir erwarte, dass die Sachen zurückkommen. Und dass jeder, der was weiß, mich informieren soll." „Und?", fragte die Frau Doktor neugierig. Sie hatte sich ebenfalls über den Tisch gebeugt. „Nichts! Kein Mucks!" „Kommt das öfter vor?", fragte die Frau Doktor. „Öfter würde ich nicht sagen. Aber ein-, zweimal im Jahr haben wir schon so Fälle. Manchmal passiert das bereits in der Lieferkette, dass ein Fahrer was beiseiteschafft, erklärt, ein Karton sei beim Abladen runtergefallen und alles zerbrochen, so in der Richtung. Da gibt es also viele Möglichkeiten."

Die Frau Doktor überreichte ihr die Liste mit der Diensteinteilung, die sie in der Küche von der Wand genommen hatte. „Können Sie mir diese Leute zu einem Gespräch zur Verfügung stellen? Sie waren gestern in der Abendschicht, müssen also die Letzten gewesen sein, die mit Laura Lederer zusammengearbeitet haben." „Und Sie glauben, dass einer von denen der Mörder ist?" Die Frau Santorelli riss ihre großen und dunkel umrandeten Augen auf. „Nicht unbedingt." Die Frau Doktor schüttelte den Kopf. „Wo sollen wir sie denn hinbestellen?", fragte Gasperlmaier sie und nahm den letzten Schluck von seinem Kaffee. „Gute Frage!" Sie trommelte mit den Fingern auf den Tisch. „Der Polizeiposten kommt nicht in Frage. Da ist die Einsatzleitung für das Gipfeltreffen." „Wie wär's mit dem Cateringzelt?", fragte er. „Das ist eh gesperrt!" „Gute Idee! Könnten Sie die fünf anrufen und ins Zelt bestellen?" Die Frau Santorelli nickte. „Ich denke übrigens, Sie können zu Mittag wieder öffnen. Die Spurensicherung wird bis dahin sicher fertig sein. Aber wir haben ja Ihre Töpfe ..." Die Frau Santorelli lächelte. „Ich wäre nicht Chefin eines Cateringunternehmens, wenn ich solche Probleme nicht lösen könnte. Ich hab mich schon in einem Hotel versorgt, die helfen uns aus!" „Respekt!" Die Frau Doktor stand auf und schüttelte der Frau Santorelli die Hand. Gasperlmaier folgte ihrem Beispiel. „Wiederschauen!" Ihr Händedruck war fest, trocken und warm. Sie sah Gasperlmaier freundlich an. Sympathische Person, dachte er. Gar nicht so hart, wie er sich so eine Chefin vorstellte.

„Übrigens!" Die Frau Doktor drehte sich noch einmal um. „Wo war denn die Frau Lederer untergebracht? Wir müssen uns unbedingt in ihrer Unterkunft umsehen." Die Frau Santorelli lächelte. „Da kann ich Ihnen glücklicherweise weiterhelfen, ohne dass ich nachsehen muss. Ich habe nämlich die Unterkunft selber gebucht. Im Jugendgästehaus in Bad Aussee. Sonst war nichts mehr frei." „Und wie ist sie angereist? Gibt es ein Auto? Wir haben nämlich keinen Autoschlüssel bei ihr gefunden. Auch sonst nichts, übrigens." „Also, das weiß ich leider nicht. Tut mir leid." „Ja, dann ..." Draußen regnete es immer noch. „Fahren wir gleich zu ihrer Unterkunft?", fragte Gasperlmaier. „Oder zuerst die Vernehmungen?" „Bis die alle beisammen sind ... wir schauen uns zuerst das Zimmer an!", entschied die Frau Doktor.

„Einen Zimmerschlüssel müsste sie ja auch gehabt haben“, sagte sie, als sie auf das Jugendhotel zugingen. „Mhm“, antwortete Gasperlmaier. „Warst du schon einmal hier?“ Er nickte. „Zeugen befragen. Und bei meinem Fünfziger haben wir Gäste von auswärts hier untergebracht. Einfach, aber zweckmäßig. Sehr freundliche Leute. Und relativ günstig.“ „Na dann!“, sagte die Frau Doktor, als sie die schwere Eingangstür aufstieß.

Die Formalitäten waren schnell erledigt, und nach wenigen Minuten standen sie in dem tatsächlich sehr einfachen Zimmer, das die Laura Lederer bewohnt hatte. Viel gab es außer einem Einzelbett, das mit weißer Bettwäsche überzogen und offensichtlich unberührt war, nicht zu sehen. „Schaust du einmal im Bad?“, fragte die Frau Doktor. „Und Handschuhe, bitte!“ Gasperlmaier nickte, zog ein Paar Silikonhandschuhe über seine rissigen Hände und stieß die Tür zum Badezimmer auf. Man konnte gerade vor dem Waschbecken stehen, links war das Klo, rechts die Dusche. Mehr gab es nicht. Auf dem Rand des Waschbeckens stand ein voluminöses Toilettentäschchen, er wunderte sich, dass es sich auf dem schmalen Rand hatte halten können. Daneben lagen Zahnbürste, Zahncreme, eine Haarbürste, eine angebrochene Packung Tabletten. Er zog das Täschchen auseinander. Hauptsächlich Kosmetika. Über einem Handtuchhalter hing ein sauberes Handtuch, die Lederer hatte wohl keine Gelegenheit mehr gehabt, es zu benutzen. Gasperlmaier nahm die Tabletten in Augenschein. Es waren gar keine, stellte er fest. Auf einer grünen Packung stand „cleangreen“, und in der Packung fand sich ein in Kunststoff eingeschweißtes Plastikteil, dem Griff einer Zahnbürste nicht unähnlich. Es war, so stellte er an der Aufschrift fest, ein Schwangerschaftstest. Offensichtlich unbenutzt. Er begab sich zurück ins Schlafzimmer, das neben dem Bett bloß einen einfachen Kasten und einen schmalen Tisch zu bieten hatte. „Schwangerschaftstest!“, sagte er und gab der Frau Doktor die Packung. „Oh!“, sagte die, nahm Gasperlmaier die Packung ab und zog die Augenbrauen hoch. „Hast du es aufgemacht?“ Gasperlmaier schüttelte den Kopf. „Dann hat sie wohl überlegt, ob sie ihn machen soll, sich aber dagegen entschieden. Da sollte ich auf jeden Fall gleich der Frau Doktor Wurm Bescheid sagen!“ Sie trat ans Fenster und tippte auf ihrem Handy herum. Schrecklich, dachte Gasperlmaier bei sich. Da hatte die Laura Lederer womöglich gehofft, ein Baby zu bekommen, und nun war sie mausetot.

Die Frau Doktor legte auf, streckte sich, so gut es ging, und versuchte, die Oberseite des Kastens entlangzustreifen. „Wenn wir an eine Beziehungstat auch nur im Ansatz denken, dann sollten wir die Möglichkeit einer Schwangerschaft natürlich im Auge behalten. Geh, Gasperlmaier, kannst nicht du einmal? Du bist größer!“

Sie trat zurück und überließ Gasperlmaier den engen Raum vor dem Kasten. Er konnte mit der ganzen Hand oben entlangfahren, und da war tatsächlich was. „Ein Riemen, oder ein Gürtel, oder ... nein, da hängt was dran!“ Gasperlmaier zog, und was schließlich an die Schrankkante rutschte, war eine schwarze Tasche mit einem Trageriemen dran. „Eine Laptoptasche!“, sagte die Frau Doktor. „Hol ihn runter!“ Gasperlmaier tat, wie ihm geheißen. Schließlich hielt die Frau Doktor die Tasche in Händen, zog den Reißverschluss auf und nahm einen dünnen, stahlgrauen Laptop heraus. „Nicht einmal staubig!“, sagte sie anerkennend. „Hier wird halt sauber geputzt!“, meinte Gasperlmaier. „Wer, Gasperlmaier, versteckt seinen Laptop so, dass man ihn zwar finden kann, aber nicht auf den ersten Blick und nur, wenn man das Zimmer genau durchsucht?" „Vielleicht jemand, der nicht will, dass er gestohlen wird?" Die Frau Doktor zischte verächtlich. „Bad Aussee ist doch nicht Chicago! Sie muss etwas zu verbergen gehabt haben, sie wollte nicht, dass irgendwer, der zufällig hereinkommt oder nur oberflächlich sucht, ihren Laptop findet. Sonst gibt es ja kein brauchbares Versteck hier!" Sie wies auf die etwas spartanische Einrichtung des Zimmers.

„Was hast du denn im Kasten gefunden?", fragte Gasperlmaier. „Einen kleinen Trolley mit Kleidung, einfach, aber geschmackvoll, ein paar Ladekabel ... Ladekabel!", rief sie plötzlich. „Wenn es ein Ladekabel gibt, dann muss es auch ein Handy gegeben haben! Das hat der Täter mitgenommen! Wir lassen es orten!" „Gut!", sagte Gasperlmaier. „Fehlt uns noch das Auto. Nehmen wir den Laptop mit?" „Selbstverständlich! Den werden unsere Experten auswerten!"

3

„Wir müssen uns beeilen", sagte die Frau Doktor. „Sie wollen das Cateringzelt mittags wieder aufmachen. Dürfen sie auch." Sie stellte ihre Handtasche auf dem Tisch ab, der von der Küche am weitesten entfernt war. Er hatte den Vorteil, dass man durch ein Fenster bis zum See hinuntersehen konnte. Nicht, dass das heute eine besonders attraktive Aussicht gewesen wäre, denn es regnete immer noch. „Holst du mir als Ersten den Küchenchef?", bat die Frau Doktor. Sie zog ihre Liste aus der Handtasche. „Pavel Horak heißt er." Gasperlmaier nickte.

Der Küchenchef war eine interessante Erscheinung. Ein schlanker, nicht mehr ganz junger Mann in der gleichen Uniform wie die Ermordete. An seinen Schläfen gediehen vereinzelt graue Haare, das Bemerkenswerteste an ihm war allerdings seine Frisur. Er trug den Bart im kantigen Gesicht lang, aber sorgfältig gestutzt. Ein gezwirbelter Schnauzer vervollständigte die Gesichtsbehaarung. Musste aufwendig zu pflegen sein. Dafür fehlte das Haar an den Seiten und über den Ohren, oben auf dem Schopf wiederum wuchs es so prächtig, dass der Herr Horak die Haare zu einem Knödelchen binden hatte können. Der rechte Unterarm war, soweit man ihn sehen konnte, von Tätowierungen bedeckt.

Zudem, fand Gasperlmaier, war er leicht erregbar. „Glauben Sie, dass ich nichts anderes zu tun habe, als Ihre Fragen zu beantworten? Ich habe die Lederer nicht umgebracht, und ich muss jetzt noch dazu mit einer weniger auskommen!" „War sie denn eine gute Mitarbeiterin, die Lederer?", fragte die Frau Doktor. Der Horak warf zunächst die Arme zur Seite, drehte dann eine Handfläche mehrmals in der Luft. „So, so, la la. Sie hat verlässlich gearbeitet, das schon, aber die Qualität? Möchte wissen, wo die gelernt hat! Kann ich jetzt wieder in die Küche?“ Die Frau Doktor lachte auf. „Herr Horak, wir sind erst am Anfang, Sie werden Geduld haben müssen. Ein Mord ist kein Spaß, und wir sitzen hier auch nicht zum Vergnügen!“ Die Frau Doktor hatte die Augenbrauen ziemlich weit hochgezogen, ein Zeichen von Ärger oder Ungeduld. „Wann haben Sie denn die Frau Lederer zuletzt gesehen?“ „Ich habe Schluss gemacht, wann wird das gewesen sein? So um halb zehn, zehn. Da war sie noch da, hat beim Aufräumen geholfen.“ „Wer war sonst noch da?“ „Alle vier. Die Kadlecová war weg, die hatte Frühdienst, die ist um 16:00 gegangen. Alle anderen müssen bleiben, bis alles blitzblank ist!“ Die Frau Doktor machte sich Notizen, Gasperlmaier konnte aber nicht sehen, was sie niederschrieb.

„Wie war sie denn so, die Lederer?“ „Unauffällig. Hat nicht viel geredet, ihre Arbeit gemacht, ist pünktlich gekommen. War freundlich. Besonders zu Christopher und Zoltan. Nicht jeder redet überhaupt mit Küchenhilfen, schon gar nicht freundlich. Eine Küche ist die Hölle, wenn es eilig ist. Da wird der Ton oft auch schon einmal gröber.“ „Ist es ungewöhnlich, dass Österreicher in der Küche arbeiten, im Catering?“ „Ich bin auch Österreicher!“, fuhr der Horak auf. „Sie wissen schon, was ich meine!“, beschwichtigte die Frau Doktor. Der Horak nickte. „Schon. Ungewöhnlich. Habe ich mir aber keine Gedanken darüber gemacht. Keine Zeit. Apropos Zeit ...“ Er blickte auf seine Uhr und deutete Richtung Küche. „Eine Frage noch – es sind Getränke weggekommen, haben Sie da einen Verdacht?“ Einen Moment lang, so kam Gasperlmaier vor, wirkte der Küchenchef unsicher, streckte dann aber der Frau Doktor beide Handflächen entgegen. „Ich möchte niemanden hinhängen, niemals! Aber der Christopher, der sieht einen immer so verschlagen an, wenn man mit ihm redet. Was übrigens großteils sinnlos ist, weil er einen ohnehin nicht versteht." „Sagen Sie, Herr Horak, haben Sie früher schon einmal in Altaussee gearbeitet? Oder im Ausseerland? Kennen Sie Leute hier?" Gasperlmaier fragte sich, wie die Frau Doktor gerade auf diese Frage kam, auch der Horak schien verwirrt. „Wie? Also, nicht, dass ich wüsste. Ich hab aber schon in so vielen Küchen gearbeitet, da kann man ... Ich meine, man kommt ja nicht viel hinaus aus der Küche. Für Bekanntschaften und so, meine ich." Die Frau Doktor lächelte etwas hintergründig. „Hat Frau Lederer ein Auto gehabt?" Der Pavel schüttelte den Kopf. „Keine Ahnung!" „Und wo haben Sie sich aufgehalten, nachdem Sie die Küche verlassen haben? Bis etwa Mitternacht?" Der Horak zischte durch die Zähne und schüttelte den Kopf. „Na, was glauben Sie? Wenn man 16 Stunden auf den Beinen ist? Wo wird man dann nach Dienstschluss sein?" „Bitte beantworten Sie einfach meine Frage", blieb die Frau Doktor ruhig. „In meinem Zimmer, in der Pension Badegruber, auf halbem Weg nach Bad Aussee. Eine Frühstückspension." „Wann sind Sie dort eingetroffen? Hat Sie jemand gesehen?" „Keine Ahnung! Kann schon sein, dass jemand aus dem Fenster geschaut hat, als ich meinen Lieferwagen geparkt habe! Da müssen Sie schon die fragen!"

„Das werden wir auch. Danke fürs Erste." Eilig verschwand der Horak in seiner Küche. „Ein Hipster. Wahrscheinlich hat er den Sekt selber geklaut!", raunte die Frau Doktor Gasperlmaier zu, als er verschwunden war. „Immer die Kleinen hinhängen, so wie er das versucht hat, das mag ich gar nicht!" „Hipster? Was ist das?", fragte Gasperlmaier. Er war sich gar nicht sicher, ob er das Wort richtig verstanden hatte. „Eine Modeströmung. Hipster sehen genauso aus wie der Herr Horak. Findet man in der Gastronomie häufig. Gilt als sehr chic." Sie lächelte. „Ich finde das recht attraktiv, du nicht?" Gasperlmaier hatte noch keine Zeit gefunden, sich darüber Gedanken zu machen, und schwieg. Dann aber fiel ihm doch noch etwas ein. „Eine Frage. Was sollte das mit den Bekannten und ob er früher schon einmal hier war?" Die Frau Doktor lächelte und hob belehrend einen Zeigefinger. „Überleg einmal, Gasperlmaier. Die Angestellten hier, die wohnen wahrscheinlich in Pensionen oder Privatzimmern oder Gasthäusern. Darüber hinaus haben sie vielleicht noch ein Auto zur Verfügung. Wohin sollten sie also gestohlenes Gut schaffen?" Gasperlmaier nickte, er hatte kapiert. „Und weil sie es nicht leicht verstecken können, brauchen sie Kontakte. Hier vor Ort." Die Frau Doktor nickte. „Gut kombiniert!" Er überlegte. „Was aber, wenn ein Lieferant mit im Boot ist? Der könnte dann das Diebesgut gleich im LKW wieder wegschaffen?" Die Frau Doktor zuckte mit den Schultern. „Auch eine Möglichkeit, sicher. Aber arbeiten wir einmal mit meiner Annahme, sonst haben wir ja gar keine These." Gasperlmaier rückte näher an die Frau Doktor heran. „Spät am Abend könnte der Horak noch einmal zurückgekommen sein", flüsterte er. „Ganz recht", antwortete die Frau Doktor. „Und die Lederer steht, sagen wir einmal, vor der Tür und raucht eine, denn dass sie Raucherin war, wissen wir ja. Und da begegnet ihr der Horak, der glaubt, er wäre hier alleine. Er ist gerade dabei, ein paar Kartons aus der Küche in seinen Lieferwagen zu verladen. Die Lederer fragt ihn, was er da macht. Der Horak überlegt nicht lange und haut, möglicherweise im Affekt, der Lederer eine Bratpfanne über den Schädel. Die er dann womöglich im See versenkt." „Dann müsste aber eine fehlen!", fiel Gasperlmaier ein. „Stimmt!", sagte die Frau Doktor und legte einen Finger an den Mund. „Wer könnte das wissen? Der Horak. Aber erstens ist das ganze Kochgeschirr bei der Kriminaltechnik, und gerade den Horak möchte ich nicht fragen. Aber vielleicht, wenn wir ein paar Taucher ...?" Gasperlmaier nickte. „Gute Idee! Holen wir jetzt die Nächste? Die Frau Wolf?"

Die Iris Wolf war eine Praktikantin mit kurzen, blonden Haaren. „Ich komme aus dem Waldviertel", sagte sie. „Und ich mache hier ein Praktikum. Catering fehlt mir noch in meiner Ausbildung, deshalb habe ich gedacht ... na ja, und jetzt bin ich doch wieder Köchin in einer eigentlich ganz normalen Restaurantküche." Sie lachte auf und zuckte mit den Schultern. „Wie war denn der gestrige Abend so?", wollte die Frau Doktor wissen. „Ich brauche ein paar Details, dass ich mir den ganzen Ablauf, die Situation in der Küche genauer vorstellen kann." Die Iris fuhr sich mit gespreizten Fingern durch die Haare. „Ja, gestern war unser Knödelabend. Das machen wir meistens, wenn sich ein Cateringauftrag über mehrere Tage erstreckt. Da gibt es einen Knödelabend. Seit der Pavel kocht, der ist ja aus Böhmen, wo die Knödel eigentlich herkommen." Gasperlmaier beugte sich interessiert vor. „Da gibt es nur Knödel?", fragte er. Die Iris nickte. „Als Vorspeise Suppe. Entweder mit Kaspressknödeln, in der vegetarischen Variante, oder mit Leberknödeln. Wenn es hochpreisiger sein darf, gibt es auch noch ausgefallenere Varianten." „Gestern?", fragte die Frau Doktor dazwischen. „Normal. Dann als Hauptspeise Fleisch-, Grammel- und Speckknödel, die übliche Dreifaltigkeit. Für Vegetarier Spinatknödel mit Parmesan und brauner Butter. Für Veganer fällt das weg." Gasperlmaier lief das Wasser im Munde zusammen. „Und als Nachspeise gab es gestern Nougatknödel mit Zwetschkenröster und Butterbröseln." „Hat Frau Lederer das auch gegessen?", fragte die Frau Doktor. Die Iris nickte. „Wir essen das Gleiche. Nur eben früher, bevor das Abendessen startet." „Wann?", fragte die Frau Doktor. „So um fünf?" „Irgendwas auffällig bei Laura Lederer? Während des Essens?" Die Iris schürzte die Lippen. „Nicht, dass ich wüsste. Außer, sie hat, glaube ich, die Nachspeise gestrichen, damit sie draußen noch rauchen kann. Sie hat viel geraucht. Selbstgedrehte." Die Frau Doktor nickte. „Sie hat, glaube ich, die vegetarische Variante genommen. Soweit ich mich erinnern kann."

„Was genau hat Frau Lederer gemacht?" „Also, vor dem Essen, Mise en place." Das verstand Gasperlmaier nun schon. „Zutaten vorbereiten. Zwiebeln schneiden, Spinat blanchieren, Käse reiben. Dinge eben, wo man keine besonderen Vorkenntnisse braucht. Sobald wir selber gegessen haben, geht's dann hauptsächlich ums Anrichten, da sind auch die Küchenhilfen mit beteiligt, es muss ja schnell gehen." Sehr viel mehr konnte die Iris ihnen nicht erzählen. „Sobald die Gäste da sind, konzentrierst du dich nur auf dich selbst und deine Aufgaben, da nimmst du gar nicht mehr wahr, was die Leute um dich herum machen. Und dann, wenn alle gegessen haben, schaust du, dass du möglichst schnell mit dem Aufräumen fertig wirst." Die Frau Doktor schien zufrieden.

Es stellte sich heraus, dass die Iris um etwa 22:00 Uhr gegangen war, Laura Lederer war zu dieser Zeit noch immer beschäftigt. „Nein, warten Sie!", sagte die

Iris. „Da war sie gerade eine rauchen, draußen, vor dem Kücheneingang. Wenn mich nicht alles täuscht." Das Handy der Frau Doktor zeigte den Eingang einer Nachricht an. Sie sah kurz auf das Display. „Sagen Sie, war Frau Lederer eine ganz normale Küchenhilfe?" Die Iris schüttelte den Kopf und lächelte. „Nein, sicher nicht. Erstens hat sie nicht viel gekonnt, das habe ich schnell gemerkt. Sie war aber sehr aufmerksam, hat sehr schnell gelernt, hat sich bemüht, nicht aufzufallen. Und sie hat nicht den üblichen Küchenton draufgehabt." „Küchenton?", fragte die Frau Doktor nach. „Rau. Derb. Laut. Sie verstehen. Hektik, Lärm. Da gewöhnst du dir einen anderen Ton als im normalen Leben an. Den hat sie nicht beherrscht." „Waren Sie schon oft im Ausseerland? Haben Sie Bekannte hier?", fragte die Frau Doktor. Die Iris lachte hell auf. „Nie im Leben! Eine Schande, eigentlich. Scheint ja sehr schön zu sein. Ich weiß das allerdings hauptsächlich aus der Werbung, die hier überall herumhängt." Sie deutete auf die Wände, die mit Werbeplakaten für Urlaub im Ausseerland dekoriert waren. „Gesehen habe ich noch nicht viel!" Sie deutete zum Fenster, vor dem immer noch regenverhangenes Grau herrschte. „Ich danke Ihnen! Übrigens, noch eine Frage: Hat Laura Lederer ein Auto gehabt?" „Keine Ahnung!", sagte die Iris. „Hier habe ich sie jedenfalls nicht Auto fahren sehen." „Danke nochmals!" Die Frau Doktor nickte der Iris zu und entließ sie.

„Ich glaub ihr das", sagte die Frau Doktor. „Sie wirkt authentisch." „Ist denn das normal?", fragte Gasperlmaier. „Ich meine, wenn die gedacht hat, sie könnte schwanger sein, dass sie da dauernd raucht?" Die Frau Doktor nickte. „Schon seltsam. Ich hätte das niemals getan. Vielleicht wollte sie das Baby nicht? Manche sind auch so süchtig, dass sie nicht aufhören können, wenn sie müssten." „Und diese Iris", gab Gasperlmaier zu bedenken, „eine gut ausgebildete Köchin? Als Praktikantin? Ausgerechnet hier? Ich weiß nicht!" Die Frau Doktor zuckte mit den Schultern. „Schau dir lieber das einmal an!", sagte sie und hielt Gasperlmaier ihr Handy vor die Nase. Sein Einwand war also als unbedeutend abgetan worden. Er schob ihre Hand ein wenig zurück und kniff die Augen zusammen, konnte aber trotzdem nichts lesen. Er schüttelte den Kopf. „Lies vor!" „Eine Köchin namens Laura Lederer gibt es in Wien nicht. Meine Leute haben zwar herausgefunden, dass es drei Laura Lederers in Wien gibt. Neun in ganz Österreich. Aber keine davon ist Köchin, die drei in Wien haben sie alle schon erreicht, keine davon hält sich in Altaussee auf, und keine hat mit Gastronomie irgendwas zu tun. Was sagst du?" „Es ist ja denen allen hier schon komisch vorgekommen", sagte Gasperlmaier, „und nach dem, was die Frau Wolf ausgesagt hat ..." Die Frau Doktor nickte. „Die Ermordete hieß also höchstwahrscheinlich nicht Laura Lederer und war auch keine Köchin. Jetzt fragen wir uns natürlich, wer war sie dann? Und warum hat sie hier unter falschem Namen gearbeitet? Ich muss unbedingt den Major Teufl informieren. Am Ende hat die Geschichte doch etwas mit dem Gipfeltreffen zu tun. Holst du mir inzwischen den einen, den der Horak genannt hat ... den Christopher?" Gasperlmaier nickte.

Als er in der Küche auftauchte, maßen ihn mehrere ängstliche Augenpaare. „Der Christopher, bitte!" Da alle anderen nun ihre Blicke dem einzigen anwesenden Dunkelhäutigen zuwandten, war klar, wer der Gesuchte war. Der allerdings machte auf Gasperlmaier den Eindruck, als überlege er, zu fliehen. Seine Blicke flackerten unstet zwischen den Ausgängen hin und her. Als Gasperlmaier sich ihm näherte, zuckte er zurück. „Sie müssen keine Angst haben“, sagte Gasperlmaier. „Ich tu Ihnen nichts. Kommen S' einfach mit mir mit!“ Als er ihn am Oberarm anfasste, zuckte der Mann erneut zurück. „Er hat Angst vor der Polizei.“ Die Iris lächelte. „Du kannst ruhig mit ihm mitgehen, Christopher. He just wants to ask you a few questions, that's all!“ Der Christopher nickte und folgte Gasperlmaier, der seine Hand wieder von dessen Arm genommen hatte. Während er aber am Tisch auf die Frau Doktor wartete, die immer noch in ihr Telefongespräch vertieft war, wippte er unruhig mit den Beinen und scharrte am Boden. Der, so dachte Gasperlmaier bei sich, hat etwas zu verbergen, so viel ist sicher.

„So!“, sagte die Frau Doktor endlich, steckte ihr Telefon wieder ein und setzte sich dem Christopher gegenüber. „Herr Adisa?“, fragte sie, nachdem sie auf ihre Liste gesehen hatte. Der nickte und steckte eine Hand in seine Jackentasche. Gasperlmaiers eigene zuckte zum Holster seiner Dienstwaffe, der Adisa allerdings warf nur mit einer hastigen Handbewegung einige Papiere auf den Tisch. Gasperlmaier fand, dass er noch nervöser geworden war. Schweißperlen standen auf seiner Stirn. „Deutsch“, meinte Gasperlmaier, „kann er nicht viel. Vielleicht besser Englisch.“ Die Frau Doktor nickte und nahm die Papiere in die Hand. „Gut“, sagte sie. „Alles in Ordnung.“ Sie versuchte es mit einem Lächeln. Dem Schwall an schwer verständlichem Englisch, der auf die erste Frage der Frau Doktor hin losbrach, konnte Gasperlmaier nichts Sinnvolles entnehmen. Mehrmals fiel der Name Laura, ein paarmal „police“, sonst aber verstand er gar nichts. Die Frau Doktor versuchte es mehrmals mit beschwichtigenden Gesten, lächelte immer wieder und legte dem Christopher schließlich sogar ihre Hand auf seine. Nach weniger als fünf Minuten entließ sie ihn wieder, woraufhin sich der Christopher unter Verbeugungen bedankte.

Die Frau Doktor seufzte, als er verschwunden war. „Der arme Kerl hat einfach furchtbare Angst vor der Polizei. Er sagt, er sei gefoltert worden. Zu Hause, in Nigeria. Und hier in Österreich dürfte er auch noch wenig gute Erfahrungen mit der Polizei gemacht haben." „Und was hat er ausgesagt?", wollte Gasperlmaier wissen. „Er war der Letzte, der gegangen ist. Vielmehr, der Letzte vor dem Mordopfer. Wenn das stimmt, was er sagt, dann ist das Opfer allein im Zelt zurückgeblieben. Und jetzt hat unser Christopher natürlich deswegen auch große Angst. Dass wir glauben, dass er die Laura Lederer ermordet hat." „Die gar nicht Lederer heißt", fügte Gasperlmaier hinzu. „Kann er es gewesen sein?" „Ich sehe momentan nicht recht, warum. Natürlich war er jetzt sehr nervös, aber das ist verständlich. Und er hatte Gelegenheit. Aber soweit ich bisher sehe, kein Motiv. Und DNA-Spuren auf der Kleidung der Toten werden wir von allen finden, die hier arbeiten. Sieh dir doch einmal an, wie eng es zwischen den Küchenblöcken ist. Da kommt man sich zwangsläufig nahe."

„Was jetzt?", fragte Gasperlmaier. Die Frau Doktor deutete auf ihr Handy. „Ich habe noch eine Nachricht erhalten. Das Zelt wird nachts von einer Securityfirma überwacht, zumindest zeitweise. Mit denen müssen wir auch reden. Die sollten sich allerdings, finde ich, schon von selbst bei uns melden, wenn etwas aufgefallen ist. Aber bis jetzt nichts!" „Was sagt der Major Teufl?", fragte Gasperlmaier. „Nichts, einstweilen. Erhöhte Aufmerksamkeit, alles Verdächtige sofort weiterleiten oder verfolgen. Die Präsidenten sind heute Mittag zu einem Vieraugengespräch auf der Loserhütte. Kasnockenessen." Gasperlmaier war überrascht, dass man Präsidenten so etwas Banales wie Kasnocken vorsetzen durfte. „Was ich persönlich für keine so gute Idee halte", meinte die Frau Doktor. „Wo es doch nur eine Straße gibt, und auch, sobald man herunten ist, nur eine, die nach Altaussee führt. Da sitzt man ja direkt in der Falle!" Gasperlmaier schüttelte den Kopf. Ausnahmsweise war er diesmal besser informiert. „Die Straße von der Blaa-Alm ins Rettenbachtal, Richtung Bad Ischl, die ist für die Exekutive offen. Natürlich auch für die Delegationen. Und dann gibt es auch über den Salzberg noch eine weitere Möglichkeit, von da hinten wegzukommen. Die ist auch offen. Alle beteiligten Fahrer haben entsprechende Karten und Daten für ihre Navis bekommen." „Schau an!", sagte die Frau Doktor. „Umsichtig gedacht!" „Eine Köchin, und eine Küchenhilfe hätten wir noch!", erinnerte Gasperlmaier die Frau Doktor daran, dass noch nicht alle Mitglieder der Küchenbrigade vernommen worden waren. „Ich glaube, die können wir uns für später aufheben. Ich möchte jetzt viel lieber mit den Wachleuten reden und, noch wichtiger, herausfinden, wer unser Mordopfer wirklich war."

Sie traten hinaus in den Regen. Gasperlmaier stellte fröstelnd fest, dass er immer noch keine Gelegenheit gehabt hatte, seine Mehrzweckjacke vom Posten zu holen, und zog den Reißverschluss bis oben hin zu. Die Frau Doktor spannte ihren Schirm auf. „Magst du dich unterstellen, Franz?", fragte sie. Er schüttelte den Kopf, obwohl er eigentlich sehr gern den Schutz des Regenschirms in Anspruch genommen hätte. Aber er wollte es vermeiden, der Frau Doktor zu nahe zu kommen. Wenn er ihr Parfum roch, löste das in ihm immer so eigenartige Gefühle aus, die er jetzt gar nicht brauchen konnte. „Wo finden wir denn jetzt diesen Herrn, den Wachmann?", fragte Gasperlmaier. „Das ist eine gute Frage. Da muss ich telefonieren!" „Da!" Gasperlmaier zeigte auf das Vordach eines Hauses, wo sie sich unterstellen konnten.

Als die Frau Doktor sich abwandte, um den Aufenthaltsort des gesuchten Wachmannes herauszufinden, tauchten plötzlich die Katharina und die Stefanie auf. Sie gingen eingehakt unter einem großen dottergelben Schirm. „Hallo, Papa!", rief die Katharina fröhlich. „Wohin seid ihr denn unterwegs? Bei dem Wetter?", fragte er. Die Stefanie antwortete: „Zur Seevilla. Da gibt es zuerst ein Wirtschaftskolloquium, bei dem auch Regierungsmitglieder anwesend sind. Zum Thema Tourismus und Industrie. Und dann eine Enquete mit Künstlerinnen und Künstlern aus dem ganzen Salzkammergut, da soll es um Kulturpolitik gehen. Und da hoffe ich auf einige prominente Gesichter, die ich interviewen kann. Und mit der Hoteldirektorin und dem Küchenchef, mit denen möchte ich auch reden. Schließlich gibt es heute Abend ja ein Staatsbankett im Hotel." Erstmals fiel Gasperlmaier ihre dunkle, ein wenig raue Stimme auf. Ihre ebenfalls dunklen Augen leuchteten, man konnte sehen, wie sie sich auf die Veranstaltungen freute. Wenigstens, so tröstete sich Gasperlmaier, würde er nach der Kanadierin nun eine zweite sympathische Schwiegertochter bekommen. Also sollte es nach den Kasnocken noch ein Staatsbankett geben. Dass das dem schon ein wenig tatterigen Bundespräsidenten nicht am Ende zu viel wurde!

Die Frau Doktor trat zu ihnen, und wieder einmal verabsäumte Gasperlmaier, alle einander vorzustellen, weil er sich zu viel Zeit damit ließ. „Hallo, Katharina!" Die Frau Doktor schüttelte ihr die Hand. „Das ist die

Stefanie. Meine Freundin. Sie ist Journalistin." Musste man denn so mit der Tür ins Haus fallen? Die Katharina musste ja nicht jedem oder jeder gleich auf die Nase binden, mit wem sie das Bett teilte. Aber, dachte er, so wie sie die Stefanie anstrahlte, brauchte sie eigentlich gar nichts mehr zu sagen. „Gott sei Dank", sagte die Frau Doktor, „dass Sie von uns nichts wollen. Ich hätte Ihnen nämlich weder viel sagen können noch dürfen. Wir stehen ganz am Anfang." Die Katharina nickte. „Wir haben es schon gehört. Da ist eine Frau ermordet worden, nicht? Eine von den Beschäftigten im Cateringzelt." Die Frau Doktor nickte. „Gasperlmaier, wir müssen! Wiedersehen, und alles Gute!" Sie winkte den beiden zu und wandte sich ab.

„Wir müssen zum Schiff, zu diesem Solarboot, das auf dem See fährt. Die Sicherheitsfirma überprüft es gerade, weil die Präsidenten heute Nachmittag samt ihren Ehefrauen eine Schifffahrt unternehmen sollen. Mit Einkehr bei der Seewiese." „Na", meinte Gasperlmaier, „da hätten sie sich auch ein schöneres Wetter aussuchen können. Obwohl die Seewiese auch bei Regenwetter sehenswert ist." Also zuerst Kasnocken, dann noch eine Einkehr bei der Seewiese, und dann, zum Darüberstreuen, ein Staatsbankett? Na Mahlzeit, dachte Gasperlmaier bei sich. „Weißt du, wo das ist? Die Anlegestelle, meine ich." „Wir müssten nur über die Wiese ... aber das ist jetzt zu nass. Besser, wir fahren mit dem Auto." Er deutete zurück zum Zelt, wo der Audi der Frau Doktor stand. Diesmal hatte sie ihn wohlweislich ein wenig weiter entfernt geparkt, wo noch Schotter den Untergrund bedeckte.

Sobald sie losfuhren, begann die Scheibe von innen zu beschlagen. Gasperlmaier musste nach einem Taschentuch kramen und wischen. Sie kamen so langsam vorwärts, dass es wahrscheinlich zu Fuß schneller gegangen wäre. „Eine Frage, Gasperlmaier. Ich möchte ja nicht indiskret sein. Aber – wie die beiden sich angesehen haben. Und deine Tochter hat gesagt ‚meine Freundin'. Das hat für mich schon recht eindeutig geklungen." Gasperlmaier nickte und wischte gleichzeitig. Er war froh, dass er etwas zu tun hatte. „Ja", sagte er schließlich. Mehr fiel ihm im Moment nicht ein. „Na, passt ja! Wenn sich zwei gefunden haben, ist es ja egal ... vielleicht sollte ich es auch einmal mit einer Frau probieren, mit Männern habe ich ja in der letzten Zeit nicht so viel Glück gehabt!" Gasperlmaier schwieg und sah die Frau Doktor verblüfft von der Seite her an. Noch bevor ihm was einfiel, schlug sie ihm fest, aber nicht grob auf den Oberschenkel. „Nur ein Scherz! Da jetzt – rechts oder links?" „Links!", sagte Gasperlmaier, froh, eine einfache Frage gestellt bekommen zu haben. Als sie am Landungssteg ankamen, war vom Solarschiff nichts zu sehen.

„Was jetzt, Gasperlmaier? Wo ist dieses verdammte Schiff? Warum kann das bei Regen überhaupt fahren? Wenn es doch ein Solarschiff ist?" Gasperlmaier zuckte mit den Schultern und sah sich um. „Da!", rief er. Das Schiff zog langsam an ihnen vorbei, vielleicht 200 Meter vom Ufer entfernt. „Was machen die?", fragte er verblüfft. „Da sind ein paar Leute an Bord, eindeutig!" Er versuchte, den Steuermann durch Handbewegungen dazu zu bringen, wieder den Landungssteg anzusteuern. „Hierher!", rief er. „Hierher!" Tatsächlich beschrieb das Schiff einen Bogen und kam langsam auf die Anlegestelle zu.

„Was will denn die Polizei von uns? Servus, Gasperlmaier!" Der Vinzenz, der das Boot steuerte, kam lachend auf sie zu und schüttelte Gasperlmaier die Hand.

„Und wen hast du denn da mitgebracht? So eine fesche Person! Grüß dich! Willkommen an Bord!“ Der Vinzenz duzte jeden und hielt nicht damit hinter dem Berg, wenn ihm eine Frau gefiel.

„Herr …“ „Sagst einfach Vinzenz zu mir, wie alle“, lachte der Angesprochene. „Wir möchten eigentlich … sind das zwei Herren von der Sicherheitsfirma, da drinnen im Schiff? Mit denen möchten wir sprechen.“ Der Vinzenz nickte. „Drei, genauer gesagt. Noch genauer, zwei Herren und eine Dame. Die untersuchen das Schiff. Wegen dem Staatsbesuch, nicht. Ob da eh keine Bombe versteckt ist!“ Der Vinzenz lachte dröhnend. „Aber das einzige Explosive, das wir an Bord haben, das ist unser Zirbener, weil der ist wirklich eine Granate!“ Die drei schwarz gekleideten Sicherheitsleute im Schiff hatten sich, so konnte Gasperlmaier erkennen, bei dem Wort „Explosive“ aufgerichtet und ihnen die Blicke zugewandt. „Danke!“, sagte die Frau Doktor ein wenig unterkühlt. Offenbar konnte sie mit den Scherzen des Vinzenz nicht viel anfangen und ging an ihm vorbei über eine kurze Gangway an Bord des Schiffes. „Na, dann!“, sagte Gasperlmaier und folgte ihr. An Bord stellte sich heraus, dass Gasperlmaier eine der Personen kannte. Es war die Dolmetscherin, die gestern Abend die Aussage des Eichhörnchenjägers übersetzt hatte. Ein Weiterer trug zur Glatze über breiten Schultern einen engen schwarzen Anzug, was ihn für Gasperlmaier eindeutig als Russen klassifizierte. Als er merkte, dass Gasperlmaier ihn musterte, winkte er und grinste ihnen entgegen. Der besagte Eichhörnchenjäger war es allerdings nicht. Und der Dritte trug eine schwarze Uniform. Auf dem Rücken stand groß „T4T Security“. Den sprach die Frau Doktor an, nachdem sie den anderen beiden kurz zugenickt hatte.

„Wir suchen den Herrn Thomas Salzmann von T4T Security. Wenn meine Auskünfte richtig sind, dann müssten Sie das sein." Der Mann richtete sich auf und schob eine der Bänke auf dem Deck in ihre ursprüngliche Position zurück. „Schon." Er nickte. Der Mann war ungewöhnlich groß, hatte trotz seiner Jugend einen schon zurückweichenden Haaransatz und ziemlich eingefallene Wangen. Überhaupt war er sehr mager, was bei seiner Größe besonders auffiel. Die Frau Doktor musste regelrecht zu ihm aufsehen, was ihr aber nach Gasperlmaiers Erfahrung wenig ausmachte. „Haben Sie gestern Nacht die Überwachung des Cateringzelts von ‚Fanny's Food' durchgeführt?" Der Mann nickte, wich aber dem Augenkontakt mit der Frau Doktor aus und ließ seine Blicke über den See schweifen. „Bis Mitternacht. Dann war meine Schicht zu Ende." „Irgendwas Auffälliges bemerkt?" Er schüttelte den Kopf. „Jede halbe Stunde eine Runde. Um elf, glaub ich, war das Licht aus. Sonst ..." Die Frau Doktor holte ihr Handy aus der Handtasche und hielt es dem Salzmann entgegen. „Kennen Sie diese Frau?" Der Salzmann sagte nichts, schluckte aber, als er auf das Display blickte. Einen Augenblick zu lang, fand Gasperlmaier, bevor er den Kopf schüttelte. „Nie gesehen", sagte er. „Schaut nicht so gut aus." Er versuchte sich an einem Lachen, das Gasperlmaier aber nicht überzeugte. „Das liegt daran, dass sie tot ist." „Tot?", fragte der Salzmann zurück. „Die ist tot?" Obwohl es immer noch ein wenig regnete, faltete die Frau Doktor ihren Schirm zusammen. Er schien bei der Befragung des großgewachsenen Zeugen ein wenig im Weg zu sein. „Herr Salzmann", sagte die Frau Doktor. „Da bestellt diese Cateringfirma extra einen Wachdienst, der auf ihr Zelt aufpassen soll. Und dann wird in diesem Zelt eine Frau ermordet, und dem Wachdienst ist nicht das Geringste aufgefallen? Wie darf ich mir das erklären?“ Er zuckte mit seinen schmalen Schultern. „Wenn ich jede halbe Stunde vorbeikomme? Und nur dann die Schlösser überprüfe, wenn niemand mehr im Gebäude ist? Genauso hab ich's gemacht!“ Die Frau Doktor maß den Mann mit abschätzigen Blicken. „Und um 23 Uhr, um 23 Uhr 30, nichts gesehen? Auch nicht vielleicht ins Zelt hineingeleuchtet?“ Der Salzmann schüttelte den Kopf.

„Was machen Sie eigentlich hier?“, fragte die Frau Doktor. Der Wachmann lächelte spöttisch. „Das unterliegt strenger Geheimhaltung. Geht Sie aber auch nicht wirklich etwas an.“ Gasperlmaier sah an den beiden vorbei in den Innenraum des Schiffes. Er konnte es zwar nur gedämpft hören, aber dort wurde offenbar Russisch gesprochen. Der Vinzenz war nirgendwo zu sehen. Der Russe hob fragend Schultern und Arme und deutete mehrmals in seine, Gasperlmaiers Richtung. Es schien, als wäre es dem Russen unangenehm, dass die Polizei hier auf dem Schiff jemanden befragte. „Wie kommen Sie auf die Idee, dass mich das nichts angeht? Wir ermitteln in einem Mordfall, da ...“ Der Salzmann unterbrach sie, was keine gute Idee war. „Befehl von ganz oben!“ Er deutete zum Himmel. „Wir beschützen da Leute, die Sie nicht einmal in Ihren Träumen kennenlernen werden“, zischte er. „Und wir nehmen keine Befehle von jemandem an, der einfach so auf ein Schiff spaziert kommt!“ „Herr Salzmann“, erklärte die Frau Doktor scharf. „Was mich was angeht und was nicht, das entscheidet hier kein Wachmann! Das entscheide ich, und wenn's nicht reicht, meine Vorgesetzten. Zu denen Sie sicher nicht gehören! Außerdem erteile ich hier keine Befehle, sondern führe eine Befragung durch. Den Unterschied dürften Sie kennen!“ Sie hatte das Wort „Wachmann“ mit Verachtung hingeschleudert und mit dem Zeigefinger vor sich in die Luft gestoßen, was den Salzmann wenig zu beeindrucken schien. Er lehnte sich rücklings an die Reling und stützte sich mit den Händen darauf ab. „Warum so aufgeregt?“, fragte er mit einem, wie Gasperlmaier fand, zynischen Lächeln.

„Weil mich Leute wie Sie aufregen, Herr Salzmann!“, sagte die Frau Doktor, nun wieder ganz ruhig. Sie konnte das. Von einem Moment auf den anderen von hundert auf null zurückschalten. Diese Fähigkeit hätte Gasperlmaier sich auch gewünscht. Obwohl, wenn er sich aufregte, fiel ihm meist nicht viel ein, was er sagen konnte, und so merkten andere meist nur an seinem hartnäckigen Schweigen, dass etwas nicht stimmte. „Und Sie werden eine Vorladung bekommen, in diesem Fall über Ihre Firma, nicht an Ihren Wohnsitz. Und dem vernehmenden Beamten werden Sie haarklein jedes Detail des ganzen Tages glaubwürdig darstellen. All das hätten Sie sich sparen können, wenn Sie sich jetzt etwas kooperativer verhalten hätten. Guten Tag.“

„Einen Moment noch!“ Die Dolmetscherin war aus dem Innenraum des Schiffes auf das offene Deck getreten, gefolgt von dem Russen. Sie deutete auf ihn. „Das ist Herr Oleg Gagarin, er ist im Sicherheitsteam des russischen Präsidenten.“ „Und?“, fragte die Frau Doktor, etwas ungeduldig. „Er möchte wissen, was die österreichische Polizei hier sucht. Und ob das für seinen Präsidenten sicherheitsrelevant ist.“ Sie räusperte sich, während der Russe sich lächelnd verbeugte. „Sagen Sie ihm, es geht um eine Gewalttat, die wahrscheinlich nichts mit dem Gipfeltreffen zu tun hat. Den Herrn Salzmann“, sie deutete auf den Erwähnten, der sich abgewandt hatte und ans Ufer starrte, „haben wir als möglichen Zeugen befragt.“ Die Dolmetscherin übersetzte.

Der Russe zog eine silberglänzende, flache Flasche aus der Innentasche seines Sakkos. Die Dolmetscherin nickte, während er auf Gasperlmaier und die Frau Doktor deutete und die Geste des Trinkens vollführte. „Herr Gagarin würde sich freuen, mit der österreichischen Polizei auf das gelungene Treffen anzustoßen!" Der Russe zauberte zwei kleine, silberne Becher irgendwo aus seinem Anzug, füllte sie und reichte sie der Frau Doktor und Gasperlmaier. Der dankte lächelnd und zischte der Frau Doktor zu: „Es wäre sicher unhöflich, abzulehnen. Hinunter damit!", und ließ seinen Worten Taten folgen. Der Wodka brannte ordentlich. Der Frau Doktor standen Tränen in den Augen. „Sakra, ist der scharf!" Der Russe fasste das offenbar als Kompliment auf, schlug Gasperlmaier kräftig auf die Schulter und schüttelte der Frau Doktor ausgiebig die Hand. „Spassiba!", sagte er mehrmals. „Spassiba bolschoje!" „Sie brauchen nicht zu übersetzen", sagte die Frau Doktor. „Wir haben schon verstanden. Wir bedanken uns ganz herzlich. Wir müssen jetzt dringend weg, nochmals vielen Dank." Sie nickte kurz, auch Gasperlmaier verbeugte sich, bevor er sich abwandte und auf die Gangway trat.

„So freundlich habe ich mir die Russen nicht vorgestellt", sagte Gasperlmaier. „Obwohl, so viel anders ist es ja bei uns auch nicht. Mit dem Schnaps, meine ich." Die Frau Doktor hüstelte. „Na, hoffentlich begegnen wir nicht noch vielen, die so freundlich sind wie der. Das Zeug brennt im Magen."

„Der Salzmann wird sich noch wundern!", zischte sie, als sie die Türen aufschloss. „Mir ist was aufgefallen", sagte Gasperlmaier, nachdem sie eingestiegen waren. „Als du ihm das Bild gezeigt hast, hat er kurz gezögert. Und geschluckt. So, als ob er erschrocken wäre." Die Frau Doktor nickte. „Das Zögern hab ich auch gemerkt. Das Schlucken nicht. Aber – besonders aussagekräftig ist das nicht. Wenn man Leuten ein Bild einer Leiche zeigt, sind sie fast immer geschockt." „Und wenn er sie doch gekannt hat?", setzte Gasperlmaier nach. „Dann ... ich weiß auch nicht!", sagte die Frau Doktor. „Ich weiß gar nicht recht, wie wir jetzt weitertun sollen, solange noch keine Ergebnisse von den Telefongesellschaften oder aus der Pathologie da sind."

„Entweder", sagte Gasperlmaier, „fahren wir zu mir nach Hause, weil ein anderes Hauptquartier haben wir derweil nicht. Oder wir nehmen uns noch einmal den Horak vor. Weil du da ja eine Theorie hast ..." Die Frau Doktor nickte. „Horak. Obwohl – der wird jetzt bei der Arbeit sein. Für das Mittagessen. Aber", sie lächelte Gasperlmaier zu, „gerade, wenn einer im Stress ist, ergibt eine Befragung oft erstaunlich interessante Ergebnisse." An der Einmündung in die Hauptstraße wurden sie von einer Motorradstreife aufgehalten. Das Motorrad stand quer über die Straße, sodass sie nicht weiterkonnten. „Mann!", schimpfte die Frau Doktor. Sie ließ ihr Fenster hinunter und hielt dem Posten ihre Kokarde entgegen. „Polizei! Lassen Sie uns durch!" Der Beamte klappte das Visier seines Motorradhelms auf, kam auf sie zu und schüttelte den Kopf. „Keine Chance. Nicht einmal der Kaiser von China kommt hier durch." Die Frau Doktor versuchte es mit einem Lächeln. „Bitte! Chefinspektorin Kohlross. Vom Bezirkspolizeikommando Liezen." Der Beamte stützte sich mit den behandschuhten Händen auf die Türkante des Audi. „Schauen Sie. Ich darf nicht. Und es dreht sich nur um ein paar Minuten. Die Wagenkolonne der Präsidenten ... sie kommen vom Loser herunter, Sie verstehen." Die Frau Doktor trommelte ungeduldig mit den Fingern auf das Lenkrad. In diesem Moment tauchten auf der Hauptstraße mehrere Polizeimotorräder mit eingeschaltetem Blaulicht auf, dahinter ein Polizeifahrzeug. Die beiden schwarzen Limousinen waren so schnell vorbei, dass Gasperlmaier sie kaum wahrnahm.

Der Streifenbeamte deutete auf die hintere der Limousinen. „Aurus Senat", erklärte er. „Russische Staatskarosse. Voll gepanzert. 600 PS. Hat er extra von zwei Chauffeuren aus Moskau hierherfahren lassen. Weil er unseren Autos nicht traut. Könnten verwanzt sein!" Er zwinkerte ihnen zu. „Gute Fahrt!" Er stieg auf sein Motorrad, startete und gab die Straße frei. „Verwanzt?", fragte Gasperlmaier. „Glauben die Russen wirklich, dass unsere Dienstfahrzeuge, diese Luxuslimousinen, dass die verwanzt sind?" Die Frau Doktor schüttelte den Kopf. „Franz, du glaubst immer an das Gute im Menschen. Natürlich interessieren sich unsere Geheimdienste auch für das, was bei so einem Gipfeltreffen abseits der offiziellen Termine besprochen wird. Und deswegen würden die Russen einen Wagen von uns zuerst einmal auseinandernehmen, jedes Teil durch den Scanner schicken und dann wieder zusammenbauen. Da kommt es billiger, die eigene Staatskarosse anfahren zu lassen." Gasperlmaier schüttelte den Kopf. Die Welt der Geheimdienste war ihm ein Buch mit sieben Siegeln. Er persönlich fand ja, dass es das Gescheiteste wäre, wenn alle alles von allen anderen wüssten, dann konnte am wenigsten passieren.

Das Handy der Frau Doktor piepste. Sie hob über eine Taste am Lenkrad ab. „Hallo!", sagte eine weibliche Stimme. „Zu eurem tschechischen Koch. Pavel Horak. Wir haben tatsächlich was gefunden. Er hat eine ganze Menge Fotos online gestellt, auf Facebook und auf Instagram. Da gibt es Fotos aus dem Ausseerland, eine Serie von vor fünf Jahren, eine weitere von vor drei. Hauptsächlich ist er da mit Kollegen abgebildet, anscheinend auf der Terrasse von einem Hotel. Manchmal auch in der Küche, einmal neben einem fertig angerichteten Buffet." „Und welches Hotel das ist, wisst ihr nicht?" „Noch kein Hinweis", antwortete die Stimme. „Ich schick euch die paar Fotos, die auch Landschaft zeigen. Vielleicht könnt ihr damit was anfangen." „Bitte auch solche mit Kollegen!", sagte die Frau Doktor noch, bevor die Stimme am anderen Ende grußlos auflegte. „Kurz angebunden!", bemerkte Gasperlmaier. „Die haben viel zu tun. Wir fahren jetzt gleich zu diesem Horak. Muss ich da umdrehen?" „Ja, da vorne ist ein ..." Weiter kam Gasperlmaier nicht, denn die Frau Doktor hatte den Wagen abrupt nach links in eine Hauseinfahrt gelenkt. So eilig, dachte er bei sich, hatten sie es nun auch wieder nicht.

Als sie in der Nähe des Zeltes anhielten, gab das Handy der Frau Doktor ein paar knarrende Geräusche von sich. „Das werden die Fotos sein", sagte sie. „Wir schauen sie uns noch an, bevor wir reingehen." Sie beugte sich zu Gasperlmaier und hielt ihr Handy zwischen sich und ihn. Zwangsläufig kam er ihr näher und roch ihr Parfum, das ihn, wie immer, ein wenig verwirrte. „Das ist eindeutig am Grundlsee", sagte er und tippte auf das Foto, das er auf dem Display sah. „Der Berg da hinten, das ist der Ressen. Kein Zweifel." „Und das Hotel, kennst du das auch?" „Ja, schon ... mir liegt der Name auf der Zunge, aber auf der Terrasse ... da war ich, glaub ich, noch nie." Die Frau Doktor zog das Foto auseinander. „Irgendwer von den Leuten, der dir bekannt vorkommt?" Selbst mit Brille waren die Gesichter auf dem Foto verschwommen, nachdem die Frau Doktor es vergrößert hatte. Er schüttelte den Kopf. „Zu unscharf."

„Na dann!", sagte die Frau Doktor, stieg aus und schritt auf das Zelt zu. Jemand hatte neuen Rindenmulch aufgeschüttet, sodass sie einigermaßen trockenen Fußes bis zum Eingang kamen. Es hatte wenigstens zu regnen aufgehört, doch ein Blick zum Himmel zeigte Gasperlmaier, dass von dort oben weiteres Ungemach drohte. Die Herren Präsidenten würden auf den berühmten Dachsteinblick von der Seewiese aus verzichten müssen. Es war wirklich ein Trauerspiel mit diesem Wetter, dachte er bei sich. Andererseits würden die Russen so nicht auf die Idee kommen, sich vielleicht in Altaussee einzukaufen, wenn sie es nur von seiner kalten, abweisenden Seite kennenlernten. Die vielen Zweitwohnsitze waren ohnehin schon zu einem Problem geworden.

Drinnen im Zelt waren zwei Drittel der Tische besetzt, es gab viele Uniformen, vor allem Polizei und Feuerwehr. Das Mittagessen hatte bereits begonnen. Es duftete verführerisch. Gasperlmaier versuchte, einen Blick auf die Teller zu erhaschen. Fleischlaibchen schien es zu geben, auch Lasagne konnte er auf einzelnen Tellern erkennen. Ein Buffet mit vielen bunten Salaten war ebenfalls angerichtet. Ihm lief das Wasser im Munde zusammen. „Das Essen ist fertig. Umso besser!“, sagte die Frau Doktor. „Dann hat er keine Ausrede, der Herr Horak. Gekocht hat er ja schon.“ Ohne auf eine Einladung zu warten, öffnete die Frau Doktor die Schwingtür zur Küche. Drinnen zischte und brutzelte es, man konnte sein eigenes Wort kaum verstehen. Der Horak stand ihnen genau gegenüber, in der Mitte des Küchenblocks. Die Frau Doktor steuerte direkt auf ihn zu, sprach ihm ins Ohr, beide gestikulierten, der Horak schleuderte seinen Kochlöffel in einen der brodelnden Töpfe und ging der Frau Doktor voraus zum Hinterausgang. Bevor er den erreichte, bemerkte Gasperlmaier die Farbmarkierung auf dem Boden, dort, wo heute Früh die Tote gelegen war. Wenn sie den Horak jetzt zum Reden brachten, dann konnte der ganze Fall schon aufgeklärt sein. In nicht einmal einem Tag. Gasperlmaier ertappte sich bei der Hoffnung, dass er nicht gestehen und die Frau Doktor somit noch weiter in Altaussee verweilen würde.

„Was wollen Sie denn von mir?", schimpfte der Horak, als sie draußen waren, die Tür sich geschlossen hatte und den Lärm aus der Küche drinnen behielt. „Ich habe Ihnen doch schon alles gesagt!" Die Frau Doktor grinste. „Ja, vor allem einen Haufen Lügen!" Sie hielt ihm ihr Handy vor die Nase und wischte mehrmals über den Bildschirm. „Vor drei Jahren, vor fünf Jahren. Im gleichen Hotel. In Grundlsee. Und uns wollen Sie weismachen, dass Sie noch nie im Ausseerland gewesen sind!" „War ich auch nicht! Ich hab gar nicht gewusst, dass da Grundlsee auch dazugehört! Und ich komm ja nie aus den Hotels hinaus! Ich hab nicht einmal gewusst, wo ich da war! Ehrlich!" Die Frau Doktor schwieg. Gasperlmaier hatte sich hinter dem Horak platziert, damit der nicht so leicht abhauen konnte. Die Frau Doktor, so spürte Gasperlmaier, hatte ihn ziemlich in die Enge getrieben. „Sie erinnern sich an die zwei Saisonen, die Sie in diesem Hotel gearbeitet haben?" „Dumpf!", erwiderte der Horak. „Eine Saison wie die andere, Sie wissen schon!" „Ich weiß gar nichts!", sagte die Frau Doktor. „Außer, dass auch damals in diesem Haus Alkoholika verschwunden sind. Waren Sie das auch?" Der Horak verschränkte die Arme vor der Brust. „Ich sag jetzt gar nichts mehr. Ich sag nur mehr was, wenn ein Anwalt dabei ist. Darauf hab ich ein Recht."

Wieder ließ die Frau Doktor etwas Zeit verstreichen, bevor sie antwortete. Eine gute Taktik, fand Gasperlmaier. Das machte die Gesprächspartner nervös, da begannen sie in ihrem eigenen Saft zu kochen. Er musste sich das merken. Woher sie allerdings wusste, dass der Horak womöglich schon früher in eine Dieberei verwickelt gewesen war, das war ihm schleierhaft. „Wir befragen Sie, was den Mord betrifft, vorläufig nur als Zeugen, nicht als Beschuldigten. Sie brauchen sich also wegen eines Anwalts keine Mühe zu geben." Der Horak schluckte. „Andererseits ..." Die Frau Doktor wandte sich von dem Koch ab und blickte in Richtung See. Gerade hob sich die Wolkendecke ein wenig. Sie drehte sich wieder zum Horak um. „Es könnte ja so gewesen sein: Sie kommen noch einmal zurück, nachdem alle schlafen gegangen sind. Um sich noch ein paar Flaschen Schnaps oder Champagner zu organisieren. Leider übersehen Sie, dass die Laura Lederer vor dem Kücheneingang steht und raucht. Sie ertappt Sie mit den Kartons im Arm, es folgt ein Streit, im Verlauf desselben stellen Sie die Kartons ab, greifen zur Bratpfanne, und wenig später ist die Laura tot." Der Horak schnaufte verächtlich. „Was für ein Blödsinn! Haben Sie dafür denn Beweise? Ich glaube kaum!" „Könnten wir denn welche finden?", fragte die Frau Doktor. „Ich geh jetzt wieder rein! Den Blödsinn muss ich mir nicht länger anhören!" Dennoch bewegte er sich nicht vom Fleck. Er schien unsicher zu sein, ob man ihn wirklich gehen lassen würde. „Ich halt Sie nicht auf!", sagte die Frau Doktor lächelnd. Der Horak schüttelte den Kopf und riss die Tür zu seiner Küche auf.

„Äh!", sagte Gasperlmaier, als die Tür ins Schloss gefallen war. „Eine Frage hätte ich jetzt: Woher wissen wir denn, dass in diesem Hotel, wo er da früher gearbeitet hat, dass da auch gestohlen wurde?" Die Frau Doktor grinste immer noch. „Wissen wir nicht. War ein Versuchsballon. Aber hat er es abgestritten? Manchmal trifft man eben auch blind ins Tor. Ich verwette meinen Kopf darauf, dass er in die Diebstähle verwickelt ist. Jetzt müssen wir nur noch seine Kontaktperson ausfindig machen. Und ich wette gleich noch einmal: Die finden wir auf den Fotos, die meine Kollegin in Liezen ausgegraben hat!“

4

„Könnten wir nicht vorher etwas essen gehen? Wir müssen uns ja stärken, du doch auch, vielleicht etwas Warmes ...?" „Mittlerweile kenne ich dich schon, Gasperlmaier. Und wenn du nichts zwischen die Zähne kriegst, dann wirst du unleidlich. Und da es noch ein bisschen dauern wird, bis wir Namen und Adressen bekommen, gehen wir jetzt was essen." Gasperlmaier atmete auf. „Wir könnten in die Bäckerei Maislinger gehen. Dort gibt's auch ein Mittagsmenü, und jetzt, wo das Catering wieder offen hat, finden wir auch einen Platz."

Er konnte sein Glück kaum fassen. Wo es doch im Cateringzelt so verführerisch nach Fleischlaibchen mit Kartoffelpüree gerochen hatte. Und ausgerechnet die gab es heute auch als Mittagsmenü beim Maislinger. Die Frau Doktor hatte sich allerdings wieder einmal einen Salat bestellt. Dafür hatte er selbst es bei einem alkoholfreien Bier bewenden lassen. Ausnahmsweise einmal, so dachte er bei sich, würde er das schon überleben. „Servus, Gasperlmaier!" Von hinten schlug ihm einer auf die Schulter, und der Größe der Pranke nach, die da auf ihm landete, konnte das nur der Friedrich sein, sein alter Freund und ehemaliger Postenkommandant, der nun schon seit ein paar Jahren im Ruhestand war. „Grüß Sie, Frau Doktor. Schon erwischt? Ich meine, eh schon wissen?" Er blickte um sich und hatte seine Stimme etwas gesenkt, um niemanden auf das Thema aufmerksam zu machen. Die Frau Doktor schüttelte den Kopf. „Ein Wasser für dich, Friedrich, und einen Fitnesssalat!" Die Barbara, eine bereits langjährige Bedienung beim Maislinger, stellte einen Teller und ein Glas vor den Friedrich hin. Gasperlmaier hielt ein wenig verdutzt inne. „Ja, Gasperlmaier, da brauchst gar nicht so schauen! In meinem Alter, da geht's um Leben oder Tod! Und der warme Leberkäse und das Bier, die sind der Tod! Und der Salat und das Wasser, die sind das Leben!" Gasperlmaier starrte ernüchtert auf das halbe Fleischlaibchen, das noch darauf wartete, verspeist zu werden. „Na ja, aber hie und da ...", versuchte er, zu beschwichtigen. Der Friedrich nickte. „Hie und da, das ist am Wochenende. Und heute ist Donnerstag, da ist eben nicht hie und da. Du glaubst gar nicht, wie ich mich dann am Freitag auf das Bier freue! Das habe ich früher gar nicht gekannt!" „Gut so, Herr Kahlß!", pflichtete ihm die Frau Doktor bei. „Aber der Franz hat sich heute immerhin für ein alkoholfreies Bier entschieden. Das ist doch schon was!" Gasperlmaier begann sich langsam darüber zu ärgern, dass hier über ihn gesprochen wurde wie über einen Patienten, bei dem man sich noch nicht sicher sein durfte, ob er schon über den Berg war. Er schob sich das letzte Stück Fleischlaibchen in den Mund und kaute.

„Übrigens, ich hab da was, was euch interessieren könnte!", flüsterte der Friedrich, über den Tisch gebeugt. „Ja?", fragte die Frau Doktor und beugte sich ebenfalls vor. „Da drüben, an dem Tisch, den die Barbara gerade abräumt, da ist vorhin noch der Vorsitzende der BFB gesessen. Der Bewegung Freie Bürger." Diese Bewegung, so viel wusste Gasperlmaier, war eine weit rechts stehende Gruppierung, die seit der letzten Wahl einige Abgeordnete im Parlament stellte, dort aber hauptsächlich mit fremdenfeindlichen Parolen und dem Verbreiten von Verschwörungstheorien auffiel. „Und nicht nur der Chef von denen, sondern auch sein Klubobmann und ein paar andere, die ich nicht kenne, sind da drüben gesessen. Und haben es recht lustig gehabt. Und jetzt stehen sie im Gastgarten draußen, unter dem Dach, und rauchen." Die Frau Doktor legte ihr Besteck zur Seite und erhob sich. „Muss ich mir anschauen!" „Vorsichtig!", mahnte Gasperlmaier.

„Was wollen die da?", fragte er. „Mit dem Gipfeltreffen haben sie sicher nichts zu tun!" Der Friedrich zuckte mit den Schultern und nahm einen Schluck Wasser. Gasperlmaier stand ebenfalls auf und folgte der Frau Doktor. Was, wenn sie sich beim Beobachten der Politiker erwischen ließ? Aber auf dem Weg zur Gastgartentür begegnete sie ihm bereits wieder und zog ihn mit sich zurück. Aus dem Augenwinkel konnte er noch erkennen, dass ein paar Männer in grauen Anzügen unter der Überdachung standen. Verschwand da nicht eben ein massiger Glatzkopf um die Ecke? Doch schon war die Tür außerhalb seines Blickfelds, und er konnte gar nichts mehr sehen.

„Der Herr Kahlß hat recht. Es war tatsächlich der Konecny." Konecny, so hieß der Obmann der BFB. Gasperlmaier hatte sich früher allzu oft über den Unsinn geärgert, den der Mann von sich gegeben hatte. Bis er beschlossen hatte, dass der bei ihm zu Hause, in seinem Wohnzimmer, Sprechverbot hatte. Seither hatte er immer den Ton ausgedreht, wenn der Konecny auf dem Bildschirm zu sehen gewesen war. Auch gegen den Widerstand der Christine, die darauf bestand, dass man sich auch andere Meinungen als die eigene anhören musste, allein schon, um deren Standpunkten etwas entgegnen zu können.

Als sie wieder am Tisch saßen, trank Gasperlmaier sein alkoholfreies Bier aus. Es schmeckte schal und widerlich. „Das wisst ihr aber schon?", fragte der Friedrich im Flüsterton, sich neuerlich über den Tisch beugend. „Dass es da Gerüchte gibt. Dass die Freien Bürger gute Verbindungen nach Russland haben. Und dass da auch Geld fließt. Die Russen haben ja, so sagt man, recht viel Freude daran, die parlamentarischen Demokratien ein bisschen durcheinanderzuwirbeln. Indem sie seltsamen Parteien wie der BFB ein bisschen mit Geld unter die Arme greifen." „Ja, aber fällt denn das nicht auf?", fragte Gasperlmaier. Der Friedrich schüttelte den Kopf. „Du bist politisch nicht so recht informiert, was, Gasperlmaier? Das läuft über Geschäftsleute, die zahlen zum Beispiel einer österreichischen Firma irgendwas, was die angeblich, aber nicht wirklich geliefert hat. Oder sie bezahlen einen völlig übertriebenen Preis für was, das sie tatsächlich geliefert hat. Oder ..." „Herr Kahlß", unterbrach die Frau Doktor. „Kommen Sie zum Punkt! Wir müssen weiter!" Der Friedrich nickte. „Das, was unrechtmäßig von der Firma verrechnet wurde, wird an einen Verein gespendet. Der Verein wieder überweist das Geld an eine Werbeagentur, die dafür angeblich unglaublich wertvolle Leistungen für den Verein erbringt. Und diese Werbeagentur spendet das wieder einem Verein, der angeblich gemeinnützig ist, in dessen Vorstand aber der Konecny von der BFB sitzt, und der entscheidet, wie das Geld verwendet wird. Und verwendet wird es für Bildungszwecke, sprich Propaganda. So ungefähr läuft das." „Und da kommt niemand drauf?", fragte Gasperlmaier. „Schon", sagte der Friedrich, „aber es ist schwer zu beweisen, dass es illegal ist, wenn sie es geschickt anstellen."

„Herr Kahlß, war schön, Sie zu treffen, aber wir müssen!" Die Frau Doktor stand auf. Gasperlmaier erhob sich ebenfalls und schüttelte dem Friedrich die Hand. „Wir sollten wieder einmal auf ein Bier gehen, Gasperlmaier", sagte der und drückte dessen Hand schmerzhaft kräftig. „Aber, weißt eh, nur am Wochenende! Pfüat euch!"

Draußen auf der Straße eröffnete die Frau Doktor Gasperlmaier, warum sie es plötzlich so eilig hatte. „Einige der Kontakte des Horak sind identifiziert. Zwei davon sind Einheimische, und die könnte der Horak gut dazu benutzt haben, das Diebesgut zu verstecken. Wir fahren in das Hotel hinüber, nach Grundlsee, wo er gearbeitet hat. Vielleicht können wir die Diebstahlsaffäre heute noch abschließen – dann haben wir nicht weit bis zur Klärung des Mordes."

Obwohl er schon oft im Audi der Frau Doktor mitgefahren war, fühlte er sich immer wieder unwohl. Nicht, dass sie das Fahrzeug nicht im Griff gehabt hätte, aber oft nahm sie wenig Rücksicht auf Tempolimits und neigte dazu, riskant zu überholen. Am Weg nach Grundlsee, sagte Gasperlmaier sich, würde sie dazu nicht allzu viel Gelegenheit haben. Er war halt, das musste er selbst sich eingestehen, ein miserabler Beifahrer.

Als sie halbwegs aus Bad Aussee draußen waren, läutete Gasperlmaiers Handy. Es war die Manuela, seine Kollegin vom Polizeiposten in Altaussee. „Gasperlmaier!", schalt sie ihn. „Warum erfahr ich das nicht, dass wir einen Mord haben! Da brauchst du mich doch! Das geht doch ohne mich nicht! Vor allem, wo ich doch jetzt so viel weiß über Datenforensik!" „Ja!", antwortete Gasperlmaier und ließ sich dann ein wenig Zeit zum Überlegen. Das war ein Fehler, denn die Manuela redete gleich weiter. „Ich sag dir was, Gasperlmaier: Ich komm zurück, heute Abend schon. Ich versäum nur mehr den Vormittag morgen, dann wär der Kurs eh aus! Und die paar Einheiten, das kann ich online auch nachmachen. Wär eh nur Resümee gewesen. Also, pfüat di, bis morgen!" „Pfüat di!", gab Gasperlmaier zurück. „Da bist du jetzt aber nicht viel zu Wort gekommen", schmunzelte die Frau Doktor. Unwillig stopfte er sein Handy zurück in die Brusttasche. „Sie wollte anscheinend eh nicht hören, was ich mir denke!" Die Manuela, das musste er ehrlich zugeben, war eine große Hilfe, vor allem, wenn es darum ging, am Computer etwas zu recherchieren. Im direkten Umgang mit den Altausseern, da hatte er ihr noch einiges Gespür voraus, aber das konnte sich ändern, denn seit einem Jahr circa war sie mit einem Einheimischen zusammen und wohnte auch im Ort.

„Hier hinauf?" Gasperlmaier nickte. Jetzt, wo er den Wegweiser sah, erinnerte er sich auch wieder an den Namen des Hotels. „Traun Resort" hieß es, obwohl es am Grundlsee lag. Immerhin war aber der Traunursprung nicht weit, und somit floss die Traun natürlich auch durch den Grundlsee. Das Hotel war ziemlich neu. „Die Saison, wo der Horak hier gekocht hat, das muss eine der ersten nach der Eröffnung gewesen sein", erklärte Gasperlmaier. „Es hat viel Unmut gegeben in der Bevölkerung, dass so ein Kasten hergebaut wird, wo jahrhundertelang grüne Wiese war." „Na ja", sagte die Frau Doktor. „Das ist immer etwas heikel. Arbeitsplätze auf der einen Seite, Naturschutz auf der anderen." „Das mit den Arbeitsplätzen, das war auch so eine Sache", erklärte Gasperlmaier. „Dann hat sich nämlich herausgestellt, dass die meisten Arbeitskräfte sowieso von auswärts gekommen sind. Wie zum Beispiel unser Horak. Der ist auch kein Hiesiger." „Also, zusammengefasst, ein umstrittenes Projekt?", fragte die Frau Doktor noch einmal nach. Gasperlmaier nickte. „Kann man so sagen."

Gasperlmaier war noch nie hier gewesen. Hinter der Rezeption befand sich eine Glaswand, und man konnte direkt auf einen großzügigen Pool blicken. Darin schwammen auch einige Leute, die man aber vor lauter Dampfschwaden, die sich aus dem Wasser hoben, nur schemenhaft erkennen konnte. Die Frau Doktor stellte sich und ihn vor und erntete dafür die üblichen schockierten Blicke. „Die Polizei? Bei uns?", flüsterte die Rezeptionistin. „Wir möchten mit ein paar Angestellten sprechen. Es geht nur um Zeugenaussagen, keine Angst!", versuchte die Frau Doktor zu beruhigen. Wenig später saßen sie im Büro der Hoteldirektorin, und die Frau Doktor suchte in den Notizen auf ihrem Handy nach den Namen der Kontaktpersonen, mit denen der Horak damals fotografiert worden war.

Die Direktorin trug ihr blondes Haar kurz geschnitten und musterte Gasperlmaier skeptisch. „Wir suchen einen Konrad Hütter und eine Amelie Frank." Sie zeigte der Direktorin ihr Handy mit einem Foto, auf dem die beiden offenbar zu sehen waren. „Die beiden haben zusammen mit einem gewissen Pavel Horak hier gearbeitet, vor drei Jahren. Horak war auch vor fünf Jahren eine Saison bei Ihnen. Das Foto stammt von seiner Facebookseite." Die Direktorin nickte. „Ein schicker junger Mann. Und ein guter Koch. Nur seine sozialen Fähigkeiten ..." Sie seufzte. „Was meinen Sie damit genau?", fragte die Frau Doktor nach. „Er war ... wie soll ich sagen ... er hat sich nicht viele Freunde in der Küchenbrigade gemacht, war aufbrausend, hat viel mit den Leuten geschimpft, hat es nicht verstanden, sie zu motivieren. Was auch der Grund war, warum wir auf seine weiteren Dienste verzichtet haben." Gasperlmaier konnte sich das gut vorstellen. „Die beiden anderen?", lenkte die Frau Doktor das Gespräch auf den eigentlichen Zweck des Besuchs. „Die Amelie Frank ist noch immer bei uns. Sie macht Patisserie. Der Hütter ist ausgeschieden, dem war das Kochen auf die Dauer zu anstrengend. Ich seh ihn aber gelegentlich noch, er ist Fahrer bei einem Getränkegroßhandel, der uns beliefert." Gasperlmaier spitzte die Ohren. Getränkegroßhandel? Das hieß, es fiel nicht weiter auf, wenn der Mann Getränkekartons transportierte und irgendwo beim Auf- oder Abladen gesehen wurde. Die Frau Doktor warf ihm einen vielsagenden Blick zu. Anscheinend war ihr der gleiche Gedanke gekommen. „Gut!", sagte sie aber. „Die Frau Frank ist im Haus?" Die Direktorin nickte und stand auf. „Kommen Sie mit!"

Es ging durch mehrere Türen, über eine Treppe hinauf, Gänge entlang und um mehrere Ecken, sodass Gasperlmaier sicher war, hier ohne Begleitung nicht mehr hinauszufinden. Schließlich wurden sie in eine geräumige Küche geführt, und durch dieselbe hindurch in eine kleinere. Dort stand an einer Theke eine dunkelhaarige, rundliche Frau, die gerade dabei war, aus einem Spritzsack Oberskringel auf eine Torte zu dekorieren. „Frau Frank, die Polizei möchte mit Ihnen sprechen", sagte die Direktorin in einem Ton, der Gasperlmaier erschreckte. Die tat ja gerade so, als seien sie gekommen, um die Kuchenbäckerin zu verhaften. „Ist das in Ordnung, wenn ich Sie alleine lasse?", fragte sie noch und verschwand, ohne eine Antwort abzuwarten.

Die Frau Frank schien geschockt, hielt mitten in der Bewegung inne, sodass ein großer Batzen Schlagobers zu Boden klatschte. „Entschuldigung!", flüsterte sie und griff nach einer Küchenrolle, um den Boden aufzuwischen. „Keine Angst, Frau Frank, wir sind nicht gekommen, weil Sie etwas angestellt haben. Wir wollten Sie nur zu einem früheren Kollegen befragen." Die Frau Frank richtete sich wieder auf, legte die Küchenrolle weg und hielt die gekreuzten Hände vor die Brust. „Sie haben mich ganz schön erschreckt. Und die Frau Direktor hat so geklungen, als ob ..." Die Frau Doktor nickte. „Sie erinnern sich an Ihren Kollegen Pavel Horak?“ Die Frau Frank nickte. „Natürlich. Er war ja eine ganze Saison da. Er ist sogar ein paarmal zu uns nach Hause gekommen, er hat hier nur ein Personalzimmer gehabt. Und da haben wir ihn und ein paar andere Kollegen zwei- oder dreimal zum Grillen eingeladen, wenn wir zufällig gemeinsam frei gehabt haben.“ „Haben Sie ihn später wiedergesehen?“ Die Patissière schüttelte den Kopf. „Nein, so gut befreundet waren wir auch wieder nicht. Er hat schon recht jähzornig werden können, und das ist nicht so mein Stil.“ „Frau Frank, hat es damals Diebstähle hier im Hotel gegeben? Ich mein jetzt nicht aus den Gästezimmern, sondern vielleicht aus den Vorräten der Küche, Getränke, zum Beispiel?“ Die Frau Frank konnte ihre Nervosität nicht verbergen, sie lief sogar rot an und nickte. „Ja!“, sagte sie. „Da sind Sachen weggekommen!“ Die Frau Doktor warf Gasperlmaier einen triumphierenden Blick zu. Hatte sie also mit ihrer wilden Spekulation doch recht behalten. „Und?“, fragte sie mit ein wenig Ungeduld in der Stimme. „Die Frau Direktor war fuchsteufelswild und hat uns allen mit dem Rausschmiss gedroht. Das war aber natürlich Unsinn, woher hätte sie denn mitten in der Saison neue Leute bekommen sollen?“ „Und ist die Sache aufgeklärt worden?“ Sie schüttelte den Kopf. „Nicht so richtig. Gemunkelt ist worden. Die Chefin selber hat das nie mehr erwähnt, aber der Hütter, der hat gehen müssen. Er hat zwar behauptet, dass er kündigt, weil ihm der Lohn zu wenig ist, aber es hat Gerüchte gegeben, dass sie ihn hinausgeschmissen hat. Mehr weiß ich auch nicht.“ „Sind Sie damals von der Polizei befragt worden?“ Die Frau Frank schüttelte wieder den Kopf, aber Gasperlmaier hatte das eindeutige Gefühl, dass sie etwas vor ihnen verbarg. „Hätten Sie der Polizei etwas zu sagen gehabt?“, fragte die Frau Doktor jetzt so einfühlsam wie möglich, wie es Gasperlmaier schien. Nun nickte die Frau Frank. „Ich hab den Hütter gesehen, wie er Getränkekartons in sein Auto geladen hat, spätabends einmal, als ich draußen war, eine rauchen. Ich hab mir gar nichts dabei gedacht, und er hat mich auch nicht gesehen. Dann natürlich ... aber es kann sein, dass das überhaupt nichts Gestohlenes war, das war ja nur ein Zufall ... man hängt doch nicht gleich einen Kollegen hin wegen ...“ Sie griff erneut nach der Küchenrolle, riss ein Stück ab und trocknete damit die Tränen, die ihr bereits über die Wangen liefen. Sie schniefte heftig. „Frau Frank, bitte regen Sie sich nicht auf, Sie haben nichts falsch gemacht, schließlich hat niemand Sie gefragt. Und jetzt haben Sie uns ein großes Stück weitergeholfen, herzlichen Dank! Komm, Gasperlmaier!“ Die Frau Doktor schien es jetzt sehr eilig zu haben. Gerade noch konnte er ein „Wiedersehen!“ murmeln und fühlte sich nicht recht wohl dabei, die heulende Mehlspeisköchin allein zu lassen. Wer weiß, vielleicht würde ihre Chefin gleich nach ihr sehen und ihr Vorwürfe machen.

„Jetzt komm schon!“, mahnte die Frau Doktor. „Wir müssen diesen Hütter finden! Weißt du vielleicht, wo der wohnt?“ Gasperlmaier schüttelte den Kopf. Den Namen Hütter hatte er heute zum ersten Mal gehört, und natürlich hatte er keine Ahnung, wo der Mann daheim war. „Dann machen wir rasch eine Abfrage.“ Während der Fahrt nach Bad Aussee hinunter führte die Frau Doktor ein paar Telefongespräche, und noch bevor sie in Aussee ankamen, drang aus dem Lautsprecher die Adresse des Konrad Hütter. „Mühlreith 96“, wiederholte die Frau Doktor. „In Kainisch, ja!“ „Das muss ich ins Handy eingeben“, sagte Gasperlmaier. „Die haben keine Straßennamen, da musst du schon ein Einheimischer sein, dass du ein bestimmtes Haus ohne Navi findest. Oder ein Postler.“ Gott sei Dank hatte Gasperlmaier bereits vor geraumer Zeit erlernt, mit Google Maps umzugehen, und es gelang ihm, die Frau Doktor ohne Umwege zu einem kleinen Haus zu leiten, das zumindest früher eine Landwirtschaft gewesen war, denn es gab neben dem Wohnhaus ein ziemlich heruntergekommenes Stallgebäude, einen Hühnerstall und ein paar Holzhütten. Vor dem Haus stand ein weißer Kastenwagen mit der Aufschrift „Aufmesser Getränke“.

„Sieh mal an“, sagte die Frau Doktor. „Den Laster hätten wir ja schon. Und genügend Möglichkeiten zum Lagern von Kartons gibt es auch.“ Sie deutete auf das Stallgebäude, das leerzustehen schien. Zumindest konnte man keine Anzeichen dafür entdecken, dass darin Vieh untergebracht war. „Ach du Scheiße!“, rief die Frau Doktor, als sie einen Fuß auf den Boden gesetzt hatte. Gasperlmaier stellte es selber fest, nachdem er ausgestiegen war. Der Platz vor dem Haus war weder gepflastert noch ordentlich geschottert, daher vom Regen der letzten Tage aufgeweicht und schlammig. Und ziemlich rutschig. „Schade um meine Schuhe!“, ärgerte sich die Frau Doktor. „Pass auf, dass du nicht ausrutschst!“, warnte Gasperlmaier. Er warf einen Blick zum Haus. Nichts rührte sich, auch an den Fenstern konnte er niemanden erkennen, der herausspähte. Die Frau Doktor näherte sich vorsichtig der Haustür und drückte auf den Klingelknopf. Man hörte keinen Klingelton, alles blieb still. Gasperlmaier war plötzlich so, als hätte er aus dem Stallgebäude ein Geräusch gehört. Er deutete zur Stalltür. Die Frau Doktor nickte und legte einen Finger vor den Mund. Auf dem Weg zum Stall blickte Gasperlmaier an sich hinunter. Nicht nur die Schuhe, auch der Saum der Hose war bereits schlammverkrustet.

Die Frau Doktor streckte ihm die Hand entgegen, damit er zurückblieb. Dann zog sie die Stalltür auf, die sich hinter ihr langsam wieder schloss. Ein schmaler Spalt blieb offen, sodass er zwar etwas hören, aber wenig sehen konnte. „Hallo? Ist da jemand?“, rief sie laut. Zunächst blieb es still, dann näherten sich Schritte. Gasperlmaier fragte sich, warum er zurückbleiben sollte. „Sind Sie der Herr Hütter?“, fragte die Frau Doktor. „Wieso? Wollen Sie was kaufen?“ Kurze Stille. „Was könnte ich denn bei Ihnen kaufen?“ Wieder kurze Stille. „Gasperlmaier!“ Er zog die Tür auf und betrat ebenfalls den Stall. Der Hütter schien dort, wo er stand, festgefroren. Er war nicht sehr groß, schmächtig und hatte dunkle Schatten auf den Wangen. Auf der Schädeldecke war der Haaransatz schon weit zurückgewichen. Er trug einen blauen Arbeitsanzug. „Polizei!“, sagte die Frau Doktor und streckte ihm ihren Ausweis entgegen. „Chefinspektorin Kohlross, Bezirksinspektor Gasperlmaier. Und Sie sind?“ Der Hütter blickte rastlos von einem zum anderen. „Was wollt's? Ich hab nix gemacht!“ Er zuckte mit den Schultern. Gasperlmaier fiel auf, dass seine Augen ungewöhnlich gerötet waren.

„Noch einmal, Herr Hütter: Was hätte ich bei Ihnen kaufen können?“ Der Blick des Hütter flackerte. Nervös trat er von einem Fuß auf den anderen. Er sah sich, so kam es Gasperlmaier vor, nach einer Fluchtmöglichkeit um. Zwischen der Tür und ihm standen aber die Frau Doktor und er. Der hintere Teil des Stalles verlor sich im Dunkel, das gelegentlich von Strahlen durchbrochen wurde, die hereinfielen, wo Dachziegel fehlten. „Getränke.“ Er wies mit dem Kinn in die Richtung des Lieferwagens vor dem Stall. „Ich hab aber momentan nichts da." „Dürfen wir uns ein wenig umsehen?", fragte die Frau Doktor. „Habt's einen Durchsuchungsbefehl?", fragte der Hütter. „Brauchen wir nicht. Gefahr im Verzug!", belehrte ihn die Frau Doktor. Jetzt fing der Hütter zu zittern an. „Gefahr? Was denn für eine Gefahr?" Die Frau Doktor trat einen Schritt auf ihn zu, der Hütter wich einen zurück. „Möglicherweise sind Sie in einen Mordfall verwickelt. Sie haben sicher schon vom Tod dieser Köchin in Altaussee gehört."

Der Hütter schluckte. Fast, so fand Gasperlmaier, konnte er einem leidtun. „Mord?", fragte er. „Was für ein Mord? Ich hab heute noch keine Nachrichten ..." „Herr Hütter!" Die Frau Doktor hatte ihn regelrecht angeherrscht, sodass der Hütter zusammengezuckt war. Der, dachte Gasperlmaier bei sich, hatte aber nicht die Nerven für einen gestandenen Verbrecher. Niemals. „Hören Sie", sagte der Hütter mit zitternder Stimme. „Es kann schon sein, dass ich hie und da vergessen habe, was bei der Steuer anzugeben. Manchmal geht auch was zu Bruch, und dann ... das ist ja kein Verbrechen." „Das heißt, Sie melden Ihrer Firma Bruch oder Verlust und verkaufen dann das Zeug schwarz weiter?" „So, also so ..." „Und was ist mit dem Traun Resort? Dort waren Sie beschäftigt! Vor drei Jahren? Hat es dort auch Bruch gegeben?" Schweißperlen standen dem Hütter auf der Stirn. „Ich sag überhaupt nichts! Ich wollte eh schon längst aufhören damit!" Viel hatte es nicht gebraucht, bis der zusammengebrochen war. Er hatte nicht einmal versucht, zu flüchten oder sich groß rauszureden, ihm fehlten dafür anscheinend die Steherqualitäten. „Und da hinten im Stall, da würden wir sicher ein paar Kartons finden? Gestohlene Ware?" „Nicht direkt", versuchte es der Hütter. „Die habe ich nur zwischengelagert. Für einen Freund. Ich hab keine Ahnung, woher das Zeug ist. Er hat gesagt, es gehört ihm. Er hat aber gerade keine Möglichkeit, das alles ... also, er hat keinen Platz dafür." Er deutete nach hinten ins Dunkel. „Ich hab damit nichts zu tun!" Die Beteuerung, fand Gasperlmaier, klang wenig überzeugend. Der Hütter kramte in der Brusttasche seines Overalls nach einer zerknitterten Zigarettenpackung und zündete sich mit zitternden Fingern eine an.

„Und wie heißt dieser Freund?", fragte die Frau Doktor. „Hab ich vergessen!", wagte der Hütter noch einen Versuch des Widerstands. Die Frau Doktor trat auf ihn zu. „Gleich vergesse ich mich! Reden Sie, sonst kommt bei Ihrer Anklage noch Widerstand gegen die Staatsgewalt, Vereitlung der Strafverfolgung und einiges andere dazu!" Dem Hütter Widerstand zu unterstellen war ein wenig übertrieben, fand Gasperlmaier. Aber die Taktik zeitigte Wirkung. „Horak heißt er. Horak. Und ich ... er war damals auch im Traun Resort. Und ..." „Reicht schon!", sagte die Frau Doktor. „Kommen Sie mit! Und du, Gasperlmaier, schaust einmal nach dem Verkaufslager des Herrn Hütter. Und mach ein paar Fotos, damit die Kollegen genau wissen, wie es bei seiner Festnahme ausgesehen hat." „Festnahme? Ja, aber ..." „Kein Aber!", zischte die Frau Doktor. „Wir holen uns jetzt Verstärkung, und die Kollegen bringen Sie nach Liezen zur Einvernahme. Wenn Sie Glück haben und bei dem Mord nicht mit drinhängen, dann dürfen Sie sogar wieder nach Hause. Nachdem die Kollegen Ihr Lager sichergestellt haben!"

Wenig später drang Gasperlmaier, mit Handy und Taschenlampe bewaffnet, erneut ins Stallgebäude ein, während die Frau Doktor mit dem Hütter im Haus das Eintreffen der Verstärkung abwartete. „Sakra!", entfuhr es ihm, als er auf irgendein Hindernis getreten und umgeknickt war. Er musste zuerst auf den Boden leuchten. Der war von allerlei Unrat übersät. Hier hatte schon lang niemand mehr aufgeräumt. Er leuchtete in den Raum hinein. Ah, da rechts waren auf ein paar Paletten Kartons aufgestapelt. Gasperlmaier leuchtete in die Richtung. Es roch seltsam. Wonach bloß? Gasperlmaier schnupperte, konnte den Geruch aber nicht einordnen. Hauptsächlich waren da Weinkartons gestapelt, kaum einer glich dem anderen, alle waren sie von verschiedenen Weingütern. Ein Zeichen dafür, dass der Hütter einzelne Kartons von vielen verschiedenen Lieferungen abgestaubt hatte. Womöglich war es bei großen Lieferungen oft gar nicht aufgefallen, wenn ein Karton fehlte. Kartons mit Edelbränden gab es auch, und auf der letzten Palette fanden sich ein paar Kartons Sekt, sogar einer mit Champagner. Er fotografierte alle Paletten von zumindest zwei Seiten. Damit war wohl klar, dass der Horak und der Hütter ein diebisches Duo darstellten, das sich sein Einkommen ein bisschen aufbessern hatte wollen. Schön wäre es, so dachte Gasperlmaier bei sich, wenn der Horak den Mord heute noch gestehen würde, dann wäre Ruhe.

Plötzlich war es Gasperlmaier so, als spüre er Wärme am Rücken. Gleichzeitig wurde der Geruch, den er zuvor schon wahrgenommen hatte, intensiver. Er drehte sich um und bemerkte hinter sich einen Verschlag aus Holz. Die Latten sahen relativ frisch aus, der Verschlag musste neu sein. Durch die Ritze unter der grauen Stahltür drang helles Licht. Gasperlmaier probierte. Die Tür ließ sich öffnen. „Schau, schau!“, flüsterte Gasperlmaier. Der Raum, dessen war er sich sicher, war eine Cannabisplantage. Pflanztröge auf niedrigen Tischen, Wärmelampen, Ventilatoren, alles war da. Es war nicht zum ersten Mal, dass Gasperlmaier so etwas sah. Der Hütter würde keine Gelegenheit mehr haben, hier zu ernten.

„Er schiebt alles auf den Horak", erklärte die Frau Doktor, als auch Gasperlmaier ins Wohnhaus trat. Wohnlich sah es da nicht gerade aus, denn auch hier hatte schon lang niemand mehr aufgeräumt. Und es roch auch ein wenig bedenklich. Und zwar ebenfalls nach Cannabis. Auf der Küchenanrichte gab es keinen freien Platz mehr, alles war voll mit leeren Flaschen und ungewaschenem Geschirr. „Er hat in seinem Stall eine Plantage. Cannabis", sagte Gasperlmaier. „Das gehört alles nicht mir, das Zeug. Und wegen der paar Flaschen, das ist doch echt kein Verbrechen, wenn man ... ich hab das nur vergessen, mir wächst das alles über den Kopf, ich hätt das beim Finanzamt schon noch ...", versuchte es der Hütter mit einem Ablenkungsmanöver.

„Das wundert mich jetzt gar nicht!" Die Frau Doktor zeigte auf ein schwarzes Plastiksäckchen auf dem Tisch. „Das Endprodukt hat er auch auf Lager. Angeblich aber nur für den Eigengebrauch." Sie lächelte. Der Hütter legte die Arme auf den Tisch und ließ den Kopf darauf fallen. Der Cannabisgebrauch, so dachte Gasperlmaier bei sich, erklärte auch sein seltsames Verhalten und Aussehen. Das Kraut konnte alles Mögliche auslösen, wusste er. Von Euphorie bis zur Depression, von der Redseligkeit bis zur Panik. Der Hütter begann zu schluchzen. „Mein Mitleid hält sich in Grenzen, Herr Hütter!", meinte die Frau Doktor.

Gott sei Dank dauerte der Aufenthalt in der muffigen Küche nicht allzu lang, denn schon nach kurzer Zeit blinkten draußen Blaulichter. „Gehen wir's an, Herr Hütter!", sagte Gasperlmaier, stand auf und packte den Hütter am Oberarm. Der ließ sich mehr oder weniger widerstandslos hochziehen. „Grüß euch!“ Die beiden Beamten, die soeben aus ihrem Wagen gestiegen waren, legten die Finger an ihre Kappen.

„Grüß euch!“ Nur einen Moment lang war Gasperlmaier abgelenkt, da riss der Hütter sich los und rannte mit einer Energie, die man ihm nicht zugetraut hätte, auf das Stallgebäude zu. „Halt!“, schrie Gasperlmaier, schneller noch als er waren die beiden Kollegen, die ihre Waffen zogen und dem Hütter hinterherstürmten. Doch der war schon im Stall verschwunden, und noch bevor sie ihn erreichten, gelang es ihm, von innen einen Riegel vorzuschieben. „Sauber!“, sagte der eine Kollege. „Jetzt ist er weg. Gibt's noch einen anderen Eingang?“ „Keine Ahnung!“, erklärte Gasperlmaier wahrheitsgetreu. „Wir links, ihr rechts!“, flüsterte der Kollege und schlich von Gasperlmaier weg an der Wand entlang. „Passt auf, er ist eingeraucht! Und drinnen hat er eine Plantage!“, warnte Gasperlmaier noch. „Da weiß man nie!“

Wo war die Frau Doktor? Er sah sich um und hörte hinter sich ein Fluchen. „So eine Scheiße!“ Sie näherte sich ihm, und er sah, dass ihre Hose bis zu den Knien schlammbedeckt war. Die Hände hielt sie in die Höhe, die waren auch voller Matsch. „Bist hingefallen?“, fragte Gasperlmaier. „Wonach sieht's denn aus?“, schnauzte sie ihn an. „Los, rechtsherum!“ Gasperlmaier hatte sich kaum auf den Weg gemacht, als aus dem Stallgebäude eine Detonation ertönte, die sie zurückzucken ließ. Durch die Fugen in der Holzwand blitzte eine Feuersäule. „Um Gottes willen!“, flüsterte die Frau Doktor. „Schnell! Wir müssen ihn da rausholen!“ Sie rannte an der Wand entlang. Auf dieser Seite schien es keinen Ausgang zu geben. Gasperlmaier fingerte sein Handy hervor und rief atemlos die Feuerwehr an. Gott sei Dank hatte er die Hausnummer behalten. „Verdammt!“, schrie die Frau Doktor, denn als sie um die Ecke kamen, sahen sie zwar kein Tor, dafür aber Flammen aus einem Spalt zwischen Wand und Dachstuhl schlagen. „Weg von der Wand!“, schrie Gasperlmaier. „Da kann was einstürzen!“ Er zog die Frau Doktor ein paar Meter weg. „Der Trottel verbrennt da drin!“, schrie die Frau Doktor. „Was machen wir?“ „Rundum!“, schrie Gasperlmaier zurück. „Dass wir auf die anderen treffen!“ Sie drückten sich so weit vom Stallgebäude entfernt wie möglich an einer Holzhütte vorbei. Hoffentlich fing die nicht auch noch Feuer. Und wenn die ganzen Hanfpflanzen verbrannten und sie den Rauch einatmeten, würden sie dann nicht womöglich im Cannabisrausch ins offene Feuer hineinrennen? Als sie wieder an die Längsseite kamen, begegneten sie Gott sei Dank den beiden Kollegen, die den Hütter schon fest zwischen sich geklemmt hatten. „Er ist hinten wieder raus! Fast wäre er uns ausgekommen!“, schnaufte der eine. „Aber wir haben ihn gerade noch erwischt!“ „Schnell!“, rief Gasperlmaier dazwischen. „Wir müssen unsere Autos wegfahren! Die Feuerwehr kommt gleich!“ Die Kollegen nickten. „Ich leg ihm noch Handschellen an, damit er nicht auf blöde Ideen kommt!“

In gebührendem Abstand vom Stallgebäude hasteten sie zu ihren Fahrzeugen. „Ich sag dir's!“, fauchte die Frau Doktor. „Wenn meinem Cabrio auch nur das kleinste ...“ Den Rest konnte Gasperlmaier nicht mehr verstehen. Gott sei Dank war das Feuer noch nicht an der Vorderfront des Stalles angelangt, sie konnten den Hütter in den Streifenwagen verfrachten und den Audi der Frau Doktor hinter dem Wohnhaus in Sicherheit bringen. In der Ferne hörte Gasperlmaier schon die Sirenen der Feuerwehrautos.

„Ihr könnt's eh fahren, bringt's ihn nach Liezen, ins Bezirkspolizeikommando!", sagte die Frau Doktor. Die Kollegen nickten und setzten sich in ihren Wagen. Gasperlmaier konnte gar nicht mehr sehen, wie sie wegfuhren, weil die Sicht von den bereits eintreffenden Feuerwehrfahrzeugen verdeckt wurde. Als die Feuerwehr in rasendem Tempo, gleichzeitig aber routiniert und gut organisiert ihre Arbeit begann, zogen sich Gasperlmaier und die Frau Doktor in Richtung Wohnhaus zurück. „Wart schnell hier, ich muss denen noch was sagen!" Er lief zum Kommandofahrzeug, wo ein Mann am Funk saß. „Er hat da irgendwas Brandbeschleunigendes dringehabt, Benzin, wahrscheinlich. Und eine Hanfplantage! Seid's vorsichtig!" Der Mann nickte, und Gasperlmaier ging zur Frau Doktor zurück.

Sie sah im späten Nachmittagslicht nicht mehr so aus, wie er gewohnt war, sie zu sehen. Mit Dreck bespritzt bis zum Gesicht, die Haare zerrauft, das Makeup verschmiert. Doch sie lächelte. „Ich schau furchtbar aus, oder?", fragte sie. Gasperlmaier wusste aus Erfahrung, dass man in solchen Situationen keinesfalls die Wahrheit sagen durfte. Energischer Widerspruch war das Gebot der Sekunde. „Du schaust nie furchtbar aus! Auch jetzt nicht!", sagte er und nickte dazu bestätigend. „Lügner!", grinste sie und boxte ihn spielerisch gegen die Schulter.

Plötzlich fiel Gasperlmaier ein, dass der ganze Schlamassel ja seine Schuld war, weil er den Hütter nicht fest genug gepackt hatte. Aber wer hatte schon damit rechnen können, dass dieser eingerauchte Waschlappen noch einen Fluchtversuch wagen würde? „Setzen wir uns ins Auto. Jetzt können wir sowieso nicht weg", sagte er. Im Wagen der Frau Doktor hinter dem Wohnhaus konnte man zwar noch Feuerschein sehen, sonst war es aber wesentlich ruhiger als vorne, wo jetzt gerade der Brand bekämpft wurde.

„Es tut mir leid“, sagte Gasperlmaier. „Alles meine Schuld!“ „Aber geh!“, beruhigte ihn die Frau Doktor. „Ist doch jedem schon einmal passiert.“ „Ich bin irgendwie zu patschert für solche Einsätze!“, gab sich Gasperlmaier selbstkritisch. „Nicht so schlimm. Weißt du, was schlimm ist? Mir hat einmal einer meine Dienstwaffe weggenommen, weil ich nicht aufgepasst habe. Gott sei Dank war sie gesichert, und er hat nicht gewusst, wie man die Sicherung löst, und so hat das ganze Drama nicht lang gedauert. Aber der Fehler hätte Leben kosten können!“ „Meiner auch!“, hielt Gasperlmaier dagegen. „Wenn einer von uns in den Stall gegangen wäre, und dann ...“ „Ist ja noch einmal alles gut gegangen!“ Die Frau Doktor legte ihm ihre Hand auf den Oberschenkel und ließ sie dort für eine Sekunde oder zwei ruhen. Gasperlmaier sah auf ihre schmutzige, aber perfekt manikürte Hand mit dem dunkelroten Nagellack und wagte sich nicht zu bewegen. „Gut, dass du das Lager fotografiert hast. Davon wird jetzt nicht mehr viel übrig sein!“ Sie lächelte.

5

„Wie wird es denn den Herren Präsidenten bei der Seewiese hinten gefallen haben?“, fragte die Frau Doktor, nachdem es ihnen gelungen war, an den rauchenden Trümmern des Stallgebäudes und an den Feuerwehrfahrzeugen vorbeizumanövrieren. „Gut, nehm ich an. Trotz der fehlenden Aussicht. Da gibt's jetzt ein neues Lokal. Auf den Grundfesten von der alten Seewiese, die hat aber schon zugesperrt, als ich noch ein Kind war.“ „Und das Jagdhaus gibt's nicht mehr?“, fragte die Frau Doktor. „Doch. Aber das neue Restaurant, das ist ein bisschen nobler, und es gehört einem Großunternehmer, der so einen Energydrink macht. Wahrscheinlich kehren sie da ein, ist auch mehr Platz.“ Eine Weile lenkte die Frau Doktor schweigend. Dann klappte sie die Sonnenblende herunter und schaute sich im Spiegel an, was Gasperlmaier ein wenig nervös machte. „Ich muss mich unbedingt restaurieren, bevor wir uns den Horak noch einmal vorknöpfen.“ „Aber“, wandte Gasperlmaier schüchtern ein, „ist das nicht egal, wegen so einem Gauner?“ Die Frau Doktor klappte den Spiegel hoch und trat wieder kräftig aufs Gas. „Wie man aussieht, ist nie egal. Du musst dem Gesprächspartner allein schon durch dein Auftreten und dein Äußeres klarmachen, dass du ihm überlegen bist. Und du musst eine gewisse Perfektion ausstrahlen. Das verunsichert die Leute.“ Gasperlmaier sah an sich hinab. So hatte er die Sache noch nie betrachtet. Ob es ihm jemals gelingen würde, Perfektion auszustrahlen? So viele Jahre hatte er ja nun nicht mehr bis zur Pension, dass er sich damit viel Zeit lassen konnte. „Das Einzige, was ich dir anbieten kann, ist unser Bad daheim. Da gibt's ja auch einen großen Spiegel. Weil du weißt ja, auf dem Polizeiposten, der Major Teufl ...“ „Hervorragend. Dauert nur fünf Minuten!“

Nur die Christine war zu Hause, als Gasperlmaier die Tür aufsperrte. „Du bist schon da?“, fragte sie. „Essen ist aber noch nicht fertig! Und außerdem ziehst du mir bitte sofort die Schuhe aus! Wo hast du dich denn herumgetrieben?“ Erst jetzt erspähte sie die Frau Doktor, die vor der Tür noch ihren Schirm ausgeschüttelt hatte. Es hatte nämlich wieder kräftig zu regnen begonnen. „Entschuldigung!“, sagte die Christine und lächelte. „Ich hab ja nicht gewusst, dass ... aber was ist denn mit euch passiert?“ Nun, wo auch die Frau Doktor aufgetaucht war, gab es also ein wenig Mitgefühl für ihn. Vorher hatte alles eher nach Zurechtweisung geklungen. „Eine Festnahme ... Brandstiftung ... der Hof war ganz schlammig, da haben wir nicht ...“ Er verlor sich in seinem Satz und zog die Schuhe aus. „Ich muss meine auch ein bisschen abwaschen. Kann ich das draußen im Garten machen?“ „Nein, nein!“, sagte die Christine und zog die Frau Doktor zum kleinen Badezimmer neben der Küche. „Gehen Sie nur da hinein, es gießt ja draußen so!“ Auch wieder eine Neuerung, dachte Gasperlmaier bei sich. Er hatte nie das Privileg genossen, seine Schuhe herinnen abwaschen zu dürfen. Und wenn es die Kinder gewagt hatten, hatte es ein Donnerwetter gegeben. „Ja“, sagte die Christine und stützte die Arme in die Hüften. „Was war denn eigentlich? Und warum musst du noch einmal weg?“ „Eine lange Geschichte!“, winkte Gasperlmaier ab. „Aber wenn alles gut geht, dann schließen wir den Fall noch heute ab!“ „Schau an!“ Die Christine nickte. „Das wäre ja Rekordzeit. Und wer war's?“ Gasperlmaier wand sich. „Darüber kann ich gar nichts sagen, nicht ein Sterbenswörtchen. Wo sind denn eigentlich die Mädels?“ Er staunte selber darüber, dass es ihm gelungen war, sich innerhalb so kurzer Zeit an die neue Situation, die Katharina betreffend, zu gewöhnen. „Noch in der Seevilla. Die Stefanie hat der Kathi auch eine Akkreditierung besorgt, und so hat die mitgehen können. Es gibt ja anscheinend nach dem Wirtschaftsding und dem Künstlertreffen jeweils einen Pressetermin." „Aha!", sagte Gasperlmaier, und in diesem Moment tauchte die Frau Doktor wieder neben ihm auf. „Schon fertig!" Er staunte, wie schnell sie es fertiggebracht hatte, wieder so gepflegt auszusehen wie heute Morgen. „Und du willst dir deine Schuhe nicht putzen?", fragte die Christine. „Später", antwortete Gasperlmaier. „Wir müssen wahrscheinlich noch in dieses Gastrozelt, das sie auf der Bierzeltwiese aufgestellt haben. Und da ist eh wieder so ein Dreck ..." Er zeigte nach oben, um auf den anhaltenden Regen zu verweisen.

„Brrr! Kalt ist es geworden. Es wird doch nicht etwa schon schneien?" Die Frau Doktor zog ihre Jacke fester um sich, bevor sie einstieg. „Vor ein paar Jahren", sagte Gasperlmaier, „da haben wir im Oktober, ich glaub, am dreizehnten war's, schon eine Schneedecke gehabt. Ist allerdings wieder weggetaut. Und vor zwei Jahren, da haben sie am Nationalfeiertag, am 26. Oktober, oben beim Loserfenster den Sessellift eingeschaltet, weil schon so viel Schnee gelegen ist." „Na sauber!", sagte die Frau Doktor. „Da möchte ich aber nicht wohnen, da wär's mir zu kalt!" Gasperlmaier schwieg und verzichtete darauf, ihr zu erklären, dass selbst Liezener ihre Stadt oft als eine der hässlichsten Österreichs bezeichneten, während das Ausseerland anerkanntermaßen zu den prachtvollsten Naturlandschaften Österreichs, ja Europas zählte. Als sie vor dem Zelt anhielten, stellte Gasperlmaier fest, dass sowohl Zufahrt als auch

Zugang trotz des aufgeschütteten Rindenmulchs bereits wieder schlammig waren.

Diesmal waren noch kaum Gäste im Zelt, es war wohl etwas zu früh für das Abendessen. Dafür war in der Küche Hochbetrieb, man hörte die laute Kommandostimme des Pavel Horak. „Nein, nicht die äußeren Blätter! Die müssen weg! Du kannst doch nicht den welken Salat auf die Teller legen!" Die Frau Doktor fackelte nicht lange und stieß schwungvoll die Küchentür auf. „Herr Horak! Mitkommen! Sofort!" Alle in der Küche Beschäftigten schienen den Atem anzuhalten. Direkt hinter dem Horak erspähte Gasperlmaier die Martina Kadlecová, die heute Früh die Leiche entdeckt hatte. Sie hielt ein Messer in der Hand, lächelte und zwinkerte Gasperlmaier zu. Anscheinend fand sie es erheiternd, dass ihr Chef in so strengem Ton aufgefordert wurde, mitzukommen. Der stöhnte auf und ließ sein eigenes Messer fallen. „Was gibt's denn jetzt schon wieder?" „Draußen!", beschied ihm die Frau Doktor. Kopfschüttelnd setzte sich der Pavel in Bewegung. „Aber ihr macht weiter, flott!", wies er die Küchenbrigade forsch zurecht.

„So! Bitte nehmen Sie Platz. Ich vernehme Sie jetzt als Beschuldigten. Nicht in der Mordsache, dafür in der Sache Diebstahl von Getränken von Ihrem Arbeitgeber. Und zwar sowohl das Traun Resort als auch ‚Fanny's Food'. Möchten Sie dazu etwas sagen?" Der Pavel schüttelte den Kopf und grinste. „Kein Wort!", sagte er. „Darf ich jetzt weiterkochen?" Die Frau Doktor setzte sich erst jetzt hin, direkt ihm gegenüber. „Gar kein Darandenken. Sagt Ihnen der Name Hütter etwas? Konrad Hütter?" Der Pavel legte seine Unterarme verschränkt auf den Tisch und beugte sich vor. Dadurch kam er der Frau Doktor ziemlich nahe. „Sollte mir der was sagen? Was, wenn er mir nichts sagt?“ „Wenn er Ihnen nichts sagt, dann lügen Sie. Sie haben mit ihm zusammengearbeitet. Vor drei Jahren erst.“ Der Pavel lehnte sich wieder zurück und zuckte mit den Schultern. „Ich merk mir Namen so schlecht. Ich hab vor drei Jahren mit vielleicht hundert Leuten zusammengearbeitet. Glauben Sie, ich kann mir alle Namen merken?“ Ganz schön unverschämt, dachte Gasperlmaier bei sich. Und im Gegensatz zum Hütter ein echter Steher. Der gab nichts, aber auch gar nichts zu, was man ihm nicht beweisen konnte. „Der Konrad Hütter ist in unserem Gewahrsam. Und er redet. Und er erwähnt auch Ihren Namen. Ständig.“ Der Pavel zuckte mit keinem Ohrläppchen, stattdessen grinste er. „Was der Ihnen sagt, reicht das als Beweis gegen mich? Der kann viel erzählen. Ich kenn ihn nicht.“ Die Frau Doktor tippte mit der Schuhspitze auf den Boden. Ein Zeichen, dass ihr die Geduld ausging. Sie holte ihr Handy aus der Handtasche und suchte nach einem Foto. „Hier, sehen Sie: Sie stehen neben dem Hütter auf diesem Foto. Aufgenommen vor drei Jahren auf der Terrasse des Traun Resorts.“ Dem Pavel verging das Lächeln immer noch nicht. „Welches Gesetz schreibt mir vor, alle zu kennen, mit denen ich fotografiert werde?“

Die Frau Doktor atmete deutlich hörbar aus. „Gasperlmaier, die Fotos!“, sagte sie plötzlich und streckte die Hand aus. Er reagierte nicht schnell genug. „Äh ...“, machte er. „Die Fotos vom Diebesgut aus dem Stall!“ „Ah!“ Er beeilte sich, sein Handy zu entsperren und die Galerie aufzurufen. Die Frau Doktor sah sich die letzten Fotos, die er gemacht hatte, an. Dann zeigte sie eines dem Pavel. „Das Diebesgut, das im Stallgebäude des Konrad Hütter gelagert war. Ich gehe davon aus, dass relativ schnell festgestellt werden kann, dass es sich um Ware handelt, die von ‚Fanny's Food' entwendet worden ist. Und jetzt taucht sie bei Ihrem Bekannten auf. Schon ein bisschen viele Zufälle, finden Sie nicht?" „Schon!", antwortete der Pavel. „Zufälle gibt's, man glaubt es kaum. Was fehlt, sind Beweise. Wenn Sie gegen mich vorgehen wollen, brauchen Sie solche aber." Einem derart dreisten Lügner war Gasperlmaier lange nicht begegnet. Aber es stimmte leider, sie hatten zwar einen Haufen Indizien gegen den Pavel, aber keine stichhaltigen Beweise. Die Frau Doktor stand auf. „Ich sag Ihnen was, Herr Horak. Ich werde jetzt erstens Ihre Arbeitgeberin von unseren Ermittlungen unterrichten. Und was ich zweitens mache, das werde ich Ihnen nicht auf die Nase binden, denn das werden Sie früh genug erfahren!" Der Horak warf ihr einen verächtlichen Blick zu. „Machen Sie nur! Die Arbeit hier geht mir eh schon längst auf die Nerven! Ich kündige!"

„Puh!", sagte die Frau Doktor. „Da drinnen hätte ich jetzt fast meine Nerven weggeschmissen. So einem hartnäckigen Lügner bin ich noch selten begegnet. Dabei hat er sogar einen gewissen Charme, findest du nicht?" Gasperlmaier zuckte mit den Schultern. Charme war das Letzte, was ihm am Horak aufgefallen wäre. Was ihm allerdings auffiel, war, dass die Frau Doktor eine gewisse Affinität zu Gaunern nicht leugnen konnte, vor allem, wenn sie äußerlich attraktiv waren. Irgendwann hatte sie ihm sogar einmal gestanden, dass sie sich in einen von ihr festgenommenen Verdächtigen verliebt hatte. Hoffentlich würde ihnen der Horak nicht noch unliebsame Überraschungen bereiten. Um von dem heiklen Thema abzulenken, fragte Gasperlmaier: „Was wirst du jetzt zweitens machen?" „Eine Durchsuchung beantragen, in seiner Unterkunft hier, seinem Auto, seiner Wohnung. Und seine Handydaten besorgen. Dafür, denke ich, reicht die Sachlage aus. Übrigens, ich wundere mich, warum wir nicht schon längst die wahre Identität unseres Opfers kennen. Das dauert mir alles zu lang."

„Schönen guten Abend!" Gasperlmaier traf fast der Schlag. Vor ihnen stand die Maggie Schablinger. Die Maggie hatte sich irgendwie verändert, sah seriöser aus. Ihre üblichen Spitzen und Schleifchen und Metallteile auf der Kleidung waren einem schlichten Schwarz gewichen, sowohl bei Hose als auch Jacke. Dennoch hatte er wenig Freude damit, sie zu sehen. „Ich freu mich, dich zu sehen, Gasperlmaier!" Die Maggie strahlte förmlich. „Natürlich Sie auch, Frau Chefinspektor! Darf ich fragen, wie Sie mit dem Fall vorankommen? Gibt es eine Verbindung zum Gipfeltreffen? Wie man hört, war die ermordete Köchin inkognito – also Geheimdienst?" Die Frau Doktor seufzte, während Gasperlmaier ob des Stakkatos an Fragen einfach nur verblüfft schwieg.

„Wo ist denn die Kamera?", fragte er, denn bei ihren letzten Begegnungen war die Maggie nie ohne einen Kameramann ausgekommen, da sie ja für Schilling-TV gearbeitet hatte. „Ich bin wieder zum Print-Journalismus zurückgekehrt!", teilte sie freudestrahlend mit. „War eigentlich eh mehr meine Berufung! Aber nun zum gegenständlichen Fall: Ist der Obmann der BFB, der Konecny, in den Fall verwickelt? Ist das der Beginn einer Geheimdienstfehde? Ich hab den Konecny nämlich heute in Altaussee gesehen, und da gibt es ja Gerüchte ..."

„Frau Schablinger!", unterbrach die Frau Doktor den Redefluss der Reporterin. „Wie üblich: Pressekonferenz! Außerdem bin ich gar nicht die leitende Ermittlerin, ich bin dem Major Teufl unterstellt, der hier die Einsatzleitung für das gesamte Gipfeltreffen hat." Ein wenig schien die Luft aus der Maggie gewichen. „Ach so?", fragte sie. „Ja, dann ..." „Auf Wiedersehen, Frau Schablinger", sagte die Frau Doktor.

„Die hat gar nicht so ... ich meine, so ...", machte sich Gasperlmaier Gedanken, als sie wieder im Auto saßen. „Nicht so aggressiv wie früher?" Die Frau Doktor lachte und fuhr los. „Das mag stimmen. Dazu muss ich dir natürlich eine Geschichte erzählen. Es hat ja seinen Grund, warum die Maggie hier schon lange nicht mehr aufgetaucht ist." „So?", fragte Gasperlmaier. „Ja!", nickte die Frau Doktor. „Die hat nämlich um ein Haar ihren Job verloren, weil sie ein paar Auftritte ... sagen wir einmal, nicht ganz nüchtern absolviert hat. Sie war dann auf Alkoholentzug und man hat sie, gnadenhalber, und da muss sie viel Glück oder Beziehungen gehabt haben, wieder bei der Schillingzeitung zurückgenommen, denn fürs Fernsehen, da braucht man jüngere, unverbrauchte Gesichter. Ob die Journalismus können, ist manchen Medien egal. Vielleicht ein Grund für das Alkoholproblem von der Maggie." So war das also im Mediengeschäft. Wenn sich die ersten Fältchen zeigten, wurde man entsorgt. Da konnte er ja direkt froh sein, dass er bei der Polizei war, denn da bestand diesbezüglich keine Gefahr. Hoffentlich würde es der Stefanie nicht ähnlich ergehen wie der Maggie.

„Wir machen jetzt Schluss, Gasperlmaier, ich hoffe, dass ich noch heute mehr über die Identität unseres Opfers erfahre, morgen Früh müssten auch alle Telefondaten verfügbar sein, dann haben wir eine solide Basis, auf der wir weiterarbeiten. Pfüat di!" Sie ließ ihn an der Kreuzung zu seiner Straße aussteigen und war mit aufheulendem Motor auch schon verschwunden, bevor er Zeit gefunden hatte, sich richtig zu verabschieden.

Dafür war zu Hause das Essen schon fertig. „Was gibt's denn?", fragte Gasperlmaier. „Gemüselasagne", erklärte ihm die Christine. „Du weißt ja – vegetarisch. Und dir schadet es auch nicht, wenn du einmal auf die tägliche Fleischportion verzichten musst!" Sie klopfte ihm vielsagend auf den Bauch. Gasperlmaier verschwieg die Fleischlaibchen von mittags lieber und ergab sich in sein Schicksal, nicht aber ohne sich vorher aus dem Kühlschrank ein Bier zu holen. „Das hab ich mir heute verdient!", erklärte er. „Erstens hab ich heute Mittag eh keines gehabt, und zweitens ..." Er begann, der Christine die Geschichte vom Brand im Stall des Konrad Hütter zu erzählen, wobei er seinen Beitrag zur Auffindung der Diebesbeute und zur Rettung des Verdächtigen aus dem brennenden Stall ein wenig hervorhob, während er seine Mitschuld an der Flucht des Hütter und dessen Brandstiftung beiseiteließ. Mitten in der Geschichte kamen die beiden Mädchen ins Haus, nass und nach frischer, kalter Herbstluft duftend.

„Super war's!", erklärte die Katharina, kaum, dass sie ihren Mantel abgelegt hatte. „Die Steffi hat ein paar coole Interviews gemacht, und tolle Fotos noch dazu!" Gasperlmaiers Geschichte schien nun nicht mehr interessant. „Mit wem habt ihr denn gesprochen?", fragte die Christine. „Ja, beim Wirtschaftsforum, da waren CEOs, hauptsächlich aus dem Tourismus und der Getränke- und Lebensmittelindustrie da." „Was ist denn ein CEO?", fragte Gasperlmaier. Diesen Ausdruck hatte er noch nie gehört. „Chief Executive Officer", erklärte die Katharina. „So was wie ein Geschäftsführer." Gasperlmaier verkniff sich die Frage, warum man dann nicht einfach „Geschäftsführer" sagte. „Wir haben den Chef einer großen Salzburger Brauerei interviewt, samt seiner Frau. Und noch besser, den König der Energydrinks!“ Die Christine zog die Augenbrauen hoch. „Der soll doch aber so öffentlichkeitsscheu sein? Und der hat der Steffi ein Interview gegeben?“ Die Genannte kam gerade ins Zimmer. „Ja, ihrem Charme ist niemand gewachsen!“, sagte die Katharina. Die beiden lachten einander an.

„Aber, ich habe gedacht, Sie ... du ...“ Er konnte sich nicht mehr erinnern, ob er gestern mit der Stefanie schon per Du gewesen war. „Du, bitte!“, nickte sie ihm zu. „... dass du mehr so Promigeschichten machst, weniger über Wirtschaft?“ Die Stefanie nickte. „Ich hab sie auch zu Lifestyle-Sachen befragt – ob sie hier Urlaub machen, wie sie generell zu Reisen stehen, ob sie Urlaub in Österreich bevorzugen, was sie kulinarisch an der Gegend schätzen, so was!“ „Und?“, fragte Gasperlmaier, neugierig geworden. „Was schätzen sie so, die Herrschaften Unternehmer?“ Die Stefanie lachte auf. „Bei solchen Interviews wird Imagepflege betrieben. Da sagen alle, dass sie natürlich am liebsten in Österreich Urlaub machen. Und die haben ja auch alle Zweit- und Drittwohnsitze in den angesagtesten Gegenden Österreichs, da redet es sich leicht!“ „Und das stimmt dann gar nicht?“, ließ Gasperlmaier nicht locker. „Natürlich nicht. Die haben Freunde und Bekannte in aller Welt, da ist man einmal in Davos, ein andermal in Monte Carlo oder zu einer Vernissage in New York. So sieht dann die Wirklichkeit aus.“ Gasperlmaier nahm einen Schluck Bier aus der Flasche. „Ein Glas könntest du dir schon nehmen! Wir sind ja hier nicht auf dem Fußballplatz!“ Die Christine stellte ein Glas vor ihn hin. „Und wie ist das bei den Politikern?“, fragte Gasperlmaier.

Auf eine Antwort musste er vorerst verzichten, weil die Christine „Zu Tisch!“ rief. „Du, Franz, kümmerst dich um die Getränke, die Mädels sollen den Tisch decken." „Was wollt ihr denn trinken?", fragte Gasperlmaier die Mädchen, denn dass die Christine gerne einen gespritzten Weißwein zum Essen trank, das wusste er ohnehin. Die Stefanie nickte der Katharina nur leicht zu, die nickte zurück. „Teilen wir uns ein Bier?", fragte die Stefanie dann. „Ok!" Gasperlmaier ging, um noch eine Flasche aus dem Kühlschrank zu holen. Die Stefanie wurde ihm immer sympathischer.

Leider vergaß Gasperlmaier, die Gemüselasagne gleich nach den ersten Bissen zu loben, sodass die Christine ihn leicht in die Seite stoßen und „Schmeckt's?" fragen musste. „Ja, ja, eh super!", antwortete Gasperlmaier. „Siehst du, Papa, man kann auch ohne Fleisch gut essen, sogar genießen!" „Nicht missionieren!", mahnte die Christine, denn sie hatte der Katharina bereits in ihrer veganen Phase klargemacht, dass gegen vegane Küche rein gar nichts einzuwenden war, wenn man sie sich selber zubereitete. Kritik am Ernährungsstil der restlichen Familie oder Missionierungsversuche hatten allerdings zu Hause zu unterbleiben, darauf hatte man sich geeinigt.

Gasperlmaier erinnerte sich an seine unbeantwortete Frage. „Wie ist das jetzt mit den Politikern?" „Na, die lügen natürlich wie gedruckt, ihre Urlaubsziele in Interviews sind immer innerhalb Österreichs, und bei den Landespolitikern zusätzlich noch innerhalb des Bundeslands. Die wollen es sich mit den Wählern nicht verderben." „Die wiederum solche Schleimereien schnell durchschauen!", mischte sich die Christine ein. „Da wär ich mir nicht so sicher!", antwortete die Stefanie. „Das funktioniert schon so, da gibt es Berater, Umfragen und so weiter, die entscheiden, was so ein Politiker in der Öffentlichkeit von sich gibt. Auch bei Homestories, wie ich sie zum Beispiel mache." „Homestories?", fragte Gasperlmaier nach. „Noch ein Bier?“, setzte er nach, als er feststellte, dass die Stefanie nur noch einen kleinen Schluck in ihrem Glas hatte. „Nein danke. Ja, Homestories. Ich besuche die Leute zu Hause, und wir reden über Themen, die auch mit dem Zuhause zu tun haben. Garten, Essen, Hobbies, Einrichtung, und so weiter.“ „Ist das nicht Manipulation der Wähler?“, fragte die Christine. „Nur, wenn man bestimmte Parteien bevorzugt. Das tut mein Magazin nicht, es kommen alle dran, außer extremistische Kleinparteien.“ Sie strich mit einer Hand durch ihr Haar und warf es mit einer gekonnten Bewegung über die Schulter zurück. Eine sehr ansehnliche Person, fand Gasperlmaier, war die Stefanie schon, vor allem, wenn sie über etwas redete, was sie begeisterte. Da blitzten ihre Augen nur so. „Es sagt ja auch was über die Leute aus, wie sie leben. Da erfährt man möglicherweise mehr Wahrheiten als in ihren geschliffenen, auswendig gelernten Statements.“ „Ja, zum Beispiel in der Story über den Konecny“, sagte die Katharina. „Die hat aber die Stefanie nicht gemacht, weil sie zu dem nicht nach Hause wollte.“ „Ja!“ Die Stefanie nickte. „Ein paar Prinzipien darf man sich auch als Lifestyle-Journalistin nicht nehmen lassen.“ „Aber wir haben es gelesen. Das war voll krass“, sagte die Katharina. „Jagdwaffen im Glasschrank, dunkle Eichenmöbel, extrem peinlicher Kitsch an den Wänden – das sagt doch was!“ „Und seine Frau ist noch dazu so eine Esoterik-Tussi“, fügte die Stefanie hinzu.

„Na ja“, meinte Gasperlmaier, „gegen die Jagd ist ja im Prinzip nichts einzuwenden.“ Die Stefanie nickte. „Ja natürlich, aber es war das Zusammenspiel aus allem, das die Reportage richtig gruselig gemacht hat.“ „Seinen Wählern wird’s gefallen haben!“, kommentierte die Christine ein wenig kühl. „Wahrscheinlich“, gab die Katharina zu. „Aber es geht ja nur darum, was das Heim einer Person über sie selbst verrät."

Gasperlmaier fragte sich, was sein Heim wohl über ihn verraten mochte. Er sah sich um. Direkt ihm gegenüber hingen ein paar Aquarelle von Altausseer Motiven, die die Christine selbst gemalt hatte. In jungen Jahren hatte sie auf Ausflügen ständig ihre Farben und einen Aquarellblock dabeigehabt, irgendwie war dieses Hobby aber in Familie, Beruf und Haushalt untergegangen. Sie hatte die Bilder schon längst herunternehmen wollen, aber Gasperlmaier hatte darauf bestanden, dass sie hängenblieben. „Ich freu mich immer, wenn ich sie seh!", hatte er erklärt. „Soll ich mir vielleicht Altausseer Ansichten von einem fremden Maler kaufen und aufhängen?" Die Christine hatte gemeint, es müsse ja nicht immer Altaussee sein, aber das hatte er nicht wirklich verstanden.

„Puh, ich bin so voll! Danke, Christine! Noch einmal ganz herzlichen Dank für die Gastfreundschaft!" Sie wandte sich Gasperlmaier zu. „Und bei dir, lieber Franz, möchte ich mich dafür bedanken, dass du mich und die Beziehung zwischen der Katharina und mir so anstandslos akzeptiert hast. Damit haben wir nicht gerechnet! Wir haben uns fast ein wenig vor dir gefürchtet!" Gasperlmaier hatte Angst, rot zu werden, und so erhob er sich und fragte: „Wollt's einen Schnaps?" „Lieber nicht!", sagte die Stefanie. „Wir müssen noch einmal weg. Ich hab erfahren, dass sich ein paar der Künstlerinnen und Künstler am Abend noch treffen, und ..." „Für mich auch nicht!", schloss sich die Katharina an. „Für mich schon! Einen kleinen!", sagte dagegen die Christine.

„Prost!" Gasperlmaier hatte sich selbst auch nur einen kleinen eingeschenkt, um nicht unangenehm aufzufallen. „Jetzt müsst ihr uns aber schon noch erzählen, worum es bei dem Kunstforum, oder was das war, gegangen ist", wollte die Christine wissen. Die Stefanie nickte. „Vor allem um das Thema, wie österreichische Kunst und Kultur in den Medien noch präsenter werden könnte." „Und da kommt auch wieder unser Energy-Drink-Kaiser ins Spiel", fügte die Katharina hinzu. „Er betreibt ja nicht nur einen Fernsehsender, sondern besitzt auch noch eine Reihe anderer Medien, die sich hauptsächlich für österreichische Kultur einsetzen." „Na, ich weiß nicht", entgegnete die Christine. „Das ist ja alles gut und schön, aber wenn das in der Hand eines einzigen reichen Menschen ist, der allein entscheidet, was ist dann, wenn er alles einmal jemandem vererbt, den das überhaupt nicht interessiert? Eine demokratische oder öffentliche Kontrolle fehlt da, meines Erachtens!" Gasperlmaier konnte sich nicht entscheiden, ob er bei der Kultur eine demokratische Kontrolle für nötig hielt. Die Altausseer Musikanten, die er kannte, die spielten so und so, ob Demokratie oder nicht. Aber er hielt es für gescheiter, seine Meinung, die womöglich einer kritischen Prüfung durch die Expertinnen am Tisch nicht standgehalten hätte, für sich zu behalten.

Er erhob sich vom Tisch. „Ich schau einmal, ob die Katzen hereinwollen." Vor allem den Schnurrli wünschte er sich herbei, seinen Lieblingskater, der es sich meist, wenn Gasperlmaier sich auf dem Sofa ausstreckte, auf seinem Bauch bequem machte, sich ein paarmal um sich selbst drehte und dann einschlief, während Gasperlmaier ihn unter dem Kinn kraulte. Als er die Terrassentür öffnete, kam ihm nicht nur der Schnurrli gleich entgegen, sondern auch ein kräftiger Windstoß. Noch bevor er die Tür wieder schließen konnte, drang ein

Ruf an seine Ohren. „Hallo, Herr Nachbar!“ Seufzend zog er die Tür wieder auf, trat auf die Terrasse und schloss sie hinter sich, damit die Kälte des Oktoberabends nicht ins Wohnzimmer drang.

Sein neuer Nachbar, das war eine Angelegenheit für sich. Einerseits sehr angenehm, denn die Maresi, der Anlass seines Fehltritts während der langen Abwesenheit der Christine, war fortgezogen. Der Werner, ihr Mann, hatte sie verlassen, um zu seiner neuen Flamme nach Mitterndorf zu ziehen, der er in den vergangenen Jahren beim Schnitzen und Arrangieren zahlreicher Krippenfiguren in ihrer Stube auch anderweitig nähergekommen war. Die Maresi hatte sich das Haus nicht mehr länger allein leisten können, die Kinder waren erwachsen und fort, deshalb hatte Gasperlmaier jetzt einen Nachbarn aus Wien. So einfach war es ja nun für einen Wiener nicht, sich in Altaussee ein Haus zu kaufen, dafür genügte nicht Geld allein. Also, nur in manchen Fällen, aber das war eine andere Geschichte. Der Nachbar war ein pensionierter Richter und seine Frau eine pensionierte Anwältin. Die beiden hatten ihr Haus in Wien verkauft, den Hauptwohnsitz nach Altaussee verlegt und wollten nun ganz und gar Altausseer werden. Er habe ja schon 40 Jahre lang Urlaub in Altaussee gemacht, hatte der Nachbar Gasperlmaier beim Willkommensfest erklärt, und nun, im Ruhestand, sei es Zeit, endlich den Wiener völlig abzulegen und einzumotten. Bei diesem Fest hatte sich der Herr Doktor Altmann übrigens äußerst großzügig gezeigt und es an nichts fehlen lassen. Ohne dabei in Protzerei abzugleiten, musste man dazusagen.

Gasperlmaier hatte ihm erklärt, dass es nicht so einfach sei, Altausseer zu werden, es fange schon bei den Stammtischen an, die nicht jeden willkommen hießen, schon gar nicht, wenn er aus Wien kam. Sogar geborenen Altausseern, hatte ihm Gasperlmaier erklärt, war ein Platz am Stammtisch schon verweigert worden, wenn sie sich zu oft und zu lange in Wien oder gar im Ausland aufgehalten hatten. Und dann die Vereine. Für einen Feuerwehrmann sei der Herr Doktor Altmann nicht mehr jung genug, und bei den Schützen würde man auch eine Wartezeit von ein, zwei Jahrzehnten einkalkulieren müssen, was sich für den Herrn Doktor Altmann möglicherweise nicht mehr ausgehen oder gar lohnen würde. Und ob man ihn in Altaussee begraben werde dürfen, wie er sich das wünschte, das sei noch keineswegs gewiss.

Der Herr Doktor Altmann war ein ruhiger, angenehmer Mann, mit dem man über den Gartenzaun hinweg trefflich plaudern konnte. Auch der eine oder andere Schnaps hatte schon seinen Weg über den Zaun gefunden. Mit der Frau Doktor Altmann, die eine echte und keine angeheiratete Doktorin war, war ebenfalls gut auszukommen. Gasperlmaier hatte sich zunächst ein wenig davor gefürchtet, dass studierte Wiener die neuen Nachbarn waren, aber bislang hatte es keinen Anlass gegeben, der Zwietracht gesät hätte.

„Servus, Gasperlmaier!", rief der Herr Doktor Altmann nun aber über den Zaun herüber. „Komm einmal herüber zu mir, ich hab da ein kleines Problem, vielleicht kannst du mir helfen!"

Ein wenig unangenehm war es schon, mit den Hausschlapfen durch das nasse Gras zu waten, aber Gasperlmaier wollte auf keinen Fall abweisend erscheinen. Der Herr Doktor trug, seit er sich in Altaussee aufhielt, ausnahmslos und ständig eine Lederhose und ein Gamsjackerl, was Gasperlmaier ein wenig übertrieben fand. „Du, Gasperlmaier", raunte er nun, als Gasperlmaier am

Zaun angekommen war. „Ich hab mir, wie du weißt, eine neue Lederhose bestellt, beim Kainz, in Aussee unten." „Schön!", sagte Gasperlmaier. „Das sind die besten!" Der Herr Doktor Altmann seufzte. „Aber es dauert zu lang, Gasperlmaier. Ein halbes Jahr schon. Und ich tät sie halt recht dringend brauchen. Schau dir meine nur an, die ist ja nicht vorzeigbar, wenn man zum Beispiel als Ehrengast zum Narzissenfest gehen soll!" „Ja, mei!", seufzte Gasperlmaier, dem gerade allerhand durch den Kopf ging. Zum einen, wie es kam, dass sich der Herr Doktor Altmann Hoffnungen auf eine Ehrenkarte für das Narzissenfest machte, und zum anderen, wie er dem Herrn Doktor erklären sollte, dass zu den unmöglichen Dingen auf der Welt gehörte, den Kainz beim Nähen einer Lederhose so anzutreiben, dass sie fertig wurde, bevor sie eben fertig war. Er überlegte.

„Der Kainz", sagte er schließlich, „der hat zwei Seiten. Einmal, er hat keine Vorurteile. Wenn du zu ihm kommst und eine Lederhose bestellst, und er sagt einmal ja, dann kriegst du sie auch." Er holte tief Luft. Der Doktor Altmann grinste und zog einen Flachmann aus einer Tasche seines Gamsjackerls. „Ich hab mir einen Schnaps mitgenommen, damit mir von der vielen frischen Luft nicht schlecht wird! Magst auch einen?" Gasperlmaier nickte. Der Doktor Altmann benutzte den Verschluss des Flachmanns als Stamperl und schenkte ein, Gasperlmaier stürzte den Schnaps hinunter. „Ah!", ächzte er. „Gut ist der!" Er wischte sich den Mund. Das waren vielleicht die einzigen Nachteile beim Doktor Altmann. Dass seine Witze nicht immer die besten waren und dass er dazu neigte, zumindest ab Mittag regelmäßig Alkohol zu trinken. Nicht, dass man es ihm angemerkt hätte, aber aufgefallen war es Gasperlmaier schon.

Gasperlmaier wusste nicht mehr genau, wo er stehengeblieben war, und schwieg. „Was ist jetzt die zweite Seite vom Kainz?“, fragte der Herr Doktor. „Ah, ja!“, entsann sich Gasperlmaier. „Also, ob nun ich hingehe zum Kainz oder unser Bürgermeister oder der Scheich von Abu Dhabi, das ist dem Kainz völlig wurst. Du kommst unten an die Liste dran, und aufrücken tust du erst, wenn oben einer gestrichen wird, weil seine Hose fertig ist. Und wenn du jetzt hingehst zum Kainz und ihn antreibst, weil du glaubst, dass du wichtiger bist als wie der vor dir auf der Liste, dann ...“ Der Doktor Altmann nickte. „Dann kommst du wieder ganz hinten auf die Liste, ich hab schon kapiert!“ Gasperlmaier nickte und war froh, dass er sich so einfach aus der Affäre ziehen hatte können. Ein bisschen was davon, wie es im Ausseerland funktionierte, hatte der Doktor Altmann anscheinend schon verstanden. „Magst noch einen?“ Gasperlmaier schüttelte den Kopf. „Wir haben Besuch, ich muss wieder hinein!“ „Wer denn?“, fragte der Doktor, nachdem er selbst noch einen kräftigen Schluck vom Obstler genommen hatte. Gasperlmaier seufzte. War es jetzt schon an der Zeit und notwendig, die Nachbarn über die Natur der Beziehung zwischen der Katharina und der Stefanie aufzuklären? Er entschied sich für einen Mittelweg. „Die Freundin von der Katharina ist da.“ „So?“, fragte der Doktor. „Hat sie nur eine?“ Die Formulierung, die Gasperlmaier verwendet hatte, hatte ihn also stutzig werden lassen. „Sie hat schon mehrere“, versuchte er eine Erklärung, „aber nur eine, die ...“ Der Doktor riss staunend die Augen auf. „Ach so!“, flüsterte er. „Sie ist ...“ Gasperlmaier nickte. „Aber ich wollte das eigentlich gar nicht überall herumerzählen, tu mir den Gefallen, und behalt es für dich.“ Der Doktor nickte. „Natürlich. Natürlich.“

Plötzlich schien er ein wenig einsilbig geworden zu sein. „Na, dann!“, sagte Gasperlmaier, der schon die feuchte Wiese in seinen Socken zu spüren begann. „Ja, dann!“, sagte der Doktor, und beide entfernten sich vom Gartenzaun.

Gasperlmaier ärgerte sich über sich selbst. Ohne es zu wollen, hatte er nun doch etwas ausgeplaudert, was er lieber für sich hätte behalten sollen. Warum hatte er nicht einfach „eine Freundin“ gesagt? Dem Doktor wäre nichts aufgefallen. Er schob die Terrassentür auf, streifte seine Schlapfen von den Füßen und fror in seinen kalten, nassen Socken. Hoffentlich war die Heizung im Wohnzimmer schon aufgedreht, da würden sie wenigstens bald wieder trocknen, wenn er auf dem Sofa lag und sie dem Heizkörper entgegenstrecken konnte.

Als er wieder in die Küche kam, saßen beide Katzen auf dem Boden und fraßen einträchtig aus demselben Napf. Die Frauen unterhielten sich angeregt. „Wo warst du denn so lange?“, fragte ihn die Christine, als er sich setzte. Er deutete mit dem Kinn Richtung Nachbarhaus. „Der Doktor Altmann“, sagte er. „Er war wieder beim Zaun, und er wollte ...“ Die Christine interessierte anscheinend gar nicht, was der Doktor Altmann gewollt hatte. „Auf jeden Fall hat er wieder seinen Flachmann dabeigehabt!“, erklärte sie, nachdem sie in seine Richtung geschnuppert hatte. „Nur einen ganz kleinen. Man kann ja einem Nachbarn ...“ Gott sei Dank unterbrach ihn die Stefanie, sodass er sich die Erklärung sparen konnte, was man einem Nachbarn nicht abschlagen konnte.

„Wer ist denn jetzt eigentlich die Ermordete?“, fragte sie. „Wir haben gehört, sie ist gar keine Köchin, und man weiß nichts über sie? Weiß die Polizei denn schon mehr?“ Gasperlmaier überlegte ein wenig, kam aber dann doch zu dem Schluss, dass man den Mädchen sagen durfte, dass man nichts wusste. Er schüttelte den Kopf. „Wir haben es noch nicht herausgekriegt. Sie hatte nichts in den Taschen, was auf ihre wahre Identität hingedeutet hätte." „Gibt's vielleicht ein Foto?", fragte die Katharina. Gasperlmaier nickte. „Aber ob ich euch ..." Dann erinnerte er sich, dass das Foto zwecks Feststellung der Identität sowieso früher oder später an die Medien gehen würde. Da konnte er es im Familienkreis auch gleich herzeigen. Er nestelte sein Handy aus der Hosentasche und suchte nach dem Bild. Hoffentlich würde es die Mädchen nicht erschrecken, immerhin sah der Kopf der Toten, na ja, eben leichenblass aus.

Er hielt den Mädchen das Handy hin. Die Reaktion der Stefanie war unmittelbar und heftig. „Nein!", schrie sie und schlug die Hände vor den Mund. „Nein!" Sie warf ihren Kopf in den Schoß der Katharina und begann zu schluchzen. Gasperlmaier und die Christine sahen einander bestürzt an. „Was ist denn?", fragte die Katharina. Die Stefanie richtete sich wieder auf. „Die kenn ich!", sagte sie mit zittriger Stimme. „Die ist keine Köchin. Das ist die Maxi Holzapfel. Das ist eine Journalistin aus Wien."

„Oh, oh!", seufzte Gasperlmaier. „Was war denn das für eine Journalistin? So eine wie du, die für die Klatschspalten ... Entschuldigung!" Er hielt sich die Hand vor den Mund. Hoffentlich hatte das nicht allzu abwertend geklungen. Die Stefanie aber verzog den Mund zu einem bemühten Lächeln und schüttelte den Kopf. „Kein Problem, Klatschspalten muss es auch geben. Nein, sie war eine sogenannte Investigativjournalistin, hat Skandale aufgedeckt, eine schwierige, manchmal sogar gefährliche ..." Sie starrte Gasperlmaier entsetzt an. „Das bedeutet ja, dass der Mord wahrscheinlich mit dem Gipfeltreffen zu tun hat!", sagte die Katharina. „Au weh!", fügte die Christine hinzu. „Das gibt Ärger. Da wird die Frau Doktor nicht begeistert sein." „Und wir waren uns schon so sicher, dass es mit den Getränkediebstählen zusammenhängt!", sagte Gasperlmaier. „Was für Diebstähle?", fragte die Stefanie nach. „Hm, ja, darüber sollte ich eigentlich ..." Schon wieder war ihm etwas herausgerutscht, was besser drinnen geblieben wäre.

„Und woher kennst du die?", fragte die Katharina. Sie hatte die Stirn in Falten gezogen und einen etwas anklagenden Tonfall. „Ich meine, wenn sie bekannt ist, dann hätte sich doch viel früher jemand gemeldet, der sie identifizieren kann?" Die Stefanie schüttelte den Kopf. „Sie hat sich sehr viel Mühe gegeben, niemals auf Fotos oder im Fernsehen zu erscheinen, damit sie inkognito recherchieren kann. Deswegen gibt es eben fast keine Bilder, und nur, wer sie privat kennt, der ..." Sie brach ab und sah ratlos zwischen den Anwesenden umher. „Und du kennst sie privat?", fragte die Katharina, sichtlich beunruhigt. Die Stefanie nickte. „Aus Wien. Ich bin ein paarmal ..." Sie zögerte. „In einer Runde, in Lokalen, mit ihr zusammengetroffen. Sie war ... sehr lustig! Aber du musst dir keine Sorgen machen!" Sie legte ihre Hand auf die Schulter der Katharina und seufzte. „Und jetzt ist sie tot!" Sie stützte den Kopf in die Hände und begann wieder zu schluchzen. „Wart ihr eng befreundet?", fragte die Katharina, immer noch mit ein wenig Misstrauen in der Stimme. Die Stefanie nickte. „Schon!"

Gasperlmaier hatte so seine Probleme mit weinenden Frauen, und als die Katharina auch noch ihre Arme um die Stefanie schlang, um sie zu trösten, fand er, dass er einen Moment an die frische Luft gehen musste, um nachzudenken. Er stellte sich vor die Haustür und atmete tief durch. Sollte er jetzt noch die Frau Doktor anrufen? Einerseits war die Entdeckung von einiger Bedeutung, aber die Frau Doktor hatte ein kleines Kind zu Hause, das jetzt seine Mutter brauchte. Er war schon ein paarmal in solchen Situationen gewesen, und er entschloss sich, einem bewährten Muster zu folgen: Er würde der Frau Doktor eine Nachricht schicken, auf die sie reagieren konnte oder eben auch nicht.

Er kehrte zurück ins Wohnzimmer, wo die drei Frauen schon wieder in ein Gespräch vertieft waren, das er nicht stören wollte. „Entschuldigung!“, murmelte er und griff nach seinem Handy, das noch immer auf dem Küchentisch lag. Wieder vor der Haustür, schickte er sich an zu tippen, als das Gerät plötzlich läutete. Zunächst erschrak Gasperlmaier, dann jedoch sah er, dass es die Frau Doktor war. „Gut, dass du anrufst!“, sagte er anstatt einer Begrüßung. Die Frau Doktor nahm sich auch nicht lange Zeit für Formalitäten. „Wir wissen jetzt, wer sie ist!“, sagte sie. „Wir auch!“, beeilte sich Gasperlmaier. „Maximiliane Holzapfel, genannt Maxi. Eine Journalistin aus Wien.“ Da hatte er jetzt schnell reagieren müssen, um der Frau Doktor zuvorzukommen. Er war stolz auf sich. „Woher ...?“, fragte die Frau Doktor, der man die Überraschung anhören konnte. „Die Stefanie, die Freundin von der Katharina, die hat sie erkannt. Sie kennt sie aus Wien, sie ist auch Journalistin, sie haben sich ein paarmal privat getroffen.“ Die Frau Doktor schwieg für ein paar Sekunden. „Respekt!“, sagte sie dann. „Da weißt du wahrscheinlich schon mehr als ich.“ „Nur, dass sie Investi...“ Er zögerte. „Investigativreporterin“, sprang ihm die Frau Doktor bei. „Und bekannt für Enthüllungsstories. Wir haben ein paar Kollegen von ihr erreicht, und die meinen einhellig, dass sie an einer Geschichte über die BFB gearbeitet hat, die Bewegung Freie Bürger. Da soll ja einiges gelaufen sein zwischen dem Konecny und den Russen, wir haben schon darüber geredet, du erinnerst dich."

„Was machen wir jetzt?", fragte Gasperlmaier. Die Frau Doktor seufzte. „Ich gar nichts, ich komm morgen wieder, wir müssen mit dem Major Teufl reden, ob er sich nicht in die Ermittlungen einschalten will, schließlich besteht jetzt ja der dringende Verdacht, dass der Mord auch mit dem Gipfeltreffen zu tun hat. Für dich allerdings hab ich noch einen Spezialeinsatz." Gasperlmaier seufzte. Hoffentlich würde sie ihn nicht in die Seevilla, zum Staatsbankett, schicken, um dort mit dem Major Teufl zu verhandeln, dafür war er nicht der richtige Mann. „Folgendes!", hub die Frau Doktor an. „Auf dem Laptop haben wir nichts gefunden, nicht das Geringste, unsere Leute haben ihn nach allen Regeln der Kunst auseinandergenommen, aber die Holzapfel hat alle Dateien, die jünger als zwei Jahre sind, nicht nur gelöscht, sondern so zerstört, dass nichts mehr rekonstruierbar ist. Dafür gibt es spezielle Software." „Warum hat sie ihn dann oben auf dem Kasten versteckt?", fragte Gasperlmaier. „Wenn nichts drauf ist?" „Keine Ahnung!", sagte die Frau Doktor. „Aber vielleicht sollten wir diesen Sachverhalt auch nicht überbewerten. Ich habe nämlich eine Theorie. Sie hatte mit Sicherheit einen weiteren Datenträger bei sich, und den hat sich entweder der Mörder geschnappt, oder er ist noch in ihrem Zimmer im Jugendhotel. Dass sie ihn in Wien gelassen hat, glaube ich nicht, denn sie hat diese Dateien ja für ihre Arbeit gebraucht, sonst hätte sie auch den Laptop gleich zu Hause lassen können." „Und in ihrem Auto?", fragte Gasperlmaier nach. „Gibt es nicht. Sie hat gar kein Auto. Sie muss mit einem Laster von

‚Fanny's Food' nach Altaussee gefahren sein, oder mit der Bahn. Dein Auftrag also: Du filzt das Zimmer noch einmal gründlich durch. Sie muss ein besseres Versteck als die Oberseite des Kleiderschranks gefunden haben. Und noch was!" Gasperlmaiers Finger zuckten vom roten Knopf seines Handys zurück. Gerade hatte er auflegen wollen. „Such auch nach einem Ausweis, der auf Laura Lederer lautet. Sie muss sich ja irgendwie ausgewiesen haben, beim Einchecken zum Beispiel. Vielleicht ein Führerschein, vielleicht ein Reisepass. Irgend so was."

Gasperlmaier seufzte, ersparte sich aber die Frage, ob das heute noch sein musste. Es musste wohl. „Alles klar!", sagte er schließlich. „Soll ich dich danach noch einmal anrufen?" „Jederzeit!", sagte die Frau Doktor. „Bis später!" Sie legte auf. Er entschloss sich, es schnell hinter sich zu bringen. Das Zimmer war klein und bot nicht viele Möglichkeiten. Hoffentlich würde er schnell etwas finden.

„Ich muss noch einmal schnell, wir haben ja jetzt eine neue Situation, wo wir den Namen kennen", erklärte er den Frauen zwischen Tür und Angel. Noch bevor sie Zeit hatten, irgendwelche Fragen zu stellen, war er schon zur Tür hinaus.

„Ja, das Zimmer, das haben wir wieder vermietet!", sagte die Claudia an der Rezeption. Gasperlmaier kannte sie, sie hatte früher auf der Geigeralm, hinten, bei der Losermaut, serviert. „Aber jetzt ist doch Nebensaison!", protestierte Gasperlmaier. „Da hättet ihr doch ..." „Entschuldige einmal, Gasperlmaier!" Die Claudia hatte die Augen zu schmalen Schlitzen zusammengezogen. „Erstens hat uns niemand gesagt, dass wir das Zimmer freihalten sollen, und zweitens ist jetzt, wegen dem Gipfeltreffen, Hochsaison! Auch wenn es Oktober ist!“ Gasperlmaier seufzte. „Wer ist denn drin?“, fragte er. Die Claudia setzte sich an ihren Computer. „Ein junges Paar aus England. Sie hatten nicht gebucht, sind auf einer Radtour quer durch Europa. Heute haben sie wegen Schlechtwetter hier pausiert, sie waren sehr froh, dass ich ein Zimmer für sie gehabt habe! Wenn es auch nur eines mit einem Einzelbett ist, es hat sie nicht gestört.“ „Namen?“, fragte Gasperlmaier und zückte sein Notizbuch. Bei ausländischen Namen war seinem Gedächtnis nicht ganz zu trauen. „Samantha Rice, Nicholas Rose“, sagte die Claudia. „Rose wie die Rose?“, fragte er nach. Die Claudia nickte. „Ich klopf halt!“, verabschiedete sich Gasperlmaier und begab sich zum Lift.

Vorsichtig klopfte er an der Tür zu dem Zimmer, das er schon kannte. Zunächst war nichts zu hören, außer, dass im Bad offenbar der Wasserhahn aufgedreht war. Dann hörte er das Bett knarren, aber sein Klopfen war überhört worden. Bevor da drinnen noch ... er klopfte fester gegen die Tür. Das Knarren des Bettes erstarb. „Who is it?“ Eine tiefe Stimme. In Englisch. Leider hatte er sich nicht überlegt, wie er den Briten erklären sollte, warum er gekommen war. „Polizei!“, rief Gasperlmaier. „Bitte machen Sie auf!“ „Just a moment!“, hieß es von drinnen, Getrappel, Türenschlagen, schließlich öffnete ein junger Mann in Boxershorts. Er überragte Gasperlmaier um einiges und schien sehr kräftig gebaut. Obwohl, so dachte Gasperlmaier bei sich, Radfahrer ja meist eher ausgezehrt aussahen. „What is it?“, fragte der junge Mann und versperrte mit seinem Körper den Eingang. Gasperlmaier suchte nach Worten, er verstand zwar leidlich Englisch, aber das Reden in einer fremden Sprache war gewiss nicht seine Sache. Hinter dem Herrn Rose tauchte aus dem

Badezimmer eine junge, blonde Frau mit zerzausten Haaren auf. Sie hatte sich offenbar schnell einen Pyjama übergezogen. „Was ist es?“, fragte sie. „Ich spreche Deutsch ein wenig. Was ist es?“ Sie schob ihren Freund beiseite, fuhr sich durch die Haare und lächelte Gasperlmaier an. „Wir haben getan nichts. Wir sind sehr erschreckt, dass Polizei kommt zu unsere Room. Was ist das Problem?“ Gasperlmaier war erleichtert, dennoch war es nicht unkompliziert, was er den jungen Leuten zu erklären hatte. „Gestern hat eine Frau hier gewohnt. In diesem Zimmer.“ Er atmete einmal durch.

Das Mädchen nickte, während sich ihr Freund kopfschüttelnd zurückzog und auf das Bett setzte. „Ja?“, sagte sie. „Sie ist ermordet worden.“ „Oh God!“ Das Mädchen schlug die Hand vor den Mund. „In diese Zimmer? Oh God! Wir aber haben nichts zu tun mit das!“ „Nein, nein!“, beruhigte Gasperlmaier. „Nicht in diesem Zimmer. Nicht hier!“ Er schüttelte den Kopf und fuchtelte mit den Armen. „Ich muss nur das Zimmer noch einmal durchsuchen. Sie hat vielleicht etwas hier versteckt. Ich muss es suchen!“ Das Mädchen verzog das Gesicht zu einer Grimasse. „Ich nicht verstehe ganz!“ „Please!“, sagte Gasperlmaier. Es blieb ihm nichts anderes übrig, als auf das Englische auszuweichen. „Sie ziehen sich an, ja? Dann gehen Sie bitte hinunter!“ Er deutete nach unten. „Zur Rezeption! Dort bekommen Sie Information!“ Er hoffte, dass er verstanden worden war, die Claudia musste die beiden aufklären und beruhigen. Das Mädchen blieb in der Tür stehen und begann, mit ihrem Freund auf Englisch zu reden. Der schien ziemlich erregt, es wurde schließlich geschrien und gestikuliert, bis sich zwei andere Zimmertüren öffneten.

„Was ist denn da los?“ Von hinten näherte sich eine junge Frau, ebenso im Pyjama, diesmal aber dunkelhaarig. Der junge Mann war inzwischen aufgestanden, wedelte mit seinem hochgestreckten Zeigefinger vor der Brust und sagte irgendwas von „arrest“. Die Situation, fürchtete Gasperlmaier, konnte eskalieren. „Können Sie Englisch?“, fragte Gasperlmaier die Dunkelhaarige. „Ich denke schon!“, sagte sie. „Ich studiere es.“ „Gott sei Dank!“, atmete Gasperlmaier auf. „Bitte erklären Sie den beiden, warum ich hier bin!“ Es dauerte nur wenige Minuten, und die Situation hatte sich so weit beruhigt, dass alle lachten. Der junge Mann hatte sich angezogen und kam aus dem Zimmer. Er schlug Gasperlmaier schmerzhaft auf die Schultern und lachte laut auf. „Man, you scared me shitless!“, rief er und verschwand in Richtung Lift.

Als auf dem Gang endlich Ruhe eingekehrt war, betrat Gasperlmaier das Zimmer. Das Bett war wirklich sehr schmal für zwei. Er öffnete den Schrank, auf dessen Boden zwei geöffnete Fahrradpacktaschen lagen, Kleidung war unordentlich darübergehäuft. Ebenso auf dem Bett. Er nahm den Stuhl zu Hilfe, um den Kasten von oben in Augenschein zu nehmen, aber er fand nichts. Er rückte ihn mühsam von der Wand ab, um die Rückwand zu begutachten. Außer etwas Staub: ebenfalls nichts. Unter dem Bett vielleicht? Er leuchtete sogar mit der Taschenlampe hinein, ohne etwas zu entdecken. Er sah sich um und kratzte sich am Kopf. Warum auch hatte die Frau Doktor nicht genauer erklärt, was sie mit „Datenträger“ meinte? Einen USB-Stick vielleicht? Den konnte man auch unter der Matratze verstecken. Seufzend räumte er die Kleidung und die Bettwäsche ab und hob die Matratze an, an allen vier Ecken, ohne dass er darunter etwas entdeckte außer einer kleinen glänzenden Kunststoffverpackung. Er nahm seine Brille heraus, um zu lesen, was draufstand.

„Durex". Es war die leere Verpackung eines Kondoms. Nachdem er auch noch jeden Winkel des Badezimmers unter die Lupe genommen hatte, gab er auf. Hier war nichts. Zumindest nichts, was größer war als die Verpackung eines Kondoms. Er sah sich noch einmal im Zimmer um. Er würde wohl die Claudia bitten müssen, ein Zimmermädchen zu schicken, die das Bett wieder ordentlich herrichtete.

Unten in der Rezeption sah er die dunkelhaarige Studentin, die übersetzt hatte, in angeregtem Gespräch mit den beiden Engländern. Sie hatten alle Bierflaschen vor sich stehen. „Kannst du bitte ein Zimmermädchen hinaufschicken?", fragte er die Claudia. „Ich hab ein bisschen was durcheinandergebracht." Die seufzte. „Das muss ich wohl selber machen. Sonst ist niemand mehr da!" Sie machte sich auf den Weg, während Gasperlmaier zu dem Tisch ging, an dem die drei jungen Leute saßen. Er wandte sich an die Studentin. „Können Sie ihnen erklären, dass alles in Ordnung ist? Ihr Zimmer wird jetzt noch aufgeräumt, ich bin fertig!" Sie nickte. Der junge Mann sagte irgendwas auf Englisch, in dem „police" vorkam. „Er meint, er hätte nicht damit gerechnet, in Österreich mit der Polizei zu tun zu haben. Er hat gedacht, hier gibt es keine Verbrechen." „Sagen Sie ihm, dass es auch sehr wenig gibt. Und sagen Sie ihnen, dass ich ihnen einen schönen Urlaub wünsche." Die Frau übersetzte, woraufhin alle auf Englisch durcheinanderredeten und ihm zuprosteten. Er nickte ihnen zu und drehte sich um. Wie man auf die Idee kam, im Oktober eine Radtour durch die Alpen zu machen, war ihm schleierhaft. Das musste einem auch erst einmal einfallen. Aber manche Leute schienen ja auf Extreme fixiert zu sein. Er musste noch auf die Claudia warten, denn ihm war etwas eingefallen.

Das Gepäck der Maxi Holzapfel war natürlich nicht mehr im Zimmer gewesen – aber wo war es dann?

Die Claudia zuckte mit den Schultern, als er nach dem Koffer der Maxi Holzapfel fragte. „Keine Ahnung, ich hab das Zimmer nicht aufgeräumt. Habt ihr den nicht mitgenommen?“ „Nein!“, gab Gasperlmaier, etwas verärgert, zurück. „So ein Koffer kann doch nicht einfach verschwinden, oder?“ „Wir können in unserem Gepäckraum nachschauen. Dort würde ich zurückgelassenes Gepäck unterbringen.“ Gasperlmaier nickte. „Na, dann!“

„Das ist er!“ Gasperlmaier atmete auf. Es standen nur wenige Gepäckstücke auf den Regalen im Gepäckraum, und der rote Trolley der Frau Holzapfel stach ihm gleich ins Auge. „Kann ich ihn mitnehmen?“, fragte er. „Wenn du mir eine Übernahmebestätigung ausstellst, sicher.“

Als Gasperlmaier den Trolley in der Hand hielt, fiel ihm ein, dass er ihn eigentlich nicht mit nach Hause nehmen und dort auspacken wollte. Da gab es zu viele neugierige Augen. Noch dazu war die Stefanie mit der Holzapfel befreundet gewesen, da würde es wahrscheinlich wieder Tränen geben. „Ich brauch einen Raum, wo ich allein bin. Ich muss das Gepäck durchsuchen, gleich hier!“ „Ich sperr dir den Frühstücksraum auf“, bot die Claudia an. „Du, sag einmal!“ Ihm war gerade der zweite Auftrag der Frau Doktor eingefallen. „Hast du zufällig die eingecheckt? Sie hat den Namen Laura Lederer angegeben.“ Die Claudia nickte. „Ja, ich kann mich erinnern. Sie ist sehr spät gekommen und hat sich sogar entschuldigt, dass sie vorher nicht angerufen hat. Deswegen weiß ich’s noch.“ „Hat sie dir einen Ausweis gezeigt?“ Die Claudia schüttelte den Kopf. „Bei Inländern genügt es uns, wenn sie den

Meldezettel ausfüllen. Und das Zimmer ist ja schon bezahlt gewesen, von ihrer Firma."

Gasperlmaier hatte alles, was der Trolley enthielt, vor sich auf dem großen Tisch ausgebreitet. Schuhe, Socken, sogar die Unterwäsche. Musste er der Claudia halt sagen, dass der Tisch vor dem Frühstück noch einmal gewischt werden sollte. Auch den Inhalt des Toilettentäschchens hatte er vor sich ausgebreitet und sowohl den Trolley als auch diesen dunkelblauen Beutel nach verborgenen Fächern untersucht. Bisher hatte er absolut nichts gefunden, was seine Aufmerksamkeit erregt hätte. Wenn man also Datenträger nicht in Schuhen unterbringen konnte, dann war da nichts. Außer es handelte sich um so eine winzige Speicherkarte, wie man sie in Handys und Kameras verwendete. Da passte ja auch allerhand drauf. Er nahm noch einmal jedes einzelne Kleidungsstück zur Hand, tastete nach etwas Hartem, langte in die Taschen der Hosen und steckte seine Hand sogar in die Schuhe, um nach einer eventuell versteckten Speicherkarte zu suchen. Er erinnerte sich, dass James Bond immer irgendwas in den Schuhabsätzen verborgen hatte, aber in den Absätzen der blütenweißen Sneakers der Maxi Holzapfel ließ sich kein Geheimversteck ausfindig machen. Seufzend begann Gasperlmaier, wieder einzuräumen.

Bis ihm schließlich doch etwas auffiel. Eine der Medikamentenpackungen, die er im Kulturbeutel gefunden hatte, war schwerer als die anderen. Allerdings, so stellte er fest, war sie noch zugeklebt. Er schüttelte den Karton, und das typische Rascheln von Tabletten in ihren Kunststoffhüllen blieb aus. Vorsichtig löste er den Klebstreifen. Zunächst kam nur der Beipackzettel herausgerutscht, doch in den eingewickelt waren keinesfalls Tablettenstreifen. Es war ein silbrig glänzendes Ding, nicht ganz so lang wie die Tablettenpackung, aber fast so breit und hoch wie diese. Gasperlmaier drehte es in seinen Händen. Ein USB-Stick war das nicht, denn dafür fehlte der Stecker. Dennoch war am unteren Ende ein Anschluss für ein Kabel zu sehen, also musste es sich um etwas Elektronisches handeln. Er beschloss, das Ding samt der Medikamentenschachtel, in der es versteckt gewesen war, mitzunehmen. Den Koffer würde er, da er der Claudia die Übernahmebestätigung schon unterschrieben hatte, ebenfalls in sein Auto laden.

„Seid ihr noch auf?“, rief er, nicht allzu laut, nachdem er hinter sich die Haustür geschlossen hatte. „Ich schon!“, kam es aus dem Wohnzimmer zurück. Die Christine lag auf dem Sofa vor dem Fernseher. „Ich wollte auf dich warten. Die Mädchen sind noch einmal weg, du weißt ja, die Künstler ... die Stefanie hofft auf ein paar Sensationen.“ Gasperlmaier lächelte, beugte sich über die Christine und küsste sie vorsichtig auf den Mund. Schön war es, dass sie auf ihn gewartet hatte. „Vorsichtig, du stichst!“ Die Christine schubste ihn lachend weg. „Ich muss die Frau Doktor anrufen“, sagte Gasperlmaier. „Sie wartet. Schau einmal, was ich gefunden habe.“ Er holte das Ding aus der Medikamentenpackung und legte es auf den Wohnzimmertisch. „Irgendeine Ahnung, was das ist?“ Die Christine betrachtete es, ohne es zu berühren. „Was Elektronisches, sicher. So eine Art Speicherstick, aber größer. Wahrscheinlich für größere Datenmengen.“ Gasperlmaier nickte und wählte.

„Super, Gasperlmaier!“ Die Frau Doktor war sofort hellwach. „Schickst du mir gleich ein Foto von dem Ding? Und bitte nicht an einen Computer anschließen, das überlassen wir unseren Experten.“ „Ist gut. Dazu muss ich aber auflegen!" „Tu das!", stimmte die Frau Doktor zu und legte auf. Gott sei Dank war es für Gasperlmaier mittlerweile ein Kinderspiel, mit dem Handy Fotos zu verschicken. Seit der Christoph in Kanada lebte, tat er das dann und wann, wenn ihm ein besonders guter Schnappschuss geglückt war.

„So!", sagte er, nachdem er das Foto verschickt hatte. „Und jetzt schlafen. War ein langer Tag." Gerade, als er ins Bett steigen wollte, meldete sich noch einmal sein Handy. Die Frau Doktor hatte geschrieben. „Das ist die kleinste Festplatte der Welt. Erst seit ganz kurzer Zeit auf dem Markt."

6

Gasperlmaier hatte unruhig geschlafen. Einmal war ihm gewesen, als habe er auf der Stiege etwas gehört, aber nun war er sich nicht mehr sicher, ob das ein Traum gewesen war. Noch im Dunklen richtete er sich auf. Er war von dem Weckerläuten aufgewacht. Leise ging er ins Bad, um sich zu duschen. Als er allerdings fertig war, brannte unten in der Küche Licht, und die Christine war bereits dabei, ein Frühstück herzurichten.

„Wann sind denn die Mädchen heimgekommen?", fragte er, nachdem er den ersten Schluck Kaffee getrunken hatte. „Spät!", antwortete die Christine. „Weit nach Mitternacht." Gasperlmaier schüttelte den Kopf. Mitten unter der Woche so lange auszubleiben, das konnte nicht gutgehen. Na, immerhin, die Kathi hatte sich Urlaub genommen. Die musste ja nicht auf. Und anscheinend arbeiteten Reporterinnen auch lieber bei Nacht als am frühen Morgen.

Gasperlmaier hielt sich nicht lange auf, zog seine Einsatzjacke an und ging zu Fuß auf den Posten. Er war gespannt, ob dort schon Ruhe einkehrte, denn das Gipfeltreffen sollte heute zu Ende gehen, und er hoffte, dass damit auch der Belagerungszustand in seinem Polizeiposten ein Ende finden würde. Abgesperrt war nicht, es musste schon jemand da sein. „Grüß dich, Gasperlmaier!", empfing ihn die Manuela, seine Kollegin, mit der er schon jahrelang auf dem Posten in Altaussee zusammenarbeitete. Sie grinste, umarmte ihn und drückte ihm zwei Küsse auf die Wangen. Das war ungewöhnlich, so herzlich war sie sonst nicht, und er merkte, dass er die Begrüßung ein wenig steif über sich ergehen hatte lassen. „Wie weit seid ihr denn?" Gasperlmaier zögerte. „Sollten wir nicht auf die Frau Doktor warten? Und der Major Teufl, der wird wahrscheinlich auch dabei sein wollen, bei unserer Lagebesprechung?“ Er stellte fest, dass ein Großteil der Ausrüstung, die die Leute des Major Teufl mitgebracht hatten, bereits wieder abgebaut worden war. „Schon“, entgegnete die Manuela. „Aber du wirst mich ja nicht anschweigen wollen, bis die da sind?“ Also erzählte Gasperlmaier ein wenig, zum Beispiel von seinem Fund der Mini-Festplatte, die er nicht ohne Stolz vor die Manuela auf den Schreibtisch legte. „Wow!“, staunte die. „Sowas hab ich auch noch nie gesehen. Muss ganz neu auf dem Markt sein. Und darauf soll diese Journalistin ihre ganzen geheimen Recherchen gespeichert haben?“ Gasperlmaier nickte. „So sieht es aus. Und jetzt stellt sich natürlich die Frage, wer hatte etwas dagegen, dass ihre Unterlagen an die Öffentlichkeit kommen?“

In diesem Moment öffnete sich die Tür, und die Frau Doktor trat ein, hinter ihr gleich der Major Teufl. Nachdem Begrüßungen ausgetauscht worden waren, sagte der Major Teufl, ganz im Kommandoton: „Ich bitte darum, dass wir uns nicht mit Formalitäten aufhalten. Die Präsidenten samt ihrem Gefolge werden sich noch bis zum frühen Nachmittag im Ausseerland aufhalten, und ich bin für ihre Sicherheit zuständig. Also?“ Die Frau Doktor zog die Augenbrauen ein wenig hoch, zog aber dann einen Schnellhefter aus ihrer Handtasche und schlug ihn auf.

„Also!“, sagte auch sie. „Zunächst einmal zu unserem Opfer. Maximiliane Holzapfel, Journalistin. Hat hier undercover als Köchin gearbeitet, wir dürfen also davon ausgehen, dass sie Recherche betrieben hat. Es gibt Gerüchte, dass sie für eine Geschichte über Geldflüsse von russischer Seite an die BFB recherchiert hat.“

„Was für ein Blödsinn!", brauste der Major Teufl auf. „Das sind integre Leute, Patrioten, da gibt es nichts herumzustochern!" Die Augenbrauen der Frau Doktor wanderten wieder nach oben und blieben dort. „Was meinen Sie jetzt mit Blödsinn? Dass Holzapfel an so einer Geschichte gearbeitet hat? Dass der Mord damit zusammenhängen könnte?" Der Major winkte wortlos ab. „Dann wünsche ich mir, dass wir für diesen Moment bei den Fakten bleiben!" Die Aufforderung war eindeutig an den Major gerichtet. Der nickte ungeduldig mit verkniffener Miene.

„Was wissen wir über Holzapfel? Ihr Handy ist nicht auffindbar, wahrscheinlich hat es der Täter mitgenommen und außer Betrieb gesetzt, und zwar etwa um Mitternacht am Mittwoch, dem Tag der Tat. Interessant ist, dass es erst ein paar Tage in Betrieb war und auf ihren falschen Namen registriert. Sie muss also einen gefälschten Ausweis vorgelegt haben, als sie es gekauft hat. Unsere Leute sind dran, sowohl an diesem Handy als auch an einem zweiten, das sie ja wohl besessen haben muss. Unter ihrem richtigen Namen." „Der gefälschte Ausweis", mischte sich Gasperlmaier ein, „der liegt wahrscheinlich auch im See." Die Frau Doktor nickte. „Mit dem Handy, dessen Daten wir haben, hat sie fast nur mit den Mitarbeitern des Cateringservice telefoniert, für den sie hier pro forma gearbeitet hat. Besonders häufig mit Pavel Horak, dem Küchenchef. Sonst noch mit ihrem Hotel. Alles nicht weiter überraschend."

Gasperlmaier fiel auf, dass die Frau Doktor heute dieselbe Hose und denselben Pullover trug wie gestern. Das kam bei ihr so gut wie nie vor, ein Zeichen, dass sie unter Zeitdruck stand und nicht viel Muße hatte, sich um ihr Äußeres zu kümmern. Dennoch sah sie gut aus, frisch und voll Energie. „Eine Besonderheit bei den eingegangenen Anrufen: Da waren einige von einem nicht registrierten Prepaid-Handy. Sie enden ebenfalls in der Todesnacht. Was darauf schließen lässt, dass der Besitzer dieses Handys entweder der Mörder ist oder von dem Mord gewusst hat." „Ein großer Unbekannter!" Der Major breitete theatralisch die Arme aus und grinste.

„Wie sieht es mit sozialen Medien aus?", fragte die Manuela. Kein Wunder, dachte Gasperlmaier bei sich, das war jetzt ja ihre Spezialität. Sie hoffte wohl, ihr auf dem Kurs erworbenes Wissen sofort anwenden zu können. „Maxi Holzapfel war nicht auf Facebook, Instagram oder Twitter aktiv", erklärte die Frau Doktor. „Um ihre Recherchen zu schützen, ist sie so weit wie möglich anonym geblieben und hat keine Aktivitäten im Netz entfaltet, zumindest nicht in frei zugänglichen Medien. Sie hat wohl im Internet publiziert, aber immer auf Rechercheplattformen, die nur gegen Bezahlung zugänglich sind. Außer ihrem Namen taucht dort nichts Persönliches von ihr auf. Und unsere Laura Lederer, die gibt es im Internet sowieso nicht."

„Soviel ich weiß, haben Sie gestern die Spur mit diesem Koch verfolgt, wie hieß er doch gleich?" Der Major Teufl war aufgestanden und trabte unruhig auf und ab. „Pavel Horak", ergänzte die Frau Doktor. „Warum fühlen Sie dem nicht noch einmal auf den Zahn? Wenn er sogar häufig mit dem Opfer telefoniert hat? Das lässt doch gewisse Schlüsse zu, oder?" „Welche?", fragte die Frau Doktor kühl und warf Gasperlmaier und der Manuela Blicke zu, die er nicht deuten konnte. „Na, dass es da möglicherweise Probleme zwischen den beiden gab. Oder vielleicht eine Beziehung. Welcher Natur auch immer. Haben Sie den Koch schon nach seinem

Alibi gefragt?“ Die Frau Doktor nickte. „Sicher. Gibt es keines. Er war allein in seinem Zimmer in einer Pension.“ „Na, sehen Sie! Da machen Sie gleich einmal weiter und klopfen fest auf den Busch! Und was ist mit diesem Hütter, der sich gestern fast selbst abgefackelt hat? Sitzt der noch?“ „Nein!“ Die Frau Doktor schüttelte den Kopf. Sie blätterte in ihren Unterlagen, die sie auf dem Schreibtisch ausgebreitet hatte. „Er hat ein umfangreiches Geständnis abgelegt, was den Cannabisanbau und die Diebstähle betrifft, er hat auch über Unstimmigkeiten mit dem Opfer – Pavel Horak – ausgesagt, aber mit dem Mord will er nichts zu tun haben.“ Sie blätterte um. „Außerdem haben wir das Bewegungsprofil seines Handys. Er war in der Tatnacht nicht in Bad Aussee, sondern höchstwahrscheinlich zu Hause. Zudem hat er die Holzapfel nicht gekannt, hätte also auch kein Motiv!“

Der Herr Major hob die Hand zum Gruß. „Na, ich sag's ja: Sucht's euch den Koch und quetscht ihn aus wie eine Zitrone. Wahrscheinlich war er's.“ Er verschwand ohne ein weiteres Wort. Sie sahen sich alle drei überrascht an. „Puh!“, sagte die Frau Doktor. „Starker Tobak. Er will die Ermittlungen von der BFB ablenken. Das hat ja fast so ausgesehen, als ob er uns auf eine falsche Spur führen wollte!“ „Der spinnt ja!“, ereiferte sich die Manuela. „Ob der was mit der BFB zu tun hat? So geht's ja wohl nicht!“ „Da haben Sie ganz recht!“, erwiderte die Frau Doktor. „Und ich weiß auch schon, was zu tun ist. Ich muss kurz telefonieren.“ „Vorher habe ich noch etwas für dich!“ Gasperlmaier hielt triumphierend seine Mini-Festplatte in die Höhe. „Sie war in einer Medikamentenschachtel versteckt. Ich habe es nur am Gewicht gemerkt, dass was nicht stimmt!“ Die Frau Doktor hatte schon ihr Handy am Ohr und nahm den

Datenträger mit einem Nicken entgegen, was Gasperlmaier ein wenig enttäuschte.

Wenig später waren sie auf dem Weg zur Pension Badegruber, Gasperlmaier saß am Steuer. „Ich habe Leute, die für mich herausfinden können, wie der Teufl politisch vernetzt ist und ob er eventuell versucht, den Konecny von der BFB aus der Sache herauszuhalten“, sagte sie, während sie in Unterlagen blätterte, die sie aus ihrer Handtasche geholt hatte. „Aber sicherheitshalber werden wir jetzt pro forma noch einmal den Horak unter die Lupe nehmen.“ „Nicht den Konecny?“, fragte Gasperlmaier. Die Frau Doktor schüttelte den Kopf. „Ich möchte nicht gleich so auffällig in die Richtung ermitteln, die der Major Teufl dezidiert nicht wünscht. Das ergibt sich dann schon. Wir können den Horak ja zumindest fragen, worüber er mit der Holzapfel so oft und so lang telefoniert hat. Da gab's nämlich ziemlich ausufernde Gespräche!“ Sie wedelte mit einem Ausdruck vor ihrem Gesicht herum.

„Der Herr Horak?“ Die Frau, die ihnen geöffnet hatte, wischte sich die Hände an einem Geschirrtuch trocken. „Der kommt und geht ... ich seh ihn kaum. Der muss ja so viel arbeiten!“ „War er heute beim Frühstück?“, fragte die Frau Doktor. Die Wirtin schüttelte den Kopf. „Der ist nie zum Frühstück da. Ich glaube, der isst lieber in seiner eigenen Küche im Zelt!“ Die Frau Doktor seufzte. „Da hätten wir aber auch selber daran denken können. Der fängt wahrscheinlich früh an! Dürfen wir trotzdem sein Zimmer sehen? Können Sie uns aufsperren?“ „Ja, wenn's die Polizei verlangt ...“ Sie streifte Gasperlmaier mit etwas skeptischen Blicken, führte sie dann aber doch über zwei recht schmale Treppen nach oben und schloss eine der drei Türen auf, die es auf dem Treppenabsatz gab. „Bitte!“ Gasperlmaier ließ der Frau Doktor und der Manuela den Vortritt. „Ja, hier ist er nicht!“, stellte die Manuela ernüchtert fest. „Haben Sie heute schon Betten gemacht?“, fragte sie die Wirtin. Die schüttelte den Kopf. „Dann ist er über Nacht gar nicht hier gewesen. Seltsam. Er wird uns doch nicht durch die Lappen gegangen sein?“, sagte die Frau Doktor. Ihr Handy klingelte. „Ja?“, sagte sie. „Mit wem habe ich das Vergnügen?“ Gasperlmaier konnte die Antwort nur leise hören, nicht aber verstehen. Die Frau Doktor nickte ein paarmal, antwortete kurz und sagte zum Schluss: „Wir kommen sofort!“

„Entschuldigen Sie die Störung“, sagte sie zur Pensionswirtin. „Wir haben es eilig!“ Erst im Auto wurden Gasperlmaier und die Manuela aufgeklärt. „Die Frau Santorelli war es, die Chefin von ‚Fanny’s Food‘. Der Horak ist heute nicht zum Dienst erschienen. Und er geht auch nicht ans Handy. Vielleicht ist uns hier doch ein Vogel ausgeflogen, den wir wieder einfangen sollten! Am besten, wir geben gleich eine Fahndung raus.“ Noch bevor sie das Cateringzelt erreicht hatten, läutete Gasperlmaiers Handy. Gott sei Dank hatte sein neuer Streifenwagen eine Freisprechanlage. „Ich hab mir den Notruf auf mein Handy gelegt“, erklärte er, bevor er abnahm. „Ich glaub, ihr solltet’s gleich da bei mir vorbeikommen“, war eine tiefe, gemächliche Stimme zu vernehmen. „Ich glaub nämlich, dass da ein Toter in einem Auto liegt. Oder er schläft sehr gut. Er wird nämlich nicht munter, wenn ich an die Scheibe klopfe!“

Gasperlmaier bremste ab und hielt an einer Bushaltestelle. „Wo genau ist denn das?“ Die Frau Doktor und die Manuela lauschten mit angehaltenem Atem. „Wenn du von Altaussee Richtung Pötschen hinauf abbiegst.“ „Ja?“, fragte Gasperlmaier nach, weil der Anrufer gar so behäbig sprach. „Da kommt dann gleich nach der Abzweigung rechts ein Holzplatz, wo ein paar Stapel Scheiter aufgerichtet sind. Da bin ich, weil ich umladen wollt auf meinen Anhänger, und da steht direkt vor meinem Holzstoß der blöde Lieferwagen herum." Gasperlmaier hatte den Wagen gestartet und wendete ihn. „Was für ein Lieferwagen?", fragte er nach. „‚Fanny's Food' steht drauf." Der Anrufer sprach den Namen aus, als wäre er deutsch, was die Manuela zum Kichern brachte. „Wir kommen!", antwortete Gasperlmaier, schaltete das Blaulicht ein und gab Gas. „Ich habe einen Verdacht", sagte die Frau Doktor, „wer das sein könnte." Gasperlmaier nickte. „Die Fahndung nach dem Horak können wir uns wohl sparen. Aber warum sollte den wer umbringen?"

Es dauerte nur wenige Minuten, bis sie ankamen. Der Anrufer hatte seinen Traktor samt Anhänger direkt hinter dem weißen Lieferwagen mit der rosa Aufschrift geparkt. Der Anhänger ragte ein wenig in die Straße hinein. Gasperlmaier fand vor dem Lieferwagen noch Platz zum Parken. „Bitte nichts angreifen!", rief die Frau Doktor, als sich auch der Anrufer dem Lieferwagen näherte. Es war der Holzer Herbert, der eine kleine Landwirtschaft in der Arzleiten besaß und außerdem Feuerwehrmann war. „Servus", sagte Gasperlmaier. „Wo ist er denn?" Der Herbert deutete auf das Fenster an der Fahrerseite. „Hast aufgemacht?", fragte Gasperlmaier. Der Herbert schüttelte den Kopf. „Ich hab mir gleich gedacht, dass da etwas nicht stimmt. Und dass mir ein Toter vor die Füße fällt, da hätt ich auch keine Freude damit." Er lachte. Die Frau Doktor stand schon vor der Fahrertür. „Ist nicht abgeschlossen!", sagte sie und öffnete vorsichtig die Tür. Drinnen saß tatsächlich der Horak, und Gasperlmaier wandte sich nach dem ersten Blick ab. Dass der Horak tot war, daran bestand kein Zweifel. In seiner Brust steckte ein Messer, und seine graue Jacke war über und über von Blut durchtränkt. Gasperlmaier musste ein paarmal schlucken.

„Hast du das gar nicht gesehen?“, fragte er den Herbert. „Das Messer, und das Blut?“ Er warf einen Blick zurück zum Wagen. Die Frau Doktor und die Manuela standen vor der Fahrertür, sprachen leise miteinander und verdeckten die Sicht auf die Leiche. Der Herbert schüttelte den Kopf. „So genau hab ich gar nicht hingeschaut. Außerdem war die Scheibe beschlagen. Ich hab mir gedacht, es ist besser, ich hol gleich euch.“ Gasperlmaier nickte. „War eh das Gescheiteste. Dein Traktor, der muss weg. Wir brauchen Platz für die Tatortgruppe.“ Um sich nicht weiter mit der Leiche beschäftigen zu müssen, ging Gasperlmaier zu seinem Einsatzwagen und holte Absperrmaterial aus dem Kofferraum. Zumindest eine Spur der Straße würde er absperren müssen, damit alle Fahrzeuge Platz fanden, mit denen jetzt zu rechnen war. „Moment!“ Er deutete dem Holzer Herbert, der gerade seinen Traktor gestartet hatte, und lief zum Führerhaus. „Hast du eigentlich irgendwas gesehen? Irgendwas Ungewöhnliches? War vielleicht wer in der Nähe, wie du gekommen bist?“ Der Herbert schüttelte den Kopf. „Alles normal. Bis auf eure Leiche!“ Er winkte Gasperlmaier und schob im Retourgang auf die Straße hinaus. „Du hast ihn fahren lassen?“, fragte die Frau Doktor erstaunt, als sich Gasperlmaier wieder dem Lieferwagen näherte. „Er hat nix gesehen oder gehört“, antwortete Gasperlmaier. „Und er wär eh nur im Weg gewesen.“ Die Manuela legte ihre Hand auf die Kühlerhaube des Wagens. „Kalt“, sagte sie. „Steht schon lange hier. Oder ist nicht weit gefahren.“ „Wenn er von der Pension Badegruber bis da her gefahren ist, wird der Motor nicht warm“, befand Gasperlmaier. „Er war doch diese Nacht gar nicht in der Pension!“, widersprach die Frau Doktor. Gasperlmaiers Handy klingelte.

Die Christine war dran. Im Hintergrund hörte er jemanden schluchzen. „Die Stefanie ist weg, Franz!“, sagte die Christine. „Wie, weg?“, fragte er irritiert. Die Christine schnaufte hörbar durch. „Sie haben sich in der Nacht getrennt. Nicht im Streit, die Kathi war einfach hundemüde, sie wollte nach Hause. Und die Stefanie hat gemeint, sie müsste unbedingt noch mit diesem Starkoch ... und heute Früh war sie nicht da, als die Katharina aufgewacht ist. Und sie geht auch nicht an ihr Handy. Die Kathi ist völlig aufgelöst.“ „Ist das jetzt ...“ Er wusste nicht recht, wie er seine Frage formulieren sollte. „Ist das jetzt mehr privat, oder soll ich mich, also ist es etwas für die Polizei?“ Die Christine seufzte. „Wenn ich das wüsste, Franz. Ich wollte nur, dass du es weißt. Vielleicht kommt dir was unter, tagsüber, was mit der Stefanie zu tun haben könnte. Die Kathi ist sich sicher, dass ihr was passiert ist, nur ... wart, ich geh schnell vor die Haustür.“ „Was, nur? Warum?“ „Nur will sie vielleicht nicht wahrhaben, dass die Stefanie bei jemand anderem im Bett gelandet sein könnte. Und jetzt aus Scham nicht ans Telefon geht.“

„Was ist denn los?“, fragte die Frau Doktor. Gasperlmaier hielt die Hand über das Mikrofon. „Gleich!“ „Ja, mehr kann ich dir momentan eh nicht sagen. Dass du halt die Augen offenhältst!“ „Ja. Natürlich!“ Er verabschiedete sich und legte auf.

Es dauerte nicht lange, bis der Holzplatz von Polizei wimmelte. Gasperlmaier war in seinen Gedanken bei der Katharina und der Stefanie, er hatte nicht einmal gemerkt, dass die Frau Doktor Wurm auch schon eingetroffen war. „Grüß Sie, Gasperlmaier!“, sagte sie.

„Nein, kein Händeschütteln. Ich hab's in den Schultern!" Die Frau Doktor Wurm war zwar vor kurzer Zeit erst ihr Bandscheibenleiden losgeworden, und bei ihrem letzten Mordfall, also dem vor der Holzapfel, war sie bestens gelaunt und schmerzfrei gewesen. Gestern hatte sie über ihre Knie gejammert und heute über die Schultern? Dabei war sie doch noch jung. Sicher jünger als er selbst. Wahrscheinlich betrieb sie zu wenig Sport. „Es ist grausam!", sagte sie. „Ich kann mir ja nicht einmal in der Früh die Jacke anziehen, ohne dass ich mich vor Schmerzen winde. Und erst über den Kopf!" Sie streckte demonstrativ ihre Arme hoch, ein klein wenig über Schulterhöhe. „Da ist schon Schluss! Wo habt ihr denn eure Leiche?" „Da drüben. Auf dem Fahrersitz. Aber die Kriminaltechnik hat schon festgestellt, dass er zumindest zweimal umgesetzt wurde", antwortete die Frau Doktor. „Umgesetzt? Wie darf ich mir das vorstellen?" „Er wurde wahrscheinlich erstochen, als er auf dem Fahrersitz saß. Dann hat ihn der Täter – oder die Täterin – auf den Beifahrersitz verfrachtet, um weiterfahren zu können. Schließlich scheint er hier wieder zurück auf den Fahrersitz gesetzt worden zu sein." „Woher wisst ihr denn das?", fragte die Frau Doktor Wurm. „Kommen Sie mit!" Gasperlmaier folgte den beiden Frauen zur offenen Beifahrertür. Die Frau Doktor zeigte auf den Sitz. „Auch auf diesem Sitz finden sich Blutspuren. Wir gehen davon aus, dass sie vom Opfer stammen." Sie zeigte auf den Horak. „Das Blut ist wahrscheinlich zwischen seinen Beinen hinuntergelaufen. Interessant ist auch noch", sie zeigte auf die Stelle, an der sich Handschuhfach und Airbag befanden. „Hier haben wir Haut- und Blutreste gefunden. Korrespondierend, wahrscheinlich, mit einer Kopfwunde des Toten. Meine Vermutung wäre, dass er bei einem Bremsmanöver nach vorne gefallen ist. Das wäre dann post mortem gewesen. Oder zumindest war er bewusstlos."

„Klären wir alles!", sagte die Frau Doktor Wurm und ging wieder um den Lieferwagen herum, um den Toten genauer in Augenschein nehmen zu können. Sie zog sich Handschuhe über, drückte Handflächen und Handgelenke des Toten und öffnete anschließend Jacke und Hemd. Gasperlmaier konnte nicht hinsehen. Das Blut war zwar inzwischen eingetrocknet, aber er konnte auf den Anblick des Messers zwischen den Rippen trotzdem liebend gern verzichten. „Sehr interessant", hörte er die Frau Doktor Wurm sagen, während er gedankenverloren den Holzstapel hinter dem Lieferwagen betrachtete. „Ich tipp auch bei dem wieder auf etwa Mitternacht. Plus minus zwei Stunden. Wollt ihr mir ab jetzt täglich zum Frühstück eine Leiche präsentieren?" Gasperlmaier musste an die Stefanie denken, und als die Frau Doktor Wurm etwas von Leiche sagte, wurde ihm ganz flau im Magen. Was, wenn die Stefanie aus irgendeinem Grund den Weg des Mörders gekreuzt hatte? Er durfte gar nicht daran denken.

Die Manuela gesellte sich zu ihm. „Dass die beiden Taten etwas miteinander zu tun haben, ist ja wohl klar!", sagte sie. „So?", fragte Gasperlmaier. „Und woher wissen wir das?" „Wahrscheinlichkeit!", erklärte die Manuela mit erhobenem Finger. „Es wäre äußerst unwahrscheinlich, dass am gleichen Ort zwei Menschen im Abstand von 24 Stunden getötet werden, ohne dass ein Zusammenhang besteht. Zumal sich die beiden auch noch gekannt haben."

Gasperlmaier wurde die Manuela allmählich zu gescheit. Sie mochte ja recht haben, aber musste sie das in so belehrendem Ton vortragen? Die Gerichtsmedizinerin und die Frau Doktor traten an sie heran. „Also", begann die Frau Doktor. „Kein Handy. Alles Übrige ist da, Karten, Geldbörse, Schlüssel. Der Täter hat also Wert darauf gelegt, dass das Handy des Toten verschwindet. Wir wissen, dass er mit dem ersten Opfer telefoniert hat, den Rest seiner Mobiltelefonie lernen wir im Laufe des Tages kennen." „Das Opfer wurde vermutlich im Sitzen erstochen", meldete sich jetzt die Frau Doktor Wurm zu Wort. „Ich stimme mit euch überein. Er muss auf dem Fahrersitz gesessen und vom Beifahrer erstochen worden sein, dessen bin ich mir ziemlich sicher." Sie kletterte auf den Beifahrersitz. „Darf ich?" Die Frau Doktor nickte. „Seht ihr, so!" Die Frau Doktor Wurm holte mit der Rechten weit aus und führte sie schwungvoll gegen die Brust des Horak. „Genaueres erfahrt ihr, sobald ich den Stichkanal untersucht habe." Sie stieg wieder aus dem Wagen und griff sich mit schmerzverzerrtem Gesicht an die Schulter. „Ich hätte euch halt das Erstechen nicht so lebendig demonstrieren dürfen." „Warum er ihn wohl wieder zurück auf den Fahrersitz gesetzt hat?", fragte Gasperlmaier. „Er muss doch gewusst haben, dass wir draufkommen, wie das abgelaufen ist!" Die Frau Doktor zuckte mit den Schultern. „Haben wir Spuren vom Täter?", fragte er. „Nichts, was wir mit freiem Auge sehen konnten. Auf den Rest müssen wir warten."

„Ich fahr dann wieder!", erklärte die Frau Doktor Wurm schließlich, hob zum Abschied den Arm, um ihn gleich darauf stöhnend wieder herabsinken zu lassen. „Ich vergess immer drauf!", jammerte sie, während sie mit der linken Hand nach der rechten Schulter griff. „Und was machen wir jetzt?", fragte Gasperlmaier. „Ins Zimmer des Horak müssen wir nicht mehr, das macht die Spurensicherung", erklärte die Frau Doktor. „Eigentlich müssten wir jetzt ganz klassisch vorgehen:

Kontakte befragen. Könnte uns natürlich passieren, dass wir genau das Gleiche hören wie gestern. Von genau den gleichen Leuten. Aber, was soll's?" „Also zum Zelt?", fragte Gasperlmaier sicherheitshalber noch einmal nach. Die Frau Doktor nickte.

Als sie sich ihrem Ziel näherten, begann es wieder zu regnen. „Dabei", meinte Gasperlmaier nach einem Blick zum Himmel, „hat es geheißen, dass es heute besser wird!" Sie konnten nicht direkt ans Zelt heranfahren, denn da standen zwei LKWs und mehrere Lieferwagen von „Fanny's Food". Und zwar im Schlamm, der ganze Rindenmulch hatte nichts genutzt. „Jetzt wird's schmutzig", erklärte Gasperlmaier. „Ich hoffe, ihr habt passende Schuhe an!" „Na ja", meinte die Frau Doktor. „Geht so!"

Vor dem Zelt begegneten sie der Frau Santorelli, die mit erstaunlich kräftiger Stimme Kommandos gab. Es war damit begonnen worden, das Zelt auszuräumen. Stapel von Stühlen wurden gerade in die LKWs eingeladen, Kartons in die Lieferwagen gestapelt. Die Frau Santorelli trug Gummistiefel und einen Regenmantel. Auf dem Kopf hatte sie einen Ausseerhut, und Gasperlmaier fand, dass sie damit der Schauspielerin noch ähnlicher sah, mit der er sie bei ihrem ersten Treffen verwechselt hatte.

„Können wir Sie einen Moment sprechen?", fragte die Frau Doktor. „Gerade ganz schlecht. He!", schrie sie plötzlich. „Bitte je sechs Stühle auf einmal, sonst werden wir nie fertig! Dafür seid ihr stark genug!" Mit einem Lächeln wandte sie sich der Frau Doktor zu. „Haben Sie meinen Koch gefunden?" Die Frau Doktor nickte. „Leider. Er ist tot." „Oh Gott! Wie ist das denn passiert?" Die Frau Doktor zog sie ein wenig beiseite, um ihr die näheren Umstände des Todes von Pavel Horak auseinanderzusetzen.

Gasperlmaier holte sein Handy heraus. Nichts Neues von der Katharina oder der Stefanie. Die Christine hatte wohl keine Zeit mehr gefunden, sich um das Problem zu kümmern, sie musste ja in die Schule. „He, Gasperlmaier! Krieg ich eine Antwort?“ Er schrak aus seinen Gedanken auf. „Entschuldigung! Es ist nur ... die Freundin von meiner Tochter ist verschwunden ... und wir wissen nicht, ob es jetzt ... privat oder ...?“ „Verschwunden? Wie, verschwunden?“ Zwei Minuten später wusste die Manuela, dass die Katharina eine Beziehung zu einer Frau hatte und wie es zum Verschwinden der Stefanie gekommen war. Er konnte seine Sorgen einfach nicht bei sich behalten, und vielleicht hatte die Manuela ja eine Idee, was man tun konnte. „Hast du ein Foto von ihr?“, fragte sie. „Dass wir es vielleicht herzeigen können, wenn es passt?“ Gasperlmaier schüttelte den Kopf. „Aber ich weiß nicht, ob es eine gute Idee wäre, die Katharina jetzt danach zu fragen. Da regt sie sich nur noch mehr auf.“ „Familienname?“, fragte die Manuela und begann bereits, auf ihrem Handy herumzutippen. „Wie, äh ...?“ Gasperlmaier schaltete nicht gleich. Hatte er den Familiennamen der Stefanie schon einmal gehört? Doch. Es war was Kurzes gewesen. Eine Silbe. Und es passte zu ihr. „Frisch!“, schoss es aus ihm heraus. Die Manuela nickte. „Stefanie Frisch, die wird's öfter geben. Aber das haben wir gleich. Sie ist Journalistin, sagst du?“ Gasperlmaier nickte. „Stefanie mit ‚f‘ oder mit ‚ph‘?“, fragte die Manuela. „Keine Ahnung!“, gab Gasperlmaier bedauernd zu. „Eher auf Insta ...“, murmelte die Manuela. Gasperlmaier sah zur Frau Doktor und zur Frau Santorelli hinüber, die gerade ihr Gespräch zu beenden schienen. „Ist es die da?“, fragte die Manuela und hielt Gasperlmaier ein Foto vor die Nase. Tatsächlich hatte sie innerhalb von Sekunden ein sogar sehr hübsches Foto von der Stefanie ausgegraben. Unglaublich, was man auf so einem Kurs alles lernte.

„Wann sind Sie gestern von hier vom Zelt weg?", fragte die Frau Doktor gerade, als sich die beiden Frauen näherten. „So um, ich weiß nicht, halb elf, elf vielleicht? Ich bin dann noch mit Bekannten in eine Bar. Hier ganz in der Nähe. Knallvoll, ich hab ein paar Leute gekannt, aus der Gastroszene, auch ein paar bekannte Künstler. Hohe Promidichte." Die Manuela hielt ihr Smartphone vor die Nase der Frau Santorelli. „War diese Frau auch dort?" Sie zeigte ihr das Foto der Stefanie. Die Frau Santorelli nickte. „Ja, sie ist auffällig, sehr hübsch, nicht? Sie hat die meiste Zeit mit einem dieser Starköche geplaudert, der hat sogar eine Fernsehshow, soviel ich weiß. Schien sehr interessiert an ihm. Und er an ihr." Gasperlmaier atmete durch. So war das also. Und die Katharina heulte sich zu Hause die Augen aus dem Kopf. Dabei war die Stefanie das gar nicht wert.

Die Frau Doktor schien etwas irritiert. „Stefanie Frisch", erklärte die Manuela. „Die Freundin von Gasperlmaiers Tochter. Seit heute Morgen verschwunden!" „Ja, jetzt ... eins nach dem anderen", sagte die Frau Doktor. „Der Horak war noch im Zelt, als Sie gegangen sind?" Die Frau Santorelli nickte. „Die ganze Mannschaft. Zehn, zwölf Leute. Es musste ja alles aufgeräumt und gereinigt werden, damit wir heute nach dem Frühstück gleich abbrechen können." „Danke, vorerst. Und bitte schicken Sie mir eine Liste mit den Daten aller Ihrer Leute, die gestern Abend dabei waren! Meine Karte haben Sie ja! Auf Wiedersehen!" Die Frau Doktor stapfte durch den Schlamm davon, auf den Einsatzwagen zu.

„Sollten wir nicht alle vernehmen?", fragte die Manuela. Die Frau Doktor schüttelte den Kopf. „Das bringt doch nichts. Da sitzen wir stundenlang und haben dann einen Haufen einander widersprechender Aussagen. Wir fahren jetzt einen anderen Kurs, und wenn es sein muss, kopfüber. Ich habe nämlich eine interessante Nachricht bekommen!“ Sie lächelte. „Manuela, Sie gehen auf den Posten und finden mir alles über den Horak heraus. Wenn möglich, natürlich auch über die Holzapfel, doch die scheint sich ja bedeckt gehalten zu haben. Soziale Netzwerke und so weiter. Sie wissen schon.“ Die Manuela schien begeistert von ihrer neuen Aufgabe. „Ich geh zu Fuß!“, rief sie ihnen zu, schon auf dem Weg in die andere Richtung.

„Und wir, Gasperlmaier“, die Frau Doktor machte eine bedeutungsvolle Pause. „Wir suchen uns jetzt den Konecny. Ich habe nämlich gerade erfahren, dass der Major Teufl mit der BFB sympathisiert und deswegen kaum ein Interesse haben wird, in diese Richtung ermitteln zu lassen.“ „So?“, sagte Gasperlmaier, nachdem er den Wagen gestartet hatte. Die Frau Doktor würde schon weitererzählen, auch ohne explizit gefragt zu werden. Er behielt recht. „Er war zuerst in der Volkspartei. Vor ungefähr fünf Jahren ist er ausgetreten und hat sich, das ist belegt, mehrmals mit führenden Persönlichkeiten der BFB getroffen. Auch mit dem Konecny. Und raten Sie einmal, wer darüber geschrieben hat?“ Das war jetzt nicht besonders schwer. „Die Holzapfel!“ Er musste grinsen. Dass jetzt so schnell eins ins andere fallen würde, damit war wohl nicht zu rechnen gewesen. „Wir werden also, im Lichte dieser Erkenntnisse, den Major Teufl nicht mehr mit den Ergebnissen unserer Ermittlungen behelligen. Wahrscheinlich wird er sowieso in ein paar Stunden von hier verschwunden sein.“ „Er könnte ja“, überlegte Gasperlmaier, „selber eine Wut auf die Holzapfel gehabt haben. Wenn sie Geschichten über ihn und die BFB schreibt, wird ihm das sicher nicht gefallen haben!" „Das", seufzte die Frau Doktor, „wollen wir nicht hoffen. Am besten gar nicht daran denken!"

Kaum hatten sie die Zufahrt zum Zelt verlassen und waren in die Hauptstraße eingebogen, gab es einen Stau. Eine Menschentraube blockierte die Straße, dahinter stand ein Einsatzwagen. Als Gasperlmaier anhielt, trat ein Uniformierter an sie heran. „Die Wagenkolonne der Präsidenten bereitet sich gerade auf die Abfahrt vor", sagte er. „Ihr könnt noch durch, wenn es schnell geht!" „Danke!", sagte Gasperlmaier, nickte und führte zwei Finger an seine Kappe. Er fuhr am Einsatzwagen des Kollegen vorbei, der bereits eine Gasse zwischen den Schaulustigen freigemacht hatte.

Plötzlich standen sie vor der Villa Kirnberger, aus der gerade der Präsident trat. Ein Sicherheitsbeamter in Zivil stellte sich vor Gasperlmaiers Wagen und brachte ihn zum Anhalten. Der Präsident warf Gasperlmaier einen Blick zu, erkannte ihn, lächelte und winkte. Gasperlmaier winkte zurück und nickte zum Gruß. „Kennt ihr euch?", fragte die Frau Doktor überrascht. Der Präsident ignorierte seine Bewacher, die ihn zur hinteren Tür seiner Limousine zu lotsen versuchten, und kam auf Gasperlmaier zu. „Grüß Sie! Sie sind doch der Postenkommandant! Möchten S' nicht einmal aussteigen?" „Natürlich, Herr Bundespräsident!", Gasperlmaier fummelte an seinem Gurtschloss herum. „Das ist die Frau Chefinspektor Doktor Kohlross!" Gott sei Dank hatte Gasperlmaier diesmal trotz der Aufregung nicht vergessen, dass der Dame zuerst die Hand geschüttelt werden musste. „Sehr erfreut!", sagte der Präsident. „Da ist ja eine grausliche Sache passiert, gestern, gell? Habt's den Mörder schon?" „Noch nicht!", antwortete die Frau Doktor. „Aber bald!", fügte Gasperlmaier hinzu. „Herr Präsident!" Ein Sicherheitsbeamter griff nach dem Ärmel des Präsidenten. „So lassen S' doch!", sagte der. „Das ist ein wichtiger Mann, hier in Altaussee. Ich möcht, dass auch unser russischer Gast die örtliche Polizei kennenlernt! Kommen S' mit!" „Hui!", flüsterte die Frau Doktor Gasperlmaier zu, als sie dem Präsidenten zum Eingang der Villa Kirnberger folgten. „Und das mit total dreckigen Schuhen!"

Plötzlich standen sie vor dem russischen Präsidenten. Der lächelte zwar, aber reichlich unterkühlt. „Das, lieber Dimitri, das ist der örtliche Postenkommandant. Wie heißen S'?" „Gasperlmaier!" Die Stimme versagte ihm fast vor Aufregung. „Und das, kommen S' bitte her, das ist die Frau Chefinspektor, die hier die Mörder dingfest macht!" Gasperlmaier ließ die Frau Doktor an sich vorbei, sodass sie dem russischen Präsidenten die Hand schütteln konnte. Der legte seine Linke auf die Rechte der Frau Doktor und schüttelte beidhändig. „Ich sehe, Sie waren heute schon in schwerem Gelände unterwegs! Sehr gut!", sagte er in einwandfreiem Deutsch. Er deutete auf die Schuhe der Frau Doktor, ließ ihre Hand los und schüttelte Gasperlmaiers. „Ich freue mich, Sie kennenzulernen. Ohne Menschen wie Sie wäre die Polizei nicht das, was sie ist! Alles Gute!" Damit, so schien Gasperlmaier, waren sie entlassen. Der Präsident winkte noch einmal kurz, dann wurden beide von ihren jeweiligen Aufpassern zu ihren Fahrzeugen geleitet.

„Sakra!", fluchte die Frau Doktor. „Das war jetzt aber überraschend. Hätte ich heute in der Früh nicht gedacht, dass ich noch vor dem Mittagessen zwei Präsidenten die Hand schütteln würde. Da hätte ich mir was anderes angezogen." Gasperlmaier war auch noch etwas benebelt von den Ereignissen. „Was wollten wir jetzt schnell noch einmal machen?“, fragte er. Ein uniformierter Kollege trieb ihn zur Eile an, die Kolonne wollte abfahren. Die Frau Doktor atmete durch. „Zum Konecny?“, fragte Gasperlmaier. Die Frau Doktor schüttelte den Kopf. „Nein. Jetzt bringst mich wohin, wo es schön ist und wo wir uns zehn Minuten auf eine Bank setzen können, um alles durchzudenken. Ich muss meinen Gedanken Luft verschaffen, damit sie sich sortieren.“ Gasperlmaier gab Gas, hatte aber seine Zweifel, ob das Banksitzen heute zu irgendetwas anderem als einer Erkältung führen konnte. „Wir fahren zu mir nach Hause“, sagte er. „Hier im Ort ist so ein Wirbel, und fürs Draußensitzen ist mir das Wetter zu schlecht.“ Das aber, fiel ihm erst kurz vor der Haustür ein, war auch wieder keine so gute Idee. Zu Hause saß die Katharina und zitterte um ihre verschwundene Freundin.

Das Haus war allerdings, als er eintrat, leer. „Kaffee?“, fragte er. Die Frau Doktor nickte und folgte ihm in die Küche. „Dieser Präsident, der russische“, sagte sie, während die Kaffeemaschine zu zischen begann, „der braucht nur die Augenbrauen zu heben, und ein Gegner ist weggeputzt, ohne dass man jemals auch nur ein Stäubchen von ihm findet. Wenn du etwas tust oder sagst, was ihm nicht passt. Das ist genau wie bei den mittelalterlichen Potentaten.“ „Oder sie vergiften dich. Mit irgendetwas Radioaktivem“, entgegnete Gasperlmaier. Er erinnerte sich vage an den Fall eines russischen Diplomaten, dem dies widerfahren war. Er trug die Tassen zum Tisch. „Ich hab da ja eine Begegnung gehabt, mit einem dieser Russen, der hat einfach ein Eichhörnchen erschossen, weil sich im Dunklen was bewegt hat.“ „Echt? Wo?“ Gasperlmaier erzählte der Frau Doktor die Geschichte, während sie Kaffee tranken. „Danach hat er allerdings vor lauter Reue sogar fast zu weinen angefangen."

„Das gibt mir natürlich zu denken", sagte die Frau Doktor. „Aber dennoch baut das politische System dort eher auf Gewalt, auf das Recht des Stärkeren. Da kannst du jetzt vielleicht sagen, das ist ein Vorurteil, aber für unsere Ermittlungen muss ich solche politischen Hintergründe mitdenken. Diese Sicherheitsleute, die kommen alle aus dem Militär- oder Polizeibereich. Da kann schon dem einen oder anderen die Waffe locker sitzen. Oder eben die Bratpfanne, oder das Messer." Gasperlmaier sparte sich einen Kommentar und nickte.

„Und da haben wir diese Journalistin, die Geheimnisse hat." Die Frau Doktor stellte eine leere Kaffeetasse rechts von sich hin. „Sie hat angeblich etwas recherchiert, was mit ebendiesen Russen zu tun hat. Jetzt ist sie tot." Sie stieß die Kaffeetasse um. „Und da haben wir den Koch. Der mit unserer Journalistin oft und lange telefoniert und nebenbei noch seiner Arbeitgeberin Getränke stiehlt. Auch tot." Sie stieß auch die zweite Kaffeetasse um und wandte sich Gasperlmaier zu. „Ob die beiden was miteinander gehabt haben?", fragte Gasperlmaier. „Kann ich mir nur schwer vorstellen. Die Maxi Holzapfel, eine engagierte, gebildete Frau, sehr wahrscheinlich feministisch eingestellt. Und dieser Macho? Allerdings, wenn ich da an meine eigenen ..." Sie brach ab und stellte ihre Handtasche auf den Tisch.

„Die Methoden allerdings", sagte sie, „die entsprechen so gar nicht dem, was man von professionellen Mördern erwartet, die dem organisierten Verbrechen nahestehen. Da rechnet man eher mit Exekutionen: fesseln, foltern, um an Informationen zu kommen, erschießen, vergraben. Oder in einem Auto verbrennen. So was.

Aber mit einer Bratpfanne erschlagen? Mit einem Küchenmesser erstechen? Was meinst du?" Gasperlmaier grübelte. „Vielleicht zur Tarnung? Damit wir in die ganz falsche Richtung ermitteln?" Die Frau Doktor nickte und stellte die Kaffeetassen wieder auf. „Das hat was für sich. Während des Gipfeltreffens wollte man nicht riskieren, dass typische Geheimdienstmorde passieren. Sondern solche, wo wir eher auf Beziehungstaten tippen. Sehr rücksichtsvoll von den Herren Mafiosi." Gasperlmaier stand auf und sah zum Fenster hinaus. Grau in grau. Das Wetter entsprach ungefähr der Situation ihrer Ermittlungen. Man konnte nirgends klar sehen. „Der klassische Ermittlungsansatz wäre jetzt, die Kontakte des Opfers durchzugehen, seine letzten Stunden zu rekonstruieren. Aber mein Bauchgefühl sagt mir, dass uns das nirgendwo hinführen wird. Da haben wir einmal den völlig verschreckten Christopher, der schon froh ist, wenn ihm niemand etwas tut, die Tschechin, die sicher keinen Grund hatte, die zwei zu töten, und die Frau Wolf, die zu beiden wahrscheinlich keine nähere Beziehung hat. Und sicher keine russische Agentin ist. Und dann noch ein paar verschüchterte Ausländer, die nur wenig Deutsch können und hier in der Gegend völlig fremd sind." Gasperlmaier seufzte. „Aber, ich meine, der Horak? Bei der Holzapfel ist es ja klar, die war mit ihren Recherchen vielen Leuten ein Dorn im Auge. Den russischen Geschäftsleuten, den Leuten von der BFB. Aber warum der Horak?" „Ganz klar", sagte die Frau Doktor, „sehe ich die Verbindung auch noch nicht. Womöglich hat der Horak etwas gewusst, denk an die vielen Telefonate mit der Holzapfel. Womöglich hat sie ihm etwas anvertraut, das der Mörder gesucht hat. Vielleicht auch war er so dumm, den Mörder erpressen zu wollen. Irgendetwas davon muss zutreffen, sonst gibt es überhaupt keine Erklärung für diese Tat!"

„Jetzt also suchen wir den Konecny?" Die Frau Doktor nickte und stand auf. „Die BFB ist unsere einzige Spur in dieser Affäre. Vielleicht kriegen wir was aus ihm raus. Ruf doch einmal beim Tourismusverband an, die müssen eine Meldeliste haben. Ich meine, die Namen aller Hotel- und Pensionsgäste, die in den letzten Tagen hier gemeldet waren." Gasperlmaier nickte und ging vors Haus. Aus Gründen, die ihm selber nicht ganz klar waren, war er beim Telefonieren lieber allein. Es dauerte nicht lange, und er hatte herausgefunden, dass der Konecny samt seiner Frau im Seehotel residierte, mit einer Gefolgschaft von insgesamt drei Personen. Für alle hatte die BFB gebucht, wahrscheinlich auf Kosten der Steuerzahler.

„Hallo, Papa!" Die Katharina stieß das Gartentor auf. Ihrer Miene nach zu schließen, hatte sie keine erfreulichen Neuigkeiten. „Und? Gibt's was Neues?", fragte Gasperlmaier. Die Katharina schüttelte den Kopf. „Warum bist du denn zu Hause?" „Einsatzbesprechung." Er nickte mit dem Kopf zur Tür hin. „Die Frau Doktor, ich meine, die Renate, ist drinnen in der Küche. Wir wollten wohin, wo wir Ruhe haben. Wir sind gerade ... du weißt, dass noch ein Mord passiert ist?" Die Katharina nickte.

„Grüß dich." Die Frau Doktor lächelte, als sie die Katharina begrüßte. „Ich bin da ganz schlecht informiert, aber deine Freundin ist verschwunden, habe ich gehört? Sollte mich das was angehen? Die Frau Inspektor Reitmair hat ihr Foto schon herumgezeigt, deswegen frage ich." Die Katharina sah irritiert zwischen ihnen beiden hin und her. „Aber warum?" Gasperlmaier erinnerte sie daran, dass die Christine ihn ja in ihrer

Gegenwart darum gebeten hatte, sich ein wenig umzuhören und umzusehen, wenn er in der Gegend herumfuhr. Und das, so erklärte er, hatten sie auch getan. „Kann ich die Details haben?“, fragte die Frau Doktor.

Die Katharina setzte sich hin und wischte sich über die Augen. „Da muss was passiert sein! Das ist nicht die Art von der Stefanie!“ Sie hob die Arme, um sie gleich wieder kraftlos in den Schoß sinken zu lassen, und starrte zu Boden.

„Erzähl einmal!“, ermutigte sie die Frau Doktor. „Machst du noch einen Kaffee?“, fragte sie Gasperlmaier. „Wir waren in dieser Bar“, begann die Katharina, während Gasperlmaier den Wassertank der Kaffeemaschine nachfüllte. „Und wir haben uns auch ganz gut unterhalten. Da waren ein paar interessante Leute. Ein Starkoch vom Fernsehen, ein paar Schauspieler, zwei davon ziemlich bekannt, und auch Leute aus der Musikszene. Eigentlich hab ich fast alle gekannt.“ Sie schaute zur Frau Doktor auf. „Ich hab ein bisschen zu viel getrunken. Der Koch hat uns eingeladen, ein paar Weine zu probieren. Ich vertrag nicht viel, Gott sei Dank hab ich's schnell gemerkt. Ich war so müde und wollte heim.“ „Du bist allein heimgegangen?“ Die Katharina nickte. „Ich hab zwar die Stefanie schon ein paarmal gefragt, ob sie nicht mitkommt, aber sie wollte nicht, es könnten sich noch interessante Kontakte für Geschichten ergeben, hat sie gemeint. Das hab ich auch verstanden, aber ich war so froh, wie ich wieder draußen an der frischen Luft war.“

„Und dann“, setzte die Frau Doktor fort, „ist die Stefanie nicht heimgekommen und ist seither auch nicht erreichbar, stimmt's?“ Die Katharina nickte. „Und das ist eben gar nicht ihre Art. Ich kenn sie doch gut. Glaube ich.“ Gasperlmaier stellte einen Kaffee vor die Katharina hin. „Weißt du was?“, sagte die Frau Doktor. „Wenn wir Zeit haben, fühlen wir diesem Koch einmal ein wenig auf den Zahn. Möglicherweise spielt das sogar in unsere Ermittlungen hinein. Inzwischen geb ich dir einen Rat: Schau nicht wie gebannt auf das Display von deinem Handy, such dir eine Beschäftigung, die dich ablenkt.“ Die Katharina nickte, doch Gasperlmaier konnte Tränen in ihren Augen schimmern sehen. Das mit der Ablenkung würde wohl nicht so einfach werden.

„Wo warst du denn eigentlich?“, fragte Gasperlmaier. Die Katharina zuckte mit den Schultern. „Nur so im Ort, überall nachsehen, wo wir gestern waren, ich wollte einfach irgendwas tun. Übrigens, in der Schillingzeitung ist eine Schlagzeile über euren Mord. Ich hab’s in einem Verkaufsständer gesehen. Irgendwas über einen Bratpfannenmörder steht da.“ Gasperlmaier seufzte. „Hat sich die Maggie doch nicht wirklich geändert!“, meinte die Frau Doktor. Sie stand auf. „Wir müssen dich jetzt allein lassen, Katharina. Geht’s?“ Die Kathi nickte.

„Und wir versuchen jetzt, den Konecny aufzutreiben.“

7

„Da ist ein Verkaufsständer von der Schillingzeitung. Bleib einmal kurz stehen!" Die Frau Doktor deutete an den Straßenrand. Gasperlmaier selbst hatte kein allzu großes Interesse an den Ergüssen der Maggie Schablinger. Als die Frau Doktor wieder einstieg, hielt sie ihm die Schlagzeile vor die Nase. „Bratpfannenmord in Altaussee" lautete sie. Während er weiterfuhr, begann die Frau Doktor vorzulesen.

„Eine Köchin eines Cateringdienstes (36) wurde gestern Nacht brutal mit einer Bratpfanne erschlagen. Ausgerechnet auf dem Kirtagsgelände in Altaussee, wo noch vor ein paar Wochen fröhlich gefeiert wurde." „Was der Kirtag mit dem Mord zu tun hat, das möchte ich wirklich wissen!", brummte Gasperlmaier. „Tatverdächtiger: ein tschechischer Koch. Seine Chefin: ‚Er hat auch Schnaps und Sekt aus unserem Lager geklaut!' Die Polizei: ‚Wir konnten ihn noch nicht verhaften. Keine Beweise!'" Die Frau Doktor legte die Zeitung zur Seite. „Der übliche Schmarrn. Ein bisschen gegen die Ausländer hintreten, ein bisschen gegen die Polizei. Die Schlussfolgerung, die der Leser ziehen soll: Die Polizei lässt wie immer die ausländischen Tatverdächtigen laufen, damit sie weiter morden können." „Ich les den Schund schon lange nicht mehr!", kommentierte Gasperlmaier.

Als sie vor dem Seehotel einparkten, war der kleine Platz zwischen Hotel und Kirche nass und menschenleer. Das Handy der Frau Doktor klingelte. Weil es schon wieder ein wenig regnete, zog Gasperlmaier sie am Oberarm unter das Vordach des Hotels. „Aha!", sagte die Frau Doktor, und: „Interessant!" Mehr aber bekam Gasperlmaier von dem Gespräch nicht mit, bis sie auflegte. „Ich habe soeben mit der Chefredakteurin von Maxi Holzapfel gesprochen. Und sie hat mir erzählt, dass Maxi nicht nur wegen der BFB nach Altaussee gekommen ist. Sie hat was erzählt von ‚zwei Fliegen mit einer Klappe', und sie hat anscheinend auch von einem Koch gesprochen, über den sie Material sammelt." Gasperlmaier wurde hellhörig. „Welcher Koch?", fragte er. Die Frau Doktor zuckte mit den Schultern. „Die Maxi scheint eine fürchterliche Geheimniskrämerin gewesen zu sein, sie hat nie Details rausgerückt, bevor eine Story fertig war. Und ihre Chefin kann sich leider auch nur an Andeutungen erinnern. Dass Maxi aber von einem Koch gesprochen hat, dessen ist sie sich sicher." „Der Horak?", fragte Gasperlmaier. „Oder dieser Starkoch vom Fernsehen, den die Stefanie anscheinend getroffen hat, gestern Nacht." „Der wäre sicher interessanter für so eine Journalistin. Ich meine, was soll die schon über Getränkediebstähle berichten?" Die Frau Doktor klopfte Gasperlmaier auf die Schulter. „Scharfsinnig gedacht. Was, meinst du, könnte dieser Starkoch auf dem Kerbholz haben, das die Maxi Holzapfel interessiert hat?" Gasperlmaier war ratlos. „Oder steckt hinter den Getränkediebstählen doch mehr?" Gasperlmaier entschied, dass er darüber noch nachdenken musste. „Gehen wir hinein!", schlug er vor.

An der Rezeption stand eine junge, etwas schmale und blasse Frau mit blauschwarz gefärbten Haaren. Die Frau Doktor hielt ihr ihren Ausweis entgegen. „Kohlross, Bezirkspolizeikommando Liezen", erklärte sie der Frau, die ein wenig in sich zusammenzusinken schien. „Und das ist der Kollege Gasperlmaier vom Posten in Altaussee. Hat hier ein Herr Konecny aus Wien ein Zimmer gemietet?" Die Frau wandte sich ihrem Bildschirm zu und tippte auf der Tastatur herum. „Eine Juniorsuite. Und noch zwei, nein, drei weitere Zimmer auf seinen Namen." Sie sprach zwar perfektes Deutsch, hatte aber einen ganz leichten Akzent, der Gasperlmaier eine osteuropäische Muttersprache vermuten ließ. „Ist er da? Die Zimmernummer?"

Wenig später standen sie vor einer dunklen Holztür. Gasperlmaier war noch nie im Zimmerbereich dieses Hotels gewesen, und alleine der Gang war schon sehr eindrucksvoll. Dicke Teppiche, alte Möbel, alles auf Hochglanz poliert. Machte einen sehr gediegenen Eindruck. Auf das erste Klopfen meldete sich niemand. „Herr Konecny?", rief die Frau Doktor. „Wir möchten gerne mit Ihnen sprechen. Polizei." Es dauerte ein wenig, bis Gasperlmaier Schritte im Zimmer wahrzunehmen glaubte. Tatsächlich öffnete sich die Tür, wenn auch nur einen Spalt. „Was will die Polizei von mir?" Gasperlmaier blickte in ein langes Gesicht, das ihm grau und müde erschien. Er erinnerte sich an das Gesicht, das vor der letzten Wahl von den Plakatwänden gegrinst hatte. Dieses sah anders aus. Schlaffe Züge, Ringe unter den Augen und gerötete Augäpfel. „Sie wünschen?" Die Frau Doktor zeigte ihm ihren Ausweis. „Wir möchten Sie zu zwei Straftaten befragen. Natürlich nur als Zeugen!" Der Konecny taxierte die Frau Doktor von oben bis unten und warf auch Gasperlmaier misstrauische Blicke zu. „Einen Moment!", sagte er und schloss die Tür wieder.

„Hm? Was war das?" Die Frau Doktor wandte sich erstaunt Gasperlmaier zu. Sie hatte schon die Hand erhoben, um nochmals zu klopfen, als sich die Tür erneut öffnete. Ein nicht gerade groß gewachsener Mann mit grauem Stoppelbart und stechendem Blick öffnete ihnen. Er trug einen dunkelgrauen Anzug über einem offenen weißen Hemd. „Ich bin der Rechtsberater des Herrn Konecny. Sie werden mich kennen, ich bin auch Abgeordneter zum Nationalrat. Hoppe mein Name, Gottlieb Hoppe." Er trat mit einer einladenden Handbewegung zur Seite.

Die Frau Doktor grüßte und trat ins Zimmer. Gasperlmaier folgte unter dem misstrauischen Blick des Herrn Hoppe, von dem er noch nie etwas gehört hatte. Das konnte allerdings damit zu tun haben, dass er politische Berichterstattung weder im Fernsehen noch in den Zeitungen allzu aufmerksam verfolgte.

Das Zimmer war vornehm eingerichtet, in Richtung See gab es eine verglaste Veranda aus Holz. „Bitte!", sagte der Konecny und bot ihnen Platz an einem runden Tisch an. Die Frau Doktor und Gasperlmaier setzten sich auf antike Sessel, rechts von Gasperlmaier saß der Herr Hoppe und maß Gasperlmaier mit, wie ihm schien, genervtem Blick. Der Konecny trug eine Altausseer Lederhose, stellte Gasperlmaier fest. Dazu ein grau-grün gestreiftes Seidengilet mit Rankenmuster. Gasperlmaier ärgerte das aus zweierlei Gründen, erstens gefiel es ihm nicht, dass sich die Wiener die Tracht seiner Heimat einfach so aneigneten, und zum zweiten hielt er es für einen Missbrauch der Lederhose, dass sich ausgerechnet die Politiker der Freien Bürger ständig in derselben zeigten, so, als wäre die praktisch ein Ausweis für ihre politische Gesinnung. Die Lederhose, so fand Gasperlmaier, gehörte allen, und keiner durfte sie ungestraft für politische Zwecke missbrauchen.

„Herr Konecny", begann die Frau Doktor. „Wahrscheinlich wissen Sie es noch nicht, aber die gestern Früh ermordet Aufgefundene war keine Köchin, sondern die Journalistin Maximiliane Holzapfel. Kannten Sie sie?" Der Konecny nickte und verzog sein Gesicht zu einer verärgerten Fratze. „Na, das hätte ich mir ja denken können, dass die hier auch auftaucht! Das war so eine linke Zecke, die nichts anderes als Lügen über uns verbreitet hat! Unglaublich, eigentlich, bei einer so hübschen jungen Frau!“ Seine Stimme war rau, und er spuckte beim Sprechen, Gasperlmaier konnte ganz deutlich feine Tröpfchen auf der blankpolierten Tischplatte erkennen. „Der Herr Parteiobmann“, mischte sich der Hoppe ein, „kennt keine Maximiliane Holzapfel persönlich. Ob es sie gibt oder ob jemand anderer diese Schmutzkübelkampagnen gegen uns unter einem falschen Namen führt, ist uns nicht bekannt!“ Alles, was der Hoppe sagte, klang angriffslustig. Gasperlmaier rückte ein wenig ab von ihm. „Nun“, sagte die Frau Doktor. Gasperlmaier fiel auf, dass sie darauf verzichtet hatte, die Beine übereinanderzuschlagen. Stattdessen versuchte sie, ihre schmutzigen Schuhe, so gut es ging, unter dem Tisch zu verbergen, und hatte die Ellbogen auf den Tisch gestützt. „Warum ich Sie befrage, ist einfach erklärt: Frau Holzapfel hat offenbar an Enthüllungen über Ihre Partei gearbeitet. Sie haben ja selbst zugegeben, dass Sie sich von ihr angegriffen fühlen. Wo waren Sie also in der Nacht von Mittwoch auf Donnerstag?“ Wieder mischte sich der Hoppe ein. „Dazu wird Herr Konecny keine Aussagen machen.“ Er lehnte sich zurück und lächelte süffisant. „Darf ich fragen, warum nicht?“ „Dürfen Sie, Sie bekommen aber keine Antwort!“ Der Hoppe schien zufrieden, rutschte etwas tiefer in seinen Sessel und schlug nun seinerseits die Beine übereinander. Gasperlmaier blickte zum Fenster hinaus. Musste eine schöne Stange Geld kosten, so ein Hotelzimmer.

Die Frau Doktor versuchte es dennoch noch einmal. „Wenn Sie nichts zu verbergen haben, warum weigern Sie sich dann, mir zu sagen, wo Sie sich in der Nacht von Mittwoch auf Donnerstag aufgehalten haben?“ Sie wandte sich jetzt direkt an den Hoppe. „Haben Sie einen Grund, sich so unkooperativ zu verhalten?“ Der Konecny nickte. „Wir können es der Frau Chefinspektor doch ruhig sagen, Gottlieb. Oder nicht?“ Der Hoppe warf unwillig seinen Kopf hin und her. Schließlich antwortete der Konecny. „Wir waren Krapfen essen. Irgendwo bei Mitterndorf, ich hab keine Ahnung, wo das Wirtshaus ist. Es war ja schon finster.“ Er nickte in Richtung Hoppe. „Aber der Gottlieb, der hat sicher den Beleg. Es war ja ein Essen der Bezirksgruppe.“ „Sie waren wann zurück?“, fragte die Frau Doktor. „Gegen eins, zwei“, antwortete der Konecny, während der Hoppe nervös mit dem Fuß auf den Boden tippte. „Also kein Alibi!“, konstatierte die Frau Doktor. „Doch!“, widersprach der Konecny. „Meine Frau. Ich war wohl ... ein bisschen angeheitert. Sie hat mich hierher chauffiert.“

„Herr Konecny“, fragte die Frau Doktor nun, „warum halten Sie sich in Altaussee auf? Ausgerechnet jetzt, wo es ein hochrangiges Gipfeltreffen gegeben hat?“ „Gibt es irgendein Gesetz, das mir verbietet, mich hier aufzuhalten? Ich verstehe überhaupt nicht, was Sie von uns wollen. Eigentlich sollte die Polizei doch auf unserer Seite stehen, nicht? Vertreten wir nicht die gleichen Werte?“ Die Frau Doktor schnaubte. „Ich glaube kaum!“, presste sie hervor. „Wollen Sie uns jetzt auch noch einen Urlaub in unserer wunderschönen Heimat verbieten?“ Er wies in großer Geste zu den Fenstern hin. Der, so fand Gasperlmaier, hatte sich eindeutig weniger unter Kontrolle als der Hoppe. Wahrscheinlich, so dachte er bei sich, wäre es besser gewesen, ihn alleine zu erwischen. Der Hoppe richtete sich wieder auf und vollführte beschwichtigende Handbewegungen in Richtung des Konecny.

„Urlaub?“, fragte die Frau Doktor. „Lieben Sie regnerisches Oktoberwetter?“ Sie hatte ihr liebenswürdigstes Lächeln angeknipst, das Gasperlmaier aber längst als falsch und künstlich zu erkennen gelernt hatte. Diesmal kam der Konecny dem Hoppe zuvor, der schon den Mund geöffnet hatte. „Geschäfte, Gnädigste, Geschäfte! Im Gefolge eines solchen Gipfels finden natürlich auch bilaterale Gespräche statt, über Wirtschaft, Kultur, et cetera. Als Obmann einer Partei, die in Österreich immer bedeutender wird, habe ich da natürlich auch ein Wörtchen mitzureden.“ Er hatte sich vorgebeugt und Gasperlmaier fürchtete, dass ein paar Tröpfchen seines Speichelflusses auch die Frau Doktor erreichen könnten. „Herr Konecny, zuerst reden Sie von Urlaub, jetzt von Geschäften? Was denn nun? Gehört zu den Geschäften vielleicht auch Parteienfinanzierung von russischer Seite?“, probierte es die Frau Doktor noch einmal. Die Augen des Konecny verengten sich zu schmalen Schlitzen. „Das Gespräch ist beendet!“, brüllte der Hoppe und stand abrupt auf. „Das ist skandalös, was Sie uns da unterstellen! Wir sind Patrioten! Das wird ein Nachspiel haben!“ Die Frau Doktor erhob sich ebenfalls, ohne ihr Lächeln abzuschalten. Anscheinend war sie zufrieden damit, die beiden aus der Reserve gelockt zu haben. „Im Nachspiel bin ich sehr gut. Und meistens gewinne ich es!“, erklärte sie dem Hoppe, um dann dem Konecny die Hand zu reichen. „Herzlichen Dank für das Gespräch!“ Der Konecny schien überrascht und stand ebenfalls auf. „Schade, dass sich eine schöne Frau wie Sie mit so schmutzigen Angelegenheiten beschäftigt!“, sagte er. „Für Sie gäbe es Besseres zu tun!“ Die Frau Doktor begab sich zur Tür, Gasperlmaier folgte ihr. „So? Was denn zum Beispiel?“, fragte sie über die Schulter. „Ja, äh …“ Jetzt war dem Konecny offenbar die Schlagfertigkeit ausgegangen.

„Ach, übrigens“, sagte die Frau Doktor in der Tür. „Was werden wir herausfinden, wenn wir überprüfen, wer das alles, diesen Urlaub hier“, sie wies mit einer raumgreifenden Geste auf das luxuriöse Ambiente, „bezahlt hat? Auf Wiedersehen!“ Gasperlmaier schloss hinter sich die Tür. „Viel erfahren haben wir nicht“, konstatierte er.

Die Tür in ihrem Rücken öffnete sich noch einmal. Der Hoppe kam ihnen nachgelaufen. „Ich möchte Sie ausdrücklich warnen!“ Er zeigte mit dem Finger auf die Frau Doktor. „Wir haben gute Verbindungen ins Innenministerium. Bis ganz hinauf! Und wenn Sie weiter grundlos hier herumschnüffeln, dann werden Sie das bereuen!“ Die Frau Doktor drehte sich um und ging zwei Schritte auf den Hoppe zu. „Herr Hoppe, Sie haben soeben versucht, eine Exekutivbeamtin einzuschüchtern, ja ihr sogar zu drohen. Und das vor einem Zeugen, der ebenfalls Exekutivbeamter ist. Guten Tag!“ Sie lächelte wieder, drehte sich um und ging. Der Hoppe starrte ihr kopfschüttelnd nach. Er begab sich zurück ins Zimmer, die Tür schlug lautstark zu.

Die Frau Doktor summte eine Melodie, als Gasperlmaier sie einholte. „Die haben wir ganz schön aus der Fassung gebracht!“, feixte die Frau Doktor. „Ja, schon. Völlig verkatert war der Konecny, hast du’s gemerkt?“ Die Frau Doktor nickte. „Aber herausgefunden haben wir nichts. Nicht einmal, ob die beiden ein Alibi für die Nacht haben, in der die Holzapfel ermordet wurde“, fügte Gasperlmaier hinzu. „Jetzt sei doch nicht so miesepetrig!“ Die Frau Doktor schlug mit ihrer Handtasche nach ihm. „Aua!“ Sie hatte gut gezielt und am Ellenbogen getroffen. „Man kann solche Leute zu Fehlern verführen, wenn man sie ein wenig in die Enge treibt. Wir müssten halt die Kapazitäten haben, die beiden zu beschatten. Wenn wir was Verdächtiges beobachten, sie damit konfrontieren. Ich bin mir sicher, dass sie in irgendeiner Weise in die Morde verstrickt sind. Wir müssten nur herausfinden, wie." „Die Manuela?", schlug Gasperlmaier vor. „Ausgezeichnete Idee, die macht sowas gerne. Aber wir haben das Einsatzfahrzeug!" „Erinnerst du dich nicht? Die Manuela hat ein Motorrad. Und das steht ja jetzt in Altaussee, seit sie bei ihrem Freund wohnt."

„Wir müssten noch herausfinden, was für einen Wagen er fährt!" Sie tippte auf ihrem Handy herum. „Jetzt setzen wir uns ins Auto, sonst werden wir nass!", entschied sie. Sie mussten nicht lange warten, die Antwort auf ihre Anfrage kam fast postwendend. „Porsche Panamera, schwarz. Na servus! Was für eine Protzkiste!" „Ob die BFB ihrem Obmann so viel Gehalt zahlt, dass er sich einen Porsche leisten kann?", fragte Gasperlmaier. „Eine gute Frage", sagte die Frau Doktor. „Vielleicht hat er andere Einnahmequellen." „Schauen wir nach, ob sein Auto auf dem Parkplatz steht!", schlug Gasperlmaier vor. „Der ist gleich hinter dem Hotel, gegenüber vom Friedhof." Er startete und bog in die schmale Straße ein, die am See entlangführte, und zeigte nach rechts. „Da steht tatsächlich ein schwarzer Porsche. Die Nummer kann ich nicht erkennen. Aber so viele schwarze Panameras wird es ja unter den Gästen des Hotels auch nicht geben, oder?", überlegte die Frau Doktor. Gasperlmaier nickte.

Auf dem Posten war zu Gasperlmaiers Befriedigung alles so wie vor dem Gipfeltreffen, die Besatzung war abgezogen, und die Manuela war hocherfreut über ihren neuen Auftrag. „Da mach ich mich gleich auf die Socken, bevor der Vogel ausfliegt!" Im Laufschritt begab sie sich zur Garderobe und angelte nach ihrer Dienstmütze. „Übrigens!", sagte sie, die Hand schon an der Türklinke. „Der Carsten hat mir erzählt, dass er gestern den Konecny aus dem Hotel Kaiser Franz in Bad Aussee hat kommen sehen. Und seine Begleiter, sagt er, haben ausgesehen wie Gorillas, die irgendwen bewachen. Vielleicht schaut ihr euch da einmal um?" Dann hörte man sie die Stiege hinuntertrampeln.

„Wer ist Carsten?", fragte die Frau Doktor. „Ihr Freund, erinnerst du dich nicht mehr? Wir haben ihn sogar einmal verdächtigt, und er hat auf der Flucht vor uns einen Unfall gebaut!" „Ach, der Carsten! Ist ja witzig! Aber zurück zum Konecny!", sagte die Frau Doktor. „Dieses Hotel Kaiser Franz, kennen wir das?" Gasperlmaier nickte. „Dort ist die Narzissenkönigin ermordet worden. Und am Abend davor waren wir in der Bar, was trinken." „Ach ja! Das schauen wir uns gleich einmal an." „Ist denn das wichtig?", wandte Gasperlmaier ein. Die Frau Doktor nickte. „Erstens sollten wir wissen, wer an dem Treffen teilgenommen hat. Es könnte einer darunter gewesen sein, der für den Mord an der Holzapfel in Frage kommt. Und zweitens könnte der Mord Gesprächsthema gewesen sein, sie müssen ja zu diesem Zeitpunkt alle schon davon gewusst haben." Das leuchtete Gasperlmaier ein.

„Wir sind sehr zurückhaltend, wenn man uns nach Informationen über unsere Gäste fragt!" Der Rezeptionist im Kaiser Franz war ein älterer Herr mit grauem Haarkranz, der sie misstrauisch musterte. Obwohl ihm die Frau Doktor ihren Ausweis gezeigt hatte. „Ich darf eigentlich nur nach richterlicher Anordnung, Sie wissen ja, das geht alles seinen geregelten Gang, und ich halte mich da strikt an die Vorschriften. Ein Haus wie unseres lebt von Diskretion, und meine Erfahrung ...“

„Ihre Erfahrung in Ehren“, unterbrach ihn die Frau Doktor. „Aber hier geht es um eine Mordermittlung. Was glauben Sie, wie viele Mörder wir erwischen würden, wenn wir vor jedem Ermittlungsschritt richterliche Genehmigungen einholen würden? Ich bitte Sie nur um ein wenig Kooperation.“ Sie hatte wieder ihr Lächeln angeknipst, stellte Gasperlmaier fest. Und ihr Ton war gurrend geworden, fast, als flirte sie mit dem Rezeptionisten. Sie wusste wirklich ganz genau, wie man mit wem umzugehen hatte, um ans Ziel zu gelangen. Das hätte er auch gerne gekonnt. „Ich könnte Sie mit dem Personal zusammenbringen, das gestern Abend serviert hat. Mehr kann ich nicht für Sie tun!“

Wenig später saßen ihnen in der Bar des Kaiser Franz eine Kellnerin und ein Kellner gegenüber. „Lena“, stellte die Frau sich vor und schüttelte ihnen die Hände. „Wir haben aber nicht viel Zeit.“ Die Lena war sehr jung und hatte ihre dunklen, glänzenden Haare zu einem Knoten aufgesteckt. Sie trug ein Ausseer Dirndl. „In einer halben Stunde beginnt unsere Mittagsschicht.“ Der junge Mann stellte sich als Daniel vor und nickte. Auch er war dunkelhaarig und sah, so fand Gasperlmaier, der Frau ähnlich. Man konnte sie für Geschwister halten.

„Es wird nicht lange dauern!“, sagte die Frau Doktor. „Sie haben gestern Abend an dem Tisch bedient, an dem Herr Konecny, der Obmann der BFB, gegessen hat?“ Die Lena rollte die Augen, während ihr Kollege antwortete. „Essen würde ich das nicht nennen. Es waren so zwölf, vierzehn Personen, und sie hatten unser Erzherzog-Johann-Stüberl für sich. Es war eher ein Saufgelage.“ Daher also die traurige Erscheinung, die der Konecny geboten hatte, dachte Gasperlmaier bei sich. „Können Sie uns etwas über die Anwesenden sagen?" Nun antwortete die Lena: „Den Konecny, den kenn ich vom Fernsehen. Er hat unglaublich großspurig getan. Immer wieder hat er betont, dass alles bezahlt wird. Unsere teuersten Weine bestellt, Champagner auch. Die ganze Truppe war widerlich." „War der hier auch dabei?" Die Frau Doktor hielt den beiden ihr Handy mit einem Foto hin. „Gottlieb Hoppe, ein Mitarbeiter von Konecny." „Ja, das war der Einzige, der nur wenig getrunken hat. Dafür hat er Russisch gekonnt." „Russisch? Waren da auch Russen dabei?" „Sicher", nickte der Daniel. „Ich hab sogar ein bisschen was verstanden, meine Eltern sind aus Bosnien, und wir sprechen zu Hause Bosnisch. Da versteht man schon einiges."

„Bleiben wir zunächst bei den Teilnehmern. Da waren also der Konecny, und der Hoppe. Überlegen Sie genau: wer sonst noch?" Die Lena nahm ihre Finger zu Hilfe. „Zwei, drei, nein, vier Frauen waren dabei. Ziemlich aufgedonnert. Drei blond, eine schwarz. Das hat die Herren aber nicht daran gehindert, mich ungeniert anzubraten." „Wie darf ich mir das vorstellen?", fragte die Frau Doktor. „Anzügliche Bemerkungen, Fragen, ob ich einen Freund habe, Bemerkungen über meine Beine, meine Haare." Sie errötete ein wenig. „Das ganze Programm. Ein paarmal hat einer beim Servieren meine Hand gestreichelt, und, na ja, Sie wissen schon, manche sind ein paarmal rein oder raus, zum Rauchen oder zum Klo, und da haben sie sich so an mich rangedrückt, beim Vorbeigehen, als ob es zu eng wäre, dass man Abstand hält." „Also keine angenehme Erfahrung. Trinkgeld?" „Sehr üppig", grinste der Daniel. „Wir haben, ehrlich gesagt, damit gerechnet. Russen geben generell sehr gutes Trinkgeld."

„Wir haben also zwei Herren der BFB, vier Frauen. Haben die Deutsch oder Russisch gesprochen?“ „Alle Deutsch“, antwortete die Lena. „Manchmal haben sie auch Englisch miteinander gesprochen. Schlechtes Englisch, alle.“ Sie lächelte. „War erkennbar, welche Rolle die Frauen spielten?“ Die Lena nickte. „Die eine war anscheinend die Freundin vom Konecny. Die hat immer zu ihm gesagt, dass er nicht so viel trinken soll.“ „Mir ist aufgefallen“, mischte sich der Daniel ein, „dass eben nur der Hoppe Russisch gesprochen hat. Ich glaube nicht, dass der alles übersetzt hat, der Konecny hat dauernd nachgefragt, was gesagt worden ist. Und der Hoppe war da immer kurz angebunden und hat so schief gegrinst.“ „Interessant!“, antwortete die Frau Doktor. „Wie viele Österreicher außer den beiden Erwähnten waren noch dabei?“ Die beiden sahen einander an. „Zwei, oder?“, sagte die Lena zum Daniel. „Einer war noch ziemlich jung, aber fett, mit wenig Haaren. Er ist neben dem Gottlieb Hoppe gesessen.“ „Ja!“ Die Lena lachte auf. „Da war eine von den Frauen, die hat darüber immer wieder den gleichen Witz gemacht. ‚Gott, ist der lieb!‘, hat sie gesagt.“

„Ich möchte Ihnen gern ein paar Fotos von Abgeordneten zum Nationalrat zeigen. Vielleicht erkennen Sie da wen!“ Sie hielt den beiden ihr Handy hin und wischte über das Display. Bei den ersten drei Fotos erntete sie Kopfschütteln. Das vierte war ein Treffer. „Der war dabei. Er hat aber nicht viel gesagt“, erklärte der Daniel. „Ing. Alois Wimmesberger“, las Gasperlmaier unter dem Foto eines Mannes mit streng gescheiteltem Haar im Trachtenjanker. Beim letzten Foto nickten die beiden neuerlich. „Ja, der!“ Die Lena zeigte auf das Bild. „Das ist der Dicke. Der war besonders lästig. Er hat mich sogar gefragt, was ich nach dem

Essen vorhabe. Ein ganz schleimiger Typ! Wäh!“ Sie schüttelte sich vor Ekel. Gasperlmaier bekam einen jungen Mann mit teigigem Gesicht und Doppelkinn in einem blauen Anzugsakko zu sehen. Tatsächlich war sein Haaransatz weit zurückgewichen, der klägliche Rest streng nach hinten frisiert. Hubert Huditsch war der Name.

„Dann: Es waren Russen dabei. An wie viele können Sie sich erinnern?“ „Drei oder vier“, sagte die Lena. „Einer war jedenfalls total auffällig. Ein Riese mit Glatze. Er ist mir aufgefallen, weil er der freundlichste von allen war. Er hat so furchterregend ausgesehen, aber immer ‚Bitte‘ und ‚Danke‘ gesagt, wenn ich serviert habe, und keine Anzüglichkeiten. Er hat mir sogar seinen Namen gesagt. Pjotr hat er geheißen.“

„Okay“, sagte die Frau Doktor. „Jetzt die Frage an Sie, Daniel: Sie konnten etwas verstehen von dem, was geredet wurde?“ Der Daniel nickte. „Es ist um Im- und Export gegangen, sie haben viel über Geschäfte gesprochen, auch über Geld, es war oft von Millionen die Rede. Das heißt auf Russisch genauso, Miliona. Aber, ich bin ja gekommen und gegangen, und alles verstehe ich dann auch nicht, nur ein paar Fetzen.“ Die Frau Doktor nickte. „Trotzdem interessant.“ „Es war auch von Erdgas die Rede, sogar von Rinderhaut. Und natürlich von Wodka.“ „Haben Sie irgendjemanden den Namen ‚Holzapfel‘ erwähnen hören? Sie wissen ja wahrscheinlich, dass das Mordopfer so geheißen hat?“ Der Daniel schüttelte den Kopf. „Ich kann mich eigentlich nicht wirklich ...“ Die Lena unterbrach ihn. „Aber ich hab es gehört. Es klingt ja so komisch, wenn das ein Russe sagt. Mehr wie ‚Cholz‘, nicht?“ Sie kicherte. „Aber worum es dabei ging, als der Name genannt wurde?“ Beide zuckten mit den Schultern. „Es war auch nur einmal. Glaube ich. Und daraufhin haben sie sich mit Wodka zugeprostet“, fügte die Lena hinzu.

„Apropos Wodka!“, fragte die Frau Doktor. „Ist sehr viel getrunken worden?“ Die Lena nickte. „Die Rechnung hat knapp 10.000 Euro betragen.“ „10.000 Euro!“, rief er aus. „So viel habe ich ja in meinem ganzen Leben noch nicht im Gasthaus ausgegeben!“ Die Lena lächelte. „Sie haben sieben Flaschen Château Lafite getrunken. Das allein sind schon 5.600 Euro.“ Gasperlmaier rechnete nach. „Das wären ja dann ... 800 Euro pro Flasche? Das gibt’s ja nicht!“ „Doch!“, widersprach die Lena. „Es gibt sogar noch teurere.“ Gasperlmaier schüttelte den Kopf. „Und das sind dann die sogenannten ‚Freien Bürger‘“, murmelte er vor sich hin.

„Sagen Sie“, fragte die Frau Doktor, „wohnen von den russischen Gästen welche bei Ihnen im Hotel?“ Die Lena zuckte mit den Schultern. „Das weiß ich leider nicht. Niemand hat die Rechnung auf ein Zimmer schreiben lassen.“ „Apropos Rechnung: Wer hat bezahlt?“ Der Daniel nickte. „Das finden wir heraus. Es ging ja über eine Kreditkarte.“ Er deutete auf den Computer hinter dem Schanktresen. „Nikolai Oljoschenko!“ „Jetzt sollten wir halt herausfinden, ob dieser Herr Oljoschenko womöglich noch hier im Hotel ist. Oder zumindest in Bad Aussee. Dann könnten wir ihn fragen, welche Geschäfte er mit der BFB abwickeln will. Ihr Rezeptionist“, die Frau Doktor deutete mit dem Daumen über ihre Schulter, „ist nämlich recht verschlossen, was Auskünfte über Ihre Gäste betrifft!“ „Ich mach das schon!“, bot sich die Lena an. „Ich hab bei ihm einen Stein im Brett!“ Sie verschwand in Richtung Rezeption. „Und du glaubst, dieser Oljoschenko sagt dir, welche Geschäfte er mit dem Konecny macht?“, fragte Gasperlmaier. „Wo wir doch noch nicht den geringsten Zusammenhang zwi-

schen den Russen und dem Mord herstellen können!"
„Kommt Zeit, kommt Rat!", lächelte die Frau Doktor und zupfte ihn zu seiner Überraschung am Ohrläppchen.

Die Lena war schon wieder zurück. „Herr Oljoschenko ist tatsächlich mit seiner Frau hier zu Gast gewesen. Leider sind sie heute Früh abgereist", erklärte sie mit enttäuschter Miene. Gasperlmaier hingegen war erleichtert. Auf ein Gespräch mit so einem russischen Oligarchen hatte er wirklich keine Lust, diese Typen machten ihm Angst, und außerdem fürchtete er, dass sie nicht den geringsten Respekt vor einer österreichischen Polizeiuniform hatten. Die Frau Doktor wandte sich noch einmal an den Daniel. „Haben Sie irgendwas verstehen können, das auf einen Zusammenhang dieser Russen mit der offiziellen Delegation des Präsidenten schließen lässt?" Der Daniel schüttelte den Kopf. „Eher nicht!", sagte er. „Aber ich hab auch wenig Ahnung von Politik."

Gasperlmaiers Handy klingelte, wie er fand, energisch. Die Manuela war dran. „Könnt ihr kommen? Da braut sich was zusammen. Der Konecny und der Hoppe treffen sich gerade mit ein paar Russen." Gasperlmaier versuchte, der Frau Doktor durch Handzeichen klarzumachen, dass sie ihm folgen sollte, nickte zum Abschied, ohne das Handy vom Ohr zu nehmen, und fragte die Manuela: „Wo?" „Da sind doch diese Holzhäuser, bei der Losermaut", erklärte die Manuela. „Ihr fahrt zum oberen Parkplatz, da könnt ihr hinter einem großen Gebäude außer Sicht parken. Dann den Berg hinauf, das zweite Haus rechts." Während der Fahrt sah Gasperlmaier auf die Uhr. Kein Wunder, dass sein Magen knurrte. Es war schon Mittag durch. Für Essen, so schien es, blieb aber keine Zeit.

Als sie bei der Losermaut eintrafen, zog die Frau Doktor ihre warme Jacke an. Gasperlmaier hatte seine Einsatzjacke immer noch nicht gegen die Mehrzweckjacke getauscht. Die Manuela war hinter einer Garage in Deckung gegangen und winkte ihnen. Sie hielt ein Fernglas hoch, als Gasperlmaier und die Frau Doktor sich geduckt im Laufschritt näherten. „Ich hab grad im letzten Moment noch daran gedacht.“ Sie trug eine großteils neongelbe, enge Motorradjacke zu Jeans und Stiefeln. „Haben Sie schon irgendwas Interessantes beobachten können?“ „Wenn ihr um die Ecke schaut, seht ihr den schwarzen Porsche. Mit dem sind der Konecny, seine Frau und ein Kleiner gekommen. Der Konecny in der Lederhose!“ Die Manuela schmunzelte amüsiert. „Der Kleine muss der Hoppe sein“, sagte Gasperlmaier. „Dann steht da noch ein SUV, die Marke habe ich nicht erkennen können. Die Nummer ist aus Oberösterreich. Aus dem sind zwei Männer ausgestiegen, ein Dicker im blauen Anzug, ein Schlanker mit einem Trachtenjanker.“ „Das müssen zwei Abgeordnete von der BFB sein. Der Wimmesberger und der Huditsch. Die waren gestern auch dabei.“ „Gestern?“, fragte die Manuela. „Ja, sie haben im Hotel Kaiser Franz mit Russen gesoffen. Und über Geschäfte gesprochen.“ „Und außer denen?“, fragte die Frau Doktor. „Andere sind von oben gekommen, zu Fuß, aus einem der anderen Häuser. Drei Männer, alle in Anzügen.“ Nach einiger Zeit kam eine Frau aus dem Haus und setzte sich in den Porsche. Die Manuela fotografierte. „Frau Konecny“, sagte die Frau Doktor. „Anscheinend ist ihr langweilig geworden.“ Es dauerte nicht lange, und die beiden anderen Österreicher kamen aus dem Haus, stiegen in den weißen SUV und fuhren ab. Sie drückten sich alle tiefer in den Schatten der Garage. „Hoffentlich fällt denen unten unser Einsatzwagen nicht auf", meinte Gasperlmaier. „Glaub ich nicht", sagte die Frau Doktor. „Da müssten sie schon extra danach suchen. Und das werden sie wohl nicht tun." „Bleiben wir noch?", fragte Gasperlmaier. Die Frau Doktor nickte. „Jetzt wollen wir schon wissen, wann der Konecny selber herauskommt. Er ist ja mit den Russen und dem Hoppe da drinnen, und er wird seine Frau nicht stundenlang warten lassen." Tatsächlich dauerte es nicht länger als fünf Minuten, bis der Konecny vor die Tür trat, sich eine Zigarette anzündete und zu seinem Porsche ging. Mit quietschenden Reifen und schlingernd raste der Wagen los und wenige Sekunden später an ihnen vorbei. „Ich würde einmal sagen, entspannt ist er nicht. Sonst würde er nicht so fahren. Nicht einmal mit einem Porsche", kommentierte die Frau Doktor Konecnys Abgang. „Jetzt ist nur noch der Hoppe da drinnen", merkte Gasperlmaier an.

Als sie wieder im Auto saßen, seufzte er. „Das ist ja alles gut und schön, was wir jetzt wissen, aber ein Zusammenhang mit den Morden, oder mit der Journalistin?" „Hm!", sagte die Frau Doktor. „Da drinnen ist es heftig zugegangen. Der Konecny war sichtlich aufgeregt. Was, wenn sie über den Mord an Frau Holzapfel gesprochen haben? Wie man weiter verfährt, damit die wahren Zusammenhänge nicht ans Licht kommen? Ist doch möglich!" Unter diesem Aspekt hatte Gasperlmaier das Treffen tatsächlich noch nicht betrachtet. „Ich habe außerdem die Fotos der Herren von den Freien Bürgern an die Frau Santorelli geschickt, du weißt schon, die Chefin von ‚Fanny's Food', und sie gebeten, herauszufinden, ob sich ihr Personal im Cateringzelt an einen von denen erinnern kann. Wäre ja interessant, ob einer von denen am Tatort gewesen ist.

Damit könnten wir möglicherweise Zusammenhänge nachweisen." „Und?", fragte Gasperlmaier. „Wir haben einen Treffer! Ich hab, kurz bevor wir da oben angekommen sind, eine Nachricht bekommen. Der Herr Huditsch hat am Tatabend im Cateringzelt gegessen. Das ist doch was, oder?" Ausgerechnet der Huditsch, dachte Gasperlmaier bei sich. Der sah auf dem Foto so schlaff und langweilig aus, dass er sich nicht vorstellen konnte, dass der imstande war, jemandem eine Bratpfanne über den Schädel zu ziehen.

„Und ich habe noch eine Nachricht bekommen", fügte die Frau Doktor hinzu. „Du erinnerst dich daran, dass ich die Frau Santorelli gebeten habe, mir die Bewerbungsunterlagen der Maxi Holzapfel, vulgo Laura Lederer, zu schicken?" Gasperlmaier nickte. „Nun, die habe ich bekommen und überprüfen lassen." „Und?", fragte Gasperlmaier. „Alle gefälscht. Und zwar nicht einmal aufwendig, sie hat sich Zeugnisse einfach mit den Briefköpfen von Hotels und Restaurants selber geschrieben. Die Frau Santorelli hat anscheinend nichts überprüft und nur oberflächlich drübergeschaut." „Na ja", sagte Gasperlmaier. „Wenn halt Personal so schwer zu kriegen ist, dann versteh ich das schon." „Wenn wir so vorgehen würden!", schimpfte die Frau Doktor und gab Gas.

8

Ein Anruf genügte, und Gasperlmaier hatte erfahren, dass auch der Huditsch im Seehotel residierte und noch nicht ausgecheckt hatte. Die Rezeptionistin dort war wesentlich kooperativer gewesen als der Verantwortliche im Hotel Kaiser Franz. „Sehr gut", sagte die Frau Doktor. „Dann nehmen wir uns den Huditsch später vor." „Könnten wir nicht vielleicht schnell was zu essen ..." „Später, Gasperlmaier. Wir wollten uns doch auch noch um den Koch kümmern, der möglicherweise der Letzte war, der die Stefanie gesehen hat. Vielleicht hat die Holzapfel ja auch gegen den was in der Hand gehabt, wer weiß! Ich hoffe, der hält sich noch im Ausseerland auf!" „Oje!", seufzte Gasperlmaier. „Ich weiß ja nicht einmal, wie der heißt!" „Na, das ist eine leichte Übung. Frag halt einmal deine Tochter! Die wird das doch wissen!" Gasperlmaier spürte einen deutlichen Stich im Magen, als er an die Katharina dachte. Sogleich verging ihm der Appetit trotz der bereits späten Stunde wieder. Die Kathi saß wahrscheinlich alleine daheim und heulte, denn die Christine war gewiss noch in der Schule.

„Sag, Katharina, wie geht's dir denn?", fragte er, als sie sich meldete. „Wie soll's mir schon gehen? Schlecht!", war die kleinlaute Antwort. Gasperlmaier kannte diese Stimmlage von seiner Tochter schon. Wenn sie ganz tonlos und flach sprach, war sie deprimiert. „Wir suchen jetzt nach dem Koch, der gestern auch in der Bar war und mit dem ihr geredet habt. Der, der auch eine Fernsehshow hat." Die Katharina konnte sich an den Namen erinnern, Gasperlmaier musste aber dann schnell auflegen, weil die Frau Doktor ebenfalls einen Anruf entgegennahm. Viel sagte sie nicht, außer „Scheiße nochmal!" und „Verdammt!". „Nein, das klingt gar nicht gut!" war noch das Optimistischste, das Gasperlmaier hörte.

„Gut, dass die Katharina das nicht gehört hat!", sagte sie, als sie aufgelegt hatte. „Was ist denn?", wollte Gasperlmaier wissen. „Im Lieferwagen von ‚Fanny's Food', in dem die Leiche des Horak gelegen ist, hat man hinten Blutspuren und Haare gefunden. Lange, dunkle Haare. Sehr wahrscheinlich von einer Frau."

Gasperlmaier war wie vom Donner gerührt. Hatte der Fahrer des Lieferwagens etwa auch die Stefanie umgebracht? Oder entführt? Und wo war sie dann? Er fand es unmöglich, sich auf das Lenken seines Einsatzwagens zu konzentrieren, und musste stehenbleiben. Er hatte das Gefühl, als bekomme er keine Luft. „Heißt das, dass, dass ..." Er konnte den Satz nicht zu Ende sprechen. „Na ja", versuchte die Frau Doktor, den Fund zu relativieren. „Zunächst heißt es einmal, dass eine Frau da drin war, und dass jemand mal da drin geblutet hat. Wir dürfen jetzt nicht gleich das Schlimmste annehmen." „Aber", widersprach Gasperlmaier, „wir brauchen jetzt doch Vergleichsmaterial, Haare von der Stefanie, oder so. Damit man feststellen kann, ob ..." Wieder unterbrach er. Die Frau Doktor nickte. „Das muss die Katharina ja nicht gleich erfahren. Du musst deine Frau darum bitten." Gasperlmaier hatte sich ein wenig gefangen und fuhr wieder los.

„Dieser Koch", fragte die Frau Doktor, „wie heißt der gleich nochmal?" „Krummböck", sagte Gasperlmaier. „Andreas Krummböck. Und die Katharina hat sich auch noch erinnert, dass er das ganze Wochenende für einen Kochworkshop im Ausseerland ist. Wir werden es also nicht schwer haben, ihn zu finden." Gasperlmaier blieb vor der Bank in Altaussee stehen, während die Frau Doktor mit ihrem Smartphone herauszufinden versuchte, wo der Andreas Krummböck heute kochte. „Da!“, rief sie plötzlich aus. „Ich hab’s! Es gibt ein Fischrestaurant in Grundlsee. Es hat sogar eine Haube. Und da wird das ganze Wochenende Fisch gekocht. Mit Andreas Krummböck. Kochkurs. Ausgebucht!“, las sie vor. „Wie heißt denn das Restaurant?“, fragte Gasperlmaier. „Fischerei!“, sagte sie. „Es heißt einfach Fischerei.“ Gasperlmaier nickte. „Das kenn ich. Ist eh direkt an der Straße.“

In der Küche duftete es wunderbar. Gasperlmaiers Magen rumorte. Man hätte eigentlich längst zu Mittag essen sollen, es war schon zwei vorbei. Hier wurde ja offenbar bereits das Abendmenü vorbereitet. Ihm lief das Wasser im Munde zusammen. Die Kochschüler waren gerade dabei, Fische zu filetieren, und stellten sich dabei alles andere als geschickt an. Eigentlich waren es nur Kochschülerinnen. Es wurde viel gekichert. Eine andere Gruppe verpackte gerade ganze Fische samt Kräutern, Zwiebeln und Öl in Alufolie, um sie zum Garen vorzubereiten. Allerdings mussten sich auch schon Gerichte im Ofen befinden, denn es duftete verführerisch.

Die Frau Doktor fragte die ihr am nächsten stehende Kursteilnehmerin: „Wir suchen den Herrn Krummböck?“ Die Frau, eine Blonde mittleren Alters, wischte sich die Haare aus der Stirn und musterte Gasperlmaiers Uniform. „Was hat er denn angestellt? Den dürfen Sie uns aber heute nicht entführen! Den brauchen wir noch!“ Sie lachte und deutete mit ihrem blitzenden Fischmesser auf einen jungen Mann im kurzärmeligen weißen T-Shirt, der eher wie ein Leistungssportler als wie ein Koch aussah. „Herr Krummböck?“, sprach die Frau Doktor ihn an. „Chefinspektorin Kohlross vom Bezirkspolizeikommando Liezen.“ Sie deutete auf Gasperlmaier. „Bezirksinspektor Gasperlmaier aus Altaussee. Können wir kurz mit Ihnen sprechen?“ Sie lächelte und war sichtlich angetan von den braungebrannten Armen und dem Bartschatten im kantigen Gesicht des Kochs. „Ja, ich weiß nicht …“, sagte der und sah sich nach seinen Schützlingen um. „Es ist dringend!“, beharrte die Frau Doktor. „Na gut.“ Der Krummböck nickte. „Ihr seid so weit mit den Fischen fertig? Die Filets aber nur ganz kurz auf der Hautseite, ich hab's euch gezeigt, und die ganzen Fische in den Ofen, zwölf Minuten, ich bin gleich wieder da!“

Er ging zum Kühlschrank und holte drei Flaschen Bier heraus. „Wollt ihr?“ Gasperlmaier nickte und griff nach einer Flasche, die Frau Doktor hingegen schüttelte den Kopf. „Wasser?“, fragte der Krummböck. „Gerne!“ Gasperlmaier besah sich die Flasche. Es war so ein modernes Bier in kleiner Flasche mit Drehverschluss. Nicht unbedingt das seine, aber so ein kleines Bier half ja schließlich auch ein wenig gegen den Hunger.

Sie traten auf eine verglaste Terrasse, die den Blick auf den wolkenverhangenen Grundlsee freigab. „Prost!“, sagte der Krummböck. „Worum geht's?“ „Kennen Sie diese Frau?“ Die Frau Doktor hielt ihm ihr Handy entgegen. Der Krummböck nickte. „Ja, ich hab sie gestern kennengelernt. Sie heißt Stefanie Frisch und arbeitet für … den Namen der Zeitschrift hab ich jetzt vergessen.“ „Können Sie uns Näheres über Ihr Zusammentreffen gestern sagen?“ Der Krummböck nahm noch einen Schluck. Mit einem Blick auf Gasperlmaier fragte er: „Aber Sie können mir schon verraten, was die Frau Frisch mit der Polizei zu tun hat?“ Die Frau Doktor ging auf seine Frage nicht ein. „Bis wann sind Sie gestern mit ihr zusammen gewesen?“ „Puh!“ Der Krummböck atmete zischend aus. „Um drei hab ich die Segel gestrichen. Sie ist auch gegangen. Vor der Tür haben wir uns getrennt, ich musste zu meinem Auto, sie nach links, die Straße hinunter." „Sie sind nicht etwa zusammen in Ihr Auto gestiegen?" Der Krummböck schüttelte den Kopf. „Nicht, dass ich es nicht versucht hätte, die Stefanie ist ... also, ich finde sie sehr sexy. Aber sie wollte nicht. Sie steht nicht auf Männer, hat sie mir ziemlich schnell klargemacht. Ich hab ihr trotzdem eine Story zugesagt." „Worüber?", fragte die Frau Doktor. „Sie kommt zu meiner Fernsehshow, da machen wir ein Shooting und eine Hintergrundstory, und eine Homestory. Ist super, ich kann Publicity gut gebrauchen!" Er leerte sich den letzten Schluck Bier in den Mund. „Ich muss wieder zu meinen Damen", erklärte er grinsend. „Die zahlen schließlich einen Haufen Geld dafür, dass sie mit mir kochen dürfen!" „So?", fragte die Frau Doktor. „Nur kochen?" „Schauen wir einmal", grinste der Krummböck zurück. Gasperlmaier nervte dieser Flirtton von beiden Seiten. Es ging hier schließlich um seine Tochter, um die Familie. „Sie hätten nicht vielleicht Zeit, heute Abend als Gast beim gemeinsamen Dinner dabei zu sein?" Die Frau Doktor schüttelte den Kopf. „Der Anlass ist viel zu ernst. Die Frau, mit der Sie den gestrigen Abend verbracht haben, ist nämlich verschwunden. Und Sie, nehme ich an, haben keine Zeugen, die uns erzählen können, was Sie nach dem Verlassen der Bar gemacht haben?" „Brauche ich welche?", fragte der Krummböck, schon auf dem Weg zurück zu seinen Kursteilnehmerinnen. „Es wäre nicht schlecht!", gab die Frau Doktor zurück und folgte ihm in die Küche, wo es heiß herging, im wahrsten Sinne des Wortes. Die Teilnehmerinnen rannten geschäftig hin und her, überall brutzelte und dampfte es. „Die Filets schnell heraus, die werden sonst übergart!", kommandierte der Krummböck. „Wollen Sie vielleicht was kosten?“, rief er der Frau Doktor zu, und es dauerte nur Sekunden, bis sie und Gasperlmaier je einen Teller mit einem dampfenden Fischfilet mit Gemüsegarnitur in die Hand gedrückt bekamen. „Schmeckt's Ihnen?“ Eine rundliche Dunkelhaarige lachte Gasperlmaier an. Er nickte. „Das ist schon der dritte Kurs, den ich beim Andreas mache!“, erklärte sie. „Er ist einfach wunderbar!“ Gasperlmaier nickte abermals, erstens, weil ihm keine passende Antwort einfiel, und zweitens, weil er den Mund voll hatte. Endlich. Der Fisch war zwar vorzüglich, die Portion dagegen sehr klein.

„Herr Krummböck!“ Die Frau Doktor wischte sich den Mund ab und stellte ihren Teller beiseite. „Eine kurze Frage noch!“ Sie zog ihn am Ärmel von einem der Herde weg. „Kennen Sie eigentlich Maxi Holzapfel? Die Journalistin, die ermordet worden ist?“ Gasperlmaier sah kurz Unsicherheit in den Augen des Krummböck aufflackern. „Äh, persönlich ... ich meine, kann sein, dass wir uns schon begegnet sind ... sie schreibt ja auch Gastro-Kritiken ... aber bei mir ... ich kann mich nicht erinnern.“ „Halten Sie es für denkbar, dass sie über Sie recherchiert hat? Dass sie was schreiben wollte über Sie?“ Der Krummböck riss sich los. „Keine Ahnung, was sollte sie ... ich muss jetzt zurück zu meinem Kurs, wirklich!“ Er wandte sich ab. Gasperlmaier schien, dass er es eilig hatte, einer Kursteilnehmerin ganz am anderen Ende des Raumes beizustehen.

„Also, der Fisch!“, schwärmte die Frau Doktor, als sie wieder draußen waren. „Fantastisch! Einfach traumhaft!“ Gasperlmaier strich sich mit den Fingern über die Nase. „Er hat aber schon recht unsicher auf den Namen Holzapfel reagiert!“ Die Frau Doktor nickte. „So gut der Fisch auch war, der Koch lügt. Er kannte die

Holzapfel. Fragt sich nur, woher!“ Gasperlmaier fiel noch was ein, was er für wichtig hielt. „Sollten wir uns nicht sein Hotelzimmer anschauen? Vielleicht finden wir da Spuren von der Stefanie? Oder von der Maxi?“ Die Frau Doktor schüttelte den Kopf. „Wir haben nichts gegen ihn vorliegen, rein gar nichts. Da bekommen wir keine Durchsuchungsgenehmigung.“ „Und wenn wir ihn einfach fragen?“, insistierte Gasperlmaier. Ihm ging das alles zu langsam. Die Stefanie war womöglich in höchster Gefahr oder sogar schon tot, und sie standen da in der Küche herum und aßen Fisch. Er schalt sich selber dafür, dass die Ermittlungen so lax voranschritten.

„Ist alles in Ordnung, Gasperlmaier?“, fragte die Frau Doktor. „Ich mach mir halt Sorgen um die Stefanie. Da geht überhaupt nichts weiter!“ „Ich versteh schon“, gestand die Frau Doktor zu. „Du bist halt auch persönlich betroffen, da kann einem nichts schnell genug gehen. Aber ich glaube nicht, dass die Stefanie in unmittelbarer Gefahr ist, wenn sie nicht ...“ Sie sprach nicht weiter.

Auf dem Posten erwartete sie die Manuela. „Also, ich habe ein paar Neuigkeiten für euch!“ „Wir auch“, entgegnete Gasperlmaier, um sie zu bremsen. „Im Lieferwagen sind Haare und Blut gefunden worden. Lange, dunkle Haare, wahrscheinlich von einer Frau.“ „Um Gottes willen!“ Das Lächeln der Manuela erstarb. Gasperlmaier spürte wieder ein deutliches Stechen im Magen. „Heißt das, dass ...“ Die Frau Doktor stellte ihre Handtasche auf Gasperlmaiers Schreibtisch ab und nahm seinen Sessel in Beschlag. „Das heißt zunächst einmal gar nichts“, erklärte sie und wiederholte, was sie vorhin schon Gasperlmaier gesagt hatte. „Trotzdem interessiert uns, was Sie herausgefunden haben.“

„Im Gegensatz zur Maxi Holzapfel war der Horak sehr aktiv in den sozialen Netzwerken. Vor allem ist mir aufgefallen, dass er immer wieder mit verschiedenen Frauen posiert hat. Mir ist da auch ein Muster aufgefallen. So alle ein, zwei Monate taucht eine neue Frau auf den Fotos neben ihm auf." „Also ein kleiner Don Juan?", fragte die Frau Doktor. Die Manuela nickte. „Er hat generell sehr gern posiert, auch, wenn er sich eine neue Frisur hat machen lassen, oder den Bart umgestylt. Jedes neue Tattoo hat er auch auf Instagram abgefeiert." „Also eitel!", kommentierte die Frau Doktor. „Frage: Ist er auf einem Foto mit der Holzapfel zu sehen?" Die Manuela schüttelte den Kopf. „Fehlanzeige!"

„Gibst du mir bitte dein Passwort ein?" Die Frau Doktor hatte Gasperlmaiers Dienst-PC hochgefahren. „Ich hab nämlich die Telefondaten vom Horak bekommen. Ich möchte sie mir lieber auf dem großen Bildschirm ansehen." „Ja, inzwischen ...", mischte sich die Manuela ein. „Ich hab euch ja gar nicht erzählt, was hinten bei der Losermaut noch passiert ist. Nachdem der Konecny mit seiner Frau abgedüst ist, hat es noch eine halbe Stunde gedauert, bis die anderen herausgekommen sind. Von den Österreichern war ja nur mehr der Hoppe dort. Er ist ein bisschen dumm herumgestanden, weil er mit dem Konecny im Porsche gekommen ist, und der war weg." „Haben Sie noch Fotos gemacht?", fragte die Frau Doktor. „Natürlich. Kommt ihr zu meinem PC?" Die Frau Doktor und Gasperlmaier stellten sich hinter die Manuela, um mitschauen zu können. „Da kommt der Hoppe. Als Erster!", kommentierte sie eine Serie von vier Fotos. „Dann der ..." „Halt!", rief Gasperlmaier. „Was ist denn?", fragte die Frau Doktor, ein wenig ungeduldig. „Das ist kein Russe, der Dritte, der da herauskommt! Den kennen wir doch!" „Ich kann's für euch vergrößern!" Die Manuela zog an einem Schieberegler, und der Bildausschnitt mit dem dritten Mann wurde vergrößert. Erstaunlicherweise blieb er dennoch scharf. „Das ist doch der Wachmann, der ... ich erinnere mich nicht mehr an den Namen, der ..." „Salzmann!", nickte die Frau Doktor und schob ihre Brille in Richtung Nasenspitze. „Thomas Salzmann." „Wer soll das sein?", fragte die Manuela. Die Frau Doktor setzte sie ins Bild: „Wir haben schon mit ihm gesprochen. Er arbeitet für T4T Security, eine Sicherheitsfirma, die mit der Überwachung des Cateringzeltes beauftragt war. Wir haben ihn befragt, weil er in der Nacht der ersten Tat Dienst hatte." „Bis um Mitternacht", ergänzte Gasperlmaier. „Und er hat jede halbe Stunde eine Runde dort gedreht, sagt er. Und nichts bemerkt." „Und was hat der mit der BFB und den Russen zu tun?", wunderte sich die Manuela. „Tja!", seufzte die Frau Doktor. „Das ist die Frage aller Fragen. Wir werden sie zu klären haben. Wie ist es dann weitergegangen?" Die Manuela zeigte weitere Fotos.

„Der Hoppe ist mit den Russen zu einem Haus weiter oben gegangen, auf dem Weg wurde fortgesetzt heftig diskutiert, das konnte man an der Gestik erkennen. Der Salzmann, das sieht man hier, ist auch dabei." Sie zeigte auf ein Foto, auf dem man den Salzmann von hinten sah. Er war leicht zu erkennen, weil er größer und viel hagerer war als die anderen Männer. Er trug eine ähnliche Jacke, wie die Manuela sie am Vormittag getragen hatte. „Ein paar Minuten später ist der Hoppe mit einem Mercedes, S-Klasse, an mir vorbeigekommen, als Beifahrer. Am Steuer war ein Unbekannter mit einem Spinnentattoo am Hals." Die Fotos waren ein wenig verschwommen, die Manuela hatte anscheinend schnell Deckung suchen müssen. „Haben Sie das

Kennzeichen?", fragte die Frau Doktor, während sie bereits eifrig auf der Tastatur herumhackte. „Natürlich!" Die Manuela ihrerseits war mit der Maus ihres PCs beschäftigt. „Das Auto war gemietet. Am Flughafen in Schwechat. Ich habe nachgefragt, wer es gemietet hat. Es ist eine Firma, die Nikolai Oljoschenko gehört." „Unser Gastgeber!", kommentierte die Frau Doktor mit einem Seitenblick zu Gasperlmaier.

„Und der Salzmann ist nicht wieder aus dem Haus gekommen?", fragte sie. Die Manuela schüttelte den Kopf. „Ich hab ihn ja für einen der Russen gehalten. Aber halt, da fällt mir noch was ein: Seine Jacke, das war eindeutig eine Motorradjacke!" „Dann wäre es ja möglich, dass er sein Motorrad da oben abgestellt hat", meinte Gasperlmaier. „Wir sollten uns einmal erkundigen, ob er eines hat!" „Das kannst du machen", sagte die Frau Doktor. Insgeheim fragte sich Gasperlmaier natürlich, wie er das bewerkstelligen sollte, wenn er nicht an seinen Computer konnte. Aber, so sagte er sich, das ging ja auch telefonisch. Leider kam er nicht dazu, weil die Frau Doktor seine Aufmerksamkeit beanspruchte. „Wir müssen noch herausfinden, wer die beiden Ferienhäuser gemietet hat, in denen sich diese russischen Geschäftsleute aufgehalten haben. Ich meine, es ist schon wichtig, zu wissen, ob sie der offiziellen russischen Delegation angehören oder ob sich da auch Private einmieten durften. Machen Sie das, Manuela?" Die nickte.

Die Frau Doktor kehrte zu Gasperlmaiers Computer zurück. „So, zurück zum Horak. Das sind seine Telefondaten." Jetzt erst fiel Gasperlmaier die rote Brille auf, mit der er die Frau Doktor noch nie gesehen hatte. „Steht dir gut!", sagte er und deutete auf ihr Gesicht. „So?", fragte sie, ein wenig irritiert. Sie wandte sich wieder dem Bildschirm zu. „Der Horak. Respektive sein Handy. Eingeloggt bis genau 3 Uhr 22, in einer Funkzelle im Zentrum von Altaussee. Danach kein Signal. Gefunden haben wir das Handy nicht, also gleiche Vorgangsweise wie bei Tat 1. Spricht meiner Meinung nach für ein und denselben Täter. Was meint ihr?“ Gasperlmaier und die Manuela nickten. „Hast du Handydaten von der Stefanie?“, fragte Gasperlmaier. Womöglich war die auch schon ebenso tot wie ihr Handy. „Wie denn?“, fragte die Frau Doktor. „Wir haben ja noch nicht einmal eine Abgängigkeitsanzeige. Aber die werden wir jetzt gleich haben, denn du wirst sie vermisst melden. Sie geht zwar erst seit ...“ Sie sah auf ihre Uhr. „Na, sagen wir, acht Stunden ab, aber wir haben Verdachtsmomente, die auf ein Verbrechen hinweisen könnten. Dann haben wir bis morgen ihre Daten. Schneller geht's wohl nicht.“ Gasperlmaier war nicht beruhigt.

„Kommen wir zu seinen Aktivitäten. Anrufe innerhalb des Cateringdienstes, uninteressant. Von den längeren Gesprächen mit Maxi Holzapfel wissen wir bereits.“ „Könnte es nicht sein“, fragte die Manuela, „wenn die beiden länger telefoniert haben, dass sie eine Beziehung miteinander hatten?“ „Das könnten wir überprüfen“, mischte sich Gasperlmaier ein. „Wissen wir schon, ob sie schwanger war? Wenn ja, könnte man dann nicht den Vater ermitteln?“ Die Frau Doktor schürzte zweifelnd die Lippen. „Das könnte man sicher. Ich habe zwar in der Gerichtsmedizin angefragt, aber noch keine Auskunft erhalten. Und was eine Beziehung zwischen den beiden betrifft – die wollen mir gar nicht zueinander passen. Außerdem hätten wir da sicher Hinweise von deren Kollegen bekommen, dass zwischen den beiden etwas gelaufen ist.“ „Na ja“, gab

Gasperlmaier zu bedenken, „direkt gefragt haben wir nicht danach!" „Dann holen wir das vielleicht nach", sagte die Frau Doktor. „Weitere Anrufe: Da haben wir natürlich den Konrad Hütter, was ein klarer Hinweis darauf ist, dass er mit den Getränkediebstählen zu tun hat. Dann gibt es ein paar Gespräche zu einem Festnetzanschluss in Tschechien, das haben wir schon herausgekriegt, es sind seine Eltern. Sonst nichts wirklich Auffälliges. Keine Kontakte, die ihn irgendwie in die Nähe der Russen oder der BFB rücken." „Wie schaut's mit Chats aus?", fragte die Manuela. „Seine Chats sind anscheinend bloß lokal auf dem Gerät gespeichert. Und darüber verfügen wir nicht." „Ja, klar!"

„Außerdem habe ich hier den Bericht über die Spuren, vorläufig nur im ersten Fall." Die Frau Doktor stöberte weiter in Unterlagen auf dem PC. „Fremd-DNA gibt es am Opfer keine, außer Blut an der Schürze, das aber eindeutig Tierblut ist. Faserspuren zero, Fingerabdrücke in der Küche: Millionen von zahlreichen verschiedenen Personen. Damit lässt sich nichts anfangen. Die Frau Doktor Wurm hat uns auch den Mageninhalt aufgelistet. Reste von Kaspressknödeln und Spinatknödeln. Krautsalat. Das ist konsistent mit dem, was wir über diesen Knödelabend wissen. Toxikologisch nichts. Was die Schwangerschaft betrifft – ich habe ja gerade gesagt, da warten wir noch auf ein Ergebnis. Es hat kein Kampf stattgefunden, die Holzapfel muss völlig überraschend, wahrscheinlich hinterrücks, niedergeschlagen worden sein. An der Kopfwunde gab es Spuren von Ruß, es war offensichtlich ein Werkzeug, das häufig über einer Gasflamme benutzt wurde. Eine Pfanne eben. Deshalb bin ich nach wie vor der Meinung, dass es sich um eine Beziehungstat handelt. Es wurde keine Tatwaffe an den Tatort mitgebracht. Welcher

Profi macht sowas?“ „Er könnte eine Tatwaffe mitgebracht haben“, wandte die Manuela ein. „Und sie dann nicht benutzt haben. Um das wahre Motiv für die Tat zu verschleiern.“ „Womit meine Theorie ruiniert wäre.“ Die Frau Doktor stand auf. „Gasperlmaier, jetzt zum Huditsch. Ich bin schon sehr gespannt, was der uns zu erzählen hat.“ Gasperlmaier öffnete verstohlen seine Schreibtischschubladen, um zu prüfen, ob sich darin Essbares befand. Er wurde enttäuscht.

Doch dann machte sich das Handy der Frau Doktor brummend in ihrer Handtasche bemerkbar. „Ah, interessant! Wir kommen!“, war alles, was Gasperlmaier hörte, denn das Gespräch dauerte nicht lang. „Gasperlmaier, Einsatz. Die Tatwaffe ist gefunden. Sie bleiben hier, Manuela. Bitte geben Sie die Abgängigkeitsanzeige ein. Falls notwendig, kontaktieren Sie die Katharina und besorgen uns dabei gleich unauffällig DNA-Material von der Stefanie.“ „Das Messer? Aber das steckte ja noch ...“ „Gasperlmaier, bist du schwer von Begriff? Die Bratpfanne!“ Da hatte er wirklich auf der Leitung gestanden. „Wo denn?“ „Im See. Die Taucher erwarten uns im sogenannten Seepark. Weißt du, wo das ist?“ Gasperlmaier nickte.

Es dauerte keine fünf Minuten, bis sie auf dem Steg standen. Gasperlmaier hatte endlich daran gedacht, die warme Mehrzweckjacke aus dem Schrank zu holen, dennoch fröstelte er, als er die Taucher in ihren nassen Neoprenanzügen und Flossen auf dem Steg herumplatschen sah. Es war definitiv kein Wetter zum Baden, und der Steg war klitschnass und rutschig. Einer der Taucher reichte der Frau Doktor einen Plastikbeutel mit der Pfanne. „Schwer!“, sagte die, als sie den Beutel in Empfang nahm. „Gusseisen?“ Der Taucher nickte. „Da brauchst du ganz schön Kraft, um die zu schwingen." „Ist es sicher, dass das die Tatwaffe ist?" Der Taucher zuckte mit den Schultern. „Sie liegt auf jeden Fall noch nicht sehr lang im Wasser. Der Täter muss ziemlich kräftig sein, denn er hat sie weit hinausgeschleudert. Auch am Fundort sieht es so aus, als ob sie erst kürzlich dort gelandet ist, die Spuren am Seeboden waren ganz frisch." „Wir müssen der Inhaberin des Caterings ein Foto schicken, um Gewissheit zu haben. Auf der Pfanne werden wir wohl nicht mehr viel finden." „Schon geschehen", sagte der Taucher. „Antwort steht noch aus." Gasperlmaier besah sich den Fund genauer. Die Pfanne war rund und hatte sogar gegenüber dem Stiel einen weiteren Griff, damit man sie auch mit beiden Händen anheben konnte. Der Boden war vom vielen Gebrauch über einer Gasflamme geschwärzt, auf der Innenseite befanden sich Rillen, die das Gerät als Grillpfanne auswiesen. „War das Messer, mit dem der Horak ... war das ein Küchenmesser?", fragte Gasperlmaier. Die Frau Doktor nickte. „Es konnte leider weder bestätigt noch widerlegt werden, dass es ein Messer aus den Beständen von ‚Fanny's Food' ist. Es trägt keine Herstellerbezeichnung, und Frau Santorelli hat keine Ahnung, ob ein solches Messer fehlt. Vor allem jetzt, wo alles für den Transport verladen worden ist." Gasperlmaier versuchte, das Bild des in der Brust des Horak steckenden Messers zu verdrängen. Stattdessen kam ihm ein ganz anderes Bild in den Sinn, vor dem ihm noch mehr graute. Es hatte mit einem Messer und der Stefanie zu tun.

„Jetzt aber auf ins Seehotel. Zum Herrn Huditsch!" Leider, so stellte sich heraus, war zwar dessen Gepäck noch in seinem Zimmer, er selber aber nicht. Ebenso erging es ihnen mit dem Konecny, dessen Frau und den anderen Freien Bürgern. Alle ausgeflogen. „Haben Sie eine Ahnung, wo die Herren und die Dame hingegangen sind? Beziehungsweise gefahren?" Die Rezeptionistin schüttelte den Kopf. Gasperlmaier schien sie fast noch schmaler und blasser als heute Morgen. „Sie haben gefragt, wo man gut essen kann. Ich darf ja eigentlich nichts empfehlen, weil wir nicht irgendein Restaurant bevorzugen wollen." „Und?", fragte die Frau Doktor, als sie schwieg. „Da hat der eine gesagt, in der Fischerhütte beim Toplitzsee, da kann man gut essen. Und da ist es auch ruhig, hat er gemeint. Dass man reden kann." „Na ja", sagte die Frau Doktor. „Hoffen wir, dass wir sie dort noch erwischen!" Sie wandten sich zum Gehen. „Warten Sie einen Moment!", rief ihnen die Rezeptionistin nach. „Frau Konecny ist aber da. Sie ist nicht mitgefahren. Sie muss im Wellnessbereich sein, wenn sie nicht in ihrem Zimmer ist!" Sie zeigte ihnen die Richtung an. „Eine Stiege hinunter! Im Wellnessbereich bitte nur ohne Schuhe!" „Die Polizei darf überall mit Schuhen hin!", erklärte die Frau Doktor der verdutzten Frau. Gasperlmaier sah an sich hinunter. Seine Schuhe waren immer noch ziemlich dreckig vom Ausflug zum Cateringzelt, bei der Frau Doktor sah es nicht viel besser aus.

Als sie im Keller angelangt waren, standen sie vor einer Milchglastür, auf der in Form eines Verkehrszeichens nicht nur Schuhe, sondern auch normale Straßenkleidung durchgestrichen waren. „Sollten wir nicht doch wenigstens die Schuhe ausziehen?", fragte Gasperlmaier. Ohne eine Antwort abzuwarten, schlüpfte er aus den seinen und hoffte, dass der Geruch seiner Socken nicht allzu aufdringlich war. Er hatte zwar heute Morgen frische angezogen, war aber seither leider nicht aus seinen Schuhen herausgekommen. Was sollte man machen?

„Wenn du meinst!" Etwas unwillig schlüpfte die Frau Doktor ebenfalls aus ihren Schuhen. „Ich hoffe, du verlangst nicht von mir, dass ich mich auch noch ausziehe?" Sie verwies auf das Schild mit der Straßenkleidung. Um weitere Debatten zu vermeiden, schüttelte Gasperlmaier energisch den Kopf und schwieg.

Hinter der Glastür befand sich ein kleiner Vorraum, von dem eine Menge Türen abgingen. Zwei waren die Toiletten, zwei weitere die Garderoben für Damen und Herren. Es war heiß. Eine weitere Tür, ebenfalls aus Milchglas wie die Eingangstür, führte zur Sauna, in der Licht brannte. In der Infrarotkabine hingegen war es dunkel. „Bleib einmal ein bisschen weg. Wenn sie in der Sauna ist ..." Gasperlmaier trat folgsam einen Schritt zurück. Die Frau Doktor klopfte an die Tür der Sauna. „Frau Konecny?", rief sie. „Sind Sie da drinnen?" „Wer will das wissen?", kam eine schrille Stimme von drinnen. „Die Polizei. Kommen Sie bitte heraus?", antwortete die Frau Doktor. „Wenn's unbedingt sein muss", kam es von drinnen. Die Tür öffnete sich, die Frau Konecny erschien mit nassen Haaren und einem um ihren Körper geschlungenen Badetuch. „Ich wüsste zwar nicht, was ich mit der Polizei zu bereden hätte", erklärte sie und fuhr sich mit den Fingern durchs nasse Haar. „Keine Angst", entgegnete die Frau Doktor. „Das wissen wir schon selber."

Die Frau Konecny wandte sich einer Tür zu, die Gasperlmaier zuvor übersehen hatte, weil sie mit demselben Holz getäfelt war wie der ganze Vorraum. „Sie haben aber nichts dagegen, dass ich mich vor dem Anziehen noch kurz abkühle?" Ohne eine Antwort abzuwarten, öffnete sie die Tür, die ins Freie führte. Die Frau Doktor und Gasperlmaier folgten ihr. Draußen gab es einen kleinen, grasbewachsenen Strandbereich und einen kurzen Steg. Die Frau Konecny trat auf den Steg, ließ ihr Badetuch fallen und sprang kopfüber in den See. Gasperlmaier konnte nicht umhin festzustellen, dass sie trotz der Jahreszeit einen nahtlos gebräunten Körper besaß. „Soll ich lieber oben warten?“, fragte er mit einer Geste zur Rezeption. „Nein, nein!“, lächelte die Frau Doktor. „Es ist besser, bei allen Gesprächen Zeugen dabeizuhaben. Außerdem hat ihr ja niemand geraten, sich vor dir nackt auszuziehen.“ Sie drehte sich um. „Frau Konecny!“, rief sie. „Ihnen ist aber schon klar, dass man die Polizei nicht warten lässt? Wir haben nicht ewig Zeit!“ „Keine Angst!“, schrie die zurück und kehrte um. „Das Wasser ist sowieso eiskalt!“ Gasperlmaier drehte sich diskret um, als sie aus dem Wasser stieg.

„Haben Sie keinen Bademantel?“, fragte die Frau Doktor, als sie alle wieder drinnen waren. „Ich möchte nämlich ungern auch noch warten, bis Sie sich angezogen und geschminkt haben.“ Die Frau Konecny murrte zwar, kam aber wenig später im Bademantel wieder aus der Garderobe und folgte ihnen in den Rezeptionsbereich. Dort gab es eine Sitzgruppe, auf der sie Platz fanden. Die Rezeptionistin schaute ein wenig ratlos zu ihnen herüber. Wahrscheinlich, so dachte Gasperlmaier bei sich, hat man ihr Anweisung gegeben, dass Gäste sich nicht im Bademantel in diesem Bereich aufhalten sollten. Aber das war eben auch eine besondere Situation.

„Frau Konecny, wo ist Ihr Mann? Ich nehme an, er ist mit seinen Leuten unterwegs? Dem Hoppe, dem Wimmesberger und dem Huditsch?“ Die Frau Konecny schürzte verärgert die Lippen. „Der Hoppe, dieser Idiot!“, zischte sie. „Idiot?“, fragte die Frau Doktor nach. „Er hat ihn hineingehetzt, in die Geschäfte mit diesen Russen. Mir können die alle gestohlen bleiben. Aber er bildet sich ja weiß Gott was auf seine Connections ein!" „Der Hoppe oder Ihr Mann?" „Hauptsächlich der Hoppe", gab sie zurück. „Also: Wo?", fragte die Frau Doktor nochmals. „Sie sind zum Essen gefahren, an den Toplitzsee. Keine Ahnung, wie das Lokal heißt. Ich hab's nur mitbekommen, weil der Norbert dort angerufen hat, ob sie überhaupt offen haben." „Sie wollten nicht mit?" „Ich hab genug von diesen Typen. Wenn ich das gewusst hätte, wäre ich gar nicht mitgekommen nach Aussee. Außerdem gibt's da viel bessere ..." Die Frau Doktor unterbrach sie. „Wo waren Sie heute Vormittag, Frau Konecny?" Gasperlmaier war gespannt. Die Konecny zuckte mit den Schultern. „Im Zimmer. In der Sauna. Was anderes kann man hier ja nicht machen!" „Sie sind sich ganz sicher, dass Sie nicht aus dem Hotel gekommen sind?", fragte die Frau Doktor. Die Frau Konecny schien ein wenig verunsichert, nickte dann aber und sagte: „Ganz sicher!" Ihr Blick fiel auf die Rezeptionistin. Wahrscheinlich, überlegte Gasperlmaier, war ihr gerade eingefallen, dass sie nur die Frau an der Rezeption fragen mussten, um sie der Lüge zu überführen.

„Gut!", sagte die Frau Doktor und stand auf. „Dann möchten wir Sie nicht länger stören!" „Ach, eins noch!", sagte sie, als sie schon fast in der Tür stand. „Worum ist es bei den Gesprächen gestern Abend im Kaiser Franz gegangen? Welche Geschäfte? Haben Sie das mitbekommen?" Die Frau Konecny war ebenfalls aufgestanden und zögerte. „Woher wissen Sie ... Ich glaube nicht, dass ich darüber mit Ihnen reden darf. Außerdem haben die meistens Russisch gesprochen. Das verstehe ich nicht. Mein Mann übrigens auch nicht, nur der Gottlieb ..." „Schon gut!", sagte die Frau Doktor.

„Fahr du!", sagte Gasperlmaier. „Ich muss schnell noch einmal telefonieren!" Achselzuckend nahm die

Frau Doktor auf dem Fahrersitz des Einsatzfahrzeuges Platz und beschwerte sich schon in der 40-km/h-Zone in Altaussee, dass der Wagen eine lahme Ente sei. Dafür konnte Gasperlmaier einigermaßen in Ruhe herausfinden, ob der Salzmann ein Motorrad besaß. „Der Salzmann hat kein Motorrad. Die kennen in der Zulassungsstatistik zwar mehrere Personen mit diesem Namen, aber auf keine davon ist ein Motorrad zugelassen." „Na ja", sagte die Frau Doktor. „Vielleicht hat er die Jacke einfach aus modischen Gründen getragen. Kann ja vorkommen. Dass sie nicht Russisch kann, das war übrigens eine Ausrede. Der Hoppe hat dem Konecny ja zumindest teilweise übersetzt, worum es ging. Und das konnte die Frau Konecny sicher ausgezeichnet verstehen."

Als sie in Gössl ankamen, hielt Gasperlmaier Ausschau nach dem schwarzen Porsche. Der musste ja hier irgendwo geparkt sein, denn bis zur Fischerhütte durfte man nicht fahren, da musste man einen Fußweg von vielleicht 20 Minuten entlang der Gösslwand auf sich nehmen. Aber der schwarze Wagen war nirgends zu sehen. Dafür erlebte Gasperlmaier eine Überraschung, als die Frau Doktor den Wagen auf dem Platz abstellte, der eigentlich den Angestellten der Fischerhütte vorbehalten war. Dort nämlich stand der schwarze Panamera. „So!", sagte Gasperlmaier. „Das freut mich aber jetzt, dass ich dem gleich einmal einen Strafzettel ausstellen kann!" Er zog den Block für die Organmandate aus der Brusttasche und begann zu schreiben, während die Frau Doktor ein paar Schritte vorausging und am Seeufer wartete.

„Wie viel hast du ihm denn verpasst?", fragte die Frau Doktor. „70 Euro", erklärte Gasperlmaier. „Das Maximum halt. Er ist ja auch ziemlich weit auf einer

Straße mit Fahrverbot gefahren. Und noch dazu ist das hier Naturschutzgebiet!“ Er deutete auf den See und die ihn umgebenden Berge. „Und dem Konrad werde ich empfehlen, eine Besitzstörungsklage einzubringen. Das ist nämlich eine Privatstraße.“

Bei besserem Wetter wäre die Szenerie wunderbar gewesen, aber bei dem heutigen Nieselwetter konnte nicht einmal Gasperlmaier die malerische Gegend genießen.

Die Runde um den Konecny war laut und, wie es schien, bereits einigermaßen angetrunken. „Grüß dich!“ Die Frau Doktor und Gasperlmaier schüttelten dem Wirt die Hand, der mit Blick auf den einzigen besetzten Tisch die Augen rollte. „Wie lang sind sie denn schon da?“, fragte Gasperlmaier. „Zu lang!“, erklärte der Konrad, der langjährige Besitzer der Hütte, die eigentlich nicht mehr nur eine Hütte, sondern ein Restaurant war, in dem man gepflegt essen konnte. Vor allem Fische.

„Die Polizei ist schon wieder hinter uns her!“, grölte der Konecny. „Nicht einmal im hintersten Winkel des Salzkammerguts lassen sie einen in Ruhe! Was soll denn das! Prost!“ Er hob sein Weinglas und nahm einen großen Schluck. Gasperlmaier überblickte die Tischgesellschaft. Sie war nicht groß, denn der Hoppe fehlte, und auch vom Salzmann gab es keine Spur. Blieben der Konecny, der Wimmesberger und der Huditsch, wegen dem sie eigentlich gekommen waren. Auf dem Tisch standen noch Reste von Vorspeisentellern, die Gasperlmaier schmerzlich daran erinnerten, dass es heute noch viel zu wenig zu essen gegeben hatte.

Die Frau Doktor trat an den Tisch. „Hat's geschmeckt, die Herren?“ Der Wimmesberger hatte den Blick in seinem Bierkrug versenkt, der Konecny stierte die Frau Doktor mit einem schiefen Lächeln an, und der

Huditsch war, zumindest schien es so, in die Betrachtung eines Gemäldes vertieft, das ihm gegenüber an der Wand hing und den Erzherzog Johann auf einem Bergesgipfel zeigte. „Gut hat's geschmeckt. Bis Sie gekommen sind. Was wollen S' denn?", lallte der Konecny. „Wo ist denn der Herr Hoppe? Der lässt Sie doch sonst nie alleine?" Nun ergriff der Wimmesberger das Wort. „Der ist eine Spaßbremse, der Hoppe. Zuerst isst er einen Salat und trinkt dazu ein Mineralwasser ohne Kohlensäure, und dann ..." Der Huditsch unterbrach ihn kichernd. „Nicht aus dem Kühlschrank!", äffte er mit schriller Stimme den Hoppe nach. „Nicht aus dem Kühlschrank!", wiederholte er. Alle drei lachten laut. Das würde eine schwierige Befragung werden, befürchtete Gasperlmaier.

„Und wo ist der Herr Hoppe jetzt?", fragte die Frau Doktor. Die Frage löste einen Heiterkeitsausbruch bei allen drei Herren aus. „Zu Fuß ist er zurück! Nach Gössl!", gluckste der Wimmesberger in seinen Bierkrug. „Er ist manchmal sehr ernst, der Gottlieb!", murmelte der Konecny. „Wollen Sie sich nicht setzen, Frau Kommissar?", fragte der Konecny und wies auf einen freien Platz auf der Bank. „Gerne!", sagte die Frau Doktor. Gasperlmaier setzte sich neben sie. Wahrscheinlich, so dachte er bei sich, wollte sie die Besoffenen jetzt aushorchen, ohne dass die viel Widerstand leisten konnten. „In einem echten Ausseer Dirndl", der Konecny malte zittrige Gesten in die Luft, „würden Sie fantastisch aussehen! Mit den dunklen Haaren! Und passenden Rundungen!" Er deutete mit entsprechenden Gesten volle, runde Brüste vor seiner eigenen Brust an. Am liebsten hätte Gasperlmaier ihm eine geschmiert, dachte dann aber an den Strafzettel, den er ihm verpasst hatte, und beruhigte sich ein wenig. Der Konecny trug immer noch seine Altausseer Lederhose. Sogar der Wimmesberger schüttelte, offensichtlich peinlich berührt, den Kopf.

Die Frau Doktor holte tief Luft. „Sie sind gestern und heute gesehen worden, wie Sie mit Geschäftsleuten aus Russland Gespräche geführt haben. Gestern im Hotel Kaiser Franz und heute im Chaletdorf an der Losermaut. Sie dürfen sich nicht darüber wundern, dass wir das wissen. Sie haben ja kein Geheimnis daraus gemacht." „Warum sollten wir?", fragte der Konecny. „Ist alles im Interesse Österreichs. Gute Geschäfte für unser Vaterland! Prost!"

„Darf man fragen, was für Geschäfte Sie im Interesse Österreichs tätigen?", fragte die Frau Doktor betont freundlich. Es war ein Glück, fand Gasperlmaier, dass der Hoppe nicht da war. Der hätte den Redefluss des Konecny sicher energisch einzubremsen gewusst. „Davon verstehen Sie nichts!" Der Konecny kicherte. „Verstehen ja nicht einmal die beiden Dumpfbacken da was davon!" Er deutete auf den Wimmesberger und den Huditsch. „Da geht es darum, dass wir, die BFB, groß und stark werden. Da muss man sehr diplomatisch sein! Wirt! Bringen Sie uns noch eine Flasche! Und zwei Gläser für die Herren ... Damen ... Polizisten!" Die Frau Doktor schüttelte den Kopf. „Wir trinken nichts."

„Da bin ich jetzt aber fast beleidigt!", nuschelte der Konecny. „Wissen Sie, solche Geschäfte sind nichts für das schöne Geschlecht. Das ich übrigens sehr verehre!" Den letzten Satz hatte er laut gesprochen und dabei wieder sein Weinglas gehoben. „Und von Frauen bei der Polizei, da halte ich ehrlich gesagt gar nichts. Das ist eine schmutzige, eine harte Arbeit. Wie die Politik. Das ist nichts für so schöne Wesen!" Er langte nach dem Gesicht der Frau Doktor, vielleicht in einem ungeschickten Versuch, ihr über die Wange zu streichen. Mit einer raschen Bewegung ihres Armes von unten nach oben schlug die Frau Doktor seinen Arm zurück. „Passen Sie auf, was Sie tun!“, zischte sie. Der Konecny rieb sich mit schmerzverzerrtem Gesicht seinen Arm. „Ich mag es, wenn Sie widerspenstig sind!“, grinste er. „Komm, Gasperlmaier, wir gehen“, kündigte die Frau Doktor an. „Wir sind nämlich ohnehin wegen etwas ganz anderem gekommen. Nämlich wegen dem Herrn Huditsch.“ Sie wandte sich dem Angesprochenen zu, der zusammenzuckte. „Wegen mir?“, murmelte er. „Warum denn?“ „Das würden wir Ihnen gerne unter vier Augen erklären. Beziehungsweise unter sechs.“ Sie deutete auf Gasperlmaier. „Gehen wir nach draußen. Da redet es sich leichter!“ Der Huditsch erhob sich folgsam, der Konecny aber rief ihm noch nach: „Du sagst gar nichts, hörst du! Ohne den Hoppe sagst du gar nichts!“ Der Huditsch drehte sich noch einmal um und nickte dem Konecny unentschlossen zu.

Draußen blieben sie unter dem Vordach stehen, weil es noch immer ein wenig regnete. Der Huditsch hatte nur eine dünne Anzugjacke an, und der Frau Doktor war es sicherlich ganz recht, dass er fror. „Herr Huditsch“, begann sie. „Zuerst eine reine Routinefrage. Wo waren Sie vorgestern, also am Mittwoch, abends und nachts?“ „Wo werde ich schon gewesen sein?“ Gasperlmaier seufzte innerlich. Er kannte diese Antwort nur zu gut. Seinc Delinquenten gebrauchten sie immer dann, wenn sie etwas zu verbergen hatten. Die Frau Doktor schwieg. „Na, zuerst Abendessen, und dann ... im Hotel halt!“ „Wo waren Sie denn Abendessen?“ Der Huditsch wand sich. „Muss ich das sagen?“ „Nein“, sagte die Frau Doktor und schüttelte den Kopf. „Sie müssen gar nichts. Aber wenn Sie jetzt lügen oder uns etwas

Wichtiges verschweigen, kann das Nachteile für Sie haben. Wenn es in dieser Sache zu einem Strafverfahren kommt. Und es geht immerhin um Mord!"

„Mord?", hauchte der Huditsch. „Aber damit hab ich nichts zu tun, das ist ... also ich ..." „Na, immerhin verschweigen Sie uns etwas, Herr Huditsch. Das deutet nicht gerade darauf hin, dass Sie mit uns zusammenarbeiten wollen. Und es deutet auch nicht darauf hin, dass Sie ehrlich sind. Also ..." Die Frau Doktor legte eine, wie Gasperlmaier fand, bedeutungsvolle Pause ein. Der Huditsch, dessen war er sich sicher, hatte auch einiges über den Durst getrunken. Seine Augen irrten unstet umher, er bewegte sich unsicher und ruckartig. Zudem sprach er undeutlich. „Ich, verschweigen?", wiederholte er ungläubig.

„Wo waren Sie am Mittwochabend essen?", fragte die Frau Doktor nochmals, eher scharf. „Und glauben Sie nicht, dass die da drinnen", sie wies auf die Tür der Fischerhütte, „oder der Hoppe Sie da herausholen werden. Die lassen Sie fallen wie eine heiße Kartoffel, wenn was an Ihnen hängenbleibt!" Der Huditsch breitete die Arme aus. „Ich war ja nur ... in diesem Cateringzelt! Aber ich hab ja mit dem Mord nichts zu tun! Ich war nur ... ich bin um halb acht, acht da wieder weg!" „Immerhin waren Sie am Tatort. Und Sie sind der Einzige am Tatort, der auch einen Grund hatte, der Holzapfel was anzutun. Sie hat gegen Ihre Partei recherchiert. Sie hatten Motiv und Gelegenheit! Außerdem waren wohl Sie es, der während des Abendessens entdeckt hat, dass Maxi Holzapfel vor Ort ist. Sie wird wohl einmal aus der Küche herausgekommen sein. Und da haben Sie sie erkannt. Dann haben Sie Ihre Parteigenossen informiert, womöglich wollten Sie ihr einen Denkzettel verpassen. An dem sie dann leider gestorben ist." „Ich war's aber nicht! Das ist alles Blödsinn! Ich hab die Holzapfel ja persönlich gar nicht gekannt! Ich hab der ihr Gesicht ja zum ersten Mal im Fernsehen gesehen, nach dem Mord! Ich bin nur wegen dem Salzmann überhaupt in das Cateringzelt gekommen! Der hat mich angerufen, wollte mit mir reden." Gasperlmaier spitzte die Ohren. Was hatte der Huditsch mit dem Salzmann zu tun? Auch die Frau Doktor schien überrascht. „Salzmann?", fragte sie. „Der Wachmann? Ich meine, der Mitarbeiter von T4T Security? Was hatten Sie mit dem zu besprechen?" Der Huditsch stützte sich auf das Geländer der Terrasse und blickte auf den See hinaus. „Der Salzmann hatte Interesse an einer Mitarbeit, in meinem Team im Nationalrat. Und er ist aus der Sicherheitsbranche, das kann unter Umständen ..." „Was genau haben Sie mit Herrn Salzmann besprochen?" „Na ja!" Der Huditsch breitete die Arme aus. „Es ging um Personenschutz ... und er hat ja auch große Sympathien für unsere Anliegen gezeigt, und ..." „Und wie lange waren Sie zusammen? Was haben Sie nach diesem Treffen getan?", fragte die Frau Doktor. „Ich bin in mein Zimmer gegangen. Fernsehen."

„Sehr schlecht!" Die Frau Doktor schürzte die Lippen. „Da fehlt Ihnen natürlich ein Alibi. Außer es war noch jemand in Ihrem Zimmer?" Der Huditsch schüttelte den Kopf. „Ich sag Ihnen was!" Er deutete mit dem Zeigefinger auf die Frau Doktor. „Ich halt für die sicher nicht den Kopf hin!" Mit dem Kinn deutete er in Richtung der Fischerhütte. „Ich bin ein ehrlicher Politiker. Und ich bin in mein Zimmer, weil ich mir nachmittags eine Flasche Whisky gekauft habe und die ganzen Trotteln nicht mehr sehen wollte!" Die Frau Doktor nickte. „Sie brauchen also, sozusagen zur Entspannung, ein gewisses Quantum ...?" Nun nickte der Huditsch.

„Ist ja ein enormer Stress, die Politik. Da braucht man was zum Runterkommen!" „Und niemand hat Sie gesehen, nachdem Sie vom Zelt weg sind und Ihr Zimmer aufgesucht haben?" Er schüttelte den Kopf. „Die Frau an der Rezeption, vielleicht. Ich kann mich nicht erinnern, ob die da war, als ich hinaufgegangen bin."

„Das schaut nicht gut für Sie aus, Herr Huditsch. Ich sehe das so: Die Freien Bürger hatten ein Riesenproblem mit den Recherchen der Frau Holzapfel. Dann entdecken Sie, vielleicht auch Ihr Herr Salzmann, dass die Holzapfel hier inkognito als Köchin engagiert ist. Gleichzeitig bahnen Sie wichtige Geschäfte an, und wenn Maxi Holzapfel davon Wind bekommt und das alles veröffentlicht, ist es mit Ihrer Partei vorbei. Deswegen muss sie weg. Der Hoppe und der Konecny, die wollen sich die Hände nicht schmutzig machen. Deswegen ..." Sie schwieg. Womöglich dämmerte es dem Huditsch nun selbst, dass er sich vor den Karren fremder Interessen hatte spannen lassen. „Ich sag jetzt gar nichts mehr!" Er richtete sich auf und schob den Knoten seiner Krawatte nach oben. „Oder nur, wenn ich vorher mit meinem Anwalt sprechen kann. Ich sag nur, dass ich mit dem Mord nichts zu tun habe!" „Gut!", sagte die Frau Doktor. „Sie halten sich aber zu unserer Verfügung? Sie dürfen das Ausseerland nicht verlassen, müssen erreichbar bleiben. Wenn ich Ihre Telefonnummer haben könnte?" Sie streckte die Hand aus, und der Huditsch suchte in der Innentasche seines Anzugsakkos eine Weile herum, bis er ihr eine Visitenkarte entgegenstrecken konnte, die an den Ecken schon ein wenig abgeschabt war.

Die Frau Doktor atmete tief durch, nachdem der Huditsch wieder in der Fischerhütte verschwunden war. Trotz Mehrzweckjacke fröstelte Gasperlmaier, der feine

Nieselregen, der ständig niederging, schien mit seiner Feuchtigkeit alles zu durchdringen. „Was meinst du?", fragte die Frau Doktor. „Ich meine, wir sollten schnellstens die Stefanie finden. Und den Salzmann natürlich auch!" Die Frau Doktor nickte. „Aber welche Spuren haben wir zur Stefanie? Ein paar Haare in einem Lieferwagen?" „Ja ..." Gasperlmaier hatte eine Idee. „Können wir nicht endlich an die Handydaten von der Stefanie kommen?" Die Frau Doktor runzelte die Stirn. „Die Manuela hat ja gerade erst die Abgängigkeitsanzeige eingegeben. Da geht heute wohl nichts mehr!" Gasperlmaier trat frustriert gegen das Vorderrad seines Einsatzwagens. „Na, na!", kommentierte die Frau Doktor. „Übrigens: Bevor wir fahren", sie wies auf die Tür der Fischerhütte, „nehmen wir dem Herrn Konecny noch seinen Autoschlüssel ab!"

Gasperlmaier war gespannt, wie dieser Versuch enden würde. „Nochmals guten Tag, die Herren", sagte die Frau Doktor, als sie an den Tisch trat. „Ich würde um die Autoschlüssel bitten!" Sie streckte ihre offene Hand dem Konecny entgegen. Der blickte sie verdattert an. „Wieso? Was?" Er schüttelte den Kopf und grinste den Wimmesberger und den Huditsch an. „Ich denke nicht, dass einer von Ihnen noch in einem Zustand ist, der das Lenken eines Kfz erlaubt. Also bitte!" Ihr Ton war schärfer geworden. Der Konecny fing achselzuckend an, in seinen Hosentaschen herumzukramen. Schließlich holte er einen dieser modernen Funkschlüssel hervor, die mit einem gewöhnlichen Schlüssel nur mehr wenig zu tun hatten. Daran hing ein lederner Anhänger in Wappenform, der das Porsche-Logo zeigte. „Wenn Sie unbedingt meinen!", sagte er, als er den Schlüssel der Frau Doktor aushändigte. „Sie werden ja wohl nicht glauben, dass wir noch gefahren wären? Wir hätten uns natürlich ein Taxi bestellt! Aber wenn die Polizei glaubt, mündige Patrioten bevormunden zu müssen ..." „Der mündige Patriot kann seinen Autoschlüssel am Posten in Altaussee abholen, sobald er wieder fahrtauglich ist!", erklärte die Frau Doktor.

Der Konrad nickte ihnen zu, als sie zur Tür gingen. „Ich glaub, du bestellst ihnen am besten gleich ein Taxi!", raunte Gasperlmaier ihm zu. Der Konrad nickte. „Ich bin eh froh, wenn ich die Bagage los bin!"

9

Die Frau Doktor warf ihre Handtasche achtlos auf Gasperlmaiers Schreibtisch. Der zuckte zusammen, weil irgendwas klirrte, sie aber schenkte dem keine Beachtung. „Immerhin wissen wir jetzt, dass der Horak, wahrscheinlich samt seinem Lieferwagen, bis um 3 Uhr 22 in einer Funkzelle in Altaussee eingeloggt war", sagte die Frau Doktor. „Sehr viel weiter bringt uns das nicht." „Wo war er denn sonst noch?", fragte die Manuela. „In den Nächten davor jeweils ab elf oder zwölf in Bad Aussee, dort, wo er sein Zimmer gemietet hatte. Tagsüber praktisch immer in der gleichen Funkzelle in Altaussee, in der Nähe des Zeltes. Einmal war sein Handy in der Nähe des Bauernhofes eingeloggt, wo die gestohlenen Getränke gelagert waren. Sonst haben wir seit Beginn des Gipfeltreffens keine Bewegungen von ihm." „Übrigens!", sagte die Manuela. „Die Frau Doktor Wurm hat angerufen. Die Holzapfel war tatsächlich schwanger. Etwa in der achten Woche." „Hui!" Die Frau Doktor pfiff durch die Zähne. „Jetzt müssten wir nur noch wissen, von wem!", fügte sie hinzu. „Also, die Frau Doktor Wurm sagt, das geht. Wenn sie DNA-Proben zum Vergleich bekommt. Sollen wir gleich den Horak testen lassen? Der wär ja auch gerade in der Gerichtsmedizin!" Die Frau Doktor nickte. „Veranlassen Sie das, bitte!" „Und noch was!", sagte die Manuela. „Zwei dieser Chalets sind nicht von der offiziellen russischen Delegation gemietet worden, sondern von Nikolai Oljoschenko, diesem Oligarchen. Das musste allerdings, hat mir die Dame von der Verwaltung erklärt, von der russischen Delegation abgesegnet werden, sonst hätte man Oljoschenkos Leute dort gar nicht hingelassen."

„Zu schade, dass wir mit diesem Oljoschenko nicht sprechen können. Aber zurück zum Horak. Seine Handydaten sagen uns immerhin, dass er wahrscheinlich zu dem Zeitpunkt, als die Stefanie auf dem Heimweg war, noch in Altaussee war“, sagte Gasperlmaier. „Stimmt!“, antwortete die Frau Doktor. „Kurz darauf verschwindet sein Signal und taucht nirgendwo mehr auf.“ „Das heißt also, er hat wahrscheinlich das Fahrzeug benutzt, um zwischen Cateringzelt und Zimmer in der Pension hin- und herzupendeln. Für was anderes – ausgenommen den Getränketransport ins Lager des Hütter – scheint er nicht Zeit gehabt zu haben“, sagte die Manuela. „Die Frage ist, warum ist er an diesem Abend so viel länger in Altaussee geblieben? Wo er doch am Morgen wieder zur Arbeit musste? Und was hat er da getan?“ „Wir müssen Zeugen suchen“, sagte Gasperlmaier. „Leute, die auch noch spät unterwegs waren. Die Katharina zum Beispiel.“

In diesem Moment öffnete sich die Tür, und die Christine kam mit der Katharina heran. Die Letztere mit völlig verheultem, gerötetem Gesicht und zerrauften Haaren. „Ja, was machst du denn da?“, war alles, was Gasperlmaier zunächst einfiel. Die Frau Doktor wechselte einen raschen Blick mit ihm und nickte mit fragendem Gesichtsausdruck. Das konnte nur bedeuten, dass sie die Katharina über den Fund im Lieferwagen des Cateringservice informieren wollte. Wahrscheinlich, so dachte Gasperlmaier bei sich, war es das Gescheiteste. Irgendwann würde sie es doch erfahren, und besser, man sprach hier darüber als irgendwo sonst. Außerdem war die Christine dabei.

„Habt ihr schon irgendeine Spur?“, fragte die Christine. „Die Katharina ist schon ganz ...“ Sie brauchte den Satz nicht zu vollenden. „Katharina“, sagte die Frau Doktor,

„setz dich bitte einmal zu mir her!“ Sie zog einen Stuhl nahe an ihren Schreibtisch heran und deutete darauf. Als die Katharina Platz genommen hatte, nahm sie fürsorglich ihre rechte Hand in beide Hände. „Wir haben in dem Lieferwagen, in dem heute Morgen der Tote gefunden wurde, Spuren gefunden. Haare und ein wenig Blut. Die Haare wahrscheinlich von einer Frau. Dunkel.“ Die Katharina riss die Augen auf und schlug die freie Hand vor den Mund. „Nein, nein! Nicht aufregen. Die Spuren könnten, ich sage, könnten!“, sie holte tief Atem, „... von der Stefanie stammen. Aber wenn die Stefanie tot wäre, dann hätten wir sie wohl auch in dem Lieferwagen gefunden. Der Täter hätte keinen Grund gehabt, eine Leiche verschwinden zu lassen, wenn eine andere offen im Führerhaus sitzt.“

Diese Logik erschien Gasperlmaier plausibel, vor allem, weil sie Hoffnung zuließ. Die Katharina aber schloss plötzlich die Augen, rutschte zur Seite und konnte vor einem Sturz auf den Boden nur durch die Geistesgegenwart der Frau Doktor bewahrt werden, die sie auffing. Gasperlmaier sprang ihr bei. „Auf die Liege!“, rief er, und die Manuela öffnete die Tür zum Nebenraum, wo sich eine Liege für nächtliche Bereitschaftsdienste befand.

„Geh weg!“, scheuchte ihn die Christine ein wenig roh beiseite, sobald er die Katharina abgelegt hatte. Als ihr die Christine am Hals den Puls fühlte, schlug sie die Augen auch schon wieder auf. Die Christine strich ihrer Tochter über die Stirn. „Geht’s wieder?“ Die Katharina nickte. „Tut mir leid. Ich wollte nicht ...“ Sie schüttelte den Kopf und hielt die Hände vor die Augen. Gasperlmaier hörte sie schluchzen. Die Frau Doktor beugte sich über die Katharina. „Wir tun, was wir können. Und zwar, so schnell wir können! Ich verspreche es dir! Dazu müssten wir dir aber ein paar Fragen stellen. Geht das?“ Die Katharina nickte. „Zuerst: Hast du gestern Nacht einen weißen Lieferwagen gesehen, mit der Aufschrift ‚Fanny's Food‘?“ Die Katharina schüttelte den Kopf. „Ich hab keinen gesehen. Ich hab aber auch nicht so genau geschaut.“ Die Frau Doktor holte ihr Handy aus der Handtasche. „Und den Mann, hast du den gesehen? In der Bar? Das ist der Koch, der ermordet worden ist.“ „Nein“, sagte die Katharina mit schwacher Stimme. „An den könnte ich mich sicher erinnern. Wegen der Frisur und dem Bart.“ Es gelang ihr ein kleines Lächeln, und sie versuchte, sich aufzusetzen. Die Christine drückte sie sanft an einer Schulter wieder nach unten. „Bleib noch ein bisschen liegen!“ Die Frau Doktor wischte auf ihrem Handy herum. „Und den da? Hast du den vielleicht gesehen?“ Gasperlmaier konnte nicht erkennen, wer auf dem Display zu sehen war. Die Katharina schüttelte aber ohnehin den Kopf. Die Frau Doktor zeigte Gasperlmaier das Display. Es war ein sehr grobkörniges, unscharfes Foto von Thomas Salzmann, noch dazu im Profil. Selbst Gasperlmaier hätte ihn darauf kaum erkannt.

Sie richtete sich auf und winkte Gasperlmaier zu sich. „Ich brauch dich jetzt!“, flüsterte sie. „Die Christine macht das schon!“ Sie deutete auf die Katharina.

„Hör mal, Gasperlmaier!“ Draußen im Büro stellte sich die Frau Doktor ans Fenster. Die untergehende Sonne hatte dunklen Schatten über dem See Platz gemacht. „Überleg doch mal!“, forderte sie ihn auf. „Alle sind sie da: die Leute von der BFB. Von den Cateringmenschen ist, soweit wir wissen, auch keiner verschwunden. Es gibt nur einen, der uns einiges zu erklären hat und den wir noch nicht angetroffen haben: der Herr Salzmann.“ Sie sah auf die Uhr. „Den greifen wir uns wohl erst morgen, es ist spät geworden! Wir sollten endlich was essen."

Gasperlmaier war überrascht. In seinen ganzen Jahren der Zusammenarbeit mit der Frau Doktor war es nicht oft vorgekommen, dass sie von sich aus auf das Thema Essen zu sprechen kam, ohne dass er ihr vorher schon stundenlang mit knurrendem Magen nachgelaufen war. „Wir wollten doch die Leute von der BFB befragen, wegen dem Salzmann?", warf er ein. „Die laufen uns nicht davon!", meinte die Frau Doktor. „Vor allem nicht in dem Zustand, in dem sie in der Fischerhütte schon waren!"

Als sie nach draußen traten, war es fast dunkel. Ein rotes Cabrio hielt direkt vor ihnen und blockierte ihren Weg. Wegen des geschlossenen Dachs und der getönten Scheiben konnte Gasperlmaier nicht gleich erkennen, wer drinnen saß. Doch im selben Moment öffnete sich die Fahrertür, und die Frau Konecny entstieg dem sehr, sehr niedrigen Wagen. Der ohnehin kurze Rock war ihr wegen des mühsamen Aussteigens noch weiter hochgerutscht.

„Ich muss mich gleich für meinen Mann entschuldigen!" Sie kam auf Gasperlmaier zu und ignorierte die Frau Doktor. „Es hat ein wenig Stress gegeben, und da muss er mit seinen Leuten ... na, da kann es eben schon passieren, dass so eine Besprechung ein wenig aus dem Ruder läuft!" Sie schenkte Gasperlmaier ein verführerisches Lächeln. „Und ich hätte jetzt gern den Schlüssel vom Porsche zurück. Sie sehen ja, dass ich selbst motorisiert bin!" Sie wies auf ihr Cabrio. Die Beifahrertür öffnete sich, und wesentlich weniger elegant als seine Frau quälte sich der Konecny aus dem Sitz. Er sah aus, wie Gasperlmaier ihn schon kennengelernt hatte. Rote Augen, tiefe Tränensäcke.

„Ich bitte darum!“, krächzte er. Gasperlmaier merkte, dass er unsicher auf den Beinen war. Womöglich hatte er nach dem ausgedehnten Mahl in der Fischerhütte noch weiter getrunken.

„Kommen Sie einmal mit, Herr Konecny! Es sind da noch ein paar Fragen aufgetaucht!“ Die Frau Doktor hakte sich beim Konecny ein und zog ihn förmlich hinter sich her. „Gasperlmaier!“ Sie deutete ihm mit der Hand, auch mitzukommen. Einmal um die Hausecke herum, außer Sicht- und Hörweite der Frau Konecny. „Sagen Sie, Herr Konecny, wir interessieren uns für diesen Mann!“ Sie hielt ihm das Foto des Salzmann vor die Nase. Der Konecny betrachtete es eine Weile, kratzte sich am Kopf und zuckte mit den Schultern. „Nie gesehen!“, sagte er. „Denken Sie noch einmal genau nach!“, forderte ihn die Frau Doktor auf. Der Konecny sah Gasperlmaier an, dann wieder die Frau Doktor. Man konnte seine Verunsicherung förmlich riechen. Genau wie die Fahne, die er weit vor sich hertrug. „Vielleicht ...“, begann er. „Dieser Mann war zusammen mit Ihnen und Ihren Mitarbeitern in einem der Chalets an der Losermaut, und am Abend des Mordes hatte er eine Besprechung mit Ihrem Mitarbeiter, Herrn Huditsch, am Tatort! Und Sie wollen behaupten, ihn nicht zu kennen? Herr Konecny! Falschaussage! Irreführung der Behörden! Womöglich Vertuschung einer Straftat! Können Sie sich das als Politiker leisten?“ Der Konecny gestikulierte ratlos herum.

„Sie müssen verstehen“, sagte er schließlich. „Gewisse Dinge, Besprechungen, die sind ... vertraulich. Da darf man nicht, da muss man ...“ „Herr Konecny!“ Der Ton der Frau Doktor war scharf. „Uns ist im Prinzip egal, was Sie mit dem Salzmann zu besprechen haben. Solange Sie uns darüber informieren, wo er sich aufhält. Wo er hier in Altaussee gewohnt hat!" „Also!" Der Konecny streckte ihnen beide Handflächen entgegen und schüttelte den Kopf. „Damit kann ich nun wirklich nicht dienen! Er hat jedenfalls nicht im Seehotel gewohnt, wo ich mit meiner Frau ... meinen Leuten ..." Gasperlmaier hatte den Eindruck, als sage der Konecny nun die Wahrheit. „Aber ich weiß doch noch was!" Er hob den rechten Zeigefinger. „Er hat ein Motorrad! Er ist mit einem Motorrad zur Losermaut gekommen." „Kennzeichen? Marke?" Der Konecny winkte ab. „Keine Ahnung. Ich interessiere mich mehr für Autos, Sie wissen!" Er grinste arrogant, was Gasperlmaier bestätigte, dass er sich sicher fühlte und wohl nicht mehr log. „Übrigens, die Schlüssel!" Er hielt fordernd die Hand auf. „Die geb ich wohl besser Ihrer Frau!" Die Frau Doktor drehte sich um und ließ ihn stehen.

Nur wenig später hatten die Frau Doktor und Gasperlmaier in der Stube der Jausenstation am Kahlseneck Platz genommen. „Ich geh ganz gern da her. Um diese Jahreszeit ist es recht ruhig, weil es keine Badegäste mehr gibt." Der Himmel war klar geworden, und es spiegelte sich sogar der Mond im See. „Wenn ich an die Katharina denke, vergeht mir der Appetit!" Gasperlmaier legte die Speisekarte beiseite. Die Frau Doktor schob sie ihm wieder hin. „Du musst bei Kräften bleiben, Franz. Es war ein langer Tag heute."

Am Tisch neben ihnen nahm ein Touristenpaar Platz, ältere Leute, aus Deutschland offenbar. Sie grüßten freundlich und legten ihre Wanderstöcke unter den Tisch. Die Frau musterte Gasperlmaiers Uniform neugierig, schwieg aber und wandte sich ihrem Mann zu. An ein vertrauliches Gespräch über den Fall war nun nicht mehr zu denken. „Wie geht's euch denn so, Franz?", fragte die Frau Doktor stattdessen mit einem Augenzwinkern. Gasperlmaier hatte sich in der schwierigen Angelegenheit seiner Untreue der Frau Doktor anvertraut, als er weder ein noch aus gewusst hatte. „Ja, mei!“, sagte er. „Es ist schon irgendwie alles wieder in Ordnung, aber die Christine ...“ „Was ist mit der Christine?“, drängte die Frau Doktor. „Sie schaut mich manchmal so an, als würde sie über mich nachdenken. So mit einem gewissen ... als ob sie vielleicht überlegt, welche Strafe ich noch verdiene.“

„Was darf's denn sein?“ Der Wirt, der Franz, erlöste ihn aus der Situation, sein Innerstes preisgeben zu müssen. Die Frau Doktor nahm ein Saiblingsgröstel, und weil Gasperlmaier sich ohnehin nicht recht hatte entscheiden können, schloss er sich ihr an. „Aber vorher bringst mir bitte gleich ein Schmalzbrot mit Zwiebeln, ein großes!“, verlangte Gasperlmaier. Die Frau Doktor lachte. „Du Armer. Heute bist du wirklich den ganzen Tag herumgehetzt worden, ohne was Ordentliches zum Beißen!“ Nach dem ersten Schluck Bier und einem kräftigen Biss ins Brot war Gasperlmaier etwas wohler.

„Die Sophie ist jetzt in der ersten Klasse“, nahm die Frau Doktor das Gespräch wieder auf. „Und sie fragt natürlich manchmal nach ihrem Papa. Die anderen Kinder fragen sie auch, wo der ist. Die kennen da keine Diskretion.“ Gasperlmaier wurde hellhörig. Die Frau Doktor hatte sich bisher bei der Frage nach dem Vater ihrer Tochter Sophie stets sehr bedeckt gegeben, nur Andeutungen waren ihr entschlüpft. Jedenfalls, so viel stand fest, ein Kontakt zum Vater der Sophie bestand nicht. „Und was sagst du ihr da?“, fragte Gasperlmaier. „Ich sag ihr, dass ich ihn einmal sehr geliebt habe, dass wir uns jetzt aber nicht mehr lieben und dass er weit fortgezogen ist. Und dass sie ihn einmal kennen lernen wird, wenn er das will. Und sie." Sie seufzte. Gasperlmaier verzichtete auf weitere Fragen.

Das Saiblingsgröstel kam auf den Tisch, eine Zeitlang schwiegen sie und hörten den Deutschen am Nachbartisch zu, wie sie ihre Wanderpläne und den Wetterbericht für den nächsten Tag besprachen. „Und jetzt", unterbrach die Frau Doktor die Stille, „sieht es doch so aus, als ob sich da wieder etwas anbahnen würde. Woran ich schon gar nicht mehr geglaubt hatte."

Die Tür öffnete sich, und die Manuela stürmte strahlend herein. „Ich hab was! Ich hab was! Das muss ich euch zeigen!" Gasperlmaier schob das letzte Stück seines gebratenen Erdapfels in den Mund. „Aber draußen", erklärte die Frau Doktor mit einem Seitenblick auf den Nachbartisch, von wo sich bereits aufmerksame Augen auf sie gerichtet hatten. Der Wirt hatte mitbekommen, dass sie draußen etwas besprechen wollten. „Soll ich euch ein Verdauungsschnapserl hinausbringen?" Er zwinkerte Gasperlmaier zu, der nickte. „Für mich nicht", sagte die Frau Doktor. Der Franz, so wusste Gasperlmaier, verfügte über ausgezeichnete Beziehungen zu vorzüglichen Schnapsbrennern, und schließlich war es ja schon Feierabend, und er sah sich bereits außer Dienst. Trotz der Ahnungen der Frau Doktor.

Draußen gab es eine Bank, und sogar ein paar Decken. Die Frau Doktor schlang sich eine um die Hüften. „Wohl bekomm's!" Trotz der Proteste der Frau Doktor hatte der Wirt ein kleines Tablett mit drei Zirbenen auf das Fensterbrett gestellt. „Prost!", sagte Gasperlmaier, obwohl er sehen konnte, dass die Manuela darauf brannte, ihnen ihre Neuigkeit zu erzählen. Sie zog ein Tablet aus der Handtasche.

„Schaut euch das einmal an!" Sie hielt ihnen ein Foto entgegen, das sie am Vormittag geschossen hatte. Es zeigte den Salzmann, wie er einem der Russen gegenüberstand und anscheinend mit dem plauderte. „Schaut euch einmal genau die Motorradjacke von dem Salzmann an!“, sagte sie und zog das Foto mit zwei Fingern auseinander. „Hier!“ Triumphierend klopfte die Manuela auf das Tablet, an einer Stelle, an der man ein auf die Jacke des Salzmann aufgenähtes Symbol sehen konnte. Links an der Brust, direkt über dem Herz. Gasperlmaier sagte es zunächst nichts. Die Frau Doktor nickte. „Die Odalrune!“ „Genau!“, bestätigte die Manuela. „Und was sagt uns das?“, wollte Gasperlmaier wissen. „Dass er ein Neonazi ist!“, seufzte die Frau Doktor. „Jetzt wird mir schlagartig einiges klar.“ Gasperlmaier musste nicht lange darauf warten, dass die Manuela ihm erklärte, was es mit dieser Rune auf sich hatte. „Die Odalrune ist die 24. und letzte der germanischen Runen. Sie wurde als Symbol unter anderem in der SS und der Hitlerjugend verwendet. Nach dem Krieg war sie das Symbol der rechtsradikalen Wiking-Jugend. Seit 1994 ist es verboten, sie zu zeigen, zumindest in Deutschland. Genaueres über Österreich habe ich in der kurzen Zeit noch nicht herausfinden können.“ „Aber ich weiß es. Nach dem Abzeichengesetz ist sie verboten, alle Symbole, die im Nationalsozialismus auf Uniformen getragen wurden, sind verboten, auch, wenn sie in einem Gesetz nicht explizit genannt sind.“ „Was ihr alles wisst!“, staunte Gasperlmaier. „Kein Wunder“, entgegnete die Frau Doktor. „Ich habe erst kürzlich einen Fall bearbeitet, in dem das eine Rolle gespielt hat. Wir haben eine Zelle Neonazis ausgehoben, da kam zwar diese Rune nicht vor, aber ich habe mich ausführlich mit den entsprechenden Gesetzen beschäftigen müssen.“

„Der Salzmann ist also ein Neonazi“, überlegte Gasperlmaier. „Und er hat“, ergänzte die Manuela, „ein wenig bekanntes Symbol verwendet, denn mit einem Hakenkreuz, zum Beispiel, wäre er jeder Polizeistreife aufgefallen.“ „Und das bedeutet ferner“, mischte sich die Frau Doktor ein, „dass Maxi Holzapfel womöglich eine Verbindung zwischen der BFB und den Neonazis enthüllen wollte. Und deswegen musste sie weg.“ „Was ist übrigens mit der Festplatte?“ Gasperlmaier erinnerte sich an seinen Fund in der Medikamentenpackung der Holzapfel. Die Frau Doktor aber zuckte mit den Schultern. „Anscheinend noch nicht entschlüsselt! Ich habe noch nichts gehört!“ „Aber die BFB, das ist doch ein offenes Geheimnis, dass die ein Naheverhältnis zu den Rechtsradikalen haben!“, meinte die Manuela. „Ja, aber wenn man hieb- und stichfeste Beweise hat, dass die Nazis einen Mann bei den Freien Bürgern eingeschleust haben, dass es hier enge Kontakte gibt, dann ist das was anderes. Erinnere dich, Franz, der Huditsch hat gesagt, dass der Salzmann an einer Mitarbeit in seinem parlamentarischen Team Interesse gezeigt hat! Ich brauch jetzt auch einen Schnaps!“ Sie nahm eines der Stamperl vom Tablett und stürzte es in einem Zug hinunter. „Uh, das brennt, das Zeug!“ „Ja“, warf Gasperlmaier ein, „den sollte man auch in kleinen Schlucken genießen!“ „Ach was! Ich trinke nur wegen der Wirkung!“, meinte die Frau Doktor.

„Wie gehen wir jetzt weiter vor?“, fragte die Manuela. „Heute gar nicht mehr“, antwortete die Frau Doktor. „Außer Sie haben eine wirklich zündende Idee, wo wir die Stefanie finden könnten.“ Gasperlmaiers Herz sank in seine Magengrube. Die letzten Minuten hatte er über der Odalrune und dem Saiblingsgröstel fast auf die Stefanie vergessen. Die Manuela allerdings zuckte mit den Schultern. „Nach dem Lokalbesuch verliert sich ihre Spur“, meinte die Frau Doktor. „Aber irgendwie scheint sie in den Lieferwagen des Horak gelangt zu sein. Wenn wir nur wüssten, wie. Und was für einen Zusammenhang es mit dem Horak gibt." „Den wir leider nicht mehr befragen können!" Die Manuela seufzte. „Könnten wir nicht eine Hundestaffel herholen?", fragte Gasperlmaier. „Wir könnten die doch an den Haaren riechen lassen, oder an den Sachen, die die Stefanie noch bei uns hat!" Die Frau Doktor deutete nach Westen hinüber, zum Dachstein, von dem aber heute nichts zu sehen war. „Da verschwindet gerade das letzte Tageslicht. Die Hunde können wir bei Nacht nicht einsetzen. Und, vor allem, wo willst du sie suchen lassen? Wir haben ja keine Ahnung, wo die Stefanie wieder aus dem Lieferwagen hinausgeschafft ... ich meine, wo sie ausgestiegen ist!" Mit einem Seitenblick auf Gasperlmaier hatte sie sich korrigiert. „Gehen wir zum Auto", sagte sie und setzte sich in Bewegung. „Aber morgen!", versprach sie. „Morgen probieren wir es mit Hunden. Vielleicht vor der Bar, wo sie zum letzten Mal gesehen worden ist." Gasperlmaier kratzte sich am Kopf. Ob die Katharina so eine sorgenvolle Nacht überstehen würde? Wenn man nur wüsste, wo man suchen sollte!

Er setzte die Frau Doktor vor dem Posten ab, wo sie ihren Audi geparkt hatte. Bevor sie ausstieg, legte sie ihm ihre Hand auf den Unterarm. „Wir finden sie! Vertrau mir, wir finden sie!" Pflichtschuldig nickte Gasperlmaier. Es war eine Katastrophe. Wenn die Stefanie ... also, wenn sie tatsächlich nicht mehr auftauchen sollte, dann würde die Katharina ihr ganzes Leben nicht darüber hinwegkommen. Wenn einem jemand gestorben war, den man liebgewonnen hatte ... er durfte gar nicht daran denken.

Gasperlmaier stellte den Einsatzwagen ab und ging zu Fuß nach Hause. Gegenüber seiner Hauseinfahrt stand ein alter, schmutziger Geländewagen, den er nicht kannte. Er trug noch ein altes „BA“-Kennzeichen, das vor ein paar Jahren abgeschafft worden war. Leider. Er verstand bis heute nicht, warum es entgegen aller Proteste aus dem Ausseerland durchgesetzt worden war, dass man hierzulande mit dem ungeliebten „LI“ von Liezen herumfahren musste. Seiner Meinung nach wäre es eine Kleinigkeit gewesen, mittels einer großzügigen Ausnahme zu erlauben, das Kennzeichen zu behalten, um den Ausseern eine Freude zu machen.

Als er die Haustür öffnete, hörte er drinnen mehrere Stimmen, Frauenstimmen. Sogar Lachen klang aus dem Wohnzimmer. Lachen? Er zog die Schuhe aus und trat ein. Auf dem Sofa lag die Stefanie, zugedeckt bis zum Hals, und mit einem blütenweißen Verband um die Stirn. Die Katharina kniete vor dem Sofa und lag mit dem Oberkörper halb auf ihr drauf. Beide heulten und lachten gleichzeitig. Die Christine stand daneben und wischte sich mit einem Taschentuch Tränen aus den Augenwinkeln. „Die Stefanie ist wieder da!“ Sie fiel Gasperlmaier um den Hals und brach in haltloses Schluchzen aus. Sosehr er normalerweise Mühe hatte, mit weinenden Frauen umzugehen, so sehr konnte er jetzt verstehen, dass alle zu Tränen gerührt waren. Er spürte selbst ein Würgen in der Kehle und fühlte, wie seine Augen feucht wurden. „Die Stefanie ist wieder da!“, schluchzte die Christine. „Ich bin ja so froh!“ Nicht nur, weil die Stefanie wieder da war, wurde Gasperlmaier warm ums Herz. Auch, weil ihn die Christine wieder einmal fest in den Arm nahm. Das hatte ihm gefehlt.

Er wusste gar nicht, was er zuerst fragen oder sagen sollte, bis er ein Räuspern aus der Küche hörte und sich von der Christine losmachte. In der Küche saß der

Radler Lorenz, ein Kollege von der Feuerwehr. Er trug eine rote Schnittschutzhose, wie man sie bei Holzarbeiten benötigte. Seine ebenfalls rote Jacke lag neben ihm auf der Küchenbank. „Ich hab sie gefunden", sagte der Lorenz. „Ich bin gerade von der Holzarbeit gekommen. Von der vorderen Sandlingalm. Mitten auf der Straße ist sie gestanden, direkt bei der Talstation vom Loserlift." Gasperlmaier zog sich einen Küchenstuhl heran und setzte sich hin. „Was hat sie denn dort gemacht?" Der Lorenz zuckte mit den Schultern. „Gezittert hat sie, und geweint. Dass ihr so kalt ist, hat sie gesagt. Ich hab ihr gleich eine Decke aus dem Auto geholt und sie hineingesetzt. Sie hat nicht einmal selber ins Auto hineinkönnen, so schwach war sie. Sie muss furchtbar gefroren haben. Hat ja auch fast nichts angehabt!" Gasperlmaier schüttelte den Kopf. „Das ist die Freundin von meiner Tochter. Sie ist schon seit heute Nacht verschwunden gewesen. Magst einen Schnaps?" Der Lorenz nickte. „Wer weiß, ob sie die Nacht da draußen überlebt hätte. Da war nämlich kein Mensch mehr. Und ich bin nur deswegen so spät noch unterwegs gewesen, weil mein Auto einen Patschen gehabt hat. Es war ja schon stockfinster, als ich sie aufgegabelt hab. Und ob sie mit ihren kaputten Schuhen noch viel weiter können hätte ..." Er zuckte mit den Schultern. „Prost!", sagte er, als Gasperlmaier das Stamperl vor ihn hinstellte. Sicherheitshalber hatte er für sich selbst auch eines eingeschenkt und leerte es, wie der Lorenz, in einem Zug. Er spürte so unglaubliche Erleichterung in sich, dass er meinte, abheben zu können. Gerade noch hatte er die düstersten Gedanken gewälzt, und jetzt war die Stefanie plötzlich wieder da. „Ich hab sie ja zuerst für eine Verrückte gehalten", erklärte der Lorenz, während Gasperlmaier ihm nachschenkte. „Steht da in dem dünnen Fetzen im Regen mitten auf der Straße, vollkommen durchnässt von oben bis unten." „Waren denn die Russen auch nicht mehr da?", fragte Gasperlmaier, der sich daran erinnerte, wie lebendig es noch heute Vormittag bei der Losermaut zugegangen war. Der Lorenz schüttelte den Kopf. „Keine Seele! Alles tot!" Gasperlmaier nickte. Die Saison, so dachte er bei sich, war eben nun endgültig vorbei.

„Hast du ihr den Verband um den Kopf gewickelt?" Der Lorenz schüttelte den Kopf. „Ich hab nur geschaut, dass ich sie so schnell wie möglich ins Warme bring. Zuerst wollte ich ja mit ihr ins Krankenhaus, aber sie hat immer wieder energisch protestiert. Sie will nicht ins Krankenhaus, sie will zum Gasperlmaier, hat sie gesagt. Zur Tochter, zur Katharina." Gasperlmaier leerte sein zweites Stamperl. Als er Anstalten machte, nachzuschenken, hielt der Lorenz seine Hand über das Glas und schüttelte den Kopf. „Für mich nicht mehr!", sagte er. „Ich muss noch fahren. Und, du weißt ja ..." Er lächelte. „Die Frau hat auch keine große Freude damit, wenn ich mit einer Mordsfahne nach Hause komme." „Erzähl bitte deiner Frau noch nichts. Behalt es überhaupt für dich, was heute vorgefallen ist. Es könnte da größere Zusammenhänge ..." Er brachte seinen Satz nicht zu Ende. Der Lorenz nickte. „Mit den zwei Mordfällen? Und mit dem Gipfeltreffen?" Gasperlmaier hob abwehrend die Hände. „Ich darf darüber noch nichts sagen. Aber vielen Dank! Ich werd mich revanchieren!" Der Lorenz stand auf und schüttelte Gasperlmaier kräftig die Hand. „Nicht der Rede wert!", sagte er. „Ich hab sie ja nur mitgenommen. War selbstverständlich!" Er brachte den Lorenz zur Tür. „Pfüat euch!", rief der ins Wohnzimmer hinein. Die Christine kam kurz heraus, immer noch mit einem Taschentuch in der Hand.

„Dank dir schön, Lorenz! So ein Glück, dass du noch unterwegs warst!“ Sie drückte den Lorenz an sich und begann wieder zu schluchzen.

Endlich hatte Gasperlmaier Zeit, sich auch den beiden Mädchen zu widmen. Vor allem, so dachte er bei sich, musste er jetzt erfahren, was mit der Stefanie passiert war. Und was sich unter dem Verband verbarg. Aber zuallererst, fiel ihm ein, musste er die Frau Doktor verständigen, auch wenn sich die jetzt auf einen geruhsamen Feierabend freute. Sonst würde sie sich unnötig Sorgen machen. Er ging vor die Haustür, um zu telefonieren. „Ja?“, hörte er die Frau Doktor. „Gasperlmaier? Was gibt's?“ An den Hintergrundgeräuschen konnte man hören, dass sie noch im Auto unterwegs war.

„Die Stefanie ist wieder da!“ „Gott sei Dank!“ Man konnte trotz der schlechten Verbindung hören, wie auch der Frau Doktor ein Stein vom Herzen fiel. Gasperlmaier erklärte so einfach und so kurz, wie er konnte, was er bis jetzt wusste. Und das war nicht viel. „Hör mal, Gasperlmaier“, mahnte die Frau Doktor. „Wenn sie verletzt ist, dann gehört sie ins Krankenhaus. Nicht nur der Gesundheit wegen, du musst auch an die Beweissicherung denken. Wer weiß, was man ihr alles angetan hat!“ Gasperlmaier erschrak. Das wusste er tatsächlich noch nicht. Aber die Stefanie hatte nicht ins Krankenhaus gewollt. „Quetsch sie nicht aus, wenn's ihr schlecht geht. Das können wir auch morgen noch tun!“ Er verabschiedete sich und kehrte ins Wohnzimmer zurück.

Dort setzte Gasperlmaier sich in einen der beiden Polstersessel. Die Katharina kniete immer noch über der Stefanie, und der waren bereits die Augen zugefallen. „Was ist denn eigentlich passiert?“, flüsterte er.

„Vom Lorenz weiß ich nicht viel!“ Die Katharina richtete sich auf und setzte sich zu Füßen der Stefanie auf das Sofa. „Wir haben sie zuerst einmal beruhigen müssen, sie hat am ganzen Leib gezittert. Dann hat sie einen Tee bekommen“, sagte die Christine. Die Katharina stand auf und ging zur Garderobe. Zurück kam sie mit einem Paar völlig zerstörter Abendschuhe mit hohen Absätzen. „Die hat sie angehabt. Keine Ahnung, was da passiert ist!“ Die Absätze der Schuhe waren zwar nicht abgebrochen, dennoch fehlte unten jeweils ein Stück. Die Stefanie musste weit damit gegangen sein. Zu weit. Das Leder war zerrissen und völlig durchnässt. „Sie hat Blasen an den Füßen. Und eine Beule und einen Kratzer am Kopf! Und blaue Flecken überall!“ Die Katharina schüttelte den Kopf. „Wer tut so was?“ Sie begann wieder zu weinen. „Was hat sie denn erzählt?“, fragte Gasperlmaier. „Sie kann sich an nichts erinnern, außer, dass wir gestern Abend zusammen fortgegangen sind.“ Die Katharina stellte die Schuhe sorgfältig neben dem Sofa ab, setzte sich wieder hin und strich zärtlich über die Beine der Stefanie, die unter einer dicken Wolldecke steckten.

„Sie ist irgendwo eingesperrt gewesen, im Dunklen“, setzte die Christine fort. „Es muss ein Raum in einem größeren Gebäude gewesen sein, und zu ihrem Glück hat sie anscheinend irgendwo einen Hammer ertastet, und damit hat sie die Tür eingeschlagen. Wenn ich das alles richtig verstanden habe, wir haben sie nicht nach Einzelheiten gefragt, wir mussten sie ja irgendwie beruhigen. Und dann ist sie lang gegangen, im Regen. Gesehen hat sie nicht viel, es war immer Nebel, hat sie gesagt.“

„Aber wo kann sie hergekommen sein?“, fragte Gasperlmaier. „Wenn sie bei der Losermaut schon lange unterwegs war, wo war sie dann eingesperrt? Auf irgendeiner Alm? Irgendwo auf dem Loser oben?" „Ist doch egal!", flüsterte die Katharina zärtlich. „Jetzt ist sie ja wieder da!" Gasperlmaier überlegte, wie er der Katharina beibringen konnte, dass die Stefanie noch heute zur Untersuchung ins Krankenhaus musste. „Wir müssen ihre Verletzungen anschauen lassen!", erklärte er schließlich ganz direkt. „Heute noch. Die Frau Doktor hat's angeordnet. Wegen der Beweise." „Aber ..." Die Katharina war aufgeschreckt und wollte schon widersprechen, sank aber wieder zusammen und nickte. „Wegen der Mordfälle, oder? Ob es da einen Zusammenhang gibt!" Gasperlmaier nickte. „Den gibt's sicher. Sie war ja anscheinend in dem Lieferwagen eingesperrt, in dem der Horak gestorben ist. Aber wenn sie sich an nichts erinnert ..." „Kann ja sein, dass es ihr wieder einfällt", meinte die Christine.

„Weck sie einmal sanft auf!", bat Gasperlmaier. Die Katharina musste ihr nur zart über die Wange streichen, schon wurde die Stefanie wach. Gasperlmaier setzte sich ans Fußende des Sofas und räusperte sich. „Stefanie, wir müssen noch ins Krankenhaus. Weil ... es gibt da ein paar Sachen, die du wissen musst. Kannst du dich erinnern, dass du in einem weißen Kastenwagen gewesen bist? Dass dich wer dort hineingeschubst hat?" Die Stefanie schüttelte den Kopf. „Aber wegen der paar Kratzer ... ich bin auch so müde, ich will nicht ins Krankenhaus!" Gasperlmaier setzte neuerlich an. „Du bist wahrscheinlich in so einem Kastenwagen gewesen, man hat deine Haare und auch Blutflecken gefunden." „Kastenwagen? Ich verstehe nur Bahnhof!", antwortete die Stefanie. Gasperlmaier gestikulierte auf der Suche nach den richtigen Worten in der Luft herum. „Es ist so, dass wir in diesem Kastenwagen heute

Morgen die Leiche des Fahrers gefunden haben. Also ist es möglich, dass deine Entführung ..." Die Christine schüttelte vorwurfsvoll den Kopf, aber jetzt war das Wort schon einmal heraußen, und was sollte es anderes gewesen sein als eine Entführung, wenn man sie in eine Besenkammer gesperrt hatte? Die Stefanie machte große Augen. „Entführung?", fragte sie. „Na ja", bemühte sich Gasperlmaier zu relativieren. „Es könnte einen Zusammenhang mit den beiden Morden geben, deswegen musst du dich im Krankenhaus anschauen lassen, damit Beweise gesichert werden können. Deine Verletzungen, das muss alles in ein Protokoll, das die Frau Doktor dann braucht, morgen!" Die Stefanie nickte und seufzte.

Auf dem Weg ins Krankenhaus fragte Gasperlmaier noch einmal vorsichtig nach, ob sie sich denn an gar nichts erinnern könne, was nach dem Ausgehen gestern Abend passiert war. „Doch", sagte die Stefanie. „Ich hab mit jemandem über Kochen und Essen geredet. Und es war ziemlich laut um mich herum. Die Katharina war nicht dabei. Aber das kann ich auch geträumt haben." Gasperlmaier schöpfte Hoffnung. An was sich die Stefanie erinnerte, stimmte mit ihren Ermittlungen überein. Hoffentlich würden auch die Einzelheiten nach und nach zurückkehren. Die Stefanie lächelte. „Wenn ich mich an alles erinnere, wird das eine super Story!"

Das Krankenhaus in Bad Aussee war zwar beinahe nagelneu, trotzdem aber wollte es die hohe Politik alsbald wieder zusperren. Dann hätten sie heute, so mutmaßte Gasperlmaier, mit der Stefanie noch über eine halbe Stunde nach Bad Ischl fahren müssen, über den Pötschenpass drüber. Manchmal, fand er, durfte man schon an der Vernunft der Verantwortlichen zweifeln, obwohl er sich, wenn er im Wirtshaus saß, niemals auf die Seite einer Partei schlug, denn als Polizist hatte man ebenso wie als Wirt oder Lehrer seine persönlichen Überzeugungen hintanzustellen. Man war schließlich für alle da.

Glücklicherweise saß bei der Rezeption die Vojacek Milli, die mit ihm in die Schule gegangen war. Ihr konnte er rasch erklären, worum es ging. „Geht's hinauf in den ersten Stock, dann nach hinten, und da läutest du bei der Chirurgie, da hat die Frau Doktor Scheutz heute Nacht Dienst. Die kennst du wahrscheinlich, die war ja auch lange beim Roten Kreuz als Sanitäterin, da habt ihr doch sicher miteinander zu tun gehabt." Natürlich erinnerte sich Gasperlmaier, denn die Frau Doktor Scheutz war nicht nur beim Roten Kreuz, sondern auch bei der Bergrettung aktiv und hatte als Ärztin so manchen Einsatz mitgemacht, bei dem Gasperlmaier mit vor Ort gewesen war.

Die Stefanie lehnte entrüstet sowohl Rollstuhl als auch Lift ab, und nach dem Läuten dauerte es eine Zeitlang, bis ihnen Doktor Scheutz aufmachte. „Servus, Gasperlmaier! Die Milli hat mich schon angerufen, ich bin informiert!" Sie gähnte. Gasperlmaier stellte fest, dass auch ihre Frisur etwas zerrauft aussah. Sie merkte seine Blicke. „Ja, ich hab gerade geschlafen!" Sie blickte auf ihre Uhr. „Ganze 20 Minuten. Aber für die Haare reicht's!" Die Katharina schob die Stefanie nach vorne. „Darf ich bei der Untersuchung dabei sein?" Die Frau Doktor Scheutz nickte. „Kommt's herein! Gasperlmaier, du musst leider draußen bleiben!" Sie deutete auf eine unbequem aussehende Bank aus Metallgeflecht, auf der Gasperlmaier und die Christine Platz nahmen.

Nachdem die drei im Untersuchungsraum verschwunden waren, merkte Gasperlmaier erst, wie ruhig es war. Da und dort brummten irgendwelche Geräte, eine Neonröhre flackerte irgendwo hinter einer Gangbiegung, aber sonst war es bedrückend still. Die Christine legte ihre Hand auf seine und seufzte. Er befürchtete, dass sie nun irgendein privates Thema ansprechen würde, wie zum Beispiel seine Untreue. Deswegen ergriff er selbst die Initiative. „Wo sie wohl eingesperrt war? Und vor allem, warum? Was hat sie denn mit den Wienern zu tun? Denn die beiden Mordopfer, das waren ja auch Wiener!" Die Christine drückte seine Hand. „Jetzt müssen wir vor allem einmal schauen, dass sie den Schock überwindet, und die Verletzungen. Du glaubst doch nicht, dass sie was mit den Morden zu tun hat?" Gasperlmaier zuckte mit den Schultern. „Die Journalistin hat sie gekannt. Sie war ja ganz erschrocken, wie sie ihr Foto gesehen hat. Wer weiß ..." Er sah der Christine ins Gesicht. Er hatte Angst, dass die Stefanie in irgendwelche Machenschaften verstrickt war, die dazu geführt hatten, dass nun zwei Menschen tot waren und sie selbst knapp dem Tod entronnen. In den Augen der Christine sah er auch deren Beunruhigung. Schließlich legte er seinen Arm um ihre Schulter, und die Christine ließ ihren Kopf gegen ihn sinken. Gasperlmaier drückte eine Metallstrebe schmerzhaft in die Wirbelsäule, aber er hielt sich still, um den Moment nicht zu zerstören. Es war ja in den letzten Monaten nicht alltäglich gewesen, dass ihm die Christine so nahe kam. Und er selbst trug die Schuld dafür.

Trotz der Schmerzen schrak er aus einer Art Dämmerzustand hoch, als sich die Tür öffnete. „Ihr könnt jetzt auch kurz hereinkommen!" Die Ärztin winkte Gasperlmaier und der Christine zu. Drinnen saß die Stefanie auf einer Untersuchungsliege im gleichen weißen

Jogginganzug, in dem sie auch hergekommen war. Die Katharina stand neben ihr und hielt ihre Hand. „Folgendes!", sagte die Frau Doktor Scheutz. „Es liegt eine Gehirnerschütterung vor. Ziemlich lange Bewusstlosigkeit deutet auf einige Schwere hin. Ungewöhnlich ist, dass der Kopfschmerz nahezu abgeklungen ist, was mich optimistisch stimmt. Allerdings hat die Patientin", sie blickte auf ein Tablet, das sie in der Hand hielt, „während ihrer, wenn man es so nennen möchte, Wanderung noch unter starkem Kopfschmerz gelitten und kann sich auch diesbezüglich nur an wenige Einzelheiten erinnern. Weiters habe ich eine ziemlich massive Rissquetschwunde an der Stirn vorgefunden, die genäht werden musste. Leider hätte das viel früher geschehen sollen, jetzt müssen wir mit Narbenbildung rechnen. Weiters", sie deutete auf die rechte Schulter der Stefanie, „Hämatome an der rechten Schulter und rechten Brustseite, darüber hinaus Hämatome an den Oberarmen, leichte an den Handgelenken. Über die Füße", die Stefanie streckte ihre nackten Füße nach vor, „brauchen wir gar nicht reden. Blasen, offene Wunden, alles Zeichen von langandauernder Belastung mit völlig ungeeignetem Schuhwerk. Die Schlussfolgerungen daraus müsst ihr selber ziehen, ich habe Stefanie dringend geraten, zumindest über Nacht hierzubleiben, sie hat abgelehnt. Deshalb: Bei jeder Verschlechterung des Zustandes, insbesondere Kopfschmerzen, Sehstörungen, Übelkeit, Bewusstseinstrübung, sofort wieder her zu mir!" Die letzten Worte waren in strengem Ton gekommen, die Frau Doktor hatte zudem die Stirn in steile Falten gelegt. Die Stefanie nickte.

„Was könnte denn passiert sein?", fragte Gasperlmaier. Die Frau Doktor Scheutz zuckte mit den Schultern. „Häufig sehen wir so etwas bei einem Aufprall oder bei einem Sturz. Sie könnte gestürzt sein, allerdings fehlen dafür die typischen Aufschürfungen an den Händen." Sie streckte die Arme nach vorne, um zu zeigen, wie sich Stürzende gewöhnlich verhielten. „Bleibt ein Aufprall. Ein Fahrzeug. Wahrscheinlich kein PKW, denn der würde gegen die Unterschenkel, allenfalls Oberschenkel oder das Becken stoßen. Nicht gegen die Schulter und den Kopf." „Ein Kastenwagen?", fragte Gasperlmaier. „Möglich. Oder ein Bus." Gasperlmaier wurden einige Zusammenhänge klar, aber er entschloss sich, jetzt nicht weiter zu fragen. Die Stefanie musste nach Hause und ins Bett. Morgen sah man weiter.

„Ich bin also mit dem Kopf gegen einen Kastenwagen gestoßen", sagte die Stefanie, als sie wieder im Auto saßen. „Und dann bin ich bewusstlos geworden. Und dann hat mich der Fahrer des Kastenwagens, der hat nicht die Polizei oder die Rettung gerufen, der hat mich einfach hinten in seinen Wagen geworfen, ist irgendwo auf einen Berg hinaufgefahren und hat mich dort eingesperrt? Warum denn bloß?" Sie hatte die Zusammenhänge gut dargestellt, fand Gasperlmaier. Er hätte einiges zum „Warum?" sagen können, schwieg aber lieber. Stattdessen redete die Katharina. „Weil er die Polizei nicht brauchen konnte. Weil er eine Leiche im Wagen hatte." „Jetzt lasst diese Spekulationen", mischte sich die Christine ein. „Die Stefanie braucht Ruhe!" Irgendetwas, das die Stefanie gesagt hatte, brachte Gasperlmaier zum Nachdenken. Was war es nur? Hatte sie irgendetwas verraten, an das sie sich zuvor noch nicht erinnert hatte?

Zu Hause humpelte die Stefanie mühsam mit Krücken die Treppen zum Zimmer der Katharina hinauf. „Wird eine Zeitlang dauern, bis ich wieder Stöckelschuhe tragen kann!", grinste sie. „Aber das gibt eine

Story!“ Die Christine seufzte und zog Gasperlmaier mit sich ins Wohnzimmer. „Wir trinken jetzt noch ein Glas Wein, und dann gehen wir auch ins Bett“, erklärte sie. „Sie denkt schon wieder an Stöckelschuhe und an eine Geschichte in ihrem Magazin!“, staunte Gasperlmaier, als ihm die Christine sein Glas reichte. „Ein Zeichen, dass es ihr besser geht. Hoffentlich kommt ihre Erinnerung zurück.“ „Und hoffentlich“, fügte Gasperlmaier hinzu, „passt die Katharina gut auf sie auf. Wenn's ihr doch wieder schlechter geht.“ „Da brauchst du dir keine Sorgen zu machen. Prost!“ Sie stießen ihre Gläser gegeneinander.

„Scheint so“, sagte die Christine, nachdem sie den ersten Schluck genießerisch im Mund gewälzt hatte, „als sei sie tatsächlich dem Mörder im Lieferwagen im Weg gewesen.“ Gasperlmaier nickte. „Der hat's natürlich eilig gehabt, und da hat er die Stefanie übersehen, und ...“ „Da hat sie Riesenglück gehabt!“, sagte die Christine. „Zuerst, dass sie bei dem Unfall nicht schwerer verletzt worden ist, und dann noch, dass er sie nicht auch ...“ Sie ließ ihren Satz unvollständig. „Ich frag mich aber“, sagte Gasperlmaier, „ich meine, wenn sie bewusstlos war ... warum hat sie der Fahrer nicht liegen lassen? Er hätte ja einfach davonfahren können?“ „Hm!“, machte die Christine. „Ich stell mir das so vor: Er sieht im letzten Moment, dass die Stefanie auf die Straße tritt. Wahrscheinlich hat sie ein wenig zu viel getrunken, da wird man unvorsichtig. Er bremst, sie hört das Quietschen, dreht sich um, sieht dem Fahrer direkt in die Augen ...“ „Du meinst, er hat Angst gehabt, dass sie ihn erkennt?“ Die Christine zuckte mit den Schultern. „So stell ich mir das halt vor!“

Gasperlmaier schrak vom Sofa hoch. Fast war er schon eingeschlafen, als ihm plötzlich einfiel, was die

Stefanie Neues verraten hatte. „Auf den Berg hinaufgefahren“, hatte sie gesagt. Da sie ja beim Hinauffahren bewusstlos gewesen war, konnte sie das nur wissen, wenn sie bergab gegangen war. Also musste sie der Mörder irgendwo auf dem Loser ... allerdings gab es in der Gegend auch andere Berge, auf die zumindest Forststraßen hinaufführten. Gleich morgen würde er sie fragen müssen, wie ihr Weg zur Losermaut verlaufen war. Hoffentlich erinnerte sie sich da schon an mehr.

10

„Franz!“ Gasperlmaier mochte es gar nicht, wenn ihn seine Christine schon im Schlaf mit seinem Vornamen ansprach, der gemeinhin für Krisensituationen reserviert war. Gerade war er noch in einem wirren Traum gefangen gewesen, in dem blutige Füße und Bergpfade eine Rolle gespielt hatten, da hatte er die Stimme der Christine gehört. „Franz, wach auf! Dein Handy!“ Nun boxte ihn die Christine in die Seite, und er schrak endgültig hoch. „Dein Handy!“, wiederholte sie, doch das Mobiltelefon war wieder verstummt. Gasperlmaier sank auf seinen Polster zurück. 2:48 zeigte die digitale Anzeige des Radioweckers. Dabei war es schon weit nach Mitternacht gewesen, als er endlich ins Bett gekommen war. „Wahrscheinlich falsche Nummer!“, brummte er und drehte sich um. „Aber wenn es etwas Wichtiges ist? Wenn es noch einmal läutet, wachen am Ende noch die Mädchen auf, und die können ihren Schlaf dringend gebrauchen!“

Unwillig schälte sich Gasperlmaier aus seiner warmen Decke und begann sofort zu frieren, erstens, weil die Christine wegen der frischen Luft schon wieder das Fenster aufgemacht hatte, und zweitens, weil sein Kreislauf lange brauchte, um in Gang zu kommen, wenn man ihn aus dem Tiefschlaf holte. In diesem Moment begann sein Handy erneut zu läuten, und er bückte sich, um es aus der Hosentasche zu fischen. „Ich sag doch immer, schmeiß deine Hose nicht einfach auf den Boden, sondern häng sie ordentlich über den Sessel, dann brauch ich ...“ Den Rest des Vorwurfs bekam Gasperlmaier nicht mehr mit, weil ihm die Manuela ins Ohr brüllte. „Schnell, Gasperlmaier! Einsatz!“ „Was denn? Wo denn?“ Er bemühte sich, seine Hose anzuziehen, während er das Mobiltelefon ans Ohr hielt, scheiterte und sackte aufs Bett zurück. „In der Villa Kirnberger ist eingebrochen worden! Die Mali Kirnberger ist anscheinend verletzt!“ Plötzlich war Gasperlmaier hellwach. „Und vergiss deine Waffe nicht!“, rief die Manuela noch, dann legte sie auf. Die Mali Kirnberger war ihm doch ein gewisses Anliegen, hoffentlich war ihr nicht allzu viel passiert. „Leise!“, mahnte ihn die Christine noch. „Und pass auf dich auf!“

Gasperlmaier entschied sich für sein Fahrrad, das Auto aus der Garage zu holen, würde länger dauern. Er stieg auf und trat in die Pedale. Noch bevor er dazu kam, zu überlegen, woher das schwammige Fahrgefühl rührte, war er in der ersten Kurve, da, wo er in die Hauptstraße hatte einbiegen wollen, schon zu Boden gekracht. Zunächst bekam er keine Luft, und es dauerte ein paar Sekunden, bis er sich hochrappeln konnte. Knie und Schulter schmerzten. Er besah sich sein Rad. Natürlich. Im Vorderreifen war fast keine Luft mehr. Kein Wunder, dass er in der Kurve weggerutscht war. Verärgert warf er das Rad gegen einen Zaun und machte sich humpelnd zu Fuß auf den Weg. Und so dauerte es eine Zeitlang, bis er außer Atem bei der Villa Kirnberger eintraf.

Dort brannte Licht, vor der Tür stand der Einsatzwagen, die Eingangstür war offen. Gasperlmaier hastete hinein und traf in der Gaststube nicht nur die Manuela und die Mali Kirnberger, sondern auch seinen alten Freund und ehemaligen Vorgesetzten, den Kahlß Friedrich, an. Die Manuela nahm die Mali in den Arm. „Ich bin gerade gekommen. Hast du ein Taschentuch?“ Der Friedrich war schneller und reichte der Manuela eine ganze Packung. Die betupfte vorsichtig die Stirn der Mali. Sie trug nur einen Bademantel, unter dem ein mit schwarzer Spitze besetztes Nachthemd hervorblitzte. „Servus, Gasperlmaier", sagte die Mali und versuchte sich in einem gequälten Lächeln. „Geht schon wieder!" „Ein Cut an der Augenbraue", erklärte der Friedrich. „Da draußen", er deutete in Richtung Veranda, „liegt auch noch der Stein. Den kannst gleich als Beweismittel einpacken", fügte er hinzu. „Ist sicher DNA von dem dran, der ihn geworfen hat." „Ich hab schon die Rettung gerufen", sagte die Manuela, legte ein blutiges Taschentuch beiseite und zog ein frisches aus der Packung. „Wegen dem bisschen Blut", wehrte sich die Mali. „Nichts da!" Die Manuela schüttelte den Kopf. „Sie haben auch ein paar Splitter abgekriegt, von der Fensterscheibe. Da müssen sie im Krankenhaus schon genau schauen, ob da noch was stecken geblieben ist." Tatsächlich entdeckte Gasperlmaier am Hals und im Ausschnitt der Mali ein paar rote Punkte. Das konnten Wunden von Glassplittern sein. Hoffentlich hatte sie nichts ins Auge bekommen.

„Was ist denn eigentlich passiert?", fragte er. „Ich bin munter geworden, von irgendeinem Geräusch", sagte die Mali. „So komisch gezischt hat es. Ich hab ja das Fenster offen beim Schlafen." „Vielleicht hat jemand die Luft aus Autoreifen gelassen. Oder es waren Sprayer, die draußen was auf die Mauern gesprüht haben", meinte die Manuela. „Das kann sein", sagte die Mali. „Ich hab es nämlich auch so klackern gehört, ihr wisst schon, wie wenn man Spraydosen schüttelt. Und geflüstert, kommt mir vor, hat auch jemand." „Dann waren es zumindest zwei", sagte der Friedrich. „Sonst hätt's ja nichts zu flüstern gegeben." „Dann bin ich herunter", fuhr die Mali fort, „und wollte bei der Veranda hinausschauen, was da draußen los ist, und ich blöde Kuh habe die Handylampe eingeschaltet. Ich hab nicht einmal was gesehen, weil die Fensterscheibe geblendet hat, und schon hat's gekracht, und der Stein ist mir gegen den Kopf geflogen." „Und dann hat mich die Mali gleich angerufen", fügte der Friedrich hinzu. „Ich bin nicht einmal aufgestanden, ich hab gleich im Liegen gewählt", sagte die Mali. „Hast du noch was gehört, von draußen?", wollte Gasperlmaier wissen. Sie nickte. „Aufgeregt geflüstert haben sie, direkt vor der kaputten Scheibe." „Ich hab draußen jedenfalls niemanden mehr gesehen. Tut's noch weh?", fragte Gasperlmaier. Die Mali schüttelte den Kopf. „Halb so schlimm. Da braucht's schon mehr, dass man mich außer Gefecht setzt!" Sie versuchte aufzustehen, die Manuela aber drückte sie sanft wieder hinunter. „Schön sitzenbleiben, bis die Rettung kommt!", sagte sie.

„Schauen wir uns einmal alles an!", meinte der Friedrich und erhob sich. „Komm mit!" Gasperlmaier folgte ihm in die Veranda, die zur Straße hin eine Reihe Fenster hatte und als Frühstücksraum genutzt wurde. Genau dort, wo er vor ein paar Tagen noch mit dem Bundespräsidenten Wein getrunken hatte, klaffte ein großes Loch in einer Fensterscheibe. Der Friedrich zeigte auf die Glasscherben und auf den kleinen, verschmierten Blutfleck auf dem Boden. Auch die Tatwaffe, ein etwa faustgroßer Stein, lag gleich daneben. „Sie hat noch Glück gehabt, dass er nicht das Auge getroffen hat", sagte Gasperlmaier. „Was ist denn eigentlich mit dir passiert?", fragte der Friedrich und deutete auf seine zerrissene Hose. Gasperlmaier winkte ab. „Eigentlich eh nichts. Ich wollte mit dem Rad kommen, weil's schneller geht, aber da war keine Luft mehr drin, und es hat mich geschmissen." „Kannst gleich mitfahren ins Krankenhaus", lächelte der Friedrich. „Nie im Leben!", gab Gasperlmaier zurück. „Wegen einem Kratzer?"

Er holte einen Plastikbeutel aus einer seiner Jackentaschen, steckte eine Hand hinein und barg vorsichtig den Stein. „Ich leg ihn einmal da auf die Bank!" „Schauen wir draußen nach dem Rechten?", fragte der Friedrich. „Weil, wenn die Mali Geräusche gehört hat, dann ist ja vor dem Steinwurf auch schon was passiert!" Gerade, als sie vor die Haustür traten, kam die Rettung an. „Wo ist denn die Verletzte?", fragte der Beifahrer, der noch vor dem Stillstand des Wagens aus der Tür gehüpft war. „Drinnen in der Gaststube." Gasperlmaier wies auf die offenstehende Eingangstür. „Und schaltet's das Blaulicht ab, Zuschauer brauchen wir keine!", fügte er noch hinzu.

„Schau einmal!" Der Friedrich deutete auf Schmierereien auf beiden Seiten des Eingangs. In schwarzer Farbe war ein Zeichen auf die Hausmauer gemalt. Die Manuela hatte also recht gehabt. Zunächst erkannte Gasperlmaier es nicht, da das Symbol durch herabgeronnene Farbe entstellt war. „Die Odalrune!", sagte er schließlich. „Die was?", fragte der Friedrich. „Die Odalrune!", wiederholte Gasperlmaier. „Wir haben sie heute ... gestern schon einmal gesehen, bei einem Wachmann, der mit den Leuten von der BFB zusammen war. Das ist ein Symbol, das Neonazis verwenden. Es ist die letzte Rune im germanischen Alphabet." „Woher weißt du denn das?", staunte der Friedrich. „Ich weiß es eh erst seit gestern. Die Manuela hat's herausgefunden. Dieser Wachmann hat's auf seiner Motorradjacke aufgenäht gehabt. Und die Manuela hat ihn fotografiert." „Interessant!", sagte der Friedrich. „Wie kommt es denn eigentlich, dass die Mali dich angerufen hat?", fragte Gasperlmaier, dem jetzt erst auffiel, dass es ziemlich ungewöhnlich war, den Friedrich um drei Uhr Früh am Schauplatz eines Verbrechens anzutreffen. „Ich muss halt irgendwie, vielleicht, der Erste auf ihrer Telefonliste sein“, erklärte er, etwas verschämt, wie Gasperlmaier fand. „Mit K? Allenfalls mit F?“, fragte Gasperlmaier erstaunt. Der Friedrich zuckte mit den Schultern. „Ist eine alte Geschichte. Sie vertraut mir halt. Wir kennen uns schon so lang. Und da hat sie anscheinend darauf vergessen, dass ich schon in der Pension bin. Ich hab dann den Notruf gewählt und die Manuela erreicht.“ Gasperlmaier runzelte die Stirn. Was für eine alte Geschichte mochte dahinterstecken, dass der Mali in einem Notfall als Erstes der Friedrich einfiel?

Er war indessen ein wenig zur Seite getreten, um festzustellen, ob es auch anderswo noch Schmierereien gab. Direkt unter dem zerbrochenen Fenster schien auch etwas hingesprüht worden zu sein. Es war schwer zu lesen, weil auch hier Farbrinnsale die Mauer hinuntergelaufen waren und die Buchstaben teilweise entstellten. Er leuchtete mit seiner Taschenlampe. „Die Heimat den Österr“, buchstabierte er mühsam. „Da sind sie dann unterbrochen worden, weil die Mali von innen herausgeleuchtet hat“, schloss der Friedrich. „Da drüben ist auch was.“ Sie begaben sich auf die andere Seite des Haupteingangs. Das Wort „Präsident“ war durchgestrichen, darunter stand größer „Verräter“, vollständig und etwas besser lesbar. „Das scheint sich gegen den Bundespräsidenten zu richten“, bemerkte der Friedrich. „Was für Idioten!“ Gasperlmaier schüttelte den Kopf. „Schön langsam wird mir das zu viel. Zuerst die Morde, dann dieser Wachmann, der zu den Neonazis gehört, und jetzt noch der Angriff auf die Mali.“ „Ich kenn ja diesen Wachmann nicht, von dem du redest. Aber ob er heute Nacht da dabei war?“, fragte der Friedrich. Gasperlmaier zuckte mit den Schultern. „Schon möglich!“ „Schau!“, sagte der Friedrich plötzlich und bückte sich. „Da liegt was!“ Er zeigte mit dem Finger auf einen zusammengefalteten Zettel, der ziemlich zerdrückt aussah und auch nass geworden war. „Wenn der schon lange da liegen würde, dann wäre nicht mehr viel von ihm übrig. Aber der schaut noch relativ frisch aus!“ Gasperlmaier streifte einen Handschuh über und hob den Zettel vorsichtig auf. Am unteren Ende war ein QR-Code zu sehen. „Von einer Registrierkasse, offenbar!“, sagte er. „Gehen wir hinein!“

„Tu ihn einmal vorsichtig auseinander!“, riet der Friedrich, als sie wieder in der Gaststube waren, wo die Sanitäter gerade dabei waren, die Wunde der Mali zu reinigen und zu verbinden. „Was habt ihr denn da?“ Die Manuela näherte sich neugierig, als Gasperlmaier den Zettel auseinanderfaltete. „Oh!“, rief er erstaunt aus. „Ein Kassenbeleg. Von ‚Fanny's Food‘. Der muss von jemandem sein, der dort gegessen hat.“ „Schau einmal aufs Datum und die Uhrzeit!“ Die Manuela griff nach dem Beleg, doch Gasperlmaier hinderte sie mit einer raschen Handbewegung daran, ihre Neugierde zu befriedigen. „Achtung!“, zischte er. „Fingerabdrücke!“ Gasperlmaier deutete auf eine Zeile auf dem Beleg. „Vom Mittwoch. Abend. Die Mordnacht!“ Er fingerte einen Plastikbeutel aus einer seiner Taschen und legte den Beleg vorsichtig hinein. „Das wär ja was!“, sagte die Manuela. „Wenn wir da Fingerabdrücke oder DNA finden, dann ...“ „Aber ich hab gedacht, das Zelt war nur für Personal beim Gipfeltreffen? Also Polizei, Feuerwehr und so weiter?“, fragte der Friedrich. Gasperlmaier nickte. „Kann ja jetzt auch ein Zufall sein.“ „Dass ein Polizist oder ein Feuerwehrler in der Nacht Parolen auf Hauswände schmiert, das kann ich mir überhaupt nicht vorstellen!", pflichtete ihm die Manuela bei. „Auf jeden Fall kommt der Zettel zur Kriminaltechnik", entschied Gasperlmaier. „Wir müssen sowieso die Tatortgruppe holen, wegen der Spuren."

Er seufzte. Das würde eine lange Nacht werden. Wahrscheinlich würde er nicht mehr in sein Bett kommen. Er holte sein Handy heraus und entschloss sich zur üblichen Vorgangsweise, er würde der Frau Doktor eine Nachricht schicken, um ihre Nachtruhe nicht unnötig zu stören. Falls sie davon aufwachte, konnte sie ja zurückrufen. Die Sanitäter kamen mit der Mali heraus, noch bevor er seine Nachricht abgeschickt hatte. Sie hatte sich offenbar durchgesetzt, die Trage verweigert und ging zu Fuß zum Krankenwagen, an der Hand eines Sanitäters. „Nicht einmal anziehen habe ich mich dürfen!", beschwerte sie sich beim Friedrich. „Wir besuchen dich!", bemühte der sich, sie aufzumuntern. „Und wir passen auch aufs Haus auf! Mach dir keine Sorgen!" „Morgen Früh bin ich wieder beim Frühstück, das kann ich euch versprechen!" Während sich die Türen des Krankenwagens schlossen und er abfuhr, beendete Gasperlmaier seine Nachricht.

„Gehen wir wieder hinein", meinte der Friedrich. „Was jetzt?", fragte Gasperlmaier. „Jetzt", erklärte der Friedrich, „suchen wir uns ein paar Bretter und Werkzeug, damit wir das Fenster zumachen können, das kann schließlich nicht offen stehen bleiben. Ich schau einmal im Keller." Noch bevor der Friedrich verschwunden war, läutete Gasperlmaiers Handy. „Was ist los, Franz?", fragte die Frau Doktor. „Ich wollte dich nicht aufwecken", antwortete er. „Weil wir ja nicht wissen, ob der Vorfall überhaupt was mit den Morden ..." „Erzähl mir alles, was du weißt", unterbrach ihn die Frau Doktor. „Kurz, aber vollständig." Gasperlmaier gab sein Bestes. Als er bei der Odalrune angekommen war, unterbrach ihn die Frau Doktor. „Ich komme sofort!“, rief sie ins Telefon. „Und ich bring die Tatortgruppe gleich mit!“

Wenig später hatten sie im Keller der Villa alles Nötige gefunden und standen draußen im Regen. Gasperlmaier leuchtete und hielt das Brett, der Friedrich nagelte. Die Manuela kam zu ihnen heraus. „Sehr gut macht ihr das“, lobte sie. „Ob wir uns drinnen einen Kaffee machen sollen? Sonst besteht nämlich die Gefahr, dass mich die Frau Doktor hier schlafend vorfindet.“ „Gute Idee!“, meinte der Friedrich, und Gasperlmaier nickte.

Trotzdem wurde Gasperlmaier erst wieder wach, als er draußen vor dem Haus Motorengeräusche hörte. Mühsam rappelte er sich von der harten Wirtshausbank hoch, auf die er sich, um ein wenig zu rasten, gelegt hatte. Die Manuela war ihm zuvorgekommen und stand schon neben dem Audi der Frau Doktor. „Das war kein Lausbubenstreich!“, erklärte sie ihr. „Und ich habe bereits eine Fahndung rausgegeben. Leider haben wir keinerlei Täterbeschreibung, es hat sie ja niemand gesehen. Zwei werden es zumindest gewesen sein.“ „Morgen“, krächzte Gasperlmaier und schüttelte der Frau Doktor die Hand. „Was hast du denn mit der Sophie gemacht?“, fragte er. „Nett, dass du daran denkst“, gab sie zurück. „Notfallplan! Man muss in diesem Beruf auf alles vorbereitet sein. Sie wird überrascht sein, wer sie aufweckt. Aber es ist alles gut. Gehen wir hinein?“

Die Spurensicherer begannen bereits inner und außerhalb des Hauses, Fotos zu machen, Scherben einzusammeln und Beweisstücke in Beutel zu verpacken. „Wo können wir uns hinsetzen?“, fragte die Frau Doktor, und Gasperlmaier wies auf die dem Frühstücksraum gegenüberliegende Gaststube. Kalt war es, fand er, als sie sich hinsetzten. Wahrscheinlich wurde hier nachts nicht geheizt. „Gut!“, sagte die Frau Doktor, nachdem sie über die Situation informiert worden war und auch erklärt bekommen hatte, warum der Friedrich vor Ort war. „Rekapitulieren wir. Wir haben also die tote Journalistin, Maxi Holzapfel. Sie hat zu den Beziehungen zwischen der BFB und russischen Geschäftsleuten recherchiert. Möglicherweise, wie wir jetzt vermuten, auch zum Einfluss von Neonazis in der BFB.“ Gasperlmaier nickte. „Die Ergebnisse ihrer Recherchen sind schon bekannt?“, fragte die Manuela. Die Frau Doktor schüttelte den Kopf. „Ich hoffe, morgen. Also, heute Früh. Am Vormittag. Dann haben wir den zweiten Toten, Pavel Horak. In welcher Beziehung er zum ersten Opfer stand, ist unklar. Dann haben wir den Huditsch von der BFB, der am Tatort gesehen wurde, wenn auch lange vor dem Mord. Zusammen mit dem Salzmann, der ein Symbol der Neonazis trägt, das nachts darauf hier an die Wand geschmiert wird.“ „Nicht zu vergessen die Stefanie!“, erwähnte Gasperlmaier. „Die im Lieferwagen von ‚Fanny's Food‘ transportiert wurde, in dem später der Horak gefunden wurde. Und die irgendwo eingesperrt war und sich befreien konnte.“ Die Frau Doktor nickte. „Aber für mich fügt sich dieser Anschlag noch in keinen sinnvollen Zusammenhang zu den Morden! Es ist eben nur diese Rune!“ Sie schüttelte unwillig den Kopf.

„Na ja“, sagte Gasperlmaier, „wir haben ja überlegt, ob der Horak irgendwie Mitwisser war, von diesen Recherchen. Oder ob er jemanden erpresst hat, erinnerst du dich?“ „Und die Recherchen, die haben wiederum mit den Neonazis zu tun!“ Die Frau Doktor stand auf und klopfte mit dem Fingernagel gegen ihre Zähne, was sie manchmal tat, wenn sie nachdachte. „Wir machen jetzt auf drei Ebenen weiter", sagte sie schließlich, wobei sie drei Finger in die Höhe streckte. „Wir suchen Salzmann. Zweitens suchen wir die beiden Neonazis, die die Villa Kirnberger beschmiert haben. Möglicherweise ist der Salzmann einer von ihnen. Und drittens müssen wir herausfinden, wo die Stefanie eingesperrt war." „Ich kümmere mich um den Salzmann!", meldete sich die Manuela freiwillig.

„Und wir beide, Gasperlmaier, wir fahren zu dir nach Hause und versuchen, mehr von der Stefanie zu erfahren." „Aber", protestierte Gasperlmaier und sah auf seine Uhr, „es ist gerade erst halb fünf Uhr Früh!" Die Frau Doktor lächelte. „Stimmt. Wär nicht sinnvoll, die beiden jetzt aus dem Schlaf zu reißen. Ob wir die Kaffeemaschine hier in Gang kriegen?" „Haben wir schon!", antwortete Gasperlmaier.

Es dauerte nicht lange, und sie saßen alle vier bei einem Kaffee in der Gaststube beieinander. Gasperlmaier hoffte, dass ihn nun wenigstens der zweite Kaffee wachhalten würde. „Interessieren tät es mich aber immer noch, warum die Mali als Allererstes dich angerufen hat!", wandte er sich an den Friedrich. Der zuckte mit den Schultern und leerte seine Kaffeetasse.

„Ich war ein ganz junger Polizist", erklärte er dann. „Aber ihr müsst mir versprechen, dass ihr Stillschweigen bewahrt, sonst sag ich nichts!" Alle drei nickten. „Na ja, ganz jung war ich nicht mehr, weil ich bin doch mehr als zehn Jahre älter als die Mali. Und sie war ja eine sehr Fesche, eine überaus Fesche sogar, alle waren hinter ihr her." Der Friedrich kam ins Schwärmen und blickte versonnen gegen die Decke. „Ihre langen schwarzen Haare, und dieses Lächeln, und wie sie den

Kopf immer schief gehalten ...“ Die Frau Doktor räusperte sich. Der Friedrich hielt inne und richtete seine Augen wieder auf die Kaffeetasse vor sich. „Na ja, in einer Nacht nach dem Kirtag, da war ich auf Streife, habe wen schreien hören und bin den Schreien nach. Da ist einer die Mali angegangen, mit einem Arm hat er sie gewürgt, die andere hat er schon unter ihrem Rock gehabt. Ich hab die Waffe gezogen und ihn angesprochen. ‚Halt! Polizei!‘, hab ich geschrien, da ist er sofort weggelaufen. Anstatt ihm hinterherzurennen, hab ich die Mali getröstet, sie hat am ganzen Leib gezittert.“ „Hast du den Burschen später noch erwischt?“, fragte Gasperlmaier. Der Friedrich schüttelte den Kopf. „Ich hab ihn schon erkannt. Die Mali auch. Aber sie wollte keine Anzeige machen. Damals hat man wegen so was noch nicht ... also, sie wollte kein Aufsehen, keine Polizei, kein Gericht, keine Aussage. Damals war man noch sehr verschämt bei solchen Sachen.“ „Versuchte Vergewaltigung!“, brachte die Manuela die Sache auf den Punkt. Der Friedrich nickte. „Wir haben uns halt dann ein paarmal getroffen, aber es ist nichts draus geworden.“ „Warum nicht?“, fragte die Frau Doktor. Der Friedrich zuckte mit den Schultern und stand auf. „Komm, Gasperlmaier. Schauen wir noch einmal nach, ob das Fenster eh dicht ist.“

„Weißt“, sagte er, als sie auf der Straße draußen standen, „gerade, wie die Geschichte mit der Heidi ernst geworden ist, steht auf einmal auch die Mali wieder da. Es war eine Kleinigkeit, ein Parkschaden bei einem Gast auf ihrem Parkplatz. Und da sind wir halt ins Reden gekommen.“ Gasperlmaier hatte gleich vermutet, dass die Mali die Nummer des Friedrich nicht seit mehr als 30 Jahren im Speicher hatte, damals hatte es ja überhaupt noch keine Handys gegeben. „Und wieder ist nichts draus geworden." Er seufzte. „Aber es passt alles mit der Heidi, oder?" Gasperlmaier wusste, dass der Friedrich jahrzehntelang ein eingefleischter Junggeselle gewesen war. Aber kurz nach seiner Pensionierung hatte er eine gut erhaltene Geschäftsbesitzerin aus Bad Aussee geheiratet und war bislang mit ihr recht glücklich, wie es schien. Obwohl sie ein strenges Regiment führte, das mit sich gebracht hatte, dass der Friedrich mehr als 20 Kilo abgenommen hatte und nun wesentlich fitter als bei seiner Pensionierung war.

„Ja, eh!", sagte der Friedrich und schlug noch einmal prüfend auf einen Nagel. „Aber du weißt ja, wie das ist, mit den Kirschen aus Nachbars Garten!" Er schlug noch einmal fest auf einen weiteren, der ein wenig hervorstand. Gasperlmaier wusste, wie das war, mit den Kirschen aus Nachbars Garten, und er mochte gar nicht mehr daran denken. Er selbst hatte jedenfalls genug davon, für den Rest seines Lebens. Ob aber der Friedrich nebenher ein heimliches Verhältnis mit der Mali Kirnberger unterhalten hatte? Er traute es ihm nicht zu.

„Was ist denn da unten los? Seid ihr wahnsinnig geworden? Es ist mitten in der Nacht!" Über ihnen hatte sich ein Fenster geöffnet, und ein dunkler Schatten ragte daraus hervor. Gasperlmaier war überrascht, dass die Mali noch Gäste hatte. Und vor allem, dass die nicht schon längst wach geworden waren, bei dem ganzen Tumult, der hier seit mehr als einer Stunde ablief. „Entschuldigung!", rief er nach oben. „Nur ein kleines Problem! Wir sind gleich fertig!" Der Friedrich ließ nochmals den Hammer niedersausen.

Als sie wieder in die Gaststube zurückkehrten, lagen die beiden Frauen auf den Bänken der Gaststube und schliefen. Der Friedrich stieß Gasperlmaier in die

Seite. „Lassen wir sie schlafen, oder?“ Gasperlmaier nickte. „Und wir holen uns einen Schnaps. Das haben wir uns nach der ganzen Aufregung verdient. Die Mali wird sicher nicht böse sein.“

Gasperlmaier hatte sicher schon ewig keinen Schnaps mehr um fünf Uhr Früh getrunken. Das Gebräu brannte im Magen. „Oje!“, sagte er. „Der hat jetzt nicht so gutgetan!“ „Wird schon!“, sagte der Friedrich und schenkte sich noch einmal ein. „Ich leg mich halt noch einmal ein paar Stunden hin, wenn ich heimkomme!“, sagte er. „Du kannst ja auch, ist ja Samstag!“ Gasperlmaier schüttelte den Kopf. „Kein freies Wochenende. Du hast ja gehört, was sie vorhat.“ Er deutete mit dem Kinn nach der schlafenden Frau Doktor. „Und ich möcht auch wissen, wo die Stefanie eingesperrt war. Und vor allem, warum!“

„Schnaps mitten in der Nacht?“ Die Stimme der Frau Doktor klang scharf. Gasperlmaier hatte gar nicht gemerkt, dass sie wach war und sich hingesetzt hatte. Sie sah auf ihre Uhr. „Halb sechs? Meine Herren, ich schlage vor, jeder geht jetzt zu sich nach Hause und schläft noch eine Runde. Sie, Herr Kahlß, bleiben auch zu Hause, Sie dürfen sich nicht an den Ermittlungen beteiligen.“ Der Friedrich nickte und stand auf. Er wies auf die Schnapsstamperl. „Ein bisschen Beruhigung, ich hab's dem Gasperlmaier mehr oder weniger aufgenötigt, Sie verstehen?“ Die Frau Doktor gähnte und nickte, während sie sich die Hand vor den Mund hielt. „Wiederschauen! Pfüat di, Gasperlmaier!“, sagte der Friedrich noch und verschwand durch die Tür der Gaststube.

„Ich geh auf den Posten, ich hab ja gesehen, ihr habt da ein Sofa im Hinterzimmer!“, erklärte die Frau Doktor. Nun war auch die Manuela wach geworden und sah auf ihre Uhr. „Ich geh noch heim, für zwei Stunden. Ist es okay, wenn ich später komm?“ Gasperlmaier nickte. „Du kannst auch mit zu mir“, sagte er, als die Manuela weg war. „Mein Sofa ist genauso gut, und du könntest sogar, wir haben ja ein Zimmer frei, daheim. Und da gibt's dann auch ein gutes Frühstück.“ Die Frau Doktor lächelte. „Ja, wenn das so ist ...“

„Verdammt!“, entschlüpfte es Gasperlmaier im Audi der Frau Doktor auf dem Weg nach Hause. Er zog den Plastikbeutel mit dem Zettel aus seiner Jackentasche. „Was hast du denn da?“, fragte die Frau Doktor interessiert. „Wir haben vor der Villa Kirnberger einen Kassenbeleg gefunden. Und ich hab vergessen, ihn an die Tatortgruppe zu übergeben.“ Er schüttelte verärgert den Kopf. „Dann gibst du ihn mir. Was ist es denn für ein Beleg?“ „Vom Tatabend. Aus dem Cateringzelt.“ Die Frau Doktor schlug auf das Lenkrad. „Das ist ja der Hammer!“, sagte sie. „Und das erzählst du mir erst jetzt? Die Attentäter waren also vermutlich im Cateringzelt essen? Wer kommt denn da in Frage? Jemand von den Einsatzkräften, womöglich?“ „Nie im Leben“, entgegnete Gasperlmaier. „Solche Leute haben wir doch nicht, weder bei der Polizei noch bei der Feuerwehr!“ Die Frau Doktor hielt vor seinem Haus an, machte aber keine Anstalten auszusteigen. „So sicher wäre ich mir da nicht. Denk an den Major Teufl. Der hat die BFB vehement verteidigt. Für den würde ich die Hand nicht ins Feuer legen. Und denk an den Salzmann mit seiner Odalrune.“ „Der ist ja kein Polizist“, entgegnete Gasperlmaier und öffnete seine Tür. Die Frau Doktor stieg ebenfalls aus und gähnte. „Alles Weitere dann später!“, sagte sie.

„Ich nehm aber doch lieber das Sofa!“, flüsterte sie, als sie so leise wie möglich das Haus betreten hatten. Gasperlmaier zuckte mit den Schultern und wollte sein

Angebot eines weichen Bettes wiederholen, doch die Frau Doktor hatte schon die Wohnzimmertür hinter sich zugezogen. Die Treppe knarrte, als Gasperlmaier hinaufstieg, obwohl er sich bemühte. Aber die knarrte ja sogar, wenn die Katzen hinaufschlichen, um es sich in einem Schlafzimmer bequem zu machen. Da hatte er keine Chance.

„Was war denn?“, flüsterte die Christine, als er ins Bett sank und die Decke über sich breitete. Gasperlmaier seufzte. Eigentlich hatte er gehofft, jetzt noch ein wenig schlafen zu können. „Eigentlich eh nix!“, versuchte er die Christine abzuspeisen. „Ich erzähl's später!“ Die Christine schnaubte zwar ein wenig verärgert, ließ ihn aber doch in Ruhe. Schlaf wollte sich trotzdem nicht und nicht einstellen, die Fragen, wo die Stefanie eingesperrt gewesen war und wer die Strolche waren, die die Villa Kirnberger beschmiert hatten, kreisten in seinem Kopf. Was, wenn Neonazis hinter allem steckten? Das hätte ihm gerade noch gefehlt, dass sich die hier breitmachten, Leute ermordeten und Gaststubenfenster einschlugen. Und für den Tourismus waren solche Schlagzeilen auch eine Katastrophe. Die Großstädter hielten die Altausseer oftmals ohnehin schon für ewiggestrige Hinterwäldler, wenn dann auch noch Neonazis auftauchten, waren ihre Vorurteile am Ende noch bestätigt. Und das, obwohl die wahrscheinlich aus der Stadt kamen. Und die BFB im Ausseerland noch nie einen Fuß auf den Boden bekommen hatte, bisher hatte sie es nicht einmal bis zu einer Kandidatur für einen Gemeinderat gebracht.

11

Kaum war Gasperlmaier eingenickt, schaltete sich auch schon das Radio ein. Die Christine schälte sich mit einem Seufzer aus den Federn. „Unten liegt die Frau Doktor!“, fiel ihm ein. Nicht, dass eine der beiden die andere zu Tode erschreckte. „Wie denn das?“, fragte die Christine. „Na ja, sie ist eben mitten in der Nacht gekommen, und als der Einsatz vorbei war, da ...“ „Und die ist wegen nichts nach Altaussee gefahren, mitten in der Nacht?“ Die Christine schüttelte den Kopf und verließ das Schlafzimmer. Wenig später hörte Gasperlmaier, wie im Bad die Dusche aufgedreht wurde.

Als er zum Frühstück hinunterkam, saßen die beiden Frauen schon am Esstisch und plauderten angeregt. „Die Frau Doktor ist kein solcher Stockfisch wie du!“, lachte die Christine. „Sie hat mir schon alles erzählt. Alles halt, was ich wissen darf.“ Sie biss in ein Marmeladebrot. „Und du“, setzte sie mit vollem Mund fort, „du hast dich mit deinem Radl auf den Boden gelegt, anstatt die Verbrecher zu verfolgen!“ Sie zwinkerte ihm schelmisch zu. Gasperlmaier seufzte. „Ganz so war das nicht“, setzte er zu einer Erklärung an. „Ich kann ja schließlich nichts dafür, dass keine Luft im Reifen war, und von den Attentätern war sowieso keine Spur mehr!“ „Magst einen Kaffee?“, fragte die Christine. Gasperlmaier nickte. Er fühlte sich wie erschlagen. Vielleicht würde ihn der Kaffee ein wenig aufmuntern.

„Glaubst du, wir können mit der Stefanie reden, bevor wir auf den Posten fahren?“, fragte die Frau Doktor. „Es wäre schon wichtig zu wissen, ob sie uns noch Hinweise geben kann.“ „Ich schau einmal hinauf!“, sagte die Christine und verschwand durch die Tür. Stille breitete sich aus. „Hast noch schlafen können?“, fragte

Gasperlmaier, um sie zu überwinden. Die Frau Doktor schüttelte den Kopf. „Ich hab die ganze Zeit an den Fall denken müssen. Und, ob wir nicht einen Fehler gemacht haben. Vielleicht hätten wir uns doch gleich in der Nacht auf die Suche nach den Burschen machen sollen." „Aber", warf Gasperlmaier ein, „wir zwei? Wo hätten wir denn suchen sollen? Wir wissen ja nicht einmal, mit was für einem Fahrzeug sie unterwegs waren!" „Du gehst davon aus, dass es keine Einheimischen waren?", fragte die Frau Doktor. Gasperlmaier nickte bestimmt. „Solche Leute gibt es hier nicht. Die wären uns doch schon aufgefallen!" „Na ja", fügte die Frau Doktor skeptisch hinzu. „Auf dem rechten Auge ist man in unserem Gewerbe manchmal ein bisschen blind. Oder zu gutgläubig!" Gasperlmaier verzichtete darauf, sich zu verteidigen. Es machte in seinen Augen keinen Sinn, durch Widerspruch Debatten zu verlängern. „Auf jeden Fall läuft die Fahndung nach Unbekannt. Allzu viel Hoffnung habe ich nicht, unsere Personaldecke ist nicht so groß, dass wir wegen so einem Delikt große Fahndungsanstrengungen unternehmen können, vor allem, wo es so wenige Hinweise gibt, wer dahinterstecken könnte."

Auf der Stiege hörte man Schritte, und die Christine kam mit den beiden Mädchen herein. Die Stefanie hatte einen alten Sweater der Katharina und eine Jogginghose an. Der Sweater saß ein wenig stramm, die Stefanie war ja größer und kräftiger gebaut als die Katharina.

„Guten Morgen!" Die Frau Doktor stand auf und schüttelte den beiden die Hand. „Wie geht's Ihnen denn?" Sie deutete auf den Kopfverband. Die Stefanie lächelte und setzte sich hin. „Erstaunlich gut. Ich hab die Nacht ohne Kopfschmerzen überstanden. Und alles, was gestern war, kommt mir schon so weit weg vor!" Sie schenkte sich eine Tasse Kaffee ein. „Ein wenig unruhig war die Steffi schon. Und geschwitzt hat sie", fügte die Katharina hinzu, die die Stirn in sorgenvolle Falten gezogen hatte. „Ich bin mir nicht sicher, ob sie schon wieder ganz auf dem Damm ist!"

„Ach Quatsch!" Die Stefanie tat Katharinas Einwand mit einer Handbewegung ab und griff sich eine Scheibe Brot aus dem Korb. „Das wird schon wieder. Ich halt was aus!" „Erinnern Sie sich an irgendwas, das Sie gestern noch nicht erzählt haben?", fragte die Frau Doktor. Nun zog auch die Stefanie die Stirn in Falten. „Ich glaube schon", sagte sie. „Ich sehe eine Windschutzscheibe vor mir. Dahinter zwei Gestalten. Aber es ist so dunkel, ich kann sie nicht erkennen. Nicht einmal, ob es Männer oder Frauen sind." „Hast du wahrscheinlich nur geträumt", sagte die Katharina. „Aber du bist dir sicher, dass es zwei waren?", fragte Gasperlmaier nach. Die Stefanie nickte und biss in ihr Brot.

„Als du aus der Kammer draußen warst, wie hat es denn da ausgesehen?", fragte Gasperlmaier. „Es war ein großes Gebäude, keine kleine Holzhütte. Ich hab ein paar Türen aufgemacht, und plötzlich bin ich auf einer Terrasse gestanden. Wie ich da hingekommen bin, weiß ich nicht mehr. Es hat geregnet, und ringsherum Nebel, ich konnte nichts sehen." „Und dann sind Sie losmarschiert?", fragte die Frau Doktor. „Asphalt? Forststraße? Waldweg?" Die Stefanie schüttelte unwillig den Kopf. „Das weiß ich auch nicht genau. Zuerst nicht auf einer Straße, glaube ich. Nein, halt. Da war schon eine. Aber die ging bergauf. Und ich wollte doch bergab, hinunter ins Tal." „Die Loserhütte!", sagte Gasperlmaier. „Die Straße geht von dort ein kleines Stück bergauf, der Fußweg aber bergab. Und eine Terrasse gibt es auch!“ „Aber dass dort niemand ist?“, wunderte sich die Frau Doktor. „Sie haben extra wegen dem Gipfeltreffen noch einmal aufgesperrt“, wusste Gasperlmaier. „Und sobald die Präsidenten weg waren, hat man wahrscheinlich endgültig Saisonschluss gemacht. Ich ruf gleich den Kilian an!“ Er erhob sich und ging vor die Haustür. Draußen war es sehr kalt, die Luft frisch, gerade recht, fand er. „Ja!“, bestätigte der Kilian. „Wir haben gleich am Donnerstag noch alles weggeräumt und zugesperrt. Seit Donnerstagabend war da keiner mehr oben.“ „Wir brauchen einen Schlüssel“, sagte Gasperlmaier. „Und du kannst auch mit hinauffahren. Da oben ist was passiert.“ „Am Ende schon wieder ein Toter?“, fragte der Kilian. „Nein, nein!“, beschwichtigte Gasperlmaier. „Was anderes!“

Eine halbe Stunde später stand er mit der Frau Doktor und dem Kilian vor der aufgebrochenen Tür der Loserhütte. Vor der Tür lag ein Hammer. „Herrschaftszeiten!“, schimpfte der Kilian. „Was soll ich jetzt mit meinem Schlüssel? Und wer zahlt mir das?“ Die Frau Doktor antwortete nicht. „Schau mal, Gasperlmaier!“, sagte sie stattdessen. „Die Stefanie muss mit ziemlicher Verzweiflung von innen gegen die Tür geschlagen haben. Die ist ja richtiggehend gespalten.“ „Ja, weil sie nach innen aufgeht. Da ist es schwer, sie mit einem Hammer nach außen zu schlagen.“ „Aber“, fügte die Frau Doktor hinzu, „sie erinnert sich nicht mehr daran, diese Tür aufgebrochen zu haben. Auf einmal, hat sie gesagt, ist sie auf einer Terrasse gestanden.“

„Wie sind sie denn in die Hütte hineingekommen?“, fragte Gasperlmaier. „Ich meine, der, der sie eingesperrt hat ... wenn die Tür von innen aufgebrochen ist, muss sie der ja zugesperrt haben!“ „Und vor allem zuerst aufgesperrt!“, fügte die Frau Doktor hinzu. „Na ja“, meinte der Kilian, „schauen wir einmal!“ Er streckte sich und griff mit der Hand nach oben, auf einen Dachbalken, der über der Tür aus der Hütte ragte. „Da haben wir ihn ja!“, lächelte er. „Heißt das, der Schlüssel liegt immer griffbereit da?“, fragte die Frau Doktor verwundert. „Sicher!“, sagte der Kilian. „Ist in 30 Jahren nichts weggekommen. Und von meinem Vater und Großvater weiß ich auch nichts anderes!“

„Die Frau war in einer Kammer eingesperrt, es war Werkzeug drin, so eine Art Besenkammer“, erklärte die Frau Doktor. „Neben dem Klo!“, brummte der Kilian und ging voraus. Tatsächlich war auch die Tür zur Besenkammer von innen aufgebrochen, hier hatte die Stefanie es leichter gehabt, denn die Tür war nach außen aufgegangen. Das Schloss und das Schließblech lagen aber verbeult auf dem Boden. „Nichts anfassen!“, warnte die Frau Doktor. „Da müssen Spuren gesichert werden. Schließlich hat nicht nur die Stefanie die Tür berührt, sondern auch der, der sie hier eingesperrt hat. Vielleicht hat er Spuren hinterlassen.“

„Wer das wohl gewesen ist?“, fragte sich Gasperlmaier. „Ich war's jedenfalls nicht!“, sagte der Kilian. „Ist auch gar nicht möglich“, erklärte Gasperlmaier. „Die Stefanie ist ja erst zwischen drei Uhr Früh und acht am Freitag da heraufgebracht worden.“ Die Frau Doktor warf ihm einen strafenden Blick zu, durch den ihm bewusst wurde, dass er Einzelheiten verraten hatte, die den Kilian nichts angingen. „Der Hammer, der da draußen liegt – ist der von Ihnen?“, fragte die Frau Doktor, um das Thema zu wechseln. „Da müsst ich schauen!“, sagte der Kilian und kratzte sich am Kopf. „Tun Sie das. Aber greifen Sie ihn nicht an!“, wiederholte die Frau Doktor ihre Warnung. „Ja mei“, sagte der Kilian, als sie wieder auf der Terrasse standen. „Solche Hämmer gibt's viele. Bekannt kommt er mir schon vor!" „Danke, Herr ..." „Sagst einfach Kilian zu mir, wie alle!", fiel er ihr ins Wort. „Sie können jetzt hinunterfahren. Wir brauchen Sie nicht mehr. Und wir benachrichtigen Sie, wenn wir fertig sind, dass Sie die Türen richten lassen können." „Das mach ich schon selber!", entgegnete der Kilian. „Das wär ja noch schöner, wenn ich jedes Mal einen Tischler zahlen müsst, wenn was hin ist!"

Erst als sie allein waren, merkte Gasperlmaier, wie kalt es hier heroben schon war. Und in dem Moment, als er den Reißverschluss seiner Jacke bis oben hin zuzog, tanzten einzelne Schneeflocken aus den tief hängenden Wolken herab. „Oh Gott!", sagte die Frau Doktor und schlang ihre Arme um sich. „Der Winter kommt aber heuer früh!" Gasperlmaier fiel es schwer, die Augen offen zu halten. Die fast schlaflose Nacht und der anstrengende Tag davor hatten doch sehr an seinen Kräften gezehrt. Da kam die Kälte gerade recht, um ihn wach zu halten.

„Die Stefanie weiß nicht mehr, dass sie zwei Türen eingeschlagen hat", sagte Gasperlmaier, gähnte und sah in den Nebel hinab. Die Frau Doktor lehnte sich gegen die Terrassenbrüstung und tat es ihm gleich. „Das Gähnen steckt an! Müde?" Gasperlmaier nickte. „Erinnerungslücken kommen bei Gehirnerschütterungen oft vor. Ich frage mich, ob sie in Gefahr ist", sagte sie. Gasperlmaier sah sie überrascht an. „Schließlich hat sie der Mörder wohl hier eingesperrt, weil er fürchtete, von ihr erkannt worden zu sein. Sie sagt ja selbst, sie hat in eine Windschutzscheibe geblickt." „Aber ..." Gasperlmaier wagte den Gedanken gar nicht zu Ende zu denken. „Warum hat er sie dann nicht gleich ... Er musste doch damit rechnen, dass sie hier irgendwie freikommt." Er deutete auf die Loserhütte hinter ihnen.

Die Frau Doktor zuckte mit den Schultern. „Vielleicht war er doch nicht kaltblütig genug, um sie gleich beiseitezuschaffen." „Das würde aber nicht auf einen Profikiller hindeuten", wandte Gasperlmaier ein. „Denn dem ist es doch egal, ob es zwei oder drei Leichen gibt." Die Frau Doktor schwieg. Gasperlmaier überlegte. „Glaubst du, dass der Mörder zurückkommt, wenn er erfährt, dass die Steffi wieder frei und am Leben ist?", fragte er schließlich. „Keine Ahnung! Wir müssen jedenfalls aufpassen. Es sollte nicht publik werden, dass die Stefanie gefunden worden ist." „Ich hab dem Radler gesagt, dass er das alles vorerst für sich behalten soll. Gott sei Dank." „Wer ist der Radler?", fragte die Frau Doktor. „Der, der sie gefunden und zu uns gebracht hat." Wieder kehrte Stille ein. Gasperlmaier wusste nicht recht, wie es jetzt weitergehen würde. „Fahren wir hinunter. Auf die Spurensicherung warten wir jetzt sicher nicht mehr."

„Hast du schon Winterreifen montiert?", fragte die Frau Doktor, als sie bei der Bergabfahrt in immer dichter werdendes Schneegestöber blickten. Gasperlmaier schüttelte den Kopf. „Dann wird's aber Zeit!" „Wirst sehen", entgegnete er. „Spätestens bei der Zweierkehre sind wir wieder im Regen. Weiter hinunter schneit's nicht." Er behielt recht. Schon vor der Kehre zwei ging der Schneefall zunächst in Schneeregen, dann in Regen über. „Zeigst du mir die Stelle, wo die Stefanie aufgetaucht ist?" „Gleich da!" Gasperlmaier hielt auf einem geschotterten Parkplatz neben der Straße an. „Der Radler Lorenz sagt, er hat sie direkt hier bei der Losermaut aufgelesen." „Aber dass sie da nicht früher jemandem begegnet ist?", wunderte sich die Frau Doktor. „Wem denn?", fragte Gasperlmaier. „Du siehst ja, hier ist tote Hose, um diese Jahreszeit. Überhaupt bei schlechtem Wetter. Ein Wunder, dass der Radler hier noch vorbeigekommen ist!" Die Frau Doktor seufzte. „Fahren wir!"

Auf dem Posten erwartete sie die Manuela. Sie saß vor dem Computer, schüttelte den Kopf und schien frustriert. „Keine Spur von diesem Salzmann im Internet. Ich meine, Salzmanns, auch Thomas Salzmanns, gibt es genug, aber keiner davon passt auch nur annähernd zu unserem Mann." „Schon komisch", sagte die Frau Doktor. „Der Zweite in diesem Fall, der kaum Spuren im Netz hinterlässt. Bei der Holzapfel wissen wir wenigstens, warum." „Aber wir müssen uns den greifen!", sagte die Frau Doktor. „Probieren wir's doch mal bei seinem Arbeitgeber? Oder haben Sie das schon?" Die Manuela schüttelte den Kopf. „Gasperlmaier, ruf doch dort mal an!" Die Frau Doktor legte ihm eine Karte der T4T Security auf den Tisch.

Es wäre ihm zwar lieber gewesen, die Manuela hätte das erledigt, doch er nickte, las und wählte. Zu seinem Glück bekam er den Chef der Sicherheitsfirma ans Telefon. „Salzmann? Keine Ahnung, wo der steckt. Der Job in Aussee ist für ihn beendet, seit die Präsidenten abgereist sind." „Und wann hat er wieder Dienst?", fragte Gasperlmaier. „Warten Sie mal!" Der Mann schien in Papieren zu blättern. „Er hat jetzt drei Tage frei. Erst am Dienstag wieder, in Wien, da hat er Dienst. Objektschutz!" Was Gasperlmaier auch nicht erfuhr, war, wo Salzmann im Ausseerland genächtigt hatte. „Im Tourismusverband laufen alle Meldungen der Beherbergungsbetriebe zusammen", erklärte ihm die Frau Doktor. „Kein Salzmann gemeldet, in Bad Aussee nicht, in Altaussee nicht, und auch in Grundlsee nicht." „Bad Mitterndorf?", fragte Gasperlmaier. „Checken wir noch!", antwortete die Frau Doktor. „Aber er wird wohl irgendwo in der Nähe genächtigt haben, wenn er auch nachts Dienst geschoben hat." „Dann müssen wir die Leute von der BFB fragen", meinte Gasperlmaier. „Vielleicht wissen die, wo er wohnt!" Die Frau Doktor nickte. „Glaubst du, dass er hinter den Morden steckt?", fragte Gasperlmaier. „Und hinter dem Verschwinden der Stefanie?" Die Frau Doktor zuckte mit den Schultern. „Wir wissen von keinem Motiv, das er gehabt haben könnte. Wir haben keinerlei Spuren, die ihn mit einem der Morde verbinden." Ihr Handy piepte. Sie las die Nachricht, zischte ärgerlich und schüttelte den Kopf. „Auf dem Messer haben sie leider auch nichts gefunden. Der Täter muss Handschuhe getragen haben. Im Lieferwagen zahlreiche DNA-Spuren, er ist von vielen verschiedenen Personen benutzt worden. Die bringen uns nicht weiter." „Dann brauchen wir den Salzmann", sagte Gasperlmaier. „Oder die Leute, mit denen Maxi Holzapfel zusammengearbeitet hat." „Viel Glück!", antwortete die Frau Doktor. „Fährst du mit mir nach Wien?" Gasperlmaier sah ein, dass diese Möglichkeit nicht an erster Stelle stand. Sie mussten den Salzmann finden. Und Zeugen, die den Lieferwagen in der Tatnacht gesehen hatten.

Gasperlmaier hatte eine Idee. „Wir geben ein Foto vom Salzmann an den Tourismusverband", sagte er. „Die können es an alle Beherbergungsbetriebe weiterleiten. Vielleicht gibt es doch jemanden, der sich an ihn erinnern kann! Obwohl er offiziell nicht gemeldet war." „Gute Idee!", sagte die Frau Doktor. „Ich schick auch ein paar Leute an seine Wiener Adresse."

„Wenn er mit Neonazis zu tun hat, und mit der BFB, und so weiter, vielleicht hat er dann einen falschen Namen verwendet?", gab die Manuela zu bedenken. „Gut möglich", sagte die Frau Doktor. „Die Fahndung haben wir ja schon draußen. Fügen wir halt noch hinzu, dass er möglicherweise unter anderem Namen unterwegs ist. Was ist mit den Rowdies, die das Hotel beschmiert haben?" „Nix", sagte die Manuela. „Fahndung läuft, aber da wir keine Personenbeschreibung haben, wird's schwierig."

„Haben Sie auch nach der Wiking-Jugend recherchiert? Die diese Odalrune als Symbol verwendet haben?" Die Manuela nickte. „Fehlanzeige. Der Verein ist bei uns schon in den 80er Jahren verboten worden. Keine Aktivitäten im Web. Ich hab die verfügbaren Fotos der bekannten Mitglieder durchsucht, da ist unser Mann nicht dabei." Die Frau Doktor ließ sich in einen Sessel fallen. „Und der verdammte Koch, der Horak, der passt überhaupt nicht ins Bild. Was hat der mit den Nazis, mit der BFB, mit den Russen, mit der Holzapfel zu tun? Gar nichts!" „Außer, dass sie in derselben Küche gearbeitet haben. Und möglicherweise doch ein Verhältnis miteinander hatten", wandte Gasperlmaier ein. „Das ist aber auch schon alles!" Die Frau Doktor schien müde und entmutigt, ebenso wie die Manuela. Und er selbst hatte sich auch schon frischer gefühlt. Plötzlich läutete das Telefon. Gasperlmaier hob ab.

„Oberst Hillinger. Spreche ich mit dem Postenkommandanten?" Gasperlmaier bestätigte etwas zögerlich. Man telefonierte schließlich nicht täglich mit einem Obersten. „Wer leitet da bei euch unten die Ermittlungen? Geben S' mir den schnell einmal, wenn er verfügbar ist!", schnarrte der Oberst. „Die!", korrigierte Gasperlmaier. „Die Frau Chefinspektor Doktor Kohlross!", fügte er erklärend hinzu, während er den Hörer weiterreichte.

Bevor die Frau Doktor den Hörer ans Ohr legte, gab sie Gasperlmaier zu verstehen, er solle den Lausprecher des Telefons einschalten. „Chefinspektorin Kohlross“, meldete sie sich. „Was kann ich für Sie tun?“ „Ja!“, begann der Oberst. „Da gibt’s ein kleineres Problem, mit Ihrem Fall da in Aussee!“ Der Oberst schnaufte und schwieg. „Welches?“, fragte die Frau Doktor, blickte zu Gasperlmaier und zog die Augenbrauen hoch. „So hetzen S’ mich doch nicht!“, entgegnete der Oberst. „Das ist sehr delikat, sehr delikat!“ Nun rollte die Frau Doktor die Augen. „Ich höre!“, sagte sie. „Das ist so delikat“, fuhr der Oberst, wieder schnaufend, fort, „dass ich Ihnen das nicht am Telefon mitteilen kann. Kennen S’ irgendein schönes Lokal, wo wir in Ruhe Mittagessen können? Wo man ein wenig abseits sitzen kann, dass einen niemand hört?“ Gasperlmaier nickte und flüsterte: „Hotel Kaiser Franz!“ Die Frau Doktor wiederholte. „Sehr gut!“, sagte der Oberst. „Reservieren S’ uns einen Tisch dort. Ich kann ...“ Er machte eine Pause. „So gegen halb eins kann ich bei euch sein. Wir fahren gleich los!“ „Wenigstens eine Andeutung, worum es geht?“, fragte die Frau Doktor. „Um eine Person, die mit diesem Fall zu tun hat. Und jetzt entschuldigen S’ mich! Ich muss meinem Chauffeur Bescheid sagen!“ Der Oberst legte auf. Erstaunt blickten alle drei einander an. „Was war jetzt das?“, fragte die Manuela. „Das war der Beginn einer Intervention von ganz oben!“, antwortete die Frau Doktor. „Nutzen wir die Zeit, bevor sie uns allzu viel dreinreden!“ „Aber wie?“, fragte Gasperlmaier ratlos. Die Frau Doktor schlug die Beine übereinander und legte einen Zeigfinger an den Mund. „Hm!“, machte sie. „Im Umfeld des ersten Opfers können wir kaum recherchieren, das machen die Wiener. Der Inhalt ihrer Minifestplatte ist noch nicht da. Immer noch nicht.“ „Und was ist mit dem Horak?“ Die Frau Doktor zuckte mit den Schultern. „Weiß wer, wo wir da ansetzen könnten? Beziehungen? Auch wieder Wien. Nicht unser Terrain." „Bliebe noch die Stefanie. Und vielleicht die Mali Kirnberger. Vielleicht kann sich die auch noch an was erinnern, was sie uns gestern Nacht noch nicht gesagt hat." „Jessas, die Mali!", erinnerte sich Gasperlmaier. „Ob die noch im Krankenhaus ist?" Die Frau Doktor stand auf. „Werden wir gleich wissen! Komm, Gasperlmaier!" „Kann ich vielleicht auch ..." Die Manuela hatte offenbar keine Lust, allein zurückzubleiben. „Sie halten hier die Stellung!", entschied die Frau Doktor.

Als Gasperlmaier seinen Einsatzwagen vor der Villa Kirnberger anhielt, waren bereits Handwerker dabei, die aufgesprühten Parolen und Symbole zu entfernen. Mit ihren Schleifmaschinen veranstalteten sie dabei einen Höllenlärm. „Die ist aber fix!", bemerkte die Frau Doktor. Drinnen war die Mali gerade dabei, das Frühstücksbuffet abzuräumen. „Haben sie dich nicht behalten im Krankenhaus?", fragte Gasperlmaier. „Siehst ja!", grinste die Mali. „Ich hab dir gesagt, zum Frühstück bin ich zurück. Wegen dem Kratzer bleib ich doch nicht im Krankenhaus!" Die Mali löste das Seidentuch, das sie um den Kopf geschlungen hatte, und zeigte auf ein recht großes weißes Pflaster auf ihrer Stirn. „Frisurmäßig schaut's nicht gut aus", sagte sie. „Sie haben mir da oben Haare wegrasieren müssen. Deswegen das Tuch." Sie schlang es wieder um ihre Stirn. „Wollt's frühstücken? Ist noch genug da!" Sie schob Gasperlmaier den Käseteller unter die Nase, der zugriff, damit er nicht zu Boden fiel. „Gern!", sagte er. „Ich hab zwar zu Hause schon einen Kaffee ... aber wer weiß, wann wir wieder zu einem Essen kommen!" Die Frau Doktor seufzte. „Für mich nur einen Kaffee."

Wenig später saßen sie um einen der abgeräumten Tische im Frühstücksraum, alle drei mit Kaffee vor sich.

Möglichst weit von der Stelle entfernt, wo die Arbeiter immer noch am Werk waren. Gasperlmaier kaute an seinem Käsebrot und erinnerte sich erst jetzt, dass heute ja ein Mittagessen mit dem Obersten Hillinger auf dem Programm stand. „Frau Kirnberger, erinnern Sie sich noch an irgendwelche Details aus der vergangenen Nacht, die wir noch nicht kennen? Vielleicht haben die Täter auch miteinander gesprochen?“ Die Mali nickte. „Also, wie schon gesagt, aufgewacht bin ich durch dieses Zischen. Ich war mir sicher, dass da unten, auf der Straße, wer ist. Deswegen bin ich hinunter.“ „Warum waren Sie sicher, dass da wer ist? Das Zischen hätte ja auch von irgendeiner Maschine, einem Gerät, einem Auto kommen können?“, fragte die Frau Doktor. „Schritte hab ich gehört, glaub ich.“ Die Mali überlegte und schaute zu dem mit Brettern vernagelten Fenster. „Danke, übrigens, dass ihr die Scheibe zugenagelt habt!“ Sie schenkte Gasperlmaier ein Lächeln. „Das war lieb von euch. Aber ich hab dem Glaserer Dampf gemacht. Er müsste gleich mit der neuen Scheibe kommen.“ „Sie haben auch erwähnt, dass jemand geflüstert hat?“, hakte die Frau Doktor nach. „Ich muss überlegen ...“ Die Mali schloss die Augen. „Ich glaub, einer hat gesagt ‚Da her!‘, oder so. ‚Da herüben‘ vielleicht.“

„Und dann sind Sie hinuntergegangen?“, fragte die Frau Doktor weiter. „Sie haben hinausgeleuchtet, sind geblendet worden, und dann kam der Stein geflogen?“ Die Mali nickte. „War dann noch was zu hören?“ „Doch!“, sagte die Mali nach einigem Überlegen. „Es hat noch einmal gezischt, und einer hat geflüstert ‚Bist deppert?‘, oder so ähnlich. Aber ich weiß jetzt nicht, ob ich mir das nur einbilde. Tut mir leid.“ „Was der geflüstert hat, Mali, war das Ausseerisch?“, fragte Gasperlmaier mit einiger Sorge. Die Mali schüttelte energisch den Kopf. „Sicher nicht. Wenn ich was gehört hab, dann zwar Dialekt, aber nicht Ausseerisch!" „Das hört man so genau?", fragte die Frau Doktor nach, mit etwas Skepsis in der Stimme. Die Mali und Gasperlmaier nickten unisono. „Das hörst du aus jedem einzelnen Wort heraus", erklärte Gasperlmaier. „Ich kann's nicht erklären, aber schon das ‚deppert' klingt ganz anders bei uns als bei den Ennstalern oder bei den Oberösterreichern. Die Goiserer, vielleicht, dass sie noch ähnlich klingen, aber ..." Die Frau Doktor unterbrach ihn. „Herzlichen Dank, Frau Kirnberger, das hilft uns sehr weiter!" Sie stand auf. „Pfüat di! Und danke noch einmal!" Die Mali drückte Gasperlmaier einen Kuss auf die Wange, was die Frau Doktor mit einem spöttischen Lächeln beobachtete. Sie roch gut, die Mali.

„Bei der hast du aber einen Stein im Brett!", neckte ihn die Frau Doktor auf dem Weg zum Auto. „Aber geh!", konterte Gasperlmaier ein wenig lahm. Er wollte lieber den Duft der Mali noch ein wenig genießen, anstatt mit der Frau Doktor zu streiten.

Gasperlmaier startete den Wagen, als ihm einfiel, dass er ja nicht wusste, wohin es jetzt gehen sollte. In dem Moment meldete sich das Telefon der Frau Doktor mit einer ihm unbekannten Melodie. Er stellte den Motor wieder ab. „Super!", sagte die Frau Doktor gerade. „Ihr habt die Festplatte geknackt? War's schwer?" Die Antwort konnte Gasperlmaier nicht verstehen. Die Frau Doktor sagte mehrmals „Aha!", danach kam einmal ein überraschtes „Das gibt's doch nicht! Das vergönn ich ihm", zum Schluss dann „Wie wir erwartet haben!" und noch „Schickst du mir eine Zusammenfassung? Ein paar hundert Seiten kann ich mir nicht antun!". Sie legte auf.

„Und?“, fragte Gasperlmaier. „Das Wichtigste hast du ja mitgehört. Die Festplatte enthält hunderte Dokumente im Umfang von noch mehr Seiten. Chatprotokolle, E-Mail-Verläufe, Verträge, Kontoauszüge. Dazu noch Audioaufnahmen und Videos im Umfang von Dutzenden Stunden, es ist anscheinend längst noch nicht alles gesichtet. Wahrscheinlich hat sie wegen des großen Umfangs der Dokumente eine Festplatte genommen und keine Speicherkarte. Und das ganze Material scheint nahezulegen, dass die BFB massiv von russischen Geschäftsleuten unterstützt worden ist, über mehrere raffinierte Konstrukte aus Vereinen, Stiftungen, Firmen, Briefkastenfirmen, Offshore-Konten und so weiter.“ Gasperlmaier seufzte und griff erneut zum Zündschlüssel. „Wohin?“ „Zu dir nach Hause, die Stefanie befragen!“, erklärte die Frau Doktor. „Warum sollten sich die Russen denn das antun?“, fragte Gasperlmaier. „Es gibt seit langem die Vermutung, dass Russland versucht, westliche Demokratien zu destabilisieren, indem man radikale Parteien unterstützt und Wahlen beeinflusst. Denk an Amerika. Es ist ja mehr als wahrscheinlich, dass die Russen Trump zum Sieg verholfen haben. Durch Fake News, Beeinflussung sozialer Medien und so weiter.“ „Aber Österreich?“, fragte Gasperlmaier. „Wir sind doch viel zu unwichtig?“ „Sag das nicht!“, entgegnete die Frau Doktor. „Jedes EU-Land ist wichtig, und die Russen scheinen genau zu wissen, wo es vielversprechende Parteien gibt, die in Regierungen kommen könnten.“

Sie waren vor Gasperlmaiers Haus angelangt. „Noch eins!“, sagte die Frau Doktor, bevor Gasperlmaier die Haustür öffnete. „Nichts davon nach außen! Ich hab ja selbst gerade erst eine mündliche Zusammenfassung der Dokumente der Holzapfel bekommen. Darüber dürfen keine Gerüchte aufkommen, das wird alles Gegenstand größerer Gerichtsverfahren werden, das ist abzusehen." Gasperlmaier nickte. „Übrigens, was vergönnst du wem?", fragte Gasperlmaier, sich an das Telefongespräch erinnernd. Die Frau Doktor lachte auf. „Anscheinend enthält das Material auch zahlreiche Beweise dafür, dass der Konecny seine eigene Partei beschissen hat. Er dürfte auf sehr großem Fuß, vor allem auf Kosten von Parteispenden gelebt haben. Siehe Porsche!"

Gasperlmaier drückte die Türklinke hinunter.

12

Im Haus war es fast still, aber als Gasperlmaier die Haustür geschlossen hatte, hörte er Stimmen aus dem Wohnzimmer. Allerdings konnte er nichts verstehen. Er klopfte und lugte hinein. Die beiden Mädchen lagen engumschlungen auf dem Sofa. Gasperlmaiers Blick auf den Fernseher verriet ihm, dass eine englischsprachige Serie lief. Die Katharina hatte sie schon öfter eingeschaltet, wenn sie auf Heimatbesuch war. Die Mädchen richteten sich auf, während Katharina sich die Fernbedienung schnappte und der Fernseher verstummte.

„Guten Tag", sagte die Frau Doktor. „Wir wollten noch einmal mit Ihnen reden. Vielleicht ist ja inzwischen noch Erinnerung hinzugekommen." Die Stefanie nickte und rückte auf dem Sofa ein wenig von der Katharina ab. Die Frau Doktor und Gasperlmaier nahmen die beiden Polstersessel. „Wir haben ja mit den Schuhen nie ins Wohnzimmer dürfen!", wies die Katharina Gasperlmaier auf seine nicht ganz trockenen Schuhe hin, die schon ein paar feuchte Abdrücke auf dem Parkettboden hinterlassen hatten. Mit einem Seitenblick auf die Frau Doktor erkannte er, dass sie ihre Sneakers im Vorzimmer gelassen hatte und in Socken dasaß. „Na, zieh ich's halt aus!", reagierte er etwas hölzern und stand noch einmal auf, um sich im Vorzimmer seiner Schuhe zu entledigen.

„Ich frage mich", hörte er die Frau Doktor sagen, als er zurückkam, „ob es wirklich ein Zufall war, dass Sie angefahren wurden. Könnte es nicht sein, dass Sie irgendetwas wissen, das jemanden stört? Irgendeine Information über Maxi Holzapfel vielleicht? War jemand in der Bar, der Sie beide von Wien kennt?" Die Stefanie räusperte sich. „Ich weiß nicht, wie ich das jetzt sagen soll." Sie schaute unsicher die Katharina an. „Aber es war ja vor unserer Zeit, da ..." Sie verzichtete darauf, ihren Satz zu Ende zu führen. „Möchten Sie mit mir unter vier Augen sprechen?", fragte die Frau Doktor. Die Stefanie schüttelte den Kopf. „Nein, nicht nötig. Ich habe Maxi gut gekannt, sehr gut sogar. Ich habe ..." Wieder ein schuldbewusster Blick zur Katharina, die nun ähnlich wie die Frau Doktor ihre Augenbrauen hochzog. „Ja?" Die Stefanie sah zu Boden. „Wir hatten einmal etwas miteinander, die Maxi und ich." Gasperlmaier zuckte zusammen. Wie konnte denn das sein? Sie hatten doch einen Schwangerschaftstest gefunden, da war doch sicher, dass die Holzapfel an Männern interessiert war, oder nicht? Die Stefanie gestikulierte mit beiden Händen. „Es war lange vor unserer Zeit, sicher schon vor zwei Jahren!" Sie maß die Katharina mit einem Seitenblick. „Es ist nicht lange gegangen, es war so, dass ich damals auf der Suche nach einem WG-Zimmer war, und die Maxi hab ich schon gekannt. Ihre Partnerin ist ausgezogen, sie haben sich getrennt, sie war unglücklich, und so ... Aber es war schnell vorbei. Ich bin nach drei Monaten ungefähr in eine eigene Wohnung gezogen, weil ich den neuen Job hatte." Die Katharina stand wortlos auf und trampelte die Stiege hinauf.

Die Frau Doktor zog die Augenbrauen hoch. „Das müssen Sie mir bitte genauer erklären. Wir sind davon ausgegangen, dass Frau Holzapfel heterosexuell war." Sie warf Gasperlmaier einen warnenden Blick zu. Der verstand. Die Schwangerschaft der Maxi Holzapfel sollte nicht erwähnt werden. „Es gab da bestimmte Hinweise. Eindeutige." Die Stefanie nickte. „Die Maxi war bi, das weiß ich. Sie hat vorher was mit Männern gehabt, aber damals hat sie gemeint, es zieht sie eher doch zu Frauen hin. War aber nicht permanent, anscheinend.“ Die Stefanie seufzte. „Es war lange, bevor wir uns kennengelernt haben. Es ist halt so, dass die Katharina ...“ Sie warf Gasperlmaier einen Blick zu. „Ich weiß nicht, ob das fair ist, wenn ich ihrem Vater gegenüber über solche Dinge spreche. Du musst mir zusichern, dass du ihr nie davon erzählst!“ Gasperlmaier fühlte sich etwas irritiert und nickte. „Ich habe ... ich bin ja einige Jahre älter als die Katharina. Und ich habe dementsprechend mehr Erfahrungen, ich hatte mein Coming-out schon mit 17, meine Eltern waren entsetzt, ich stamme aus einer erzkatholischen, großbürgerlichen Familie. Sie können sich vielleicht nicht vorstellen, wie das ist, aber du“, sie sprach Gasperlmaier direkt an, „und die Christine, ihr habt bei weitem verständnisvoller reagiert als meine großstädtischen Eltern. So viel zum Thema Rückständigkeit auf dem Lande.“ Sie lächelte und strich sich die Haare hinter die Ohren. „Und die Katharina hat eben wenig Erfahrung, praktisch gar keine. Ich bin ihre erste Beziehung. Und sie kann halt schlecht damit umgehen, dass ich eine Vergangenheit habe. Noch dazu mit einer Frau, die beide Geschlechter liebt.“ Sie lehnte sich zurück, was Gasperlmaier als ein Zeichen wertete, dass sie nichts weiter erzählen wollte.

„Was wissen Sie über die Recherchen von Maxi Holzapfel?“ „Nichts!“ Die Stefanie zuckte mit den Schultern. „Ich hab sie schon mehr als ein Jahr nicht gesehen. Ich weiß nur, dass sie ständig von den Rechten bedroht worden ist. Sie hat ja hauptsächlich in diese Richtung recherchiert, alles, was homophob war, ausländerfeindlich, katholisch, das hat sie alles wahnsinnig gereizt, und nichts hat ihr so große Freude gemacht, als wenn sie denen eins reinwürgen konnte.“

„Erzählen Sie uns noch mehr über Frau Holzapfel. Vielleicht, wie sie privat so war", forderte die Frau Doktor die Stefanie auf. „Sie hat jemanden gesucht, der auf Dauer mit ihr zusammenlebt, sie wollte sich Hals über Kopf verlieben, das ist mir klar geworden, als ich mit ihr zusammengewohnt habe. Sie hat die Frau fürs Leben gesucht, oder den Mann, und die war ich nicht." „Gab's verflossene Partner oder Partnerinnen? Hat sie über irgendwen gesprochen?" „Es gab Verflossene, Männer wie Frauen, aber sie hat nicht gern darüber geredet, jedes Gespräch abgewürgt. Ich habe keine Ahnung, mit wem sie wie lange zusammen war, aber dass es vor meiner Zeit eine Partnerin gab, dessen bin ich mir sicher."

Die Frau Doktor lehnte sich zurück. „War in der Bar jemand, der Sie und Maxi Holzapfel gut kennt? Der über Ihre Beziehung etwas wissen konnte? Der vermuten könnte, dass die Holzapfel Sie über ihre Recherchen informiert hat? Dass sie womöglich sogar Kopien bei Ihnen aufbewahrt?" Die Stefanie schüttelte energisch den Kopf. „Nein, niemand. Kann ich mir nicht vorstellen. Echt nicht." Die Frau Doktor klatschte ihre Hände auf die Oberschenkel. „Na, dann, Gasperlmaier!" Sie stand auf. „Auf Wiedersehen. Und richten Sie der Katharina einen schönen Gruß von mir aus. Sie wird sich schon wieder beruhigen!" Die Stefanie nickte. „Danke!" Gasperlmaier folgte der Frau Doktor zur Haustür. „Wohin soll's denn gehen?", fragte er, schob sich an ihr vorbei und öffnete die Haustür, nur um festzustellen, dass der Wind den Regen fast waagrecht vor sich hertrieb.

„Den Schirm hab ich im Auto", sagte die Frau Doktor und zögerte. Mittlerweile hatte Gasperlmaier verstanden, dass sie nicht immer genau das sagte, was sie meinte. In diesem Fall hatte sie ihn nicht über eine Tatsache informieren wollen, sondern um einen Schirm gebeten. „Ich schau gleich." Es dauerte eine Weile, bis er mit einem etwas zerknitterten Knirps wieder ins Freie trat. „Hoffen wir, dass er's übersteht!", meinte die Frau Doktor skeptisch, spannte den Schirm auf, richtete ihn gegen den Wind und versuchte, trockenen Fußes zum Auto zu gelangen. Gasperlmaier blieb nur, seine Dienstmütze gut festzuhalten und sich zu beeilen, in den Audi der Frau Doktor zu schlüpfen.

„Das ist aber schon", begann Gasperlmaier, „irgendwie ... eine Bombe, dass die jetzt, ich meine, die Holzapfel, dass die ..." Die Frau Doktor nickte. „Es macht die Sache komplizierter, wenn wir in Richtung Beziehungstat denken. Da können wir dann niemanden mehr ausschließen, egal, welches Geschlecht. Aber, wie gesagt, ich glaube zum jetzigen Zeitpunkt überhaupt nicht, dass Sex oder Beziehungen eine Rolle spielen."

Da Gasperlmaier immer noch nicht wusste, was nun geschehen sollte, wiederholte er seine Frage von vorhin. Die Frau Doktor schwieg, starrte in den Regen und klopfte mit nervösen Fingern auf ihr Lenkrad. Gasperlmaier fiel auf, dass sich im Fußraum vor dem Beifahrersitz mehrere Verpackungsreste und ein paar Papiertaschentücher befanden. Die Frau Doktor hatte offenbar schon lang keine Zeit gefunden, ihr Auto sauberzumachen. „Ich überlege gerade, Gasperlmaier. Dieser Kassenbeleg, den ihr auf der Straße gefunden habt. Nehmen wir einmal an, der ist einem dieser Vandalen aus der Hosentasche gefallen. Wäre ja jetzt nicht unwahrscheinlich – er hat eine Spraydose aus der Hosentasche gezogen oder das Handy gebraucht, um zu leuchten. Dabei könnte ihm der Zettel rausgerutscht sein." „Ja, und?", fragte Gasperlmaier. Vor ihm beschlug langsam die Scheibe, sodass er nur noch wenig von der Straße sehen konnte. „Denk doch einmal weiter!“, forderte ihn die Frau Doktor auf. „Und von wem wissen wir mit Sicherheit, dass er in der Mordnacht im Cateringzelt war?“ Gasperlmaier schlug sich mit der Hand gegen die Stirn. „Der Huditsch!“ „Richtig!“ Die Frau Doktor nickte und startete den Motor. Sogleich begann das Gebläse den Kampf gegen die beschlagene Windschutzscheibe. „Der taucht überall auf, wo etwas los ist. Er war bei dem Essen im Kaiser Franz dabei, er war bei dem Gespräch im Ferienhaus bei der Losermaut dabei, er war am Toplitzsee beim Essen mit dem Konecny. Und er war im Cateringzelt. Könnte er einer der Sprayer gewesen sein?“ Gasperlmaier schüttelte den Kopf. „Ich weiß nicht. Meinst du denn, dass der Huditsch und der Wimmesberger ... warum sollten sie das tun? Ich meine, welchen Sinn hätte denn das? Weil, da würde ja jeder Journalist sofort eine Verbindung herstellen – die ganze Führungscrew der BFB im Ausseerland, und dann tauchen auch noch Neonazis auf?“ „Da hast du recht“, sagte die Frau Doktor. „Darauf kommt sogar die Schablinger. Trotzdem. Vielleicht waren sie besoffen. Oder jemand hat sie aufgehetzt. Oder sie fühlen sich einer bestimmten Mission verpflichtet. Man kennt das ja bei solchen Spinnern.“ Sie warf einen Blick auf ihre Uhr. „Wir haben noch zwei Stunden bis zum Mittagessen mit dem Major Hillinger. Die werden wir nutzen. Hoffen wir, dass die beiden sich an meine Anweisung gehalten haben, noch hierzubleiben!“ Sie fuhr los, obwohl die Windschutzscheibe noch nicht völlig frei war. „Soll ich ...“ Gasperlmaier deutete auf die Taschentücher zu seinen Füßen. Die Frau Doktor schüttelte den Kopf. „Geht schon. Das gibt nur Schlieren.“

Vor der Kirche, gegenüber dem Seehotel, war gerade noch ein Parkplatz frei. „Ich verzichte auf einen Schirm!" Die Frau Doktor stieg aus, warf die Tür zu und rannte. Der Regen hatte ohnehin nachgelassen.

An der Rezeption stand die gleiche dunkelhaarige Frau, die schon bei ihrem ersten Besuch Dienst gehabt hatte. Sie warf ihnen misstrauische Blicke zu. „Schon wieder Polizei?", fragte sie. „Leider. Wir hätten es auch gerne schon hinter uns", sagte die Frau Doktor. „Die Herren von der BFB, Konecny, Huditsch, Wimmesberger – die sind noch da?" Die Rezeptionistin nickte. „Nur der Herr Hoppe ist abgereist, die anderen sind bis morgen gebucht." „Wunderbar!" Die Frau Doktor schenkte der Rezeptionistin ein Lächeln. „Und wo, glauben Sie, finden wir die Herren?" Nun zuckte die junge Frau mit den Schultern. „Ich hab sie noch nicht gesehen. Ich bin aber gerade erst in den Dienst gekommen." „Na, Gasperlmaier, wo werden die Herren sein? Bei dem Wetter?" Gasperlmaier zuckte mit den Schultern. „In ihren Zimmern? Vielleicht was lesen?" „Oder in der Sauna!" Die Frau Doktor tippte mit ihrem Zeigefinger gegen seine Brust. „Soll ja gut gegen den Kater sein. Ist Ihre Sauna schon in Betrieb?", fragte sie die Rezeptionistin. Die nickte. „Bei Schlechtwetter ab zehn Uhr." „Na also!" Die Frau Doktor ging voraus. „Aber ..." Die Rezeptionistin versuchte zu widersprechen. „Wir kennen den Weg!" Gasperlmaier folgte der Frau Doktor ins Kellergeschoß.

Wo die Sauna war, wussten sie ja. Tatsächlich brannte darin Licht, und feine Dunstschwaden zogen aus den Ritzen der offenbar nicht völlig dichten Tür. „Die Schuhe!", mahnte Gasperlmaier. „Die bleiben heute an", erklärte die Frau Doktor und lugte durch das kleine Guckloch in der Tür. „Oh!" Sie trat lächelnd zurück.

„Nur nackte Männer. Dein Job!" „Wie jetzt?", fragte Gasperlmaier. Die Frau Doktor grinste. „Na, du ziehst dich nackt aus, schnappst dir ein Badetuch von dem Stapel da", sie wies auf ein Drahtgestell neben der Tür zur Sauna, in dem weiße Badetücher gestapelt waren, „und dann gehst du hinein, mischst dich unters Volk und quetschst sie ein wenig aus. Wer weiß, vielleicht erkennen sie dich nackt nicht einmal und du kannst inkognito ermitteln!" Gasperlmaier blieb der Mund offen stehen. Meinte die Frau Doktor das ernst? Offenbar war er zu lange reglos dagestanden, sodass die Frau Doktor das Wort wieder ergriff. „Nur ein Scherz!", lachte sie und drückte ihn versöhnlich am Oberarm. „Aber du musst uns die Herren herausholen. Den Konecny, meine ich, hab ich schon gesehen!"

Gasperlmaier seufzte, trat an die Tür und öffnete sie. „He! Hallo! Raus hier!" Von drinnen erscholl Protestgeschrei, Gasperlmaier konnte wegen des Dunstes zunächst nichts sehen und begann sofort zu schwitzen. „Polizei!", rief er. „Bitte kommen Sie alle heraus. Wir möchten mit Ihnen reden!" Er ließ die Tür wieder zufallen. Die Frau Doktor grinste immer noch. „Ich bin schon gespannt auf diese Luxuskörper!"

Zunächst tat sich wenig, aber als die Frau Doktor gerade Anstalten machte, erneut durch das Guckloch zu blicken, kam der Konecny heraus, ein Badetuch um die Hüften geschlungen. Er schwitzte am ganzen Körper, Brust und Gesicht glänzten rot. „Was bilden Sie sich eigentlich ein!", begann er zu poltern. „Friedliche, unbescholtene Bürger in der Sauna zu stören! Das wird ein Nachspiel haben! Darauf können Sie sich gefasst machen! Ich bin ja nicht irgendwer! Ich bin Abgeordneter! Und als solcher immun!" Die Frau Doktor lächelte nur. „Das Nachspiel haben Sie mir schon einmal versprochen. Erinnern Sie sich? Ich warte bis jetzt darauf." Der Konecny schüttelte entrüstet den Kopf. Die Frau Doktor sah auf die Uhr. „Wir haben nicht viel Zeit. Ich nehme an, die Herren Huditsch und Wimmesberger leisten Ihnen da drinnen Gesellschaft? Wir haben nur ein paar Fragen. Sie müssen sich nicht extra anziehen."

„Unmöglich! Ich schicke Ihnen meinen Anwalt!" „Sie möchten großes Theater? Mit Vorladung, womöglich parlamentarisches Ansuchen um Aufhebung der Immunität? Können Sie haben!" Die Frau Doktor schenkte ihm noch immer ihr überlegenes Lächeln. Der Konecny öffnete die Tür zur Sauna. „Raus mit euch!" Gasperlmaier wunderte sich über seinen rüden Ton. Es dauerte nicht lange, und die drei saßen Gasperlmaier und der Frau Doktor auf einer Holzbank in einem Ruheraum gegenüber. Sie beide mussten stehen, und Gasperlmaier fand es auch hier unerträglich heiß. Er schwitzte noch mehr als zuvor.

„Meine Herren!", begann die Frau Doktor. „Heute Nacht hat es einen Anschlag gegeben. Eine Frau wurde verletzt, Sachschaden verursacht." Der Huditsch und der Wimmesberger warfen einander Blicke zu. „Was haben wir damit zu tun?", fragte der Konecny, sichtlich verärgert. „Das will ich Ihnen gleich sagen. Es wurde unter anderem ein Zeichen an die Wand gesprüht, das jemand auf seiner Jacke getragen hat, der mit Ihnen zusammen gesehen wurde. Und der mit Herrn Huditsch", sie deutete auf ihn, „zusammen essen war. Am Tatort. Erklärungen?" „Was soll denn das für ein Zeichen sein?", fragte der Konecny. Gasperlmaier hatte den Eindruck, als wisse er wirklich nicht, wovon die Rede war. „Es handelt sich um die Odalrune. Ein verbotenes, weil von den Nationalsozialisten verwendetes

Zeichen. Zum ersten Mal taucht es auf der Jacke des Herrn Salzmann auf. Zum zweiten Mal auf der Wand der Villa Kirnberger. Ein bisschen viel Zufall, nicht?" „Also", begann der Wimmesberger und räusperte sich. „Wir haben damit nichts zu tun. Wir kennen diese Rune gar nicht. Ich kenn überhaupt keine Runen. Was soll denn das eigentlich sein?" „Es wurden außerdem Parolen aufgesprüht", fuhr die Frau Doktor fort. „Solche, die sich inhaltlich mit Positionen der BFB decken. Irgendwelche Ideen dazu?" Sie zog die Augenbrauen hoch. Alle drei schüttelten die Köpfe. „Was können wir dafür, wenn irgendwelche Hitzköpfe Wände beschmieren!", begehrte der Huditsch auf.

„Zu heute Nacht!" Die Frau Doktor streifte sich mit den Fingern durchs Haar. „Der Notruf bei der Polizei ..." Sie warf Gasperlmaier einen Blick zu. „... traf um 2:35 Uhr ein. Wo haben Sie sich zu diesem Zeitpunkt aufgehalten?" Der Konecny schüttelte den Kopf, während die beiden anderen sich erneut Blicke zuwarfen. Es schien Gasperlmaier, als wollten sie sich wortlos darauf verständigen, was zu sagen war. „Im Bett natürlich", antwortete der Wimmesberger schließlich. „Was glauben Sie denn, was ich um diese Zeit machen soll?" „Auch!" Der Huditsch nickte. Beide vermieden es, ihm oder der Frau Doktor in die Augen zu sehen. Der Huditsch, so stellte Gasperlmaier fest, hatte richtige Brüste, so fett war er. Die waren sicher so groß wie die der Frau Doktor. Sofort verbot er sich derartig unpassende Vergleiche. „Sie waren auch im Bett?", wandte sich die Frau Doktor an den Konecny. Der zögerte. „Ich ... kann sein, dass ich schon im Bett war. Kann aber auch sein, dass ich noch in dieser Bar ... oder auf dem Heimweg ... Ich weiß nicht einmal, wie die heißt!" Von den dreien, fand Gasperlmaier, schien der Konecny jetzt am meisten verunsichert. „Wo ist denn diese Bar?", fragte die Frau Doktor. „Irgendwo an der Hauptstraße ... ich glaub, es ist besser, wenn wir ... wenn ich meinen Anwalt ... vorher sag ich nichts mehr!"

„Und wenn wir jetzt in Ihren Zimmern Nachschau hielten? Und in Ihren Autos? Würden wir da etwas finden, was uns einen Hinweis darauf gibt, dass Sie nicht die Wahrheit sagen?" Wieder blickten der Huditsch und der Wimmesberger einander an, Gasperlmaier hatte das Gefühl, als habe der Huditsch kaum wahrnehmbar genickt. „Kein Problem!", sagte der Wimmesberger. „Obwohl ... da brauchen Sie eigentlich einen Durchsuchungs... Dings, oder nicht? Es liegt ja nichts gegen uns vor, oder?" Der Huditsch hatte nicht gemerkt, dass sich sein Badetuch von den Hüften gelöst hatte und den Blick auf seine intimeren Körperteile weitestgehend freigab. Allerdings verhinderte sein überhängender Bauch das Schlimmste. Die Frau Doktor allerdings war nicht bereit, den Lapsus zu übersehen. Sie deutete mit dem Finger darauf. „Herr Huditsch! Nicht, dass ich Sie verdächtigen möchte, dass das Absicht ist, aber ..." Rasch schlang er sein Badetuch wieder um seine Hüften. Wenn sich die drei nichts zu Schulden kommen hatten lassen, so dachte Gasperlmaier bei sich, dann würden sie sich diese Befragung nicht so lange gefallen lassen, und die Blicke ... Fragte sich nur, ob sie auch Beweise gegen die drei finden würden. Oder, so korrigierte er sich, zumindest zwei von denen.

Schließlich stand der Konecny auf und schob das Kinn trotzig vor. „Wir haben Ihnen ja alles gesagt, oder? Jetzt belästigen Sie uns bitte nicht mehr. Kommt's, Burschen, jetzt machen wir noch einen Aufguss. Einen russischen!" „Bitte!" Die Frau Doktor forderte die drei mit einer Geste auf, vor ihnen den Ruheraum zu verlassen.

Kurz bevor sich die Tür zur Sauna wieder schloss, drehte sich die Frau Doktor noch einmal um. „Ach, Herr Konecny – einen Moment noch!“ Der Konecny schüttelte zwar widerwillig den Kopf, ließ die Saunatür aber dennoch vor sich zufallen. „Ihre Frau ...“, sagte die Frau Doktor. „Kann die vielleicht ... ich meine, kann die den Zeitpunkt Ihrer Rückkehr bestätigen?“ „Abgereist. Noch gestern Abend.“ Der Konecny war kurz angebunden. „Termine! Noch was?“ „Nein, nein! Aber Ihr Alibi werden wir natürlich überprüfen!“ Die Frau Doktor winkte ihm noch einmal lässig zu und drehte sich um.

Als sie die Treppe zum Foyer hinter sich gelassen hatte, atmete Gasperlmaier auf. Endlich waren sie dieser Hitze entronnen. Leider hatte er unten so stark geschwitzt, dass er nun sogleich zu frösteln begann. „Was ist denn ein russischer Aufguss?“, fragte er die Frau Doktor. „Und warum muss der Konecny gerade jetzt etwas ins Spiel bringen, das mit Russland zu tun hat?“ Die Frau Doktor antwortete nicht. „Scheiße!“, rief sie stattdessen, als sie vor die Tür des Hotels trat. Es goss in Strömen. „Warten wir einen Moment, bis es nachlässt?“ Die Frau Doktor nickte. „Lust auf einen Kaffee?“ Gasperlmaier nickte, obwohl er sich nicht sicher war, ob ein Kaffee reichte, um ihn weiter wach zu halten.

Die Rezeptionistin hatte zwar zu verstehen gegeben, dass es zum gegenwärtigen Zeitpunkt mühsam bis unmöglich sei, an einen Kaffee zu kommen, dennoch hatten sie nach fünf Minuten jeweils eine Tasse vor sich stehen und es sich auf einer Sitzgruppe nahe der Rezeption gemütlich gemacht. „Habt ihr hier oft so ein Wetter?“, fragte die Frau Doktor. „Das ist ja Wahnsinn, was da heruntergekommen ist in den letzten Tagen. Und die Kälte!“ „Also, bei uns“, setzte Gasperlmaier zu einer Erklärung an, „da gefällt es den Leuten sogar bei Regen. Da setzt man sich halt in eine Veranda ...“ „Veranda!“, zischte die Frau Doktor. „... wenn man nicht gerade einen Mord aufklären muss“, gestand Gasperlmaier zu. „Russischer Aufguss?“, fragte er wieder, um die Frau Doktor vom Wetter abzulenken, und rückte ihr nahe, sodass sie sich unterhalten konnten, ohne von der Rezeptionistin gehört zu werden. Die verschwand aber ohnehin bald in ein Büro hinter ihrem Tresen. „Ich glaube, da mischt man Wodka ins Wasser. Habe ich aber noch nie mitgemacht. Ich hab's in der Sauna gerne trocken, das entspricht eher der klassischen Methode.“ Gasperlmaier hatte vom Saunieren keine Ahnung, weil er die Hitze generell nicht mochte. Außerdem verspürte er wenig Lust, mit einer größeren Anzahl nackter Menschen eng zusammengepfercht auf einer Holzbank zu schwitzen. „Ist das nicht gefährlich, die Hitze und der Alkohol?“ „Manche behaupten, es reinige die Haut. Wird aber wohl ein Gerücht sein.“

Gasperlmaier nahm einen Schluck Kaffee. „Viel mehr als vorher wissen wir aber jetzt nicht?“, brachte er das Gespräch auf die Befragung der drei Abgeordneten. „Das würde ich nicht sagen!“, entgegnete die Frau Doktor. „Sie haben sehr unsicher reagiert. Kein Augenkontakt, die Blicke untereinander ... das sagt schon sehr viel!“ Gasperlmaier nickte. „Trotzdem kann ich mir nicht vorstellen ... also nicht, dass du meinst, die drei wären mir sympathisch! Aber dass Abgeordnete in der Nacht Fassaden beschmieren, das traue ich nicht einmal denen von der BFB zu!“ „Schauen wir einmal!“ Sie trank ihren Kaffee aus und kratzte gedankenverloren mit dem Löffel in ihrer leeren Tasse herum. „Sag einmal, Gasperlmaier, das musst du doch wissen ... ich meine, weil seine Frau nicht mehr da ist, wenn der Konecny hier Kontakte gesucht hat, du weißt schon ... und er hat von einer Bar an der Hauptstraße gefaselt, die muss ja nicht unbedingt in Altaussee sein. Hauptstraßen gibt's überall!" „Welche Kontakte denn?", fragte er. „Na, im Rotlichtmilieu zum Beispiel!" Gasperlmaier zuckte zusammen. „Wart einmal!", sagte die Frau Doktor und begab sich zur Rezeption.

Gasperlmaier überlegte, ob er der Frau Doktor vom Club Amore erzählen sollte, der in der Nähe von Bad Mitterndorf lag, etwa 20 Autominuten entfernt. Dort gab es das, was die Frau Doktor erwähnt hatte. Zumindest nach seinem Wissensstand. Er war selbst noch nie dort gewesen, aber zwei- oder dreimal hatten sie betrunkene Autolenker aufgegriffen, die von dort gekommen waren. Außerdem kursierten im Ort ständig Gerüchte, wer wen dort gesehen haben wollte. „Wie der Konecny gesagt hat. Seine Frau ist gestern spätabends abgereist. Es war ihr zu fad, hat sie behauptet. Und sich über das Wellnessangebot mokiert. Und was macht so ein Typ wie der Konecny in diesem Fall? Ist dir schon was eingefallen?" Gasperlmaier nickte. „An der Hauptstraße, hat er gesagt, der Konecny", wiederholte er. „Aber nicht, in welchem Ort. Kann gut sein ... es gibt da, 20 Autominuten entfernt, den Club Amore, da ..."

Die Frau Doktor seufzte. „Kann gut sein, dass er dort gewesen ist. Würde zu ihm passen. Aber ich fürchte, das führt uns alles wieder ein wenig weg von unserer eigentlichen Aufgabe – den Mörder zu finden. Würden sich die drei so auffällig verhalten, wenn sie mit den Morden was zu tun hätten?" „Vielleicht haben sie ja mit den Morden zu tun, aber nicht mit der Attacke auf die Mali?", gab Gasperlmaier zu bedenken. Die Frau Doktor nickte. „Und auf jeden Fall – die Holzapfel war ihnen schwer im Weg! Vielleicht haben sie jemanden bezahlt, der ..." „Womit wir wieder beim Auftragsmord wären." Sie stand auf. „Ob es jetzt regnet oder nicht – wir fahren nach Bad Aussee und erwarten den Herrn Obersten!"

Zu ihrem Glück hatte der Regen nachgelassen, sodass sie auch ohne Schirm halbwegs trocken ins Auto kamen. „Wir sind ein wenig früh dran", sagte die Frau Doktor. „Erzähl mir was über den Club Amore!" Gasperlmaier zuckte mit den Schultern, während sie ihr Auto schwungvoll aus der Parklücke lenkte. „Ich war ja selber noch nie dort, aber ..." „Aber?" „Aber wir haben öfter welche erwischt, die von dort gekommen sind. Und man erzählt sich halt ..." „Was erzählt man sich?" Gasperlmaier erinnerte sich noch gut an die Prahlereien eines ihrer Kunden, den sie mit 1,5 Promille am Steuer angehalten und auf den Posten mitgenommen hatten. Drei Damen hätte er „flachgelegt", wie er es nannte. Eine geiler als die andere. „Aufschneidereien", antwortete Gasperlmaier schließlich etwas einsilbig. „Du weißt ja, wie Männer da sind. Manche." „Nein, weiß ich nicht!", beharrte die Frau Doktor. „Aber du hast doch sicher selber schon mit solchen Sachen zu tun gehabt, Zuhälterei, illegale Prostitution, Mädchenhandel ... wahrscheinlich weißt du darüber mehr als ich!", widersprach er. „Weiß ich mehr als du?" Der Ton der Frau Doktor klang etwas süffisant, fand Gasperlmaier. Er war froh, als sie auf den Parkplatz in Bad Aussee einbogen und die Frau Doktor auf ein anderes Thema zu sprechen kam.

„Ich bin wirklich gespannt, was der Herr Oberst von uns will!", sagte sie, als sie über die Postbrücke auf das Hotel Kaiser Franz zugingen. „Es kann sich nur darum handeln, dass irgendjemand geschützt werden soll, aus der Schusslinie genommen." „Das kann ja eigentlich nur einer von unseren Politikern sein, oder?", fragte Gasperlmaier. „Glaub ich nicht!", sagte die Frau Doktor. „Dafür müssten sie nicht eigens einen Obersten herschicken. Da täte es ein einfaches Telefongespräch meines Vorgesetzten auch!"

Der Herr Oberst ließ auf sich warten, so lange, dass Gasperlmaier vor lauter Erschöpfung schon mehrmals die Augen zugefallen waren und die Frau Doktor ihr erstes Mineralwasser bereits fast geleert hatte, als er endlich eintraf. Gasperlmaier bekam Sodbrennen, das Wasser tat ihm gar nicht gut. Außerdem hatte er Hunger. Als sie in ihr Extrazimmer geführt worden waren, waren sie an Tischen vorbeigekommen, an denen bereits getafelt wurde. Alles hatte sowohl verführerisch ausgesehen als auch gerochen.

„Ich grüße Sie!" Der Oberst Hillinger kam auf die Frau Doktor zu, streckte ihr beim Eintreten beide Arme entgegen, als ob er sie lange schon vermisst hätte. Er schüttelte ihr ausdauernd die Hand, wobei er zusätzlich seine linke auf ihre rechte legte. Gasperlmaier erinnerte sich, dass auch der russische Präsident so gegrüßt hatte. Ihm passierte derartige Herzlichkeit beim Handschlag nie. Das Haar des Obersten Hillinger war silbergrau und akkurat gescheitelt, der ebenfalls silbergraue Schnauzer verlieh ihm etwas Walrossartiges, ein Eindruck, der durch das tief hängende Doppelkinn noch verstärkt wurde. Der Krawattenknoten verschwand nahezu dahinter. Endlich bequemte er sich, auch Gasperlmaier zu begrüßen. „So!", sagte er und setzte sich, entfaltete die bereitliegende Stoffserviette und breitete sie über seine Hosenbeine. „Zuerst einmal einen Aperitif, nicht?" An seinem Akzent merkte Gasperlmaier, dass er ein Wiener war. Der Oberst richtete sich ausschließlich an die Frau Doktor, redete in einem fort, ohne auf das Thema zu sprechen zu kommen, dessentwegen er nach Bad Aussee gefahren worden war. Über das Wetter, über seine Urlaube in Grundlsee, über die Erlebnisse daselbst, über seine Begegnungen mit Prominenten, er konnte gar kein Ende finden. Ein Seitenblick zur Frau Doktor zeigte Gasperlmaier hochgezogene Augenbrauen, ein sicheres Zeichen dafür, dass sie genervt war.

Als Gedeck gab es Gebäck und ein paar Aufstriche, was Gasperlmaiers knurrendem Magen sehr entgegenkam. „Na, und da war diese Party, am Abend vor dem Narzissenfest, vor zwei, drei Jahren. Die Eschbohnkohparty!“ „Die was?“, fragte die Frau Doktor irritiert zurück. „Eschbohnkoh. Kartoffelpüree“, erklärte Gasperlmaier. „Ja!“, fuhr der Oberst fort. „Und der Minister, ich sag Ihnen was, den haben die Grundlseer so abgefüllt, dass er nur mehr gelallt hat.“ „Das ist es aber sicher nicht, weswegen Sie gekommen sind?“, fragte die Frau Doktor vorsichtig, als die Vorspeise serviert wurde. „Sülzchen vom Bio-Jungrind“, erklärte der Kellner und ratterte dann noch Einzelheiten über die Bestandteile der Marinade herunter, die an Gasperlmaier vorüberplätscherten. „Jetzt kümmern wir uns zuerst einmal um die Vorspeise! Sie beide auch ein Gläschen Sauvignon Blanc? Passt hervorragend zu kaltem Rindfleisch!“, sagte der Oberst, anstatt auf die Frage der Frau Doktor einzugehen. Beide schüttelten den Kopf, Gasperlmaier hatte sich vorgenommen, mit einem Seidel Bier auszukommen, die Frau Doktor blieb beim Mineralwasser.

„Ja, der Major Teufl, sehen Sie, das ist ein bisschen ein Problem, das Ihrer Ermittlung, auch peripher, irgendwie im Wege gestanden ist“, murmelte er schließlich, während er am Sülzchen kaute. „Man weiß ja, nicht, die BFB, die scheint ihm ein gewisses Anliegen … es gibt da Verbindungen … vielleicht sogar eine Kandidatur in Erwägung gezogen …" Gasperlmaier verstand nur Bahnhof. Auch, weil der Oberst leise und undeutlich sprach. „Soll das heißen, dass Major Teufl wegen seines Naheverhältnisses zur BFB versucht hat, unsere Ermittlungen zu behindern? Haben wir deswegen über den Thomas Salzmann, diesen Wachmann, nichts herausfinden können?" „Pst, pst!" Der Oberst legte einen Finger an den Mund. „Streng intern, alles Interna, dürfen gar nicht daran denken … alles nur Vermutungen, nicht?" Gasperlmaier hatte sein Sülzchen in drei Bissen aufgegessen und wartete sehnsüchtig auf den Hauptgang, da ihm die mit vollem Mund hingemurmelten Andeutungen des Obersten auf die Nerven gingen. Mit der Hauptspeise hätte er wenigstens wieder eine Beschäftigung gehabt. „Das ist es aber auch nicht, weswegen Sie gekommen sind?", mutmaßte die Frau Doktor. „Weswegen dann?" Sie warf Gasperlmaier einen Blick mit verdrehten Augen zu, der ihm sagte, dass auch sie bereits mehr als ungeduldig auf die Enthüllung wartete, die da kommen sollte.

Nach weiterem belanglosem Smalltalk über das Wetter und das Salzkammergut wischte sich der Herr Oberst nach dem Dessert den Mund ab und beugte sich zur Frau Doktor. „Sehen Sie, der Grund, warum ich mich extra herbemüht habe, ist ein äußerst delikater. Das ist etwas, was man nicht am Telefon bespricht, sondern nur von Angesicht zu Angesicht." Er deutete vielsagend auf sich, die Frau Doktor und Gasperlmaier. „Eine Angelegenheit von höchster Vertraulichkeit, möchte ich sagen, und Sie, Frau Chefinspektor, haben ja schon geahnt, worum es sich handelt." Die Frau Doktor zog erneut die Augenbrauen hoch und sah Gasperlmaier überrascht an. Der Oberst griff mit zwei Fingern nach seiner Espressotasse und schlürfte den letzten Schluck. „Hervorragend! Ich sag ja immer, das Kaiser Franz!“

„Herr Oberst, ich möchte dringend bitten, wir haben noch zu tun!“, mahnte die Frau Doktor. „Ja, ja!“ Mit einem lässigen Wedeln der Hand versuchte der Oberst, sie zu beschwichtigen. „Die Jugend, die Jugend! Immer diese Eile! Wenn Sie erst einmal selber Major, oder sogar, so Gott will, einmal Oberst ... Aber ich will Sie nicht länger auf die Folter spannen. Sie haben diesen Salzmann ja schon erwähnt. Kurz und gut ...“ Er beugte sich ganz nahe zur Frau Doktor hinüber, und Gasperlmaier konnte nur mit Mühe verstehen, was er ihr anvertraute. „Diesen Salzmann, den gibt es nicht. Den können Sie vergessen. Er existiert nicht. Und der, den Sie für den Salzmann gehalten haben, der existiert für Sie nicht mehr. Er ist einer von uns. Verdeckter Ermittler. Mehr darf ich Ihnen leider nicht sagen.“

„Sakrament!“, entfuhr es der Frau Doktor, und sie schlug mit der flachen Hand auf den Tisch vor sich. „Was soll denn nun das? Und die Erkenntnisse, die dieser Kollege als Intimus der BFB gewonnen hat, die werden uns nicht zur Verfügung gestellt? Immerhin haben wir es mit zwei Morden und einer Entführung zu tun! Zählt das nichts?“ Die Frau Doktor war laut geworden. Der Oberst versuchte sie mit beschwichtigenden Gesten zu beruhigen. „Sie können ... müssen sogar!“, sagte er mit erhobenem Zeigefinger. „Weiter ermitteln, sorgfältigst! Aber was diese verdeckte Ermittlung betrifft, kann ich Ihnen keine Hoffnung machen. Höchst, wie ich schon sagte, vertraulich! Vielleicht noch einen Schnaps?“ „Ja, bitte!“, sagte die Frau Doktor mit unterdrücktem Zorn in ihrer Stimme. „Am besten gleich einen doppelten!" Nun zog der Oberst seine Augenbrauen ein wenig hoch, winkte aber dennoch einen Kellner herbei. „Sie auch, Herr Kollege? Marille?" Gasperlmaier nickte. „Und was sollte dieser verdeckte Ermittler eigentlich aufspüren? Geht's um die Verbindungen der BFB zu den Russen?" Der Oberst zog ein entsetztes Gesicht, legte einen Zeigefinger vor den Mund und wedelte mit der anderen Hand vor dem Gesicht der Frau Doktor herum. „Ich bitte Sie! Kein Wort zu dieser Affäre! Von Ihnen nicht, und von mir schon gar nicht!" Er schüttelte vorwurfsvoll den Kopf, wischte sich den Mund ab und bemühte sich gleich danach um ein verbindliches Lächeln.

„Als Entschädigung ... also, ich bin befugt, Ihnen beiden in Aussicht zu stellen ... Sie, Frau Chefinspektor, sollten sich vielleicht damit vertraut machen, bald als Leutnant ... und Sie, Herr Bezirksinspektor, demnächst vielleicht Abteilungs... ich denke, das ..." Er ließ seinen Satz versickern, als der Kellner die Schnäpse auf den Tisch stellte. „Mmmh, dieses Aroma!" Der Oberst schien das Gespräch plötzlich völlig vergessen zu haben und widmete sich ausschließlich seinem Schnapsglas, das er in der Rechten drehte und wendete und an seiner Nase vorbei sowie auf und ab führte, während er schnupperte, dass der Schnauzer zu zittern begann.

Als sie wieder auf der Straße standen, atmete die Frau Doktor tief durch. „Gut, dass ich an der frischen Luft bin!", sagte sie zu Gasperlmaier. „Ich kann dieses Geschwurbel nicht ertragen. Der fährt extra von Wien hierher, das musst du dir vorstellen, sein Tag und der seines Chauffeurs, die vergehen mit dieser sogenannten Dienstreise, dann verspeist er ein Schlemmermenü und wird sonst heute nichts mehr tun, und das alles, damit man uns erklärt, wir dürften nicht weiter nach einem Verdächtigen suchen. Und dafür, sozusagen als Schweigegeld, offeriert man uns eine Beförderung! Ja, wo sind wir denn?“ „Aber“, argumentierte Gasperlmaier, „es spart uns auch Arbeit. Wenn wir den Salzmann nicht mehr ...“ Die Frau Doktor ließ ihn nicht ausreden. „Aber darum geht’s doch nicht! Es geht um eine Mordermittlung, die von höchster Stelle behindert wird, indem wir an die Ermittlungen des Herrn Salzmann, oder wie auch immer er wirklich heißen mag, nicht herankommen! Letztendlich könnte das bedeuten, dass diese Lemuren von der BFB auch noch vom Staatsschutz beschützt werden! Ganz im Gegenteil zu dem, was er uns glauben machen will, wenn er den Major Teufl als deren Sympathisanten hinhängt!“ Gasperlmaier konnte ihr nicht mehr folgen, verzichtete aber auf Widerspruch, weil er nicht wusste, was Lemuren waren, und auch nicht danach fragen wollte.

„Wir stehen nackt und bloß da, wie am Anfang. Wir haben keine Spuren, keine Verdächtigen, niemanden, der die beiden Toten kennt und uns irgendwas Neues sagen könnte. Ganz toll!“ Die Frau Doktor schlug auf ihr Lenkrad. „Und was machen wir jetzt?“, fragte Gasperlmaier. „Wir überprüfen das Alibi von unserem Konecny! Mangels irgendeiner anderen vielversprechenden Möglichkeit! Kennst du den Weg?“ Gasperlmaier nickte. „Sicher. Aber ob die schon offen haben?“ „Da schaust du während der Fahrt!“ Gasperlmaier war nicht ganz wohl, als er den Club Amore googelte. Wer konnte schon wissen, wer alles sehen konnte, dass er im Internet nach diesem zweifelhaften Etablissement gesucht hatte? Es gab eine Webseite in Rot und Schwarz, auf der ihm gleich ein praller, kaum bedeckter Hintern entgegenlachte. Man konnte sich zwar die „girls“ ansehen, aber von Öffnungszeiten war trotz eifrigen

Tippens und Wischens nichts zu sehen. „Hallo, Gasperlmaier!“, ermahnte ihn die Frau Doktor, als sie bei einem Seitenblick feststellte, dass sein Display freizügige Fotos zeigte. „Ich such nur nach den Öffnungszeiten, ehrlich!“, verteidigte er sich. „Was kann ich denn dafür, dass die auf jeder Seite eine Nackte haben?“ Schließlich fand er unter dem Menüpunkt „Kontakt“ die Adresse und den Hinweis, dass ab 14 Uhr geöffnet sei. Er hatte zunächst nicht darauf drücken wollen, da er befürchtet hatte, es werde gleich Kontakt zu einer der Damen hergestellt. „14 Uhr!“, sagte er und steckte sein Handy wieder ein. Hoffentlich musste man das, was er sich gerade angesehen hatte, nicht löschen. Die Christine sollte es jedenfalls nicht sehen.

Der Club Amore sah von außen ziemlich unspektakulär aus, ein größeres Haus, vielleicht aus den 50er oder 60er Jahren, direkt an der Bundesstraße, ohne direkte Nachbarn. Nur war es neongrün angestrichen, was man, so fand Gasperlmaier, unter normalen Umständen mit einem Haus nicht machen würde. An einer Begrenzungsmauer verhieß ein Plastikschild „Neue Girl's“. „Englisch kann der nicht, der das Schild geschrieben hat!“, murmelte die Frau Doktor. „So?“, fragte Gasperlmaier. „Da gehört kein Apostroph vor einem normalen Mehrzahl-s!“, erklärte sie und schritt zielsicher auf den Eingang zu. Gasperlmaier hatte sich noch nie darüber Gedanken gemacht, wo ein Apostroph hingehörte oder wo es fehl am Platz war. „Du gehst vor!“, sagte sie. „Damit sie gleich wissen, wie viel es geschlagen hat!“ Gasperlmaier räusperte sich, strich sich mit zwei Fingern über die Nase und drückte die Eingangstür auf. Er fand sich in einem schwarz ausgemalten Vorraum wieder, in dem von der Decke das sprichwörtliche Rotlicht leuchtete. Links und rechts waren Schaukästen mit Fotos von mehr oder weniger leicht bekleideten Damen angebracht, vor ihm eine Schwingtür mit einer in Neonfarben leuchtenden stilisierten nackten Frauensilhouette. „Weiter!“, ermunterte ihn die Frau Doktor.

Hinter der Schwingtür betraten sie einen langgestreckten Raum, der offenbar die gesamte Front des Hauses einnahm. Vor Gasperlmaier war eine lange Bar, links und rechts von ihm Nischen mit plüschigen Möbeln, die Fenster waren abgedunkelt, leise Musik war zu hören. Eine Sängerin stöhnte mehr, als dass sie sang. Durch eine Tür hinter der Bar tauchte eine Frau auf, die sie offenbar kommen gehört hatte. Oder, so mutmaßte Gasperlmaier, es gab wohl eine Videoüberwachung, die ihr Eintreten angezeigt hatte.

„Ihr seid aber ein seltsames Paar!“, sagte sie mit einem abschätzigen Blick und rauer Stimme. Die Frau mochte um die 50 sein, trug eine hochaufgetürmte Frisur und ein glitzerndes Kleid, das ihren ein wenig welken Busen nach oben drückte. Ihre Lippen waren sorgfältig und grell geschminkt. Die Frau Doktor trat neben Gasperlmaier und zeigte ihren Ausweis vor. „Kohlross, Kripo Liezen. Wir hätten gerne eine Auskunft von Ihnen!“ Die Frau lachte meckernd auf. „Eine Auskunft gibt’s schon lange nicht mehr, nicht einmal für Telefonnummern oder Züge. Und unser Geschäft heißt Diskretion.“ „So so!“, sagte die Frau Doktor und erklomm einen der Barhocker. „Dann sagen Sie mir bitte einmal, wie Sie heißen und welche Funktion Sie hier innehaben! Es geht hier nämlich nicht darum, ob bei Ihnen in den Bädern vielleicht der Schimmel wächst, sondern um eine Mordermittlung!“ Die Frau lachte wieder. „Bei uns ist noch keiner ermordet worden. Wollt’s was trinken? Geht aufs Haus! Und ich bin die Besitzerin. Den Namen können S' sicher herausfinden, wenn S' von der Kripo sind!" Gasperlmaier schüttelte den Kopf, und auch die Frau Doktor lehnte einen Drink auf Kosten des Hauses ab. Dafür hielt sie der Wirtin ihr Handy mit dem Foto des Konecny entgegen. „War der heute Nacht hier?" Die Frau zuckte mit den nackten Schultern. „Kann sein, kann aber auch nicht sein. Ist ein schlechtes Foto." Die Frau Doktor seufzte. „Frau ... wie darf ich Sie ansprechen?" „Sagen S' einfach Frau Hetty zu mir", entgegnete sie. „Frau Hetty. Sie kennen das ganze Procedere. Natürlich müssen Sie mir nicht sagen, ob der da war. Dafür kommen dann halt heute oder morgen Nacht oder sonst wann meine Kollegen, scheuchen alle aus den Betten, kontrollieren die Ausweise der Kunden, überprüfen, ob alle Belege in der Registrierkasse sind beziehungsweise ausgedruckt wurden, checken die Ausweise aller Ihrer Mitarbeiterinnen und, falls es sich um Ausländerinnen handelt, die Aufenthaltsgenehmigungen und so weiter und so fort. Möchten Sie sich das wirklich antun?"

Nun war es an der Hetty zu seufzen. Anstatt einer Antwort ging sie zu einem Telefon und tippte eine Nummer ein. Das Gerät war sehenswert. Es stellte einen rot geschminkten Schmollmund dar, die Oberlippe diente als Telefonhörer, die Unterlippe enthielt die Tastatur. Gasperlmaier staunte. „Irina, kommst du bitte schnell einmal herunter?" Die Irina schien bockig zu sein, denn die Hetty musste ihre Aufforderung wiederholen und schließlich mit erhobener Stimme schimpfen. „Wenn ich sage, du kommst herunter, dann kommst du herunter!" Sie warf die Oberlippe auf die Unterlippe. „Kann ich das Gesicht noch einmal sehen?", fragte sie die Frau Doktor, sichtlich ungehalten. Sie betrachtete das Porträt des Konecny abschätzig. „Politiker, nicht? Kann sein, dass die Irina den erkennt", sagte sie schließlich, nahm ein Glas auf, das vor ihr stand, und begann es zu polieren.

Es dauerte eine Weile, bis die Irina aus einer vorher nicht sichtbaren Tür im Hintergrund auftauchte. Sie war blond, trug ihre Haare ebenso wie ihre Chefin hoch aufgetürmt und war mit einem schwarz-roten Mieder bekleidet, das mehr enthüllte als verdeckte. An den Füßen trug sie hochhackige Stiefeletten, hinter ihren knallrot geschminkten Lippen mahlte sie einen Kaugummi. Als sie Gasperlmaier erblickte, lächelte sie. „No, was ist?", gurrte sie. „Ich spiele auch gern mit Uniformen!" Die Irina, so mutmaßte Gasperlmaier, musste dem Akzent nach eine Russin sein. „Wir sind nicht zum Spielen hier!" Die Frau Doktor trat aus Gasperlmaiers Schatten, und das Lächeln der Irina erfror. „Für die zwei brauchst du dir das Theater mit dem russischen Akzent nicht antun!", erklärte die Chefin. „Das ist die Vroni, und sie kommt aus Eisenerz." An Gasperlmaier gewandt, fuhr sie fort. „Da gibt's Kunden, die stehen auf einen russischen Akzent. Und auf ein bisschen Dominanz. Wie man sich halt die russischen Frauen vorstellt, nicht?"

Die Frau Doktor hielt der Vroni wortlos ihr Handy mit dem Foto des Konecny entgegen. Sie deutete auf das Display. Gasperlmaier fielen ihre langen, mehrfarbig bemalten Fingernägel auf, die man, so dachte er bei sich, durchaus auch als Waffen gebrauchen konnte. Zunächst schüttelte die Vroni den Kopf. „Nie gesehen!" Sie blickte kurz zu ihrer Chefin, die kaum wahrnehmbar nickte. „Ah, doch, jetzt erkenn ich ihn!", grinste sie. Gasperlmaier stieg eine Wolke üppigen Parfums in die Nase. „Der Lulu!" „So, so. Der Lulu. War der gestern hier?" Die Vroni nickte, während sie weiter hingebungsvoll ihren Kaugummi bearbeitete. „Ja, ja! Der Lulu, der ist großzügig! Der hat mich – ich glaub, vier Stunden waren's, gell, Hetty?“ Ihre Chefin nickte. „Er hat's gern ein bisserl härter, der Lulu. Anhängen muss ich ihn, und durchhauen. Sonst ... na ja.“ So genau wollte Gasperlmaier das gar nicht wissen. „Kennen Sie den wirklichen Namen des Herrn?“, fragte die Frau Doktor, anscheinend ungerührt. Die Vroni schüttelte den Kopf. „Überflüssig, will keiner wissen.“ „Wie hat er bezahlt?“, fragte die Frau Doktor. „Bar oder Karte?“ Die Hetty wischte weiter an ihren Sektgläsern herum. „Bei uns zahlen alle bar“, erklärte sie. „Die Männer haben keine rechte Freude damit, wenn unser Name auf dem Kontoauszug aufscheint“, erklärte sie. „Bis wann ist er denn geblieben?“, fragte die Frau Doktor. Die Vroni zuckte mit den Schultern. „So genau weiß ich's nicht.“ „Aber ich!“, sagte die Hetty, zog ein A4-Blatt aus einer Schublade und fuhr mit einem Finger eine Spalte entlang. „Bis drei Uhr. Von elf bis drei, genauer gesagt. Die Vroni hat nachher nur noch einen Kunden gehabt, der ist um vier gegangen.“ Die Vroni nickte. „Der war schon so besoffen, der hat nicht einmal einen ...“

„Reicht schon“, unterbrach sie die Frau Doktor. „Darf ich fragen, wie viel der Herr Lulu ...?“ „Bei der Vroni kostet die Stunde 150“, sagte die Hetty. „Und das ist sie auch wert. Gell, Vroni?“ „Natürlich!“ Sie posierte kokett, beugte sich vor und schwenkte ihre Brüste vor Gasperlmaiers Nase. „Für die Polizei gibt's natürlich Ermäßigung!“ Gasperlmaier trat einen Schritt zurück. „Jetzt fürcht' er sich!“, schmollte die Vroni. „Noch eine Frage“, unterbrach die Frau Doktor die Vorstellung. „Hat er sich den russischen Akzent gewünscht, der Herr Lulu?“ Die Vroni nickte. „Er hat sogar extra danach gefragt, ob wir eine Russin haben!“, fügte die Chefin hinzu.

In diesem Moment öffnete sich die Tür, und drei Herren in dunklen Anzügen traten ein. Sie zuckten zurück, als sie Gasperlmaier sahen, und tuschelten untereinander, wohl auf Englisch, wie er zu hören meinte. „Gentlemen, die gehen gleich. They go!“ Die Hetty deutete auf Gasperlmaier und die Frau Doktor, während sie den Neuankömmlingen ein Lächeln schenkte. Die Vroni posierte kokett und rückte ihren Haarturm zurecht.

„Komm, Gasperlmaier!“ Draußen erst merkte er, wie duftgeschwängert die Luft in dem Lokal gewesen war. „Puh!“, schnaufte er. „Da drinnen, der Geruch ... das hätte ich nicht lange ausgehalten.“ „Dafür wissen wir jetzt, dass der Lulu“, die Frau Doktor kicherte hinter vorgehaltener Hand, „nicht für die Schmieraktion in Frage kommt. Dafür muss er unmittelbar nach der Abreise seiner Frau angetrunken in den Porsche gestiegen sein!“ Sie schüttelte entrüstet den Kopf. „Gegen die zwei anderen haben wir aber auch nicht viel in der Hand“, kommentierte Gasperlmaier, „außer den Kassenbeleg vom Cateringzelt.“ „Wenn sich da nicht rasch etwas entwickelt, Gasperlmaier, dann muss ich den Fall nach Wien abgeben.“ Überrascht sah er zu ihr auf. Die Frau Doktor lenkte den Audi aus dem Parkplatz zurück auf die Bundesstraße. „Oder ich muss selber nach Wien, im Umfeld der Holzapfel und des Horak recherchieren. Hier scheinen wir nicht weiterzukommen.“ „Aber ... wir haben doch den Huditsch und den Wimmesberger!“, widersprach er. „Schon!“, nickte die Frau Doktor. „Aber was haben wir da? Den Verdacht, sie könnten ein Fenster eingeschlagen haben, und einen Aufenthalt des Huditsch im Cateringzelt am Mordabend. Weißt du, wie viele da noch waren, an diesem Tag? Inklusive dir selber?“ Gasperlmaier seufzte. Es war wirklich wenig, viel zu wenig, was sie bisher wussten.

Auf dem Posten erwartete sie die Manuela. „Der endgültige Bericht der Spurensicherung aus dem Lieferwagen ist da!", erklärte sie und deutete auf ihren Bildschirm. „Wird euch nicht besonders freuen. Man hat einige unbekannte DNA-Spuren entdeckt, die in keiner Datenbank erfasst sind. Daneben die des Mordopfers, ich meine jetzt den Horak, der Stefanie Frisch und mehrerer Mitarbeiter des Cateringservice, die alle den Wagen benutzt haben. Spuren an der Windschutzscheibe außen sind konsistent mit Stefanie Frisch, also ist sehr wahrscheinlich, dass sie das Unfallopfer war. Mehr gibt's nicht." „Sollen wir noch einmal auf die Mitarbeiter des Cateringservice zurückkommen? Die sind aber auch alle schon weg!", sagte die Frau Doktor, knallte ihre Handtasche auf Gasperlmaiers Schreibtisch und ließ sich in seinen Sessel fallen, sodass der knarrte und ein Stück zurückschlitterte. Gasperlmaier beschlich das Gefühl, der Fall sei zumindest für ihn hier in Altaussee beendet. Schade, dass die Frau Doktor nun wohl abreisen würde.

„Ja, und da ist noch was von der Gerichtsmedizin!" Die Manuela klickte auf ihrem Bildschirm herum. „Bezüglich der Schwangerschaft des Mordopfers. Die Frau Doktor Wurm hat überprüft, ob der Horak als Vater in Frage kommt. Er ist es nicht." „Sakrament!" Die Frau Doktor schlug auf die Tischplatte, dass Gasperlmaier zusammenzuckte. „Dann müssen wir wohl nach einem anderen möglichen Vater suchen!" Die Manuela nickte.

Plötzlich klingelte es unten an der Tür. „Ja?", fragte Gasperlmaier an der Gegensprechanlage. „Paket für Sie. Ich lass liegen hier vor Tür!", sagte der Fahrer, dessen Gesicht Gasperlmaier wegen einer tief heruntergezogenen Schirmkappe nicht erkennen konnte. „Nein, kommen Sie herauf!“, sagte er und drückte den Türöffner. Doch es war zu spät, der Mann war bereits verschwunden. Die Frau Doktor sprintete zum Fenster, von dem aus man den Parkplatz nicht sehen konnte. „Es ist jemand weggefahren“, sagte sie. „Leider nur gehört.“

Auf der untersten Stufe lag ein Kuvert im Format A4. „Ich hol's!“, sagte Gasperlmaier. „Vorsichtig!“, mahnte die Frau Doktor. „Man weiß nie, was da drin sein kann. Immerhin ist die Zustellung schon ziemlich mysteriös.“ Vorsichtig schlich Gasperlmaier an dem Kuvert vorbei, um es von unten in Augenschein nehmen zu können. Es wirkte harmlos, trug allerdings keinerlei Beschriftung, keine Etiketten, keinen Strichcode. Das war schon merkwürdig. Er entschloss sich, es aufzuheben. Es war leicht, nichts passierte. Irgendwas kullerte darin herum. Ob das ein Sprengkörper sein konnte? Wohl nicht. Nicht in Altaussee. Inzwischen war die Frau Doktor zu ihm gestoßen. „Schmeiß es doch einmal auf den Boden, damit wir sehen, ob da was passiert“, schlug sie vor. Gasperlmaier hielt dieses Vorgehen nicht für professionell, schwieg aber. „Da wird es aber nass!“, wandte er nur ein. „Egal!“, entschied die Frau Doktor, und so warf er das Kuvert von sich und es landete auf dem Asphalt. Nichts geschah. „Riskieren wir's?“, fragte die Frau Doktor. Gasperlmaier nickte, ging neben dem Kuvert in die Hocke und nahm es auf. Vorsichtig riss er es an der Lasche auf, achtete aber darauf, dass die Öffnung von ihm wegwies. Schließlich kippte er den Inhalt des Kuverts auf den Boden. Es war ein blauer, völlig unauffälliger USB-Stick.

Gasperlmaier wollte ihn aufheben, als ihn die Frau Doktor stoppte. „Vorsicht! Fingerabdrücke!“ Sie hielt ihm einen kleinen Plastikbeutel entgegen, in den Gasperlmaier seine Hand steckte und den Stick damit vorsichtig aufhob. Gemeinsam begutachteten sie ihn. „Was da wohl drauf ist? Hast du den Lieferanten erkannt?" Sie holte einen weiteren Plastikbeutel aus ihrer Handtasche, bückte sich um das Kuvert und barg es im Beutel. „Müssen wir auf Spuren untersuchen lassen." Inzwischen war auch die Manuela zu ihnen getreten. „Aber nicht, bevor wir uns angesehen haben, was auf dem Stick drauf ist!", sagte sie. Die Frau Doktor nickte.

„Fotos und Videos", stellte die Manuela fest, nachdem sie den Stick in den Anschluss ihres Computers geschoben hatte, ohne die Plastikhülle zu entfernen. „Nicht einmal verschlüsselt." Gasperlmaier blieb der Mund offen stehen, als sie das erste Video startete. „Das ist die Villa Kirnberger!", sagte er. Das Bild war sehr dunkel, nur erhellt von den Straßenlaternen und der Lampe, die das Schild über der Eingangstür des Hotels beleuchtete. Niemand war zu sehen. „Ich glaube, ich weiß, was da jetzt kommt!", sagte die Frau Doktor. Tatsächlich tauchte bald von links ein weißer SUV auf und fuhr an der Kamera vorbei. „Stopp!", rief die Frau Doktor. „Kann man das Kennzeichen erkennen?" Die Manuela ließ das Video Bild für Bild rückwärts laufen, bis das Heck des SUV wieder ins Bild kam. „Sehr unscharf!", sagte sie und näherte ihren Kopf dem Bildschirm. Gasperlmaier suchte noch nach seiner Brille, ohne die er ohnehin nichts erkennen konnte. Und mit Brille war er nun wieder zu weit vom Bildschirm entfernt.

„Das Land kann man nicht erkennen", sagte die Manuela. „Die Buchstaben sind einfach zu klein." „Aber die ersten beiden, das könnte WL sein", meinte die Frau Doktor. „Das wäre Wels-Land, in Oberösterreich", fiel Gasperlmaier ein. „Lassen Sie weiterlaufen", sagte die Frau Doktor. „Das Auto könnte dem Wimmesberger gehören. Der ist aus Oberösterreich. Und ich glaube, wir haben es auch schon einmal gesehen, als sie sich alle mit den Russen getroffen haben, bei der Losermaut." Die Manuela nickte.

Es verging mehr als eine Minute, ohne dass etwas passierte. „Was ist jetzt los?", fragte Gasperlmaier. „Sie haben wohl weiter entfernt geparkt, denke ich mir", meinte die Frau Doktor. Nach etwa zwei Minuten tauchten von rechts tatsächlich zwei Gestalten auf, und Gasperlmaier atmete auf. „Also doch!", flüsterte er. Es geschah genau das, was die Mali ihnen schon beschrieben hatte. Die beiden besprühten die Wände der Villa. Man hörte leises Kichern. Einer der beiden war deutlich beleibter als der andere, das konnte man trotz der schlechten Beleuchtung und der dunklen Kleidung erkennen. Gelegentlich schien er zu schwanken. „Ob die besoffen sind?", fragte Gasperlmaier, auf den Dicken zeigend. „Möglich", flüsterte die Frau Doktor. Das Zischen der Spraydosen konnte man nur ganz leise hören, und auch erst, nachdem die Manuela die Lautsprecher voll aufgedreht hatte. Schließlich sah man hinter den Fenstern der Veranda etwas aufleuchten. Der Rest des Bildes wurde noch dunkler. Einer der Schatten rannte gebückt auf die Villa zu, hob direkt unter den Fenstern etwas auf, trat ein paar Schritte zurück und schleuderte es gegen das erleuchtete Fenster. Das Klirren der Scheibe und den Schrei der Mali hörte man nun ganz deutlich. „Unter den Fenstern, da liegen an der Wand entlang diese Steine, wahrscheinlich zur Drainage", erklärte Gasperlmaier. „Ziemlich leichtsinnig, finde ich!", sagte die Manuela. „Den Einbrechern gleich das Werkzeug vor die Tür legen!"

Zu hören war nun kaum noch was, aus der Villa drang ein wenig Lichtschein. Das musste die Handylampe der Mali sein. Die beiden Gestalten verschwanden aus dem Bild, das Video jedoch lief weiter. „Spiel ein wenig vor!“, verlangte Gasperlmaier. Tatsächlich tat sich einige Minuten nichts, bis der Streifenwagen der Manuela mit quietschenden Reifen vor der Villa hielt. Dann war das Video zu Ende.

„Sapperlot!“, kommentierte Gasperlmaier. „Schaut so aus, als hätten wir doch noch etwas zu tun heute. Nehmen wir die beiden fest?“ Die Frau Doktor nickte. „Der Statur nach könnten sie es gewesen sein. Und das Auto ist natürlich ein klares Indiz. Der SUV ist nicht noch einmal vorbeigefahren“, merkte die Manuela an. „Das heißt, wenn die beiden zurückgefahren sind, dann erst, als ich schon vor Ort war.“ „Hast du wen vorbeifahren sehen?“, fragte Gasperlmaier. Die Manuela lachte auf. „Glaubst du, das hätte ich nicht schon gesagt? Wahrscheinlich war ich gerade mit der Frau Kirnberger beschäftigt, ich kann mich an kein Auto erinnern!“

„Da gibt es noch mehr!“, meldete sich die Frau Doktor. „Da sind noch Fotos!“ Das erste Foto zeigte den Porsche des Konecny, der vor dem Club Amore parkte. „Da schau her!“, sagte die Frau Doktor. „Da hätten wir uns gar nicht hinbemühen müssen. Aber dann hätten wir nie die Bekanntschaft der charmanten Vroni gemacht, gell, Gasperlmaier?“ „Wann ist denn das Foto gemacht worden?“, fragte die Frau Doktor. „Schauen wir einmal.“ Die Manuela wechselte zu den Daten, die es über diese Fotodatei gab. „Um 22:49“, sagte sie. „Aber das kann man natürlich fälschen.“ „Scheint mir zu passen, laut der Aussage der Besitzerin des Bordells war der Konecny ab circa elf dort. Er heißt dort ‚Lulu‘!“ „Lulu!“, wiederholte die Manuela kichernd. Es gab noch weitere Fotos. Das nächste zeigte wieder den Porsche, an der Hauswand dahinter standen zwei Mädchen in

Daunenmänteln, die rauchten. „Wenn unser Fotograf der gleiche ist, der das Video gemacht hat, dann hat er nicht abgewartet, bis der Konecny vom Club Amore wieder weg ist. Sonst hätte er die Sprühaktion verpasst." Gasperlmaier überlegte. „Woher konnte denn der Mann wissen, dass der Konecny zum Club Amore fährt?", fragte er. „Er könnte ihm natürlich gefolgt sein", dachte die Frau Doktor laut nach. „Aber wieso er über die Sprühaktion Bescheid wusste und wieso er sie gefilmt hat, das wäre sehr interessant zu wissen!"

Es folgten keine weiteren Bilder mehr. „Eine noch viel spannendere Frage ist, wer diese Aufnahmen gemacht hat und warum er sie uns jetzt zur Verfügung stellt. Jemand eine Theorie?", fragte die Frau Doktor in die Runde. „Hm!", sagte Gasperlmaier und überlegte. „Es kann doch ... also, wenn es stimmt, was der Oberst uns erzählt hat, dann könnte es der Salzmann gewesen sein. Der verdeckte Ermittler." Die Frau Doktor nickte. „Er war zu dem Zeitpunkt jedenfalls in Altaussee. Und er hat sowohl Mittel als auch Gelegenheit, um solche Aufnahmen verdeckt zu machen – aber warum schickt er sie uns?" „Um uns bei den Ermittlungen zu unterstützen?", vermutete die Manuela. „Oder um uns auf eine ganz bestimmte Spur zu lenken!", warnte die Frau Doktor mit erhobenem Zeigefinger.

Sie erhob sich. „Na, jetzt werden wir uns diese beiden Herren einmal greifen. Sie sind zwar auf dem Video nicht eindeutig erkennbar, aber wir werden ihr Fahrzeug identifizieren können. Und dann haben sie einigen Erklärungsbedarf!"

13

Gasperlmaier hatte ein etwas mulmiges Gefühl, als sie zum Seehotel aufbrachen. Ob sich die beiden Abgeordneten so einfach festnehmen lassen würden? Auf jeden Fall würden sie auf ihre parlamentarische Immunität pochen, vielleicht waren sie sogar bewaffnet. Die BFB hatte ja schon immer ein freizügigeres Waffenrecht verlangt, nach amerikanischem Muster. Man müsse Haus und Hof, seine Familie und sich selbst ja wohl verteidigen dürfen, so lautete das Argument.

Sie waren gerade erst in die Hauptstraße eingebogen, als ihnen ein weißes Fahrzeug mit weit überhöhter Geschwindigkeit entgegenkam. „Das waren aber sicher mehr als 40!", bemerkte die Frau Doktor. Ausnahmsweise schaltete Gasperlmaier einmal schneller. „Das war der SUV! Mit dem WL-Kennzeichen! Der Huditsch! Schnell, dreh um! Wir müssen ihnen folgen!" Die Frau Doktor reagierte umgehend, lenkte ihren Audi auf den leeren Parkplatz vor dem Volkshaus und wendete im Drift mit quietschenden Reifen. Dann gab sie Gas. Gasperlmaier hoffte inständig, dass niemand unversehens auf die Straße treten würde. Noch im Ortsgebiet beschleunigte die Frau Doktor auf 80, doch der weiße SUV blieb außer Sicht. Gott sei Dank, so dachte Gasperlmaier bei sich, waren wegen des schlechten Wetters nur wenige Fußgänger unterwegs. „Wohin?", schrie die Frau Doktor, um den immer wieder aufheulenden Motor zu übertönen. Gasperlmaier fiel es schwer, bei dieser Geschwindigkeit zu denken. Er war zu alt für eine Verfolgungsjagd, dachte er im Stillen. „Zur Bundesstraße, sicher!", fiel ihm ein. „Die werden kaum auf die Idee kommen, sich womöglich im Ortsgebiet von Bad Aussee einfangen zu lassen!" Wieder kam der Audi ins Schleudern, als die Frau Doktor scharf rechts abbog. Vor ihnen tauchte ein mit Baumstämmen beladener Traktoranhänger auf. „Scheiße!“, fluchte die Frau Doktor. „Aber da müssen wir jetzt durch!“ Sie lenkte trotz der Rechtskurve auf die Gegenfahrbahn, Gasperlmaier schloss die Augen. „Puh!“, sagte die Frau Doktor, als sie vorbei waren und Gasperlmaier die Augen wieder öffnete. „Wenn man aufpasst, haben eh drei nebeneinander Platz! Siehst du ihn schon?“ Gasperlmaiers Herz raste, doch er konnte den weißen SUV nun erkennen, ein paar hundert Meter vor ihnen, schon nahe der Abzweigung auf die Pötschenstraße.

„Da oben!“, rief er und deutete mit dem Finger. „Wir haben ihn gleich!“ „Ob er schon gemerkt hat, dass er verfolgt wird?“, fragte die Frau Doktor atemlos. Ein Seitenblick verriet Gasperlmaier, dass sie schwitzte und heftig atmete. „Rechts!“, kommandierte er oben an der Kreuzung, obwohl er nicht sehen hatte können, ob der SUV wirklich nach rechts abgebogen war. Gerade vor einem herannahenden Lieferwagen bog die Frau Doktor ein, der Wagen hinter ihnen hupte. Nun ging es geradeaus weiter, Gasperlmaier schielte auf den Tachometer, der bald mehr als 140 anzeigte. Hoffentlich ging das alles gut aus. Womöglich, so dachte er bei sich, wäre es gescheiter gewesen, die beiden einfach fahren zu lassen und zu Hause abzuholen, ganz ohne Aufregung und lebensgefährliche Hetzerei.

Doch nun tauchte der SUV vor ihnen auf. Der Huditsch hatte wohl vermutet, sie wären schon in Sicherheit. Die Frau Doktor fuhr knapp auf, hupte und betätigte die Lichthupe. Der Huditsch gab Gas. „Pass auf!“, warnte Gasperlmaier. „Gleich kommt die Kehre!“ Der Huditsch beschleunigte, während die Frau Doktor ihren Fuß vom Gas nahm. Die leichte Rechtskurve vor der Kehre nahm der Huditsch noch im Drift, doch in der folgenden Linkskurve brach der Wagen aus. Die Frau Doktor bremste, um nicht in den SUV zu krachen, der zog schwarze Linien auf den Asphalt, schlitterte aber geradeaus in die Kehre, durch die von oben ein mit einem Bagger beladener Sattelschlepper herannahte. „Oh Gott!“, schrie die Frau Doktor, als der SUV seitlich gegen die Hinterräder des Anhängers krachte, sich kurz aufbäumte und danach auf die Fahrbahn zurückstürzte. Der Lkw rollte noch ein paar Meter weiter, ein ihm nachfolgender PKW rumpelte über Wrackteile und stieß gegen die Leitschiene. Im nächsten Moment war es völlig still.

„Du sicherst ab, ich Erste Hilfe!“ Die Frau Doktor riss den Gurt aus dem Schloss und stieß die Tür auf. Gasperlmaier zitterte am ganzen Körper, als er ausstieg, den Kofferraum öffnete und nach dem Warndreieck suchte. Hinter ihm waren schon zwei, drei Fahrzeuge stehen geblieben. Als Erster der Lieferwagen, dem die Frau Doktor so brutal die Vorfahrt genommen hatte. Er lief an ihnen vorbei und platzierte das Warndreieck etwa 50 Meter hinter dem letzten Fahrzeug. Dann zog er sein Handy aus der Brusttasche, rief die Manuela an und bat sie, die Rettung zu verständigen und zur Absicherung zur Unfallstelle zu kommen. Und die Kollegen in Bad Goisern zu alarmieren, die den Pötschenpass gänzlich sperren sollten. Es würde, so vermutete er, eine Zeitlang dauern, bis der Unfallhergang aufgenommen war und alle beteiligten Fahrzeuge geborgen waren. Mit wackeligen Knien machte er sich auf zur Unfallstelle. Mit Schwerverletzten oder gar Toten zu tun zu haben, das war seine Sache nicht.

Allerdings stellte sich die Sache ganz anders als befürchtet dar, als er am Unfallort ankam. Der Huditsch stand mit hochrotem Kopf neben dem Wrack des Autos und gestikulierte wild. Der Wimmesberger saß noch auf seinem Sitz, allerdings seitlich und mit den Füßen auf dem Asphalt. Er schien etwas benommen. Gasperlmaier ignorierte die beiden zunächst, denn einige Zeugen hatten sich um das dritte am Unfall beteiligte Fahrzeug gesammelt. Eine Frau hielt ein etwa dreijähriges Kind auf dem Arm, das schluchzte. „Lassen Sie mich durch?" Gasperlmaier schob einige Leute beiseite, die den Zugang zur Fahrertür blockierten. Die Fahrerin sah ihn aus schreckgeweiteten Augen an, ihr Gesicht war blutig. „Wie geht's Ihnen? Haben Sie Schmerzen?" Sie schüttelte den Kopf. „Nur der Airbag ... die Brille ... ich seh nicht viel. Was ist mit der Valerie?" Gasperlmaier nickte. „Alles in Ordnung, es kümmert sich schon jemand um sie. Glauben Sie, dass Sie aussteigen können?" Die Frau nickte. „Es ist alles so schnell gegangen ... ich hab solche Angst um die Valerie gehabt." Gasperlmaier sah, dass sie am ganzen Körper zitterte. „Bleiben Sie lieber sitzen!", sagte er. „Ich hol Ihnen die Valerie!" Er winkte der Frau, der es mittlerweile gelungen war, das Kind mit einem Keks zu beruhigen. Es schniefte nur noch leise. „Ihre Mutter will sie sehen!", erklärte er. „Vielleicht beruhigt sie sich dann." Gasperlmaier öffnete die Tür, die ein wenig klemmte, nahm die Valerie und setzte sie ihrer Mutter auf den Schoß. „Oh Gott!", schluchzte sie und drückte ihre Tochter an sich. Gasperlmaier setzte seine Brille auf und besah sich das Gesicht der Frau. Die Kratzer schienen nur oberflächlich zu sein, die Blutungen hatten aufgehört. Von weitem hörte Gasperlmaier das Folgetonhorn der Rettung. „Sie werden gleich abgeholt", erklärte er. „Regen Sie sich nicht auf. Es wird alles gut!" „Aber mein Auto!", jammerte die Frau plötzlich. Gasperlmaier hatte schon oft erlebt, dass sich Unfallopfer um scheinbar völlig nebensächliche Kleinigkeiten sorgten. „Es wird abgeschleppt, Sie brauchen sich nicht darum zu kümmern. Und den Schaden zahlt die Versicherung. Soll ich jemanden für Sie anrufen?" „Danke!", antwortete die Frau. „Es geht schon selber!" „Servus, Gasperlmaier! Wir übernehmen!" Hinter ihm war ein Sanitäter aufgetaucht und stellte seine Tasche ab. „Alles Gute!", sagte Gasperlmaier noch und begab sich dann zur Frau Doktor. Mittlerweile waren sowohl von oben als auch von unten Feuerwehrfahrzeuge im Anrollen, die Manuela sah Gasperlmaier nicht. Wahrscheinlich war sie an der Kreuzung zur alten Pötschenstraße stehen geblieben, denn dort konnte man den Verkehr an der Unfallstelle vorbei umleiten. Zumindest einspurig.

„Ich habe Ihnen schon erklärt", sagte die Frau Doktor lauter als gewöhnlich, „dass Sie eben nicht hätten flüchten dürfen. Es geht um eine nicht unerhebliche Straftat, da können Sie nicht einfach ..." Der Huditsch unterbrach sie. „Was heißt denn hier Straftat! Wir haben überhaupt nichts getan! Wir sind immun, als Abgeordnete! Sie haben uns überhaupt nicht ..." „Gefahr im Verzug!", antwortete die Frau Doktor. „Sie kommen jetzt entweder auf den Posten mit, samt Ihrem Kompagnon, oder Sie lassen sich ins Krankenhaus bringen!" „Mein Kollege ist schwer verletzt!", protestierte der Huditsch. „Natürlich müssen wir ins Krankenhaus! Komm, Alois! Kannst du selber zur Rettung, oder möchtest du auf eine Bahre?" „Trage!", ächzte der Wimmesberger. „Nicht Bahre! Auf der liegen Tote!" „Wie auch immer!", antwortete der Huditsch und schritt auf den Rettungswagen zu, ohne dem Wimmesberger weitere Beachtung zu schenken. „Halt, halt!" Die Frau Doktor hielt ihn am Ärmel zurück. „Zuerst die Frau und das Kind!

Vergessen Sie nicht, Sie sind am Unfall schuld! Wäre nett, wenn Sie sich entschuldigen!" „Entschuldigen?", wiederholte der Huditsch verächtlich. „Wofür denn? Dass ich von der Polizei widerrechtlich gehetzt werde?"

Es dauerte bis zum frühen Abend, bis die beiden der Frau Doktor und Gasperlmaier auf dem Posten gegenübersaßen. Sie hatten sich schließlich nach längerem Hin und Her bereit erklärt, von der Frau Doktor ins Krankenhaus gefahren zu werden. Dort hatte sich – nach langer, zermürbender Wartezeit – herausgestellt, dass beide vernehmungsfähig waren, weil sie keinerlei diagnostizierbare Verletzungen erlitten hatten. „Vielleicht haben ihre zarten Seelen etwas gelitten", hatte ihnen eine junge Ärztin mit einem Augenzwinkern erklärt. „Immerhin hat der eine den Verlust eines fast neuen Geländewagens zu verschmerzen." „Der ist mit Sicherheit kaskoversichert!", hatte die Frau Doktor geantwortet.

Neben dem Huditsch saß ein Anwalt, dessen Wange, wie Gasperlmaier feststellte, ein Schmiss zierte. „Also!", sagte die Frau Doktor, stellte ihren Laptop auf dem Schreibtisch ab und startete das Video, das die beiden bei ihrem nächtlichen Tun vor der Villa Kirnberger zeigte. „Ich möchte, dass Sie sich das ansehen!" „Zuvor!", der Anwalt hob seine Hand, „gilt es noch einiges zu klären. Wie Sie wissen, genießen die beiden Herren parlamentarische Immunität. Sie können also jederzeit diesen Raum verlassen und gehen, wohin auch immer sie möchten." „Sicherlich", nickte die Frau Doktor. „Nur – schauen Sie es sich erst einmal an. Und bedenken Sie, dass unser geheimnisvoller Filmer das Material womöglich auch an die Presse geschickt hat. Oder an die Nationalratspräsidentin. Oder an den Herrn Parteivorsitzenden Konecny." Der Anwalt lehnte sich zurück und schlug die Beine übereinander. Die beiden

Abgeordneten wirkten unsicher. Der Huditsch hatte nun einen Anflug eines blauen Auges, wohl vom Airbag verursacht. Schweigend sahen sie das Video an, unterbrochen lediglich von gelegentlichem Hüsteln oder Räuspern. Gasperlmaier versuchte, sich auf ihre Gesichter zu konzentrieren. Sie sahen, fand er, sehr schuldbewusst aus, gelegentlich warfen sie einander oder dem Anwalt Blicke zu. Der Huditsch scharrte mit den Füßen, das Knie des Wimmesberger zuckte.

„Nun?", fragte die Frau Doktor, als das Video geendet hatte. „Was sagen Sie dazu?" Der Anwalt stand auf und streckte der Frau Doktor seine Handflächen entgegen. „Die beiden Herren sagen gar nichts. Die ganze Show ist lächerlich. Keiner meiner Mandanten ist auf dem Video erkennbar. Sie haben nichts in der Hand!" „Wir haben ihr Auto!", entgegnete die Frau Doktor. „Ich denke, es wird ein Leichtes sein, das Fahrzeug zu identifizieren. Und es kam aus der Richtung des Hotels, wo die Herren genächtigt haben. Es wird ebenso ein Leichtes sein, festzustellen, ob die beiden Herren eine ihrer Zimmerkarten genutzt haben, um in die Tiefgarage zurückzukehren."

Der Anwalt lockerte seinen Krawattenknoten. „Das kann ebenso gut jemand anderer gewesen sein." Er schien etwas kleinlauter als zuvor. „Dieser Jemand müsste aber dann sowohl an die Zimmerkarte als auch an die Autoschlüssel gekommen sein. Sind die Herren diesbezüglich zu irgendeiner Aussage bereit?" Der Wimmesberger, so meinte Gasperlmaier zu erkennen, wollte etwas sagen, der Anwalt aber legte seinen Zeigefinger vor den Mund und machte „Pst!". „Wäre noch zu klären, wo sich die Herren zum Zeitpunkt der beiden Morde aufgehalten haben und ob sie mit der Entführung einer Frau in Verbindung stehen." „Welche Entführung?", entfuhr es dem völlig entgeisterten Huditsch. „Tut nichts zur Sache!", bremste ihn der Anwalt. Die Frau Doktor zuckte mit den Schultern. „Ich werde Ihnen erklären, wie es weitergeht. Die Beweise gehen an die Staatsanwaltschaft. Diese wird sich mit dem Parlamentspräsidium in Verbindung setzen, es wird zu einem Antrag auf Aufhebung Ihrer Immunität kommen. Bis dahin wird viel Zeit vergehen, die Presse wird vor Ihren Türen lauern, Ihre Familien belagern. Wahrscheinlich werden Sie aus der Partei ausgeschlossen. Leute, die Naziparolen an Hauswände schmieren, kann sich nicht einmal die BFB leisten." Der Huditsch begann zu husten, während der Wimmesberger immer verzweifelter aussah. Schließlich schlug er mit der Faust auf den Tisch, dass der Laptop zitterte.

„Schluss!", schrie er und stand auf. „Ich trete zurück! Sofort! Und ich mache eine Aussage! Ich sage alles!" Der Anwalt trat auf ihn zu und machte Anstalten, ihm eine Hand auf die Schulter zu legen. „Ruhig!", sagte er. Nun begann der Wimmesberger zu toben, sodass Gasperlmaier schon fürchtete, er werde sich oder anderen Gewalt antun. „Und du schleichst dich, aber sofort, du Hundsfott, du elendiger! Ich will dich nicht mehr sehen! Ich mag nimmer! Schicken S' den weg! Weg!" Er fuchtelte mit den Armen herum. „Bitte beruhigen Sie sich, Herr Wimmesberger! Wenn Sie möchten, wird Ihr Anwalt den Raum verlassen. Wir können Sie auch allein, ohne den Herrn Huditsch vernehmen. Er kann gehen, es gibt keinen Grund, ihn weiter festzuhalten." Der Wimmesberger trat schwer atmend ans Fenster und starrte in die regenverhangene Dämmerung. „Schickt sie weg. Ich will mit denen nichts mehr zu tun haben. Gesindel, verrecktes!"

Der Anwalt schüttelte den Kopf, forderte den Huditsch im Flüsterton auf, ihm zu folgen, und verabschiedete sich. „Tu nichts, Lois, was du später bereuen wirst!“, zischte er noch von der Tür her. „Einen Moment noch!“, stoppte die Frau Doktor die beiden. „Der Herr Huditsch möchte bitte Altaussee nicht verlassen und sich zu unserer Verfügung halten!“ Der Huditsch nickte, während der Anwalt schon auf der Treppe war. Die Tür fiel ins Schloss, dann war Ruhe.

„Möchten Sie sich wieder setzen, Herr Wimmesberger?“, fragte die Frau Doktor sanft. Der nickte. Er tat, wie ihm angeboten. Und dann sprudelte es aus ihm heraus. „Es war alles genauso, wie man es auf dem Video sieht. Den Stein hat der Huditsch geworfen. Ich gestehe alles.“ Die Frau Doktor nickte. „Warum eigentlich? Warum haben Sie sich zu dieser Aktion hinreißen lassen?“ Der Wimmesberger seufzte. „Wir haben getrunken. Der Huditsch und ich. Zu viel, viel zu viel. Zuerst Bier, dann Whisky. Es war uns ja fad, eigentlich hätten wir lieber heimwollen, aber der Konecny hat darauf bestanden, dass wir noch bleiben.“ „Warum?“, fragte die Frau Doktor. Der Wimmesberger seufzte. „Eigentlich hat er uns behandelt wie seine Sekretäre. Alois, ruf dort an, Alois, rede mit dem, Alois, besorg meiner Frau einen Prosecco. Wir waren ziemlich sauer.“ „Und wie kamen Sie an die Spraydosen?“ „Plötzlich hat der Huditsch seinen Kasten aufgemacht und zwei so Dosen rausgeholt. Der Salzmann hat sie ihm gegeben. Für allfällige Aktionen, anscheinend. Und dann, dann hat er gemeint, traust dich eh nicht!“ „Und Sie haben weiter getrunken?“ Der Wimmesberger nickte. „Und irgendwann hab ich gesagt, natürlich trau ich mich, aber er nicht.“ „Und dann sind Sie losgefahren?“

„Eigentlich war dieser Salzmann schuld!“, schrie der Wimmesberger plötzlich. „Der hat immer mehr Einfluss bekommen, war immer dabei, überall. Und er hat immer gehetzt gegen die, die nur reden und nichts tun. Im Parlament sitzen und palavern, hat er immer gesagt, das bringt nichts. Wir sind zu bequem. Wir müssen was tun, dass die anderen Angst bekommen, dass sie sich in ihre Löcher zurückziehen. Dauernd hat er uns Videos gezeigt, wie die Linken das machen, die Anarchos, und auch die Neonazis. Wir müssen Druck machen, hat er gesagt, Aktion. Dann erreichen wir was." Er vergrub sein Gesicht in den Händen. „Und das ständige Gerede, das hat mich irgendwie weichgekocht." „Haben Sie denn wirklich Angst vor den politischen Gegnern?", fragte die Frau Doktor sanft. „Was heißt denn Angst?", jammerte der Wimmesberger. „Sehen Sie denn nicht, wie alles den Bach runtergeht? Wie die Familie zerstört wird, wie die Moslems alles übernehmen und den Asylanten alles hinten hineingesteckt wird? Man muss da doch was dagegen tun!" Diese Argumente kannte Gasperlmaier, sie waren ihm auch an Ausseer Stammtischen bisweilen begegnet. Aber er selbst fühlte sich weder von Aus- noch von Inländern bedroht. Seine Kinder auch nicht. Und in Kanada, erzählte der Christoph immer, da kannte man das Thema gar nicht – irgendwie war jeder Ausländer, weil fast alle Einwohner von Eingewanderten abstammten, die sie zum Großteil noch persönlich gekannt hatten.

„Herr Wimmesberger", sagte die Frau Doktor, „was können Sie mir denn zu den Morden an Frau Maxi Holzapfel und Pavel Horak sagen?" Jetzt zögerte der Wimmesberger. „Der Konecny, und der Huditsch, und vor allem der Hoppe, die haben gejubelt. Und darauf angestoßen." „Sie auch?", fragte die Frau Doktor. Der Wimmesberger nickte nur. „Aber keiner von uns hat etwas mit dem Mord zu tun. Keiner!" „Der Huditsch war immerhin im Cateringzelt. An dem Abend, an dem die Holzapfel ermordet wurde. Und einer von ihnen hat sogar einen Kassenbeleg von dort verloren, bei der Sprühaktion. Sehr leichtsinnig, übrigens. Was ist denn über die Holzapfel geredet worden?" „Der Hoppe vor allem, der hat gemeint, dass sie gefährlich ist. Dass sie – wie hat er gesagt?" Er überlegte. „Ja, eine Tretmine ist, eine lose Kanonenkugel, oder so. Er hat schon gehetzt gegen die." „Hat es auch Aufforderungen gegeben, gegen die Holzapfel vorzugehen? Aktionen?" Der Wimmesberger schaute zum Fenster hinaus.

„Der Hoppe ... der hat einmal gesagt, dass die nur ordentlich durchgef..." Er brach ab und sah zur Frau Doktor. „... gehört. An was anderes kann ich mich jetzt nicht so genau erinnern." „Wovor hatte der Hoppe Angst? Ich meine, warum war die Holzapfel eine Gefahr?" „Der Hoppe hat immer behauptet, sie werde bezahlt, um Lügen über uns zu verbreiten. Die Regierung bezahlt sie, hat er gemeint, und von der Ostküste hat er gefaselt, und von den Rothschilds, und von George Soros. Dass die alle die Kampagnen bezahlen, die in den Medien gegen uns geführt werden." „Sie wissen aber schon, Herr Wimmesberger, dass das alles ziemlich rechtsradikale Verschwörungstheorien sind, was Sie uns da auftischen!" Der Wimmesberger gestikulierte abwehrend. „Ich hab damit nichts zu tun, ich hab mir das nur angehört." Die Frau Doktor wurde nun ein wenig forscher. „Angehört, ja? Aber gegen ein Abgeordnetengehalt und gegen teure Hotels und Bankette mit russischen Geschäftsleuten, da haben Sie auch nichts gehabt, oder?" „Ich hab mich da nicht wohl gefühlt. Das war nicht meins." „Das kann man im Nachhinein leicht behaupten. Kannten Sie das zweite Mordopfer, Pavel Horak?" Der Wimmesberger schüttelte den Kopf. „Nie von ihm gehört, nie gesehen. Was sollte ich mit dem zu tun haben?" „Diese Frage, Herr Wimmesberger, versuchen wir mit Ihrer Hilfe gerade zu beantworten. War niemals von ihm die Rede, auch nicht von Seiten Konecnys oder Hoppes?" Der Wimmesberger schüttelte den Kopf. „Letzte Frage. Der Name Stefanie Frisch, sagt Ihnen der was? Die Frau ist entführt worden. In der Nacht von Donnerstag auf Freitag." Der Wimmesberger schüttelte abermals den Kopf. „Ebenfalls nie gehört. Kenne ich nicht. Wollen Sie mir das alles auch noch in die Schuhe schieben? Ich hab alles gestanden, was ich getan habe. Das kostet mich mein Mandat, meine Existenz!" „Das hätten Sie sich besser früher überlegt. Was haben Sie denn gemacht, bevor Sie ins Parlament gekommen sind?" „Lagerhaus", antwortete der Wimmesberger. „In der Verwaltung. Guter Job."

„Herr Wimmesberger", sagte die Frau Doktor, „Sie können jetzt gehen. In Haft nehmen werde ich Sie nicht, es besteht ja, so wie ich das sehe, weder Wiederholungs- noch Fluchtgefahr. Einen anderen Haftgrund sehe ich auch nicht. Aber es kommt auf jeden Fall ein Verfahren auf Sie zu. Es wäre hilfreich, wenn Sie sich bei der Frau Kirnberger entschuldigen!" Der Wimmesberger nickte stumm und wagte es nicht, der Frau Doktor in die Augen zu sehen.

„Noch eins!" Der Wimmesberger hatte sich bereits erhoben. „Warum sind Sie eigentlich geflohen? Genau zu dem Zeitpunkt, als wir Sie wegen des Videos sprechen wollten?" „Der Huditsch hat es auch bekommen", erklärte der Wimmesberger. „Ist vor der Zimmertür gelegen. In einem braunen Kuvert. Ohne Absender. Und wie wir es uns angeschaut haben, haben wir uns gedacht, dass es Zeit ist, schleunigst von hier zu verschwinden. Einen genauen Plan haben wir nicht gehabt." „So so. Auf Wiedersehen. Auch Sie verlassen bitte den Ort nicht und halten sich zu unserer Verfügung", sagte die Frau Doktor. Der Wimmesberger sparte sich einen Gruß und verschwand.

„Was für eine Flasche!", ärgerte sich die Frau Doktor. „Was haben sie sich denn gedacht, die beiden, dass ihre Flucht für einen Sinn hat? Das hätte sie doch nur noch mehr ins Zentrum der Aufmerksamkeit gebracht!" „Immerhin haben wir ein Geständnis!", versuchte Gasperlmaier sie zu besänftigen. „Ja!", sagte sie. „Und obwohl es schon spät ist, fahren wir jetzt ins Seehotel. Erstens müssen wir versuchen, herauszufinden, ob dort jemand gesehen wurde, der das Kuvert vor dem Zimmer deponiert hat. Und zweitens schauen wir nach, ob der Konecny noch da ist. Den werden wir uns auch vornehmen. Wahrscheinlich hat er ja von den Eskapaden seiner zwei Mitstreiter gewusst."

Die Rezeptionistin war immer noch die gleiche. Begeistert war sie nicht, als Gasperlmaier und die Frau Doktor auftauchten, das konnte man ihrer Miene deutlich entnehmen. „Ja?" war alles, was ihr an Begrüßung einfiel. „Ist in den letzten Stunden ein Paketbote hier hereingekommen? Der etwas gebracht hat? Für die Herren Wimmesberger und Huditsch?" Sie schüttelte den Kopf. „Ich war aber auch einmal hinten im Büro." Sie deutete hinter sich. „Ist ja sehr wenig los. Da brauche ich nicht immer hier vorne zu stehen." „Haben Sie eine Kamera? Die Ihnen zeigt, ob jemand an der Rezeption auftaucht?" Sie schüttelte abermals den Kopf. „Nur Klingel!", sagte sie und deutete auf die Rezeptionsklingel, die man eigentlich fast nur noch aus Filmen kannte. Allzu sicher, so fand Gasperlmaier, war man in diesem Hotel nicht, wenn jeder aus- und eingehen konnte, wie er wollte. „Der Herr Konecny, ist der auf seinem Zimmer?" Zur Abwechslung zuckte die Rezeptionistin mit den Schultern. Die Frau Doktor seufzte. „Wir kennen den Weg!", sagte sie.

„Herr Konecny! Aufmachen! Polizei!" Die Frau Doktor pochte energisch an die Zimmertür Konecnys. Lange tat sich nichts, doch dann hörte man jemanden husten. „Herr Konecny, machen Sie auf, wir haben Sie schon gehört! Das hat doch keinen Zweck!", beharrte die Frau Doktor. Schlurfende Schritte näherten sich der Tür. Sie öffnete sich einen Spalt. „Sie schon wieder!" „Wir schon wieder. Dürfen wir hinein? Ich möchte ungern am Gang besprechen, was wir zu besprechen haben." Wortlos öffnete der Konecny die Tür, wandte sich ab und schlurfte ins Zimmer zurück. Gasperlmaier gewann den Eindruck, dass er getrunken hatte. Haare und Hemd zerknautscht, tiefe Ringe unter den Augen, müder Blick.

Ohne zu fragen, nahm die Frau Doktor auf einem der antiken Sessel Platz, auf denen sie schon einmal dem Konecny gegenübergesessen waren. Auf dem Tisch stand eine halbleere Whiskyflasche, daneben ein Glas mit einem Fingerbreit Whisky darin. Der Konecny nahm einen Schluck. „Sie wünschen?", fragte er, nachdem auch er selbst und Gasperlmaier Platz genommen hatten. Die Frau Doktor wies auf die Flasche. „Wäre vielleicht besser, wenn Sie versuchen, wieder nüchtern zu werden. Sie sind über die jüngsten Entwicklungen informiert? Der Herr Rechtsanwalt hat Sie sicher wissen lassen, dass Herr Huditsch und Herr Wimmesberger als die rechtsradikalen Attentäter identifiziert wurden, die die Villa Kirnberger mit Parolen beschmiert haben?" Der Konecny verzog den Mund zu einem schiefen Grinsen. „Was ich weiß, ist, dass Sie einen immunen Abgeordneten in einen Unfall gehetzt haben. Mit einer völlig überzogenen Verfolgungsjagd. Wir behalten uns Schritte vor."

Die Frau Doktor schien entspannt und schlug die Beine übereinander. „Behalten Sie. Kein Problem. Für die Tatzeit haben Sie sich schon ein Alibi zurechtgelegt?" „Brauch ich nicht!", entgegnete der Konecny. „Sie haben ja eben gesagt, dass es der Huditsch und der Wimmesberger waren." „Was der Huditsch aber bisher abstreitet. Also könnten Sie auch einer der beiden dunklen Schatten gewesen sein." Der Konecny schien verwirrt. „Ich war jedenfalls ... ich habe ja schon gesagt, ich war aus. In einer Bar. Irgendwo an der Hauptstraße. Ich erinnere mich nicht ..." „An die Irina erinnern Sie sich auch nicht mehr?" Der Konecny richtete sich auf und klammerte sich an die Armlehnen seines Sessels. „Wie? Irina? Ich verstehe nicht ..." „Oder war sie für Sie die Vroni ... Lulu?" Gasperlmaier zuckte zusammen, als die Frau Doktor den Spitznamen fallen ließ, den die Vroni aus dem Club Amore dem Konecny verpasst hatte.

Der sank in seinem Sessel wieder zurück. „Ich weiß wirklich nicht, worauf Sie hinauswollen", versetzte er matt. „Das wissen Sie genau. Warum spreizen Sie sich denn so dagegen, dass Ihnen die Irina ein Alibi gibt? Die Frau Hetty übrigens auch. Dabei hätte schon das Foto von Ihrem Porsche vor dem Club Amore genügt, um uns zu überzeugen, dass Sie nicht einer der Sprayer waren!" Die Frau Doktor genoss ihren Triumph, denn der Konecny war, zum ersten Mal, seit sie ihm begegnet waren, sprachlos. Sie ließ ihm aber keine Zeit zum Verschnaufen. Gasperlmaier sah aus dem Fenster. Über den See hatte sich schon die Dunkelheit herabgesenkt, und sein Magen meldete sich trotz des Mittagsmenüs. Es war halt doch schon lange her, und die Portionen waren bescheiden gewesen. „Sie wissen über das Video Bescheid?" Der Konecny nickte. „Dann dürfen wir

Sie über etwas informieren, was Ihr Herr Rechtsanwalt wahrscheinlich noch nicht weiß. Herr Wimmesberger hat seinen Rücktritt angekündigt und ein Geständnis abgelegt. Jetzt wäre es gut für Sie, glaubwürdig darstellen zu können, dass Sie weder Mitwisser noch Beteiligter an der Affäre waren. Und wenn die Irina dafür herhalten muss!" Der Konecny wand sich. „Aber bedenken Sie doch ... meine Frau!" Die Frau Doktor lächelte süffisant. Es schien ihr Freude zu bereiten, dass sie den Konecny quälen durfte. Sie beugte sich vor. „Herr Konecny", sagte sie. „Ich glaube, Sie sollten jetzt ein großes Glas Wasser trinken, sich überlegen, welche Schritte Sie setzen werden, welche Informationen für die Presse Sie vorbereiten. Denn ich gehe davon aus, dass noch im Laufe des Abends und der Nacht zahlreiche Anrufe bei Ihnen eingehen werden, aus dem Parlament, von den Medien. Und morgen Früh muss alles klar sein, sonst sind Sie die längste Zeit Parteichef gewesen!"

„Ich ..." Weiter kam der Konecny nicht. „Wer hat den Angriff auf die Villa Kirnberger beauftragt? Wer hat den Mord an Frau Holzapfel beauftragt, gutgeheißen? Was haben Sie mit wem über die tote Holzapfel geredet?" Der Konecny stöhnte, stand auf und holte sich tatsächlich ein Glas Wasser aus dem Bad. „Der Salzmann ... der hat die beiden radikalisiert ... der Hoppe ... auch immer gehetzt. Es war ... ich habe die beiden nur schwer unter Kontrolle ..." Er brachte keinen vollständigen Satz mehr heraus. Die Frau Doktor stand auf. „Es wäre gut, Herr Konecny, wenn Sie morgen auch auf diese Fragen glaubwürdige Antworten parat haben, denn nicht nur ich werde sie Ihnen stellen. Guten Abend!" Gasperlmaier folgte ihr zur Tür. Die Frau Doktor drehte sich noch einmal um und stieg ihm dabei fast auf die Zehen. „Ach, eins noch!", sagte sie. „Haben Sie sich eigentlich mit

Frau Holzapfel einmal getroffen? Haben Sie sie persönlich gekannt?" Der Konecny nickte resigniert. „Nicht persönlich, nur per Mail und Telefon. Sie hat mir ein paar von den Dokumenten geschickt, auf denen ihre Recherche basiert. Sie hat gesagt, sie möchte mir Gelegenheit geben, dazu Stellung zu nehmen. Also habe ich sie zurückgerufen. Über einen Nachrichtendienst, nicht über ihre Telefonnummer direkt. Sie wollte das so." „Wann?" „Am Mittwoch, am Nachmittag." „Sie haben also gewusst, dass sie hier ist, und zwar inkognito?" Der Konecny schüttelte den Kopf. „Ich hab sie weder gesehen noch gewusst, wo sie ist. Sie hatte die Kamera abgeschaltet." „Und was haben Sie miteinander besprochen?" „Ich wollte ihr erklären, dass alles nur im Interesse Österreichs ist. Dass wir Patrioten sind und auf die Interessen unserer Leute achten. Auch wenn es manchmal anders aussieht. Man muss starke Bündnispartner haben, damit man etwas verändern kann."

Die Frau Doktor zog ihre Mundwinkel nach unten. „Auf Ihre Veränderungen kann ich gerne verzichten, glauben Sie mir das! Was hat die Holzapfel davon gehalten?" Der Konecny zuckte mit den Schultern. „Den üblichen linkslinken Scheiß hat sie halt von sich gegeben." Er hob den Kopf und deutete mit ausgestrecktem Zeigefinger auf die Frau Doktor. Und plötzlich begann er zu schreien. „Und solche wie Sie, die stehen als Erste auf der Abschussliste! Gerade in der Polizei braucht es staatstreue Kräfte, patriotische Männer!" Die Frau Doktor blieb unbeeindruckt. „Na, schauen wir einmal, ob Sie morgen noch in einer Position sind, in der Sie als Patriot was Gutes für Österreich tun können!" Spott lag in ihrer Stimme. „Auf Wiedersehen, Herr Konecny." Die Frau Doktor erhob sich und ging zur Tür, ohne sich noch einmal umzusehen. Gasperlmaier folgte ihr.

Erst als sie vor dem Hotel standen, atmete sie tief durch. „Der ist jetzt abmontiert. Außer, er redet sich heraus und hängt die beiden Abgeordneten hin. Was ich ihm durchaus zutrauen würde." „Aber die Morde?", fragte Gasperlmaier. „Ich weiß nicht!" Die Frau Doktor zuckte mit den Schultern. „Möglich wäre es, dass er die Holzapfel doch getroffen hat und dabei ausgerastet ist. Zeugen allerdings, und Spuren ... da sind wir schlecht aufgestellt. Schluss für heute, oder?"

Gasperlmaier nickte. Es war sieben, stockdunkel und höchste Zeit zum Abendessen. Er überlegte, ob er die Frau Doktor zu sich einladen sollte, entschied sich aber dagegen. Sie wollte sicher so schnell wie möglich nach Hause zu ihrer Sophie.

„Denk nach!", sagte die Frau Doktor zu ihm, als er vor seinem Haus die Autotür öffnete. „Denk nach über den Konecny, den Hoppe und den Salzmann. Denk auch nach über den Krummböck. Vielleicht fällt dir ja in der Nacht was ein!" Gasperlmaier nickte und ließ die Tür zufallen. Die Frau Doktor brauste davon. Denken sollte er. Wo er doch vor lauter Müdigkeit nicht einmal mehr Lust auf ein Bier hatte.

„Wie ist die Stimmung?", fragte er, als er in die Küche trat. Er umarmte die Christine, und sie drückte ihn kurz an sich. Gasperlmaier wertete das als gutes Zeichen. Es roch gut, nach Gebratenem, und die Christine hastete geschäftig hin und her. „Leider schlecht!", beantwortete sie seine Frage. „Die Katharina ist bockig. Sie will nicht einsehen, dass die Stefanie ihr keine Rechenschaft darüber schuldig ist, was vor ihrer Beziehung war. Und ich bin ausnahmsweise einmal nicht auf ihrer Seite. Aber sie ist halt verletzt. Sie hat noch so wenig Erfahrung mit ..." Sie wandte sich wieder der Bratpfanne zu. „Was machst denn?" „Schupfnudeln. Aus

Erdäpfelteig. Und ich muss aufpassen ... Herrgottsakra! Jetzt wären sie mir fast verbrannt. Kannst du inzwischen den Salat herrichten?“ Sie wies auf die Abwasch, in der bereits gezupfte Salatblätter im Wasser schwammen. Gasperlmaier schüttelte sie ab und warf sie in die Salatschüssel. Bei drei Erwachsenen im Haus, so dachte er bei sich, wäre es da nicht möglich gewesen, das Essen fertigzukriegen, ohne dass man ihn nach einem langen Arbeitstag damit behelligte? „Und? Wie war's heute?“, fragte die Christine. „Na ja“, sagte Gasperlmaier. „Du wirst es morgen sowieso in den Nachrichten hören. Die zwei Knaben von der BFB haben die Villa Kirnberger beschmiert und die Mali niedergeschlagen. Aber was die Morde betrifft ...“ Er ließ den Satz unvollendet. „Und auf die Stefanie müssen wir ein bissl aufpassen“, fügte er noch hinzu. „Könnte sein, dass der Entführer Angst davor bekommt, dass sie sich doch an irgendwas erinnert, was uns zu ihm führt.“ Die Christine nickte. „Wenn sie überhaupt dableibt. Wo die Katharina doch böse auf sie ist.“

Beim Essen kam auch keine bessere Stimmung auf. Die Christine strich der Katharina über die Wange, sagte aber nichts. „Und, was habt's heute so gemacht?“, fragte Gasperlmaier in die unangenehme Stille hinein. „Ich war beim Krummböck, bei dem Starkoch, ein paar Fotos schießen für eine Reportage. Vielleicht bringe ich eine Story über seine Kochkurse im Magazin unter“, antwortete die Stefanie. „Hast dich ja auch dieser Tage schon gut mit ihm unterhalten. Wo ich schon ins Bett gehen wollte“, kommentierte die Katharina mit einem giftigen Seitenblick. Die Frage war wohl keine gute Idee gewesen, dachte Gasperlmaier bei sich. Er schaufelte die Erdäpfelwuzerl in sich hinein. Gott sei Dank gab es auch Schnittlauchsoße dazu, so konnte er sich mit diesem Gericht anfreunden, obwohl ihm ein saftiges Stück Fleisch lieber gewesen wäre. Man hätte ja für ihn vielleicht noch ein kleines Kotelett in die Pfanne ...

Plötzlich begann die Katharina zu schluchzen. „Sie haben sich sogar hier noch getroffen ... in Altaussee!“ Die Tränen strömten über die Wangen und landeten auf dem Teller der Katharina, die ihre Erdäpfelwuzerl bisher kaum angerührt hatte. Die Stefanie schüttelte unwillig den Kopf. „Aber doch nur zufällig! Und, sie ist doch nach wie vor eine Freundin! Eine Freundin, mit der nichts mehr läuft, was Beziehung und Sex angeht! Versteh das doch!“ „Versteh eh alles, bin ja nicht blöd!“ Mit gesenktem Kopf steckte die Katharina ein Erdäpfelwuzerl in den Mund. Gasperlmaier hatte nun doch noch Lust auf Bier bekommen und holte sich eines aus dem Kühlschrank. Er fragte sich, ob es die Katharina beruhigen würde, wenn sie von der Schwangerschaft der Maxi Holzapfel erfuhr. Aber diese Information durfte er wohl nicht weitergeben. Noch nicht. „Mag noch wer ein Bier?“, fragte er. „Ich“, sagte die Christine. „Wir teilen. Damit du nicht zu viel ...“ „Ich hab heute Mittag ein Seidel getrunken! Ein einziges!“, verteidigte er sich. „Eines zu viel!“, beharrte die Christine. Gasperlmaier seufzte, öffnete das Bier, stellte zwei Gläser auf den Tisch und schenkte ein. Sorgfältig darauf achtend, dass die Christine keinesfalls mehr bekam als er selber.

„Dann frag ich mich aber, warum sie dir auch noch was geschenkt hat!“ Die Katharina sprang auf, lief ins Vorzimmer hinaus und kam mit dem Schlüsselbund zurück. Dran baumelte ein Frosch, grasgrün, mit gelben Punkten, roter Zunge und Krönchen. „Das soll wohl heißen, dass sie noch immer deine Prinzessin ist?“ Die Christine klopfte auf den Tisch. „Katharina, sie ist tot.

Und den Schlüsselanhänger, den hat sie der Stefanie gegeben, weil sie weiß, dass sie Frösche sammelt. Da ist doch nichts dabei!" „Wohl ist da was dabei!" Die Katharina schlug mit dem Griff ihrer Gabel nach dem Frosch. „He!" Die Stefanie griff nach dem Schlüsselbund, um den Frosch zu schützen. „Gott! Jetzt hast du ihn kaputt gemacht!" „Gut so!", zischte die Katharina. „Aber ... seht mal!" Sie hielt den Frosch auf ihrer Handfläche über den Tisch, sodass alle ihn sehen konnten. Auf dem Rücken des Frosches war ein Sprung entstanden, sodass der hintere Teil wackelte, wenn man daran rückte. „Der ist zerbrochen!", murmelte die Stefanie. „Aber ..." Plötzlich hielt sie zwei Teile in der Hand. „Das ist ein USB-Stick!", sagte sie verblüfft. „Der war ... das war ... zusammengeklebt, getarnt, das hat man von außen ..." Die Katharina staunte ebenso wie Gasperlmaier und die Christine mit offenem Mund. „Dann war das gar kein Geschenk ...", murmelte die Katharina. „Dann hat sie dir ... vielleicht sind da wichtige Dokumente drauf ... und sie hat dir zur Sicherung ... dass niemand etwas merkt ... den Frosch ..." Bei der Katharina, fand Gasperlmaier, war es sehr ungewöhnlich, dass sie auf zusammenhängende ganze Sätze verzichtete.

„Hat sie denn irgendwas gesagt, die Maxi, als sie dir diesen Frosch gegeben hat?" Die Stefanie nickte. „Dass ich gut darauf aufpassen soll ... und dass sich vielleicht in ihm auch was ganz anderes versteckt, als man vermutet, so wie im Froschkönig!" Sie starrte die anderen mit großen Augen an. „Ob das was mit deiner Entführung zu tun hat? Ob jemand gewusst hat, dass der Frosch ... kommt ganz darauf an, was auf dem Stick ist!", rief die Katharina aus. Plötzlich, so fand Gasperlmaier, war die miserable Laune von ihr abgefallen wie ein ... ja, wie ein abgelegter Mantel. Das vermeintliche Geschenk hatte sich als etwas ganz anderes entpuppt. Ja, als was eigentlich? Als Auftrag? Er selber hatte keine rechte Lust auf allerneueste Enthüllungen, es war Samstagabend, und er hatte es sich redlich verdient, den Abend auf seinem Sofa vor dem Fernseher verschlafen zu dürfen.

„Wir schauen uns gleich an, was da drauf ist! Oder?" Die Katharina war plötzlich Feuer und Flamme, wie ausgewechselt. Die Stefanie nickte. „Holen wir meinen Laptop?" „Ihr könnt", unterbrach Gasperlmaier sie, „ruhig oben schauen. Ich bin heute nicht mehr so ... Ich hätt lieber meine Ruhe. Wenn's am Montag in der Früh wieder losgeht, genügt mir das!" Die Katharina schüttelte zwar verwundert den Kopf, verzog sich aber mit den Bruchstücken des Froschkönigs nach oben in ihr Zimmer. Die Stefanie folgte ihr.

„Weißt", sagte Gasperlmaier auf dem Weg ins Wohnzimmer zur Christine, „morgen ist sowieso die Hölle los. Die zwei Abgeordneten, die werden wahrscheinlich zurücktreten, der Konecny wird allerhand unangenehme Fragen beantworten müssen. Ich hoff nur, dass ich dabei keine Rolle spiele. Denn dass die auch hinter den Morden stecken, das glaub ich nicht." Er angelte sich die Fernbedienung und ließ sich aufs Sofa sinken. „Mag schon sein!", antwortete die Christine. „Und wer hilft mir beim Kücheaufräumen?" Gasperlmaier schaltete den Fernseher ein. „Gleich!", sagte er. „Nur eine Viertelstunde rasten. Dann bin ich wieder ... vielleicht dass wir uns noch ein Bier teilen?" Die Christine stöhnte ein wenig theatralisch, nickte dann aber und verschwand in der Küche. Wie sie mit zwei gefüllten Biergläsern zurückkam, war Gasperlmaier bereits eingeschlafen.

Die Viertelstunde war noch nicht vorbei, als ihn Getrappel von der Stiege her wieder weckte. „Ihr werdet es nicht glauben!" Die Katharina strahlte förmlich vor Begeisterung. „Du musst sofort die Frau Doktor anrufen, Papa. Auf dem Stick sind ganz sensationelle Recherchen drauf! Die Holzapfel hat nämlich nicht nur gegen die BFB ermittelt!“ Gasperlmaier rieb sich schlaftunken die Augen und richtete sich mühsam auf. „Erstens“, sagte er, „ein Journalist ermittelt nicht, das bleibt schon uns vorbehalten. Und zweitens ...“ Plötzlich wusste er nicht mehr, was zweitens eigentlich war. Die Stefanie stand mit dem aufgeklappten Laptop in der Tür. „Der Krummböck!“, sagte sie. „Sie hat Material über den Krummböck gesammelt!“

Jetzt fiel Gasperlmaier wieder ein, was er zweitens hatte sagen wollen. Die Frau Doktor, fand er, habe am Samstagabend auch ein wenig Ruhe mit ihrer kleinen Tochter verdient. Doch die Katharina war nicht zu bremsen. „Es ist so“, erklärte sie. „Maxi hat recherchiert, ob die Starköche wirklich immer frische und regionale Produkte verwenden, wie sie es im Marketing behaupten. Und ob sie auf Industrieware und Fertigprodukte verzichten. Soßenpulver, zum Beispiel, oder gefriergetrocknete Fonds.“ Gasperlmaier merkte, die Katharina war in ihrem Element. Wenn es um den Kampf gegen industriell verfälschte Nahrungsmittel ging, die ihrer Meinung nach allesamt krank machten, hatte sie immer schon an vorderster Front gekämpft.

Die Stefanie stellte den Laptop auf dem Wohnzimmertisch ab, die drei Frauen drängten sich hinter dem Bildschirm. Gasperlmaier blieb auf dem Sofa, in der sicheren Erwartung, dass ihm ohnehin alles wortreich erklärt werden würde, was es da zu sehen gab. „Da hat jemand zunächst einmal Rechnungen gesammelt. Sieht aus, als wären sie hastig mit dem Handy fotografiert worden, manches ist verschwommen oder nur teilweise lesbar. Die ganzen Dokumente liegen in einem Aktenordner, da hat einer einfach immer weitergeblättert und alles abfotografiert." „Der Krummböck hat Billigfleisch aus dem Ausland gekauft!", rief die Katharina. „Obwohl er immer von regional und saisonal faselt! So ein Arschloch!" „Katharina!" Auf der Stirn der Christine war eine steile Falte aufgetaucht. Seit Kindertagen der Katharina verbot sie derartige Ausdrücke, sie verzichtete auch bei erwachsenen Kindern nicht auf Ermahnungen. „Kalbfleisch!" Die Stefanie zeigte auf den Bildschirm. „Aus Holland. Ein Tafelspitz um zehn Euro das Kilo!" Selbst Gasperlmaier vermutete, dass das ein Dumpingpreis war. „Wenn du österreichisches Biofleisch willst, zahlst du dafür 25 bis 30 Euro", merkte die Christine an. „Steht auf seiner Webseite eigentlich, woher die Produkte kommen, die er verwendet?", fragte die Katharina. Nach ein paar Klicks schüttelte die Stefanie den Kopf. „Wie du sagst: Es steht nur ‚regional und saisonal' dort. Das ist kein Zertifikat, das ist rechtlich nicht bindend."

„Aber eine Sauerei ist es doch!", kommentierte Gasperlmaier vom Sofa aus. „Auf jeden Fall sind da Dutzende Belege dokumentiert, alles Billigprodukte, meist Importware. Dazu industrielle Fertigprodukte, die keinesfalls regional sind!", ereiferte sich die Katharina. „Zum Beispiel Eier im Tetrapak!" Die Stefanie zeigte auf den Bildschirm. „Vollei, Eiklar, Eidotter! Alles im Großhandel gekauft!" „Eier im Tetrapak? Davon habe ich ja überhaupt noch nie gehört!" „Da hab ich noch was gefunden. Die Holzapfel hat einen Artikel aus einem deutschen Magazin gespeichert, in dem steht, dass die deutsche Eierindustrie hauptsächlich auf Käfigeier aus der Ukraine und aus Aserbaidschan zurückgreift. Und das, wofür der Krummböck hier eine Rechnung hat, ist ein deutsches Eierprodukt." Die Stefanie schüttelte entrüstet den Kopf, während sich die Christine zurücklehnte. „Und das heißt, dass wir in der Gourmetküche vom Krummböck womöglich Eier aus aserbaidschanischer Käfighaltung verspeisen! Ich bin entsetzt!“, sagte sie. „Und in seinem Kochkurs lässt er sich von den Damen anhimmeln, die ihm jedes Wort von den Lippen lesen!“, ärgerte sich die Stefanie. „Aber wenn das herauskommt. Also, herauskäme. Dann wäre Schluss mit seinem Restaurant, mit seinen Kochkursen. Dann könnte er einpacken.“ Sie klappte den Laptop zu und stützte ihren Ellenbogen darauf. „Und das wäre doch ein hervorragendes Mordmotiv. Es geht um seine Existenz. Und wenn es um so viel geht, schreckt man auch vor Gewalt nicht zurück! Ich brauch ein Bier! Darf ich?“ Sie zeigte in Richtung Küche. Die Christine nickte. „Selbstverständlich! Du brauchst bei uns nicht zu fragen, wenn du etwas aus dem Kühlschrank nimmst!“

Gasperlmaier überlegte, ob er angesichts dieser neuen Erkenntnisse nicht doch vielleicht die Frau Doktor anrufen sollte. Aber auf etwas ganz Wichtiges hatte er völlig vergessen. „Sag einmal, auf dem Frosch, ist da auch Material über die BFB drauf?“ Die Katharina nickte. „Schon einiges, aber wir haben nur sehr oberflächlich drübergeschaut.“ „Und was diesen Kochworkshop betrifft, ist der morgen auch noch?“ Die Katharina nickte. „Es soll ein großes siebengängiges Abschlussmenü gekocht werden!“, erklärte sie. „Dann“, so beschloss Gasperlmaier, „werde ich die Frau Doktor heute in Ruhe lassen. Aber morgen wird sie wohl nach Aussee kommen müssen, denn dem Krummböck, dem müssen wir schon ein paar Fragen stellen, bevor er wieder von hier verschwindet!“

„Was hast du denn so für einen Eindruck gehabt, von dem?“, fragte die Christine, als die Stefanie mit einer Flasche Bier zurückkam. Sie trank direkt aus der Flasche und reichte sie dann an die Katharina weiter. „Nicht so übel, eigentlich. Ein bisschen überheblich, gegenüber Frauen immer ein bisschen im Flirtmodus, so einer, der die Maske des humorvollen, coolen Burschen nicht so leicht fallenlässt. Es ist schwer, ernsthaft mit ihm zu reden. Aber er verwendet nicht den allertiefsten Schmäh, wenn ihr wisst, was ich meine." Gasperlmaier setzte sich auf „Wir hatten übrigens schon Informationen zu diesem Koch. Die Chefredakteurin von Maxi hat uns verraten, dass sie auch Material über einen Koch gesammelt hat. Und wir haben vermutet, dass das der Krummböck sein könnte." Er wies mit dem Kinn nach Stefanies Laptop. „Wirst du das Zeug veröffentlichen?" „Das hoffe ich doch wohl sehr!", mischte sich die Katharina ein. „Schließlich wird Maxi es nicht ohne Hintergedanken an eine andere Journalistin weitergegeben haben. Wenn sie überlebt hätte, wäre das Material in deinem Frosch sicher gewesen, womöglich hättest du es nie entdeckt. Aber jetzt, wo sie tot ist ... und ihre Bemerkungen zu dem Frosch ... wahrscheinlich wärst du selber irgendwann auf die Idee gekommen, dass er was zu bedeuten hat!" „Vielleicht!", gab die Stefanie zu.

„Und die Entführung?", fragte die Katharina. „Kann es sein, dass da der Krummböck dahintersteckt?" Gasperlmaier schüttelte den Kopf. „Wie soll er denn an den Lieferwagen von ‚Fanny's Food' gekommen sein?" „Stimmt!", musste die Katharina zugeben.

Gasperlmaier legte sich wieder hin. Das würde ein äußerst ungemütlicher Sonntag werden. Zuerst der Skandal mit den Leuten der BFB, der sich wohl trotz Sonntag nicht unter dem Deckel halten lassen würde. Womöglich würde sogar das Fernsehen auftauchen, mit Sicherheit aber die Maggie Schablinger von der Schillingzeitung. Und dann der Krummböck. Ob man den morgen gleich verhaften würde können? Zumindest war er, so dachte Gasperlmaier bei sich, nun der Hauptverdächtige. Und der Horak, der war ihm vielleicht irgendwie auf die Schliche gekommen. Der war ja auch Koch gewesen. Vielleicht hatte er mehr gewusst, als ihm gutgetan hatte.

„Eine Nachricht muss ich der Frau Doktor doch schicken!“, meinte Gasperlmaier. „Wenn ich ihr erst morgen Früh erzähle, was wir da in dem Froschkönig gefunden haben, dann gibt's womöglich Ärger!“ Die Christine nickte. „Halt ich auch für eine kluge Idee.“

Zehn Minuten später grübelte Gasperlmaier noch immer über der Formulierung. „Haben was im Froschkönig gefunden“, hatte er zunächst getextet, aber das erschien ihm dann doch zu kryptisch. „Bei Stefanie Dokumente aufgetaucht“, schrieb er schließlich. „Koch Krummböck verdächtig.“

14

Der Sonntag begann früher, als Gasperlmaier sich das vorgestellt hatte. Um halb sieben klingelte sein Handy, das er vorsorglich aufs Nachtkästchen gelegt hatte, um nur ja nicht zu versäumen, falls sich die Frau Doktor wider Erwarten schon nachts melden sollte. „Ich hab schlecht geschlafen", beschwerte sich die Frau Doktor. „Wegen dem Medienrummel, den ich für heute bei euch in Altaussee erwarte. Ist ja schließlich keine Kleinigkeit, wenn zwei Abgeordnete einer solchen Schmiererei überführt werden. Was ist jetzt mit dem Krummböck? Ich hab doch damals schon gesagt, dass der lügt wie gedruckt. Hat er die Holzapfel gekannt?" „Das wissen wir nicht, das geht aus den Dokumenten nicht hervor", sagte Gasperlmaier. So einfach und übersichtlich, wie es ihm möglich war, stellte er die Sachlage dar. „Und der ist ruiniert, wenn das herauskommt. Deswegen haben wir uns gedacht ..." Die Frau Doktor unterbrach ihn. „Richtig gedacht, aber zu spät! Ich bin so gut wie unterwegs. Sag, wo nächtigt denn dieser Krummböck? Kannst du das herausfinden? Am besten, wir überraschen ihn, bevor er aus dem Bett findet!" Als Gasperlmaier das Geräusch einer Dusche vernahm, legte sie auf.

Wie konnte man den Krummböck nun finden? Der Kochworkshop war in Grundlsee. Das Restaurant hatte zwar kein Hotel dabei, aber das Seehotel in Grundlsee, das war nicht weit entfernt. Das war zwar ein sehr gediegenes, nicht billiges Haus, aber ein Starkoch, der wollte während so eines Kochkurses sicher adäquat untergebracht sein. Außerdem hatte der Krummböck, wie Gasperlmaier sich zu erinnern glaubte, von einem Hotelzimmer gesprochen. Er hatte Glück. „Seehotel Grundlsee, Yvonne Kain am Apparat." Die Yvonne war eine Schulfreundin der Katharina, und Gasperlmaier kannte sie gut. „Gasperlmaier hier, Polizei Altaussee", sagte er. „Grüß dich, Yvonne. Und entschuldige die frühe Störung." Die Yvonne lachte so hell auf, dass Gasperlmaier das Telefon ein Stück von seinem Ohr weghalten musste. Wie konnte man so früh an einem Sonntag schon so gut aufgelegt sein? „24-Stunden-Service, Gasperlmaier. Ich hab heute die Nachtschicht geschoben. Was gibt's denn?" „Sag einmal", fragte Gasperlmaier. „Dieser Starkoch, der Krummböck, der hat doch gerade einen Kochkurs in Grundlsee. Und mit dem würden wir gerne reden. Ist der vielleicht bei euch im Hotel?" „Das darf ich dir eigentlich nicht sagen!", kicherte die Yvonne. „Aber weil du es bist – er ist hier bei uns eingecheckt. Ich hab ihm sogar schon was aufs Zimmer bringen dürfen, und er hat sich für mich interessiert. Ob ich nicht Lust hätte, bei ihm im Restaurant zu arbeiten. Weil ich tät perfekt zu seinem Team passen. Soll ich ihn am Ende aufwecken? Da wird er gar nicht begeistert sein!" Gasperlmaier fiel es schwer, dem Redeschwall der Yvonne zu folgen. „Nein, weck ihn auf gar keinen Fall auf. Und am besten sag auch niemand was von meinem Anruf, ich komm mit der Frau Chefinspektor gleich vorbei. So bald wie möglich halt. Und wenn er schon zum Frühstück auftauchen sollte, kein Wort, bitte!" „Eh klar, Gasperlmaier. Was hat er denn angestellt, der Krummböck? Hat er bei seinem Kochkurs wen vergiftet?" „Nein, nein!", bemühte sich Gasperlmaier, zu beschwichtigen. Wenn er allerdings daran dachte, was der Krummböck für sein Lokal so alles einkaufte, dann mochte die Yvonne mit ihrem Tipp gar nicht so weit von der Realität entfernt sein.

Die Christine war natürlich munter geworden, hatte sich ihm zugewandt und das Gespräch aufmerksam verfolgt. „Schaut aus, als ob du ein schnelles Frühstück brauchst!“, meinte sie und schälte sich aus der Decke. „Dass du mir aber keinen Lärm machst!“, mahnte sie und streifte einen Bademantel über. „Damit die Mädchen nicht aufwachen.“

Weniger als eine Viertelstunde später stand Gasperlmaier mit zwei Schinkensemmeln und einer Thermoskanne Kaffee vor dem Haus. Die Christine hatte gemeint, dass die Frau Doktor mit Sicherheit keine Zeit für ein Frühstück mehr gehabt hatte.

Die Frau Doktor sprang aus dem Wagen, als er die Semmeln und die Kanne hochhielt. „Fantastisch! Du fährst!“ Mittlerweile war Gasperlmaier mit dem Automatikgetriebe des Audi vertraut. „Deine Frau ist ein Wahnsinn!“, murmelte die Frau Doktor mit vollem Mund. „Hast du noch ein paar Details für mich?“ Gasperlmaier erzählte, wie sie durch einen Zufall auf das verborgene Innenleben des Froschkönigs gestoßen waren und wie die beiden Mädchen schnell an die Dokumente, die sich darauf befanden, herangekommen waren. „Sie hat also Angst gehabt. Angst, dass ihre Recherchen in falsche Hände gelangen oder vernichtet werden. Deswegen hat sie wahrscheinlich auf eine Sicherung in der Cloud verzichtet und die Festplatte verwendet“, sagte sie zwischen zwei Bissen. „Die Holzapfel war misstrauisch“, sagte Gasperlmaier. „Sie hat ja auch kaum Spuren im Internet hinterlassen!“

„Ich hätte nicht gedacht, dass der Fall nun eine so interessante Wende nimmt“, sagte sie nach einer Pause, schraubte die Kanne auf und nahm einen Schluck. „Ah, das tut gut! Ich habe mir gestern schon gedacht, dass wir irgendwie auf ein Abstellgleis geraten sind, und ... hast du übrigens heute schon Nachrichten gehört?“ Gasperlmaier schüttelte den Kopf. „Es ist schon überall herum. Der Unfall von den beiden Abgeordneten, der Rücktritt vom Wimmesberger." „Aber woher denn?", fragte Gasperlmaier. „Beim Unfall gab's ja genug Zeugen. Und der Wimmesberger hat anscheinend selber gestern noch eine Presseaussendung verfassen lassen. Die werden heute wie die Hyänen über Altaussee herfallen, denn sie brauchen Statements vom Huditsch und vom Konecny, die sich ja öffentlich zu der Affäre noch nicht geäußert haben. Und es scheint so, als ob die BFB eine Pressekonferenz improvisieren will – wer da jetzt wohl das Sagen haben wird?" „Vielleicht der Hoppe", spekulierte Gasperlmaier.

„Guten Morgen, Gasperlmaier! Guten Morgen, Frau Chefinspektor!" Die Yvonne strahlte ihnen entgegen. Sie war wirklich, fand Gasperlmaier, eine sehr hübsche junge Frau. Sie beugte sich über den Rezeptionstresen. „Ich habe deinen Anweisungen Folge geleistet. Kein Wecken. Er ist noch nicht zum Frühstück heruntergekommen. Soviel ich weiß, fängt sein Kochseminar erst um zehn Uhr an!" Mit Verschwörermiene zwinkerte sie Gasperlmaier zu. Sie schien Gefallen daran zu finden, dass die Polizei einen ihrer Gäste besuchen wollte. Gasperlmaier warf einen Blick in den Frühstücksraum, der sich zum See hin in einer breiten Fensterfront öffnete. Man mochte es kaum glauben, aber ein vereinzelter Sonnenstrahl drängte gerade durch die Wolkendecke und brachte das Wasser des Grundlsees zum Gleißen.

„Zimmer 114!", flüsterte die Yvonne. „Im ersten Stock!" „Hat er ein Einzelzimmer?", fragte die Frau Doktor. Die Yvonne kicherte hinter vorgehaltener Hand. „Einzelzimmer schon!", flüsterte sie. „Aber mit einem großen Doppelbett!" Die Frau Doktor zog die Augenbrauen ein wenig hoch. „Komm, Gasperlmaier!" Sie nickte in Richtung Treppe. Auf dem Gang im ersten

Stock schluckte ein weicher Teppichboden ihre Schritte. Vor der Tür von 114 hielt die Frau Doktor inne. Gasperlmaier hörte gedämpft Geräusche aus dem Zimmer. Die Frau Doktor und er wechselten einen Blick, sie zog die Mundwinkel fragend nach unten. Dabei waren die Geräusche, obwohl sehr leise, ziemlich eindeutig. Tiefes Stöhnen, fast Grunzen, dazwischen spitzes Keuchen. „Was da drin wohl …?“, flüsterte Gasperlmaier. „Na, rasieren tut er sich nicht!“, sagte die Frau Doktor, ohne ihre Stimme zu dämpfen. Sie klopfte an die Tür. Fast unmittelbar erstarben die Geräusche. „Herr Krummböck, bitte öffnen Sie die Tür! Polizei!“

Zunächst tat sich gar nichts. Anstatt der Tür von 114 öffnete sich wenig später die gegenüber. Ein Mann im gestreiften Bademantel stand vor ihnen, ein wirrer Haarkranz umgab seinen ansonsten blanken Schädel. „Sagen Sie, was machen Sie denn da? Darf ich Sie darauf aufmerksam machen, dass Sonntag ist? Dass das hier ein Hotel ist? Wir sind wegen der Ruhe hierhergekommen!“ Die Frau Doktor zückte lächelnd ihren Ausweis. „Entschuldigen Sie. Polizei. Wir ermitteln. Es gibt keinen Anlass zur Sorge. Bitte begeben Sie sich rasch in Ihr Zimmer und schließen Sie die Tür!“ Der Mann zog sich kopfschüttelnd zurück. Obwohl Gasperlmaier während der kurzen Unterbrechung sein Ohr an der Tür von 114 gehabt hatte, hatte er nicht mehr als unterdrücktes Flüstern und Rascheln vernommen. Noch bevor er Gelegenheit gehabt hatte, sein Ohr von der Tür zu nehmen, öffnete sie sich. Er trat rasch zurück. Der Krummböck stand ihnen in einem weißen Bademantel und mit finsterem Gesicht gegenüber. Er schien ein wenig außer Atem. Auch die Frau Doktor nahm das wahr. „Schon Frühsport gemacht, Herr Krummböck? Dürfen wir hereinkommen?“

Der Krummböck ignorierte die erste Frage. „Wüsste nicht, warum ich Sie hereinlassen sollte." „Weil wir sonst eine Befragung auf dem Gang durchführen. Ist Ihnen das lieber?" Der Krummböck grunzte Unverständliches und schwang die Tür auf. Das Bett war zerwühlt, aber es war keine zweite Person zu sehen. „Bitte!" Der Koch zeigte auf ein kleines Sofa und einen Armsessel, die in einer Ecke neben dem Bett standen. Das Bad war eine dieser modernen Einrichtungen, bei denen man durch eine Glasscheibe den Zimmerpartner beim Duschen beobachten konnte. Wozu man so etwas brauchte, war Gasperlmaier nicht klar. Man konnte durch das milchige Glas zwar erkennen, dass die Duschkabine selbst leer war, dennoch bewegte sich ein Schatten dahinter. Außerdem drangen Geräusche aus dem Bad. Also war doch noch jemand im Zimmer. Der Krummböck räusperte sich. „Wenn Sie vielleicht einen Moment auf den Balkon ... die Dame ... ein wenig Diskretion ...?" Die Frau Doktor starrte ihn mit eisigem Blick an. „Nein. Es geht hier um eine Mordermittlung. Uns interessiert sehr, mit wem Sie die Nacht verbracht haben. Es könnte relevant für unsere Ermittlungen sein." „Mordermittlung?" Der Krummböck schien aus allen Wolken zu fallen. „Aber was habe ich denn damit zu tun?" „Wir haben Erkenntnisse!", beschied ihm die Frau Doktor knapp. „Und bevor wir ins Detail gehen, sollten Sie vielleicht die Dame ..."

Der Krummböck zuckte mit den Schultern und schlich zur Badezimmertür. „Du kannst jetzt ... wenn du fertig bist?" Die Tür öffnete sich, eine füllige Blondine mit etwas zerrauftem Haar kam heraus. „Entschuldige, ich ...", flüsterte der Krummböck. Sie fauchte nur, würdigte weder ihn noch Gasperlmaier oder die Frau Doktor eines Blickes und verschwand aus dem Zimmer. Die Frau Doktor lächelte unergründlich, als sie sich setzte. „Nehmen Sie's sportlich!", sagte sie. „Ich fürchte, die Dame wird keinen Kochkurs mehr bei Ihnen buchen. Tut mir leid!" Er fuhr sich mit der Hand durch die Haare. „Sie haben mich in eine unmögliche Situation gebracht!"

„Herr Krummböck!", sagte die Frau Doktor. „Reden wir nicht um den heißen Brei herum. Wir hatten bereits Hinweise, die in Ihre Richtung gedeutet haben. Nun sind uns Rechercheergebnisse von Frau Holzapfel bekannt, die Sie ruinieren könnten. Sie hatten also ein hervorragendes Motiv, sie zu töten. Es ging um Ihre Existenz. Wenn sie das veröffentlicht hätte, was wir nun kennen, könnten Sie für den Rest Ihres Lebens Schnitzelsemmeln im Wiener Prater verkaufen!" Als sich der Krummböck setzte, fiel sein Bademantel nach vorne und enthüllte eine glattrasierte, gebräunte und muskulöse Brust, die rechts mit der Tätowierung eines Stiers geziert war.

Er schüttelte den Kopf. „Ich weiß nicht, wovon Sie reden!" Die Frau Doktor lehnte sich zurück und schlug die Beine übereinander. „Doch!", lächelte sie. „Ich denke, das wissen Sie ganz genau!" Dann schwieg sie. Der Krummböck blickte unruhig zwischen ihnen hin und her. Schon nach wenigen Sekunden wurde ihm das Schweigen zu bedrückend. „Meinen Sie diese haltlosen Anschuldigungen gegen mein Restaurant?" Die Frau Doktor nickte. „Die meinen wir. Und was wir gesehen haben, ist alles andere als haltlos!" Gasperlmaier bewunderte die Frau Doktor für diesen überzeugenden Bluff, denn sie hatte ja selbst noch gar nichts von dem Material gesehen, das die Holzapfel recherchiert hatte, und war ganz und gar auf seine, Gasperlmaiers, Erzählungen angewiesen. „Woher wissen Sie eigentlich, dass es Anschuldigungen gegen Sie gibt?“, fragte sie. „Bislang ist ja noch nichts veröffentlicht worden.“ Der Krummböck nickte. „Ich hab’s zugeschickt bekommen. Anonym. Das heißt, ich konnte gar nicht wissen, wer mir da eins reinwürgen will.“ „Und Verdacht hatten Sie auch keinen?“, bohrte die Frau Doktor weiter. „Wahrscheinlich die, die alles fotografiert hat. Die haben sicher irgendwelche Ökos bei mir eingeschleust, die sind teils völlig radikal, total durchgeknallt. Wer Fleisch isst oder sein Essen nicht aus den Mülltonnen holt, ist bei denen schon ein Verbrecher!“ Die Frau Doktor schwieg abermals, bis es dem Krummböck zu unangenehm wurde.

„Was haben Sie denn für Material?“, wollte der Krummböck wissen. „Gasperlmaier?“ Die Frau Doktor wandte sich an ihn. Er zuckte zusammen, denn dass er in die Befragung eingebunden werden würde, hatte er nicht erwartet. „Rechnungen!“, sagte er nach einer Schrecksekunde. „Rechnungen für Fertigprodukte, Importfleisch und so weiter.“ Der Krummböck ließ sich aufs Bett sinken und schüttelte den Kopf. Jetzt erst erinnerte sich Gasperlmaier genauer. „Billigfleisch aus Holland, Kalbstafelspitz zum Beispiel. Und Eier aus dem Tetrapak. Da war auch ein Artikel darüber, dass diese Firma Käfigeier aus der Ukraine und Aserbaidschan importiert und daraus diese Eier im Tetrapak herstellt.“

„Woher wollen denn Sie das wissen? Das sind ja Hormärchen, das mit Aserbaidschan und so!“, verteidigte sich der Krummböck schwach. „Wie auch immer“, entgegnete Gasperlmaier. „Auf den Rechnungen ist aber Ihr Restaurant draufgestanden. Ich glaub, da waren sogar die Zahlungsbelege dabei. Das muss alles jemand fotografiert haben, aus Ihrer Buchhaltung.

Sie müssen es ja selber gesehen haben, wenn Sie es geschickt bekommen haben. Und wer es fotografiert hat, hat es auch der Holzapfel zugespielt." „Verdammt!", schrie der Krummböck. „Ich hab ja schon einen Verdacht gehabt, dass da jemand in meiner Buchhaltung herumwühlt! Und ich kann mir auch gut vorstellen, wer das war! Sie arbeitet nicht mehr bei mir. Wahrscheinlich hat sie deshalb gekündigt!" Er stand auf, wandte sich der Balkontür zu und schlug heftig dagegen. „Vielleicht hat sie überhaupt nur deshalb bei mir angeheuert, weil sie mich ausspionieren wollte!" „Wer denn?", fragte die Frau Doktor. „Ach, das tut nichts zur Sache!"

„Damit haben Sie wohl recht. Sie haben eben bestätigt, dass die Dokumente, die wir einsehen konnten, tatsächlich von Ihnen stammen. Und damit ist auch Ihr Motiv glasklar. Wo waren Sie denn in der Nacht von Mittwoch auf Donnerstag?" Der Krummböck grinste. „Da war ich in Traunkirchen. Ich hatte ein Meeting mit einem großartigen Koch dort, wir haben über ein Fernsehprojekt gesprochen. Und ich habe dort im Hotel übernachtet, bevor ich nach Aussee gekommen bin." „Gasperlmaier, wie lange fährt man von Traunkirchen hierher?" Gasperlmaier überlegte einen Moment. „Eine Dreiviertelstunde vielleicht?" Die Frau Doktor wandte sich wieder dem Krummböck zu. „Wann sind Sie ins Bett gegangen? Zeugen?" Der Koch zuckte mit den Schultern. „Ich ... mein Kollege war in der Küche. Ich war allein an der Bar. Später ... natürlich ein Einzelzimmer. Da gibt es keine Zeugen. Aber wie soll ich denn ... Sie werden keine Beweise finden! Weil ich es nicht war!" „Keine angenehme Gesellschaft im Einzelzimmer?", fragte die Frau Doktor nach. Der Krummböck zischte nur verächtlich. „Also kein Alibi. Starkes Motiv, und auch Gelegenheit. Sie könnten leicht in der Nacht nach Altaussee gefahren sein und Frau Holzapfel zur Rede gestellt haben. Sie will keinesfalls auf die Veröffentlichung ihrer Recherchen verzichten, Sie sehen keinen anderen Ausweg, schlagen zu ... und die Holzapfel liegt tot in der Küche des Cateringzeltes. Zurück nach Traunkirchen ... niemand hat etwas gesehen."

„So war das aber nicht!", beharrte der Krummböck. „Das gebe ich ja zu, dass ich hie und da etwas zugekauft habe. Sie können sich ja nicht vorstellen, die Kosten wachsen ins Unermessliche ... explosiv ... Und dann kriegst du nirgends gutes Personal, musst alles selber machen, mit einer Küchenhilfe, wenn du Glück hast. Da geht es manchmal einfach nicht ohne Produkte, die dir Zeit und Geld sparen!" „Aber diese Eier im Tetrapak, gibt's die nicht auch in Bio-Qualität?", fragte die Frau Doktor. „Natürlich, natürlich!", beeilte sich der Krummböck zu versichern. „Da muss ich ... wenn man da online bestellt, da kann es schon sein, dass man sich einmal in der Zeile irrt und das Falsche ..." Er setzte sich wieder hin, stand gleich darauf aber wieder auf und ging zwischen Fenster und Bett auf und ab. „Ich hab doch diese Holzapfel nicht einmal gekannt!" Er schlug gegen den Fensterrahmen, sodass Gasperlmaier zusammenzuckte. „Ganz ruhig bleiben!", ermahnte ihn die Frau Doktor.

„Wird das ... ich meine, das Material, über das Sie verfügen ... was geschieht damit?", fragte der Krummböck, offensichtlich den Tränen nahe. „Das behalten wir!", sagte die Frau Doktor. „Wir haben es von einer Journalistin, der Maxi Holzapfel es anvertraut hat. Wenn sie es zurückbekommt, kann sie damit wahrscheinlich machen, was sie will. Wenn sie sich nicht ohnehin schon Kopien davon angefertigt hat." Dessen war sich Gasperlmaier sicher. So fix, wie die Stefanie und die Katharina mit digitalen Dingen waren, hatten sie das sicher nicht verabsäumt.

„Dann wäre da noch die Frage nach Stefanie Frisch", sagte die Frau Doktor. „Wir haben mit Ihnen schon einmal über sie gesprochen, Sie erinnern sich. Sie sind der Letzte, der sie gesehen hat." Gasperlmaier war klar, dass sie dem Krummböck nicht verraten wollte, dass die Stefanie in Sicherheit bei ihm zu Hause saß. Womöglich hegte sie in Bezug auf das Verschwinden der Stefanie doch einen Verdacht gegen ihn. Es war ja nicht auszuschließen, dass irgendeine Verbindung zwischen ihm und „Fanny's Food" bestand. „Ja, und?", fragte der Krummböck. „Dazu hab ich Ihnen doch schon alles gesagt!" „Aber die Tatsache, dass Sie sie als Letzter gesehen haben, erscheint natürlich jetzt in einem ganz anderen Licht – wo Sie eines Mordes verdächtig sind!" „Was Sie mir alles in die Schuhe schieben wollen! Und bloß, weil Sie unfähig sind, den wirklichen Täter zu fassen!" Die letzten Worte hatte er recht gehässig herausgeschleudert. Die Frau Doktor stand auf und zeigte mit dem Finger auf den Krummböck. „Jetzt machen Sie aber einmal einen Punkt! Sollen wir Ihr Motiv vielleicht ignorieren?" „Motiv hin oder her! Ich war's nicht!", begehrte der Krummböck auf. „Und jetzt will ich duschen! Und dann frühstücken! Ich habe heute einen anstrengenden Tag vor mir!" Die Frau Doktor grinste. „Das kann ich mir vorstellen. Die blonde Dame wird nicht leicht zu beruhigen sein ... Übrigens, Herr Krummböck, würden Sie uns wohl gestatten, einen Blick auf Ihr Handy zu werfen? Wir würden allzu gern feststellen, ob Sie mit einem der Mordopfer telefonischen Kontakt hatten ... als sie noch lebten, natürlich!" „Ich denke ja gar nicht daran!", brüllte er. „Und jetzt lassen Sie mich in Ruhe!

Oder wollen Sie mich festnehmen?" „Noch nicht!", sagte die Frau Doktor. „Aber Sie halten sich bitte zu unserer Verfügung!" Der Krummböck verschwand im Badezimmer, ohne sie weiterer Worte zu würdigen.

„Ziemlich verunsichert!", stellte die Frau Doktor fest, als sie wieder auf dem Gang draußen waren. „Das wäre ich allerdings auch, wenn man mich unschuldig verdächtigt!", gab Gasperlmaier zu bedenken. „Niemand ist unschuldig!", erklärte die Frau Doktor. Gasperlmaier verzichtete auf die Frage, wie sie denn das gemeint hatte. Sonst würde sie ihm am Ende erklären, warum auch er zu den Schuldigen zählte.

Im Vorbeigehen warf Gasperlmaier einen Blick auf das üppige Frühstücksbuffet. Ob man wohl auch im Seehotel in Grundlsee Eierspeise aus ukrainischen Käfigeiern servierte? Ihm graute bei der Vorstellung. „Wollt ihr vielleicht ein Frühstück?", fragte die Yvonne, die anscheinend Gasperlmaiers sehnsüchtige Blicke bemerkt hatte. „Keine Zeit!", antwortete die Frau Doktor. Gasperlmaier aber musste sichergehen. „Sag einmal, Yvonne, verwendet ihr hier im Hotel für die Eierspeise Eier aus dem Tetrapak?" Die Yvonne lachte und warf dabei den Kopf zurück. „Nein, natürlich nicht! Wir verwenden nur Bioeier! Möchtest du auch wissen, wo sie herkommen?" Gasperlmaier winkte ab. „Passt schon! Mich hat's nur interessiert!" Eigentlich, so dachte er bei sich, hatte es der Krummböck gar nicht verdient, dass man ihn hier mit Bioeiern verwöhnte.

„Was jetzt?", fragte er, als er sich anschnallte. Die Frau Doktor zuckte mit den Schultern. „Ob wir nach Traunkirchen fahren sollen, sein Alibi überprüfen? Oder kann das bis morgen warten?" „Mich würd ja auch interessieren, wer die Unterlagen fotografiert und der Holzapfel gesteckt hat", sagte Gasperlmaier. „Und wer die Kuverts mit den Sticks verteilt hat, auf denen die Videos waren." Die Frau Doktor nickte und setzte sich hinters Steuer. „Weißt du was?", sagte Gasperlmaier. „Jetzt fahren wir erst einmal zu mir nach Hause auf ein gescheites Frühstück, und dann überlegen wir uns, ob wir nicht am Montag weitermachen." Die Frau Doktor seufzte und startete. „Wenn das so leicht wäre! Man sitzt mir bereits im Nacken, man wartet auf Ergebnisse!"

„Horch!", sagte Gasperlmaier, als die Nachrichten begannen. Die Frau Doktor drückte auf einen Knopf auf dem Lenkrad, und die Stimme der Nachrichtensprecherin wurde lauter. Dennoch beugte Gasperlmaier sich vor, um besser zu hören. „... ist der Vorsitzende der BFB, Norbert Konecny, heute Früh anscheinend zurückgetreten. Und zwar vor dem Hintergrund eines Angriffs auf das Quartier des Bundespräsidenten in Altaussee, an dem eine der BFB nahestehende rechtsgerichtete Gruppierung beteiligt gewesen zu sein scheint. Von Montag bis Donnerstag waren die Präsidenten Österreichs und Russlands ..." Die Frau Doktor drehte leiser. „Der Konecny zurückgetreten? Dass das so schnell geht, hatte ich mir nicht gedacht!" Gasperlmaier schüttelte den Kopf. „In Österreich dauert so etwas ja auch meistens länger", meinte er.

„Oje!", seufzte Gasperlmaier, als sie in Altaussee ankamen. Nicht nur vor der Bank, sondern auch direkt an der Straße waren voluminöse Lieferwagen mit den Logos verschiedener Fernsehsender geparkt. „Was werden denn die bei uns wollen?", fragte er. „Na, das, was ich befürchtet habe. Den Huditsch und den Wimmesberger haben wir ja hier in Altaussee festgesetzt, und den Konecny wird die Presse auch noch hier vermuten." „Irgendwo warten sicher schon die Reporter auf dich", warnte Gasperlmaier. „Bleiben wir gar nicht erst irgendwo stehen!" „Auf uns!", korrigierte die Frau Doktor. „Fahr gleich zu mir nach Hause weiter!", empfahl Gasperlmaier.

Allerdings hatten sie wenig Glück, denn die Maggie Schablinger wusste, wo Gasperlmaier wohnte, und hatte offenbar damit gerechnet, ihn am Sonntagfrüh zu Hause anzutreffen. Sie lungerte in der Hoffnung auf eine griffige Schlagzeile vor dem Gartentor herum und hatte auch noch zwei andere im Schlepptau, eine etwas pummelige junge Frau in Jeans und Jeansjacke und einen schlaksigen Grauhaarigen, der in seinem dreiteiligen Anzug wahrscheinlich erbärmlich fror. Kaum waren sie ausgestiegen, hielt ihnen die Maggie ihr Handy entgegen. Sie trug heute einen schlichten, schwarzen Hosenanzug und hatte ihr Haar zu einem strengen Knoten gebunden. Gasperlmaier hätte sie beinahe nicht erkannt. Geschminkt war sie allerdings mehr als üppig. „Plasser, von der Steirischen!", stellte sich die Mollige etwas atemlos vor und hielt ihr Handy ebenfalls hoch. Der Graue verzichtete auf eine Vorstellung und spannte stattdessen einen Schirm auf, den er, bemerkte Gasperlmaier, keineswegs über die beiden Frauen, sondern ausschließlich über seinen eigenen spärlich behaarten Schädel hielt. Die Schirmhand hielt außerdem einen Notizblock, die rechte einen Kugelschreiber. Er schien eher von der traditionellen Schule zu sein.

„Wie schaut's aus?", fragte die Maggie. „Der Konecny, kommt der als Mörder in Frage? Sein Rücktritt spricht doch Bände!" Die Frau Doktor drückte Daumen und Zeigefinger gegen ihre Nasenwurzel. „In diesem Moment kann ich Ihnen keinerlei Informationen über den Stand der Ermittlungen geben", sagte sie, ohne der

Maggie ins Gesicht zu blicken. „Warum denn nicht?“, fragte die Frau Plasser mit einer hohen, piepsigen Stimme, die so gar nicht zu ihr zu passen schien. Die Frau Doktor sah sie nun direkt an. „Weil wir nur gesicherte Informationen über unsere Pressestelle abgeben, die überdies die Ermittlungen nicht behindern. Es gibt viele Infos, die wir aus kriminaltaktischen Gründen erst in einem allfälligen Gerichtsverfahren offenlegen können.“ Die Frau Doktor, fand Gasperlmaier, hatte sich da in ziemlich mühsames Juristendeutsch zurückgezogen. Das würde der Maggie gar nicht gefallen.

„Und warum haben Sie heute schon einen Einsatz in Grundlsee gehabt? Im Seehotel?“, schoss die Maggie nach. Gasperlmaier sah auf. Hatte die Maggie ihnen aufgelauert und sie verfolgt? Aber da musste sie ja womöglich die halbe Nacht irgendwo in der Nähe seines Hauses gelauert haben? Das hätte er ihr nicht zugetraut. Die Frau Doktor schwieg, ebenso wie er, verblüfft. Die Maggie zog ihr Handy zurück und wischte darauf herum. „Wer ist die Dame? Sie ist aus dem Seehotel gekommen, kurz nachdem ihr hinein seid. Hat aufgelöst gewirkt, ist zu ihrem Mercedes gehastet, abgezischt, mit quietschenden Reifen. Hat sie irgendwas mit den Mordfällen zu tun?“ Der Graue unter dem Regenschirm meldete sich erstmals zu Wort. „Sie ist die Ehefrau eines nicht unbedeutenden Industriellen aus der Steiermark. Haben Sie sie verhört?“ In Gasperlmaier stieg Wut auf. Die Frau mochte einen Fehler begangen haben, aber dass gierige Reporter sie in einen Mordfall hineinzogen, das hatte sie nicht verdient.

Er trat einen Schritt auf die drei zu. „So, jetzt schleicht's euch aber! Wir haben hier genug zu tun! Auch am Sonntag! Lasst's uns einfach unsere Arbeit machen. Und für Informationen, da gibt's ja eh ... oder?“

Die Frau Doktor nickte. „Die üblichen Pressekonferenzen!“ Die Maggie zuckte mit den Schultern. „Dass ihr gegen die Frau ermittelt, haben wir ja sozusagen schwarz auf weiß!“, sagte sie und steckte ihr Handy wieder ein. „Nichts haben Sie!“, entgegnete die Frau Doktor. „Die Frau hat mit den Ermittlungen nichts zu tun. Und sie wird wohl klagen, wenn Sie sie fälschlich beschuldigen. Komm, Gasperlmaier!“ Er ging lieber in weitem Bogen um die Maggie herum, denn sie hatte sich schon einmal dramatisch fallen lassen, als er sie zur Seite geschoben hatte, und ihn eines gewaltsamen Übergriffs bezichtigt. „Dann war's wahrscheinlich der Koch, oder?“, rief ihnen die Maggie nach. Gasperlmaier drehte sich um und schüttelte den Kopf. Blöd war die Maggie nicht, das konnte man wirklich nicht behaupten. Aber woher hatte sie den Aufenthaltsort des Starkochs erfahren? Wer hatte da geplaudert? „Gehen wir zum Hoppe!“, hörte er die Maggie noch sagen, als er die Haustür öffnete.

Gasperlmaier sah ihnen, die Türschnalle in der Hand, nach. Trotz des stärker werdenden Regens hatte der Graue seinen Schirm immer noch nicht mit den beiden Frauen geteilt. „Hast du das gehört?“, fragte Gasperlmaier. „Die hat was vom Hoppe gesagt! Ist der in Altaussee? Und was macht er da?“ Die Frau Doktor flüchtete an ihm vorbei unter das Vordach. „Das werden wir gleich herausfinden!“, sagte sie und holte ihr Handy aus der Handtasche. „Aber drinnen!“, wandte er ein und öffnete die Haustür. „Bitte!“ Im Vorzimmer fanden sie, bereits in Jacken und Schals, die Katharina und die Stefanie vor. „Habt ihr's schon gehört? Der Konecny ist zurückgetreten, und der Hoppe will jetzt Parteiobmann werden. Er ist hier in Altaussee und gibt eine Pressekonferenz!“ Gasperlmaier und die

Frau Doktor warfen sich überraschte Blicke zu. „Jetzt kannst du dir das Nachschauen sparen!“, meinte er.

„Wo soll die denn sein, die Pressekonferenz?“, fragte die Frau Doktor. Die Stefanie hob ihr Handy mit leuchtenden Augen. „Ich hab's ganz exklusiv von meinem Magazin“, strahlte sie. „Ich darf nämlich die Geschichte schreiben! Anscheinend haben sie einen eigenen Bühnenwagen hierhergefahren, weil es so schnell gehen musste und ihnen in der kurzen Zeit niemand einen Raum zur Verfügung stellen konnte.“ „Oder wollte!“, sagte Gasperlmaier. Er war sich ziemlich sicher, dass weder die Gemeinde noch sonst jemand in Altaussee dem giftigen Hoppe einen Raum für eine Pressekonferenz zur Verfügung hätte stellen wollen.

„Ja, Gasperlmaier, da sind wir dabei, oder? Streift ja ziemlich an unseren Ermittlungen, nicht?“, fragte die Frau Doktor. Er nahm seine Mütze ab und kratzte sich am Kopf. „Wollten wir nicht eigentlich ... wir haben doch noch von einem vernünftigen Frühstück geredet, grade im Auto?“ Die Christine tauchte hinter ihm auf. „Gehst leicht auch mit, zu dieser ...“, setzte er zu einer Frage an. Sie schüttelte den Kopf. „Den brauch ich mir wirklich nicht in natura anzuhören“, erklärte sie. „Der ist mir schon im Fernsehen zu viel!“ „Los jetzt!“ Die Frau Doktor nickte mit dem Kopf nach der immer noch offenstehenden Tür. „Ich komm schon!“ Gasperlmaier zog seine Mütze wieder über und trat in den Regen hinaus. „Besser zu Fuß!“, meinte er. „Sonst kriegen wir am Ende keinen Parkplatz, wo wir nicht auffallen. Denn vor dem Posten, da könnte leicht sein ... weißt eh!“ „Gut gedacht!“, stimmte die Frau Doktor zu.

Auf der Hauptstraße war viel Verkehr, und je näher sie dem Ortszentrum kamen, desto langsamer bewegte er sich fort, bis die Autoschlange schließlich gänzlich zum Stillstand kam. Vereinzelt wurde gehupt. Ein Fahrer, dessen Gesicht bereits rötlich angelaufen war, ließ das Fenster herunter und sprach Gasperlmaier an. „Kannst du denen vielleicht erklären“, rief er, mit dem Daumen nach hinten weisend, „dass es auch nicht schneller geht, wenn man hupt!“ Gasperlmaier schüttelte den Kopf. „Keine Zeit!“

Bald darauf wurde der Grund für den Stau offensichtlich. Kurz nach der Abzweigung zum Loser standen bereits Leute auf der Straße, die den Verkehr blockierten. „So geht das aber nicht!“, murmelte Gasperlmaier, als er den Auflauf sah. Zwischen der Volksschule und der Apotheke hatte die BFB einen Kleinbus mit Aufschrift und Parteilogos mitten auf den kleinen freien Platz gestellt und ein breites Vordach mit zwei Stützen ausgerollt. „Patrioten für die Heimat Österreich“ stand in weiß-roten Lettern auf der Seitenwand des Busses. Unter dem Vordach hatte man eine niedrige Bühne aufgebaut, auf der der Hoppe mit einem Mikrofon stand. Davor hatten sich bereits zahlreiche Zuschauer versammelt. Manche, so konnte man an hochgehaltenen Handys, Aufnahmegeräten und Notizblocks erkennen, offenbar Journalisten, andere einfach Neugierige. Auch ein paar geschulterte Fernsehkameras konnte Gasperlmaier im Publikum entdecken. Wenn es wo einen Auflauf gab, ärgerte er sich, dann blieben die Leute einfach einmal stehen, um zu erfahren, was los war. Auch, wenn sie dadurch die Straße blockierten. Gerade, als er sich der Bühne näherte, hörte er das Folgetonhorn seines Einsatzwagens, der sich mit Blaulicht durch die Menge schob. Die Manuela hielt direkt neben ihm an und stieg aus.

„Grüß euch!“ Sie nickte den Ankommenden kurz zu. „Es gibt eine Anmeldung für diese Veranstaltung.

Habe ich soeben erfahren", erklärte sie Gasperlmaier. „Aber nicht für hier. Sie hätten zum Volkshaus sollen, aber da blockiert ein Bus den Großteil des Parkplatzes. Jetzt haben sie sich hierhergestellt." Sie nickte mit dem Kinn in Richtung Bühne, wo der Hoppe soeben damit begonnen hatte, Papiere auf einem Pult auszubreiten, das von zwei Helfern herbeigetragen worden war. „Liebe Freundinnen und Freunde, liebe ...", begann er, bevor die Lautsprecher, die außen am Kastenwagen hingen, zu quietschen und zu knarren begannen. Einer der Helfer drehte sich um und stieg in den Bus, während der Hoppe ins Publikum lächelte und den Daumen der rechten Hand nach oben streckte.

„Du musst was unternehmen. Die können hier nicht ... da ist zu wenig Platz. Schick ihn weg!" Die Manuela gab Gasperlmaier einen Schubs. „Jetzt geh schon!" Etwas widerwillig schob sich Gasperlmaier bis zur Bühne durch und betrat das Podium. „Bitte das Mikro ausschalten!", flüsterte er dem Hoppe zu. Der grinste. „Warum denn?" „Weil Sie auf dem falschen Platz stehen. Hier blockieren Ihre Zuhörer die Straße!" Er deutete auf den gesamten Aufbau und auch auf das Publikum hinter sich. Das aber, so mutmaßte er, ohnehin nicht gehört hatte, was auf dem Podium besprochen wurde. Der Techniker schraubte noch immer an einer Schalttafel im Bus herum, stellte Gasperlmaier mit einem Seitenblick fest. Er seufzte. „Wenn Sie eine Versammlung abhalten", erklärte er dem Hoppe, „für die ich die Straße sperren muss, weil sie den Verkehr behindert, dann müssen Sie uns das vorher melden! Ihre Anmeldung gilt nicht für diesen Platz! So geht's nicht!" Der Hoppe grinste weiter und sah nach hinten. Der Techniker streckte den Daumen hoch. „Liebe Freundinnen und Freunde, geschätzte Damen und Herren der Presse!“, donnerte plötzlich die Stimme des Hoppe aus den Lautsprechern, dass Gasperlmaier zusammenzuckte. „Die Polizei versucht zwar, hier die Meinungsfreiheit zu behindern!“ Er deutete mit einem Grinsen auf Gasperlmaier. Irgendwie platzte dem jetzt der Kragen. Er packte den Hoppe am Unterarm und zog dessen Mikrofon zu sich heran. „Die Meinungsfreiheit, die wird gar nicht behindert! Sondern der Verkehr durch Altaussee! Der Herr Hoppe da, der kann erzählen, alles, und wem er will, und was er will. Aber nicht, wenn seine Zuhörer auf der Straße stehen. In zehn Minuten ist hier alles geräumt!“ Hinter sich hörte Gasperlmaier einen Teil der Menge applaudieren.

Der Hoppe war so überrascht gewesen, dass er Gasperlmaier das Mikrofon nicht entzogen hatte. Der ließ ihn jetzt los und verließ das Podest. Zusammen mit der Manuela musste er versuchen, wenigstens eine Fahrspur freizukriegen. „Liebe Freunde“, hörte er hinter sich den Hoppe, „Norbert Konecny ist Geschichte. Er ist der Partei in den Rücken gefallen, hat Kräfte unterstützt, die keine Unterstützung verdient haben, hat darauf vergessen, dass wir unserem Österreich Treue geschworen haben. Ich werde an seine Stelle treten und sein Werk weiterführen.“

Die Manuela hatte sich ein Megafon aus dem Auto geholt und grinste Gasperlmaier entgegen. „Der wird sich wundern!“ Sie hielt das Gerät an den Mund. „Bitte, liebe Mitbürgerinnen und Mitbürger, gebt die Straße frei! Stellt euch auf den Gehsteig oder hinter den Bus da oben, wir brauchen Platz für den Verkehr! Eine Straßensperre ist nicht genehmigt!“ Gasperlmaier versuchte, sie mit Handzeichen zu unterstützen, und teilweise leisteten die Menschen ihren Anordnungen auch Folge. Mittlerweile konnte man weder die Manuela noch den Hoppe verstehen, da sie sich gegenseitig zu überschreien versuchten. Immer mehr Menschen drängten auf den Platz vor der Apotheke. Das machte keinen Sinn, sah Gasperlmaier schließlich ein, man musste abwarten, bis der Hoppe aufgab.

Eine Hand landete auf seiner Schulter. Es war der Bürgermeister. Er nickte. „Gut hast das gemacht. Die zehn Minuten geben wir ihm. Weil, wenn du das alles auflösen lasst, womöglich mit Gewalt, dann haben wir die schlechte Presse. Und das wollen wir nicht. Obwohl – ich bin froh, wenn der ...“, er deutete mit dem Kinn nach dem Hoppe, „... wieder weg ist.“ Gasperlmaier nickte und drängte sich zur Manuela durch. Er klopfte ihr auf die Schulter. „Die zehn Minuten kriegt er!“, flüsterte er ihr ins Ohr. Sie setzte das Megafon ab. „Wo ist denn eigentlich die Frau Doktor?“ Auf die hatte Gasperlmaier in dem ganzen Tumult völlig vergessen. Er blickte um sich, stellte fest, dass er von Menschen umgeben war, und drängte sich zur Straße durch. Dort, auf der anderen Straßenseite, stand die Frau Doktor mit einem missmutigen Gesicht. Als sie ihn allerdings erblickte, winkte sie. Er überquerte die Straße.

Jetzt lächelte sie. „Das hast du gut gemacht! Nicht herumgestottert, klar gesagt, was geht und was nicht. Ich bin stolz auf dich!“ Sie zwickte ihn in die Backe. „So?“, fragte Gasperlmaier und rieb sich die ein wenig schmerzende Wange. „Hoffen wir, dass der bald aufhört!“, sagte er. Trotz der volltönenden Lautsprecher hatte er nichts von dem mitbekommen, was der Hoppe da erzählte. „Scheint eine Wachablöse in der BFB gegeben zu haben!“ Die Frau Doktor hielt ihm ihr Handy hin. „Lulu im Club Amore!“, lautete die Schlagzeile. Darunter, in kleineren Buchstaben, stand: „BFB-Konecny stolpert über Bordellbesuch“. Und drüber gab es ein Foto, auf dem der Ex-Obmann der BFB besonders blöd dreinsah. „Da haben die Frau Hetty und diese Vroni also aus dem Nähkästchen geplaudert!“, lächelte Gasperlmaier.

„Es gibt noch mehr“, sagte die Frau Doktor. „Offenbar sind die Videos und Fotos auch verschiedenen Medien zugespielt worden, sie sind schon überall herum, in den Online-Ausgaben. Der Wimmesberger und der Huditsch, die sind ebenso fertig wie der Konecny.“ Gasperlmaier warf einen Blick hinüber zum Hoppe, der immer noch auf sein Publikum einschrie, das sich, so stellte er fest, etwas ausgedünnt hatte. Die Altausseer erwarteten sich offenbar nichts Neues mehr. „Ob er dahintersteckt?“, fragte Gasperlmaier. Die Frau Doktor zuckte mit den Schultern. „Für möglich halte ich bei diesen Typen alles!“, sagte sie. „Auch, dass er die Holzapfel beiseiteschaffen lassen hat. Und vielleicht auch den Horak. Der könnte ja etwas beobachtet haben, das die BFB belastet. Und dann hat er versucht, ein bisschen Geld damit zu machen. Wir wissen ja, dass er einen Hang zum Kleinganoventum hatte, der Horak. Aber der Hoppe mit seinen Russland-Connections, der hat ihm statt Geld gleich ein Messer besorgt, das in seiner Brust stecken geblieben ist.“ Gasperlmaier kratzte sich am Kopf. „Das ist aber ... das ist aber schon eine ziemlich abenteuerliche ...“ Er konnte seinen Satz nicht vollenden, denn von der Bühne drüben ertönte ein gellender Schrei.

Gasperlmaier fuhr herum. Der Schrei musste aus dem Publikum vor der Bühne gekommen sein, aber er konnte im Gewusel nichts erkennen. Die Frau Doktor setzte sich in Bewegung. Gasperlmaier warf einen Blick auf die Bühne und hatte das Gefühl, als sei gerade jemand hinter dem Bus verschwunden.

Plötzlich gab die Menge den Blick auf die Katharina und die Stefanie frei, auf die die Frau Doktor gerade zurannte. Die Stefanie hatte die Hand vor den Mund geschlagen und schien nach Atem zu ringen. Gasperlmaier hetzte ebenfalls auf sie zu. „Was ist denn los, Steffi?“, rief die Katharina, voll Verzweiflung in der Stimme. Die Zuschauer hatten sich, so stellte Gasperlmaier fest, vom Hoppe ab- und ihnen zugewandt. Der Hoppe hatte innegehalten und war kopfschüttelnd in seinen Bus gestiegen.

„Kommen Sie“, sagte die Frau Doktor und legte der Stefanie ihren Arm um die Schulter. „Wir gehen hier weg.“ Die Stefanie ließ sich von der Bühne wegführen, Gasperlmaier und die Katharina im Gefolge. Erst, als sie ein wenig Abstand von der Menge gefunden hatten, hielt die Frau Doktor an. Gasperlmaier war so, als höre er im Hintergrund ein Motorrad und darauf das Folgetonhorn seines Einsatzwagens, aber diese Geräusche drangen nicht recht in sein Bewusstsein ein, denn er wollte jetzt endlich wissen, was mit der Stefanie los war. Die Frau Doktor fand eine Bank im Park, keine hundert Meter von der Bühne entfernt.

„Was war denn los?“, fragte sie, als sie sich gesetzt hatten, die Stefanie an die Katharina gelehnt. „Er war’s“, flüsterte die Stefanie. „Ich glaub, er war’s. Ich bin mir fast sicher, er war’s!“ Für Gasperlmaier taten sich natürlich gleich etliche Fragen auf einmal auf, aber er hielt den Mund. Die Katharina wartete ebenfalls ab. „Wer? Wo?“, fragte die Frau Doktor sanft. Die Stefanie hob den Kopf. „Der im Auto. Der mich angefahren hat. Als der große Mann in der Motorradjacke auf die Bühne gekommen ist, habe ich plötzlich ein komisches Gefühl gehabt, ein ganz komisches. Und dann habe ich plötzlich den weißen Lieferwagen vor mir gesehen. Und das Gesicht. Aufgeregt, nervös. Und es kam direkt auf mich zu ...“ Sie schluchzte erneut auf und schlug die Hände vor die Augen. Die Frau Doktor zog schnell die richtigen Schlüsse. „War es der, der kurz auf der Bühne aufgetaucht ist? Der dem Hoppe etwas zugeflüstert hat?“ Die Stefanie nickte. „Und Sie sind sich ganz sicher? Immerhin war es bei Ihrem Unfall stockdunkel!“ Die Stefanie nickte. „Es ist wie ein Blitz gekommen. Mir war fast schlecht, als ich das Gesicht gesehen habe.“

Die Frau Doktor drehte sich zu Gasperlmaier um. „Haben wir das Foto vom Salzmann der Stefanie jemals gezeigt?“ Er schüttelte den Kopf. „Glaub ich nicht!“ Die Frau Doktor seufzte. „Dann hätten wir das früher haben können ...“ „Ich glaub, von dem haben wir gar kein gescheites Foto“, gab Gasperlmaier zu bedenken. Sie sprang auf. „Aber dann ... wir müssen schauen, dass wir den verhaften! Das ist unser Mörder!“ Gasperlmaier sah die beiden Mädchen auf der Bank an. „Glaubt ihr, dass ihr zwei ... können wir uns um den ...“ Er wollte das Wort „Mörder“ irgendwie umschiffen, aber es wollte ihm nichts Passendes einfallen. „Geht’s ihr nur euren Mörder fangen!“ Die Katharina umarmte die Stefanie und nickte ihm zu. „Wir kommen schon zurecht.“

Die Frau Doktor war im Laufschritt unterwegs, sodass Gasperlmaier Mühe hatte, ihr zu folgen. „Aber ...“ Er hatte zu wenig Luft zum Sprechen. „Das hat keinen Sinn!“, rief er der Frau Doktor hinterher. Die blieb tatsächlich stehen. „Wenn der ein Motorrad hat ...“, keuchte er atemlos, „und ich hab eines gehört ... dann ... und die Manuela ist ihm anscheinend ohnehin schon nach ... dann ...“ Er hielt inne. Die Frau Doktor hatte ihn aber auch so verstanden und zückte ihr Handy. „Ja!“, sagte sie nach kurzem Warten. „Ein Motorrad. Näheres nicht bekannt. Auf dem Weg von Altaussee ... nein ... müsst ihr halt alle ... so viele gibt es ja nicht ...“ Nach einigen weiteren kurzen Antworten legte sie auf. „Bevor der abbaut, sollten wir vielleicht den Hoppe ...“, keuchte Gasperlmaier. Die Frau Doktor nickte. „Hervorragende Idee!“

Tatsächlich waren zwei Helfer gerade dabei, das Vordach abzubauen und das Bühnenpodest wieder einzuräumen. „Herr Hoppe!“ Die Frau Doktor rief ihm schon von weitem entgegen. „Wir müssen dringend mit Ihnen sprechen!“ Der Hoppe maß sie mit einem Blick von oben bis unten, den Gasperlmaier als hasserfüllt empfand. „Ich aber nicht mit Ihnen!“ Er wandte sich ab. „Herr Hoppe!“ Die Frau Doktor hatte auf eine deutlich schärfere Tonart umgestellt. „Ich möchte Sie nur als Zeugen befragen. Wenn Sie jetzt Faxen machen, gehe ich den offiziellen Weg. Ich habe es Ihnen schon des Öfteren erklärt. Womöglich wird die Presse davon Wind bekommen.“ Sie deutete hinter sich, wo in kleinen Gruppen noch Leute von der Presse beisammenstanden. Einige davon musterten Gasperlmaier und die Frau Doktor neugierig. „Die werden sich fragen, warum es da so große Widerstände gibt, gegen eine Aussage.“ Der Hoppe seufzte. „Kommen Sie in den Bus!“

Er schloss hinter ihnen die Schiebetür. Gasperlmaier fühlte sich nicht wohl. Der Bus war vollgestopft mit Propagandamaterial der BFB. Und außerdem roch es schlecht. „Herr Hoppe“, begann die Frau Doktor, „wer war der sehr große Mann, der Ihnen während Ihrer Rede etwas zugeflüstert hat?“ „Das kann ich Ihnen gerne sagen. Das war Thomas Salzmann, einer meiner Mitarbeiter. Bald wahrscheinlich parlamentarischer Mitarbeiter, vielleicht sogar Abgeordneter. Wir werden drei Sitze neu zu besetzen haben.“ „Wenn die drei Herren von ihren Mandaten zurücktreten. Das müssen sie ja nicht.“ „Davon gehe ich aus!“ Selten war Gasperlmaier jemandem gegenübergesessen, der so viel Aggression ausstrahlte wie der Hoppe.

Die Frau Doktor warf Gasperlmaier einen Blick zu. Eigentlich durfte es diesen Salzmann ja gar nicht geben. Und wenn, dann ermittelte er sicher noch immer undercover. Womöglich gegen den Hoppe? Sie zögerte. „Herr Hoppe, der Herr Salzmann ist wiedererkannt worden. Während Ihrer Rede.“ „Meinen Sie die, die so hysterisch gekreischt hat? Wo will sie ihn denn gesehen haben?“ Gasperlmaier zuckte nach vorn. Am liebsten hätte er dem Hoppe eine Saftige geschmiert. Es juckte ihn in den Handflächen. Die Frau Doktor drückte ihm eine Hand gegen den Oberarm.

Sie zögerte noch immer. Wahrscheinlich, so dachte Gasperlmaier bei sich, überlegte sie, was sie dem Hoppe mitteilen oder auch verschweigen wollte. „Wo und wann unsere Zeugin den Herrn Salzmann gesehen hat, behalten wir vorläufig für uns. Es tut auch nichts zur Sache. Bitte überlegen Sie, Herr Hoppe. Es geht um den Donnerstagabend. Sie waren, dafür gibt es Zeugen, im Hotel Kaiser Franz in Bad Aussee. Herr Salzmann war nicht dabei. Wissen Sie, wo er war? Wo er die Nacht verbracht hat?“ Der Hoppe lachte mit verzogenem Mund laut auf. „Sie glauben ja wohl nicht, dass wir unsere Mitarbeiter nachts überwachen? Wenn er frei hat, dann hat er frei. Wir sind ja nicht die, die den totalen Überwachungsstaat wollen!“ „Können Sie mir sonst etwas über den Herrn Salzmann sagen? Wie er zu Ihnen gekommen ist, was sein Hintergrund ist, wo er gearbeitet hat?“ Schlau, dachte Gasperlmaier bei sich. Sie versuchte, den Hoppe auszuhorchen. Der aber zuckte nur mit den Schultern. „Sie wissen von seiner

Tätigkeit für eine Sicherheitsfirma?" Kurz flackerte der Blick des Hoppe und ging an der Frau Doktor vorbei. „Natürlich!" „Also wussten Sie, dass er Bediensteter der ‚Securitas' ist?" Der Hoppe nickte. Gasperlmaier musste sich beherrschen, ein Lächeln zu unterdrücken. Der Hoppe wusste also nichts, denn diese Firma hatte die Frau Doktor wahrscheinlich gerade erfunden.

„Herr Hoppe, wie haben Sie eigentlich von den Vorgängen hier in Altaussee erfahren? Sie waren ja nicht mehr vor Ort?" „Nationalrat Wimmesberger hat mich angerufen, um mich über seinen Rücktritt in Kenntnis zu setzen. Alles Weitere war dann schon über die Medien bekannt, Huditsch und Wimmesberger haben mir auch ihre Daten überlassen. Video und Fotos." „Und warum sind Sie hierhergekommen? Sie hätten ja die ganze Sache auch von Wien aus erledigen können?" Hoppe schüttelte grinsend den Kopf. „Ich halte mehr von persönlicher Konfrontation. Konecny hält sich ja nach wie vor hier auf." Während er sprach, stieß er immer wieder mit dem Kopf nach vor, was Gasperlmaier irritierte. Wie ein Raubvogel, dachte er. „Wo waren Sie eigentlich zum Zeitpunkt der beiden Morde? Also genauer, Nacht von Mittwoch auf Donnerstag, und von Donnerstag auf Freitag?" Nun lehnte sich der Hoppe zurück, verschränkte die Hände vor dem Bauch und grinste. „Das können Sie mich gern fragen, wenn ich als Beschuldigter vernommen werde. Und ob Sie da eine Antwort bekommen ..." Er ließ den Satz auslaufen. „Werden Sie jetzt eigentlich die Beziehungen zu den russischen Geschäftsleuten weiterführen?", fragte die Frau Doktor. „Alles zu seiner Zeit!", sagte der Hoppe und stand auf. „Ich betrachte unser Gespräch als beendet!"

„Bei dem fühl ich mich nicht wohl!", sagte Gasperlmaier, als sie wieder auf dem nun fast menschenleeren

Platz standen. Noch bevor die Frau Doktor antwortete, bremste vor ihnen der Einsatzwagen abrupt ab, sodass Gasperlmaier instinktiv zur Seite hüpfte. „Er ist mir entwischt!“ Die Manuela schlug zornig aufs Autodach. „Ich hab nicht einmal die Nummer!“ „Machen Sie sich nichts draus“, sagte die Frau Doktor. „Sie hatten von vornherein keine Chance.“ Gasperlmaier dachte an die Stefanie und die Katharina, die sie auf der Parkbank zurückgelassen hatten. „Ich glaub“, sagte er, „wir sollten uns um die beiden Mädchen kümmern!“ Die Frau Doktor nickte.

„Halt!“, sagte sie, als die Manuela einsteigen wollte. „Mir kommt da gerade ein Gedanke. Wir haben doch kein gutes Foto vom Salzmann, nicht?“ Die Manuela nickte. „Meine sind zwar scharf, aber da ist er nur im Profil drauf. Höchstens. Und wenn man's auf Portraitmaß vergrößert, wird's arg körnig!“ „Eben!“, nickte die Frau Doktor. „Aber auf offiziellem Weg wird das nichts“, warf Gasperlmaier ein. „Denn offiziell gibt's den gar nicht!“ „Deswegen wird die Frau Reitmair jetzt vom Posten aus die Sicherheitsfirma anrufen, bei der der Salzmann gearbeitet hat. Die müssen nämlich ein Foto im Personalakt haben. Und die wissen auch nicht, dass er ein verdeckter Ermittler ist. Würde ja keinen Sinn machen. Und deswegen wird die Frau Reitmair ganz offiziell ein Foto anfordern und an meinen E-Mail-Account schicken lassen. Das wird denen auch nicht verdächtig vorkommen. Wie heißt die Firma noch gleich?“ „T4T“, sagte Gasperlmaier. „Oder 4T4. Ich weiß nicht mehr ...“ „Das find ich schon raus!“ Die Manuela schlug die Tür zu und rauschte ab.

Während sie sich auf den Weg Richtung Park machten, beschlich Gasperlmaier ein unangenehmer Gedanke. Er nahm seine Dienstmütze ab und kratzte sich am Kopf. „Mir ist jetzt nicht ganz wohl", sagte er. „Zu viel gegessen?", fragte die Frau Doktor, obwohl sie wusste, dass er ebenso wie sie kaum zum Frühstücken gekommen war. Gasperlmaier brummte unwillig. „Nein, natürlich nicht. Aber wenn der Salzmann gemerkt hat, dass die Steffi ihn erkannt hat, wird er dann nicht versuchen, dass er an sie herankommt, dass er sie ..." Gasperlmaier brachte ein Wort wie „ausschalten" nicht heraus. Die Frau Doktor verstand ihn auch so. „Du meinst, sie sollte weg von hier? Aus der Schusslinie?" Er nickte.

Die beiden Mädchen saßen immer noch eng umschlungen auf der Parkbank. „Gasperlmaier!", rief plötzlich jemand von hinten. Er drehte sich um und seufzte. Die Maggie Schablinger kam auf sie zugestöckelt, immer noch die Mollige von der „Steirischen" im Schlepptau. „Ist das die Dame, die geschrien hat?", rief sie aufgeregt und streckte der Stefanie ihr Handy entgegen. „Nichts sagen!" Die Frau Doktor hielt ihre Hand zwischen das Handy und Steffis Gesicht.

„Bitte geben Sie doch endlich einmal Ruhe!" Sie war sichtlich genervt. „Hier gibt's keine Informationen. Wenn Sie lästig sind und Aufnahmen machen, gefährden Sie am Ende noch jemanden!" „Wen? Sie?" Die Maggie zeigte auf die Steffi und versuchte, den Arm der Frau Doktor beiseitezuschieben. Plötzlich sprang die Steffi auf. „Ich bin auch Journalistin. Und ich schäme mich, Sie Kollegin nennen zu müssen. Sie sind eine Schande für diesen Beruf!" Die Frau Doktor trat zwischen die beiden, obwohl sie schon sehr nahe aneinander standen. „Nichts mehr sagen!", zischte sie der Steffi zu. Die Maggie ließ die Arme sinken und zuckte mit den Schultern. „Na ja!", sagte sie. „Eigentlich hab ich eh schon genug Material!"

Gasperlmaier sah den beiden kopfschüttelnd nach. „Hoffentlich zieht sie dich nicht in ihre Geschichte hinein“, sagte er, zur Steffi gewandt. „Das könnten wir jetzt gar nicht brauchen.“ „Können wir irgendwo hingehen?“, fragte die Frau Doktor. „Es ist definitiv zu kalt, um heraußen zu sitzen!“ Sie trat demonstrativ von einem Fuß auf den anderen. „Mich friert auch schon!“, klagte die Katharina. „Es hat ja alles zu!“, sagte Gasperlmaier. „Sonntag!“

Wenig später saßen sie zu fünft auf dem Polizeiposten beisammen. Um Gasperlmaiers Schreibtisch war es ein wenig eng geworden, irgendwie aber auch gemütlich. Es gab Kaffee und die Manuela hatte ein paar Kekse gefunden, die noch nicht lange abgelaufen waren. Sie legte einen Ausdruck auf den Tisch. „Der war es?“, fragte sie. Die Stefanie nahm das Blatt zur Hand. Es zeigte eine Frontalaufnahme des Thomas Salzmann, nur wenig größer, als man sie in Reisepässen fand, aber ziemlich scharf. Der Salzmann, so fand Gasperlmaier, sah darauf noch hagerer aus, als er ihn in Erinnerung hatte. Die Stefanie schüttelte sich und legte das Blatt verkehrt herum neben ihre Kaffeetasse. „Ja, er war es. Ich kann mich jetzt plötzlich viel genauer erinnern. Ich bin einfach auf die Fahrbahn gegangen, ich habe das Auto nicht bemerkt.“ „Sie hatten getrunken?“, fragte die Frau Doktor. „Ja. Zu viel! Ich weiß!“ Die Stefanie nickte mit einem schuldbewussten Seitenblick zur Katharina. „Deshalb hab ich das Auto irgendwie nicht gehört. Oder zumindest zu spät. Und dann starre ich direkt in die Scheibe, bevor alles schwarz wird. Und da war dieses Gesicht!“ Ihre Stimme wurde zittrig. „War noch jemand im Auto?“, fragte die Frau Doktor. Die Stefanie nickte. „Ja. Auf dem Beifahrersitz. Ich hab aber kein Gesicht dazu. Die Fahrerkabine war plötzlich hell ausgeleuchtet, sie müssen direkt in den Kegel einer Straßenlaterne gekommen sein. Es ist alles so schnell gegangen. Vielleicht hat der Zweite einen Bart gehabt."

„Das würde auf den Horak passen. Der war womöglich zu dem Zeitpunkt schon tot. Nein, sicher!" Die Frau Doktor stand auf und suchte nach dem Ordner mit dem Obduktionsbericht. „Todeszeitpunkt etwa Mitternacht!", fand sie nach kurzem Blättern. „Mir ist übrigens noch was eingefallen", sagte die Stefanie und hob ihre Kaffeetasse. „Kann ich noch einen haben?" Die Manuela nickte und nahm ihr die Tasse aus der Hand. „Der Krummböck, der war ein wenig zudringlich, als wir aus dem Lokal gekommen sind. Ich ..." Unsicher sah sie zur Katharina hinüber. „Erzähl nur!", sagte die. „Er wollte mich unbedingt küssen. Wir waren natürlich beide ... also, nicht mehr ganz nüchtern. Ich war ... ich hab zwar immer wieder gesagt, dass er das lassen soll, ich hab gelacht, vielleicht hat er mich nicht ernst genommen."

„Waren andere Leute unterwegs? Autos, die Ihnen aufgefallen sind?", fragte die Frau Doktor. „Ich erinnere mich an alles, was zwischen dem Krummböck und mir vorgefallen ist, aber nicht an die Umgebung. Aber ich kann mir nicht vorstellen, dass er mich umbringen wollte. Wir sind ja nicht im Bösen auseinandergegangen." „Trotzdem ist er ein Schwein!", zischte die Katharina. „Der kann jede Frau haben, aber ausgerechnet dich muss er begrabschen! Das ist ja widerlich!" Sie stand auf und ging aufs Klo. „Von Begrabschen hab ich doch gar nichts gesagt?", wunderte sich die Stefanie. „Lass sie", beschwichtigte die Frau Doktor. „Sie ist halt eifersüchtig. Und verletzt."

„Was hat der eigentlich in Aussee gemacht?", fragte die Stefanie, hob das Blatt mit dem Foto des Salzmann noch einmal auf und besah es sich eingehend. Die Frau Doktor warf Gasperlmaier einen warnenden Blick zu. „Er hat bei einem Sicherheitsdienst gearbeitet, während des Gipfeltreffens. Wir haben ihn schon einmal gesehen, als er das Solarschiff inspiziert hat. Bevor die Präsidenten es benutzt haben!“ Die Frau Doktor hatte ein wenig lauter und deutlicher gesprochen als sonst. Gasperlmaier war schon klar, dass sie damit deutlich machen wollte, was die Stefanie erfahren durfte – und was nicht. „Ich glaub“, sagte er, als er die Klospülung hörte, „dass es gescheiter wäre, wenn ihr zwei jetzt nach Hause geht. Wir haben noch etwas zu besprechen.“ „Was denn?“, fragte die Katharina neugierig. „Internes!“, sagte die Frau Doktor. „Wir können schließlich Einsatzbesprechungen nicht vor euren Ohren durchführen, da habt ihr doch sicher Verständnis?“

Die Stefanie nickte und stand auf. „Sehen wir uns noch einmal, Franz?“ Sie streckte ihm ihre Hand hin. „Wieso?“, fragte er. „Ich muss nach Wien zurück. Und die Kathi nach Schladming. Wir müssen ja beide morgen arbeiten!“ „Ach so!“, sagte Gasperlmaier und stand auf. „Aber ich glaub schon, dass wir ... also, den ganzen Tag werden wir nicht arbeiten. Übrigens, alle, die mich kennen ... mögen ... die nennen mich Gasperlmaier. Lieber nicht Franz!“ „Na dann!“ Die Stefanie umarmte ihn und drückte ihn fest an sich. „Bis zum nächsten Mal, Gasperlmaier!“ Sie roch gut, fand Gasperlmaier. Als er sich daran erinnerte, dass sie jetzt ja praktisch seine Schwiegertochter war, drückte er auch zurück. Der Katharina schien die Szene ein wenig peinlich zu sein, sie stand mit skeptischem Blick daneben. Gasperlmaier sah den beiden versonnen nach, als sie durch die Tür verschwanden.

„Meine Dame, mein Herr! Wir müssen uns darüber unterhalten, ob es wirklich schlau ist, die Steffi nach Wien zurückkehren zu lassen!“, sagte die Frau Doktor. „Könnten wir das nicht – ich meine, wir haben nicht einmal richtig gefrühstückt, und es ist ja Sonntag …“, meldete sich Gasperlmaier zu Wort. Die Frau Doktor warf ihm einen etwas irritierten Blick zu. „Aber die Schinkensemmel von heute Früh …?“ Gasperlmaier zuckte nur mit den Schultern. „Wenn es schnell geht!“, gestand sie ihm zu. „Wir könnten zum Bosna-Bären hinübergehen!“, schlug Gasperlmaier vor. „Da kann man auch drinnen sitzen, und es dauert nicht lang.“ „Bosna-Bär?“, lächelte die Frau Doktor. „Gibt's dort auch Bärenfleisch?“ Die Manuela kicherte. „Nein, das nicht. Aber ich hol mir mit dem Carsten auch hie und da was von dort, wenn wir keine Zeit zum Kochen haben. Oder keine Lust.“

Groß war die Gaststube beim Bosna-Bären nicht, denn es war ja eigentlich nur ein Würstelstand. Sie fanden gerade noch einen freien Tisch und wurden von den zum Frühschoppen anwesenden Gästen ausgiebig gemustert. „Was nimmt man denn da?“, fragte die Frau Doktor. „Ich nehm immer die scharfen Chicken-Wings!“, sagte die Manuela und nahm die Karte gar nicht erst zur Hand. „Ich nehm einen klassischen Bosna!“, kündigte Gasperlmaier an. „Ah!“ Die Miene der Frau Doktor hellte sich auf. „Da gibt's auch einen Gemüseburger!“ „Bist du denn jetzt Vegetarierin?“, erkundigte sich Gasperlmaier, der mit einem Bier liebäugelte. Immerhin war Sonntag, und eigentlich sollte er ja frei haben. „Grüß dich, Gasperlmaier, Manuela, grüß Gott!“ Die Veronika nickte ihnen zu. „Was darf's denn heute sein?“

Es dauerte nur Minuten, bis jeder sein Gericht vor sich stehen hatte, und auch an den anderen Tischen war man mittlerweile wieder mit etwas anderem beschäftigt, als den Polizisten beim Essen zuzuschauen. Die Geräuschkulisse war so dicht, dass man durchaus ein vertrauliches Gespräch riskieren konnte. „Glaubt ihr, dass der Salzmann zurückkommt und versucht, die Stefanie zum Schweigen zu bringen?", fragte die Manuela. „Immerhin hat er eine ganze Menge zu verlieren, wenn er die Holzapfel und den Horak umgebracht hat!", sagte die Manuela. Gasperlmaier nahm seinen Bosna zur Hand und biss kräftig ab. Die Würstel knackten. „Es ist zu befürchten", sagte die Frau Doktor. „Obwohl ich bisher immer noch nicht den Schimmer einer Ahnung habe, warum er die beiden hätte umbringen sollen!" „Vergessen Sie nicht die Schwangerschaft", erinnerte die Manuela sie. „Der Salzmann könnte der Vater sein." Gasperlmaier schüttelte entrüstet den Kopf. Die Holzapfel war doch eine sehr hübsche und offenbar kluge junge Frau gewesen. Der Salzmann war kein Mann für sie, soviel war sicher. Die Frau Doktor jedoch nickte. „Dann wäre es womöglich die klassische Dreiecksgeschichte. Aber die Frage ist, wie wir die Stefanie schützen können. Und ob wir das überhaupt können. Wenn sie nach Wien zurückfährt, sehe ich schwarz." „Und der Salzmann", fügte Gasperlmaier hinzu, „der hat ja Zugang zum Polizeiapparat. Der kann rausfinden, wo sie ist!"

„Das macht mir überhaupt Bauchweh!", erklärte die Frau Doktor. „Der Gemüseburger?", war Gasperlmaier erstaunt. „Nein, die Tatsache, dass er Polizist ist. Und dass wir die ausdrückliche Anweisung haben, ihn in Ruhe zu lassen. Würde mich nicht wundern, wenn wir bald davon verständigt werden, dass die Fahndung abgeblasen ist." „Was sagen Sie denn dem Oberst Hillinger, wenn er anruft und wissen will, warum wir nach seinem Undercover-Agenten fahnden?“ Die Manuela wischte sich mit ihrer Serviette ein wenig Barbecuesauce von den Lippen. Die Frau Doktor zuckte mit den Schultern. „Eben. Dass ihn eine Zeugin in einem Lieferwagen gesehen und jetzt erkannt hat, die eine Gehirnerschütterung hatte und sich zuvor an nichts erinnern konnte? Der lacht mich aus!“ „Dann“, so sagte Gasperlmaier, „müssen wir das Ganze selber in die Hand nehmen. Notfalls halt im Alleingang!“

Die Frau Doktor legte den Rest ihres Gemüseburgers auf ihrem Teller ab. „Gasperlmaier, so kenn ich dich ja gar nicht! Plötzlich so viel Eigeninitiative? Und gegen die Befehlskette, gegen die Hierarchie?“ „Die Hierarchie kann mich mal!“, schimpfte Gasperlmaier. Er nahm einen großen Schluck von seinem Bier. „Da geht's um meine Familie! Da hört sich jeder Gehorsam auf!“ Die Frau Doktor und die Manuela lächelten. „Hast du sie schon ins Herz geschlossen, deine neue Schwiegertochter?“, schmunzelte die Manuela.

„So!“, sagte die Frau Doktor, stand auf und deutete nach draußen. „Ich sehe Sonnenstrahlen. Kommt wer mit hinaus auf einen Kaffee? Ist ja schließlich Sonntag!“ Als sie allerdings draußen im Gastgarten ihren Espresso hingestellt bekam, läutete ihr Handy. „Der Oberst Hillinger“, flüsterte sie, stellte aber gleichzeitig den Lautsprecher an ihrem Handy an, sodass sie mithören konnten. Gasperlmaier fragte sich, ob der Herr Oberst auch am Sonntag am Telefon so weit ausholen würde wie kürzlich im Hotel Kaiser Franz.

„Eine unangenehme G'schicht haben Sie mir da eingebrockt, gnädige Frau Doktor! Höchst unangenehm! Ich sitz da gerade bei meiner Wildsuppe beim ... ach Gott, tut ja nichts zur Sache, nicht wahr!“ Die Frau Doktor schmunzelte. „Unangenehm?“, wiederholte sie.

„Höchst unangenehm! Weil Sie die eigenen Leute zur Fahndung ausschreiben. Wissen Sie, was das kostet? So ein verdeckter Ermittler? Wissen Sie, was ich dem zahlen muss für das ganze Theater?" Die Frau Doktor räusperte sich, konnte aber ein Lächeln nicht unterdrücken. „Herr Oberst, wir haben eine Zeugenaussage, die es sehr wahrscheinlich erscheinen lässt, dass besagter verdeckter Ermittler dringend tatverdächtig ist!", sagte sie. Der Oberst schnaufte hörbar. „Wissen S' was, Frau Chefinspektor? Solange Sie mir nicht hieb- und stichfeste Beweise vorlegen, lass ich diese Fahndung abblasen, und wir regeln das Ganze intern. Ich versprech, nein, ich garantier Ihnen, dass wir dafür sorgen werden, dass er zur Rechenschaft gezogen wird, wie auch immer. Und Sie geben Ruhe und werden von mir höchstpersönlich weiter informiert! So, und jetzt muss ich Schluss machen, sonst wird mir mein Hirschrücken noch kalt!"

Er legte auf. Die Frau Doktor nahm ihren letzten Schluck Espresso. „So!", sagte sie. „Manuela, Gasperlmaier, wie gehen wir vor? Wir haben nur dann eine Chance, wenn wir diesen Salzmann, oder wie auch immer er heißen mag, selber dingfest machen. Der Oberst Hillinger wird sich wohl nicht besonders darum bemühen. Und wir kriegen ihn nur, wenn er sich hier noch einmal blicken lässt." „Dann dürfen wir die Mädchen aber auf keinen Fall fortlassen!", sagte die Manuela. „Ja, da wär's jetzt gut, wenn wir uns nicht zu viel Zeit lassen!", sagte Gasperlmaier und stand auf.

Wenig später saß man in Gasperlmaiers Wohnzimmer beim Kriegsrat zusammen. „Gasperlmaier, du hast eine Fahne", sagte die Christine und wedelte demonstrativ mit ihrer Hand vor dem Gesicht herum. „Zu Mittag hätt's ja nicht unbedingt ein Bier sein müssen. Wo es doch am Abend eh so was Gutes gibt!" „Was denn?", fragte er. „Ein Backhendl. Ich hab ja nicht damit gerechnet, dass die zwei noch bleiben!" Sie deutete auf die Katharina und die Stefanie. „Aber, nicht, dass ihr euch unwillkommen fühlt! Ich hab noch genug Gemüse zu Hause, das werd ich euch herausbacken. Einen Kürbis zum Beispiel!" „Danke!", sagte die Stefanie. „Aber ich glaub nicht, dass ich in Gefahr bin. Der ... wie heißt er? ... Der kennt mich ja gar nicht, wie soll er mich denn finden?" „Also, kennen tut er dich ganz genau!", warf die Katharina ein. „Er hat dich nämlich zuerst überfahren, dann in sein Auto geschmissen und dann in der Loserhütte eingesperrt!" Die Stefanie schüttelte den Kopf. „Du weißt schon, wie ich das meine. Wie soll er mich denn in Wien finden?" Die Frau Doktor seufzte. „Ich denke, Gasperlmaier, wir müssen den beiden reinen Wein einschenken!" Der nickte. „Wird wohl nicht anders gehen!" „Also!", begann die Frau Doktor. „Nichts, was ich jetzt hier sage, darf diesen Raum verlassen. Ist das klar?" Die Christine und die beiden Mädchen nickten. „Dieser Mann ist kein gewöhnlicher Wachmann, sondern ein Polizeibeamter in verdeckter Ermittlung. Wir dürfen offiziell gar nicht nach ihm fahnden, sondern wir müssen sehen, dass wir ihn in flagranti erwischen. Und dazu möchten wir ihm eine Falle stellen!"

„Hier? Bei uns? Ist das nicht gefährlich?" Die Christine stand auf. „Ich mach uns jetzt einen Kaffee. Da kann ich nicht ruhig zuschauen, bei derartigen Plänen." Die Frau Doktor rückte näher an den Tisch heran. „Ich hab mir Folgendes ausgedacht", sagte sie. „Der Salzmann – nennen wir ihn vorläufig einmal weiterhin so – wird wahrscheinlich versuchen, die Stefanie zum Schweigen zu bringen. Er ist skrupellos. Und seit heute Morgen weiß er, dass sie ihn erkannt hat und dass ihn ihre

Aussage zu Fall bringen wird. Auch, wenn man die Stefanie vorläufig nicht ernstnimmt und der Oberst Hillinger von einer Fahndung nichts wissen will.“

Die Christine stellte Kaffeetassen und einen großen Marmorkuchen auf den Tisch. „Gasperlmaier“, sagte sie. „Du darfst aufschneiden!“ Er machte sich an die Arbeit, während die Frau Doktor weitersprach. „Sie sind doch in sozialen Netzwerken präsent, Stefanie, nicht?“ Die nickte. „Streuen Sie bitte Informationen aus. Dass Sie noch ein paar Tage in Aussee bleiben. Wegen ein oder zwei Interviews. Wen könnten Sie denn …?“ „Fällt mir was ein. Kein Problem!“, sagte die Stefanie. Gasperlmaier spürte in ihrer Stimme sogar ein wenig Begeisterung. „Katharina, du machst das Gleiche. Damit das Ganze völlig unverdächtig wirkt. Du musst dir allerdings noch ein, zwei Tage Urlaub nehmen. Geht das?“ Die Katharina nickte. „Natürlich!“ „Wir rechnen damit“, fuhr die Frau Doktor fort, „dass der Salzmann versucht, deinen Aufenthaltsort herauszufinden. Das machen wir ihm durch diese Infos leicht.“

„Aber wird er da nicht Verdacht schöpfen?“, fragte die Manuela. „Ich meine, er muss sich doch das Gleiche wie wir denken. Dass die Stefanie Angst hat, dass er herausfindet, wo sie ist!“ „Verdammt!“, sagte die Frau Doktor. „Sie haben Recht. So geht's nicht!“ „Gasperlmaier, den Kuchen hast du jetzt aber nicht schön geschnitten!“ Die Christine war mit einer Kaffeekanne zurück an den Tisch gekommen. „Schau einmal, wie die Stücke ausschauen! Du musst immer so schneiden, dass die Messerspitze in die Mitte zeigt, genau zum Mittelpunkt, nicht irgendwohin! Da nehm ich es genau!“ Er legte das Messer weg. „Ich war … ich war nicht ganz bei der Sache.“ „Ist ja egal!“, sagte die Frau Doktor. Gasperlmaier dachte nach. „Und wenn wir genau das Gegenteil machen?", schlug er vor. „Wenn die zwei recht fleißig posten, dass sie in den nächsten Tagen gar nicht hier sind? Und er merkt, dass das übertrieben und falsch klingt?" Die Frau Doktor klatschte in die Hände. „Manchmal bist du direkt genial, Gasperlmaier!"

„Aber wie kann er sich sicher sein, dass sie doch noch da sind?", fragte die Christine und schnitt den Kuchen wieder zurecht, wodurch sie ein sehr seltsam geformtes Stück in die Hand bekam. „Wir hoffen – außer der List, die der Franz soeben vorgeschlagen hat –, dass er über seine internen Beziehungen die Handys der beiden orten kann. Und wir lassen das Auto der Stefanie draußen auf der Straße stehen. Was er nämlich nicht weiß, ist, dass wir wissen, dass er verdeckter Ermittler ist. Zumindest hoffe ich, dass der Oberst Hillinger das für sich behalten hat." „Weiß er überhaupt, wer die Stefanie ist?", fragte die Manuela. „Ich meine, über ihr Aussehen hinaus? Kann er ihren Namen wissen?" Die Frau Doktor nickte. „Guter Gedanke. Aber ich vermute schon. Medien, Google, da kommt er sicherlich auf ihre Identität. Vor allem hat er ja auch Zugriff auf die Polizeiberichte und weiß, was die Polizei über die Entführung weiß." Gasperlmaier biss von seinem Kuchen ab. Schön langsam verlor er die Übersicht darüber, wer von wem was wusste und wer wovon keine Ahnung hatte.

15

„He, Gasperlmaier! Aufwachen!“ Im ersten Moment wusste Gasperlmaier nicht, wo er war, nur, dass ihm der Rücken furchtbar wehtat. Es war stockfinstere Nacht. Und warum weckte ihn die Frau Doktor?

Im nächsten Moment hatte er begriffen und sich einigermaßen orientiert. „Komm schon!“ Er richtete sich auf und sah auf die Uhr. Punkt drei Uhr Früh. Die Frau Doktor hatte freiwillig die erste Wache übernommen. Sie spekulierten darauf, dass der Salzmann versuchen würde, ins Haus einzudringen, sobald er den Wagen der Stefanie davor identifiziert hatte. „Ich leg mich jetzt hin!“ Die Frau Doktor deutete auf das Sofa, das Gasperlmaier noch nicht freigegeben hatte. So schnell es sein schmerzender Rücken zuließ, stand er auf und stöhnte. „Ist was?“, fragte die Frau Doktor. Er winkte ab. „Muss nur erst munter werden!“ „Bis jetzt ist alles ruhig geblieben. Vielleicht liegen wir ganz falsch und schlagen uns hier völlig umsonst eine Nacht um die Ohren!“ Die Frau Doktor rollte sich auf dem Sofa zusammen und zog die Decke über sich. Was Gasperlmaier ein wenig peinlich war, denn er hatte sicherlich geschwitzt.

Dennoch ließ er sich ihr gegenüber in den Lehnstuhl fallen. Jetzt hieß es, einerseits völlig ruhig zu bleiben, damit die Frau Doktor schlafen konnte, andererseits aber hellwach, damit er nichts verpasste. Wie sollte das funktionieren? Er musste noch einmal aufstehen und sich einen Kaffee machen, auch wenn das bedeutete, dass er sie stören würde. „Ich brauch noch einen Kaffee!“, flüsterte er. „Nur zu!“, sagte die Frau Doktor und schloss die Augen.

Während die Kaffeemaschine lief und, wie er fand, einen Höllenlärm verursachte, starrte Gasperlmaier in die Finsternis hinaus. Was war ihnen da nur für ein Unsinn eingefallen? Niemals würde der Salzmann hier in der Nacht auftauchen, um der Stefanie etwas anzutun. Das war eine völlig verrückte Idee gewesen. Sie hätten den Oberst Hillinger machen lassen sollen, und alles wäre gut geworden.

Leise schlich er zurück ins Wohnzimmer und setzte sich wieder in den Lehnstuhl. Sogar die Kaffeetasse klapperte ungebührlich laut, wenn er sie auf dem Tisch absetzte. Kein Geräusch drang von draußen herein, und auch im Haus rührte sich nichts. Die Frau Doktor begann, gleichmäßig zu atmen.

Plötzlich schreckte Gasperlmaier auf. Hatte er etwas gehört? War er eingenickt? Rasch erhob er sich. Da! Auf der Stiege war deutlich ein Knarren zu hören. Er nahm vorsichtig seine Waffe vom Wohnzimmertisch auf und schlich hinaus ins Vorzimmer. Die Christine erstickte einen Schrei, als sie ihn mit erhobener Waffe auf sich zukommen sah. Gasperlmaier ließ die Waffe sinken und atmete tief aus, während die Christine beide Hände vors Herz hielt und den Kopf schüttelte. „Ich kann nicht schlafen!“, flüsterte sie. Gasperlmaier legte einen Finger vor den Mund und deutete mit der Waffe in Richtung Wohnzimmer. „Leg endlich diese Pistole weg!“, flüsterte die Christine. „Sonst geht sie womöglich los!“

Gasperlmaier schüttelte den Kopf, kehrte ins Wohnzimmer zurück und ließ sich vorsichtig in seinen Lehnstuhl sinken, der ein wenig knarrte. Die Christine folgte. Sie setzte sich auf seinen Schoß und lehnte sich an ihn. „Ich bleib lieber da und leiste dir Gesellschaft!“, flüsterte sie. Gasperlmaier nickte und strich ihr über die Wange. Wie gut ihm die Nähe seiner Frau tat! So ließ sich die Nachtwache sicher leichter aushalten. Wenn sie nur nicht die Frau Doktor aufweckten. Aber die atmete tief und gleichmäßig, er konnte sehen, wie sich ihr Brustkorb unter der Decke hob und senkte.

Als er wieder aufwachte, war es schon hell. Die Christine zupfte ihn am Ohrläppchen. „Gasperlmaier! Aufwachen!" Er starrte sie an, ohne zu verstehen. Hatte er seine Nachtwache verpasst? War er eingeschlafen? Mühsam befreite er sich aus dem Lehnstuhl. „Keine Panik!", flüsterte sie. „Ich hab aufgepasst. Ich hab ja sowieso nicht schlafen können. Und es war nichts!" Die Frau Doktor begann, sich unter ihrer Decke zu regen, drehte sich auf die andere Seite und schien noch nicht munter werden zu wollen.

Gasperlmaier deutete mit dem Zeigefinger gegen die Decke. Die Christine verstand und nickte. Vorsichtig schlich er die Stiege hinauf und öffnete die Tür zum Zimmer der Mädchen, um nach dem Rechten zu sehen. Die Türschnalle quietschte leise, dennoch fand er beide Mädchen in tiefem Schlaf vor. Die Stefanie lag mit dem Gesicht ihm zugewandt, einer ihrer Arme war auf den Boden gefallen und ein wenig Speichel aus ihrem Mund getropft. Von der Katharina konnte man nur den Hinterkopf sehen. Langsam schloss er die Tür wieder und schlich nach unten. Die Christine saß auf der Küchenbank. „Du brauchst ihr nicht zu gestehen, dass du eingeschlafen bist!", sagte sie und nickte mit dem Kinn in Richtung Wohnzimmer, wo sich noch immer nichts rührte. „Nicht einmal der Kaffee hat was genützt", gestand Gasperlmaier. „Ich bin so etwas einfach nicht gewöhnt!"

„Sapperlot!", erklang es aus dem Wohnzimmer. Gasperlmaier stand auf, um nachzusehen. Die Frau Doktor saß mit etwas wirrem Haar auf dem Sofa und wischte auf ihrem Handy herum. „Nacht ereignislos, wie?", lächelte sie. Gasperlmaier zuckte mit den Schultern und versuchte, Blickkontakt zu vermeiden. Er wusste, dass man ihm Schuldbewusstsein vom Gesicht ablesen konnte. „Da schreibt mir die Frau Iris Wolf, kannst du dich an die noch erinnern?“ Gasperlmaier nickte. „Die Praktikantin bei ‚Fanny’s Food‘“, sagte er. „Ganz recht“, sagte die Frau Doktor. „Und die schreibt mir, sie hat auf einem Schnappschuss, den sie am ersten Tag des Gipfeltreffens, also genau vor einer Woche, gemacht hat, etwas entdeckt!“ „Was denn?“, fragte Gasperlmaier. „Komm her, ich zeig’s dir!“ Er setzte sich neben die Frau Doktor aufs Sofa, wobei ihm bewusst wurde, dass er sich bisher weder geduscht noch umgezogen hatte. Hoffentlich roch er nicht unangenehm. „Sie hat das Foto während der ersten Pause am Vormittag aufgenommen, als sie gerade ihre Arbeit im Cateringzelt begonnen hatte. Es war noch Zeit für einen kurzen Spaziergang, schreibt sie, und sie war vorher noch nie am Altausseersee.“

Die Frau Doktor hielt ihm ihr Handy entgegen. Er fand auf dem Tisch seine Lesebrille, konnte aber dennoch nicht viel erkennen, außer den Steg im Seepark, auf dem zwei Gestalten standen, die einander umarmt hielten. Zumindest konnte man das, ihrer Haltung nach, vermuten. Beide trugen die Uniform von „Fanny’s Food“. „Also, ich erkenn da nix!“, musste er zugeben. „Aber die Iris Wolf. Sie ist sich sicher, dass das die Holzapfel und der Horak sind. Sie sind ihr voraus zum See hinuntergegangen, aber sie hat sie später nicht mehr gesehen. Erst, als sie gestern Nachmittag ihre Fotos noch einmal durchgegangen ist, ist es ihr aufgefallen. Schau einmal genau hin: Die beiden tragen Dienstkleidung!“ Obwohl er seine Augen so anstrengte, dass sie zu tränen begannen, konnte er nur mit Mühe erkennen, dass die Gestalten wohl tatsächlich ein Mann und eine Frau waren. Zudem schien es so, als hätten sie die Gesichter einander zugewandt.

„Wenn das Maxi Holzapfel und der Horak sind, dann haben die beiden möglicherweise doch eine Beziehung miteinander gehabt! Wir hatten ja schon Vermutungen in diese Richtung", sagte die Frau Doktor. Sie stand auf und fuhr sich durch die Haare. „Und das bedeutet, dass wir hier möglicherweise einem Motiv auf der Spur sind. Das hatten wir bisher zu wenig auf dem Radar!" Gasperlmaier war nicht überzeugt. „Aber wer hat denn dann den Horak umgebracht, wenn es eine Beziehungstat war? Die Holzapfel war da ja schon tot?" Die Frau Doktor lächelte. „Gasperlmaier, das ist doch völlig klar! Zwei Tote kann es nur in einer Dreiecksbeziehung geben!" „Dreiecksbeziehung?", wiederholte er. „Ja!", sagte die Frau Doktor. „Holzapfel, Horak und Salzmann!" Gasperlmaier starrte die Frau Doktor an. „Wenn die zwei überhaupt die Holzapfel und der Horak sind!", gab er zu bedenken. „So klein und so unscharf!"

„Ich schick das weiter!", entschied die Frau Doktor. „Vielleicht können die beim Bezirkspolizeikommando etwas anfangen mit dem Foto. Oder von mir aus auch beim Landeskriminalamt!" Sie tippte eine Weile auf ihrem Laptop herum. Gasperlmaier hörte Geräusche auf der Stiege. „Ich glaub", sagte die Frau Doktor, „ich kann jetzt duschen gehen? Bevor alle anderen dran sind?" Gasperlmaier nickte. „Wart, ich sag noch der Christine, dass sie dir ein frisches Badetuch herauslegt!"

Eine halbe Stunde später saßen alle beim Frühstück, außer der Christine, die sich schon auf den Weg in ihre Schule gemacht hatte. „Wir müssen auch langsam ...", gab Gasperlmaier zu bedenken. Er hatte keine Ahnung, wie es jetzt weitergehen sollte, jedenfalls aber musste er seinen Dienst antreten. Eigentlich war es eh schon zu spät, und er wählte rasch die Nummer der Manuela. „Ich ... das verzögert sich ein wenig, wegen der Nachtwache ... ja, ich erzähl dir alles, sobald wir auf dem Posten sind!" Er merkte, dass er die Neugier der Manuela geweckt hatte, wollte jetzt aber nicht die Ereignisse der Nacht ausbreiten. Oder, vielmehr, über die sinnlose Nachtwache, die die Frau Doktor und leider anstatt ihm die Christine gehalten hatten. Der Salzmann, dessen war er sich sicher, der würde nicht mehr hier auftauchen. Und die Frau Doktor würde ihn auch nicht erwischen, weil ihr der Oberst Hillinger die Fahndung aus der Hand genommen hatte und wahrscheinlich nicht gerade mit Feuereifer nach ihm suchte. Und das, obwohl er wahrscheinlich ein Mörder war, und ein Kidnapper obendrein.

„Fahren wir dann auf den Posten?", fragte er. Die Frau Doktor zuckte mit den Schultern. „Ich weiß gar nicht, ob ich unter den gegebenen Umständen bleiben kann. Ich darf und kann hier ja nicht mehr ermitteln. Alle, die mit dem Fall in Verbindung stehen, sind längst weg." „Außer mir!", nuschelte die Stefanie mit vollem Mund. „Und ich ..." Die Frau Doktor winkte ab, weil ihr Handy läutete. „Ich geh schnell raus!" „Dabei hätten wir was!", motzte die Stefanie. „Wir konnten nämlich nicht schlafen. Und da haben wir alle möglichen Insta-Accounts abgesucht, ob wir vielleicht irgendwas oder irgendwen finden, der mit Maxi Holzapfel in Kontakt war." „Weil, dass jemand gar keine Spuren in sozialen Netzwerken hinterlässt, jemand aus der jüngeren Generation, meine ich", sagte die Katharina, „das ist uns fast unmöglich vorgekommen!" „Und wir haben tatsächlich was gefunden! Ich hol schnell meinen Laptop!" Die Stefanie konnte ein triumphierendes Grinsen nicht unterdrücken. Die Frau Doktor kam wieder herein und steckte ihr Handy in die Handtasche. „Einen Tag geben sie mir noch! Ich soll noch einmal versuchen, Tatzeugen aufzutreiben, und Alibis überprüfen!“ Sie schien nicht sehr zuversichtlich, als sie sich wieder an den Küchentisch setzte. „Wir haben was! Die Steffi kommt gleich!“ „So?“, fragte die Frau Doktor. „Erinnert sich die Steffi an noch etwas?“ „Viel besser!“, versprach die Katharina.

„Also!“ Die Stefanie klickte auf ihr Touchpad und strich sich mit der freien Hand die Haare hinter ihr linkes Ohr zurück. „Die Maxi war ein großer Kunstfan. Und wir haben zunächst planlos in den Insta-Accounts von ihren Freunden, unseren Bekannten in Wien, herumgesurft.“ „Insta-Accounts?“, fragte Gasperlmaier etwas irritiert. „Instagram“, erklärte die Frau Doktor. „Ein soziales Netzwerk, das hauptsächlich von jungen Mädchen verwendet wird, um Selfies mit Kussmund zu posten!“ „So?“, brummte Gasperlmaier. „Kann ich jetzt ...?“, fragte die Steffi. Die Frau Doktor nickte. „Und wir sind da auf eine Ausstellung gestoßen, Duane Hanson, Skulpturen!“ Sie drehte ihren Laptop so, dass auch die Frau Doktor und Gasperlmaier Bilder dieser Ausstellung sehen konnten. Was er sah, war allerdings nur ein schrill bunt gekleidetes Touristenpärchen und, auf dem Foto daneben, eine dunkelhäutige Putzfrau mit einem Wagen mit allerlei Reinigungsmitteln. Um sich nicht zu blamieren, hielt Gasperlmaier lieber den Mund. Er würde noch früh genug erfahren, was das mit Kunst zu tun hatte. „Hanson stellt fotorealistische Skulpturen her, die Menschen in ihrer gewöhnlichen Umgebung zeigen. Natürlich satirisch überzeichnet“, erklärte die Steffi. „Kommen wir auf den Punkt?“, fragte die Frau Doktor etwas ungeduldig. „Gleich!“, sagte die Steffi.

„Eine Kollegin von mir hat ein Foto aus dieser Ausstellung auf Instagram gepostet. Wo sie selber mit so einer Skulptur zu sehen ist." Die Steffi klickte weiter. Auf dem Foto konnte man eine junge Frau in kurzem Rock sehen, die hinter einem Sportler stand, der auf einer Bank saß und nur Shorts trug. Er war muskulös, sah aber enttäuscht drein. Wahrscheinlich, so dachte Gasperlmaier bei sich, hatte seine Mannschaft ein Spiel verloren, und er wartete in der Garderobe darauf, dass eine Dusche frei wurde. Die junge Frau schnitt eine Grimasse, deren Bedeutung Gasperlmaier nicht entschlüsseln konnte. Mit einem Finger zeigte sie auf den Sportler. „Meine Kollegin hat einen etwas abwertenden Kommentar zu diesem Foto abgegeben. Der tut jetzt nicht viel zur Sache. Dieser Kommentar allerdings wurde wieder kommentiert, und zwar von einem gewissen ‚Biber'. Biber ist der Meinung, sie hat sich auf völlig unangemessene Weise über eines der bedeutendsten Kunstwerke der Gegenwart lustig gemacht."

„Biber?", fragte die Frau Doktor, sichtlich irritiert. „Ja, Biber! Das war der Spitzname von Maxi! Den haben aber nur wenige gekannt, er war ihr anscheinend ein wenig peinlich. Und gerade, weil nur wenige den Spitznamen kannten, hat sie ihn für einen Account auf Instagram verwendet." „Wie kommt man denn zu so einem Spitznamen? Sie hat doch keine vorstehenden Zähne gehabt, soweit ich mich erinnere", fragte Gasperlmaier. Die Stefanie zögerte und riskierte einen Seitenblick auf die Katharina. „Ja, ich weiß nicht ..." „Sag's ruhig!" Die Katharina legte ihr eine Hand auf die Schulter. „Der Spitzname stammt noch aus der Schule. Der Werklehrer hat angeblich zu ihr gesagt, ihre Sägearbeiten sehen aus, als hätte ein Biber daran herumgeknabbert. Und der Name scheint hängengeblieben zu sein."

„Schön und gut!“, sagte die Frau Doktor. „Ihre Freundin war also bei dieser Vernissage, Holzapfel hat sich über ihren unbedarften Kommentar aufgeregt. Und?“

Die Stefanie klickte weiter. „Jetzt wird es ein wenig kompliziert. Die Maxi hat selber einen Bericht über die Vernissage geschrieben, er ist in einer Wochenzeitung erschienen. Da haben wir ihn!“ Der Text war lang. Die Stefanie drehte mehrmals am Mausrad, um weiter nach unten zu gelangen, aber er wollte gar kein Ende nehmen. Gasperlmaier fragte sich, wie es möglich sein konnte, über ein paar Plastikfiguren so viel zu schreiben. „Um es kurz zu machen, aus dem Artikel geht hervor, dass sie wahrscheinlich bei der Vernissage war. Und jetzt seht euch diese Fotos an. Sie stammen auch von meiner Freundin!“

Gasperlmaier konnte nichts genau erkennen, weil er erstens in einem ungünstigen Winkel zum Bildschirm stand und ihm zweitens das Kreuz schon wehtat vom Bücken. Außerdem war er für die Lesebrille zu weit weg und ohne Brille zu nahe dran. „Sehen Sie den da? Das muss doch dieser Salzmann sein, Sie haben doch erzählt, er ist außergewöhnlich groß und hager!“ Die Frau Doktor rückte näher an den Bildschirm heran. „Größer, bitte!“ Zu Gasperlmaiers Überraschung fingerte sie eine große, runde Brille aus der Tasche und setzte sie sich auf die Nase. „Tatsächlich!“, hauchte sie. „Das kann er sein. Ich meine, hundertprozentig ...“ Die Stefanie nickte und grinste. „Voilà!“ Ein neues Foto erschien, auf dem im Vordergrund wieder die hübsche Freundin der Stefanie zu sehen war, diesmal mit der Skulptur eines dicken jungen Mannes, der auf einem Plastikstuhl saß und zu Boden starrte. Auch dieser Mann schien mit seinem Leben nicht allzu glücklich zu sein. Im Hintergrund allerdings konnte man zwei Gestalten eine Stiege hinaufgehen sehen, die einander umarmt hielten. Eine war groß und hager, die zweite um einiges kleiner und weiblich. „Sie wollen uns jetzt aber nicht erzählen, dass die Frau die Holzapfel ist?“, fragte die Frau Doktor mit einem erstaunten Blick über den Brillenrand hinweg. „Doch!“ Die Stefanie klickte weiter, und auf dem nächsten Bild war deutlich Maxi Holzapfel, und zwar von vorne, zu sehen. Auch hier allerdings wieder klein im Hintergrund. „Und jetzt vergleichen wir bitte einmal die Kleidung: weißer Pullover, Jeans.“ Sie klickte zwischen den beiden Bildern hin und her.

Die Frau Doktor richtete sich auf und seufzte. „Das ist hervorragende Recherchearbeit, wirklich! Sie müssen eine gute Journalistin sein!“ Die Stefanie senkte den Blick. „Danke!“ „Aber“, sagte die Frau Doktor, „rein ermittlungstechnisch bringt uns das noch nicht viel weiter. Wenn wir es realistisch sehen, dann haben wir einstweilen nur Indizien dafür, dass der Salzmann und die Holzapfel einander gekannt haben. Gibt's noch einen Kaffee, Gasperlmaier?“ Der schreckte hoch. Er hatte gerade darüber nachgedacht, ob die drei Personen, um die es hier ging, wohl für ein klassisches Eifersuchtsdrama in Frage kamen.

Er erhob sich, um Kaffee zu machen. „Noch wer?“, fragte er. „Ich auch, bitte!“, sagte die Katharina. „Und ich!“, fügte die Stefanie hinzu. Während der Kaffee in die Tassen lief, fragte sich Gasperlmaier, warum er hier Kaffee kochte, während die drei Frauen anscheinend Wichtigeres zu tun hatten. Zu so einem Eifersuchtsdrama, so sagte er sich, hätte es durchaus auch kommen können, als er damals die eine Nacht bei der Maresi verbracht hatte. Wenn der Werner zurückgekommen wäre, um beispielsweise seinen Werkzeugkasten abzuholen, und er hätte Gasperlmaier im Bett der Maresi gefunden, hätte der garantiert nicht gezögert, zu einem seiner Stemmeisen zu greifen und ihn, Gasperlmaier, aufzuspießen. Und die Maresi womöglich gleich noch dazu. Der Werkzeugkasten enthielt ja genügend geeignetes Material dafür. Er trug die Kaffeetassen wieder ins Wohnzimmer.

„Könnte doch sein", sagte er, in die Stille hinein, die entstanden war, als alle drei an ihrem Kaffee nippten, „dass die Holzapfel den Salzmann sitzen lassen hat. Und stattdessen mit dem Koch, dem Horak, was angefangen. Und der Salzmann war darüber so wütend, dass er ..." Er ließ seinen Satz unvollendet.

Die Stefanie schlug sich gegen die Stirn. „Aber ja!", rief sie. „Ich muss schnell was nachschauen!" Ihre Finger flogen über die Tastatur. Die Katharina stand auf. „Papa, magst du noch einen Kaffee? Das wird ein bissl dauern!" Gasperlmaier nickte und folgte ihr in die Küche. „Bist ihr noch bös, der Stefanie?", fragte er vorsichtig. Die Katharina schüttelte den Kopf. „Ich hab's schon eingesehen, dass ich ein bissl dumm war. Aber, dass die Steffi in Wien ist, und ich in diesem depperten Schladming, das ..." Sie drückte ihren Zeigefinger gegen den Augenwinkel. Gasperlmaier meinte, dort eine kleine feuchte Stelle wahrgenommen zu haben. Er seufzte. „Gehst halt auch nach Wien. Da gibt's jede Menge Hotels. Da kannst du auch Karriere machen." „Papa!" Die Katharina gab sich erstaunt. „Ich hätt nie gedacht, dass du sowas einmal sagst! Da werden deine Enkelkinder ja Wiener, hältst du das denn aus?" Jetzt war es an Gasperlmaier, erstaunt die Augen aufzureißen. „Enkelkinder? Ja, wie ...?" „Jetzt tu doch nicht so blöd, Papa! Man kann Kinder adoptieren, und es gibt ja auch sowas wie künstliche ... Dings!" Anscheinend, so schien Gasperlmaier, war es der Katharina ein wenig peinlich, vor ihrem Vater ganz eindeutig zu werden. „Wenn du ihnen beibringst, Ausseerisch zu reden, dann passt es schon!", meinte er. „Das wird schwer werden!", lachte sie.

„Ich hab's!" Das klang wie ein Jubelschrei. Gasperlmaier und die Katharina begaben sich wieder ins Wohnzimmer. „Ich hab jetzt herausgefunden, wo sich Maxi Holzapfel und der Horak kennen gelernt haben könnten!" Die Stefanie klatschte in die Hände. „Spann uns nicht auf die Folter!" Die Katharina setzte sich neben die Stefanie und starrte neugierig auf den Bildschirm. „Folgendes: Maxi hat unter einem Pseudonym auch Gastro-Kritiken geschrieben. Für die Wochenzeitung, die ich schon erwähnt hatte. Und sie hat sie mit ‚db' gezeichnet." „db?", fragte Gasperlmaier. „Warum?" „Ganz einfach!", sagte die Katharina. „Die Biber, nicht?" Die Stefanie nickte. „Und da gibt es eine Kritik eines Lokals, das vor einem halben Jahr zugesperrt hat, davor aber als ziemlich hip gegolten hat und gute Kritiken hatte. Die ‚Knödelwerkstatt'. Und dort hat genau wer gekocht?" Die Frau Doktor reagierte am schnellsten. „Der Horak!" „Passt ja!", sagte Gasperlmaier. „Bei ‚Fanny's Food' hat er das auch gemacht. Denkt nur an den Knödelabend. Und er kommt auch aus Böhmen, wo sie sowieso fast nur Knödel essen!" „Nicht übertreiben, Papa!", warnte die Katharina mit erhobenem Zeigefinger. „Er hat schon recht", sagte die Frau Doktor. „Es passt alles ins Bild, wunderbar sogar. Wir haben es also mit einer Dreiecksgeschichte und Eifersuchtsmorden zu tun. Und jetzt die schlechte Nachricht: Uns fehlen erstens die Beweise und zweitens hat man uns verboten, nach dem einzigen Verdächtigen zu fahnden!"

Die Stefanie sank ein wenig in sich zusammen. „Kann man denn da gar nichts machen?", fragte sie, nun ein wenig mutlos. Die Frau Doktor schüttelte den Kopf. „Ich fürchte nicht! Aber ich werde dem Oberst Hillinger noch einmal vorlegen, was ihr hier gesammelt habt." Sie deutete auf den Bildschirm. „Aber den Salzmann hierherzulocken, das hat wohl nicht funktioniert." Die Katharina war enttäuscht. „Jedenfalls kann ich mir nicht ewig Urlaub nehmen", sagte die Stefanie. „Ich muss heute nach Wien!" „Ich komme mit!" Die Katharina sprang auf. Damit hatte Gasperlmaier nicht viel Freude. „Wenn er euch aber dann in Wien aufspürt? Dort habt ihr niemanden, der euch beschützt!" Er hatte bei der Vorstellung, dass die beiden allein in Wien sein würden, gar kein gutes Gefühl. Aber was konnte man sonst tun? Die Frau Doktor seufzte. „Ich hab leider auch keinen Vorschlag, wie wir sonst weitermachen könnten!"

Gasperlmaiers Handy läutete. Es war die Manuela. „Gasperlmaier, Alarm!", rief sie. „Der Salzmann ist in Altaussee!" Gasperlmaier war wie elektrisiert. „Wo denn?", brüllte er ins Telefon. „Ich weiß nicht. Könnt ihr nicht endlich auf den Posten kommen, damit wir das zusammen besprechen können? Ich hab auch den Vinzenz hier, den Kapitän von unserem Solarschiff!" Gasperlmaier fragte nicht weiter nach, obwohl er schon neugierig gewesen wäre, was der Vinzenz mit der ganzen Sache zu tun hatte und warum er auf dem Polizeiposten saß. „Wir müssen schnell auf den Posten, die Manuela hat was für uns!"

Die beiden Mädchen hatten sich nicht abschütteln lassen, und Gasperlmaier war es auch ganz recht, dass sie nicht allein im Haus zurückblieben. So quetschten sie sich zu viert in den Audi der Frau Doktor, dessen Rückbank wegen des eingebauten Kindersitzes ein wenig eng war. Aber die beiden, so dachte Gasperlmaier, würden die paar Minuten da hinten schon überstehen.

Wenig später standen sie auf dem Polizeiposten dem Vinzenz und der Manuela gegenüber. „Los!", kommandierte Gasperlmaier ein wenig schroff. „Erzähl schon!" Die Manuela sah ihn ein wenig verwundert an. So kannte sie ihn gar nicht. „Ich hab mir ein Frühstück geholt, beim Maislinger", sagte sie. „Und da ist der Vinzenz gesessen. Bei seinem ersten Bier, hoffe ich!" Der Vinzenz zuckte mit den Schultern und grinste. „Ich steh halt früh auf!", sagte er. „Na ja, um es kurz zu machen", sagte die Manuela. „Wir haben ein bisschen geplaudert, über das Gipfeltreffen und die Mordfälle, und irgendwann hab ich dann gesagt, dass jetzt eh alle wieder weg sind und vielleicht ganz woanders ermittelt werden muss." „Und da hab ich gesagt", unterbrach sie der Vinzenz, „dass eben doch nicht alle weg sind, weil einer ist noch da. Den hab ich nämlich gesehen, wie er sich eine Jause gekauft hat. Ganz kurz, bevor eure Kollegin hereingekommen ist." Die Manuela nickte. „Und der Beschreibung nach kann das nur der Salzmann sein!" Gasperlmaier konnte ein Würgen im Hals nicht unterdrücken. So nahe war er ihnen schon gekommen! Und sie hatten nichts gemerkt. Die Stefanie war womöglich in großer Gefahr.

„Sagen Sie", fragte die Frau Doktor. „Woher haben Sie denn gewusst, dass der mit dem Gipfeltreffen ..." Der Vinzenz unterbrach sie. „Sie waren doch selber mit ihm", er deutete auf Gasperlmaier, „bei mir auf dem Schiff, da haben Sie ihn befragt! Wissen Sie denn nicht mehr? Er hat für den Sicherheitsdienst mein Schiff überprüft!" Die Frau Doktor schlug sich gegen die Stirn. „Natürlich! Wie konnte ich darauf nur vergessen!" „Hat er Motorradkleidung getragen, der Salzmann?", fragte die Manuela. Der Vinzenz zuckte mit den Schultern. „Kann man jetzt nicht direkt sagen. Eine schwarze Hose und eine schwarze Lederjacke. Sind auf ihm oben gehängt wie auf einer Vogelscheuche." „Dann ist er wohl nicht mit dem Motorrad unterwegs. Wäre auch zu auffällig gewesen", schlussfolgerte die Frau Doktor.

Gasperlmaier fühlte sich irgendwie unruhig, sogar zittrig. Er brauchte einen Schnaps, um die Neuigkeit zu verdauen. „Mag wer einen Schnaps? Zur Beruhigung?", fragte er. Nur der Vinzenz zeigte auf. Um einer Bemerkung der Frau Doktor zuvorzukommen, schenkte er sich selbst nur ein halbes Stamperl ein und achtete darauf, dass sie das auch gut sehen konnte. Gegen dieses harmlose Beruhigungsmittel konnte sie einfach nichts haben. Dennoch wanderten ihre Augenbrauen höher, als sich Gasperlmaier und der Vinzenz zuprosteten. Der Schnaps, fand Gasperlmaier, wärmte und tat seine Wirkung. Das Zittern ließ nach. „Was machen wir jetzt?"

„Zuerst einmal, herzlichen Dank, Herr ... Vinzenz, für Ihre Aufmerksamkeit. Wir müssen jetzt unser weiteres Vorgehen besprechen, da sollten wir unter uns sein", sagte die Frau Doktor. Der Vinzenz nickte und stand auf. „Mir ist es eh lieber, wenn ihr mich aus der Mörderjagd herauslasst!", lachte er. „Und danke für den Schnaps, Gasperlmaier!" Er verabschiedete sich. „Was ist mit uns?", fragte die Katharina. „Schickt ihr uns auch weg?" Gasperlmaier war bei dem Gedanken nicht wohl. Er hatte die beiden lieber persönlich im Blick. Die Frau Doktor schien ähnlich zu denken. „Als direkt Beteiligte ...", sagte sie, „... haben wir euch lieber dabei. Und außerdem können wir dann ein wachsames Auge auf euch haben."

„Wie finden wir jetzt den Salzmann?", fragte Gasperlmaier in die Runde. „Wir können nicht jeden Winkel in Altaussee absuchen, dazu brauchen wir ja ..." Die

Frau Doktor nickte und verstand. „Die Frage ist vielmehr, ob er uns findet, beziehungsweise die Stefanie.“ „Ob er damit rechnet, dass wir ihn erwarten?“, fragte die Stefanie. Die Frau Doktor nickte. „Er muss ein erfahrener Polizeibeamter sein“, meinte sie. „Wenn jemand verdeckt ermittelt, dann ist er kein Anfänger.“ Für eine Weile kehrte Schweigen ein. Niemand schien eine zündende Idee zu haben, wie man des Salzmann habhaft werden konnte, ohne sich selber in Gefahr zu bringen.

Plötzlich klingelte es. Gasperlmaier fuhr hoch. Im Bildschirm der Gegensprechanlage sah er das leicht gerötete Gesicht des Friedrich Kahlß, seines ehemaligen Postenkommandanten und nun guten Freunds. „Hörst, Gasperlmaier, mach auf, es ist eilig!“ Der Friedrich rang nach Atem, als er die Stiege heraufkam. „Ihr müsst dringend kommen, beim Doktor Altmann, da stimmt was nicht!“ „Was denn?“, fragte Gasperlmaier. „Da hat sich einer angeschlichen, ist über den Zaun und hat sich in ein Gebüsch fallen lassen. Und wenn mich nicht alles täuscht, hat er eine Waffe bei sich gehabt!“ „Ein Langer, Dünner?“, fragte die Frau Doktor. Der Friedrich nickte. Sie stand auf und kramte in ihrer Handtasche nach ihrer Waffe. „Ich muss schnell das Schulterholster ...“ Sie verschwand auf dem Klo. „Wegen was warst du denn überhaupt beim Doktor Altmann?“, fragte Gasperlmaier. Der Friedrich winkte ab. „Längere Geschichte. Wegen einer Lederhose ...“ Die Frau Doktor kam wieder aus der Toilette. „Rasch!“, rief sie. „Gasperlmaier, du und ich zum Haus Altmann. Friedrich und Manuela, zum Haus Gasperlmaier. Franz, gib ihr deinen Schlüssel!“ „Und wir?“, fragte die Katharina. „Ihr geht in die Bäckerei auf einen Kaffee, unter Menschen seid ihr am sichersten.“

Während sie schon unterwegs waren, erläuterte die Frau Doktor ihren Plan. „Manuela, Sie und der Friedrich gehen ins Haus Gasperlmaier, versuchen, von dort aus herauszufinden, was im Nachbarhaus passiert. Wir gehen direkt zum Nachbarhaus, von der anderen Straße her. Eigensicherung beachten, aber trotzdem alles so flott wie möglich!“ Als sie sich an der Gabelung der Straßen trennten, war Gasperlmaier bereits so außer Atem, dass er annahm, der Salzmann müsse ihn schon von weitem schnaufen hören. „Waffe!“, kommandierte die Frau Doktor. Geduckt schlichen sie mit gezogenen Dienstwaffen im Schutz der Zäune in Richtung des Hauses, vor dem der Friedrich den Salzmann zu sehen geglaubt hatte. In einem Garten hörte Gasperlmaier jemanden singen. Er lugte über den Zaun. Es war die Weber Gabi, und sie war gerade beim Wäscheaufhängen. Gasperlmaier zischte ihr zu. „Gabi!“ Als sie ihn erblickte, hielt er den Zeigefinger vor den Mund und deutete ihr, ins Haus zu gehen. Um sein Anliegen zu unterstreichen, hob er seine Dienstwaffe hoch, sodass sie sie sehen konnte. Die Gabi schlug eine Hand vor den Mund und beeilte sich, über die Terrasse in ihr Haus zu kommen. Er war sich sicher, dass innerhalb der nächsten Minuten ganz Altaussee über diesen ungewöhnlichen Einsatz informiert sein würde.

Die Frau Doktor hatte ein wenig Vorsprung gewonnen und bedeutete ihm, sich zu beeilen, als aus dem altmannschen Garten ein Scheppern und Klirren ertönte. Die Frau Doktor richtete sich auf und rannte los, Gasperlmaier folgte, vielleicht zehn Schritte im Rückstand. „Nicht bewegen!“, hörte er den Doktor Altmann schreien.

Als sie in die Einfahrt der Altmanns einbogen, war bereits, so schien es, alles erledigt. Ein Mann lag auf dem Boden, umgeben von Scherben und Blumenerde. Der Doktor Altmann stand hinter ihm, mit einer Waffe im Anschlag, und befahl: „Nicht bewegen!“ Die Frau Doktor und Gasperlmaier näherten sich im Laufschritt. Die auf dem Boden liegende Gestalt, so dachte Gasperlmaier bei sich, schien gar keine Lust zu haben, den Anordnungen des Doktor Altmann zuwiderzuhandeln.

„Um Gottes willen! Hab ich ihn erschlagen?“ Auf dem Balkon stand die Frau Doktor Altmann mit den Händen vor dem Mund. „Das wollt ich nicht!“ Der Doktor Altmann sah zu ihr hinauf. „Gut hast es gemacht, Mauserl! Der tut keinem mehr was!“ Der Mann auf dem Boden stöhnte. Es war eindeutig der Salzmann, so lang und dünn, wie der war. Gasperlmaier konnte auch ein Rinnsal von Blut auf dem Pflaster entdecken. Hoffentlich würde er ihnen nicht hier vor Ort sterben, das würde den Altmanns ordentlich Ärger machen. Die Frau Doktor trat zu dem auf dem Boden Liegenden, drehte ihm die Hände auf den Rücken und legte ihm Handschellen an. Der Mann stöhnte neuerlich. „Sie können jetzt die Waffe weglegen!“, sagte sie, zum Doktor Altmann gerichtet. Der schüttelte den Kopf. „Sicher ist sicher! Ich kenn mich mit sowas aus!“ Er deutete auf die Pistole. „Herrschaftszeiten!“, erklang ein Fluch aus Gasperlmaiers Garten her. Der Friedrich war gerade dabei, den Zaun zu überklettern, der das Grundstück der Altmanns von dem Gasperlmaiers trennte. Die Manuela war bereits herüben angekommen und näherte sich ebenfalls mit gezogener Waffe.

„Herr Salzmann!“ Die Frau Doktor beugte sich über seinen Kopf, der voller Blumenerde war. „Oder wie auch immer Sie heißen. Wie geht’s Ihnen?“ Gasperlmaier überlegte, was hier passiert sein könnte. Die Scherben und die herumliegende Erde ließen nur einen Schluss zu: Die Frau Doktor Altmann musste dem Salzmann vom Balkon aus einen Blumentopf auf den Kopf geworfen haben, der ihn niedergestreckt hatte.

Sie tauchte soeben in der Haustür auf. „Oh Gott, oh Gott!“, flüsterte sie, trat zu ihrem Mann und umarmte ihn. „Das hätt ja böse ausgehen können! Dass du auch so unvorsichtig sein musst!“ „Ach was!“ Der Doktor Altmann tat ihren Einwand mit einer wegwerfenden Geste ab. „Nachdem du ihn niedergestreckt hast, hab ich ja nur die Waffe vom Boden aufklauben müssen!“ Er lachte. „Ein Glück“, schnaufte der Friedrich, der nun endlich den Zaun überwunden hatte, „dass ich gerade heute wegen deiner Lederhose ... ich hab ihn nämlich gesehen und die Kollegen alarmiert!“ Er deutete in Richtung der Frau Doktor, die gerade damit beschäftigt war, den Salzmann hochzuziehen. „Und ich hab mich schon gewundert, warum der Gasperlmaier so schnell da war!“, grinste der Doktor Altmann.

Der Salzmann hatte sich inzwischen aufgesetzt. An der Stirn hatte er eine Schramme, die aber schon zu bluten aufgehört hatte. „Ah! Mein Kopf!“, jammerte er. „Komm, Friedrich!“, sagte Gasperlmaier. „Setzen wir ihn auf die Hausbank!“ Der Friedrich nickte. Sie traten zum Salzmann, packten ihn unter beiden Achseln und zogen ihn zu der prächtigen Holzbank, die der Doktor Altmann vor der Haustür aufgestellt hatte. „Und zwei!“, kommandierte Gasperlmaier, und sie setzten den Salzmann ab. Ein wenig Blumenerde rieselte auf die Bank. Der Salzmann ließ den Kopf hängen und stöhnte leise. „Jetzt“, so sagte der Doktor Altmann, „jetzt haben wir uns einen Schnaps verdient. Halt einmal!“ Er drückte seiner Frau die Pistole in die Hand, die sie mit spitzen Fingern von sich weg hielt. Gasperlmaier kramte einen Plastikbeutel aus einer seiner Taschen. „Tun Sie's da hinein!", sagte er. „Ist ja ein Beweisstück!" Die Frau Doktor Altmann schien froh zu sein, die Waffe loszuwerden.

Der Doktor Altmann erschien wieder in der Tür, mit einem Brett, das sechs Schnapsstamperl trug. Für jedes war eine Vertiefung in das Brett gefräst worden. Die Frau Doktor zögerte, bevor sie eines der Gläser nahm. „Ich weiß nicht ...", sagte sie. „Aber gehen S', Frau Doktor! Jetzt ist der Fall abgeschlossen! Jetzt haben S' den Mörder!", rief der Friedrich, nahm sich ein Stamperl und prostete ihr zu. „Wohl bekomm's!" Er leerte das Stamperl in sich hinein, ohne länger abzuwarten. Die Letzte, die ihr Glas in Empfang nahm, war die Frau Doktor Altmann, die ein wenig kicherte. „Ich hab mir oben schon ein kleines Likörchen genehmigt, im Schlafzimmer. Ich war ja fix und fertig!", sagte sie.

Der Doktor Altmann stöhnte genussvoll. „Ah! Der ist gut, was? Aber wer ist denn das da eigentlich? Darf man das erfahren? Ich hör was von einem Mörder?" Die Frau Doktor hielt Gasperlmaier, der schon Atem geholt hatte, um zu antworten, die aufgerichtete Handfläche entgegen. „Darüber können wir momentan keine Aussagen machen. Wir bringen den Herrn auf den Polizeiposten und verhören ihn dort." Der Doktor Altmann nickte. „So ist's recht! Noch ein Schnapserl, die Damen und Herren?" Gasperlmaier wartete ab, bis er alle die Köpfe schütteln sah. Dann schüttelte er mit. „Danke!", sagte die Frau Doktor. „Aber man könnte es gegen uns verwenden, wenn wir einen Verdächtigen unter Alkoholeinfluss verhören." „Mir kannst noch einen geben!", zwitscherte die Frau Doktor Altmann und kicherte dazu etwas unmotiviert, wie Gasperlmaier fand.

„Dankschön, dass ihr so toll reagiert habt!", sagte Gasperlmaier. „Wie ist denn das Ganze eigentlich zugegangen? Das muss ja blitzschnell gegangen sein, ich hab's noch krachen hören, und gleich darauf waren wir da!" Die Manuela setzte sich neben den gefesselten Salzmann und beobachtete ihn mit starrem Blick. Vor dem waren sie sicher. Die Frau Doktor Altmann ergriff das Wort. „Also, ich war gerade dabei, die Blumenkisterln wegzuräumen. Ist ja schon alles verblüht, gell!" Sie deutete auf die noch in ihren Halterungen steckenden Kisten auf dem Balkon. Tatsächlich enthielten sie nur mehr verwelkte, bräunlich verfärbte Pflanzen. „Und ich schau nach unten, da taucht der Mann mit der Pistole in der Hand auf. Anscheinend hat er sich unter dem Balkon angeschlichen und mich nicht bemerkt. Er hat gerade auf dein Haus gezielt, Gasperlmaier! Ich wollt gerade zu schreien beginnen, da ruft der Justus ...", sie deutete auf ihren Mann. Gasperlmaier hatte gar nicht gewusst, dass der Altmann Justus hieß, trotz des Du-Worts war er immer beim Doktor geblieben. „... plötzlich ‚Halt! Stehen bleiben!'. Ich bin so erschrocken, dass mir das Blumenkisterl aus der Hand gerutscht ist, ich hab's gar nicht absichtlich ..." Die Frau Doktor Altmann legte die Hand vor den Mund und kicherte wieder. „Das haben Sie wunderbar gemacht, Frau Altmann!", sagte die Frau Doktor. „Besser hätten Sie gar nicht zielen können!" „Ja, und dann", mischte sich ihr Mann ein, „ist er hingestürzt, und die Waffe hat er verloren. Ich hab sie aufgehoben und auf ihn gerichtet. Den Rest kennt ihr ja!" „Wie haben Sie ihn denn entdeckt?", wollte die Frau Doktor wissen. „Ich hab einen Schatten vor dem Fenster gesehen, ganz zufällig, weil eigentlich hab ich mir gerade einen Kaffee gemacht. Und ich hab ja gewusst, dass mein Mauserl", er lächelte ihr zu, „oben ist. Da hab ich mir gedacht, jetzt musst du einmal schauen, wer sich da vor unserem Haus herumtreibt. Und kaum mach ich die Haustür auf, sehe ich den Kerl, sprech ihn an, er dreht sich zu mir um, und schon hat es gekracht!"

„Wunderbar!", sagte die Frau Doktor. „Für eine solche Aktion sollte es eine Prämie geben!" Der Doktor Altmann winkte ab. „Hauptsache, wir kommen in den Medien nicht vor. Das wär uns schon sehr recht, gell, Mauserl? Wir sind ja wegen der Ruhe hergekommen, nicht, weil wir in die Zeitung wollen!" „Ja, Herr Doktor!", meinte der Friedrich. „Da darf man sich halt kein Haus neben einem Polizisten kaufen! Da ist immer was los!" Gasperlmaier winkte ab. „Ist nicht so arg. Eigentlich."

„Gasperlmaier", entschied die Frau Doktor, „du holst bitte den Einsatzwagen. Ich möchte unseren Verdächtigen nicht in Handschellen durch den Ort treiben, das würde viel zu viel Aufmerksamkeit erregen." Gasperlmaier nickte und machte sich auf den Weg. „Ich komm mit dir!", sagte der Friedrich. Gasperlmaier fiel ein, dass die beiden Mädchen immer noch im Café warteten. „Alles gut!", textete er der Katharina. „Verdächtiger verhaftet!" „Super!", schrieb die Katharina zurück. „Kommen zum Posten!" Das war Gasperlmaier nun gar nicht recht. Bei der Vernehmung konnten die beiden auf keinen Fall dabei sein, und er war sich auch nicht sicher, ob es gut war, die Stefanie und ihren Entführer aufeinandertreffen zu lassen. „Sag einmal", fragte er den Friedrich, nachdem er sein Handy wieder eingesteckt hatte. „Wieso warst du jetzt eigentlich beim Doktor Altmann?" „Ich hab's ja schon gesagt", erwiderte der Friedrich. „Wegen der Lederhose vom Kainz, die er sich bestellt hat." Gasperlmaier schüttelte den Kopf. „Aber ich hab ihm doch schon erklärt, dass da kein Weg an der Warteliste ..." „Normalerweise nicht!"

Der Friedrich grinste und streckte einen Finger in die Höhe. „Aber wenn man weiß, was ich weiß, dann gibt es doch einen Weg! Und der führt über den so genannten Mehrwert!“ „Mehrwert?“ Gasperlmaier war ratlos. „Schau einmal“, sagte der Friedrich. „Du kannst dem Kainz nicht mehr Geld für eine Lederhose bieten, damit du sie früher kriegst. Das würde ihn schwer beleidigen. Aber wenn du einerseits weißt, dass der Kainz vor Gericht einen kostspieligen Wegerechtsstreit mit einem seiner Nachbarn führt, der sich schon über Jahre hinzieht, und auf der anderen Seite hast du ein erfahrenes Juristenpaar, das ihm mit Ratschlägen kostenlos zur Seite steht, dann hat das für den Kainz einen Mehrwert. Das nennt man heute eine Win-Win-Situation!“, dozierte der Friedrich. „Und dann kriegt der Doktor Altmann seine Lederhose früher?“, fragte Gasperlmaier erstaunt. Der Friedrich nickte. „Nicht, dass dem Kainz einfallen würde, dass er andere Kunden deswegen länger warten lässt. Aber er sagt sich, die Zeit, die er nun bei Gericht und so weiter spart, die steht dem Doktor Altmann seiner Lederhose zur Verfügung. Und so ...“ Der Friedrich grinste. Sie waren vor dem Polizeiposten angekommen.

Weniger als eine Viertelstunde später saßen außer dem festgenommenen Salzmann drei Polizisten auf der Wachstube, während der Friedrich und die Mädchen im Vorzimmer Stellung bezogen hatten, denn wegschicken hatten sie sich auf keinen Fall lassen wollen. Die Frau Doktor hatte es geschickt angestellt. Sie saß mit dem Fenster im Rücken, sodass der Salzmann sie kaum sehen konnte, weil ihr Gesicht im Schatten blieb. Er dagegen saß im Licht und musste gegen die Blendung anblinzeln. Die Handschellen hatten sie ihm nicht abgenommen. Wohl aber hatte Gasperlmaier überprüft, ob er weitere Waffen bei sich trug. Gefunden hatte er nichts, aber das Handy hatte er dem Salzmann abgenommen.

Die Frau Doktor schlug die Beine übereinander, legte ihr Handy zwischen sich und den Salzmann und startete die Tonaufnahme. „Herr Salzmann“, sagte sie, „fangen wir einfach einmal ganz vorne an.“ „Ich heiße nicht Salzmann. Das wissen Sie so gut wie ich!“, schnauzte der zurück. Die Frau Doktor lächelte. „Na gut!“, sagte sie. „Dann sagen Sie mir am besten, wie ich Sie ansprechen soll! Danach richte ich mich gerne!“ „Am besten gar nicht“, murrte der Salzmann. „Ja, dann bleiben wir bei dem falschen Namen, unter dem Sie hier gearbeitet haben, nicht?“ Sie legte eine Pause ein. Der Beginn, so dachte Gasperlmaier bei sich, versprach ein mühsames Verhör. Der sah nicht so aus, als würde er bereitwillig alles gestehen. Noch dazu bestand jederzeit die Möglichkeit, dass der Frau Doktor sowohl ihr Verdächtiger als auch der ganze Fall abgenommen werden würden, sobald Vorgesetzte von den Vorgängen hier in Altaussee erfuhren.

„Haben Sie Maxi Holzapfel eigentlich sehr geliebt?“, fuhr die Frau Doktor fort. Der Salzmann schwieg zwar, aber um seinen Mund zuckten die Muskeln. Er sah zur Decke. Gasperlmaier hatte den Eindruck, als versuche er, Tränen zu unterdrücken. Die Frau Doktor ließ ihm wenig Zeit. „Sie war schon eine fantastische Frau. Was sie alles aufgedeckt hat! Sie hat sich doch dabei sicher in Gefahr begeben? Hatten Sie da keine Angst um sie?“ Die Frau Doktor schien davon auszugehen, dass der Salzmann eine Beziehung zu Maxi Holzapfel gehabt hatte. Riskant, fand Gasperlmaier. Aber die Taktik zeigte Wirkung. Der Salzmann sagte nichts und schluckte. Die Frau Doktor schwieg. „Von mir erfahren Sie gar nichts“, sagte der Salzmann schließlich. „Sie können mich nicht ewig hierbehalten. Und wenn Ihre Vorgesetzten erfahren, dass Sie mich festgesetzt haben ... dann werden Sie mit der Festnahme nicht viel Freude haben, das verspreche ich Ihnen!“ Nach wie vor, so fiel Gasperlmaier auf, vermied es der Salzmann, mit der Frau Doktor in Blickkontakt zu treten. „Das muss schon ein harter Schlag gewesen sein, dass sie Sie dann mit diesem Koch betrogen hat!“ Der Salzmann riss die Augen auf. Er war sichtlich völlig überrascht von der Tatsache, dass die Frau Doktor über seine Liebesbeziehungen Bescheid zu wissen schien. „Wir haben ein Foto von den beiden, ich meine Maxi Holzapfel und den Koch Pavel Horak. Es lässt keinen Zweifel daran, dass sich die beiden geliebt haben.“ Die Frau Doktor betonte das Wort „geliebt“ so, dass Gasperlmaier es übertrieben fand. Fast kitschig. Was wussten sie schon über die Beziehung der beiden? Der Salzmann schluckte mehrmals und starrte wieder an die Decke.

„Wissen Sie“, sagte die Frau Doktor, „ich habe oft schon den Spruch gehört, dass Männer morden, um zu behalten, Frauen dagegen, um sich zu befreien.“ Sie legte eine Pause ein. „Maxi Holzapfel war übrigens schwanger. Von Ihnen?“ Der Salzmann zuckte zusammen, hatte sich aber schnell wieder unter Kontrolle. Die Manuela, fiel Gasperlmaier auf, hielt sich mucksmäuschenstill, obwohl sie sonst bei Vernehmungen ja gerne dreinredete. Wahrscheinlich hatte auch sie erkannt, dass die Frau Doktor hier eine besonders gefinkelte Verhörmethode anwandte. „Erinnern Sie sich eigentlich noch an die schönen Momente mit Maxi? Bevor sie Sie verraten hat?“ Das fand Gasperlmaier ein wenig dick aufgetragen, fast wie in einem Liebesfilm, aber es schien zu funktionieren. Der Salzmann starrte nun konzentriert aus dem Fenster, biss sich auf die Unterlippe und tappte mit einem Fuß nervös auf den Boden.

Gasperlmaier schrak hoch, als plötzlich die Tür aufgerissen wurde. Lautstark schlug sie gegen die Wand, während die Stefanie auf den Salzmann zutrat. Der schaute sie erschrocken an, ebenso wie die Frau Doktor, die aber auf eine unmittelbare Reaktion verzichtete. Die Stefanie schnaubte vor Wut. Sie stellte sich vor den Salzmann hin und stützte die Hände gegen die Taille. „Sie haben versucht, mich umzubringen!", schrie sie und streckte ihren rechten Zeigefinger anklagend vor. „Sie haben mich niedergefahren. Bewusstlos in Ihren Lieferwagen geschmissen. Mich eingesperrt. Zurückgelassen. Ich hätte sterben können!" Der Salzmann barg das Gesicht in seinen Händen. „Schauen Sie mich an!", schrie die Stefanie. Immer noch griff die Frau Doktor nicht ein. Die Stefanie riss dem Salzmann die Hände vom Gesicht. „Schauen Sie mich an!", wiederholte sie. „Warum tun Sie so was? Es gibt Menschen, die mich lieben! Was glauben Sie, was die durchgemacht haben, während ich eingesperrt war! Sie haben kein Recht, jetzt einfach hier zu sitzen und sich blöd zu stellen!" Die Frau Doktor stand auf und griff nach Stefanies Arm. „Ich glaub, es ist genug!" Der Salzmann, so schien Gasperlmaier, begann zu zittern. „Du feiges Schwein!", zischte die Stefanie noch. „Es ist gut, jetzt!", flüsterte die Frau Doktor. „Lassen Sie uns bitte weitermachen! Ich glaube, der Herr Salzmann wird es sich doch überlegen, mit uns zu kooperieren!" Sie führte die Stefanie zur Tür, die sich nicht wehrte. Ihre Energie schien erschöpft.

Der Salzmann dagegen begann zu weinen. So hatte sich Gasperlmaier einen beinharten verdeckten Ermittler nicht vorgestellt. Man lernte eben nie aus. Er war gespannt, ob er jetzt bereit war zu reden.

„So!“, sagte die Frau Doktor. „Ich warte! Brauchen Sie ein Taschentuch?“ Der Salzmann nickte, warf Gasperlmaier und der Manuela einen kurzen Blick zu und wischte sich Augen und Nase ab. „Maxi war die Liebe meines Lebens!“, sagte er schließlich. Und dann ging es ganz schnell. Die Frau Doktor brauchte nicht viel mehr zu tun, als zuzuhören und zu nicken. „Es hat schon monatelang gedauert“, sagte der Salzmann. „Die Diskussionen. Die Streitereien. Einmal wollte sie sich von mir trennen. Dann wieder reumütige Rückkehr. Tränen. Szenen. Dann alles wieder von vorn. Es war eine Tortur. Ich war eigentlich ... am Rande eines Nervenzusammenbruchs.“ „Und daneben noch die verdeckte Ermittlung?“, kommentierte die Frau Doktor. Der Salzmann nickte. Die Manuela stand auf, holte ein Glas Wasser und stellte es vor ihn hin. Er hob fragend seine gefesselten Hände. Die Frau Doktor schüttelte den Kopf. „Einstweilen noch nicht. Trinken Sie eben mit beiden Händen.“ Der Salzmann trank.

„Dann eben diese Affäre. Sie hat Pavel Horak kennengelernt, wie sie die Restaurantkritik über die Knödelwerkstatt geschrieben hat. Das übliche Spiel. Sie muss dahin und dorthin. Unerklärte, unerklärliche Abende, Nächte, sie war einfach weg. Faule Ausreden. Sie war eine wahnsinnig schlechte Lügnerin!“ Kurz lächelte der Salzmann. „Wie ein eifersüchtiger Ehemann bin ich ihr gefolgt, hab relativ schnell herausgekriegt, dass sie ein Verhältnis mit dem Koch hat. Hab ihn damit konfrontiert.“ „Warum haben Sie Ihre Beziehung geheimgehalten? Wir hätten längst etwas darüber herausfinden müssen, wenn Sie sie öffentlich gelebt hätten.“ „Wegen meinem Beruf. Es durfte nichts Persönliches von mir an die Öffentlichkeit dringen, wegen der verdeckten Ermittlung. Genauso wie bei Maxi. Sie hat die Öffentlichkeit gescheut, wegen ihrer Recherchen. Da waren wir in der gleichen Situation."

„Kommen wir jetzt nach Altaussee. Mittwochabend." Der Salzmann nickte. „Das war natürlich ein Vorwand, diese Recherche hier in Altaussee. Sie hat längst alles beisammengehabt, um die BFB auffliegen zu lassen. Nicht zuletzt dank der Infos, die ich ihr durchsickern lassen habe." „Damit hätte der Oberst Hillinger keine Freude!", merkte die Frau Doktor an. „Ich bitte Sie!" Der Salzmann schüttelte den Kopf. „Was glauben Sie denn, wie gut die Verbindungen der BFB bis ganz oben in der Polizei sind? Ohne dass die unabhängige Presse Tatsachen ausgräbt und Fragen stellt, passiert da gar nichts!"

Die Frau Doktor seufzte. „Weiter mit Mittwoch, bitte!" „Dass ich auch in Altaussee war, war natürlich kein Zufall. Der ..." Er zögerte. „Meine Vorgesetzten wollten mich dabeihaben, ich musste ja weiterhin glaubhaft mein Interesse an der BFB demonstrieren. Am Ende hätten mich die Idioten sogar womöglich noch ins Parlament geschickt!" „Sie haben ein Prepaid-Handy verwendet?" Der Salzmann nickte. „Wo ist es jetzt?" „Längst weggeworfen. Was glauben Sie denn?" Er grinste.

„Mittwochabend!", wiederholte die Frau Doktor. Der Salzmann zuckte mit den Schultern. „Das war eigentlich mehr ein Zufall, ich meine, unser Aufeinandertreffen. Sie die Letzte in der Küche, ich auf meiner Wachrunde. Ich bin durch den Kücheneingang hinein. Der übliche Streit, die üblichen Vorwürfe, die immer gleichen Ausflüchte. Plötzlich habe ich die Kontrolle über mich verloren, können Sie das verstehen?" Gasperlmaier konnte. Auch er hatte Situationen erlebt, wo er jemandem am liebsten eine Bratpfanne über den Schädel gezogen hätte. Vor allem diesen arroganten

Jugendlichen, die immer nur grinsten, wenn man sie festnahm und befragte. Die ihn dann mit „Alter" anredeten und behaupteten, es wäre alles nur Spaß gewesen. Und er solle das lockerer sehen. Ja, da hatte es einige Situationen gegeben, wo er jetzt im Nachhinein noch froh sein konnte, keine Bratpfanne zur Hand gehabt zu haben.

„Weiter!", verlangte die Frau Doktor. Der Salzmann zuckte wieder mit den Schultern. „Da ist die Bratpfanne auf dem Herd gestanden. Es ist so schnell gegangen. Eine Sekunde, und sie liegt da. In der gleichen Sekunde noch hab ich mir so gewünscht, es rückgängig machen zu können, ehrlich!" Er begann zu zucken und stützte wieder die Hände in sein Gesicht. Offenbar wurde er von einem Weinkrampf geschüttelt. Gasperlmaiers Mitleid hielt sich in Grenzen. „Dann haben Sie der Toten alles abgenommen, was in ihren Hosentaschen war. Das Handy und die Bratpfanne haben Sie vom Steg aus in den See geschmissen. Das Gastrozelt haben Sie mit ihrem Schlüssel abgesperrt." Der Salzmann nickte. Die Frau Doktor ließ ihm Zeit. Jetzt, so dachte Gasperlmaier bei sich, kam ja noch der Horak. Ob er den einfach aus Eifersucht getötet hatte? Weil der ihm die Geliebte ausgespannt hatte?

„Pavel Horak?", fragte die Frau Doktor. „Wieder eigentlich ein Zufall." „Sehr viele Zufälle!", kommentierte die Frau Doktor. „War aber so!", verteidigte sich der Salzmann. „Der Horak hat natürlich von mir gewusst, er hat mich ja auch gekannt, weil ich eben einmal in seiner Knödelwerkstatt eine Szene hingelegt habe. Wir hatten damals schon einen massiven Streit. Die Maxi hat gerade noch verhindern können, dass mir der Horak mit seinem Küchenmesser den Bauch aufschlitzt." Er schwieg. Dann schüttelte er, begleitet von einem bösen Grinsen, den Kopf. „Ich hab keine Ahnung, was die Maxi an dem gefunden hat. Ungebildet, eingebildet. Alles, was den interessiert hat, war Geld, Mode, Styling. Oberflächlich bis zum Geht-nicht-mehr! Normalerweise ein Typ Mann, den die Maxi nicht einmal angesehen hätte. Mit seinem dämlichen Hipster-Look!" „Könnten Sie uns den Zufall schildern, der Sie zusammengeführt hat?" Der Salzmann nickte. „Es war am Abend, in Bad Aussee. Ich hab dienstfrei gehabt, war diesmal für die Frühschicht eingeteilt. War was trinken. Allein. Weil, ich kenne ja niemanden hier. Und meine Kollegen waren im Dienst, außerdem ... so als verdeckter Ermittler, da sollst du nicht weiter auffallen. Ich war in einer Bar, irgendwo im Zentrum. Weiß nicht, wie die heißt." „Haben Sie vielleicht das Treffen der Leute von der BFB mit den Russen observiert?" Der Salzmann grinste kurz. „Sie sind sehr aufmerksam, Frau Chefinspektor. Darüber werde ich aber jetzt nichts sagen. Sie haben mich nach dem Horak gefragt."

„Bitte!", antwortete die Frau Doktor kühl. „Es war schon elf, halb zwölf. Wahrscheinlich wollte er nach dem Dienst noch einen Absacker. Wie er mich gesehen hat, ist er sofort auf mich zugekommen. Er hat gezittert vor Wut. Da waren aber Leute, ich bin an der Bar gesessen, nahe beim Barkeeper. Kurz hat er mich am Kragen gepackt, aber weil alle Leute gleich geschaut haben, hat er mich losgelassen und mir ins Ohr gezischt. Ich soll rauskommen. Drecksau hat er mich genannt." Gasperlmaier wunderte sich, dass sie von diesem Zusammentreffen nichts wussten. Irgendwer, der in der Bar gewesen war, hätte sich doch nach dem Mord daran erinnern müssen, dass er das Opfer gesehen hatte, knapp vor dessen Tod. Das Foto vom Horak war ja in allen Zeitungen gewesen, im Fernsehen. Nicht einmal der Barkeeper hatte es für nötig befunden, sich bei ihnen zu melden. Anscheinend war den Leuten alles lieber, als auch nur als Zeuge mit der Polizei zu tun zu haben.

„Draußen hat er gesagt, dass er genau weiß, dass ich die Maxi umgebracht habe. Woher er das wissen will, habe ich gefragt. Und nach Beweisen. Er weiß es einfach, hat er gesagt. Und wer es denn sonst gewesen sein soll. Und dann hat er Geld verlangt, das Schwein!" „Geld?", fragte die Frau Doktor zurück. „Ja, Geld! Er wollte mich erpressen! Dem ist es gar nicht um die Maxi gegangen, der hat einfach eine Möglichkeit gesehen, ohne große Umstände an Geld zu kommen." „Und weiter?", fragte die Frau Doktor. „Ich hab nicht lang überlegen müssen. Es wäre riskant gewesen, ihn zu verärgern. Wer weiß, vielleicht hätte er euch wirklich was verraten. Dann wäre ich aufgeflogen. Also hab ich ihm gesagt, dass ich Geld im Haus hab. Er wollte gleich hinfahren. Ich hab die Gier in seinen Augen gesehen. Wir sind dann zu seinem Lieferwagen." „Wieso hat er Ihnen so ohne Weiteres geglaubt, dass Sie Geld haben?" Der Salzmann lachte. „Der war völlig geblendet, der hat gar nicht mehr nachgedacht. Ich hab doch schon gesagt: ungebildet, eingebildet. Auf der Fahrt hab ich ihm erklärt, dass ich undercover arbeite. Nicht für die Polizei, das hätte ihn wahrscheinlich verschreckt. Sondern für private Ermittler. Im Zusammenhang mit den Russen. Dafür, habe ich ihm gesagt, braucht man natürlich Bargeld. Du willst ja keine Spuren hinterlassen, über Kreditkarten und Abhebungen. Das hat er gefressen."

„Wo haben Sie gewohnt?" „Es gibt da ein Ferienhaus, das leer steht. Irgendwelche Bekannte vom Oberst Hillinger. Ich hab dort mehr kampiert als gewohnt. Das Motorrad im Wald hinter dem Haus versteckt. Kein

Licht und so. Dort bin ich mit dem Horak hin.“ Er stockte. „Gab’s einen Plan, was Sie mit ihm machen?“ Der Salzmann schüttelte den Kopf. „Er ist sitzen geblieben. Ich bin hinein, habe mir in der Küche ein Messer gesucht. Dann bin ich wieder in den Wagen eingestiegen. Der Horak hat nach dem Geld gefragt. Einen Moment, hab ich gesagt und in die Innentasche meiner Jacke gegriffen. Er hat nicht einmal mehr Zeit gehabt, etwas zu sagen.“ Gasperlmaier lief es kalt den Rücken hinunter. Er hatte den Horak ja gesehen, mit dem Messer in der Brust. „Warum haben Sie ihn getötet?“, fragte die Frau Doktor. „Liegt das nicht auf der Hand? Sie sind Polizistin, ich bin Polizist. Wir wissen beide, wenn Sie einem Erpresser nachgeben, nimmt das kein Ende. Die erste Rate entfacht neue Gier. Und immer wieder. Fast wäre ich ja davongekommen. Wenn mich der Oberst Hillinger nicht noch einmal nach Aussee geschickt hätte. Und wenn mich diese Furie nicht ...“ Er nickte mit dem Kinn in Richtung Tür. Gasperlmaier sprang auf. „Ich werd dir gleich ...“ „Gasperlmaier!“ Der Frau Doktor gelang es mit einem Wort, ihn zurückzuhalten. Wütend biss er sich auf die Lippe. Wenn es um seine Familie ging, brannten ihm schnell einmal die Sicherungen durch, das wusste er selbst nur zu gut.

„Die Entführung?“, fragte die Frau Doktor. Der Salzmann schüttelte den Kopf. „Das war das Blödeste, was passieren konnte. Ich hab den Horak auf den Beifahrersitz verfrachtet und angeschnallt. Natürlich habe ich mich dann selber auf den blutigen Fahrersitz setzen müssen, aber diese Kleidung werden Sie niemals finden, dafür habe ich gesorgt. Ich war mir, ehrlich gesagt, nicht sicher, wohin mit dem Horak, und bin durch den Ort gefahren. Bis mir plötzlich diese besoffene Tussi vors Auto rennt. Ich dachte mir, nur schnell weg mit ihr, es war niemand auf der Straße, es war schon, was weiß ich, zwei durch. Sie war ... Ich hab's zu dem Zeitpunkt nicht überprüft, wie's ihr geht. Ich hab sie hinten hineingelegt und dann überlegt, was ich mit ihr mache. Möglichst weit weg, hab ich mir gedacht, irgendwo ablegen, wo sie keiner findet." „Dass die Frau sterben könnte, dass sie vielleicht in ein Krankenhaus muss, auf die Idee sind Sie nicht gekommen?" Der Salzmann lachte auf. „Würden Sie mit einer blutigen Leiche im Auto zum Krankenhaus fahren? Es gab einfach keinen anderen Ausweg!" Gasperlmaier kochte innerlich. Er wusste nicht, ob er sich das noch viel länger anhören würde können. „Auf dieser Hütte hab ich sie dann eingesperrt. Der Schlüssel ist immer in der Nähe der Tür versteckt, Sie kennen das ja." „Sie haben damit gerechnet, dass sie stirbt?" Der Salzmann zuckte wieder mit den Schultern. „Ich war zu dem Zeitpunkt ... auch, wenn man jahrelange Erfahrung im Polizeidienst hat, ich war nicht ganz ... ich war ja auch nicht nüchtern, und ..." Etwas hilflos sah er zur Frau Doktor auf. „Ja?", fragte die. „Waren vielleicht auch Drogen im Spiel?" Der Salzmann nickte. „Dazu sage ich nichts!" Er deutete auf das Handy der Frau Doktor. Gasperlmaier verstand. Den Drogenkonsum wollte er keinesfalls auf Band haben. Der Salzmann atmete tief durch. „Jedenfalls, ich war in Panik. Zumindest nahe daran. Ich habe nur gedacht, weg mit ihr, weg, bin dann in ein Tal hineingefahren, den Berg hinauf ... den Rest wissen Sie." „Und Sie haben das Problem für erledigt gehalten?", fragte die Frau Doktor nach. Der Salzmann nickte. „Bis zu dieser Pressekonferenz, eben ..."

„Wie ging es dann weiter?" „Ich hab mir überlegt, den Horak auch gleich irgendwo da oben in einen Straßengraben zu schmeißen, aber ... ich hab befürchtet, dass dann allzu schnell ein Zusammenhang hergestellt wird, er und die Lei... das Mädchen in der Hütte. Deswegen hat er wieder mit hinuntermüssen." Das, so dachte Gasperlmaier bei sich, war ein Fehler gewesen. Irgendwo in einem steilen Waldstück auf dem Loser hätte den Horak womöglich wochenlang keiner gefunden. „Ich hab ihn dann wo stehen lassen, wo ich relativ leicht zu Fuß zu meinem Unterschlupf konnte", erklärte der Salzmann. „Sie werden keine Spuren von mir im Auto gefunden haben. Ich weiß, wie man das macht." Er grinste wieder so unverschämt, dass er, so fand Gasperlmaier, allein dafür ein paar Monate Gefängnis zusätzlich verdient hatte. „Sie haben etwas vergessen. Die Spuren des Mädchens im Lieferwagen." Der Salzmann zuckte mit den Schultern. „Man kann nicht an alles denken."

„Da gibt es noch einen Punkt, der mir nicht ganz klar ist!" Die Frau Doktor wippte mit den Fußspitzen. „Was wollten Sie von der Stefanie, als Sie über das Nachbargrundstück versucht haben, in das Haus meines Kollegen zu gelangen?" Sie deutete auf Gasperlmaier. „Ihnen muss doch klar gewesen sein, dass es Ihnen nichts mehr nützt, wenn Sie die Stefanie zum Schweigen bringen. Sie hatte Sie ja bereits erkannt, bei der Pressekonferenz. Vor Zeugen!" Der Salzmann schloss die Augen und schwieg. Als er sie wieder öffnete, blickte er zur Decke. „Es gibt Möglichkeiten, Menschen zu beeinflussen. Ob sie nun Opfer oder Zeugen sind. Ich hätte diese Frau dazu bringen können, ihre Aussage zu widerrufen." Gasperlmaier lief es kalt über den Rücken. Er mochte gar nicht daran denken, von welchen Möglichkeiten der Salzmann hier sprach. Die Frau Doktor schluckte. Auch sie hatte diese unverhohlene Drohung nicht ungerührt gelassen.

„Verraten Sie mir noch eines!", verlangte die Frau Doktor, während sie zum Telefon griff. „Warum haben

Sie eine Jacke mit der Odalrune getragen? Was sollte der ganze Scheiß mit dem Angriff auf das Quartier des Bundespräsidenten?“ Der Salzmann schüttelte den Kopf. „Dazu werden Sie von mir nichts erfahren. Das sind Vorgänge, die mit ... Ihrem Fall nicht das Geringste zu tun haben.“ Sie legte ihr Telefon wieder weg. „Die beiden Täter waren betrunken. Haben Sie das einkalkuliert?“ Der Salzmann zischte verächtlich. „Das sind Vollidioten. Ob nüchtern oder besoffen.“ Er verschränkte die Arme, um klarzumachen, dass er nichts mehr zu sagen gedachte.

„Bevor ich's vergesse: Das Video und die Fotos vom Angriff auf die Villa Kirnberger, auch die vom Porsche des Konecny vor dem Club Amore, die kamen von Ihnen?“ Der Salzmann grinste. „Das haben Sie gesagt, nicht ich. Aber ich darf Ihnen was verraten: Die Vroni, vulgo Irina, die hat mir noch so einiges über den Konecny erzählt, was wir gut gegen ihn verwenden hätten können. Hat's aber nicht mehr gebraucht.“ „Und warum haben Sie uns diese Beweise geschickt?“ Der Salzmann schüttelte nur den Kopf und starrte wieder zum Fenster hinaus.

„Geh, Gasperlmaier, besorg uns bitte jemanden, der den Herrn Salzmann hier abholt und in den Arrest bringt. Ich werde ihn vorläufig festnehmen.“ Gasperlmaier nickte und verließ den Raum. Als er ins Vorzimmer kam, schossen die beiden Mädchen gleich von ihrer Bank. „Was ist?“, fragte die Katharina. „Einen Moment!“, sagte Gasperlmaier, ging die Stiege hinunter und trat ins Freie. Das Wetter hatte sich gebessert und die Sonne blinzelte durch die leuchtend gelben Blätter der Bäume auf der anderen Straßenseite. Gasperlmaier telefonierte und drehte sich um. Die beiden Mädchen waren ihm gefolgt. Sie hatten offenbar mitgehört. „Also hat er gestanden?“, fragte die Stefanie. Gasperlmaier nickte. „Mehr oder weniger. Ob das alles stimmt, wird die Frau Doktor noch herausfinden müssen.“ Die Stefanie atmete auf. „Kann ich darüber was schreiben?“ Gasperlmaier zuckte mit den Schultern.

„Aber du hast ihn dazu gebracht, dass er redet! Das Hineinstürmen, das war vielleicht, na ja!“ Er schüttelte den Kopf. Plötzlich umarmte er die Stefanie und drückte sie an sich. Er löste sich und machte das Gleiche mit der Katharina. Fast kamen ihm die Tränen. Er wusste selber nicht, woher dieser plötzliche Ansturm der Gefühle kam. „Papa!“ Die Katharina schob ihn verwundert von sich weg. „So kenne ich dich ja gar nicht! Was ist denn mit dir los?“ „Ja, es war halt auch für mich ein bisschen viel. Wenn man solche Angst hat, um jemanden, der zur Familie gehört, den man ...“ Er zögerte. „... mag!“, sagte er schließlich. Die Stefanie strahlte. Sie kam auf ihn zu und drückte ihn noch einmal. „Ich freu mich so!“, sagte sie. Gasperlmaier machte sich los und stieg die Treppen wieder hinauf.

„Sie kommen gleich!“, berichtete er der Frau Doktor. „Na ja!“, sagte die. „Dann hätten wir das vorläufig einmal erledigt.“ „Nicht ganz!“, murmelte der Salzmann und stand auf. Noch bevor jemand reagieren konnte, ging er zum Schreibtisch. Während der paar Schritte schlug er sich die Fäuste mit voller Wucht gegen sein eigenes Gesicht. Die Manuela schrie auf. Am Schreibtisch bückte er sich und knallte sein Gesicht mit Schwung gegen die Schreibtischkante. Er brüllte, Gasperlmaier war mit ein paar schnellen Schritten bei ihm, konnte aber nicht verhindern, dass er mit dem Kopf noch einmal ausholte und ihn gegen die Schreibtischkante fallen ließ. Dann sackte er stöhnend zusammen.

Die Manuela und die Frau Doktor waren starr vor Entsetzen. Gasperlmaier fing den Stürzenden auf und ließ ihn langsam zu Boden gleiten. Sein Gesicht war nur noch eine verquollene Masse voller Blut. „Um Gottes willen!", hauchte die Frau Doktor. „Wir brauchen einen Notarzt!" Die Manuela griff zum Telefon. Der Salzmann röchelte. Blut sickerte ihm aus Nase und Lippen. Gasperlmaier starrte entsetzt auf ihn hinunter. Gott sei Dank, so stellte er fest, atmete der Salzmann. Schließlich stöhnte er und versuchte was zu sagen. „Das Geständnis ...", ächzte er. „Das könnt ihr euch in die Haare schmieren!" Er versuchte so etwas wie ein Lächeln, brachte aber nur eine abscheuliche Grimasse zustande. Die Tür öffnete sich, und die Stefanie und die Katharina wollten herein. „Wir haben Schreie gehört?" Gasperlmaier ging ihnen entgegen und drängte sie zurück. „Bitte nicht, bitte hinaus! Nicht jetzt!"

Er schloss die Tür und atmete schwer. Die Frau Doktor und die Manuela knieten beim Salzmann, der hektisch atmete und dabei Blutblasen aus dem Mund spuckte. „Ganz ruhig!", beschwichtigte die Frau Doktor. „Gleich kommt der Arzt!" „Immerhin hat er es selber gemacht!", mischte sich Gasperlmaier ein. „Da braucht er kein ... nicht so viel Mitleid!" Die Manuela nickte. „Der will uns hinhängen. Wir hätten das Geständnis aus ihm herausgeprügelt, wird es heißen. Ich freu mich schon auf die Berichte in den Zeitungen!"

16

„Entschuldige!“, sagte die Christine, nachdem sie die Tür geöffnet hatte. „Ich hab nichts gekocht, ich hab völlig auf das Backhendl vergessen. Der Friedrich sitzt bei mir in der Küche und hat mir alles erzählt. Ich war zu aufgeregt ...“ Gasperlmaier winkte ab. „Ist doch egal.“ Hinter ihm drängten sich die Stefanie und die Katharina ins Vorhaus. Die Christine umarmte beide. „Wie geht's euch denn? Seid ihr recht fertig?“ „Geht schon. Aber weißt du schon das Neueste? Der Salzmann, der die Stefanie entführt hat ...“ „Geh, Katharina, lass dir ein bisschen Zeit“, sagte Gasperlmaier müde. „Ich war schließlich als Einziger dabei. Deswegen, wenn's wer der Mama erzählt, dann ich!“

„Was ist denn los?“, fragte die Christine ratlos. Gasperlmaier begab sich in die Küche und ließ sich neben dem Friedrich auf die Bank fallen. „Brauchst einen Schnaps?“, fragte der mitfühlend. Gasperlmaier schüttelte den Kopf. „Ist es euch recht, wenn ich ein paar Pizzas bestelle?“, fragte die Christine. Gasperlmaier nickte. „Denk dran, Mama, für uns was Vegetarisches!“, meldete sich die Katharina zu Wort. Gasperlmaier stützte sich mit den verschränkten Unterarmen auf den Tisch. „Du schaust so desperat drein“, sagte die Christine, „da geb ich dir vielleicht doch einen Zirbenen.“ Sie stellte ein paar Stamperl auf den Tisch und schenkte ein. Niemand lehnte ab. „Jetzt red endlich, Papa!“, drängte die Katharina. „Wenn du es schon selber erzählen willst!“

Gasperlmaier nahm sein Stamperl und stürzte den Inhalt hinunter. „Ah!“, stöhnte er, und erst nach einer Pause begann er zu reden. „Der hat uns sauber drangekriegt, der Falott“, begann er. Und dann erzählte er, ein wenig umständlich und ausführlich, wie der Salzmann sich selber verletzt hatte. „Was glaubst", sagte er, „wie die von der Rettung geschaut haben, als sie ihn abtransportiert haben. Dabei hat ihnen die Frau Doktor noch eingeschärft, dass sie auf keinen Fall mit irgendjemandem über diesen Verletzten reden dürfen. Dann hat sie noch die Spurensicherung bestellt, dass die die Blutspuren vom Salzmann sichern. Damit wir beweisen können, dass er sich selber verletzt hat. Aber gut schaut es für uns trotzdem nicht aus."

„Wo ist denn übrigens dein Hemd?", fragte die Christine. „Du rennst ja sonst nicht bloß im T-Shirt herum?" „Das hab ich auch dort lassen", sagte Gasperlmaier. „War Blut drauf, vom Salzmann. Ich hab ihn vom Schreibtisch weggerissen, wie er sich mit dem Kopf draufgeworfen hat." „Ah", ächzte der Friedrich und kniff die Augen zusammen. „Wie kann man so was nur tun! Den eigenen Schädel auf den Schreibtisch donnern! Ich könnt das nicht!" „Ich geh mich schnell umziehen", sagte Gasperlmaier. Oben im Schlafzimmer entschied er sich für ganz normale Zivilkleidung, ein Hemd, Jeans und einen Pullover, denn in den Dienst, so sagte er sich, würde er heute ohnehin nicht mehr gehen. Er zuckte zusammen, als es an der Tür klingelte. Wahrscheinlich, so dachte er, war das die Frau Doktor. Sie hatte ihren Vorgesetzten, insbesondere dem Oberst Hillinger, Bericht erstatten wollen. Dann, so hatte sie gesagt, würde sie noch vorbeischauen. Anstatt der Frau Doktor strahlte ihn allerdings die Frau Altmann an, als er die Tür öffnete. Sie hielt einen Kochtopf in den Armen, der Herr Doktor Altmann hinter ihr grinste fröhlich und hielt ein Sechsertragerl Bier in die Höhe. „Wir haben uns gedacht, bei euch wird heute sicher nicht gekocht, nach der ganzen Aufregung!", sagte die Frau Doktor Altmann und schritt resolut an Gasperlmaier vorbei in die Küche. „Ich hab das Gulasch zwar für die Verwandten gekocht, die zu Allerheiligen kommen wollen, aber die kriegen dann halt eine Fleckerlspeise. Muss auch genügen." „Pizza!", erscholl es vom Gartenzaun her. Der Pizzalieferant war auf seinem Moped sitzen geblieben und balancierte einen Stapel Kartons auf einer Hand. „Ach so ...", murmelte der Doktor Altmann. „Ach was!", beruhigte ihn Gasperlmaier und schlug ihm auf die Schulter. „Kommt schon weg! Wir sind eh mehrere! Und mir ist das Gulasch sowieso lieber als die Teigfladen!"

Wenige Minuten später war die Küche voll und von Stimmengewirr erfüllt. Die Stimmung hatte sich schlagartig gebessert, nachdem alle etwas zu trinken und zu essen bekommen hatten. „Dein Gulasch!", schwärmte Gasperlmaier. „Phantastisch!" Er hatte sich ein wenig zur Frau Doktor Altmann hinübergebeugt, sodass ihn die Christine nicht hören konnte. Es war immer ein wenig gefährlich, die Kochkünste einer anderen Frau zu loben. Die Christine aber zog trotzdem eine steile senkrechte Falte auf der Stirn. Sie hatte wohl doch mitgekriegt oder zumindest geahnt, was er der Frau Doktor Altmann ins Ohr geflüstert hatte.

Es läutete abermals. Gasperlmaier ging nachsehen. Das musste nun aber die Frau Doktor sein. Tatsächlich. Sie rang sich sogar ein Lächeln ab, als er die Tür öffnete. „Komm herein!", sagte er. „Es gibt Gulasch oder Pizza. Oder beides!"

„Zuerst müssen wir reden! Ich habe gute Nachrichten!" Gasperlmaier atmete auf. „Erstens, die Verletzungen des Salzmann sind nicht so schwer, wie es zuerst ausgesehen hat. Er wird allerdings noch ein paar Tage Schwellungen und ein blaues Auge herumtragen. Und Schwierigkeiten beim Essen haben, weil er sich auch ein paar Zähne ausgeschlagen hat." Gasperlmaier wartete, was noch kam. „Aber es wird ihm ziemlich egal sein, wie er in der Untersuchungshaft aussieht!" „Untersuchungshaft?", wiederholte Gasperlmaier. Die Frau Doktor nickte. „Ja! Der Untersuchungsrichter hat Haft angeordnet. Ich hab die ganze Geschichte meinem Oberleutnant dargestellt, genau, wie sie vorgefallen ist. Er hat sich ziemlich aufgeregt. Dann habe ich ihm klargemacht, dass es eine Audioaufzeichnung des Geständnisses gibt. Darauf kann er hören, wie die Vernehmung verlaufen ist. Und dass es dabei zu keinerlei Gewaltanwendung gekommen ist. Und dass es zwei Zeugen gibt. Zwei Exekutivbeamte, die bestätigen werden, was ich ausgesagt habe. Er war ein kleines bisschen beruhigt." „Und der Oberst Hillinger?", fragte Gasperlmaier. „Den hat dann mein Chef, der Oberleutnant, angerufen. Der Hillinger hat mich zurückgerufen. Und gejammert. Dass wir seinen verdeckten Ermittler haben auffliegen lassen. Dass er ja ausdrücklich klargemacht hat, dass er selber ermitteln lassen wird. Dann hat er aber eingestanden, dass unsere Beweise wohl ausreichen werden, um den Salzmann vor Gericht zu bringen. Und dass er nicht glaubt, dass er mit seiner Selbstverletzung durchkommt. Das wär alles."

Gasperlmaier atmete auf. „Kommst jetzt mit hinein, was essen?", fragte er. Die Frau Doktor nickte. „Aber nicht allzu lang!", sagte sie. „Ich treffe mich heute noch mit Bernhard." „Bernhard?" Gasperlmaier war hellhörig geworden. Die Frau Doktor lächelte schelmisch. „Ich hab es ja schon angedeutet. Und vor dir kann ich es ohnehin nicht geheim halten. Es gibt jemanden Neuen in meinem Leben. Und er ist ... wunderbar!" Gasperlmaier überlegte, ob es ungehörig war, nachzufragen, wer dieser Bernhard war. „Möchtest du denn gar nicht wissen, wer das ist?", fragte sie und stupste ihn in die Seite. „Doch!", verteidigte sich Gasperlmaier. Die Frau Doktor war ohnehin nicht mehr zu bremsen. „Stell dir vor, er ist Direktor einer Volksschule! Genau wie deine Frau! Ist das nicht komisch?" Gasperlmaier nickte und überlegte, ob „komisch" hier der passende Begriff war. „Wie ich die Sophie in der Volksschule angemeldet habe, hat es sofort gefunkt. Ich hätte nie gedacht, dass ich sowas noch erleben werde. Und es sind jetzt schon ein paar Monate. Er ist genauso, wie ich mir einen Mann immer gewünscht habe. Zärtlich, einfühlsam, interessiert, gebildet. Und die Sophie liebt ihn!" Gasperlmaier nickte in einem fort, denn die Frau Doktor dachte gar nicht daran, eine Pause einzulegen. Sie erzählte, was ihr der Bernhard bedeutete. Bis Gasperlmaier sie unterbrach. „Ich hab jetzt einen ordentlichen Hunger!", erklärte er.

Es wurde schon dunkel, als sich die Frau Doktor verabschiedete. Mittlerweile hatte sich Gasperlmaier daran gewöhnt, dass sie ihn fest drückte, wenn sie auf unbestimmte Zeit wieder aus dem Ausseerland verschwand. „Den Rest der Woche", sagte sie, als sie im Vorhaus in ihre Schuhe schlüpfte, „nehm ich mir Zeitausgleich! Ich brauch endlich wieder einmal Zeit mit der Sophie!" Gasperlmaier nickte. „Schad, dass du wieder wegmusst", sagte er. „Ich hoff, wir sehen uns bald wieder!" Die Frau Doktor drohte ihm mit dem ausgestreckten Zeigefinger. „Aber du weißt schon", lächelte sie, „dass ich nur komme, wenn einer umgelegt wird! Wünschst du dir das wirklich?" Gasperlmaier wand sich. „Natürlich nicht. Aber es ist schon ... die Arbeit an sich ... das Ermitteln eine Abwechslung ist es schon!" „So, so!", sagte die Frau Doktor. „Der Herr Bezirksinspektor hofft also auf weitere Tötungsdelikte in seinem Revier, weil ihm die Arbeit daran so viel Spaß macht! Was soll man dazu sagen?“ Sie umarmte ihn noch einmal und drückte ihm ihre Lippen auf die Wange. Etwas unbeholfen drückte er zurück. „Pfüat di!“ Schon war sie weg. Für lange Abschiede hatte sie nichts übrig, die Frau Doktor. Er eigentlich auch nicht.

Mittlerweile waren alle nach Hause gegangen, die Christine und die beiden Mädchen hatten es sich mit einem Glas Wein im Wohnzimmer gemütlich gemacht. Draußen dämmerte es schon. „Müsst ihr wirklich heute noch fahren?“, fragte Gasperlmaier. „Es wird schon bald finster, und ...“ Die Stefanie schüttelte den Kopf. „Ich hab mir morgen noch freigenommen. Genauer gesagt, ich hab die Chance bekommen, die ganze Story hier zu covern, die Morde, meine Entführung, die Geschichte mit der BFB. Und ich fang heute noch damit an! Sozusagen im Home-Office!“ „Das freut mich!“, sagte Gasperlmaier. „Dass du dich hier bei uns schon zu Hause fühlst!“ Die Stefanie nickte. „Mehr als bei meinen Eltern. Ich finde, ihr habt weniger Vorurteile als die Wiener Bourgeoisie. Und in Wien belächelt man immer alles, was aus den Bergen kommt. So, als wären die Leute dort rückständig, konservativ oder sogar lauter alte Nazis!“

„Dabei“, mischte sich die Christine ein, „waren viele Salzkammergutler im Widerstand, wir haben uns mit den Autoritäten nie so gut vertragen, mit den Habsburgern nicht und mit den Nazis schon gleich gar nicht! Wie geht’s dir eigentlich, Steffi? Ich meine, bist du erleichtert, dass der Mörder und Entführer, dass der gefasst ist? Hilft dir das?“ Die Stefanie nickte. „Ich hab seither jede Nacht geträumt, dass ich im Dunklen aufwache, nichts sehe, nicht hinauskann. Ich hoffe, das wird jetzt besser!“

„Und euch würde es echt nichts ausmachen", fragte die Katharina, „wenn ich mir eine Arbeit in Wien suche und zur Stefanie ziehe?" Die Christine schmunzelte. „Das ist ganz allein eure Entscheidung. Ihr müsst schon selber wissen, was das Beste für euch ist!" Gasperlmaier hatte es sich auf dem Sofa bequem gemacht und sich die Fernbedienung geschnappt. Er hatte vor, jetzt eine Runde Fernsehschlaf einzulegen. „Ich sag dir's aber lieber gleich noch einmal. Wenn ihr zwei einmal Kinder habt", er hob warnend den Zeigefinger, „dann musst du mir versprechen, dass du ihnen Ausseerisch beibringst! Damit sie sich mit ihrem Großvater auch noch unterhalten können!"

Der Schnurrli sprang auf seinen Bauch, streckte ihm seinen Hintern entgegen und drehte sich ein paarmal um sich selbst, bevor er sich schnurrend hinlegte und seine Krallen genüsslich in Gasperlmaiers Bauch schlug.

Bisher hat Franz Gasperlmaier in folgenden Fällen ermittelt:

Letzter Kirtag	ISBN 978-3-85218-870-6
Letzter Gipfel	ISBN 978-3-85218-916-1
Letzte Bootsfahrt	ISBN 978-3-85218-933-8
Letzter Saibling	ISBN 978-3-85218-969-7
Letzter Applaus	ISBN 978-3-7099-7820-7
Letzter Fasching	ISBN 978-3-7099-7873-3
Letzter Stollen	ISBN 978-3-7099-7910-5
Letzter Jodler	ISBN 978-3-7099-7915-0

Herbert Dutzlers Altaussee-Krimis sind auch als E-Books und Audiobooks erhältlich.

MIX
Papier aus verantwortungsvollen Quellen
FSC® C083411

Auflage:
4 3
2024 2023 2022 2021

HAYMON tb **297**

Originalausgabe

www.haymonverlag.at

ISBN 978-3-7099-7933-4

Inhaltliche Betreuung, Lektorat: Haymon Verlag / Linda Müller
Projektleitung: Haymon Verlag / Judith Sallinger
Buchinnengestaltung nach Entwürfen von: himmel. Studio für Design und Kommunikation, Innsbruck / Scheffau – www.himmel.co.at
Satz: Da-TeX Gerd Blumenstein, Leipzig
Umschlaggestaltung: Eisele Grafik · Design, München unter Verwendung von folgenden Bildelementen: Petersilie: bigstock.com / kolesnikovserg; rot-weiß karierte Decke auf Holz: bigstock.com / HAKINMHAN; Schüssel: Gmundner Keramik (www.gmundner.at); Trachtenmesser mit Hirschkappe: Holz-Leute – München (www.holz-leute.de)
Autorenfoto: Haymon Verlag / Fotowerk Aichner

Gedruckt auf umweltfreundlichem, chlor- und säurefrei gebleichtem Papier.